本書爲教育部人文社會科學研究規劃基金項目
「張炎詞編年箋證」（15YJA751024）結項成果

中國古典文學基本叢書

山中白雲詞箋證

上册

〔宋〕張炎　撰
孫虹
譚學純　箋證

中華書局

圖書在版編目(CIP)數據

山中白雲詞箋證/(宋)張炎撰;孫虹,譚學純箋證. —
北京:中華書局,2019.12(2022.11 重印)
(中國古典文學基本叢書)
ISBN 978-7-101-14233-4

Ⅰ.山… Ⅱ.①張…②孫…③譚… Ⅲ.宋詞-選集
Ⅳ.I222.844

中國版本圖書館 CIP 數據核字(2019)第 247187 號

責任編輯:聶麗娟
責任印製:管 斌

中國古典文學基本叢書
山中白雲詞箋證
(全二册)
〔宋〕張 炎 撰
孫 虹 譚學純 箋證
*
中 華 書 局 出 版 發 行
(北京市豐臺區太平橋西里 38 號 100073)
http://www.zhbc.com.cn
E-mail:zhbc@zhbc.com.cn
三河市宏盛印務有限公司印刷
*
850×1168 毫米 1/32 · 31 印張 · 4 插頁 · 600 千字
2019 年 12 月第 1 版 2022 年 11 月第 2 次印刷
印數:3001-3900 册 定價:118.00 元

ISBN 978-7-101-14233-4

目録

山中白雲詞箋證卷四

山中白雲詞箋證卷五

山中白雲詞箋證卷六

山中白雲詞箋證卷七

山中白雲詞箋證卷八

序

孫虹曾以《清真集校注》《夢窗詞集校箋》享譽學林，今又有張炎《山中白雲詞箋證》連三入選中華書局《中國古典文學基本叢書》，足見其爲耍駕之馬，逸力無盡；復見其中華伯樂層出，善鑒良驥。予觀是編，知其秉承樸學實證之風，以匯校、匯注、匯考、匯評爲矩矱，以求是爲準繩，校以鑒真，箋以逆志，考以論世。三種著作雖然都是古籍整理，但亦因研究對象不同，箋注風格也有所不同，呈現出同宗異趨的學術面貌。

衆所周知，校勘是古籍整理的礎石，校勘精始能存真，不然則全書盡毁，此所以校勘尤重於箋注也。孫虹采用匯校的方式，復能反博爲約，既不掩衆長，又復能擇善，紛而不亂，約而不繁。如《風入松》，諸本詞題均作「閏元宵」，然閏年者頗多，仍不知何年，孫虹據《天機餘錦》詞題作「丙午閏元宵」改正，始知此詞作於大德十年（一三〇六），讀者始洞明矣。然匯校僅於擇善而從中見功力，倘遇諸本皆同却顯然有誤時却無能爲力，此時理校却能顯其神威。理校的提出是陳垣先生對校勘學的巨大貢獻，但也是對作者學養功力的綜合考驗。如《一剪梅》首句諸本均作「悶蕊驚寒減艷痕」，「悶蕊」無出處，作者據晏殊「風吹梅蕊鬧」，宋祁「紅杏枝頭春意鬧」，知「悶」爲「鬧」字形近而訛。是編類此者頗多，不贅。

孫虹此前之作早以箋注見長，但在周邦彦、吴文英、張炎三家中，箋張炎詞尤難。是編巧用四匯之法，反而使難箋之處變得舉重若輕。如《一枝春》，諸本詞題作「爲陸浩齋賦梅南」，「梅南」無解。作者采取回環考索之法，先從《天機餘錦》補録佚詞《洞仙歌·梅上苔與龔子敬賦》，又借助張炎與龔璛（字子敬）交游，龔璛《題陸梅南雪灘圖》有「扁舟乘興不可極，見説南涇梅漸花。」自注：「南涇，陸魯望所居。」又有《次陸梅南蘭桂玉簪三花卷》，故知「梅南」是陸浩齋字號。不僅使「梅南」從無解變爲有解，又反證《歷代詩餘》無「南」字以及《四庫全書考證·集部》注「刊本『梅』下衍『南』字，據别本删」之誤。真可謂一石三鳥矣！

至於考證之功，孫虹在箋邦彦時已鋒芒初露，但要考索張炎之事跡行實，却又難上加難。所以如此，不惟因其資料短乏，更由於因其處於宋元易代之際，人際關係複雜，所及張炎有關資料，難免在吞吐騰挪之間，自然增加了辨僞存真的難度。如戴表元《送張叔夏西游序》謂「嘗以藝北游，不遇失意，亟亟南歸」，同時亡國之奴，語義就在吞吐騰挪之間，幸有清人王昶《書張叔夏年譜後》謂「登承明有日」是「爲叔夏解嘲，殊非實録」，用隔代人語證其吞吐騰挪，其意始顯豁洞然。

與此同時，作者又結合了張炎特殊身世與所著詞學專論《詞源》的核心範疇，利用史料外證與詞作内證，全面推新了張炎生平事跡。如針對張炎研究中長期存在北游大都十年説與一年説的紛争，提出并證成了他在南宋都城臨安傾覆後兩次北游的觀點：一次是因祖父張濡被元朝統治者磔殺，受家難株連，與兄弟張伯時四散逋逃而北行。一次是被迫北上抄寫金字藏經。初次北游在宋恭帝德祐二年（一二七六，此年五月宋端宗改元）或景炎二年（一二七七）春天，祥興元年（一二七八，此年五月宋帝昺改元）秋天南歸；再次北游在元世祖至元二十七年（一二九〇）九月深秋，次年寒食後即南歸。大體上縫合了十年説與一年説的紛争。這不僅使張炎兩次北上、滯留京城、匆匆南歸的詞作歷歷可以類歸，也使編年於初次北游的詠物名篇如《解連環·孤雁》《綺羅香·紅葉》的意旨得以超越語典、事典，注釋也從注「字」轉爲注「意」。

書中集評，誠如是編凡例所述，赫然明晰，不贅。

總之，此編以四匯箋張炎，熔古今群賢之智於一爐，一册在手，衆美在目，孫虹可謂張炎之功臣，學者之良朋，讀者之益友。是爲序。

己亥春禊奉先薛瑞生序於西北大學蝸居軒

前言

學術界研究張炎生平事跡已經有較大推進並取得了重要成果，但仍存在不少懸而未決的問題，張炎入元之後的生平事跡並未得到全面呈現。本書的箋釋考證解决了此項研究中存在的部分疑竇，已爲張炎別集三〇五首詞作中的二一〇首詞作編年。下面從生平、版本兩大方面略作概述。

一

張炎，字叔夏，號玉田，晚號樂笑翁。先祖居鳳翔，十一世祖徙秦州（治成紀，今甘肅省天水市），自六世祖張俊遷居錢塘。張俊是畫像理宗朝昭勳崇德閣的南渡勳臣，以異姓封循王（潛説友《咸淳臨安志》卷六）。父親張樞、祖父張濡、曾祖張鎡都是家聲不墜的社會名流。在令人艷羡的家世背景下，張炎是錢塘西湖上「翩翩然飄阿錫之衣，乘纖離之馬」的承平故家貴游少年（戴表元《送張叔夏西游序》，見龔翔麟等校刊《山中白雲詞》），也是由宋入元的著名詞論家與詞人，有詞集《山中白雲詞》與詞論《詞源》傳世。據元人孔齊記載，知張炎最早的單行別集是詞集與詞論的合刊本：「（叔夏）有《山中白雲集》，首

論作詞之法，備述其要旨。」（孔齊《至正直記》）

張炎《山中白雲詞》基本上是恭帝德祐二年（一二七六）臨安（今浙江省杭州市）淪亡後的詞作，筆者根據這些詞作及當時史料，考證出張炎曾先後兩次北游大都（今北京市），足跡曾至吴興霅川（今浙江省湖州市）、毗陵（今江蘇省常州市）、金陵（今江蘇省南京市），晚年先後兩次隱居蘇州，後期隱居蘇州時的重要交游是陸行直（字輔之，號處梅）。其生平行跡決定了其創作大致可以分爲三個階段。

第一階段是德祐二年到至元二十六年（一二八九），張炎初次北游大都，南歸後往來於杭州與山陰、四明等地之間，隱居山陰時間最久。初次北游的原因是德祐元年（一二七五）祖父張濡作爲參議官戍守獨松關時，部下誤殺大元信使，此年臨安即被元兵攻陷。德祐二年，張濡遭受磔刑，家貲抄没歸廉希賢家。據張炎《踏莎行》中「水落槎枯」（張氏家族張鎡之後，即以五行命名），知其父張樞（木）受張濡（水）株連，亦遭不測〔一〕。德祐二年

〔一〕楊海明《張炎詞研究》：「『水落槎枯，田荒玉碎。』『田荒玉碎』暗指自己（玉田）遭遇之可憐（他另有詞云『玉老田荒』亦同此意），而『水落槎枯』，則暗言張濡（水）、張樞（木）的命運悲慘——張濡既已被磔殺，張樞恐怕也難逃此劫了。」齊魯書社一九八九年版，第一九頁。

（此年五月宋端宗改元景炎）或景炎二年（一二七七）的春天，張炎北游大都，祥興元年（一二七八，即景炎三年，五月帝昺改元）秋天南歸。友人舒岳祥記載了這一行跡：「宋南渡勳王之裔子玉田張君，自社稷變置，淩煙廢墮，落魄縱飲，北游燕薊……一日，思江南菰米蓴絲，慨然襆被而歸。不入古杭，扁舟浙水東西，爲漫浪游。」（舒岳祥《山中白雲詞序》，見龔翔麟等校刊《山中白雲詞》）臨安淪覆後，因家國之難，六世祖張俊作爲功臣的奉祀絶饗，張炎初次北游實際上有政治避難的性質。具體北行南歸的時間，通過張炎的兩首詞作可以得知：《水龍吟·袁竹初之北》（題序據《天機餘錦》）、《高陽臺·慶樂園，即韓平原南園。戊寅歲過之，僅存丹桂百餘株，有碑記在荆榛中，故末有亦猶今之視昔之感。復嘆葛嶺賈相之故廬也》，據袁竹初（洪）之北行跡，知張炎戊寅即祥興元年（一二七八）秋天已經南歸。集中著名詞作《解連環·孤雁》《綺羅香·紅葉》，一寫於北上途中，一寫於滯留大都時。南歸後，除暫居杭州外，長期往來於浙水東西，隱居避世，未肯屈志新朝。此時段張炎參加了周密、李彭老、王沂孫、仇遠等遺民詞人西湖凭吊故國的集體唱和，客居山陰時，又與其他十四位遺民詞人參加了《樂府補題》的創作。

第二階段是至元二十七年（一二九〇）到大德三年（一二九九），張炎再次北游並亟亟南歸，十年間仍作浙東之游，往來於杭州與四明、山陰、台州、衢州等地之間，堅守民族氣節，主要隱居於四明。友人戴表元有相關記録：「（叔夏）垂及强仕，喪其行資，則既牢落偃蹇，嘗以藝北游，不遇失意，亟亟南歸；愈不遇，猶家錢塘十年。久之又去，東游山陰、四明、天台間。……六月初吉，輕行過門，云將改游吴公子季札、春申君之鄉，而求其人焉。」（戴表元《送張叔夏西游序》，見龔翔麟等校刊《山中白雲詞》）張炎的再次北游是至元二十七年（一二九〇）與曾遇、沈欽等同往大都。學界認爲此次北行是「被迫參加了書寫金字《藏經》之役」（謝桃坊《宋詞辨》），於次年南歸。

戴序與舒序中的北游存在時空異趨。一是兩次北游南歸後空間游踪不同。初次北游歸杭，往來於杭州、山陰、四明之間，即舒序所謂「扁舟浙水東西，爲漫浪游」；再次北游歸杭後，前十年游浙江東路，十年後改游浙江西路，即吴公子季札、春申君黄歇分封的今蘇州、常州、江陰等地。二是再次北游南歸時間明確在暮春季節。張炎的十一首詞作歷歷記載了秋九月啓程北上，十月已至大都，冬游長春宫，寒食節後歸杭的行跡；初次北游則是春天北上，仲秋前南歸。三是兩次北游滯留大都的時節情境不同：初次北游歷時一年以上，再次北游在大都僅歷冬春兩季，時間不足一年。

第三階段是大德三年（一二九九）到延祐元年（一三一四），張炎再次北行南歸十年後「改游吴公子季札、春申君之鄉」遁隱避世。其浙西之游時間長達十六年，分爲前後兩個階段：前期居游於蘇州、江陰、宜興、吴興、常州，之後，又短期客游溧水、金陵。邱鳴皋先生考證張炎在蘇州、江陰、宜興等地的居游與族叔張楧（字仲實，號菊存）當地仕歷相關〔一〕。大德三年至大德四年（一三〇〇）在蘇州，大德七年（一三〇三）春天之前在江陰，本年隨張楧赴居宜興。此年六月游吴興，曾與晚年歸霅的周密晤面，作《祝英臺近·與周草窗話舊》。周密此時已歸居吴興弁山南面的杼山復庵，故其晚號弁陽老人或弁陽翁。大德八年（一三〇四）游毗陵常州，作《憶舊游·寓毗陵有懷澄江舊友》《霜葉飛·毗陵客中聞老妓歌》，並作二詞懷念霅川詩友：《木蘭花慢·元夕後，春意盎然，頗動游興，呈霅川吟社諸公》《壺中天·懷霅友》。歸宜興後，作《瑶臺聚八仙·菊日寓義興，與王覺軒會飲。酒

〔一〕參見邱鳴皋《關於張炎的考索》，《文學遺産》一九八四年第一期。楊海明師認爲張炎西游與張楧不相關涉：「有人曾推測張炎漫游江陰、宜興，是依附於張楧而謀求生活之計，但是爲何他在作於此兩地的詞中，僅有與陸垕、陸文圭等陸氏族人的唱酬，而無與張楧的交往？……而他與張楧一家，却也一直未能往來如親戚。這是一個頗感疑惑的問題——是張楧『勢利』而不認這位祖父被元人磔殺的族侄，還是張炎對張楧有些什么看法而不願去投奔他？文獻闕如，所以不敢遽下斷語。」《張炎詞研究》，齊魯書社一九八九年版，第二二頁。但本書的考證結論與邱説相合。

中書送白廷玉》《摸魚子·春雪客中寄白香巖、王信父》等詞奉報常州交游白珽（字廷玉，號香巖）、王信父。大德九年（一三〇五）中秋及重陽張炎已在江寧府溧陽縣，交游爲溧陽教授仇遠，有詞《夜飛鵲·大德乙巳中秋，會仇山村於溧陽》《新雁過妝樓·乙巳菊日，寓溧陽聞雁》，大德十年（一三〇六）早春已在金陵烏衣園。

後期約從大德十一年（一三〇七）再次較長時間客居蘇州。此次客隱的主要交游是陸行直。陸氏短暫出仕後，於皇慶元年（一三一二）歸居蘇州，至張炎離開吴地後的延祐二年（一三一五），二人有密切往來。張炎此階段有七首贈陸氏處梅的詞作，可以推證處梅即陸行直。陸氏雖然年少張炎二十七歲，但却是張炎蘇州密友中的忘年小友與精神知己，也是有家國興亡同感的政治知音，因爲他們都是前朝望族後裔。張炎是「宋南渡勳王之裔子」，陸行直是「分湖第一世家子」（陳去病《詞旨叙》，見唐圭璋《詞話叢編》第一册）。張炎贈詞《如夢令·處梅列芍藥於几上酌余，不覺醉酒，陶然有感》承載的就是盛世牡丹的家族記憶，抒發「餘情哀思，聽者落淚」（陸文圭《山中白雲詞序》，見龔翔麟等校刊《山中白雲詞》）的繁華消歇之感。張炎離開吴地歸杭後，寄贈處梅《木蘭花慢》感慨相同：「嘆扇底歌殘，蕉間夢醒，難寄中吴。」延祐二年（一三一五），張炎雖歸居杭州，却仍然不得不暫居於「錢塘縣之學舍」（錢良祐《〈詞源〉跋》，見《詞話叢編》第一册）。

通過以上對《山中白雲詞》及相關史料的描述，可以看到張炎入元後，生活動蕩，困頓窘迫，雖然兩次北游大都，但都來去匆匆，絶無新朝求官不遇之事，因此，胡適所謂「（張炎）是一個不遇的趙孟頫」（胡適選注，劉石導讀《詞選》）是對張炎的人格誤判。

二

張炎詞集目前所能見到的最早版本都是明清時期的鈔本或刻本。名稱見於載籍者，有《玉田詞》一卷、《玉田詞》二卷、《玉田集》二卷、《張玉田詞》二卷、《山中白雲詞》（原稱《山中白雲》）八卷等。

現存的鈔本有四種：一是明水竹居鈔本《張玉田詞》二卷；二是石村書屋《宋元明三十三家詞》鈔本《玉田集》二卷；三是吴訥「明紅絲欄鈔本」《百家詞·玉田詞》上下卷；四是清鈔本《玉田集》，有丁丙跋語，汪魚亭批校弆藏本。鈔本均爲半帙且流傳不廣。現存的刊刻有三類：一是《山中白雲詞》八卷。今見最早的刊本是清康熙四十六年（一七〇七）左右龔翔麟玉玲瓏閣刊本，存詞二百九十六首（簡稱龔本）。其後《山中白雲詞》八卷刊本繁多，都是以龔本爲祖本，雖有校勘但改動極少。如，康熙六十一年（一七二二）曹炳曾城書室刻本，乾隆元年（一七三六）趙昱用龔本舊版重印，僅將原「玉玲瓏閣鏤板」易爲

「寶書堂藏版」，乾隆十六年（一七五一）揚州汪中翻刻龔本，封面署「玉玲瓏閣原本新安汪氏重刊」，嘉慶九年（一八〇四）聚瀛堂翻印龔本；道光辛丑（一八四一）范鍇刻《三家詞》本，光緒八年（一八八二）許增《榆園叢刻》本，光緒九年（一八八三）鮑廷爵翻印曹本，即後知不足齋刻本；宣統三年（一九一一）北京龍文閣書莊石印本。二是《山中白雲詞》二卷、補二卷、續補一卷，即光緒十四年（一八八八）王鵬運《四印齋所刻詞·雙白詞》本，王氏從光緒七年（一八八一）所獲二卷鈔本並加拌合續補漸成完帙。三是江昱、江恂《山中白雲詞疏證》稿本（簡稱江本或江昱疏證），此本以龔本裁綴成帙。一九二二年朱祖謀輯刻江本，是爲《彊村叢書》本（簡稱朱本）。另外，筆者未曾寓目者有《詒莊樓書目》所載兩種一卷本《玉田詞》：一是黎二樵鈔本，有校記；一是舊鈔本，有朱士楷印，朱筆細校。

當代張炎詞集的整理本共有四種，其中三種以龔本爲底本：一是吴則虞校輯《山中白雲詞》（中華書局一九八三年版），二是黄畬校箋《山中白雲詞箋》（浙江古籍出版社一九九四年版），三是葛渭君、王曉紅校輯《山中白雲詞》（遼寧教育出版社二〇〇一年版），另有臺灣學者李周龍《山中白雲詞校訂箋注》（臺灣師範大學國文研究所集刊一九七三年第六期，簡稱李本）。李本以朱本爲底本，但没有依據八卷體例，而是以詞調歸類分立、重定目次，輯録江本、朱本也不够規範，甚或未溯源流而失其原貌。張炎詞集有爲一事一人創作的組詞並各用一調，如「孫虛齋作四雲庵，俾余賦之」「爲伯壽題四花」「陸起潛皆山樓四景」，李本各歸其調也使相關疏證、校語失去了統領及照應。

本書以朱本爲底本，主要校本（包括詞集、選本、整理本）共二十九種。與上述四種整理本特別是李本相較，能够溯源江本並前推龔本，逐詞分録江昱疏證、江昱按語、朱彊村校語，推進之跡歷歷可見。校本中還增加了明朝程敏政編選的《天機餘錦》，並且善加利用宋元及至近現代的雜纂，特重明清以來的名家批注。力圖呈現張炎詞集原始、全面與創新的面貌，或能盡其美而顯其善。

（一）選擇朱本作爲底本，集成江本、龔本優長，還原江本對龔本的删移，以江昱疏證彌補龔本編年欠缺。江昱稿本是裁綴龔本成帙，但對龔本略有不當移次。如張炎詞集有獨特的「別本」「別題」現象，江本雖然保留了與正文詞題不同的「別題」，但擅移龔本詞下「別本」於詞集之末。朱彊村再行輯刻時删去江本詞集篇末的「別本」，最爲後世詬病的是朱氏删除了江本保存的龔本詞中夾注「一作某」之異文，埋没了龔本以浙西巨匠朱彝尊（字錫鬯，號竹垞）爲代表的十六位詞家的校勘成果。因此，胡適説朱本「删去龔本所載別本、異文，是其缺點」（胡適選注，劉石導讀《詞選》）。

浙西名家李符曾稱贊龔本：「（朱）竹垞釐卷爲八，與諸同志辨正魚魯，緘寄白門。予復與龔主事蘅圃取他本校對，或字句互異，題目迥别，則增入而存之，録棗以傳，可稱善本。」（李符《山中白雲詞序》，見龔翔麟等校刊《山中白雲詞》）杜詔、四庫館臣、吴熊和都認爲龔本是朱彝尊等詞家據元末明初陶宗儀（南村）本釐分八卷。龔本的貢獻是盡可能保存了張炎詞集「字句互異，題目迥别」的概貌，成就了「别本」、「别題」、異文並存——宋人詞集中最爲特殊的形式。所謂「别本」，是指與詞集正本詞作有較大差異，整理者在正詞後再作輯録。龔本存録十一首别本詞（本書從《永樂大典》《珊瑚網》《天機餘錦》各增録一首，共十四首），「别本」詞應是作者棄用的舊稿，雖然「别本」資料價值大於文學價值，但兩相對參，也可以加深對正本詞的理解。而且「别本」詞有時也夾注「一作某」，顯然是作者再行斟酌的印記，保存了宋人創作精粹之詞的最爲原初的矜慎狀態。龔本、江本、底本存録的「别題」在宋人詞集中有獨特的資料價值，主要是極大地拓展了正本題序的信息量，本書釐清並發掘了其中價值。如明確贈主，《壺中天・賦秀野園清暉堂》，别題作「爲陸義齋賦清暉山堂」。江昱考得清暉山堂主人爲陸垕（號義齋），秀野園、清暉堂皆在園林中。標明空間，《聲聲慢・西湖》，别題有「與王碧山泛舟鑒曲」之句，知正題中「西湖」代指鑒湖中隸屬山陰的水域。明確節序或時間，《渡江雲・懷歸》，别題作「客中寒食，書以寫興」。突顯主旨，《鬥嬋娟・春感》，别題爲「故園荒没歡事去，心有感而作」。與集中《淒涼犯・過鄰家見故園有感》《憶舊游・過故園有感》《長亭怨・舊居有感》《臺城路・遷居》等形成系列，凭吊被籍没的故園。

李符詞序又曰：「繼又從戴帥初、袁清容集内得送贈序疏與詩，因附刻於後，而其生平約略可見。」（見龔翔麟等校刊《山中白雲詞》）論者如張惠言、洛地等人也認爲龔本分卷或有編年性質。吴熊和先生則認爲，陶南村本的編年體例可能在厘分析卷時被打亂，但至少卷一尚存按時間先後編次之舊例：「案張炎所作《水龍吟》白蓮詞，見於其《山中白雲詞》卷一，此卷編年意味甚爲明顯，頗堪注意。……上述編年詞或猶存原本之舊。」（吴熊和《樂府補題跋》，見《吴熊和詞學論集》）然而，通過本書箋證可知，龔本雖然對此有所究心，但遠非嚴格意義上的編年體例。江本没有改變龔本八卷體例，却弥補了編年方面的不足，江氏疏證對於張炎生平事跡及交游，用力最勤，創获最多：「率從卷籍不相涉之處，參考互證，觸類旁通而出。」（江昱《山中白雲詞疏證序》，見《彊村叢書》第六册）對龔本詞作編年多有推進。如考證時間、考證人名、考證地名等。朱本完整地保存了江本疏證原貌，並略有校箋，並因後出轉精而多有勝義，如推進江昱疏證、糾正江氏誤考、江本之外的自出考證等。本書「考辨」一目，序列以見演進之跡。

本書保留底本八卷分法，沿用龔本正本下録入「别本」體例，把龔本正本夾注中「一作某」移録於校記中，别本夾注「一作某」則仍其舊。又逐一輯録、釐定江昱疏證與按語，在「考辨」中以「孫按」加以辨析。共爲張炎二一〇首詞作編年，並附録「張炎詞編年一覽表」予以整體呈現。

（二）明代選本《天機餘錦》校勘價值。論者認爲《天機餘錦》在嘉靖年間或稍後既已行世（參見黄文吉《明抄本〈天機餘錦〉之成書及其價值》），但因此本一直存於臺北「中央圖書館」，經眼者寥寥，至二〇〇〇年由遼寧教育出版社出版；迄今爲止，所有張詞整理本皆未以《天機餘錦》參校。《天機餘錦》選録張炎一三一首詞作（誤入兩首），居全書之首，是目前所見録其詞最多、也是最早的選本，極有校勘價值。並且此本與八卷本屬於不同系列，兩相參校，補益良多。一是從中輯佚了三首詞作《洞仙歌·梅上苔與龔子敬賦》《減字木蘭花》（年年秋到）、《減字木蘭花》（晚涼如水）與一首「别本」，而其中佚詞又推新了考證，如通過龔子敬的存詩，知張炎友人韓鑄字竹澗，又作「竹間」。二是藉助詞題推新時地乃至參證交游生平，如《水龍吟》，諸本詞題皆作「寄袁竹初」，《天機餘錦》詞題作「袁竹初之北，賦此以寄」，排比史料中袁洪北行大都的時間，知張炎祥興元年（一二七八）已經北游南歸。三是一字之助推新校勘。如《風入松·丙午閏元宵》：「簾底聽人笑語，莫教遲了踏青。」踏青，諸本作「□青」，《天機餘錦》作「踏青」。朱彊村引張景祁語，肯定

「踏青」爲是：「張校云：當是『踏青』，『踏』字蓋以入作平。」（《彊村叢書》第六册）

（三）集録清代以來名家對《山中白雲詞》《詞源》的疏證批注。版本學家鄧子勉指出：「（張炎詞集入清後）手批本大量出現，這在兩宋詞作家中是不多見的。」（《張炎詞集的接受——兼論清代張氏詞集手批本的盛行》）這與張炎被清初浙西詞派所推重，呈現「家白石而户玉田」（朱彝尊《〈靜惕堂詞〉序》，《清名家詞》第一卷）的創作形態相關。有鑒於此，本書較重疏證、批注。除輯録江昱疏證、杜文瀾批注戈載《宋七家詞選·玉田詞》（曼陀羅華閣重刊本，簡稱戈選杜批）外，過録的還有毛扆、汪魚亭、許昂霄、單學博、許廷誥、邵淵耀、陳澧（蘭甫）、高亮功、夏敬觀、祝廷錫等人批注。其中戈選杜批、夏敬觀等人批語偏於音樂格律。張炎詞論《詞源》也是浙西詞派以來的宗風所嚮，本書總評中録入了鄭文焯、蔡嵩雲、陳能群的理論闡釋。而張炎元朝的單行别集就是詞集與詞論合刊本，詞學批評的加入，或可視爲本書求合於古人之一端也。

凡例

一、張炎詞集今無宋元舊槧傳世。目前所能見到的最早版本都是明清時期的鈔本或刻本。龔翔麟玉玲瓏閣刊本(簡稱龔本)是校勘精詳的最早刊本。江昱、江恂《山中白雲詞疏證》裁綴龔本成帙(稿本今藏國家圖書館,簡稱江本或江昱疏證)。朱祖謀《彊村叢書》刊刻江本,雖然删除了江本中的龔本夾注以及正詞之外的「别本」詞,但基本保存了江昱疏證原貌,並且校箋五十餘事,精義疊出,選做底本。

二、玆書主要校本八卷本系列有八種:龔本、曹炳曾城書室刻本(簡稱曹本)、四庫全書本(簡稱四庫本)、趙昱重印龔本(簡稱寶書堂本)、許增《榆園叢刻》本(簡稱許本)、鮑廷爵後知不足齋刻本(簡稱鮑本)、《全宋詞》本,江本也在校勘之列。二卷本系列有五種:明水竹居鈔本《張玉田詞》二卷(今藏國家圖書館,簡稱水竹居本),明石村書屋《宋元明三十三家詞》鈔本《玉田集》(今藏國家圖書館,簡稱石村書屋本),明吴訥「紅絲欄鈔本」《百家詞・玉田詞》上下卷(今藏天津圖書館,簡稱明吴鈔),清汪魚亭藏鈔本《玉田集》(今藏南京圖書館,簡稱汪鈔本),王鵬運《四印齋所刻詞・雙白詞》(簡稱王刻)等。參校的選本及雜纂有十二種:宋朝周密《絶妙好詞》,錢良祐《詞源跋》;元朝陸輔之《詞旨》，孔齊《至正直記》；明朝《永樂大典》《天機餘錦》《花草粹編》；清朝《詞律》《詞綜》《歷代詩餘》《欽定詞譜》，另有戈載輯、杜文瀾批注《宋七家詞選·玉田詞》（曼陀羅華閣重刊本，簡稱戈本、戈選杜批），較爲特殊的是由於戈氏七家詞本按年齒收録詞人，杜氏眉批往往標識「注見前」，因而只能轉録其對周邦彦、史達祖、姜夔、吴文英、周密、王沂孫六家批語。參校的還有現代三種整理本：吴則虞校輯《山中白雲詞》（簡稱吴本），黄畬校箋《山中白雲詞箋》（簡稱黄本），葛渭君、王曉紅校輯《山中白雲詞》（簡稱葛本）。

三、兹書從底本收詞二百九十六首，從《全宋詞》録入六首歸於「補遺」，另從《天機餘錦》録入三首歸於「續補遺」，共收詞三百零五首。每首詞下主要列有校記、注釋、集評、考辨四目，有「别本」（共十四首）者增列一目在校記之後，諸本無校或略無考證者，則不列校記或考辨。

四、校記。凡底本誤，據校本訂正，寫入校記；底本通，校本異文有參考價值，出校不改字；底本不誤而校本誤，不校；通假字、異體字等，首見出校，再見不重校。可藉現有校本得到相同校勘結論者，自出校記，不引前人校語；少量附入校本過録、批本中偶見的有價值校語。張炎詞集八卷本與二卷本多能互證，如八卷本夾注「一作某」，二卷本正作某字，特加「同」，不再重複某字。校記除校字句之外，兼及音律聲韻，《碧鷄漫志》、《詞律》、《詞譜》、戈選杜批、夏敬觀相關評語都在輯録之列。吴本所見《永樂大典》《水竹居本》因與筆者所見不同，部分此類吴校也予以録入。「別題」異文雖歸於校記，但在注釋中箋解。

五、注釋。先箋解采用同一語典、事典的句群、單句，後注解詞語。語典、事典重複出現，首見出注，重見或徑謂出某典，熟典亦或不注。已注字詞不再出注，但所用詞語義項不同、典故字面有異而同用一詩一典者，重見仍然出注。前文已經注釋，但因過於生僻，不出注不足以明其義者，偶亦不避繁複再次出注，但儘量節爲事典語典的「零璣碎珠」。對於時彦的相關闡釋箋考，偶或擇善而爲裨助。注釋中引文有異同，徑取與所注合榫者，一般不於括弧内注出異文；義有兩歧影響注釋者例外。徑改引文中的錯字、標點。

六、集評。集録分調評論於各闋之後，集總評綴於全書正文之後（一條詞評涉及兩首詞以上者，亦歸此類），各按年代先後排列（書札互答及直接針對某詞評的批評以小字綴後，序跋亦偶循其例）。吴熊和先生《唐宋詞彙評·張炎》（簡稱《彙評》）除序跋外，已作集評者，本書不再録入（偶擇其中俞陛雲、劉永濟等人一二簡拔語入於注考中提點詞意或引爲參照）。主要録入葛渭君先生《詞話叢編補編》（簡稱《補編》）及葛本的部分評語，但也有通變、删改與較多增録。增録了二十多家稀見批注及相關資料。學者鄧子勉認爲其中單學博、許廷誥、邵淵耀、趙宗建四家都是過録吴蔚光的評語，但通過在上海、南京等圖書館的比對，實各有增損並羼入自評，互參能够彰顯意旨；若完全重複的條目則采用並列批者的方法。諸家批語、評論中所計句數或計句逗而不計頓號，與注釋中的計數方法不同，兹與本書統一。

七、考辨。江昱、王昶、施國祁、許增、張惠言、高亮功、朱彊村等人對玉田行誼皆有零散考證。近人系統考證玉田生平與交游，主要有馮沅君先生《玉田朋輩考》（簡稱馮考），另外，吴本、黄本、楊海明師《張炎詞研究》皆附有年表或年譜（簡稱吴表、黄譜、楊表），但基本上都是對詞題中明確時地的詞作進行編年。近年來，張如安《山中白雲詞箋釋小補》（簡稱張如安《箋補》）、桂栖鵬《張炎交游人物新證》（簡稱桂栖鵬《新證》）則對交游及編年有所推進。兹書考辨一目以江昱疏證爲起點，以時間爲序羅列各家考索，以「孫按」的形式，對已有考證擇其可從者從之，不可從者或辨之，或補之（如江昱的疏證與按語撮要成文，並影響箋釋者則再録原文），或另爲考證。在此基礎上，以玉田行誼爲主體，結合地、時、景而考之，共得編年詞二一〇首。本書對張炎重要事跡的考證過程從略而結論從詳，以附録《張炎詞編年一覽表》呈現全貌。

八、書後有附録四種：一是存目詞，二是題識傳述、序跋校録及論詞絶句，三是張炎詞編年一覽表，四是引用書目。《彙評》所録之外，補入施國祁、毛扆、趙昱、阮元、許廷誥、吴揩光、祝廷錫、陳能群諸家傳述序跋。對序跋中顯誤的考證，隨文加入按語。

九、張炎詞正文標點悉從《全宋詞》，韻（叶歸入韻）用句號，句用逗號，逗用頓號，偶有不合處，參照《欽定詞譜》釐定。引號用於比較完整的直接引文、對話及特指用語。撮要成文的引文以及考辨、集評等引文另行起訖則不加引號。標題無論全稱、簡稱，均加書名號，儘量避免使用單書名號。詞作首次出現引録全部題序，有需要增引「别題」；再次或多次引證則按需要對題序斷章截句，無詞題如有需要則以括號引出首句。

十、注釋引用專著見於引用書目者，一般不出作者。若有書名相同的，則每注必標明作者。校記及集評中的分論一般只標作者，不標所出書名，總評則標明作者及書名。唐宋詩題一般不作標點，詞作題序爲與張炎詞作統一，都加標點。所有引文中的標注、標點，特别是紀年爲阿拉伯數字、卷數出現「千」「百」「十」等與兹書體例不合者，統一徑改；引用中相關部分無法改動者，則仍其舊。

十一、簡稱書籍除前述版本、論著之外，直接采用《補編》輯録書目的命名，不標輯録者（其中譚獻《重輯復堂詞話》簡稱《譚獻詞話》、陳廷焯《雲韶集輯評》簡稱陳廷焯《雲韶集》、許昂霄《晴雪雅詞偶評》簡稱許昂霄詞評）。張惠言手批《山中白雲詞》簡稱張氏手批，夏承燾《周草窗年譜》簡稱夏譜，劉榮平《以〈天機餘錦〉校證山中白雲詞》簡稱劉榮平《校證》，張相《詩詞曲語辭匯釋》簡稱《匯釋》，王鍈《詩詞曲語辭例釋》簡稱《例釋》。所引現代研究論著與論文，皆出全稱，或隨文標出簡稱。

山中白雲詞箋證卷一

南浦 春水①

波暖緑粼粼②，燕飛來、好是蘇堤纔曉③〔一〕。魚没浪痕圓④〔二〕，流紅去、翻笑東風難掃⑤〔三〕。荒橋斷浦，柳蔭撑出扁舟小〔四〕。回首池塘青欲遍，絶似夢中芳草〔五〕。和雲流出空山，甚年年淨洗，花香不了〔六〕。新緑乍生時⑥，孤村路、猶憶那回曾到〔七〕。餘情渺渺⑦。茂林觴詠如今悄〔八〕。前度劉郎歸去後⑧，溪上碧桃多少〔九〕。

【校記】

①《歷代詩餘》無詞題。　②粼粼：水竹居本、石村書屋本、明吴鈔、汪鈔本脱一「粼」字。《歷代詩餘》作「鱗鱗」。　③好：王刻作「却」。　④没：許校：「舊鈔本作『沫』。」孫按：許增《山中白雲詞綴言》提及「予所藏舊鈔本」，然未注明是何人鈔本。　⑤笑：水竹居本、石村書屋本、明吴鈔、《詞綜》、《歷代詩餘》、汪鈔本作「唤」。　⑥緑：水竹居本、石村書屋本、明吴鈔、龔本、曹本、寶書堂本、鮑本作「渌」。從汪鈔本、許本、王刻。　⑦渺渺：戈選杜批：「後段第六句『渺』字多叶一韻。」　⑧歸：水竹居本、明吴鈔無「歸」字。《詞綜》、王刻作「從」。

【別本】（孫按：龔本共有十一首別本，江本移至詞集最後，底本删）

溪燕蹙游絲（一作「掠芹根」），漾粼粼、鴨緑光動晴曉（一作「碎清曉」）。何處落紅多，芳菲夢、翻入嫩蘋（一作「碎萍」）深藻。一番夜雨，一番吟老池塘草。寂歷（一作「柳下」）斷橋人欲（一作「不」）渡，還見柳陰舟小（一作「還棹漁鄉浪杳」）。　和雲流出空山，甚年年淨洗，花香不了。新緑乍生時，孤村路、猶憶那時曾到。傳觴事杳。茂林應是依然好（一作「可憐難詠。蘭亭舊事如今少」）。試問清流今在否（一作「賦情謾逐王孫去」），心碎浮萍多少（一作「門外潮平渡小」）。

【注釋】

〔一〕波暖三句：《方輿勝覽》卷一：「西湖，在州西，周回三十里，其澗出諸澗泉。山川秀發，四時畫舫遨游，歌鼓之聲不絶。好事者嘗命十題，有曰：平湖秋月、蘇堤春曉、斷橋殘雪、雷峰落照、南屏晚鐘、麯院風荷、花港觀魚、柳浪聞鶯、三潭印月、兩峰插雲。」此寫蘇堤春曉。蘇堤，《夢粱録》卷一二：「元祐年間，東坡守杭，奏開浚湖水，所積葑草，築爲長堤，故命此名，以表其德云耳。自南迤北，横截湖面，綿亘數里，夾道雜植花柳，置六橋，建九亭，以爲游人玩賞駐足之地。」王安石《南浦》：「含風鴨緑粼粼起，弄日鵝黄裊裊垂。」粼粼，《詩·唐風·揚之水》：「揚之水，白石粼粼。」毛傳：「粼粼，清澈也。」好是，恰是。

〔二〕魚没句：潘岳《河陽縣作二首》（之二）：「歸雁映蘭時，遊魚動圓波。」沈君攸《臨水詩》：「花落圓紋出，風急細流翻。」悟清殘句：「鳥歸花影動，魚没浪痕圓。」

〔三〕流紅二句：典出劉斧《青瑣高議·流紅記》：唐僖宗時，有儒士于祐晚步京衢間，在御溝拾得一題詩紅葉。北宋詞人周邦彦翻用水流紅葉爲飄流花瓣，龐元英《談藪》：「本朝詞人罕用此事，惟周清真樂府兩用之。《掃花游》云：『隨流去，想一葉怨題，今到何處。』《六醜·詠落花》云：『飄流處，莫趁潮汐，恐斷紅，上有相思字，何由見得。』脱胎换骨之妙極矣。」此後詞人，兼用水流落花意。

〔四〕荒橋二句：徐俯《春日游湖上》：「春雨斷橋人不渡，小舟撑出柳陰來。」嚴維《酬劉員外見寄》：「柳塘春水慢，花塢夕陽遲。」

〔五〕回首二句：《南史》卷一九：「（謝靈運）嘗於永嘉西堂思詩，竟日不就，忽夢見惠連，即得『池塘生春草』，大以爲工。」謝朓《閑坐》：「雨洗花葉鮮，泉漫芳塘溢。」

〔六〕和雲三句：祖孫登《詠水詩》：「岸闊蓮香遠，流清雲影深。」劉昚虚《闕題》：「時有落花至，遠隨流水香。」貫休有殘句「帶香因洗落花泉」。合用桃溪、武陵桃花源二典。《幽明録》載東漢劉晨、阮肇共入天台山，迷不得返，飢餒殆死。後攀桃取水裹腹，溪上一杯流出，有胡麻糝。度山出溪，「溪邊有二女子，資質妙絶。見二人持杯出，便笑曰：『劉、阮二郎，捉向所失流杯來。』」陶淵明《桃花源記》：「晉太元中，武陵人捕魚爲業，緣溪行，忘路之遠近。忽逢桃花林夾岸，數百步中無雜樹，芳草鮮美，落英繽紛。」玉田集中用劉郎、阮郎字面多與二事相關。

〔七〕新緑三句：隋煬帝《詩》：「寒鴉飛數點，流水繞孤村。」鮑泉《奉和湘東王春日詩》：「新水新緑浮，新禽新聽好。」

〔八〕餘情二句：王羲之《蘭亭集序》：「此地有崇山峻嶺，茂林修竹，又有清流激湍，映帶左右，引以爲流觴曲水，列坐其次，雖無絲竹管弦之盛，一觴一詠，亦足以暢叙幽情。」張家舊園有茂林亭。張炎曾祖張鎡《舊藏文與可墨竹未有對者叔祖閣學以一枝爲惠》：「茂林分蔭已無窮，更合新詩同不朽。」自注：「茂林，南園亭名。」

〔九〕前度二句：劉禹錫《再游玄都觀》：「種桃道士歸何處，前度劉郎今又來。」王涣《惆悵詩十二首》（之十）：「晨肇重來路已迷，碧桃花謝武陵溪。」此亦用家典。張鎡《桃花》：「園翁能好客，折贈小春桃。却爲開花少，翻成占格高。來年紅爛漫，繞澗碧周遭。莫忘閶門外，曾將進濁醪。」自注：「桂隱夾澗種桃三百餘株。」又，《霞川》：「方舟卧看花，丹霞一二三里。窮眼謝元暉，休言餘散綺。」自注：「澗兩岸種桃。」

【集評】

鄧牧《伯牙琴》：叔夏《春水》一詞，絶唱今古，人以「張春水」目之。

許昂霄《詞評》：亦空闊，亦微妙，非玉田先生不能。張宗橚按曰：「鳥歸」二句，僧悟清詩句，見《復齋漫録》。

單學博：當時有「張春水」之名，今味此闋，清空窈渺，信無疑也。句句是春神理，不容擬入秋水，妙；通首不明逗一「春」字，尤妙。

許廷誥：清空窈眇，句句是春神理，而通首不逗一「春」字，尤妙。

邵淵耀：清空窈眇，句句是春水神理，不容擬入秋水。通首不明逗「春」字，尤妙，當時有「張春水」之名，信無虚也。

高亮功：畢竟「笑」字好。「回首」二句，所謂側筆取勝。

陳廷焯《雲韶集》卷九：「魚没浪痕圓」五字靜細。（「和雲」三句）神化之句，碧山《春水》一篇不能及此。（「前度」二句）婉約流麗。

又，《大雅集》卷四：玉田以此詞得名，用冠集首。然此詞雖佳，尚非玉田壓卷，知音者審之。後半有所指而言，自覺深情綿邈。

夏敬觀：此膾炙人口之詞，余不明其妙處安在，但覺工穩而已。

闕名：首三句，鬆秀。下片首三句，深雋。

【考辨】

張氏手批：前本（孫按：指别本）似在宋作，此本似入元以後作，或晚年取少作改之，託意遂别。「和雲」二句，前本嘆小人衣鉢相傳，此本别傷錦綺之俗，易世不異也，與《燭影摇紅》同義。

孫按：此詞确爲入元之後改定舊作而成。張炎友人山陰（宋屬紹興府）王沂孫曾唱和同調同題詞二首。據張炎詞集及友人舒岳祥、戴表元等人的序跋，知其一生曾兩次北游，初次北游在宋恭帝德祐二年（一二七六，此年五月宋端宗改元）或景炎二年（一二七七），祥興元年（一二七八，此年五月宋帝昺改元）秋天南歸。初次北游南歸後，祥興二年（一二七九）到元世祖至元二十六年（一二八九）十年間，雖然往來於浙水東西之杭州、山陰、四明等地，但以山陰爲主要客居地，詞寫於此十年間。

高陽臺 西湖春感①〔一〕

接葉巢鶯②，平波捲絮③〔二〕，斷橋斜日歸船〔三〕。能幾番游④，看花又是明年。東風且伴薔薇住，到薔薇、春已堪憐〔四〕。更淒然⑤。萬緑西泠，一抹荒煙⑥〔五〕。　當年燕子知何處⑦〔六〕，但苔深韋曲〔七〕，草暗斜川〔八〕。見説新愁⑧，如今也到鷗邊〔九〕。無心再續笙歌夢⑨，掩重門、淺醉閑眠。莫開簾⑩。怕見飛花〔一〇〕，怕聽啼鵑〔一一〕。

【校記】

①感：《天機餘錦》作「恨」。　②接葉巢鶯：龔本、曹本、寶書堂本、許本、鮑本注「一作『暗柳藏鶯』」。水竹居本脱「鶯」字，空一格。　③平：龔本、曹本、寶書堂本、許本、鮑本注「一作『明』」。　④番：《天機餘錦》、明吴鈔作「芳」。　⑤更：龔本、曹本、寶書堂本、許本、鮑本注「一作『最』」。　⑥荒：王刻作「寒」。　⑦知：龔本、曹本、寶書堂本、許本、鮑本注「一作『歸』」。　⑧新：《歷代詩餘》、戈選作「春」。　⑨續：龔本、曹本、寶書堂本、許本、鮑本注「一作『結』」。　⑩戈選杜批：「前後段第八句叶韻爲又一體。餘與清真、夢窗、碧山詞同。」

【注釋】

〔一〕西湖：《西湖志纂》卷一：「西湖古稱明聖湖，在浙江會城之西，方廣三十里，受武林諸山之水，下有淵泉百道，潴而爲湖，蓄潔渟深，圓瑩若鏡。中有孤山傑峙水心，山之前爲外湖，山後曰後湖。西亘蘇堤，堤以内爲裏湖。」参見《南浦·春水》注引《方輿勝覽》西湖十景。

〔二〕接葉二句：此寫柳浪聞鶯。杜甫《陪鄭廣文游何將軍山林（山林在韋曲西塔陂）十首》（之二）：「卑枝低結子，接葉暗巢鶯。」《九家集注杜詩》卷一八：「師（尹）云：庾亮賦：『接葉巢春語之鶯』。」裴夷直《楊柳枝詞》：「已作緑絲籠曉日，又成飛絮撲晴波。」

〔三〕斷橋句：與下文「笙歌夢」回憶當年游西湖的盛況。南宋游湖路綫由南至北，日暮時泊船，陸路經白堤斷橋入城。周密《武林舊事》卷三：「既而小泊斷橋，千舫駢聚，歌管喧奏，粉黛羅列，最爲繁盛。……至花影暗而月華生始漸散去。絳紗籠燭，車馬争門，日以爲常。」與下文「荒」「苔」化用張祜《孤山寺》詩意：「斷橋荒蘚合，空院落花深。」

〔四〕東風三句：薔薇四月始花，與鶯柳關涉。齊己《紅薔薇花》：「鶯聲漸老柳飛時，狂風吹落猩猩血。」

〔五〕更淒然三句：此謂當年游踪密集的風光帶，因春暮已是一片慘緑愁紅，隱寫宋亡之後名勝荒廢。西泠，橋名。又名西陵橋、西林橋。《夢粱録》卷七：「延祥四聖觀西曰『西林橋』。」董嗣杲《西湖百詠·西林橋》自注：「在孤山西，即古之西村唤渡處。」西村多梅。姜夔詠梅詞《卜算子》自注：「緑萼、横枝，皆梅别種，凡二十許名。西村在孤山後，梅皆阜陵時所種。」西泠有時也作爲西湖的代稱。

〔六〕當年句：「斜日」意亦入此。劉禹錫《金陵五題·烏衣巷》：「朱雀橋邊野草花，烏衣巷口夕陽斜。舊時王謝堂前燕，飛入尋常百姓家。」

〔七〕苔深韋曲：《雍録》卷七：「吕圖：韋曲在明德門外，韋后家在此，蓋皇子陂之西也。所謂『城南韋、杜，去天尺五』者也。」《類説》卷二九：「韋曲杜鄠，近長安。諺曰：『韋曲杜鄠，去天尺五。』」此形容亡宋京城達官貴人聚集地凋零之狀。鄭元祐《古墻行》序載循王府在省西天井巷，此處「宋諸王子孫居之者如蜂房」。

〔八〕草暗斜川：斜川，瀕臨江西鄱陽湖的名勝。陶潛《游斜川并序》：「辛酉正月五日，天氣澄和，風物閑美，與二三鄰曲，同游斜川。臨長流，望曾城，魴鯉躍鱗於將夕，水鷗乘和以翻飛。」此寫故園在名勝中的居地。蘇軾《和林子中待制》：「早晚淵明賦《歸去》，浩歌長嘯老斜川。」劉永濟《微睇室説詞》説以上二句：「此以古地寓南北淪喪，故有『苔深』『草暗』之語。」

〔九〕見説二句：《列子》：「海上之人有好鷗鳥者，每旦之海上，從鷗鳥游，鷗鳥之至者百數而不止。其父曰：『吾聞鷗鳥皆從汝游，汝取來吾玩之。』明日之海上，鷗鳥舞而不下也。」高觀國西湖詞《青玉案》：「一堤風月，六橋煙水，鷺約鷗盟在。」晚宋遺民入元後，多被迫違背盟鷗歸隱之初心，或北行游藝，或接受學官薄禄。張氏手批：「言隱亦不可得也。」

〔一〇〕怕見飛花：韓翃《寒食》：「春城無處不飛花，寒食東風御柳斜。日暮漢宮傳蠟燭，青煙散入五侯家。」張炎是循王後裔，是舊朝賜燭之故侯。

〔一一〕怕聽啼鵑：《嘉泰會稽志》卷一七：「《説文》所謂『蜀王望帝化爲子巂』，今謂之子規是也。至今寄巢生子，百鳥爲哺其雛，尚如君臣云。」杜甫《杜鵑》：「我見常再拜，重是古帝魂。」李山甫《聞子規》：「斷腸思故國，啼血濺芳枝。」張觀光《晚春即事》：「杜鵑亡國恨，歸鶴故鄉情。」唐圭璋《唐宋詞簡釋》釋以上二句：「江山換劫，閉門醉眠，此心真同槁木死灰矣。」

【集評】

許昂霄詞評：淡淡寫來，泠泠自轉，此境不大易到。

單學博：好花易謝，少年易老，聞此歌聲，那得不喚奈何？　又：直是一愁世界矣，不知鷗亦愁否？鷗曰：「君言愁，我亦欲愁。」

邵淵耀：良時不再，聞此那得不喚奈何！兩闋末後俱是加倍法。

高亮功：「能幾」二句，淡而有味。「淒然」兩句，生出換頭。換頭又緊接上段，謂「不即不離」，如此也。山川猶是，風景自殊，以此言感之，可知矣。

《譚獻詞話》卷二：（「能幾番」二句）運掉虛渾；（「東風」三句）措注，是玉田，他家所無。換頭見章法，玉田云：「最是過變不可斷了曲意」是也。

陳廷焯《雲韶集》卷九：情景兼到，一片身世之感。（「東風」三句），雖是激迫之詞，然音節却婉約。(「掩重門」二句)惹甚閑愁,不如掩門一醉高卧也。

又,《大雅集》卷四:淒涼幽怨,鬱之至,厚之至,似此真不減王碧山矣。

夏敬觀:疊「怕」字便滑。

況周頤《蕙風詞話補編》卷二:錢餐霞詞《高陽臺·戊申清明》云:「摇雨孤篷,重來不是尋春。」從張玉田句「能幾番游,看花又是明年」脱化而出。

【考辨】

張氏手批:陸文奎(孫按:通作「圭」)跋語所云:「淳祐、景定間,王邸侯館,歌舞昇平,君王處樂,不知老之將至。」「餘情哀思,聽者淚落,君亦因是棄家客游無方者。」此詞蓋其時作也。時叔夏年二十八耳。此後皆入元年作。

劉永濟《唐五代兩宋詞簡析》:此宋亡後,張炎重到西湖所作。

黄箋:此詞於宋恭帝德祐元年(一二七五)作者二十八歲時作。

孫按:張惠言、黄畬謂此詞寫於德祐元年(一二七五)作者二十八歲(諸家或有一歲誤差者,皆因虚歲或足歲不同),誤。南宋滅亡,分爲兩個時間節點:一是宋恭帝德祐二年(一二七六,也即元世祖至元十三年),元主以勸降國使廉希賢、嚴忠範等在獨松關遭宋兵殺害爲由,發兵攻破獨松關後,隨即攻陷臨安。二是宋帝昺祥興二年(一二七九)二月,宋軍厓山戰敗,陸秀夫負幼帝蹈海,楊太后赴海捐生,隨行軍民跳海殉國,南宋正式滅亡。

德祐元年，臨安尚未淪亡，德祐二年，元兵攻陷臨安，宋主出降。此事與張炎祖父張濡有關係，並因此被磔殺、籍没家財。《元史·廉希賢傳》、劉一清《錢塘遺事》等史料記載了這一歷史事件。而張氏家亡與國破緊密相關。《元史·世祖本紀》：「以獨松關守將張濡嘗殺奉使廉希賢，斬之，籍其家。乙亥，伯顔等發臨安。丁丑，阿塔海、阿剌罕、董文炳詣宋主宫，趣宋主㬎同太后入覲。郎中孟祺奉詔宣讀，至『免繫頸牽羊』之語，太后全氏聞之泣，謂宋主㬎曰：『荷天子聖慈活汝，當望闕拜謝。』宋主㬎拜畢，子母皆肩輿出宫，唯太皇太后謝氏以疾留。」德祐二年或次年，玉田北上逋逃。此詞與《高陽臺·慶樂園，即韓平原南園。戊寅歲過之，僅存丹桂百餘株，有碑記在荊榛中，故末有亦猶今之視昔之感。復歎葛嶺賈相之故廬也》同爲亡國之後的西湖尋夢之作，但吊慶樂園詞是戊寅即祥興元年（一二七八）秋天北游歸來後寫於杭州，此詞則應寫於祥興二年（一二七九）春天，張炎三十二歲時。

據南宋遺民仇遠《和韻胡希聖湖上》、羅志仁《題汪水雲詩卷》，舊都臨安淪亡後已成荒城，西湖游覽地四聖觀、三賢堂、鳳凰山的八盤嶺、錢塘門以北的九曲城、賈似道在皇家集芳園基礎上建造後樂園的葛嶺等名勝皆成頽垣荒山。與此詞「更淒然。萬緑西泠，一抹荒煙」同一感慨。故劉熙載《藝概》曰：「玉田《高陽臺》之『接葉巢鶯』與碧山《高陽臺》之『淺萼梅酸』，尤同鼻息。」《藝蘅館詞選》引麥孺博評此詞「亡國之音哀以思」。

憶舊游 大都長春宮，即舊之太極宮也①〔一〕

看方壺擁翠②〔二〕，太極垂光，積雪初晴。閶闔開黃道〔三〕，正緑章封事，飛上層青〔四〕。古臺半壓琪樹③，引袖拂寒星④。見玉冷閑坡⑤，金明邃宇，人住深清。　幽尋。自來去，對華表千年⑥〔五〕，天籟無聲⑦〔六〕。別有長生路⑧，看花開花落，何處無春〔七〕。露臺深鎖丹氣⑨，隔水喚青禽⑩〔八〕。尚記得歸時，鶴衣散影都是雲⑪〔九〕。

【校記】

①王刻詞題「大都」作「都下」。《天機餘錦》、水竹居本、石村書屋本、明吴鈔詞題作「都下長春宮」。《歷代詩餘》作「大都長春宮」。　②翠：《天機餘錦》、水竹居本、石村書屋本、明吴鈔、汪鈔本作「秀」。　③琪：水竹居本、石村書屋本、明吴鈔、汪鈔本、王刻作「奇」。　④寒：龔本、曹本、寶書堂本、許本、鮑本注「一作『天』」。　⑤冷：《天機餘錦》、水竹居本、石村書屋本、明吴鈔、汪鈔本作「甃」。　⑥對：龔本、曹本、寶書堂本、許本、鮑本注「一作『嘆』」。　⑦天籟無聲：龔本、曹本、寶書堂本、許本、鮑本注「一作『草暗碑陰』」。　⑧別：龔本、曹本、寶書堂本、許本、鮑本注「一作『中』」。《天機餘錦》、水竹居本、石村書屋本、明吴鈔、汪鈔本同。　⑨露臺深鎖：《天機餘錦》作「露壇潤鎖」。　⑩青禽：《天機餘錦》、水竹居本、石村書屋本、明吴鈔、汪鈔本作「青琴」。　⑪散影：王刻作「鵲采」。夏敬觀：「『尋』，閉口韻。『春』『雲』，真韻。」

【注釋】

〔一〕大都二句：江昱疏證：「《元史》：世祖至元元年，中書省臣言，開平府闕庭所在，加號上都。燕京分立省部六，乞正名。遂改中都，其大興府仍舊。四年，始於中都之東北置今城，而遷都焉，九年改大都。《輟耕録》：大宗師長春真人，甲申三月至燕，八月奉旨居太極宫。丁亥五月特改太極爲長春。梁潛《泊庵集·同游長春宫遺址詩序》：長春宫在北京城西南十里，金故城中白雲觀之西也。其東則都城臺闕府庫之壯；其南則曠然原陸，而薊門高丘之間，荒臺遺沼之可見者，皆昔遼與金所嘗經營其間者也；其西則西山之崖，蒼翠紺碧，隱然煙霞之中；其北則連山崔嵬，雄關壯峙。凡仕於朝與居於城中者，蓋未嘗知，惟閑暇登覽於此而後得之也。」《輟耕録》卷一〇：「大宗師長春真人，姓丘氏，名處機，字通密，號長春子。……甲申三月，至燕。八月，奉旨居太極宫。丁亥五月，特改太極爲長春。」據上引明代梁潛詩序，知此爲登臨勝地，可觀西北之遠山。

〔二〕方壺：《列子》卷五：「渤海之東，不知幾億萬里，有大壑焉，實惟無底之谷。……其中有五山焉：一曰岱輿，二曰員嶠，三曰方壺，四曰瀛洲，五曰蓬萊。」

〔三〕閶闔句：王維《和賈舍人早朝大明宫之作》：「九天閶闔開宫殿，萬國衣冠拜冕旒。」杜甫《太歲日》：「閶闔開黄道，衣冠拜紫宸。」閶闔，《楚辭·離騷》：「吾令帝閽開關兮，倚閶闔而望予。」王逸章句：「閶闔，天門也。」

〔四〕正緑章二句：李賀《緑章封事·爲吴道士夜醮作》：「緑章封事諮元父，六街馬蹄浩無主。」王琦匯解：「《隋書》：道經有消災度厄之法，依陰陽五行數術推人年命，書之如章表之儀，並具贄幣，燒香陳讀云。奏上天曹，請爲除厄，謂之上章。夜中，於星辰之下陳設酒脯、餅餌、幣物，歷祀天皇太一，祀五星列宿，爲書如上章之儀以奏之，名之爲醮。《演繁露》：今世上自人主，下至臣庶，用道家科儀奏事於天帝者，皆青藤紙朱字，名爲青詞緑章，即青詞，謂以緑紙爲表章也。《漢書》：上令吏民得奏封事。蓋封其書函之口，不欲令其事洩露也。」江昱按曰：「《元史》：設醮多在長春宫。」

〔五〕華表千年：陶潛《搜神後記》卷一：「丁令威，本遼東人，學道於靈虚山。後化鶴歸遼，集城門華表柱。時有少年，舉弓欲射之。鶴乃飛，徘徊空中而言曰：『有鳥有鳥丁令威，去家千歲今始歸。城郭如故人民非，何不學仙冢壘壘。』遂高上衝天。」

〔六〕天籟無聲：《莊子·齊物論》：「子游曰：『地籟則衆竅是已，人籟則比竹是已，敢問天籟。』子綦曰：『夫吹萬不同，而使其自己也，咸其自取，怒者其誰邪！』」

〔七〕別有三句：入「長春」題義。

〔八〕青禽：《藝文類聚》卷九一引《漢武故事》：「鈎弋夫人卒，上爲起通靈臺，常有一青鳥集臺上。」後遂以「青禽」爲悼念死者之典。

〔九〕尚記得二句：陳時可《燕京白雲觀處順堂會葬記》：「長春大宗師既仙去，嗣其道者尹公乃易其宮之東甲第爲觀，號曰『白雲』，爲葬事張本也。……於是普請其衆，以四月丁未除地建址。越四日庚戌，雲中河東道侶數百輩，裹贏糧來助。凡四旬成，其堂制度雄麗，榜之曰：『處順』。既祥，奉仙骨以葬。」王惲清明游長春宮有「松風韻瑟金鐺靜，竹露光寒鶴夢清」之句。

【集評】

單學博：須看其筆意陡健處，專學綺靡一路者非特不能，且不知也。　又：刻繪長春，清妙無跡。

許廷誥：筆意陡健，刻繪長春，清妙無跡。

邵淵耀：筆意陡健，清妙獨絶。

高亮功：「長」「春」二字拆開點逗，寫出一片仙境，是作者極力形容處。

陳廷焯《大雅集》卷四：直是仙筆。（下闋）古艷幽香，別饒感喟。

夏敬觀：似夢窗。

【考辨】

黄箋：此詞爲元世祖至元二十八年（一二九一）作者四十四歲時作。

孫按：結合江昱疏證，知張炎再次北游在至元二十七年（一二九〇），前往大都抄寫金字藏經，次年暮春歸南，此詞寫於本年冬天。作者時年四十三歲。

淒涼犯 北游道中寄懷①

蕭疏野柳嘶寒馬，蘆花深、還見游獵②〔一〕。山勢北來〔二〕，甚時曾到，醉魂飛越。酸風自咽〔三〕。擁吟鼻③〔四〕、征衣暗裂。正淒迷，天涯羈旅〔五〕，不似灞橋雪〔六〕。　誰念而今老④，懶賦長楊，倦懷休説⑤〔七〕。空憐斷梗夢依依⑥〔八〕，歲華輕別。待擊歌壺，怕如意、和冰凍折〔九〕。且行行，平沙萬里盡是月〔一〇〕。

【校記】

①《天機餘錦》無詞題。水竹居本、石村書屋本、明吴鈔、汪鈔本作「道中寄懷」。《歷代詩餘》、王刻「游」作「京」。　②蕭疏三句：此調爲姜夔自度曲，爲四、三、五句式，吴夢窗詞同。玉田集中共兩首《淒涼犯》，《詞譜》稱其「句讀小異，或添一字，皆變體也」。嘶寒馬：水竹居本、石村書屋本、明吴鈔、汪鈔本、王刻作「鳴寒雨」。蘆花：《天機餘錦》無「花」字。朱校：「是句多一『花』字，疑衍。」還：龔本、曹本、寶書堂本、許本、鮑本注「一本無『還』字」。水竹居本、石村書屋本、明吴鈔、汪鈔本、戈選、王刻同。高亮功：「無『還』字，此調第二句本六字也。」戈選杜批姜夔《淒涼犯》：「《詞律》以首句『巷陌』之『陌』字及『部曲』之『曲』字注叶。考後玉田詞，此二處均未用韻，非叶也。後結應七仄聲，玉田此句上二字用平□□。又，此調宜用入聲韻。」夏敬觀：「『獵』，閉口韻。」　③擁吟鼻：王刻作「吟擁鼻」。　④念：水竹居本、石村書屋本、明吴鈔、汪鈔本、王刻作「意」。而今：《天機餘

錦》作「如今」。龔本、曹本、寶書堂本、許本、鮑本注「一作『文園』」。戈選同。陳蘭甫：「一作『文園』，難與『長楊』相貫。」 ⑤懶賦二句：龔本、曹本、寶書堂本、許本、鮑本注「一作『極目寒波，坐分黃葉』」。《天機餘錦》同。水竹居本、石村書屋本、明吴鈔、汪鈔本前句作「目極寒沙」。王刻作「目擊寒沙」。 ⑥憐：《歷代詩餘》作「懷」。

【注釋】

〔一〕蕭疏三句：與張孝祥《六州歌頭》同慨：「看名王宵獵，騎火一川明。笳鼓悲鳴。遣人驚。」

〔二〕山勢北來：許渾《登故洛陽城》：「水聲東去市朝變，山勢北來宫殿高。」

〔三〕酸風自咽：李賀《金銅仙人辭漢歌》：「魏官牽車指千里，東關酸風射眸子。」

〔四〕擁吟鼻：《晉書·謝安傳》：「安本能爲洛下書生詠，有鼻疾，故其音濁。名流愛其詠而弗能及，或手掩鼻以斆之。」歐陽修《送琴僧知白》：「嵩陽山高雪三尺，有客擁鼻吟苦寒。」

〔五〕羈旅：《左傳·莊公二十二年》：「齊侯使敬仲爲卿。辭曰：『羈旅之臣……敢辱高位，以速官謗。』」杜預注：「羈，寄；旅，客也。」

〔六〕不似句：《北夢瑣言》卷七「鄭綮相詩」條：「或曰：『相國近有新詩否？』對曰：『詩思在灞橋風雪中驢子上，此處何以得之。』」

〔七〕誰念三句：反用李頎《寄司勳盧員外》詩意：「早晚薦雄文似者，故人今已賦長楊。」《漢書·揚雄傳》：「孝成帝時，客有薦雄文似相如者，上方郊祠甘泉泰畤、汾陰后土，以求繼嗣，召雄待詔承明之庭。」揚雄有著名的《甘泉賦》《河東賦》《羽獵賦》《長楊賦》。揚雄老悔少作。《法言·吾子》：「或問：『吾子少而好賦？』曰：『然。童子雕蟲篆刻。』俄而曰：『壯夫不爲也。』」

〔八〕斷梗：《戰國策·齊三》：「土偶曰：『不然，吾西岸之土也，土則復西岸耳。今子，東國之桃梗也，刻削子以爲人。降雨下，淄水至，流子而去，則子漂漂者將何如耳？』」

〔九〕待擊三句：《晉書·王敦傳》：「（敦）每酒後輒詠魏武帝樂府歌曰：『老驥伏櫪，志在千里。烈士暮年，壯心不已。』以如意打唾壺爲節，壺邊盡缺。」

〔一〇〕且行行二句：周朴《塞下曲》：「夜來雲雨皆飛盡，月照平沙萬里空。」

【集評】

單學博：慷慨悲歌，正恐唾壺敲折，不待涷折也。　又：巧於翻進一層，結尤超絶。

許廷誥：巧於翻進，超妙。

邵淵耀：巧於翻進一層。結尤超妙。

高亮功：想樂嘯（笑）翁之以藝北游，必牽拂於不得已，非其本懷也。讀諸詞，可想見其不遇，宜矣。收語雄闊。

闕名：氣骨甚勁。

【考辨】

黄箋：此詞爲元世祖至元二十七年秋（一二九〇）作者北游大都時作。同行者有沈堯道、曾子敬等人。

孫按：此詞寫於張炎再次北游大都途中，時在至元二十七年秋天。

壺中天 夜渡古黄河，與沈堯道、曾子敬同賦①〔一〕

揚舲萬里②，笑當年底事，中分南北〔二〕。須信平生無夢到③，却向而今游歷④。老柳官河⑤〔三〕，斜陽古道，風定波猶直⑥。野人驚問，泛槎何處狂客⑦〔四〕。迎面落葉蕭蕭⑧，水流沙共遠，都無行跡⑨。衰草淒迷秋更緑，惟有閑鷗獨立⑩。浪挾天浮⑪〔五〕，山邀雲去，銀浦横空碧⑫〔六〕。扣舷歌斷〔七〕，海蟾飛上孤白〔八〕。

【校記】

①水竹居本、石村書屋本、明吴鈔、汪鈔本、王刻詞題作「夜泛黄河」。《歷代詩餘》、戈選作「夜渡古黄河」。戈選杜批：「此即前清真、白石之《念奴嬌》調句法，各有小異。下一首首句多一韻，餘同。」孫按：戈選下一首爲《湘月·余載書往來山陰道中》，《湘月》與《壺中天》同調異名。②舲：王刻注：「一作『舸』。」③平：水竹居本、石村書屋本、明吴鈔、汪鈔本作「人」。④而：水竹居本、石村書屋本、明吴鈔、汪鈔本作「如」。⑤官：王刻作「關」。⑥風定句：水竹居本、石村書屋本、明吴鈔、汪鈔本作「風止波聲息」。王刻作「風定波聲息」。定：龔本、曹本、寶書堂本、許本、鮑本注「一作『正』」。猶：許校：「丁氏鈔本作『聲』。」直：寶書堂本許昂霄旁注「聲『急』」。⑦狂：龔本、曹本、

寶書堂本、許本、鮑本注「一作『仙』」。水竹居本、石村書屋本、明吴鈔、汪鈔本、王刻同。⑧蕭蕭：水竹居本、石村書屋本、明吴鈔、汪鈔本、王刻作「瀟瀟」。落葉：陳廷焯：「《詞選》作『緑葉』誤。『緑』字與『蕭蕭』字不聯屬，亦犯下『秋更緑』字。」⑨水流二句：戈選作「水流沙遠，極目無行跡」。水竹居本「無」下空一字，作五字句。無：汪鈔本作「是」。⑩有：水竹居本、石村書屋本、明吴鈔、汪鈔本作「見」。⑪挾：《詞旨》作「捲」。龔本、曹本、寶書堂本、許本、鮑本注「一作『拍』」。水竹居本、石村書屋本、明吴鈔、汪鈔本、戈選同。⑫空：水竹居本、石村書屋本、汪鈔本作「山」。

【别本】

御風萬里，問當年何事，中分南北。須信人生無夢到，却笑如今游歷。古柳關河，斜陽山海，落雁秋聲急。野人驚見，泛槎何處狂客。　雲外散髮吟商，任天荒地老，露盤猶泣。水闊不容鷗獨占，一棹芙蓉香濕。蟹舍燈深，漁鄉笛遠，醉眼流（曹本、許本、鮑本作「留」）空碧。夜凉人靜，蟾蜍飛上孤白。

【注釋】

〔一〕古黄河：北宋以前，黄河下游從河南經山東流入渤海，自南宋至清代，黄河下游改道經江蘇流入黄海。張炎北游時，應沿運河北上，經蘇州、無錫、常州、鎮江、揚州、淮安、徐州（淮安至徐州的水路屬改道後的黄河），再沿運河向北，在山東梁山以北至黄河故道。詞序「古黄河」所指就是這段故道。　沈堯道：江昱按曰：「沈堯道名欽，詳見本卷《聲聲慢》詞後。」曾子敬：玉田友人曾遇。江昱按曰：「子敬疑即心傳。八卷《風入松》别心傳作『滿頭風雪昔同游，同載月明舟』，似正指夜渡情事。」詳見後文《聲聲慢·都下與沈堯道同賦》注〔一〕。

〔二〕揚舲三句：唐玄宗《登蒲州逍遥樓》：「黄河分地絡，飛觀接天津。」謝朓《和何議曹郊游詩二首》（之二）：「揚舲浮大川，惆悵至日下。」舲，小船。　俞陛雲《唐五代兩宋詞選釋》：「寫渡河風景逼真，起句有南渡時神州分裂之感。」

〔三〕老柳官河：韋莊《過揚州》：「二十四橋空寂寂，緑楊摧折舊官河。」官河，此指途中所經皇家所開運河。

〔四〕野人二句：《博物志》：「舊説云，天河與海通。近世有人居海渚者，年年八月有浮槎去來，不失期。人有奇志，立飛閣於槎上，多賫糧，乘槎而去。十餘日中猶觀星月日辰，自後芒芒忽忽，亦不覺晝夜。去十餘日，奄至一處，有城郭狀，屋舍甚嚴。遥望宫中多織婦，見一丈夫牽牛，渚次飲之。」儲光羲《夜到洛口入黄河》：「倘遇乘槎客，永言星漢游。」

〔五〕浪挾天浮：杜甫《江漲》：「大聲吹地轉，高浪蹴天浮。」

〔六〕銀浦句：李賀《天上謡》：「天河夜轉漂回星，銀浦流雲學水聲。」

〔七〕扣舷歌斷：郭璞《江賦》：「忽忘夕而宵歸，詠采菱以扣舷。」

〔八〕海蟾句：承接大海與天河相通之意，古人認爲月魄生海上。蟾，以蟾蜍代月。《後漢書·天文志》劉昭注引張衡《靈憲》：「姮娥遂託身於月，是爲蟾蜍。」孤白，孤月。劉灝《慶宮春・重登蛾眉亭感舊》：「英游何在，滿目青山，飛下孤白。」

【集評】

毛扆眉批：（「須信」二句）如此兩句，人不知賞，比之長夜未明，能無浩嘆。

許昂霄詞評：（「須信」二句）淡語入情，人不能道。

張氏手批：觀此詞，則玉田入都亦有所不得已歟？

單學博：一頓一轉。　又：雄豪激蕩，不負此題。　又：何減詩中少陵。

許廷誥：一頓一轉，句法是詩中之少陵。

邵淵耀：沈雄激宕，詩中少陵。

高亮功：「浪挾」三句，寫遠景如畫。

陳廷焯《雲韶集》卷九：高絶，超絶，真絶，老絶。風流灑脱，置之白石集中亦是高境。（下闋）下字琢句，精煉無匹。結更高更曠，筆力亦勁。通篇骨韻都高，壓遍今古。

又，《大雅集》卷四：豪情壯采，如太原公子裼裘而來。（「扣舷」二句）結句眼前景，寫得奇警。

夏敬觀：佳詞。

【考辨】

黄箋：此詞爲元世祖忽必烈至元二十七年（一二九〇）作者北行時所作。作者時年四十三歲。

孫按：此詞寫於張炎再次北游大都的途中，時在至元二十七年秋天。

聲聲慢 都下與沈堯道同賦①〔一〕

平沙催曉②，野水驚寒，遥岑寸碧煙空③〔二〕。萬里冰霜，一夜換却西風。晴梢漸無墜葉④，撼秋聲、都是梧桐⑤。情正遠，奈吟湘賦楚⑥，近日偏慵〔三〕。　客裏依然清事⑦，愛窗深帳暖，戲揀香筒〔四〕。片雲歸程，無奈夢與心同〔五〕。空教故林怨鶴，掩閑門、明月山中〔六〕。春又小，甚梅花、猶自未逢⑧〔七〕。

【校記】

①龔本、曹本、寶書堂本、許本、鮑本詞題注：「别本作『北游答曾心傳惠詩』。」《天機餘錦》、水竹居本、石村書屋本、明吴鈔、汪鈔本、王刻同。《歷代詩餘》無詞題。　②催：龔本、曹本、寶書堂本、許本、鮑本注「一作『籠』」。《歷代詩餘》同。　③寸碧：《天機餘錦》作「疊巘」。　④梢：《天機餘錦》作「枝」。墜：水竹居本、石村書屋本、明吴鈔、汪鈔本、王刻作「墮」。　⑤都是：《天機餘錦》作「盡在」。《歷代詩餘》作「却是」。王刻注：「一作『却是』。」　⑥奈吟湘：《天機餘錦》作「笑吟懷」。奈：水竹居本、石村書屋本、明吴鈔、汪鈔本、王刻作「笑」。許校：「丁氏鈔本作『笑』。」湘：龔本、曹本、寶書堂本、許本、鮑本注「一作『商』」。　⑦依然清事：《天機餘錦》作「欣然清氣」。　⑧未：《天機餘錦》作「來」。

【注釋】

〔一〕江昱疏證：「《吴興掌故》：曾遇，字心傳，華亭人。宋丞相魯公公亮之裔。博學敏文詞，尤工書學，元時以薦授湖州路安吉縣丞致仕。與王昭大、詹潤、徐順孫齊稱爲雲間四俊。《書史會要》：心傳前至元末被選入京，書泥金字藏經。」江昱按曰：「《大觀録》載温日觀葡萄墨跡題詞，凡三人，調《甘州》，玉田首倡，和者鄱州劉沆、汴沈欽。又，曾遇自序及詩。玉田云『題曾心傳所藏温日觀墨葡萄畫卷』（詞略）。沈欽云：『心傳索詞屢矣，久以繕金字之冗，未暇填綴。玉田生乃歌白雪之章，汴沈欽就用其韻。』（詞略）心傳云：至元庚寅，以寫經之役，自杭起驛入京，濱行之際，先一日過靈隱，別虎巖長老。出至廊廡，一老僧素昧平生，聞余華亭鄉音，迎揖而笑，握手歸房，叱其使，令於方丈索酒饌款洽。執縑素者填咽於其門，皆拒而不納。問之，甫知其爲温日觀也。以遇將有行役，引墨作葡萄二紙，一寄子昂學士，一以相贈，且以茶茗相期，此意厚甚。別後，留燕書經。訖事，將得官，而轟薦福之雷。此紙偶留集賢翰林諸老處，多蒙著語，大爲歸裝之光。今遂裒集成軸。南還未及數載，不獨温去，卷中名勝半歸鬼伯之阡。撫卷成嘆，係之以詩（略）。曾遇自序：大德改元，書於學古家塾。又按：《大觀録》者，本朝吴門吴升子敏就所見書畫彙爲一集，多出前人編緝之外，鮮有副墨流傳。堯道、心傳作不少概見，玉田作集亦不載。昔人詩詞不傳者何限，而《山中白雲》八卷亦不爲少，乃猶有遺珠，良可惜也。又録載沈詞後有『秋江』二字葫蘆小印，及『堯道』二字印，知玉田集中所稱『秋江』即堯道也。」孫按：王刻本已經輯録玉田《甘州·題曾心傳藏温日觀墨蒲萄畫卷》。

〔二〕遥岑寸碧：韓愈、孟郊《城南聯句》：「遥岑出寸碧，遠目增雙明。」《五百家注昌黎文集》卷八：「遥岑，遠山也。寸碧者，言遠望之，其碧纔寸許耳。」

〔三〕情正遠三句：宋玉《九辯》：「憭栗兮若在遠行，登山臨水兮送將歸。」《楚辭·漁父辭》：「屈原既放，游於江潭，行吟澤畔，顏色憔悴，形容枯槁。」

〔四〕愛窗深二句：李賀《惱公》：「曉奩妝秀靨，夜帳減香筒。」香筒，帳中燒香器。

〔五〕片雯二句：李白《憶襄陽舊游贈馬少府巨》：「歸心結遠夢，落日懸春愁。」

〔六〕空教三句：取意孔稚圭《北山移文》：「使我高霞孤映，明月獨舉。……至於還飆入幕，寫霧出楹，蕙帳空兮夜鶴怨，山人去兮曉猿驚。」亦用家典，張鎡《鴉舅辭》：「我園聽鶯兼撫鶴，閑亭本是無心作。」自注：「聽鶯、撫鶴，二亭名。」

〔七〕春又小三句：春又小，即小春。時在冬十月。《歲時廣記》卷三七引《初學記》：「冬月之陽，萬物歸之。以其温暖如春，故謂之小春，亦云小陽春。」《五雜組·天部二》：「十月有陽月之稱。即天地之氣，四月多寒，而十月多暖，有桃李生華者，俗謂之小陽春。」十月也有梅花綻放，歐陽修《漁家傲》：「十月小春梅蕊綻。紅爐畫閣新裝遍。」

【集評】

張氏手批：（「撼秋聲」二句）自負正復不小。

高亮功：「吟湘」數語，略略頓住。「片雲」以下再轉入深處。江南薊北，只寫風景之殊，而旅懷自透。

夏敬觀：佳詞。

【考辨】

黄箋：此詞亦至元二十七年（一二九〇）作者四十三歲北游元大都時作。

孫按：此詞寫於張炎再次北游抵達大都後，時在至元二十七年十月初冬小陽春時。

綺羅香 席間代人賦情①

候館深燈②〔一〕，遼天斷羽③，近日音書疑絶④〔二〕。轉眼傷心，慵看剩歌殘闋〔三〕。纔忘了、還著思量⑤，待去也、怎禁離別。恨只恨、桃葉空江〔四〕，殷勤不似謝紅葉〔五〕。　良宵誰念哽咽⑥。對熏爐象尺〔六〕，閑伴淒切。獨立西風，猶憶舊家時節〔七〕。隨款步、花密藏春〔八〕，聽私語⑦、柳疏嫌月。今休問，燕約鶯期，夢游空趁蝶⑧〔九〕。

【校記】

①《天機餘錦》詞題作「代人賦恨」。水竹居本、石村書屋本、明吴鈔、《歷代詩餘》、汪鈔本、王刻無詞題。②深燈：水竹居本、石村書屋本、明吴鈔、汪鈔本、王刻作「燈深」。③羽：王刻作「雨」。④疑：《天機餘錦》、水竹居本、石村書屋本、明吴鈔、汪鈔本作「凝」。⑤著：水竹居本、石村書屋

本、明吴鈔、汪鈔本、王刻作「却」。⑥念：龔本、曹本、寶書堂本、許本、鮑本注「一作『見』」。《天機餘錦》、《歷代詩餘》、王刻同。水竹居本空一字。石村書屋本、明吴鈔、汪鈔本無此字。⑦私：《歷代詩餘》作「怯」。王刻注：「一作『怯』。」⑧夏敬觀：「『葉』『蝶』，閉口韻。」

【注釋】

〔一〕候館：泛指接待過往官員或外國使者的驛館。《古今合璧事類備要·别集》卷一四「館驛」條：「按《説文》：館，客舍也。古者，國野之道，十里有廬，廬有飲食。三十里有宿，宿有洛（路）室，洛（路）室有委。五十里有市，市有候館，候館有積。皆所以待朝聘之官。」

〔二〕遼天二句：沈佺期《古意呈補闕喬知之》：「九月寒砧催木葉，十年征戍憶遼陽。白狼河北音書斷，丹鳳城南秋夜長。」羽，代指傳書雁。

〔三〕剩歌殘闋：此指離歌的斷簡殘篇。

〔四〕桃葉空江：《樂府詩集》卷四五：「《古今樂録》曰：『《桃葉歌》者，晉王子敬之所作也。桃葉，子敬妾名，緣於篤愛，所以歌之。』《隋書·五行志》曰：『陳時江南盛歌王獻之《桃葉》詩，云：「桃葉復桃葉，渡江不用楫。但渡無所苦，我自迎接汝。」……子敬，獻之字也。』」

〔五〕殷勤句：反用劉斧《青瑣高議·流紅記》中宣宗宫人《題紅葉》詩意：「殷勤謝紅葉，好去到人間。」

〔六〕熏爐象尺：温庭筠《織錦詞》：「象尺熏爐未覺秋，碧池已有新蓮子。」

〔七〕舊家：《匯釋》：「猶云從前，家爲估量之辭。與作世家解之舊家異。……以見於詞中者爲多。」

〔八〕花密藏春：李賀《靜女春曙曲》：「粉窗香咽頹曉雲，錦堆花密藏春睡。」

〔九〕燕約二句：姜夔《踏莎行》：「燕燕輕盈，鶯鶯嬌軟。分明又向華胥見。」邵叔齊《撲蝴蝶》：「已無蝶使蜂媒，不共鶯期燕約。」寫行人與歌姬的期約。並暗用莊子夢中化蝶典。《莊子·齊物論》：「昔者莊周夢爲蝴蝶，栩栩然蝴蝶也。自喻適志與！不知周也。俄然覺，則蘧蘧然周也。不知周之夢爲蝴蝶與？蝴蝶之夢爲周與？」

【集評】

單學博：所作尚是玉田極力學白石，而仍未脱夢窗之質實，少年造詣可以想見。至後工夫純熟，自然神化，始開出玉田生面。

許廷詰：所作尚是極力學白石，而未甚脱夢窗之質實。

邵淵耀：所作極模白石，而仍未脱夢窗之質實。工夫純熟後始自開生面。

高亮功：「纔忘了」二句，是透骨情語。「獨立」以下用拓筆，以避直也。「隨款步」二句，風流香倩，情景俱有。

陳蘭甫：此種是詞家塵劫，又不知其本事，讀之索然無語。

闕名：下片「隨款步」以下四句，碎亦未工。

【考辨】

張炎至元二十七年（一二九〇）九月自杭州啓程再次北游，此爲餞席之上代歌姬餞行送別。

慶春宮 都下寒食，游人甚盛，水邊花外，多麗環集，各以柳圈袚禊而去，亦京洛舊事也①〔一〕

波蕩蘭觴〔二〕，鄰分杏酪〔三〕，晝輝冉冉烘晴②〔四〕。罥索飛仙〔五〕，戲船移景③〔六〕，薄游也自忺人〔七〕。短橋虛市④〔八〕，聽隔柳、誰家賣餳⑤〔九〕。月題爭繫⑥，油壁相連，笑語逢迎〔一〇〕。

池亭小隊秦箏。就地圍香，臨水湔裙〔一一〕。冶態飄雲，醉妝扶玉，未應閑了芳情〔一二〕。旅懷無限，忍不住、低低問春⑦。梨花落盡，一點新愁⑧，曾到西泠⑨。

【校記】

①《天機餘錦》詞題作：「寒食，都下游人甚盛，水邊沙際，多麗環集，以柳圈袚禊而去。」《歷代詩餘》作「都下寒食」。王刻作：「都下寒食，游人甚盛，水邊沙際，多麗人小鬟集，以柳圈袚禊而去。」水竹居本、石村書屋本、明吴鈔、汪鈔本同王刻而略有錯訛。　②晝輝冉冉：龔本、曹本、寶書堂本、許本、鮑本注「一作『快風麗日』」。輝：水竹居本、石村書屋本、明吴鈔、汪鈔本作「暉」。　③景：《天機餘錦》作「影」。影，「景」的今字，下同不出校。　④短橋虛市：龔本、曹本、寶書堂本、許本、鮑本注「一作『蕙風來處』」。《天機餘錦》、水竹居本、石村書屋本、明吴鈔、汪鈔本、王刻同。　⑤隔柳、誰家：《天機餘錦》作「隔柳、人家」。石村書屋本、明吴鈔、汪鈔本、王刻作「隔水、人家」。　龔本、曹

本、寶書堂本、許本、鮑本注「一作『緑水、人家』」。⑥題：石村書屋本、汪鈔本作「輪」。許校：「丁氏鈔本作『輪』。」水竹居本空一字。争繫：《天機餘錦》作「争擊」。⑦夏敬觀：「『人』『裙』『春』，真韻。」⑧愁：龔本、曹本、寶書堂本、許本、鮑本注「一作『煙』」。《天機餘錦》、水竹居本、石村書屋本、明吴鈔、汪鈔本同。王刻作「燈」。⑨泠：《天機餘錦》作「鄰」。

【注釋】

〔一〕都下六句：寒食，《荆楚歲時記》：「去冬節一百五日，即有疾風甚雨，謂之寒食。禁火三日，造餳、大麥粥。按：據《曆》合在清明前二日，亦有去冬至一百六日者。」江昱疏證引元楊允孚《灤京雜詠》注文：「上巳日，灤京士女競作繡圈，臨水棄之，即修禊之義也。」灤京位於灤河北岸開平府，世祖年間加號上都，楊詩所寫是蒙人漢化的節序特徵，漢人以戴柳圈爲上巳辟邪之俗。《酉陽雜俎》卷一：「三月三日，賜侍臣細柳圈，言帶之免蠆毒。」此詞寫京城大都的寒食節序。《研北雜志》卷下：「都下寒食，游人於水邊以柳圈祓禊。張叔夏賦《慶春宫》詞以道其事，甚佳。」京洛舊事，梁簡文帝《三月三日曲水詩序》：「竊以周城洛邑，自流水以禊除，晉集華林，同文軌而高宴，莫不禮具義舉，沓矩重規，昭動神明，雍熙鐘石者也。」《周禮注疏》卷二六：「女巫掌歲時祓除、釁浴。」鄭氏注：「歲時祓除，如今三月上巳如水上之類。」宋人回憶東京夢華也稱「京洛舊事」，如《貴耳集》卷上：「易安居士李氏，趙明誠之妻。《金石録》亦筆削其間，南渡以來常懷京洛舊事。」

〔二〕波蕩蘭觴：梁簡文帝《三月三日曲水詩序》：「爾乃分階樹羽，疏泉泛爵，蘭觴沿泝，蕙肴來往。」

〔三〕鄰分杏酪：《玉燭寶典》卷二：「（寒食）又作醴酪。醴者，火粳米或大麥作之。酪，擣杏子仁煮作粥。」注曰：「今世悉作大麥粥，研杏仁爲酪。别者，餳沃之也。」

〔四〕烘晴：宋璟《梅花賦》：「愛日烘晴，明蟾照夜。」

〔五〕罥索飛仙：《古今事文類聚·前集》卷八：「北方戎狄至寒食爲鞦韆戲，以習輕趫。後中國女子學之，乃以彩繩懸木立架，士女坐立其上，推引之，謂之鞦韆。……天寶宫中，至寒食節競築鞦韆，令宫嬪輩嬉笑以爲樂。帝常呼爲半仙之戲。」罥，懸挂。

〔六〕戲船移景：《東京夢華録》卷七載金明池前的百戲樂船：「殿前出水棚，排立儀衛。近殿水中，横列四彩舟，上有諸軍百戲。如大旗、獅豹、掉刀、蠻牌、神鬼、雜劇之類。又列兩船，皆樂部。又有一小船，上結小彩樓，下有三小門，如傀儡棚，正對水中。」移景，猶言「移影」。

〔七〕薄游：隨意游覽。忺：歡適貌。《六藝之一録》卷二五〇：「《字鑒》：杴，虚嚴切，舌屬。《方言》：青齊呼意所好爲杴，俗作『忺』。」

〔八〕虚市：猶言墟市，朝實暮虚的集散地。

〔九〕聽隔柳二句：《東京夢華録》卷七：「（寒食）節日坊市賣稠餳、麥糕、乳酪、乳餅之類，緩入都門，斜楊御柳，醉歸院落，明月梨花。」賣餳人吹簫管爲節序特徵。《詩·周頌·有瞽》：「簫管備舉。」鄭玄注：「簫，編小竹管，如今賣餳者所吹也。管如篴，並而吹之。」王十朋《次韻潘先生寒食有感》：「花媚韶光柳弄煙，簫聲處處賣餳天。」誰家，何處。李白《春夜洛城聞笛》：「誰家玉笛暗飛聲，散入春風滿洛城。」

〔一〇〕月題三句：《雜歌謡辭·蘇小小歌》：「妾乘油壁車，郎騎青驄馬。」月題，馬額上的月形佩飾。《莊子·馬蹄》：「夫加之以衡扼，齊之以月題。」郭象注：「月題，馬額上當顱如月形者也。」

〔一一〕臨水湔裙：賀鑄《憶秦娥》：「湔裙淇上，更待初三。」風俗由正月晦日演變爲三月上巳節俗。《荆楚歲時記》：「按每月皆有弦望晦朔，以正月爲初年，時俗重之，以爲節也。《玉燭寶典》曰：『元日至月晦，人並酺食、渡水，士女悉湔裳，酹酒於水湄，以爲度厄。』今世人唯晦日臨河解除，婦人或湔裙。」湔，洗滌。

〔一二〕冶態三句：與以上十句回憶西湖寒食。《夢粱録》卷二：「車馬往來繁盛，填塞都門。宴於郊者，則就名園芳圃、奇花異木之處。宴於湖者，則彩舟畫舫，款款撑駕，隨處行樂。此日又有龍舟可觀，都人不論貧富，傾城而出。笙歌鼎沸，鼓吹喧天，雖東京金明池未必如此之佳。殢酒貪歡，不覺日晚。紅霞映水，月挂柳梢，歌韻清圓，樂聲嘹喨，此時尚猶未絶。」

【集評】

高亮功：此「都下」是北都，非杭城也。末數句，是即景而動懷故鄉之思也。

夏敬觀：纖小。

闕名：「忍不住」三字，俚俗。

【考辨】

黄箋：此詞於元世祖至元二十八年（一二九一）作者四十四歲時所作。

國香①

沈梅嬌，杭妓也，忽於京都見之。把酒相勞苦，猶能歌周清真《意難忘》《臺城路》二曲，因囑余記其事。詞成，以羅帕書之②〔一〕

鶯柳煙堤。記未吟青子，曾比紅兒〔二〕。嫻嬌弄春微透③，鬟翠雙垂〔三〕。不道留仙不住④，便無夢、吹到南枝〔四〕。相看兩流落⑤，掩面凝羞，怕説當時〔五〕。　淒涼歌楚調〔六〕，裊餘音不放，一朵雲飛〔七〕。丁香枝上⑥，幾度款語深期。拜了花梢淡月，最難忘、弄影牽衣⑦〔八〕。無端動人處〔九〕，過了黄昏⑧，猶道休歸。

【校記】

①《詞譜》：「周密詞名《國香慢》，自注『夷則商』。」戈選杜批：「此調祇有此體。前段第四、五兩句可作上四下六。」　②《歷代詩餘》詞題作「遇杭妓沈梅嬌」。京都：《歷代詩餘·詞話》引《能改齋漫録》（孫按：或與吳曾筆記同名，或誤引）作「京師」。《本事詞》作「燕山」。水竹居本、石村書屋本、明吳鈔、汪鈔本、王刻作「燕薊」。以羅帕書之：《歷代詩餘·詞話》引《能改齋漫録》、石村書屋本、汪鈔本、王刻作「以素羅帨書之」。明吳鈔作「以羅帨書之」。　③嫻嬌：《歷代詩餘·詞話》引《能

改齋漫録》作「嬌蕊」。《歷代詩餘》、王刻作「嬾嬌」。春：《歷代詩餘·詞話》引《能改齋漫録》、水竹居本、石村書屋本、明吴鈔、汪鈔本作「香」。④不道：石村書屋本、汪鈔本作「誰不道」。⑤兩：石村書屋本、明吴鈔、汪鈔本「兩」下空一字。⑥枝上：水竹居本、石村書屋本、明吴鈔、汪鈔本脱二字。⑦牽：《歷代詩餘·詞話》引《能改齋漫録》作「褰」。石村書屋本、明吴鈔、汪鈔本作「寒」。⑧過了：石村書屋本、明吴鈔、汪鈔本無「了」字。水竹居本「了」上空一字。

【注釋】

〔一〕勞苦：慰勞。周清真：北宋著名詞人周邦彦，字美成，號清真居士。《宋史》本傳：「邦彦好音樂，能自度曲，製樂府長短句，詞韻清蔚，傳於世。」《意難忘》《臺城路》（即《齊天樂》）載於《片玉詞》中。

〔二〕記未吟二句：《青樓集·劉婆惜》：「有全普庵撥里，字子仁。……時賓朋滿座。全帽上簪青梅一枝行酒。全口占《清江引》曲云：『青青子兒枝上結。』令賓朋續之，衆未有對者。劉（婆惜）斂衽進前曰：『能容妾一辭乎？』全曰：『可。』劉應聲曰：『青青子兒枝上結，引惹人攀折。其中全子仁，就裏滋味别。只爲你酸留意兒難棄捨。』全大稱賞。」何晦《摭言》：「羅虬與宗人隱、鄴齊名，時號『三羅』。廣明亂後，從鄜州李孝恭。籍中有紅兒，善肉聲，虬作絶句百篇，號『比紅』詩，大行於時。」

〔三〕嫺嬌二句：周邦彦《蝶戀花·詠柳》：「嫩緑輕黄成染透。燭下工夫，泄漏章臺秀。」羅虬《比紅兒詩》：「薄羅輕翦越溪紋，鵶翅低垂兩鬢分。」

〔四〕不道三句：柳宗元《龍城録·趙師雄醉憩梅花下》：「隋開皇中，趙師雄遷羅浮。一日，天寒日暮，在醉醒間，因憩僕車於松林間酒肆傍舍。見一女子，淡妝素服，出迓師雄。時已昏黑，殘雪對月色微明。師雄喜之，與之語，但覺芳香襲人，語言極清麗。因與之扣酒家門，得數杯，相與飲。少頃，有一緑衣童來，笑歌戲舞，亦自可觀。頃醉寢，師雄亦懵然，但覺風寒相襲。久之，時東方已白。師雄起視，乃在大梅花樹下，上有翠羽啾嘈相顧，月落參横，但惆悵而已。」晏殊《木蘭花》：「聞琴解佩神仙侶。挽斷羅衣留不住。」《古今事文類聚·後集》卷二八：「《群書要語》：大庾嶺上梅花，南枝已落，北枝方開，寒暖之候異也。」王昌齡《梅詩》：「落落寞寞路不分，夢中唤作梨花雲。」

〔五〕相看三句：暗用白居易《琵琶引》「同是天涯淪落人」「猶抱琵琶半遮面」及杜甫《江南逢李龜年》「落花時節又逢君」之意。

〔六〕淒涼句：虚用《左傳·成公九年》楚囚鍾儀南冠、琴操南音楚聲之典，代指沈梅嬌歌唱北宋雅音《意難忘》《臺城路》二曲之事。

〔七〕裊餘音二句：《列子·湯問》：「秦青弗止（薛譚），餞於郊衢。撫節悲歌，聲振林木，響遏行雲。……秦青顧謂其友曰：『昔韓娥東之齊，匱糧。過雍門，鬻歌假食。既去，而餘音繞梁欐，三日不絶，左右以其人弗去。」李白《宫中行樂詞》：「只愁歌舞散，化作彩雲飛。」

〔八〕丁香五句：金盈之《醉翁談録》卷之四：「京師賞月之會，異於他郡。傾城人家子女，不以貧富，自能行者至十二三，皆以成人之服服飾之。登樓或於中庭焚香拜月，各有所期：男則願早步蟾宫，高攀仙桂。……女則淡竚妝飾，則願貌似嫦娥，圓如皓月。」韓襄客《句》：「連理枝前同設誓，丁香樹下共論心。」款語，此謂細聲軟語。深期，殷勤邀約。

〔九〕無端：此處是「無心」的意思。歐陽修《玉樓春》：「游絲有意苦相縈，垂柳無端争贈别。」

【集評】

單學博：風懷如見，旖旎纏綿。

邵淵耀：「吟青子」，用劉婆惜事。風懷如見，旖旎纏綿。

高亮功：略映「梅」字。

【考辨】

黄箋：此詞與前一首作於同時。

臺城路①

庚寅秋九月，之北，遇汪菊坡，一見若驚，相對如夢。回憶舊游，已十八年矣。因賦此詞②

十年前事翻疑夢③，重逢可憐俱老〔一〕。水國春空④，山城歲晚⑤，無語相看一笑〔二〕。荷衣換了〔三〕。任京洛塵沙⑥，冷凝風帽⑦〔四〕。見説吟情，近來不到謝池草⑧〔五〕。

歡游曾步翠窈。亂紅迷紫曲⑨，芳意今少⑩〔六〕。舞扇招香⑪，歌橈喚玉⑫，猶憶錢塘蘇小⑬〔七〕。

無端暗惱〔八〕。又幾度留連⑭，燕昏鶯曉。回首妝樓，甚時重去好⑮。

【校記】

①戈選詞調作《齊天樂》。同調異名。下同不出校。戈選杜批姜夔詞：「此詞前後段起句均叶韻，餘與各詞同。」批史達祖詞：「此調所選七家除清真外皆有之，句法悉同，惟前後段起句或叶或不叶爲差異耳。」②龔本、曹本、寶書堂本、戈選、許本、鮑本詞題作：「庚辰秋九月之北，遇汪菊坡，一見若驚，相對一夢。回憶舊游，已十八年矣。因賦此詞。」注曰：「別本『菊坡』作『蘭坡』。」戈選無末句無題注。江昱按曰：「曾心傳《題日觀葡萄》自序，以至元庚寅入京，玉田固同行之侶。此題『辰』字當是『寅』字之訛。」底本從江疏。許邁孫跋王昶《書張叔夏年譜後》曰：「《臺城路》詞，題『庚寅』誤刊『庚辰』，蓋叔夏於庚寅九月偕曾心傳、沈堯道諸人以寫經之役，自杭起驛入京，甫得官，輒爲人所阻，辛卯春即南旋，是留燕京首尾纔一年，若謂在燕十年，則戊子冬不應客山陰也。集中『庚寅』北歸凡兩見，別本皆作『辛卯』，當遵別本爲是。在海雲寺觀千葉杏，是辛卯春間事，《元史》至正二十七年六月繕寫金字藏經，此可證也。」《天機餘錦》詞題：「庚寅會汪菊坡子此冀，相對一夢，回憶舊游，已十八年矣。」庚辰，至元十七年（一二八〇），庚寅，至元二十七年（一二九〇）。此爲張炎北遊一年說的肇始。可以作爲江昱、許邁孫之說的版本依據。水竹居本、明吳鈔、汪鈔本作「庚辰會汪蘭坡於薊北，想如夢，回憶舊游，已十八年矣。」《詞綜》、王刻略同。《歷代詩餘》作「北地遇江菊坡」。③前事：《詞綜》作「舊事」。疑夢：《宋名家詞評》作「如夢」。④春空：《天機餘錦》作「春山」。《花

草粹編》作「山空」。⑤山：《天機餘錦》《花草粹編》作「空」。歲：《宋名家詞評》作「日」。⑥洛：龔本、曹本、寶書堂本、許本、鮑本注「一作『國』」。塵沙：《天機餘錦》作「風塵」。⑦風：《天機餘錦》《花草粹編》作「紗」。⑧到：《天機餘錦》《花草粹編》作「見」。⑨紅：《花草粹編》作「花」。⑩今：龔本、曹本、寶書堂本、許本、鮑本注「一作『多』，一作『終』」。⑪香：王刻作「涼」。⑫喚：《天機餘錦》、石村書屋本、明吴鈔、汪鈔本作「換」。⑬猶：龔本、曹本、寶書堂本、許本、鮑本注「一作『翻』」。⑭留：《詞綜》、汪鈔本作「流」。⑮重：龔本、曹本、寶書堂本、許本、鮑本注「一作『歸』」。《天機餘錦》《花草粹編》同。

【注釋】

〔一〕十年二句：與詞題中「相對如夢」用司空曙《雲陽館與韓紳宿别》句意：「乍見翻疑夢，相悲各問年。」可憐，《匯釋》：「猶云可惜也。」

〔二〕無語句：劉禹錫《送裴處士應制舉詩》：「此事今同夢想間，相看一笑且開顔。」

〔三〕荷衣換了：《楚辭・離騷》：「製芰荷以爲衣兮，集芙蓉以爲裳。」釋道舉《臞庵》：「種成苜蓿先生飯，製就芙蓉隱者衣。」暗寫汪氏無奈仕元之事。

〔四〕任京洛二句：陸機《爲顧彦先贈婦二首》（之一）：「京洛多風塵，素衣化爲緇。」風帽，風吹帽落。暗用孟嘉重陽典，節令正在九月。《晉書・孟嘉傳》：「（嘉）後爲征西桓温參軍，温甚重之。九月九日，温宴龍山，僚佐畢集。時佐吏並著戎服。有風至，吹嘉帽墮落，嘉不之覺。」詞應寫於重九前後。

〔五〕見説二句：謂如今雖然是意外相遇的雅集，但目前心境已無法寫出當時同游時如有神助的名句。

〔六〕歡游三句：黄庭堅《次韻王荆公題西太乙宫壁二首》（之二）：「白下長干夢到，青門紫曲塵迷。」紫曲，代指舊京紫陌坊曲。

〔七〕舞扇三句：晏幾道《鷓鴣天》：「舞低楊柳樓心月，歌盡桃花扇底風。」《武林舊事》卷三：「或有以輕橈趁逐求售者，歌妓舞鬟，嚴妝自炫，以待招呼者，謂之『水仙子』。」《雜歌謡辭·錢塘蘇小小歌》引《樂府廣題》曰：「蘇小小，錢塘名倡也。蓋南齊時人。」劉禹錫《樂天寄憶舊游因作報白君以答》：「其奈錢塘蘇小小，憶君淚黦石榴裙。」自注：「白君有妓，近自洛歸錢塘。」此代指二人冶游時攜游的杭州痴小歌妓。

〔八〕無端：《例釋》：「又等於説無奈，多用於感嘆事與願違的場合。」李嘉祐《過烏公山寄錢起員外》詩：『雨過青山猿叫時，愁人淚點石榴枝。無端王事還相繫，腸斷蒹葭君不知。』此猶云無奈王事相繫而不得相見。」

【集評】

《宋名家詞評》：如此等詞即以爲杜詩韓筆可也，豈止極填詞之能事乎？

張氏手批：庚辰，至元十七年，宋亡之明年也。是玉田於宋亡後始北行。

單學博：開門見山。

高亮功：起句藏却後半闋。

陳蘭甫：情真語苦，尤妙在脱口而出。

陳廷焯《雲韶集》卷九：追思疇昔，慨嘆而今，數十年心事隱隱如見。詞不必激迫，意不必新奇，但一路寫去，圓美流轉，有彈丸脱手之妙。

又，《大雅集》卷四：起語魂銷。

【考辨】

黄箋：此詞爲元世祖至元二十七年（一二九〇）作者四十三歲時所作。

孫按：桂栖鵬《新證》考菊坡爲汪漢卿，曾「在翰苑十年」，自號菊坡。由至元二十七年逆推十八年，詞中回憶爲宋度宗咸淳八年（一二七二）之事，二人均出身於宋代閥閲之家，彼此交游，正其宜也。汪菊坡在翰林國史院十年，由致仕之至大三年（一三一〇）前推十年，爲元成宗大德四年庚子（一三〇〇）。而此詞寫於至元二十七年庚寅，距菊坡入翰苑尚有十年，方回《桐江集》編於乙巳即大德九年（一三〇五）的《獨立》詩有「北來話舊玉堂雨」句下自注可以互證：「汪漢卿翰林修撰六月三日至杭，此用孫内翰『那更廉纖雨，謾道玉爲堂』事。」可旁證至元二十七年汪菊坡尚未任内翰之職，尚爲風塵京華的憔悴倦客。另，元朝張孟浩曾説：「劉辰翁作《寶鼎獻》詞，時爲大德元年，自題曰：『丁酉元夕』，亦義熙舊人只書甲子之意。」張炎詞中鮮用元代年號，應與陶潛、劉辰翁用意相同。

三姝媚 海雲寺千葉杏二株，奇麗可觀，江南所無。越一日，過傅巖起清晏堂。見古瓶中數枝，云自海雲來，名芙蓉杏。因愛玩不去，巖起索賦此曲①〔一〕

芙蓉城伴侶②。乍卸却單衣，茜羅重護〔二〕。傍水開時，細看來、渾似阮郎前度〔三〕。記得小樓，聽一夜、江南春雨〔四〕。夢醒簫聲，流水青蘋，舊游何許③〔五〕。誰翦層芳深貯〔六〕。便洗盡長安④，半面塵土〔七〕。絶似桃根，帶笑痕來伴，柳枝嬌舞〔八〕。莫是孤村，試與問、酒家何處〔九〕。曾醉梢頭雙果，園林未暑〔一〇〕。

【校記】

①《歷代詩餘》、王刻詞題作「瓶中芙蓉杏」。　②伴：《歷代詩餘》、王刻作「畔」。　③許：王刻作「處」，與下片重韻。　④便：龔本、曹本、寶書堂本、許本、鮑本作「使」。江昱按曰：「後起『使』字疑『便』字之訛。」朱校：「從江校。」

【注釋】

〔一〕海雲寺、傅巖起：江昱疏證：「《人海記》：元《方輿勝覽・大興府》載：佛寺三十八區，中有海雲寺。元時寺有千葉杏二株，名芙蓉杏。傅巖起在京師築清晏堂，以此花置瓶中。錢塘張叔夏見之，稱其奇麗可觀，江南所無。巖起索叔夏賦之。叔夏爲填《三姝媚》詞。今失其處，故老蔑有知之者矣。」江昱按曰：「《元史》：泰定元年三月，監察御史宋本、李嘉賓、傅巖起言三公之職，濫假僧人云云。又，《張翥傳》稱翥晉寧人，至元末，同郡傅巖起居中書，薦翥隱逸。巖起或以字行耶？」千葉，花朵重瓣。楊萬里有《行闕養種園千葉杏花》詩。芙蓉杏，王惲有《萬壽宮芙蓉杏花》四首。此詞潛在參照石延年、王安石《紅梅》詩：「認桃無緑葉，辨杏有青枝。」「北人初未識，渾作杏花看。」故詞中兼及桃花典。

〔二〕芙蓉城三句：胡微之《芙蓉城傳》載王子高與仙女周瑶英同游芙蓉城，並艷遇芳卿，故以二株杏花擬之。芙蓉，特指木芙蓉。《本草綱目》卷三六：「（木芙蓉）花艷如荷花，故有芙蓉、木蓮之名，八九月始開，故名拒霜。」茜，絳紅色。杏花通常爲單瓣，此花異品，故以單衣、重羅擬之。

〔三〕傍水三句：鄭谷《杏花》：「不學梅欺雪，輕紅照碧池。」謂千葉杏花臨水開放，恰似劉晨、阮肇所見仙溪碧桃。渾，《匯釋》：「猶全也，直也。」

〔四〕記得三句：陸游《臨安春雨初霽》：「小樓一夜聽春雨，深巷明朝賣杏花。」

〔五〕夢醒三句：蘇軾《月夜與客飲杏花下》：「褰衣步月踏花影，炯如流水涵青蘋。」

〔六〕誰翦句：王惲《木蘭花慢·賦芙蓉杏花》：「愛活色生香，芙蓉標格，暖貯春光。」

〔七〕便洗盡二句：蘇軾《三月二十日多葉杏盛開》：「自從此花開，玉肌洗塵沙。」《古今事文類聚·前集》卷一四：「郄詵數月山行，喜聞樵語牧唱，謂洗盡五斗塵土腸胃。」

〔八〕絶似三句：温庭筠《楊柳枝八首》（之二）：「南内墻東御路傍，預知春色柳絲黄。杏花未肯無情思，何事行人最斷腸。」暗用韓愈歌妓絳桃、柳枝典。《類説》卷三二：「韓退之二妾，一曰絳桃，二曰柳枝，皆能歌舞。」又因絳桃衍爲桃根典。《詩話總龜》卷七引《樂府集》：「（桃葉）其妹曰桃根。」

〔九〕莫是三句：杜牧《清明》：「借問酒家何處有，牧童遥指杏花村。」

〔一〇〕曾醉二句：晏殊《浣溪沙》：「青杏園林煮酒香。佳人初試薄羅裳。」鄭獬《昔游》：「小旗短棹西池上，青杏煮酒寒食頭。」梅堯臣《詠雙杏子其核亦然》：「子核成雙杏，將寄同心人。」

【集評】

單學博：託物寫情，婉麗動人。

高亮功：「記得」以下純是拓筆。换頭是遥接收轉語。

【考辨】

黄箋：此詞於元世祖至元二十八年（一二九一）作者四十四歲時作。

孫按：張如安《山中白雲詞箋釋小補》（簡稱《箋釋小補》）據《勤齋集》卷二《傅公墓誌銘》，考得「元初另有一傅巖起（一二三四—一三〇二），初名良弼，字正之，華原人，歷京兆路判、四川憲僉、監察御史、刑部郎中。至元三十年（一二九三）除南臺侍御史，遷江東廉訪使。其人曾在京師爲官，年齡稍長於張炎，張炎至京過訪這位清貴，殊有可能。故張贈詞對象以華原傅巖起更爲合理」。華原，耀州屬縣，張炎祖籍鳳翔，同屬陝西路。蕭𣂏《傅公墓誌銘》載：「遇族姻舊故，曲盡禮意。規益朋友，必竭其誠。而復孜孜下問，取人爲善，尊敬鄉閭耆宿。訓導後生，接人雍容笑語，未嘗有一毫貴宦氣。」「大德六年四月二日卒，壽六十九。」巖起年長張炎十四歲，玉田屬鄉閭後生。

甘州①

辛卯歲，沈堯道同余北歸，各處杭越。逾歲，堯道來問寂寞，語笑數日，又復別去。賦此曲，並寄趙學舟②〔一〕

記玉關、踏雪事清游。寒氣脆貂裘③〔二〕。傍枯林古道〔三〕，長河飲馬〔四〕，此意悠悠④〔五〕。短夢依然江表〔六〕，老淚灑西州〔七〕。一字無題處，落葉都愁〔八〕。　載取白雲歸去〔九〕，問誰留楚佩⑤，弄影中洲⑥〔一〇〕。折蘆花贈遠，零落一身秋⑦〔一一〕。向尋常野橋流水，待招來、不是舊沙鷗⑧〔一二〕。空懷感，有斜陽處⑨，却怕登樓⑩〔一三〕。

【校記】

①《碧鷄漫志》：「《甘州》，世不見，今仙吕調有曲破，有八聲慢，有令，而中吕調有象《甘州》八聲，他宫調不見也。凡大曲就本宫調製引、序、慢、近、令，蓋度曲者常態。若象《甘州》八聲，即是用其法於中吕調，此例甚廣。」戈選杜批夢窗詞：「此從《甘州令》衍爲慢調，前後段共八韻，故名《八聲甘州》。然亦有首句添一韻者。」又，「後結上一句中二字須相連，如此詞之『暗消磨盡』及後張玉田之『有斜陽處』『趁楊花去』皆同。然玉田另二首又不如是，想可不拘。」孫按：「暗消磨盡」出自吴夢窗《八聲甘州·姑蘇臺和施芸隱韻》，「趁楊花去」出自玉田異名同調詞《瀟瀟雨·泛江有懷袁通父》。與《八聲甘州》《瀟瀟雨》同調異名，下同不出校。

②龔本、曹本、寶書堂本、許本、鮑本詞題「辛卯」作「庚寅」，注曰：「别本『庚寅』作『辛卯』，堯道作

『秋江』，趙學舟作『曾心傳』。」江昱按曰：「《大觀録》曾心傳自序謂庚寅入京。前《臺城路》詞謂『庚辰九月』，『辰』字乃『寅』字之訛。辨見詞後。《三姝媚》詞觀海雲杏花，則係春日尚留燕京，而北歸之非本年冬日明矣。此『庚寅』自當從別本作『辛卯』爲是。」又按：「庚寅，元世祖至元二十七年，史稱六月繕寫金字藏經，凡糜金三千二百四十四兩。」朱校：「從江疏。」《天機餘錦》詞題作：「辛卯歲，秋江同余北歸，余處越，秋江處(杭)。賦此並寄杭友。」水竹居本、石村書屋本、明吴鈔、汪鈔本作「辛卯歲，沈秋江同余北歸，秋江處杭，余處越。越歲，秋江來訪寂寞，晤語數日，又復別去。賦此詞餞行，並寄曾心傳」。王刻略同，題末注「秋江名堯道」。《詞綜》作「餞沈秋江」。《歷代詩餘》作「餞友」。二卷本「辛卯」，是江昱北游一年説的版本依據。戈選略同龔本，無題注。③脆：水竹居本、石村書屋本、明吴鈔、《詞綜》、《歷代詩餘》、汪鈔本、戈選作「弊」。④意：《歷代詩餘》作「事」。⑤問：龔本、曹本、寶書堂本、許本、鮑本注「一作『耿』」。⑥洲：龔本、曹本、寶書堂本、許本、鮑本作「州」。朱校：「從《詞綜》。」許校：「舊鈔本作『流』。」⑦零落句：《天機餘錦》作「零亂一身愁」。⑧沙：《天機餘錦》作「盟」。⑨處：《天機餘錦》無此字。⑩却：《詞綜》、《歷代詩餘》、《晴雪雅詞》、戈選作「最」。

【注釋】

〔一〕辛卯九句：江昱按曰：「秋江即堯道，見前《聲聲慢》注。與曾心傳同以庚寅歲寫經至都。爲玉田北游之友，故前後諸作多沈與曾並。別本題正可互參。」又按：「《絶妙好詞》：趙與仁，字元父，號學舟。《宋史·宗室世系表》：燕王德昭十世孫希挺長子。」《宋史·宗室·燕王德昭傳》，後裔「遷越州觀察使，襲封越國公，進會稽郡王，至保信軍留後」，則趙氏應居紹興。玉田另有《臨江仙·懷辰州教授趙學舟》。《絶妙好詞箋》卷七亦載其入元爲辰州教授。《江西通志》卷五一載趙氏爲咸淳元年乙丑阮登炳榜進士。《詞旨》録趙元父《相思引》殘句：「昨宵風雨，涼到木犀屏。」張之翰有《和趙學舟韻二首》，知其是能詩擅詞的宗室文人。

〔二〕記玉關三句：岑參《北庭貽宗學士道别》：「容鬢老胡塵，衣裘脆邊風。」玉關，玉門關。漢武帝時通往西域各地的門户。《漢書·西域傳上》：「時漢軍正任文將兵屯玉門關，爲貳師後距，捕得生口，知狀以聞。」代指邊境。

〔三〕傍枯林句：蔡邕《飲馬長城窟行》：「枯桑知天風，海水知天寒。」

〔四〕長河飲馬：陳琳《飲馬長城窟行》：「飲馬長城窟，水寒傷馬骨。」王維《使至塞上》：「大漠孤煙直，長河落日圓。」

〔五〕此意悠悠：傅玄《飲馬長城窟行》：「青青河邊草，悠悠萬里道。」

〔六〕短夢句：反用姚孝錫《長條新詩》：「愁邊日晷偏疑短，夢裏江山未當歸。」

〔七〕老淚句：翻用《晉書·謝安傳》：「羊曇者，太山人，知名士也，爲安所愛重。安薨後，輟樂彌年，行不由西州路。嘗因石頭大醉，扶路唱樂，不覺至州門。左右白曰：『此西州門。』曇悲感不已，以馬策扣扉，誦曹子建詩曰：『生存華屋處，零落歸山丘。』慟哭而去。」

〔八〕一字二句：謂南歸後，未曾題葉傳書，是因爲片葉載不動如許愁怨。

〔九〕載取句：吾丘衍《沈堯道寄梨花》：「山中折花摇白雲，一枝贈我寒食春。」

〔一〇〕問誰留二句：屈原《九歌·湘君》：「捐余玦兮江中，遺余佩兮醴浦。……君不行兮夷猶，蹇誰留兮中洲。」

〔一一〕折蘆花二句：與「沙鷗」取意方岳《鷺》：「聳兩吟肩似我愁，菰蒲葉下一身秋。」此謂折物贈别，唯零落飄白的蘆花與心境最爲相似。

〔一二〕待招來二句：用前引海上之人招鷗典。黄庭堅《登快閣》：「萬里歸船弄長笛，此心吾與白鷗盟。」亦爲家典，張鎡有詩《南湖有鷗成群里閭間云數十年未嘗見也實塵中奇事因築亭洲上榜曰鷗渚》。

〔一三〕空懷感三句：方岳《次韻吴殿撰多景樓見寄》：「多情王粲怕登樓，誰遣人間汗漫游。」

【集評】

《譚獻詞話》卷二：一氣旋折，作壯詞須識此法。白石嚶求稼軒，脱胎耆卿，此中消息，願與知音人參之。（「一字」二句）頗恢詭。下片（「有斜陽」二句）不著屠沽。

單學博：飄然而起。　又：淒黯欲絶。

許廷詰：飄然起。淒黯。

邵淵耀：淒咽。

高亮功：（「向尋常」四句）摇曳有致。

陳廷焯《雲韶集》卷九：（「短夢」二句）一片淒感，似唐人悲歌之詩。（「一字」二句）警句。（下闋）一片淒感。（「空懷感」三句）結筆情深一往。

又，《大雅集》卷四：蒼涼怨壯，盛唐人悲歌之詩，不是過也。「折蘆花」十字警絕。

夏敬觀：健爽。

闕名：疏快。

【考辨】

黃箋：杭，杭州，沈堯道北歸後居處。越，今浙江紹興，作者北歸居處。

孫按：此詞寫於至元二十九年壬辰（一二九二）北行歸杭期年之後，張炎時年四十五歲。北歸後，玉田有《疏影·余於辛卯歲北歸，與西湖諸友夜酌，因有感於舊游，寄周草窗》，又有《憶舊游·新朋故侶，詩酒遲留，吴山蒼蒼，渺渺兮余懷也。寄沈堯道諸公》。「西湖」「吴山」在杭州，由此可知玉田再次北游歸南後，暫居杭州，不久處越，蒼蒼吴山成爲懷思之地。《憶舊游》有句曰：「殢人處，是鏡曲窺鶯，蘭皋圍泉。」謂鏡湖邊宴飲觀妓、蘭渚流觴的游樂，不能緩解故鄉之思。據此，則《天機餘錦》詞題「余處越，秋江處杭」爲正解也。

聲聲慢 爲高菊墅賦①〔一〕

寒花清事，老圃閑人〔二〕，相看秋色霏霏②〔三〕。帶葉分根，空翠半濕荷衣〔四〕。沅湘舊愁未滅〔五〕，有黃金、難鑄相思〔六〕。但醉裏，把苔箋重譜，不許春知〔七〕。聊慰幽懷古意，且頻簪短帽，休怨斜暉〔八〕。采摘無多，一笑竟日忘歸〔九〕。從教護香徑小〔一〇〕，似東山、還似東籬〔一一〕。待去隱，怕如今、不是晉時③〔一二〕。

【校記】

①龔本、曹本、寶書堂本、許本、鮑本注「別本『墅』作『澗』」。水竹居本、石村書屋本、明吴鈔、汪鈔本同。②相看秋色：龔本、曹本、寶書堂本、許本、鮑本注「一作『行吟曉氣』」。秋：水竹居本、石村書屋本、明吴鈔、汪鈔本作「正」。③是：王刻作「似」。

【注釋】

〔一〕高菊墅：應爲南宋高似孫之子高普或高歷的後輩，菊墅在嵊縣即古代剡縣。高似孫《剡録》卷九：「先公於雪館西坡手種一二百本，最奇者紫菊、丹菊。」其父高文虎《種菊》詩：「菊載種農經，不見詩三百。周官叙鞠衣，一言僅可摘。黄華紀吕令，落英餐楚客。伯始飲得壽，桐君書探賾。移根候萌動，需時當甲坼。我羨柴桑里，敢希履道宅。不種兒女花，朱朱與白白。閲譜品雖多，求栽地恐窄。揠苗助其長，抱瓮溉以澤。朗詠黄爲正，流播風騷格。寒香紫茁蘭，晚節銅柯柏。相繼早梅芳，一笑巡檐索。」參見後文《掃花游·賦高疏寮東墅園》【考辨】。

〔二〕寒花二句：下文「把」字意亦入此。王安石《菊詩》：「千花百卉凋零後，始見閑人把一枝。」戴叔倫《暮春感懷》：「東皇去後韶華盡，老圃寒香別有秋。」韓琦《九日水閣》：「雖慚老圃秋容淡，且看寒花晚節香。」
〔三〕秋色霏霏：史鑄集句詩《黄菊二十首》（之十四）：「香霧霏霏欲噀人，黄花又是一番新。」霏霏，撲鼻貌。
〔四〕空翠句：王維《闕題二首》（之二）：「山路元無雨，空翠濕人衣。」荷衣，代指隱者之服。
〔五〕沅湘句：屈原《楚辭・離騷》：「朝飲木蘭之墜露兮，夕餐秋菊之落英。」
〔六〕有黄金二句：《范村菊譜》：「凡黄花十七種……菊以黄爲正。」菊有勝金黄、疊金黄、金錘子、千葉小金錢等品種。盧仝《與馬異結交詩》：「白玉璞裹斫出相思心，黄金礦裹鑄出相思淚。」與鄭思肖《寒菊》同義：「禦寒不藉水爲命，去國自同金鑄心。」表達故國丹心比金堅。
〔七〕但醉裹三句：此寫醉作菊譜。苔箋，《拾遺記》卷九：「側理紙萬番，此南越所獻。……南人以海苔爲紙，其理縱横邪側，因以爲名。」李肇《唐國史補》卷下：「紙則有越之剡藤、苔箋。」《嘉泰會稽志》卷一七：「剡之藤紙得名最舊，其次苔箋。」
〔八〕且頻簪二句：杜牧《九日齊安登高》：「塵世難逢開口笑，菊花須插滿頭歸。但將酩酊酬佳節，不用登臨恨落暉。」短帽，輕便休閑小帽。
〔九〕采摘二句：韓愈《晚菊》：「佇立摘滿手，行行把歸家。」
〔一〇〕從教句：暗用三徑典。《蒙求集注》卷上：「前漢蔣詡，字元卿，杜陵人。爲兗州刺史，以廉直爲名。王莽居攝，以病免，歸鄉里。《三輔决録》曰：詡舍中竹下開三徑，唯故人求仲、羊仲從之游。」陶潛《歸去來兮辭》：「三徑就荒，松菊猶存。」

〔二〕似東山二句：高似孫《剡録》卷八：「明心院，四山環合，自成一嶼，寺在其中。……寺之南麓，先公翰林所藏。山有藏書寮，又有雪廬、玉峰堂、秀堂。」《嘉泰會稽志》卷九：「（上虞）東山，在縣西南四十五里。晉太傅謝安所居也。一名謝安山，巋然特立於衆峰間。拱揖蔽虧，如鸞鶴飛舞其巔。有謝公調馬路，白雲、明月二堂址。千嶂林立，下視滄海，天水相接，蓋絶景也。下山出微徑，爲國慶寺，乃太傅之故宅。傍有薔薇洞，俗傳太傅攜妓女游宴之所。」陶潛《飲酒詩二十首》（之五）：「采菊東籬下，悠然見南山。」

〔三〕待去隱三句：嵊縣曾是晉朝以來高士選擇的隱居勝地，白居易《沃洲山禪院記》：「沃洲山在剡縣南三十里。……東南山水，越爲首，剡爲面，沃洲、天姥爲眉目。夫有非常之境，然後有非常之人棲焉。晉宋以來，因山洞開，厥初，有羅漢僧西天竺人白道猷居焉。……高士名人有戴逵、王洽、劉惔、許玄度、殷融、郄超、孫綽、桓彦表、王敬仁、何次道、王文度、謝長霞、袁彦伯、王蒙、衛玠、謝萬石、蔡叔子、王羲之，凡十八人，或游焉，或止焉。」高文虎曾繪「十八高士圖」於集高亭。《剡録》卷七：「先公翰林居剡，作雪館於玉岑山，又作集高亭。繪晉入剡十八高士爲圖列左右。」俞陛雲《唐五代兩宋詞選釋》：「結句雖歸去淵明，東籬可采，已非復義熙甲子，言外慨然。」

【集評】

張氏手批：淵明隱於晉未亡之日，故曰：「如今不是晉時。」

單學博：（「寒花」二句）八字傳神阿堵中。　又：（「有黃金」二句）巧。

高亮功：結語甚痛。

陳蘭甫：玉田北游燕薊，安得以陶令自比。

【考辨】

江昱按曰：高菊澗宋孝宗時人。味此詞意，作於元時。别本誤。

孫按：高九萬（號菊澗）生於乾道六年（一一七〇），卒於淳祐元年（一二四一）。據玉田《臨江仙》詞題「甲寅秋……時余年六十有七」，甲寅，延祐元年（一三一四），則張炎生於淳祐八年（一二四八），菊澗卒時尚未出生。此詞應寫於宋帝昺祥興二年（一二七九）到至元二十六年（一二八九）之間，初次北行歸來之後久客山陰時。贈主爲疏寮主人高似孫之子高普或高歷之後輩，詳參下篇《掃花游·賦高疏寮東墅園》【考辨】。

掃花游　賦高疏寮東墅園①〔一〕

煙霞萬壑〔二〕，記曲徑幽尋②，霽痕初曉〔三〕。綠窗窈窕〔四〕。看隨花甃石③〔五〕，就泉通沼。幾日不來，一片蒼雲未掃〔六〕。自長嘯④〔七〕。悵喬木荒涼⑤，都是殘照〔八〕。　碧天秋浩渺。聽虚籟泠泠，飛下孤峭⑥〔九〕。山空翠老。步仙風，怕有采芝人到。野色閑門，芳草不除更好〔一〇〕。境深悄。比斜川、又清多少〔一一〕。

【校記】

①水竹居本、石村書屋本、明吴鈔、《詞綜》、汪鈔本、王刻詞題作「高疏寮東野園」。②幽尋：水竹居本、石村書屋本、明吴鈔、《詞綜》、汪鈔本、王刻作「尋幽」。③隨：王刻作「垂」。④自長嘯：龔本、曹本、寶書堂本、許本、鮑本注「一作『度層峭』」。⑤悵：《詞綜》、汪鈔本、王刻作「恨」。荒涼：龔本、曹本、寶書堂本、許本、鮑本注「一作『依依』」。王刻作「蒼涼」。⑥聽虚籟二句：龔本、曹本、寶書堂本、許本、鮑本注「一作『稱刻竹微吟，卧雲孤嘯』」。

【注釋】

〔一〕高疏寮東墅園：南宋高似孫墅園，其父高文虎始建；詞中多處涉及園中景點，詳見【考辨】。

〔二〕煙霞萬壑：《晉書·顧愷之傳》：「（愷之）還至荆州，人問以會稽山川之狀，愷之云：『千巖競秀，萬壑争流，草木蒙蘢，若雲興霞蔚。』」煙霞，指變化萬狀的自然風景。

〔三〕記曲徑二句：常建《題破山寺》：「曲徑通幽處，禪房花木深。」梅堯臣《魯山山行》：「好峰隨處改，幽徑獨行迷。」林滋《春望》：「林光虚霽曉，山翠薄晴煙。」

〔四〕緑窗窈窕：元稹《連昌宫詞》：「舞榭欹傾基尚在，文窗窈窕紗猶緑。」窈窕，幽深貌。

〔五〕甃：此指以磚、石等砌成的花間小徑。

〔六〕幾日二句：與下闋「采芝」句用魏野《尋隱者不遇》句意：「采芝何處未歸來，白雲滿地無人掃。」

〔七〕長嘯：《晉書·阮籍傳》：「籍嘗於蘇門山遇孫登，與商略終古及棲神導氣之術，登皆不應，籍因長嘯而退。至半嶺，聞有聲若鸞鳳之音，響乎巖谷，乃登之嘯也。」

〔八〕悵喬木二句：《孟子·梁惠王下》：「孟子見齊宣王曰：『所謂故國者，非謂有喬木之謂也，有世臣之謂也。』」俞陛雲《唐五代兩宋詞選釋》：「『喬木』句，有故家之感。」

〔九〕碧天三句：此句寫鏡湖。王十朋《會稽風俗賦》：「其水則浩淼泓澄，散漫縈迂。漲焉而天，風焉而波，淨焉如練，瑩焉如磨，溢而爲江，瀦而爲湖。」虛籟，風吹萬竅發出的各種音響。參見前引《莊子·齊物論》。

〔一〇〕野色二句：《南齊書·孔稚珪傳》：「孔稚珪，字德璋，會稽山陰人也。……門庭之内，草萊不翦。」

〔一一〕境深悄三句：陶潛《游斜川》：「閑谷矯鳴鷗，迥澤散游目。緬然睇曾丘，雖微九重秀。」

【集評】

單學博：思清響徹，如聞松濤竹籟，使人無處著塵俗也。

許廷誥：思清響徹。

邵淵耀：思清響逸，如聞松濤竹籟，翛然出塵。

高亮功：前段實寫，後段虛寫。

陳廷焯《雲韶集》卷九：（上闋）有筆力，有氣骨，白石不能過也。（下闋）敷佐亦真。

又，《大雅集》卷四：風骨高騫，文采疏朗，直入白石之室也。

【考辨】

江昱疏證：《中興館閣續録》：高似孫，字續古，鄞縣人。淳熙十一年進士，慶元五年除秘書省校書郎，六年通判徽州。《四朝聞見録》：高疏寮居近城，因城疊石曰「南麓」。麓後高數級，登汲於瓮，泄之以管。淙淙環佩聲。入方池，池方四五尺，畫☰於扁。自麓之後登城爲「嘯臺」。《佩楚軒客談》：高續古東墅亭館名：秀堂、疏閣、分繡閣、是堂、雪廬、涼觀、聽雪齋、雲壑、清香館、漁莊、歷齋、緑漪、墨沼、游雅齋、藏書寮、疏寮、蘭磴、集硯亭、朝霞林、藻景亭、光碧鄉、剡興亭、蓬萊游、探春塢、霽雪亭、耶溪月、木蘭徑、陽明麓、雪巖、西窑、鰲峰、巖壑（孫按：《説郛三種·説郛一二〇卷》卷二七引録東墅亭館名有小異）。草窗詞《甘州·賦疏寮園》：「信山陰、道上景多奇，仙翁幻吟壺。愛一丘一壑，一花一草，窈窕扶疏。染就春雲五色，更種玉千株。咳唾騷香在，四壁驪珠。曲折冷紅幽翠，涉流花澗淨，步月堂虚。羡風流魚鳥，來往賀家湖。認秦鬟、越妝窺鏡，倚斜陽、人在會稽圖。圖多賞，池香洗硯，山秀藏書。」

江昱按曰：續古仕於宋寧宗時，玉田越游在元世祖末成宗初，相隔百年，續古蓋已久没，故玉田詞遂有喬木荒涼之語，非比周詞年分爲近，但言其勝也。

黄箋：此詞爲元成宗大德二年（一二九八）作者五十一歲時作。

孫按：《乾隆鄞縣志》、江昱疏證、史克振《草窗詞校注》等皆誤《四朝聞見録》吴琚居所爲疏寮。

吴琚「南麓」「嘯臺」在金陵（江蘇南京），高氏家族疏寮在嵊縣。左洪濤《高文虎、高似孫生卒年考》考定高文虎字炳如，號雪廬，慶元中入剡，建玉峰堂、藏書寮於金波玉岑山。生於紹興甲寅（一一三四）六月廿三日，卒於嘉定甲戌（一二一四）五月初一日。高似孫，字續古，號疏寮，生於紹興戊寅（一一五八），卒於紹定辛卯（一二三一），生子歷、普。周密、張炎所能交游者應爲高疏寮之子高普或高歷乃至後輩。嵊縣，宣和年間以剡縣改，宋屬紹興府（治所會稽，與山陰同城而治），故詞中屢用會稽山陰典。此詞亦是祥興二年（一二七九）到至元二十六年（一二八九）寫於山陰。

瑣窗寒

王碧山又號中仙，越人也。能文工詞，琢語峭拔，有白石意度，今絶響矣。余悼之玉笥山，所謂長歌之哀，過於痛哭①〔一〕

斷碧分山，空簾剩月②，故人天外。香留酒殢③。蝴蝶一生花裏〔二〕。想如今④、醉魂未醒⑤，夜臺夢語秋聲碎〔三〕。自中仙去後，詞箋賦筆⑥，便無清致⑦。　都是。淒涼意⑧。悵玉笥埋雲⑨〔四〕，錦袍歸水⑩〔五〕。形容憔悴。料應也⑪、孤吟山鬼〔六〕。那知人、彈折素弦⑫〔七〕，黄金鑄出相思淚〔八〕。但柳枝⑬、門掩枯陰⑭，候蛩愁暗葦⑮〔九〕。

【校記】

①《天機餘錦》詞題作：「王碧山又號中仙，越人也。擅詩工詞，詩峭而詞嫻雅，有江（姜）白石意趣，今絶響矣。余悼之玉笥山，所謂長歌之哀，甚於痛哭也。」水竹居本、石村書屋本、明吴鈔、汪鈔本、王

刻略同，後二句作「長歌之急，甚於哀慟」。《詞綜》無「余悼之」以下十四字。戈選無「又號中仙」及「余悼之」以下三句。《歷代詩餘》作「悼王碧山」。②簾：戈選作「簷」。剩：龔本、曹本、寶書堂本、許本、鮑本注「一作『貯』」。《宋名家詞評》作「趁」。③留：龔本、曹本、寶書堂本、許本、鮑本注「一作『迷』」。戈選杜批：「『酒殢』『憔悴』均爲撞韻，並非應叶，與前清真詞第二首及碧山詞皆同。」④如：龔本、曹本、寶書堂本、許本、鮑本注「一作『猶』」。⑤醉：龔本、曹本、寶書堂本、許本、鮑本注「一作『怨』」。《天機餘錦》同。水竹居本、石村書屋本、明吴鈔、《詞綜》、汪鈔本作「愁」。未醒：龔本、曹本、寶書堂本、許本、鮑本注「一作『正迷』」。《天機餘錦》、水竹居本、石村書屋本、明吴鈔、汪鈔本同。《詞綜》《宋名家詞評》作「正遠」。⑥詞：王刻作「詩」。⑦便：《宋名家詞評》作「更」。清：王刻作「情」。⑧「都是」二句：龔本、曹本、寶書堂本、許本、鮑本注「一作『慵指，歡娱地』」。意：《歷代詩餘》作「味」。⑨悵：龔本、曹本、寶書堂本、許本、鮑本注「一作『正』」。⑩袍：龔本、曹本、寶書堂本、許本、鮑本注「一作『衣』」。水竹居本、石村書屋本、明吴鈔、《詞綜》、汪鈔本同。水：水竹居本、石村書屋本、明吴鈔、《詞綜》、汪鈔本、王刻作「去」。⑪料應也：《歷代詩餘》無「也」字。戈選無「應」字。朱校：「是句多一字，『料應』二字疑衍其一。」⑫弦：《天機餘錦》、水竹居本、石村書屋本、明吴鈔、《詞綜》、汪鈔本、王刻作「琴」。⑬但：《天機餘錦》作「淡」。⑭枯：《詞綜》作「清」。⑮蛩：《天機餘錦》作「蟲」。暗：《歷代詩餘》作「啼」。

【注釋】

〔一〕王碧山九句：江昱疏證：「《詞綜》：王沂孫，字聖與，號碧山，又號中仙。會稽人。有《碧山樂府》二卷，一名《花外集》。」「《延祐四明志》：至元中，王沂孫，慶元路學正。《志雅堂雜鈔》：辛卯十二月初夜，天放降仙，江寧王大圭至，問王中仙今何在？云：在冥司有滯未化。有詩云：『天上人間只寸心，煙花雨意抑何深。十年尚有梢頭恨，燕子樓空斷素琴。』又詩云：『繡閣珠簾半未殘，中年何事早拘攣。春風詞筆時塵暗，手拂冰弦昨夢寒（吴則虞按：此詩與碧山詞同一筆路，疑碧山生前早爲，特附會其死後事耳）。又王聖予（與）嘗緝《對苑》一書甚精，凡十餘册，止於三字，如『獅子橘』『鳳兒花』之類。」江昱按曰：「王碧山詞，余所得鈔本凡二，一名《玉笥山人花外詞集》，爲吾郡吴氏本。一名《玉笥山人詞集》，爲白門周司農櫟園先生藏。凡南宋鈔本詞十六家，余從姑爲司農孫婦，畀以畀余者較吴本爲多。謝采《續書譜序》：姜夔，字堯章，番陽布衣也。自號爲白石，生好學，無所不通。請於朝，欲正頌臺樂律，以議不合而罷。有《大樂議》《琴瑟考》《鐃歌》等書傳於世。著《續書譜》一卷，議論精到。《西江志》：夔，德興人。學詩於蕭千巖，琢句精工。楊誠齋謂其嗣伯子曰：『吾與汝弗如也。』紹興間秦檜當國，隱居箬坑之丁山，參政張燾累薦不起，高宗賜宸翰，建御書閣貯之，以隱逸終。《吴興掌故》：夔少從父宦古沔，千巖老人在沔，與夔相得，遂攜過苕霅。以兄之女妻之，遂家武康。《樂府指迷》（孫按：《詞源》的別稱）：『詞要清空，不要質實。清空則古雅峭拔，質實則凝澀晦昧。惟白石如野雲孤飛，去留無跡。如《疏影》《暗香》《揚州慢》《一萼紅》《琵琶仙》《探春慢》《淡黄柳》等曲，不惟清虚，且又騷雅，讀之使人神觀飛越。』《絶妙詞選》：白石，中興詩家名流，詞極精妙，不減清真樂府。其間高處，有美成所不能及。善吹簫自製曲，初則率意爲長短句，然後協以音律云。《宋名家詞評》：叔夏《瑣窗寒》云云，其推碧山至矣，然如此等詞，其清致不更勝碧山耶？《會稽縣志》：宛委山在城東南十五里。《十道志》：石簣山，一名宛委，一名玉笥。」所謂二句，柳宗元《對賀者》：「長歌之哀，過乎慟哭。」

〔二〕香留二句：李賀《秦宮詩》：「秦宮一生花底活，鸞篦奪得不還人。」史達祖《賀新郎》：「胡蝶一生花裏活，難制竊香心性。」殢，糾纏不清。此略有沈湎其中之意。《匯釋》：「至晚唐詩人用殢字，其義漸異。……而韓偓《有憶》詩：『愁腸泥酒人千里。』泥一作殢，則殢酒之殢直與泥同用矣。」

〔三〕夜臺：借指陰間。庾信《周大將軍豳國公廣墓誌銘》：「夜臺猶寂，窮泉無曉。」

〔四〕埋雲：猶云籠罩於悲雲之中。埋，遮蔽。

〔五〕錦袍歸水：《舊唐書·李白傳》：「嘗月夜乘舟，自采石達金陵，白衣宫錦袍，於舟中顧瞻笑傲，傍若無人。」《唐才子傳》卷二：「（李）白晚節好黄老，度牛渚磯，乘酒捉月，沈水中。」

〔六〕形容三句：《楚辭·漁父》：「屈原既放，游於江潭，行吟澤畔，顔色憔悴，形容枯槁。」屈原有《山鬼》詩。

〔七〕那知人二句：《世説新語·傷逝》：「子敬素好琴，（子猷）便徑入坐靈牀上，取子敬琴彈，弦既不調，擲地云：『子敬！子敬！人琴俱亡！』因慟絶良久，月餘亦卒。」《晉書·隱逸傳》：「（陶潛)性不解音，而畜素琴一張，弦徽不具。每朋酒之會，則撫而和之。曰：『但識琴中趣，何勞弦上聲。』」

〔八〕黄金句：盧仝《與馬異結交詩》：「白玉璞裏斫出相思心，黄金礦裏鑄出相思淚。」

〔九〕但柳枝三句：與開篇「空簾」皆以韓愈歌妾柳枝代指幽獨塊然爲守空樓者。與上闋「夢語秋聲碎」可與集中《瑞鶴仙·趙文升席上代去姬寫懷》參看：「把餘情、付與秋蛩，夜長自語。」

【集評】

《宋名家詞評》：此詞推碧山至矣。然如此清致，不更勝於碧山耶！

許昂霄詞評：起句隱藏「碧山」二字。偶弄纖巧，詩家亦有此例。玉笥，越中山。錦衣，出太白《越中覽古》詩。「蝴蝶」句及後「黄金」句，具出李長吉詩。張宗橚按曰：「《史記·太史公自序》『禹穴』注：『石簣山，一名玉笥山，又名宛委山。』」又按：「《水經注》：『(浙東)城東郭外，又有玉笥、竹林、雲門、天柱精舍，並疏山創基，架林裁宇。』則玉笥爲越中山無疑矣。」

單學博：鍾子期死，伯牙終身不復鼓琴，同此感慟。又：(「都是」四句)緊接。

許廷誥：(换頭)緊接。

邵淵耀：鍾子期死，伯牙不復鼓琴，同此感愴。

高亮功：自「斷碧分山」至「孤吟山鬼」，俱貼王説。「那知」二句，一筆轉「悼」字，極有力。「想如今」二句，是縱中擒法。

陳蘭甫：「料應」與「想如今」二句意複。

陳廷焯《雲韶集》卷九：起八字精妙。一片痛惜之情。（下闋）淒淒惻惻。字字從真性中流出，情詞都妙。

又，《大雅集》卷四：措語琢煉。無限痛惜。字字從性情流出，不獨鑄語之工。

闕名：「黄金」句欠雅。

【考辨】

張氏手批：此及第二卷《洞仙歌》皆王中仙亡後作。中仙於山陰與玉田泛舟，第二卷有《湘月》一調。其卒當在己亥以後，編於此，誤也。

孫按：己亥，大德三年（一二九九）。楊海明師《王沂孫生卒年考》，據碧山《一萼紅·丙午春赤城山中題花光卷》，丙午，大德十年（一三〇六），推考王沂孫卒於此年之後。玉田此時段游金陵，短期歸杭，再游蘇州，應是游歷中專程前往山陰凭吊。

木蘭花慢 爲越僧樵隱賦樵山〔一〕

龜峰深處隱①，巖壑靜、萬塵空〔二〕。任一路白雲，山童休掃②，却似崆峒〔三〕。只恐爛柯人到③，怕光陰、不與世間同。旋采生枝帶葉，微煎石鼎團龍④〔四〕。從容。吟嘯百年翁⑤。行樂少扶筇⑥〔五〕。向鏡水傳心〔六〕，柴桑袖手〔七〕，門掩清風⑦。如何晉人去後，好林泉、都在夕陽中。禪外更無今古⑧，醉歸明月千松〔八〕。

【校記】

①峰：水竹居本、石村書屋本、明吴鈔、汪鈔本作「山」。②童：水竹居本、石村書屋本、明吴鈔、汪鈔本作「僧」。休：戈選作「莫」。③只恐：龔本、曹本、寶書堂本、許本、鮑本注「一作『休教』」。④團龍：水竹居本、石村書屋本、明吴鈔、汪鈔本作「龍團」。⑤從容二句：高亮功：「换頭二句，上多一字，下少一字。」單學博、許廷誥：「换頭三句，與集中他作異。」⑥行樂：水竹居本、石村書屋本、明吴鈔、汪鈔本作「近日」。⑦袖手、門掩：汪鈔本旁注：「香林、橘柚」。⑧今古：水竹居本、石村書屋本、明吴鈔、汪鈔本作「吟苦」。

【别本】

龜峰游處隱，巖壑靜、萬塵空。聽隔竹敲茶，穿花喚酒，曲徑幽通。何人爛柯已久，怕光陰、不與世間同。只住白雲一半，任他一半眠龍。　崆峒。吟嘯百年翁。近日一枝筇，向鏡水傳心，柴桑袖手，門掩清風。如何晉人去後，好林泉、多在夕陽中。禪外更無今古，醉歸明月千松。

【注釋】

〔一〕越僧、樵山：江昱疏證：「龜峰在衢州，此或衢州僧也。」詞中涉及爛柯山，又名石室山，又名石橋山。在衢州屬縣信安、西安界内，其事與樵薪相關，玉田故稱樵山。《述異記》卷上：「信安郡石室山，晉時王質伐木至，見童子數人棊而歌。質因聽之。童子以一物與質，如棗核。質含之不覺飢。俄頃，童子謂曰：『何不去？』質起，視斧柯爛盡。既歸，無復時人。」《方輿勝覽》卷七：「爛柯山，一名石室，又名石橋山，在西安。乃青霞第八洞天。」孟郊《爛柯石》：「樵客返歸路，斧柯爛從風。」錢顗《游爛柯山》：「雲徑直從深崦入，石橋宛在半空横。巖邊瑶圃新開出，洞裏芝田舊種成。」

〔二〕龜峰三句：《方輿勝覽》卷七：「（衢州）龜峰，其形如龜，昂首伸足。」毛幵《超覽堂記》：「信安山水奇秀，甲於旁郡，而守居又跨據龜峰之上，環境諸山，宜若可以周覽而坐致。其北山蓋甚遠，隱隱如圖畫中所見。……既蠲既夷，仰而望之，則萬峰闖然出於林木之杪，高者下者，鄉者背者，前者却者，鋭者平者，如游龍者，如色雲者，繚者如屏，峙者如壁，角秀争雄，表裏呈露。」前人往往兼寫爛柯山、龜峰。王惲《題石橋山》：「龜阜煙霞小有天，半空奇絶石橋山。」

〔三〕任一路三句：反用李白《憶東山二首》（之二）詩意：「欲報東山客，開關掃白雲。」因仙山而有雲多的聯想。崆峒，相傳是黄帝問道於廣成子的地方，後亦泛指仙山。鮮于樞《石橋山留題》、薩都剌《三衢守馬昂夫索題爛柯山石橋》可以參看：「當時混沌知誰鑿，他日崆峒强自名。」「洞口龍眠紫氣多，登臨聊和采芝歌。」

〔四〕旋采二句：《會稽續志》卷八引孫因《越問》「越茶」篇：「汲西巖之清泉兮，松風生乎石鼎。」旋，《匯釋》：「猶云已而也；還又也。」杜荀鶴《山中寡婦》有句：「旋斫生柴帶葉燒。」皮日休《冬曉章上人院》有句：「石鼎初煎若聚蚊。」團龍，《歸田録》卷下：「茶之品，莫貴於龍鳳，謂之團茶。凡八餅，重一斤。……宫人往往縷金花於其上，蓋其貴重如此。」《宣和北苑貢茶録》：「太平興國初特置龍鳳模，遣使即北苑造團茶，以别庶飲。龍鳳茶蓋始於此。」

〔五〕吟嘯二句：《蜀中廣記》卷七三：「《太霄經》曰：吴大帝時，蜀中有李阿者，穴居不食，累世見之，號曰百歲翁。」戴凱之《竹譜》：「竹之堪杖，莫尚於笻。磥砢不凡，狀若人功。豈必蜀壤，亦産余邦。一曰扶老，名實縣同。」

〔六〕傳心：因心授法，一燈傳於千燈；會法歸心，千月攝於一月。

〔七〕柴桑：據《宋書·隱逸傳》，陶潛舊宅在柴桑縣之柴桑里。柴桑景色秀美。《江西通志》卷一二：「柴桑山，在府城西南九十里。面陽、馬首、桃花尖諸山皆是也。《寰宇記》云：陶潛居此。」　袖手：此寫游心於方外的姿態。韓愈《石鼎聯句序》：「道士啞然笑曰：『子詩如是而已乎？』即袖手聳肩，倚北墻坐。」

〔八〕禪外二句：皎然《奉和崔中丞使君論李侍御萼登爛柯山宿石橋寺效小謝體》：「盛游千年後，書在巖中松。」

【集評】

單學博：睥睨一切。

邵淵耀：抹倒一切。

高亮功：前段寫樵山，後段贈越僧。

【考辨】

玉田游踪與衢州最近者爲寧海，舒岳祥《山中白雲詞序》：「歲丁酉三月，客我寧海，將登台峰。」寧海，元屬台州路。此詞寫於元成宗大德元年丁酉（一二九七）。

三姝媚 送舒亦山游越①〔一〕

蒼潭枯海樹②。正雪竇高寒，水聲東去〔二〕。古意蕭閑，問結廬人遠〔三〕，白雲誰侶〔四〕。賀監猶狂③，還散跡、千巖風露④〔五〕。抱瑟空游⑤，都是淒涼，此愁難語⑥〔六〕。　莫趁江湖鷗鷺〔七〕。怕太乙爐荒⑦〔八〕，暗消鉛虎〔九〕。投老心情，未歸來何事⑧，共成羈旅〔一〇〕。布襪青鞋，休誤入⑨、桃源深處〔一一〕。待得重逢却說⑩，巴山夜雨〔一二〕。

【校記】

①水竹居本、石村書屋本、明吴鈔、《詞綜》、汪鈔本詞題作「送舒亦山」。　②潭：龔本、曹本、寶書堂本、許本、鮑本注「一作『臺』」。　③狂：水竹居本、石村書屋本、明吴鈔、汪鈔本作「在」。毛扆眉批：「『在』應『存』。」《詞綜》、王刻作「存」。　④露：龔本、曹本、寶書堂本、許本、鮑本注「一作『雨』」。　⑤瑟：水竹居本、石村書屋本、明吴鈔、汪鈔本作「琴」。毛扆眉批：「『琴』應『瑟』。」　⑥愁：《天機餘錦》作「意」。難：龔本、曹本、寶書堂本、許本、鮑本注「一作『誰』」。《天機餘錦》、水竹居本、明吴鈔、《詞綜》、《歷代詩餘》、汪鈔本、王刻同。　⑦乙：《天機餘錦》作「一」。荒：

龔本、曹本、寶書堂本、許本、鮑本注「一作『煙』」。《詞綜》、王刻同。 ⑧未：《詞綜》、王刻作「判」。 ⑨休：王刻作「都」。 ⑩説：王刻作「話」。

【注釋】

〔一〕舒亦山：即舒禖（亦作「楳」），字君實，四明人。

〔二〕蒼潭三句：《寶慶四明志》卷一五：「雪竇山資聖寺，縣西北五十里，舊名瀑布寺。……南有隱潭，東有石蒼潭，前有含珠林、千丈巖瀑布。上下有亭三，曰飛雪，曰妙峰，曰潄玉。」

〔三〕問結廬句：語出陶淵明《飲酒詩二十首》（之五）：「結廬在人境，而無車馬喧。問君何能爾，心遠地自偏。」

〔四〕白雲誰侶：饒節《送慧林化士》：「道人要是白雲侶，紅塵不是安身處。」

〔五〕賀監三句：《慶湖遺老詩集》自序：「鑄十五代祖乃秘書外監之後。……鑄少有狂疾，且慕外監之爲人。顧遷北已久，嘗以『北宗狂客』自况。」《新唐書》卷一九六：「（賀）知章晚節尤誕放，遨嬉里巷，自號『四明狂客』及『秘書外監』。」越地會稽是賀知章入道遺跡所在地。《會稽續志》卷三「千秋鴻禧觀」條：「初，賀知章入道，以其所居宅爲觀，始曰『千秋』，尋改『天長』。」

〔六〕抱瑟三句：韓愈《答陳商書》：「齊王好竽。有求仕於齊者，操瑟而往。立王之門三年不得入，叱曰：『吾瑟鼓之，能使鬼神上下。吾鼓瑟，合軒轅氏之律吕。』客罵之曰：『王好竽而子鼓瑟，雖工，如王不好何？』」何思澄《擬古詩》：「薦君君不御，抱瑟自悲涼。」杜甫《追酬故高蜀州人日見寄》：「鼓瑟至今悲帝子，曳裾何處覓王門。」

〔七〕莫趁句：杜甫《天池》：「九秋驚雁序，萬里狎漁翁。」《補注杜詩》卷三二引蘇注：「黄霸休官求隱，人問其故。霸曰：『吾欲挐輕舟，適浩蕩，狎漁翁與鷗爾。』」蘇軾《九日湖上尋周李二君不見君亦見尋於湖上以詩見寄明日乃次其韻》：「君行逐鷗鷺，出處浩莫測。」

〔八〕太乙爐：道家煉丹爐。褚載《贈道士》：「惟教鶴探丹丘信，不使人窺太乙爐。」

〔九〕鉛虎：《稗編》卷六九引蘇軾《修煉》：「龍者，汞也，精也，血也。出於腎而肝藏之，坎之物也。虎者，鉛也，氣也，力也，出於心而肺主之。」

〔一〇〕投老三句：反用賀鑄《續漁歌》：「中年多辦收身具，投老歸來無著處。」

〔一一〕布襪三句：杜甫《奉先劉少府新畫山水障歌》：「若耶溪，雲門寺。吾獨胡爲在泥滓，青鞋布襪從此始。」《九家集注杜詩》卷四：「杜補遺：《南史》：何胤，字子季，隱居不仕。會稽山多靈異，往游焉，居若耶山、雲門寺。」另，《嘉泰會稽志》卷一八：「桃園，在嵊縣南三里，舊經：劉晨、阮肇剡縣人，入天台山，遇仙，此其居也。林概《越中詩》云：『繡被歌殘人竟遠，桃花源靜客忘歸。』」

〔一二〕待得二句：李商隱《夜雨寄北》：「何當共翦西窗燭，却話巴山夜雨時。」

【集評】

高亮功：起筆雄傑，接筆蕭散，恰好逗起舒之游越，豈略有規意耶？

陳廷焯《雲韶集》卷九：（上闋）筆致高遠。（下闋）低徊曲折，有白石之妙。　結筆冀其歸來，是題後一層。

又，《大雅集》卷四：　語帶箴規，耐人尋味，便似中仙最高之作。

【考辨】

江昱疏證：鄧牧《伯牙琴》：四明舒君來杭，爲余言某性嗜山，而家平壤，無攀躋之快、臨眺之適。病之。間嘗羅數石庭下，寫數峰壁上，盤桓其間，久與相忘。忽若千巖萬壑自獻左右，則欣然笑曰：是亦山也，故以亦山名齋。戴表元《剡源集・挽舒君實（名襟，號亦山）》：玉比清臞鶴比羸，相看中路忽相遺。詩材萬斛難供歎，藥論千箱不起衰。定有意游輕竹杖，猶餘手翦碎松枝。南山山下徘徊處，曾指佳城示阿宜。

孫按：江昱所録戴表元詩題，「襟」應爲「禖」之形誤，朱校、黄箋沿誤。「禖」或作「楳」。陳著《贈舒亦山（名禖）入越》：「危世無山林，頹俗無門户。彼美詩書身，悠然自爲趣。揚揚飛霞佩，清風導前路。借問欲何之，謂我稽山去。春風白雲曉，禹穴蒼煙暮。平生磈礧懷，高吟吊千古。茲行良不惡，欲贈無他語。如逢梅市仙，試與謀出處。」陳著卒於元貞二年丙申（一二九六）。此詞送四明人舒楳游會稽，陳著亦四明人，張詞、陳詩同爲送別之作，故知寫於四明，時在丙申之前。

掃花游①臺城春飲，醉餘偶賦，不知詞之所以然②〔一〕

嫩寒禁暖，正草色侵衣，野光如洗。去城數里。繞長堤是柳，釣船深艤③〔二〕。小立斜陽〔三〕，試數花風第幾〔四〕。問春意。待留取斷紅，心事難寄〔五〕。　芳訊成捻指④〔六〕。甚遠客他鄉，老懷如此〔七〕。醉餘夢裏。尚分明認得，舊時羅綺〔八〕。可惜空簾，誤却歸來燕子。勝游地。想依然、斷橋流水〔九〕。

【校記】

①戈選杜批周邦彦同調詞：「此調以此詞爲正格，後之夢窗、碧山、玉田各詞皆同。有首句叶韻者可不拘。」②水竹居本、石村書屋本、明吴鈔、《詞綜》、汪鈔本、王刻詞題作：「春飲殊鄉，醉餘偶賦。」《歷代詩餘》、戈選無末句。③深艤：水竹居本、明吴鈔作「如艤」。石村書屋本、汪鈔本改「如艤」作「如蟻」。《詞綜》、王刻作「初艤」。④訊：水竹居本、石村書屋本、明吴鈔、《詞綜》、《歷代詩餘》、汪鈔本、王刻作「信」。捻：《歷代詩餘》作「撚」。

【别本】

嫩寒禁暖，傍潤緑人家，野船深艤。去城數里。共微開笑口，闞如傾耳。倦立斜陽，試數花風第幾。問春意。待留取斷紅，心事難寄。　芳訊成捻指，甚又客他山，老懷如此。醉餘夢裏，尚分明認得，舊時羅綺。暮色簾空，誤却歸來燕子。斷橋外，繞西湖、萬花流水。

【注釋】

〔一〕臺城：此指六朝古都南京。《至大金陵新志》卷一：「建康宮，即世所謂臺城也。在上元縣東北五里，周八里，濠闊五丈，深七尺。今胭脂井南至高陽樓基二里即古臺城之地。」

〔二〕嫩寒六句：《景定建康志》卷二二：「烏衣園，在城南二里，烏衣巷之東，王謝故居。一堂扁曰『來燕』，歲久傾圮。咸淳元年五月，馬公光祖撤而新之。堂後植桂。亭曰『緑玉香中』『梅花彌望』，堂曰『百花頭上』。其餘亭館曰『更屐』，曰『穎立』，曰『長春』，曰『望岑』，曰『挹華』，曰『更好』。左右前後，位置森列，佳花美木，芳蔭蔽虧，非復曩時寒煙衰草之陋矣。」韋莊《臺城》：「無情最是臺城柳，依舊煙籠十里堤。」艤，《文選》左思《蜀都賦》：「試水客，艤輕舟。」李善注：「應劭曰：艤，正也。一曰：南方俗謂正船回濟處爲艤。」

〔三〕小立斜陽：與下闋「可惜」二句，化用劉禹錫《金陵五題·烏衣巷》：「舊時王謝堂前燕，飛入尋常百姓家。」周邦彦《西河·金陵懷古》：「想依稀、王謝鄰里。燕子不知何世。向尋常、巷陌人家，相對如説興亡，斜陽裏。」

〔四〕試數句：與「芳訊」句用二十四番花信風典。周輝《清波雜志》卷九：「江南自初春至首夏，有二十四番風信，梅花風最先，楝花風居後。」《天中記》卷二引《東皋雜録》：「五日一番風候，謂之花信風。」

〔五〕待留取二句：周邦彦《六醜·詠落花》：「漂流處、莫趁潮汐。恐斷紅、尚有相思字，何由見得。」　以上同時化用劉禹錫《金陵五題・臺城》：「臺城六代競豪華，結綺臨春事最奢。」

〔六〕捻指：猶言彈指。

〔七〕甚遠客二句：《貴耳集》卷上載盧祖皋《舟中獨酌》殘句：「山川似舊客懷老，天地何言春事深。」

〔八〕尚分明二句：吴潛《滿江紅・金陵烏衣園》：「天一笑、滿園羅綺，滿城簫笛。」

〔九〕勝游三句：此以宋亡前西湖望族集居地與金陵烏衣巷進行對比。

【集評】

張氏手批：戴序云：「家錢塘十年，久之又去，東游山陰、四明、天台間，若少遇者。」此感所賢所知之貧若死，而遇之者不足賴，將棄之歸也。

許昂霄詞評：上闋結句引起下半闋。

單學博：嘆老傷羈，無邊悰緒。　又：（「繞長堤」數句）句法健。

許廷誥：「繞長堤」句健。

邵淵耀：嘆老傷羈，悰緒無限。

高亮功：「可惜」二句，觸景傷懷，絶不道破，所謂「不知詞之所以然」也。

陳廷焯《雲韶集》卷二四：叔夏詞脱去羈縛，疏而不放，自是高絶。（結二句）淒涼無限。

闕名：詞意淒惋。

【考辨】

玉田友人仇遠有《送張叔夏游金陵》：「肯向金淵暫泊舟，相逢衮衮别方休。」「明朝又作臺城客，細看青山似洛州。」金淵，指溧陽投金瀨。後聯語出許渾《金陵懷古》：「英雄一去豪華盡，惟有青山似洛中。」據詞中注釋所引資料，知詞寫於金陵烏衣園，這是張炎足跡曾至金陵（《元史·地理志》稱建康，屬集慶路）的明證。黄畬箋釋「南宋臨安的舊宮城」爲誤説。玉田面對六朝古都名人集居地的敗落，作爲曾居西湖舊地的名胄後裔不勝感慨，無法掌控的悲哀情緒自然流淌於筆下，故曰「不知詞之所以然」。玉田大德九年（一三〇五）暫游溧陽，次年早春已在金陵，故知此詞寫於大德十年（一三〇六）。

臺城路①杭友抵越，過鑒曲漁舍會飲②〔一〕

春風不暖垂楊樹③，吹却絮雲多少④〔二〕。燕子人家，夕陽巷陌，行入野畦深窈⑤〔三〕。籌花鬥草。記小舫尋芳⑥，斷橋初曉。那日心情，幾人同向近來老〔四〕。消憂何處最好⑦。夜游頻秉燭⑧，猶是遲了〔五〕。南浦歌闌⑨〔六〕，東林社冷〔七〕，贏得如今懷抱。吟悰暗惱〔八〕。待醉也慵聽⑩，勸歸啼鳥⑪〔九〕。怕攪離愁⑫，亂紅休去掃⑬。

【校記】

①説郛本《詞旨》、《天機餘錦》、水竹居本、石村書屋本、明吴鈔、汪鈔本、戈選、王刻詞調作《齊天樂》。②過：水竹居本、《詞綜》、汪鈔本作「適」。《歷代詩餘》作「遇」。曲：王刻作「湖」。

③風：《詞綜》作「雲」。暖：《詞旨》作「奈」。樹：龔本、曹本、寶書堂本、許本、鮑本注「一作

『柳』」。《詞旨》、《天機餘錦》、水竹居本、石村書屋本、明吳鈔、《詞綜》、汪鈔本、王刻同。④却：戈選作「開」。雲：龔本、曹本、寶書堂本、許本、鮑本注「一作『綿』」。⑤行：《天機餘錦》作「人」。畦：王刻作「崖」。窈：王刻作「杳」。⑥舫：《詞綜》、戈選作「艇」。⑦最：《天機餘錦》作「覓」。⑧游：底本徑改「游」作「深」，未知何據，依諸本。⑨闌：《天機餘錦》作「閑」。⑩也：毛扆眉批：「也，一作『了』。」⑪勸歸啼鳥：《天機餘錦》作「動歸鳥」。勸：龔本、曹本、寶書堂本、許本、鮑本注「一作『怨』」。⑫攬：水竹居本、王刻作「擾」。⑬亂：《天機餘錦》作「落」。

【注釋】

〔一〕鑒曲：在鏡湖賀家湖一帶。《新唐書》卷一九六：「（賀知章）還鄉里，詔許之。以宅爲千秋觀而居，又求周宫湖數頃爲放生池，有詔賜鏡湖剡川一曲。」《嘉泰會稽志》卷一三：「耆舊謂今東城南望爲賀家湖，疑即剡川也。其極目浩渺，光景澄澈，實東州佳觀云。」漁舍：江昱疏證引謝翶《山陰王氏鏡湖漁舍記》，然撮要成文，今詳録如下：「越城東南多隱者居，唐迄今五百載，賀監宅與玄真子嘗往來處，往往遺跡猶在。高標清氣，仿佛煙靄中。兹爲可尚也。王氏別業在城南，蓋盡得其勝，近又於其旁蒔竹萬箇，加以幽花貞石，離立參峙，引水循亭爲九曲。前置屋如列舟，面鏡湖，扁之曰『漁舍』。嘗獨坐及與客對禹山，雲氣冉冉墮几席。稍東二百步，累土爲坡，室方丈，曰小瀛州，水環其外。北望州治山，蜿蜒澳鮮，翔伏迤演。蓋昔人以比蓬萊，實與秦望、天柱相賓主，而是洲適中焉，則兹名不爲過。負城田可數十頃，春夏之交，水瀰望洲小。蓋浮艤榜其側，含嵐浴暉，頃刻殊狀，不知天壤之有瀛海也。」

〔二〕春風二句：《嘉泰會稽志》卷三載守臣汪綱築鏡湖堤埧：「又築長堤十里，夾道皆種垂楊、芙蓉。」朱松《送妻兄仲容歸新安》有「春風吹柳綿」句。

〔三〕燕子三句：江昱按曰：「『夕陽巷陌』用劉夢得烏衣巷詩，明指王氏。故附以備考。」

〔四〕籌花五句：由此雅集憶及當年西湖游賞。晚宋詞人黄廷璹《齊天樂》可以參看：「繫馬橋空，維舟岸易，誰識當時蘇小。籌花門草。任波浴斜陽，絮迷芳島。」元代鄭元祐《遂昌山人雜録》：「錢塘湖上舊多行樂處。西太乙宫、四聖觀皆在孤山。……西太乙成後，西出斷橋，夾蘇公堤，皆植花柳，而時時有小亭館可憩息。若夫宫之景福之門、迎真之館、黄庭之殿，結構之巧，丹艧之嚴，真擅蓬萊道山之勝。……今皆無一存，荒榛滿目，可勝嘆哉。」白居易《同李十一醉憶元九》：「花時同醉破春愁，醉折花枝當酒籌。」宗懔《荆楚歲時記》：「（五月五日）四民並踏百草，又有門百草之戲。」葛立方《韻語陽秋》卷一九謂《荆楚歲時記》五月五日競渡「蓋當時五月五日，以周官正言之爾。今用夏正，乃三月也。」因周曆夏正之異，宋代春三月門百草，柳永《門百花》、晏殊《破陣子・暮春》可證。明朝田汝成《西湖游覽志餘・熙朝樂事》：「杭州春日，婦女喜門草之戲。」

〔五〕消憂三句：《古詩十九首》：「生年不滿百，常懷千歲憂。晝短苦夜長，何不秉燭游。」

〔六〕南浦歌闌：謂送別之地的離歌。江淹《別賦》：「送君南浦，傷如之何。」

〔七〕東林社冷：《廬山記》卷二：「遠公與慧永、慧持、曇順、曇恒、竺道生、慧叡、道敬、道昺、曇詵、白衣張野、宗炳、劉遺民、張詮、周續之、雷次宗、梵僧佛駄耶舍、佛駄跋陀羅十八人者，同修淨土之法，因號白蓮社十八賢。」無名氏有《東林蓮社十八高賢傳》。此指當年吟社居士。

〔八〕吟悰：吟詩情緒。

〔九〕待醉二句：無名氏《雜詩》：「早是有家歸未得，杜鵑休向耳邊啼。」《異物志》：「杜鵑聲似『不如歸去』。」紹興多杜鵑鳥。《嘉泰會稽志》卷一七：「杜鵑，一名子規，一名怨鳥。夜啼達旦，血漬草木。」

【集評】

單學博：（「夜遊」二句）跌進一筆。　又：俱妙用翻意筆，自加深婉。

邵淵耀：多用翻跌之筆，意倍深婉。

高亮功：起煉。「待醉也」二句，翻深一層，格警。

【考辨】

此詞寫於初次北行南歸後久客山陰時，在祥興二年（一二七九）至至元二十六年（一二八九）之間。

疏影 余於辛卯歲北歸，與西湖諸友夜酌，因有感於舊游，寄周草窗①〔一〕

柳黄未結〔二〕。放嫩晴消盡②，斷橋殘雪。隔水人家，渾是花陰，曾醉好春時節。輕車幾度新堤曉③，想如今、燕鶯猶説〔三〕。縱艷游④、得似當年，早是舊情都別⑤〔四〕。　重到翻疑夢醒⑥，弄泉試照影，驚見華髮〔五〕。却笑歸來⑦，石老雲荒，身世飄然一葉⑧〔六〕。閉門約住青山色⑨，自容與〔七〕、吟窗清絶⑩〔八〕。怕夜寒、吹到梅花⑪，休卷半簾明月〔九〕。

【校記】

①《天機餘錦》無詞題。龔本、曹本、寶書堂本、戈選、許本、鮑本詞題中「辛卯」作「庚寅」。並自注：「別本『庚寅』作『辛卯』。」詳見前《甘州》詞注。江昱按曰：「『庚寅』宜從別本作『辛卯』。」朱校：「從江疏。」石村書屋本、汪鈔本、王刻作「辛卯北歸，與西湖諸友夜酌，有感昔游，書於水竹清隱」。水竹居本、明吴鈔同，略有誤字。《歷代詩餘》作「北歸感舊，寄周草窗」。戈選無題注。戈選杜批姜夔同調詞：「此與《暗香》詞同爲贈范石湖作。此二調均應用入聲韻方合音節。」　②盡：王刻作「淨」。③新堤：水竹居本、王刻作「清堤」。龔本、曹本、寶書堂本、許本、鮑本注「一作『西泠』」。戈選同。④艷游：《天機餘錦》作「艷艷」。　⑤別：水竹居本、石村書屋本、明吴鈔、汪鈔本作「切」。⑥重：《天機餘錦》作「至」。翻：龔本、曹本、寶書堂本、許本、鮑本注「一作『方』」。　⑦却：《天機餘錦》作「都」。　⑧葉：夏敬觀：「『葉』閉口韻。」　⑨閉：水竹居本、石村書屋本、明吴鈔、汪鈔

本、王刻作「閑」。⑩吟：《天機餘錦》作「泠」。⑪到：《天機餘錦》作「落」。花：龔本、曹本、寶書堂本、許本、鮑本注「一作『梢』」。

【注釋】

〔一〕周草窗：即周密，字公謹，號草窗、四水潛夫、弁陽老人等。祖藉濟南，寓居吴興（宋屬湖州府）。舊居遭兵燹，依居外家杭州楊氏，晚年歸居吴興。與玉田父張樞有交游，爲玉田父執輩。宋亡不仕。

〔二〕柳黄未結：「嫩」字意入此句，謂春天柳條泛黄，尚未堪結柳帶。何遜《邊城思詩》：「柳黄未吐葉，水緑半含苔。」江總《折楊柳》：「萬里音塵絶，千條楊柳結。」

〔三〕輕車三句：以上寫宋時年年春游西湖之事。羅隱《江南曲》：「西陵路邊月悄悄，油壁輕車嫁蘇小。」張翰《周小史詩》：「輕車隨風，飛霧流煙。」

〔四〕縱艷游三句：謂即使能象當年攜艷豪游，但舊情已經迴別。得似，怎似，何如。怎麽比得上。早是，《匯釋》：「猶云本是或已是也。」

〔五〕驚見華髮：與下文「青山色」用蘇軾《感舊詩》「青山映華髮」句意，並用吴興語典，吴筠《句》：「家住青山下，時向青山上。」

〔六〕身世句：劉克莊《浴日亭一首》：「歸客飄然一葉身，尚能飛屐陟嶙峋。」

〔七〕容與：閑暇自行貌。

〔八〕吟窗：蕭泰來《霜天曉角》：「清絶，影也別。知心惟有月。」岑參《送楊録事充使》：「使乎仍未醉，斜月隱吟窗。」

〔九〕怕夜寒三句：樓扶《句》：「夜深更擁寒衾坐，明月梅花共一窗。」　以上六句寫草窗在歸省地吴興的雅趣。

【集評】

許昂霄詞評：先説舊游，後説北歸。於事則順叙，於法則爲倒裝。

張氏手批：此「庚寅北歸」之詞，當編在前。「舊游」，謂宋時。（「閉門」三句）蓋決棲隱之志。單學博、許廷誥：（「想如今」五句）大抵如此。　又：（「石老」以下數句）翻。

邵淵耀：言下慨然。

高亮功：字字摇曳作勢，是玉田生極用意之作。一句一轉，全在虚字靈動。寫景正與前段相映。

陳廷焯《雲韶集》卷九：寫游湖起。（「縱艷游」三句）追想到當年。（下闋）以下是寄周之詞。自叙身世之感，怨而不怒，哀而不傷，深得清真、白石之妙。

又，《大雅集》卷四：今昔之感，十分沈至。

闕名：過片數句骨甚重。

【考辨】

江昱疏證：《眉公秘笈》：周密，字公謹，號草窗。齊人，寓居吴興，置業弁山，號弁陽老人。著

《齊東野語》《癸辛雜志》《雲煙過眼録》。朱存理《鐵網珊瑚·夜山圖跋》：山東傖父，字公謹，號草窗，樞密之子。《淨慈寺志》：密寶祐間爲義烏令，入元不仕，自號四水潛夫。詩極典雅，善畫，得意輒自題其上。嘗著《武林舊事》。戴表元《剡源集》：霅周公謹與杭楊承之大受有連，依之居杭。大受，和王諸孫，其居之苑籞多引外湖之泉以爲池，雖在城市，而具山溪之觀。大受昆弟捐其地之西偏，使自營別第以居。公謹遂亦爲杭人。袁桷《師友淵源録》：周密，湖州人，與陳厚、韓翼甫、李義山善。咸淳初爲運司同僚。

江昱按曰：運司幹辦，俱有吏材，約貴日以字稱，禁近俗名號。周中丞秘曾孫，晚以鑒賞游諸公門。又按：玉田，父名樞，號寄閑。草窗與唱酬甚洽。觀此則草窗固玉田父輩交，況草窗生於理宗紹定五年，玉田生理宗淳祐四（孫按：應爲「八」之誤）年，其年又長倍乎？

黃箋：辛卯歲北歸，辛卯爲元世祖忽必烈至元二十八年（一二九一），作者由大都還杭，時年四十四歲。

孫按：夏譜繫此詞於至元二十八年辛卯（一二九一）：「張炎北歸，寄《疏影》詞。」此詞寫於杭州，題中雖有「寄」字，但草窗此時尚未歸居吳興，因張炎歸南恰在寒食節後，此時周密省墓吳興杼山，暫居霅川。詳《甘州·餞草窗歸霅》【考辨】。

渡江雲 山陰久客，一再逢春，回憶西杭，渺然愁思①

山空天入海②，倚樓望極③，風急暮潮初④〔一〕。一簾鳩外雨〔二〕，幾處閑田，隔水動春鋤⑤〔三〕。新煙禁柳，想如今、緑到西湖⑥〔四〕。猶記得、當年深隱⑦，門掩兩三株〔五〕。愁余〔六〕。荒洲古溆⑧，斷梗疏萍，更漂流何處⑨〔七〕。空自覺、圍羞帶減〔八〕，影怯燈孤⑩〔九〕。常疑即見桃花面⑪，甚近來、翻笑無書⑫〔一〇〕。書縱遠〔一一〕，如何夢也都無〔一二〕。

【校記】

①戈選「西杭」作「西湖」。龔本、曹本、寶書堂本、許本、鮑本詞題注：「別本作『久客山陰，王菊存問余近作，書以寄之』。」《永樂大典》、水竹居本、石村書屋本、明吴鈔、《詞綜》、汪鈔本、王刻同。王菊存，與仇山村、李篔房、曹梅南、周草窗皆有交往。明貝瓊《緑陰亭記》：「過穀波橋，東履碕嶔，南折而西抗，飛甍萬竹間，爲緑陰亭。中可坐七客，隱然有林谷趣。……因取至元間一時宗工仇山村、王菊存、李篔房、曹梅南唱和《緑陰詞》，俾刻之亭上，使游者覽焉。」《歷代詩餘》詞題作「客山陰憶西杭」。②山空句：龔本、曹本、寶書堂本、許本、鮑本注「一作『野光溥遠秀』」。戈選杜批清真詞：「首句五字，後段第四句間叶一仄韻，爲此調正格。夢窗之首句四字，及陳西麓之全叶平全叶仄，皆變體也。」許昂霄：「起處亦是叶韻。」③望極：《歷代詩餘》作「凝望」。④風急句：龔本、寶書堂本注：「一作『青入燒痕初』。」曹本、許本、鮑本注「一作『清入燒痕初』」。青，通「清」。⑤春鋤：楊傳慶引武西山《聽鵑榭詞話》（《待旦》創刊號）：「今詞書多有誤字，蓋因校者疏忽，遂沿誤莫正。如張玉田《渡江雲》詞云：『幾處閑田，隔水動春鋤。』黄季剛師謂『春』爲『春』之誤。『春鋤』即鷺鷥，引黄山谷詩『水遠山長雙屬玉，身閑心苦一春鋤』爲證。」孫按：「春鋤」也寫作「春鋤」，皆稱鷺鷥。如洪

适《天台道中》：「春鋤懷淺水，郭索上寒沙。」楊公遠《回溪道中》：「田中科斗古文字，柳下春鋤新畫圖。」⑥緑：水竹居本、石村書屋本、明吴鈔作「已」。⑦當年深隱：龔本、曹本、寶書堂本、許本、鮑本注「一作『風流心事』」。⑧洲：龔本、曹本、寶書堂本、許本、鮑本注「一作『煙』」。⑨處：許昂霄：「『處』字亦是叶韻。」張宗橚按曰：「《詞譜》此闋後段第四句例用仄韻，乃一定之格。宋人自周清真以後俱如此填，唯陳西麓有全叶平韻，全押仄韻二體。」⑩怯：龔本、曹本、寶書堂本、許本、鮑本作「却」。朱校：「從《詞綜》。」⑪常：《詞律》、王刻作「長」。⑫笑：《詞綜》、《歷代詩餘》、《詞律》、戈選作「致」。

【注釋】

〔一〕山空三句：此應在卧龍山望海亭西望杭州。《嘉泰會稽志》卷一引刁約《望海亭記》：「祥符末，州將高公紳植五桂於亭前，易其名曰『五桂』。後四十五年，予假守，訪舊跡，亭與桂俱廢，乃廣故基，縱横增四丈餘，而亭始葺，以元微之嘗有此亭詩，復名曰『望海』。」

〔二〕鳩雨：《嘉泰會稽志》卷一七：「陸璣云：鶻鳩，一名斑鳩，似鵓鳩而大。鵓鳩灰色，無繡項。陰則屏逐其匹，晴則呼之。語曰：『天將雨，鳩逐婦』者是也。」

〔三〕幾處二句：有唐詩「水田飛白鷺」意境。春鋤，即春鋤。《禽經》：「（鷺）步於淺水，好自低昂，如春如鋤之狀，故曰春鋤。」

〔四〕新煙三句：周密《高陽臺》有「東風漸緑西湖柳」之句。新煙禁柳，寒食禁火時的京城楊柳。唐宋時寒食不舉火，清明起新火。劉長卿《清明後登城眺望》：「百花如舊日，萬井出新煙。」杜甫《清明二首》（之一）：「朝來新火起新煙，湖色春光淨客船。」

〔五〕猶記得三句：暗用陶潛門前五柳典。陶潛《五柳先生傳》：「宅邊有五柳樹，因以爲號焉。」《鬼谷子·抵巇》：「世無可抵，則深隱而待時。」

〔六〕愁余：與詞題中「渺然愁思」化用《楚辭·湘夫人》：「帝子降兮北渚，目眇眇兮愁余。」

〔七〕斷梗二句：王融《詠池上梨花詩》：「翻階没細草，集水間疏萍。」曹植《浮萍篇》：「浮萍寄清水，隨風東西流。」杜甫《別常徵君》：「各逐萍流轉，來書細作行。」合用桃梗漂泊典。

〔八〕圍羞帶減：《梁書·沈約傳》：「與徐勉素善，遂以書陳情於勉曰：『百日數旬，革帶常應移孔；以手握臂，率計月小半分。以此推算，豈能支久？』」玉田腰帶減圍，有特定含義。其唯一存詩《腰帶水》：「犀繞魚懸事已非，水光猶自濕雲衣。山中幾日渾無雨，一夜溪痕又減圍。」趙昱評曰：「不獨語意佳絶，且有承平故家之感。」

〔九〕影怯燈孤：陸游《雨夜四鼓起坐至明》：「小窗愁夜雨，孤影怯秋燈。」

〔一〇〕常疑三句：張蠙《寄友人》：「長疑即見面，翻致久無書。」宇文氏《妝臺記》：「隋文宮中梳九真髻，紅妝謂之桃花面，插翠翹桃蘇搔頭，帖五色花子。」

〔一一〕書縱遠：吴融《箇人三十韻》：「書遠腸空斷，樓高膽易驚。」

〔一二〕如何句：晏幾道《阮郎歸》：「夢魂縱有也成虚。那堪和夢無。」

【集評】

許昂霄詞評：（「常疑」四句）曲折如意。

單學博：（「山空」三句）如高峰墜石。　又：「常疑即見面，翻致久無書」，前人句也，今但增「桃花」二字，百倍有情，下再翻進，愈見其妙。（「影怯」數句）能於此等處領悟，不難超凡入聖。

許廷誥：如高峰墜石。層層翻跌。

邵淵耀：高峰墜石。（下片）前人句，但增「桃花」二字，情味頓曲。下再翻進，更覺雋妙。

高亮功：「新煙」數語，淡淡言之，而情味自深，所謂取深不如淺取也。（「常疑」四句）所謂曲折如意者，全在虚字宛轉處。

陳廷焯《雲韶集》卷九：起句筆力雄蒼，（「猶記得」三句）低徊，想到當年，情致不乏。（下闋）淒婉。一層逼一層，直是淒絶。

又，《大雅集》卷四：（上闋）筆力雄蒼。（下闋）一層緊一層。情詞淒惻。

闕名：詞筆峭健。（下片）學玉田詞此等處最宜留心，防其入滑也。

【考辨】

黄箋：此乃作者於元成宗大德二年（一二九八）五十一歲時居山陰（浙江紹興）追憶杭州舊游之作。

孫按：此詞寫於初次北行歸來久客山陰時，時在祥興二年（一二七九）到至元二十六年（一二八九）

之間。

瑣窗寒 旅窗孤寂，雨意垂垂，買舟西渡未能也。賦此爲錢塘故人韓竹間問①〔一〕

亂雨敲春，深煙帶晚②，水窗慵凭。空簾謾捲③，數日更無花影〔二〕。怕依然、舊時燕歸④，定應未識江南冷⑤。最憐他⑥、樹底蔫紅〔三〕，不語背人吹盡⑦。　清潤⑧。通幽徑⑨。待移燈翦韭⑩〔四〕，試香温鼎⑪〔五〕。分明醉裏⑫，過了幾番風信⑬。想竹間、高閣半閑⑭，小車未來猶自等〔六〕。傍新晴、隔柳呼船，待教潮信穩⑮〔七〕。

【校記】

①水竹居本、石村書屋本、明吴鈔、汪鈔本無末句。《天機餘錦》作「旅館孤寂，雨意垂，買舟西渡未能。書此寄韓竹潤。」《詞綜》《歷代詩餘》無詞題。江昱按曰：「竹間，韓鑄號。詳見五卷《聲聲慢》詞後。」王昶《書張叔夏年譜後》：「(間)疑『潤』字之誤。」劉榮平《校證》：「江昱《疏證》卷一認爲韓鑄號竹間，卷五又認爲韓鑄别字竹間，係其推斷得來。陸輔之《詞旨》：『蘄王孫韓鑄，字亦顔，雅有才思。』《天機餘錦》『間』作『潤』，竹潤或爲韓鑄之號，俟考。」孫按：龔璛有《雨中簡韓竹間二首》，詩稱韓竹間爲「王孫」，可知「間」同「潤」，皆不誤。　②晚：《天機餘錦》作「曉」。　③簾：《天機餘錦》作「檐」。　④舊時：《天機餘錦》二字脱。燕歸：水竹居本、石村書屋本、明吴鈔、龔本、《詞綜》、曹本、寶書堂本、汪鈔本、許本、鮑本作「歸燕」。單學博、許廷誥：「當作『燕歸』。」朱校：「原本

作『歸燕』。從王鵬運四印齋刊本。」⑤應：龔本、曹本、寶書堂本、許本、鮑本注「一作『知』」。水竹居本、明吴鈔、《詞綜》同。⑥最：《天機餘錦》作「寂」。⑦不語：《天機餘錦》二字脱。⑧潤：《天機餘錦》《詞綜》作「澗」。⑨徑：王刻作「境」。⑩待：《天機餘錦》、水竹居本、石村書屋本、明吴鈔、《詞綜》、汪鈔本作「謾」。移燈翦韭：王刻作「翦韭移燈」。⑪試香温鼎：水竹居本、石村書屋本、明吴鈔、《詞綜》、汪鈔本作「試温香鼎」。⑫明：水竹居本、石村書屋本、明吴鈔、《詞綜》作「吟」。⑬風：龔本、曹本、寶書堂本、許本、鮑本注「一作『花』」。《天機餘錦》同。⑭閑：底本、《詞綜》作「開」。石村書屋本、明吴鈔、龔本、曹本作「間」。從水竹居本、《歷代詩餘》、汪鈔本、王刻。⑮教：龔本、曹本、寶書堂本、許本、鮑本注「一作『他』」。潮：《歷代詩餘》作「濤」。信：龔本、曹本、寶書堂本、許本、鮑本注「一作『汎』」。王刻作「汛」。夏敬觀：「『盡』『潤』『信』『穩』，真韻。」

【注釋】

〔一〕雨意垂垂：雨雲低沉貌。蘇舜欽《送人還吴江道中作》：「江雲春重雨垂垂，索寞情懷送客歸。」　買舟西渡：張炎此時應客隱四明，欲沿餘姚江、運河、錢塘江水程歸杭。餘姚江，又稱姚江。海潮自東向西，利於西行返杭。王安石《泊姚江》有「潮汐自東西」之句。　韓竹間：韓世忠之孫，問詞於張炎。《詞旨》：「蘄王孫韓鑄，字亦顔，雅有才思。學詞於樂笑翁。一日，與周公謹父買舟西湖，泊荷花而飲酒。杯半，公謹父舉似亦顔學詞之意，翁指花云：『蓮子結成花自落。』」

〔二〕亂雨五句：楊公遠《春夜聽雨》：「風急斜敲窗上紙，檐高微灑楯邊簾。」

〔三〕蔫紅：杜牧《春晚題韋家亭子》：「蔫紅半落平池晚，曲渚飄成錦一張。」

〔四〕清潤三句：謂在清潤竹間小徑居處等待重晤。杜甫《贈衛八處士》：「今夕復何夕，共此燈燭光。」「夜雨翦春韭，新炊間黄粱。」

〔五〕試香温鼎：潘汾《賀新郎》：「篆縷銷香鼎。翠沈沈、庭陰轉午，畫堂人静。」

〔六〕想竹間三句：司馬光《邵堯夫許來石閣久待不至》：「林間高閣望已久，花外小車猶未來。」

〔七〕傍新晴三句：李白《新林浦阻風寄友人》：「潮水定可信，天風難與期。」《李太白全集》卷一三：「潮水晝夜再來，其大小早晏，依期而至，不爽時刻，故人謂之潮信。」並用徐俯《春日游湖上》「小舟撑出柳陰來」句意。

【集評】

高亮功：「等」字韻甚新，恰好逗起「買舟西渡」。

闕名：骨秀天成。

【考辨】

黄箋：此詞與前一首寫於同時。

孫按：此詞寫於山陰。時在祥興二年（一二七九）到至元二十六年（一二八九）之間。

憶舊游 新朋故侣，詩酒遲留，吴山蒼蒼，渺渺兮余懷也。寄沈堯道諸公①〔一〕

記開簾過酒〔二〕，隔水懸燈②〔三〕，款語梅邊③〔四〕。未了清游興④，又飄然獨去，何處山川⑤。淡風暗收榆莢，吹下沈郎錢⑥〔五〕。嘆客裏光陰⑦，消磨艷冶，都在尊前〔六〕。留連。殢人處⑧，是鏡曲窺鶯⑨〔七〕，蘭皋圍泉⑩〔八〕。醉拂珊瑚樹，寫百年幽恨，分付吟箋⑪〔九〕。故鄉幾回飛夢⑫，江雨夜涼船⑬。縱忘却歸期，千山未必無杜鵑〔一〇〕。

【校記】

①《永樂大典》詞題作：「新朋故侣，詩酒留，吴山蒼翠，眇眇芳（兮）余懷也。寄沈堯道諸公。」《天機餘錦》作「鑒曲故侣，詩酒遲留，吴山縱横，情渺渺兮愁余」。石村書屋本、《詞綜》、汪鈔本作「新朋故侣，醉酒遲留，吴山縱横，渺渺兮余懷也」。水竹居本、明吴鈔、王刻略同。《歷代詩餘》作「留吴寄沈堯道諸公」。戈選杜批清真詞：「此調始於清真，後結例作拗句。第四字宜用入聲，後草窗、玉田詞均同。」 ②記開簾二句：龔本、曹本、寶書堂本、許本、鮑本注「一作『（記）花樓放夜，梅檻移春』」。過：《詞綜》、《晴雪雅詞》、戈選作「送」。懸：《晴雪雅詞》作「呼」。 ③梅：龔本、曹本、寶書堂本、許本、鮑本注「一作『燈』」。 ④清游：龔本、曹本、寶書堂本、許本、鮑本注「一作『煙波』」。 ⑤何處山川：龔本、曹本、寶書堂本、許本、鮑本注「一作『重聽湘弦』」。 ⑥下：龔本、曹本、寶書堂本、許本、鮑本注「一作『到』」。 ⑦嘆：《天機餘錦》作「笑」。 ⑧殢：水竹居本、石村書屋本、

明吴鈔、《詞綜》、王刻作「住」。⑨鏡：《天機餘錦》、明吴鈔、《詞綜》、汪鈔本、王刻作「鑑」。⑩阜：龔本、曹本、寶書堂本、許本、鮑本注「一作『沼』」。水竹居本、石村書屋本、《詞綜》、汪鈔本、戈選、王刻同。⑪吟：龔本、曹本、寶書堂本、許本、鮑本注「一作『苔』」。⑫鄉：水竹居本、石村書屋本、明吴鈔、《詞綜》、《詞律》、汪鈔本作「舊」。王刻作「園」。⑬雨：水竹居本作「南」。涼：龔本、曹本、寶書堂本、許本、鮑本注「一作『吹』，一作『深』」。《天機餘錦》作「深」。

【别本】

記花樓放夜，梅館移春，款語燈邊。未了煙波興，又飄然獨去，重聽湘弦。溪風暗收榆粉，吹到沈郎錢。嘆客裏光陰，消磨艷冶，都在樽前。　留連。殢人處，是鏡曲窺花，蘭阜團泉。醉拂珊瑚樹，爲百年幽恨，分付苔箋。故鄉幾回飛夢，江雨夜深船。縱忘却歸期，千山未必無杜鵑。（録自《永樂大典》）

【注釋】

〔一〕吴山：江昱疏證：「《錢塘縣志》：自鳳凰山迤邐而來，跨據城中。《舊志》云：春秋時爲吴南界，别於越，故曰吴山。或曰：夫差棲句踐於會稽，地盡屬吴，遂稱吴山，或曰越沼。吴後即此山以祀泰伯、伍員，因謂吴山。《西湖游覽志》：奇崿危峰，澄湖靚壑，江介海門，回環拱固，扶輿淑麗之氣鍾焉。」《浙江通志》卷九：「《名勝志》：在府城内之南，春秋時爲吴南界，以别於越，故曰吴山。……凡城南隅諸山，蔓衍相屬，總曰吴山。」　渺渺兮余懷：蘇軾《前赤壁賦》：「渺渺兮予懷，望美人兮天一方。」予，與「余」同。此謂懷念杭州山水。
〔二〕開簾過酒：鄭谷《旅寓洛南村舍》：「白鳥窺魚網，青簾認酒家。」過酒，傳杯勸酒。白居易《奉和汴州令狐相公二十二韻》：「回燈花簇簇，過酒玉纖纖。」
〔三〕隔水懸燈：與下闋「江雨」句用杜甫《船下夔州郭宿雨濕不得上岸別王十二判官》句意：「風起春燈亂，江鳴夜雨懸。」
〔四〕款語：此指衷心之言。王建《題金家竹溪》：「鄉使到來常款語，還聞世上有功臣。」
〔五〕淡風二句：李賀《殘絲曲》：「榆莢相催不知數，沈郎青錢夾城路。」董逌《錢譜·貨錢》：「漢興，有榆莢錢。以前錢重難用，更鑄榆莢小錢，以一當百，狀如榆莢。」《晉書·食貨志》：「吴興沈充又鑄小錢，謂之沈郎錢。」
〔六〕消磨二句：與姜夔《翠樓吟》數句同義：「天涯情味。仗酒祓清愁，花銷英氣。」
〔七〕鏡曲窺鶯：謂在鏡湖邊宴飲觀妓。劉長卿《陪辛大夫西亭宴觀妓》：「鶯窺隴西將，花對洛陽人。」鏡曲，鏡湖剡川一曲。《嘉泰會稽志》卷一〇：「鏡湖，在縣東二里，故南湖也。……王逸少有云：『山陰路上行，如在鏡中游。』鏡湖之得名以此。」餘見前注《新唐書·賀知章傳》。
〔八〕蘭皋圍泉：《嘉泰會稽志》卷一〇：「蘭渚在縣西南二十五里，舊經云：山陰縣西蘭渚有亭，王右軍所置，曲水賦詩作序於此。」
〔九〕醉拂三句：杜甫《送孔巢父謝病歸游江東兼呈李白》：「詩卷長留天地間，釣竿欲拂珊瑚樹。」

〔一〇〕縱忘却二句：王維《送梓州李使君》：「萬壑樹參天，千山響杜鵑。」

【集評】

單學博：偉麗中著幽黯。

許廷誥：偉麗才極淒婉。

邵淵耀：倩麗中著淒黯。

高亮功：此玉田游越思杭之作。小序「新朋」二句，貼越説，「舊侶」二句，貼杭説。前半闋「未了」數語，轉筆清利。「鏡曲」「蘭皋」是承明「何處山川」句。「故鄉」以下收，應起處。

夏敬觀：四字句對，看似甚新，實非大方家數。

【考辨】

此詞與《甘州·辛卯歲，沈堯道同余北歸，各處杭越》皆寫在至元二十九年（一二九二）前後，沈堯道在杭州，張炎仍客山陰。

水龍吟 白蓮〔一〕

仙人掌上芙蓉〔二〕，涓涓猶濕金盤露①〔三〕。輕妝照水②〔四〕，纖裳玉立③，飄飄似舞④〔五〕。幾度消凝〔六〕，滿湖煙月，一汀鷗鷺⑤。記小舟夜悄⑥，波明香遠〔七〕，渾不見、花開處。

應是浣紗人妒〔八〕。褪紅衣、被誰輕誤⑦〔九〕。閑情淡雅⑧，冶容清潤⑨，凭嬌待語〔一〇〕。隔浦相逢⑩，偶然傾蓋，似傳心素〔一一〕。怕湘皋佩解〔一二〕，緑雲十里，卷西風去〔一三〕。

【校記】

①涓涓：水竹居本、石村書屋本、龔本、《歷代詩餘》、寶書堂本、《晴雪雅詞》、戈選作「娟娟」。溼：明吴鈔、《晴雪雅詞》、汪鈔本、王刻作「滴」。②照：《天機餘錦》作「點」。③玉立：石村書屋本、明吴鈔作「立玉」。④飄飖：《天機餘錦》、水竹居本、《歷代詩餘》、王刻作「飄飄」。⑤鷗鷺：翁藏本作「鷗鷥」，單學博校作「鷗鷺」。⑥夜悄：戈選作「清夜」。⑦被誰：《天機餘錦》作「誰被」。⑧淡雅：明吴鈔、《詞綜》、汪鈔本、王刻作「雅淡」。⑨容：龔本、曹本、寶書堂本、許本、鮑本注「一作『姿』」。《天機餘錦》、水竹居本、明吴鈔、《詞綜》、汪鈔本、王刻同。⑩隔浦相逢：陳蘭甫：「別本『待折瓊芳』較有意味。」

【别本】

仙人掌上芙蓉，涓涓猶滴金盤露。輕妝照水，纖裳玉立，無言自舞。幾度銷凝，滿湖煙月，一汀鷗鷺。記小舟清夜，波明香遠。渾不見、花開處。　應是浣紗人妒。褪紅衣、被誰輕誤。何郎淡雅（一作意態），六郎清致（一作標格），冷（許本作泠）然意趣。待折瓊芳，楚江難涉，那知延佇。怕湘娥佩解，緑雲千里，卷西風去。

【注釋】

〔一〕白蓮：《嘉泰會稽志》卷一七：「山陰荷最盛，其别曰大紅荷、小紅荷、緋荷、白蓮、青蓮、黄蓮、千葉紅蓮，千葉白蓮。……夏夜，香風率一二十里不絶，非塵境也。」

〔二〕仙人掌句：王建《宫詞》：「金殿當頭紫閣重，仙人掌上玉芙蓉。」李賀《金銅仙人辭漢歌》：「攜盤獨出月荒涼，渭城已遠波聲小。」

〔三〕涓涓：《文選》潘岳《射雉賦》：「天泱泱以垂雲，泉涓涓而吐溜。」李善注：「涓涓，清新之色。」《古今事文類聚·後集》卷三二録句：「荷花淨如拭。」　金盤露：《漢書·郊祀志上》：「其後又作柏梁、銅柱、承露仙人掌之屬矣。」裴駰集解：「仙人以手掌擎盤承甘露也。」張衡《西京賦》：「立修莖之仙掌，承雲表之清露。」崔櫓《殘蓮花》：「倚風無力減香時，涵露如啼卧翠池。」

〔四〕輕妝照水：周邦彦《側犯》：「風定。看步襪江妃照明鏡。」輕妝，淡妝。

〔五〕纖裳二句：《類説》卷一：「乃飛燕身輕，爲造水精盤，令宫人掌上歌舞。」邊讓《章華賦》：「忽飄飄以輕逝兮，似鸞飛於天漢。舞無常態，鼓無定節。」玉立，挺拔。此以荷葉喻舞盤，白蓮喻舞女。

〔六〕消凝：《匯釋》：「（銷凝）亦作消凝。爲『銷魂凝魂』之約辭。銷魂與凝魂，同爲出神之義。」

〔七〕波明香遠：祖孫登《詠水詩》：「岸闊蓮香遠，流清雲影深。」

〔八〕應是句：反用李白《西施》詩意：「秀色掩今古，荷花羞玉顔。浣紗弄碧水，自與清波閑。」

〔九〕褪紅衣二句：賀鑄《芳心苦》：「當年不肯嫁春風，無端却被秋風誤。」庾信《入彭城館詩》：

「槐庭垂緑穗，蓮浦落紅衣。」

〔一〇〕凭嬌待語：李白《渌水曲》：「荷花嬌欲語，愁殺蕩舟人。」晏幾道《蝶戀花》：「照影弄妝嬌欲語，西風豈是繁華主。」

〔一一〕隔浦三句：白居易《隔浦蓮》有「隔浦愛紅蓮」之句。孟郊《古意》：「手持未染彩，繡爲白芙蓉。芙蓉無染污，將以表心素。」黄庭堅《又答斌老病愈遣悶二首》（之一）：「紅荷倚翠蓋，不點禪心靜。」《史記・魯仲連鄒陽列傳》：「諺曰：『有白頭如新，傾蓋如故。』」司馬貞索隱引《志林》曰：「傾蓋者，道行相遇，軿車對語，兩蓋相切，小欹之，故曰傾。」

〔一二〕湘皋佩解：李紳《重臺蓮花》：「雙女漢皋争笑臉，二妃湘浦並愁容。」《列仙傳》卷上：「江妃二女者，不知何所人也。出游於江漢之湄。……遂手解佩與（鄭）交甫，交甫悦，受而懷之中當心，趨去數十步，視佩，空懷無佩，顧二女，忽然不見。」《韓詩外傳・補逸》：「鄭交甫將南適楚，遵彼漢皋臺下，乃遇二女，佩兩珠，大如荆鷄之卵。」

〔一三〕緑雲二句：蘇軾《和文與可洋川園池三十首・横湖》：「卷却天機雲錦段，從教匹練寫秋光。」

【集評】

許昂霄詞評：（「記小舟」三句）何減陸魯望「月曉風清」之句。

張氏手批：詠物清麗，然不如王中仙者，託意淺也。

單學博、許廷誥：（「閑情」六句）巧合。

邵淵耀：切合白色，渾雅不群。

陳廷焯《雲韶集》卷九：（上闋）意度閑雅，非人所及。（下闋）若諷若惜，如怨如慕，直入方回之室矣。結更深湛。

闕名：雋語入細，又刻畫，又渾成。

【考辨】

江昱疏證：《樂府補題·浮翠山房賦白蓮》。

江昱按曰：《樂府補題》集中倡和凡五題，白蓮外，爲宛委山房賦龍涎香，調《天香》。紫雲山房賦蓴，調《摸魚兒》。餘閑書院賦蟬，調《齊天樂》。天柱山房賦蟹，調《桂枝香》。作者凡十五人，玉田外，爲玉笥王沂孫聖與，蘋洲周密公謹，天柱王易簡理得，友竹馮應瑞祥父，瑶翠唐藝孫英發，紫雲吕同老和父，篔房李彭老商隱，宛委陳恕可行之，菊山唐珏玉潛，月洲趙汝鈉真卿，五松李居仁師吕，山村仇遠仁近。餘二人無名氏。

夏譜：其集會之地若宛委山房、天柱山房、紫雲山房皆以越山得名（宛委山即天柱山，亦名玉笥山，在會稽縣東南，紫雲山在府城東南）。

黄箋：此詞爲南宋趙昺祥興二年（一二七九）作，編入《樂府補題》者。

孫按：夏譜繫《樂府補題》中詠白蓮詞於祥興二年。《樂府補題》是山陰詞社集體創作的詞選。

憶舊游

余離群索居，與趙元父一别四載。癸巳春，於古杭見之，形容憔悴，故態頓消。以余之況味，又有甚於元父者，抑重余之惜，因賦此調，且寄元父，當爲余愀然而悲也①〔一〕

嘆江潭樹老〔二〕，杜曲門荒〔三〕，同賦飄零②。乍見翻疑夢，對蕭蕭亂髮③，都是愁根〔四〕。秉燭故人歸後，花月鎖春深④〔五〕。縱草帶堪題〔六〕，争如片葉，能寄殷勤。　重尋。已無處，尚記得依稀⑤，柳下芳鄰⑥〔七〕。佇立香風外⑦，抱孤愁淒惋，羞燕慚鶯〔八〕。俯仰十年前事，醉後醒還驚⑧〔九〕。又曉日千峰，涓涓露濕花氣生⑨〔一〇〕。

【校記】

①《天機餘錦》作「與趙元父别」。水竹居本、石村書屋本、明吴鈔、汪鈔本、王刻詞題作：「余與趙元父一别四載，癸巳春見之古杭，鬢蒼顔改，心事顧却。以予之況味，有甚於元父者，因歌此曲。」《歷代詩餘》作「寄趙元文」。　②賦：龔本、曹本、寶書堂本、許本、鮑本注「一作『是』」。　③亂：《天機餘錦》、水竹居本、石村書屋本、明吴鈔、汪鈔本、王刻作「短」。　④花月：龔本、曹本、寶書堂本、許本、鮑本注「一作『花夜』，一作『銅雀』」。《永樂大典》作「銅雀」。水竹居本、石村書屋本、明吴鈔、汪鈔本作「花夜」。　⑤記：水竹居本、石村書屋本、明吴鈔、汪鈔本、王刻作「憶」。依稀：《天機餘錦》作「依依」。　⑥芳：龔本、曹本、寶書堂本、許本、鮑本注「一作『東』」。水竹居本、石村書屋本、明吴鈔、汪鈔本、王刻同。　⑦香：龔本、曹本、寶書堂本、許本、鮑本注「一作『東』」。《永樂大典》

同。⑧醉後句：《天機餘錦》作「醉語還醒」。後：龔本、曹本、寶書堂本、許本、鮑本注「一作『語』」。水竹居本、石村書屋本、明吳鈔、汪鈔本、王刻同。⑨涓涓：《永樂大典》作「娟娟」。夏敬觀：「『零』『鶯』『驚』『生』，庚韻。『根』『勤』『鄰』，真韻。『尋』『深』，閉口韻。」

【注釋】

〔一〕趙元父：即趙與仁，號學舟。宋宗室後裔。　離群索居：《禮記·檀弓上》：「吾離群而索居，亦已久矣。」鄭玄注：「群，謂同門朋友也。索，猶散也。」　癸巳：江昱按曰：「癸巳，元世祖至元三十年。」　故態：此指承平時宗室公子的舉止作派。　抑重句：謂加重了對其惺惺相惜之情。　愀然：憂愁貌。

〔二〕江潭樹老：「飄零」意入此句。庾信《枯樹賦》：「桓大司馬聞而嘆曰：昔年種柳，依依漢南。今看搖落，淒愴江潭。樹猶如此，人何以堪。」又，《哀江南賦》：「將軍一去，大樹飄零。」

〔三〕杜曲：《雍録》卷七：「杜曲在啓夏門外，向西即少陵原也。杜甫詩曰：『杜曲花光濃似酒』。」《陝西通志》卷七三：「杜曲去咸寧縣南三十里，樊川韋曲東十里有南杜、北杜。杜固謂之南杜，杜曲謂之北杜。按二曲名勝之地，韋杜二家歷代顯宦。故唐人語曰：『城南韋杜，去天尺五。』」此代指杭州亡宋宗室居所聚集地，參見《高陽臺·西湖春感》注〔七〕。

〔四〕對蕭蕭二句：施肩吾《秋吟獻李舍人》：「腸結愁根酒不消，新驚白髮長愁苗。」杜甫《贈李八秘書別三十韻》：「莫話清溪髮，蕭蕭白映梳。」

〔五〕秉燭二句：辛德源《浮游花》：「若畏春風晚，當思秉燭游。」回憶二人癸巳年杭州樂游。

〔六〕縱草帶句：《類説》卷四〇：「《三齊記》曰：鄭康成山下，生草如大韭，一葉尺餘，土人名爲康成書帶草。」

〔七〕尚記得二句：意謂宋亡前兩家各爲王侯，居處駢疊於西湖柳下。王勃《滕王閣序》：「非謝家之寶樹，接孟氏之芳鄰。」

〔八〕佇立三句：因不事游覽而愧對春景麗人。

〔九〕俯仰二句：方岳《宿芙蓉驛》：「俯仰十年如夢耳，舊題剥落已塵埃。」

〔一〇〕又曉日二句：元稹《送王十一郎游剡中》：「百里油盆鏡湖水，千峰鈿朵會稽山。」此兼及趙元父居地。

【集評】

單學博：用唐人詩句，白石最爲超妙，玉田乃亦不減。

邵淵耀：故家耆舊，不堪追憶。

高亮功：淒婉中饒有頓挫之致，便覺哀而不傷。

【考辨】

張氏手批：「别四載」，庚寅至癸巳也，則與元父游在上都。元父蓋亦杭人。

孫按：「庚寅至癸巳」即至元二十七年庚寅（一二九〇）到至元三十年癸巳（一二九三），《甘州·辛卯歲，沈堯道同余北歸》已考趙元父居紹興。此詞寫於癸巳年與趙元父古杭會面之後再次暫歸杭州時。

甘州①

題趙藥牖山居。見天地心、怡顔、小柴桑，皆其亭名②〔一〕

倚危樓、一笛翠屏空〔二〕，萬里見天心〔三〕。度野光清峭，晴峰涌日，冷石生雲。簾捲小亭虚院，無地不花陰。徑曲知何處，春水泠泠。嘯傲柴桑影裏〔四〕，且怡顔莫問〔五〕，誰古誰今。任燕留鷗住，聊復慰幽情。愛吾廬、點塵難到〔六〕，好林泉、都付與閑人〔七〕。還知否，元來卜隱，不在山深③〔八〕。

【校記】

①王刻詞調作《八聲甘州》。同調異名。②《歷代詩餘》、王刻無詞題。皆：曹本作「作」。③夏敬觀：「『心』『陰』『深』，閉口韻。『雲』『人』，真韻。『泠』『情』，庚韻。」

【注釋】

〔一〕趙藥牖：江昱疑即趙鶴心，詳後文《木蘭花慢》注〔一〕。陶潛舊宅在柴桑縣之柴桑里，故詞中多引其詩文。

〔二〕倚危樓二句：化用趙嘏《長安晚秋》名句「長笛一聲人倚樓」，切趙姓。

〔三〕萬里句：《二程遺書》：「《復》卦非天地之心，『復，則見天地心』。」

〔四〕嘯傲：陶潛《飲酒詩二十首》（之七）：「嘯傲東軒下，聊復得此生。」

〔五〕怡顏：陶潛《歸去來兮辭》：「引壺觴以自酌，眄庭柯以怡顏。」

〔六〕愛吾廬二句：陶淵明《讀山海經》（其一）：「衆鳥欣有託，吾亦愛吾廬。」陶潛《歸園田居六首》（之一）：「户庭無塵雜，虛室有餘閑。」

〔七〕好林泉二句：靈澈《東林寺酬韋丹刺史》：「相逢盡道休官去，林下何曾見一人。」趙嘏《寄歸》：「早晚粗酬身事了，水邊歸去一閑人。」蘇軾《行香子》：「幾時歸去，作個閑人。對一張琴，一壺酒，一溪雲。」

〔八〕元來二句：張蠙《贈道者》：「始知仙者隱，殊不在深山。」林仙人《五言長句》：「何當歸卜隱，高蹈訪松喬。」卜隱，選擇歸隱居地。

【集評】

單學博：（「好林泉」五句）果然。

高亮功：前段寫景，後段寫情，與下首同一章法。暗寓題字，毫無痕跡。

摸魚子①高愛山隱居②〔一〕

愛吾廬、傍湖千頃。蒼茫一片清潤〔二〕。晴嵐暖翠融融處，花影倒窺天鏡〔三〕。沙浦迥。看野水涵波，隔柳横孤艇。眠鷗未醒。甚占得蓴鄉〔四〕，都無人見，斜照起春暝。還重省③。豈料山中秦晉④。桃源今度難認⑤〔五〕。林間即是長生路⑥，一笑元非捷徑⑦〔六〕。深更靜⑧。待散髮吹簫，跨鶴天風泠⑨〔七〕。凭高露飲⑩〔八〕。正碧落塵空〔九〕，光摇半壁，月在萬松頂〔一〇〕。

【校記】

①水竹居本、石村書屋本、明吴鈔、《詞綜》、汪鈔本、王刻詞調作《邁陂塘》。同調異名，《歷代詩餘》作《摸魚兒》亦然。下同不出校。　②水竹居本、石村書屋本、明吴鈔、《詞綜》、汪鈔本、王刻無詞題。　③還：水竹居本、石村書屋本、明吴鈔、《詞綜》、汪鈔本、王刻作「休」。　④豈料：水竹居本、石村書屋本、明吴鈔、《詞綜》、汪鈔本、王刻作「莫問」。秦：龔本、曹本、寶書堂本、許本、鮑本注「一作『無』」。　⑤桃源今度：龔本、曹本、寶書堂本、許本、鮑本注「一作『殘棋石上』」。　⑥即：石村書屋本、《詞綜》作「却」。長生：龔本、曹本、寶書堂本、許本、鮑本注「一作『桃源』」。　⑦笑：石村書屋本、明吴鈔作「嘆」。　⑧深更：王刻作「更深」。　⑨跨鶴：龔本、曹本、寶書堂本、許本、鮑本注「一作『鶴背』」。水竹居本、石村書屋本、明吴鈔、《詞綜》、汪鈔本、王刻同。　⑩夏敬觀：「『頃』『鏡』『迥』『艇』『醒』『暝』『省』『徑』『靜』『泠』『頂』，庚韻。『潤』『認』，真韻。『飲』，閉口韻。」

【注釋】

〔一〕高愛山：作者友人，應是紹興府新昌縣查浦隱者。

〔三〕傍湖二句：「沙浦」三句、「光摇」二句意亦入此。《水經注》卷四〇：「夾水多浦，浦中有大湖，春夏多水，秋冬涸淺。江水又東南逕剡縣，與白石山水會。……江水翼縣轉注，故有東渡、西渡焉。東南二渡通臨海，並泛單船爲浮航。西渡通東陽，並二十五船爲橋航。江邊有查浦，浦東行二百餘里，與句章接界。浦裏有六里，有五百家，並夾浦居，列門向水，甚有良田。有青溪、餘洪溪、大發溪、小發溪。江上有溪，六溪裂溉，散入江。夾溪上下，崩崖若傾。東有簟山，南有黄山，與白石三山爲縣之秀峰。……溪水兩傍悉高山。山有石壁二十許丈。溪中相攻，贔響外發，未至橋數里，便聞其聲。江水北逕嵊山。山下有亭，亭帶山臨江。松嶺森蔚，沙渚平靜。」

〔三〕花影句：宋之問《游禹穴回出若邪》：「石帆摇海上，天鏡落湖中。」

〔四〕蓴鄉：《嘉泰會稽志》卷一七有「山陰故多蓴」的記載。

〔五〕豈料二句：陶潛《桃花源記》：「自云先世避秦時亂，率妻子邑人來此絶境，不復出焉。遂與外人間隔。問今是何世，乃不知有漢，無論魏晉。……尋向所志，遂迷，不復得路。」《嘉泰會稽志》卷一〇：「（查浦）今尚如《水經》所言，可避世如桃源也。」

〔六〕捷徑：《新唐書》卷一二三，盧藏用取進士「不得調，與兄徵明偕隱終南、少室二山」，「始隱山中時，有意當世，人目爲隨駕隱士。……司馬承禎嘗召至闕下，將還山。藏用指終南曰：『此中大有嘉處。』承禎徐曰：『以僕視之，仕宦之捷徑耳。』」

〔七〕待散髮二句：李白《宣州謝朓樓餞别校書叔雲》：「人生在世不稱意，明朝散髮弄扁舟。」

〔八〕露飲：飲酒時脱去帽子和束髮巾，形容不拘禮節的狂放姿態。李頎《别梁鍠》：「朝朝飲酒黄公壚，脱帽露頂爭叫呼。」《夢溪筆談》卷九載石曼卿「每與客痛飲，露髮跣足，著械而坐，謂之『囚飲』；……其狂縱大率如此。」

〔九〕碧落：《度人經》：「昔於始青天中，碧落空歌。」注：「東方第一天有碧霞遍滿，是名碧落。」

〔一〇〕光摇二句：石延年《古松》：「影摇千尺龍蛇動，聲撼半天風雨寒。」于石《林下》：「結屋萬松頂，悄無人往還。」

【集評】

單學博：不是頑石可否點頭？

許廷誥：（下片）雖頑石亦要點頭。

高亮功：閑適之致如畫。結語極靜、極豪。

陳廷焯《雲韶集》卷九：（上闋）雄闊雅潔，畫所不到。（「斜照」句）高境，高景，超然閑遠。（「正碧落」三句）吐棄紅塵，飄飄有淩雲之致。世稱白石老仙，玉田亦仙乎？

又，《大雅集》卷四：亦淒婉，亦超逸，圓美流轉，脱手如丸。（下闋）飄飄有淩雲之志，振衣千仞崗，無此超遠。

【考辨】

此詞寫於初次北行歸來久客山陰游新昌查浦時，在祥興二年（一二七九）到至元二十六年（一二八九）之間。

風入松 賦稼村①〔一〕

老來學圃樂年華〔二〕。茅屋短籬遮〔三〕。兒孫戲逐田翁去，小橋橫、路轉三叉〔四〕。細雨一犁春意，西風萬寶生涯〔五〕。

攜笻猶記度晴沙②。流水帶寒鴉〔六〕。門前少得寬閑地，繞平疇、盡是桑麻〔七〕。却笑牧童遥指，杏花深處人家〔八〕。

【校記】

①《永樂大典》詞題作「村居即事」。　②記：《歷代詩餘》、王刻作「説」。度：《歷代詩餘》作「渡」。

【注釋】

〔一〕稼村：玉田友人。未詳，待考。

〔二〕學圃：語出《論語・子路》：「樊遲請學稼，子曰：『吾不如老農。』請學爲圃，曰：『吾不如老圃。』」朱熹《四書章句集注》：「種五穀曰稼，種蔬菜曰圃。」

〔三〕茅屋句：陸游《初春》：「梅花一樹映疏竹，茅屋三間圍短籬。」

〔四〕路轉三叉：蘇軾《縱筆三首》(之二)：「溪邊古路三叉口，獨立斜陽數過人。」

〔五〕細雨二句：蘇舜欽《田家》：「山邊夜半一犁雨，田父高歌待收獲。」《莊子・庚桑楚》：「春氣發而百草生，正得秋而萬寶成。」郭象注：「天地以萬物爲寶，至秋而成也。」

〔六〕流水句：隋煬帝《詩》：「寒鴉飛數點，流水繞孤村。」王十朋《會稽風俗賦》：「鷗浮鶒浴，鴉寒髧瘦。」周世則注：「越多寒鴉。秦少游詞『寒鴉萬點』。黄巖叟詞『寒鴉如豆』。」

〔七〕門前三句：陶潛《歸園田居詩五首》（之二）：「相見無雜言，但道桑麻長。桑麻日已長，我土日已廣。」又，《癸卯歲始春懷古田舍二首》（之二）：「平疇交遠風，良苗亦懷新。」白居易《題新昌所居》：「唯應方寸内，此地覓寬閑。」

〔八〕却笑二句：杜牧《清明》：「借問酒家何處有，牧童遥指杏花村。」寫田翁好懷，壺漿見迎，不必酒家。

【集評】

許昂霄詞評：如讀儲、王田家詩。

單學博：無曠土、無游民矣，理極腐而語極新，能化故也。如作此詞，與聖賢學問治道一氣相通，何其害爲詞？世之少年但好冶縟，遂失其旨，試思耆卿、少游輩能道隻字也？

邵淵耀：寫田家樂處，真樸動人。專爲艷縟者，可能道其隻字？

【考辨】

江昱疏證：陳深《寧極齋稿·贈陸稼村》：「風雨鷄鳴江上村，祇今遺叟幾人存。翦（煎）茶陸羽忘塵世，學稼樊遲老聖門。百尺蒼松心不死，千年古井水無渾。丹崖翠壁何從見，一笑相逢醉竹根。」

江昱按曰：林霽山集注：周以農，平陽陸（睦）源人，號稼村，未知孰是。

孫按：王義山，字元高，號稼村，有《稼村類稿》。宋朝曾通判瑞安軍府事，入元退居江西豐城。録以備考。

鳳凰臺上憶吹簫

趙主簿，姚江人也。風流藴藉，放情花柳，老之將至，況味淒然，以其號孤篷，囑余賦之①〔一〕

水國浮家，漁村古隱，浪游慣占花深〔二〕。猶記得、琵琶半面，曾濕衫青②〔三〕。不道江空歲晚，桃葉渡、還嘆飄零〔四〕。因乘興，醉夢醒時，却是山陰〔五〕。　投閑倦呼儔侶〔六〕，竟棹入蘆花，俗客難尋〔七〕。風渺渺、雲拖暮雪，獨釣寒清〔八〕。遠溯流光萬里，渾錯認、葉竹寰瀛③〔九〕。元來是、天上太乙真人④〔一〇〕。

【校記】

①《歷代詩餘》詞題作「趙主簿號孤篷，屬予賦之」，王刻略同，「號」作「自號」。②濕：王刻作「識」。③葉：《歷代詩餘》作「片」。④夏敬觀：「『深』『陰』『尋』，閉口韻。『青』『零』『清』『瀛』，庚韻。『人』，真韻。」

【注釋】

〔一〕姚江：江昱疏證：「《名勝志》：姚江在餘姚縣南十步許，又名舜江。」《乾隆鄞縣志》卷三：「黄宗羲《今水經》云：鄞江其源有二，一自奉化合它山之水，東流經奉化縣北四十五里爲奉化江，一自上虞縣太平山經餘姚縣治南，名姚江。潮上下二百餘里而水不鹹，歷慈溪縣境東流，俱至寧波府城東三港口會，名鄞江。東流至定海縣治爲大浹口，入於海。」餘姚，四明的古稱，元屬慶元路，稱明州。《元史·地理五》：「慶元路，上。唐爲鄞州，又爲明州，又爲餘姚郡，宋升慶元府。」　風流藴藉：《北齊書·王昕傳》：「昕母清河崔氏，學識有風訓，生九子，並風流藴藉，世號『王氏九龍』。」

〔二〕水國三句：顏真卿《浪跡先生玄真子張志和碑》：「真卿以舴艋既敝，請命更之。答曰：儻惠漁舟，願以爲浮家泛宅，沿泝江湖之上，往來苕霅之間，野夫之幸矣。」

〔三〕猶記得三句：白居易《琵琶引》：「千呼萬喚始出來，猶抱琵琶半遮面。」「座中泣下誰最多，江州司馬青衫濕。」

〔四〕不道三句：用王獻之愛妾桃葉渡江典。姜夔《少年游·戲平甫》：「別母情懷，隨郎滋味，桃葉渡江時。」阮閲《詩話總龜》卷七：「今秦淮口有桃葉渡，即其事也。」此泛指渡口。

〔五〕因乘興三句：《世説新語·任誕》：「王子猷居山陰，夜大雪。眠覺，開室命酌酒，四望皎然。因起彷徨，詠左思《招隱詩》，忽憶戴安道。時戴在剡，即便夜乘小船就之。經宿方至，造門不前而返。人問其故，王曰：『吾本乘興而行，興盡而返。何必見戴？』」

〔六〕投閑句：下文「獨釣」意亦入此，切其「孤篷」之號。

〔七〕竟棹入二句：韋應物《寄廬山棕衣居士》：「俗客欲尋應不遇，雲溪道士見猶稀。」

〔八〕風渺渺三句：《新唐書·隱逸傳》：「（張志和）居江湖，自稱煙波釣徒。……李德裕稱志和隱而有名，顯而無事，不窮不達，嚴光之比云。」柳宗元《江雪》：「孤舟蓑笠翁，獨釣寒江雪。」

〔九〕遠溯三句：《陝西通志》卷一〇〇引《異聞實録》：「陳季卿者，江南人，舉進士。至長安十年不歸，一日於青龍寺訪僧不值，憩於大閣。有終南山翁亦候僧，偶坐久之。壁間有寰瀛圖，季卿尋江南路。太息曰：『得此歸，不悔無成。』翁曰：『此何難。』乃折階前竹葉置圖上渭水中，謂陳曰：『注目於此，如願矣。』季卿熟視，即渭水，波濤汹汹，涌一舟，甚大。恍然登舟……踰旬至家，兄弟妻子迎見，甚喜，信宿謂其妻曰：『我試期已迫，不可久留。』乃復進棹作詩別其妻云：『酒至添愁飲，詩成和淚吟。』飄然而去，倏忽復至渭水。徑趨青龍寺，山翁尚擁褐而坐，僧猶未歸。季卿謝曰：『豈非夢耶？』翁曰：『他日自知。』經月，家人來訪，具述所以，題詩皆在。」

〔一〇〕元來二句：《廣博物志》卷二引《漢遺史》：「武帝元狩中，有日者奏太乙星不見。帝召東方朔問其由，朔奏曰：「是星不見，則游於世，爲居民福壽。』……是月果有會稽太守奏：『海中有人丫角，面如玉色，乘一葉紅蓮，約長丈餘，偃卧其中。手持一黄書，自東海浮來，臣等焚香迎拜，俯及（首）百步。俄而雲霧所遮，後霧散不知所之。遺其黄書，飄至亭側。』」

【集評】

單學博：此與律中李清照、吴元可都不合，惟侯寘一首同耳。　又：（「竟棹」二句）如漁父鼓柮而去。

許廷誥：此與律中李清照、吴元可都不合，惟侯寘一首同耳。

【考辨】

黄箋：此詞寫於元成宗大德二年（一二九八）作者五十一歲時。

孫按：此詞寫於初次北游南歸客山陰並游四明時，在祥興二年（一二七九）到至元二十六年（一二八九）之間。集中有《臺城路·寄姚江太白山人陳文卿》，表明玉田足跡曾至四明，與陳文卿交游。

解連環 孤雁〔一〕

楚江空晚①〔二〕。悵離群萬里，怳然驚散②〔三〕。自顧影、欲下寒塘③〔四〕，正沙淨草枯④，水平天遠⑤〔五〕。寫不成書，只寄得⑥、相思一點〔六〕。料因循誤了⑦，殘氊擁雪⑧，故人心眼〔七〕。　誰憐旅愁荏苒⑨〔八〕。謾長門夜悄〔九〕，錦箏彈怨〔一〇〕。想伴侣、猶宿蘆花〔一一〕，也曾念春前，去程應轉〔一二〕。暮雨相呼，怕驀地、玉關重見〔一三〕。未羞他、雙燕歸來，畫簾半捲⑩〔一四〕。

【校記】

①江：《天機餘錦》作「天」。　②怳：《天機餘錦》、明吴鈔、《詞綜》、汪鈔本、王刻作「恍」。

③塘：龔本、曹本、寶書堂本、許本、鮑本注「一作『江』」。　④淨：龔本、曹本、寶書堂本、許本、鮑

本注「一作『靜』」。王刻作「岸」。⑤水平天遠：水竹居本、石村書屋本、明吴鈔作「水天平遠」。⑥寄：説郛本《詞旨》作「記」。⑦料：《詞綜》、王刻作「嘆」。⑧毡：王刻作「妝」。⑨夏敬觀：「『點』『苒』，閉口韻。」⑩畫：龔本、曹本、寶書堂本、許本、鮑本注「一作『露』」。

【注釋】

〔一〕江昱疏證：「《至正直記》：錢唐張叔夏嘗賦《孤雁詞》，有『寫不成書，只寄得、相思一點』，人皆稱之曰『張孤雁』。」

〔二〕楚江空晚：儲嗣宗《孤雁》：「湘渚煙波遠，驪山風雨愁。」崔塗《孤雁》：「迴起波搖楚，寒棲月映蒲。」

〔三〕悵離群二句：下闋「誰憐」意入此句。杜甫《孤雁》：「孤雁不飲啄，飛鳴聲念群。誰憐一片影，相失萬重雲。」儲嗣宗《孤雁》：「此時萬里道，魂夢繞滄洲。」怳然，相失貌。

〔四〕自顧影二句：崔塗《孤雁》：「幾行歸去盡，片影獨何之。」「未必逢矰繳，孤飛自可疑。」狄煥《孤雁》：「更無聲接續，空有影相隨。」

〔五〕正沙淨二句：崔塗《孤雁》：「如何萬里計，只在一枝蘆。」

〔六〕寫不成三句：合用雁列成字、雁足傳書典。白居易《江樓晚眺景物鮮奇吟玩成篇寄水部張員外》：「風翻白浪花千片，雁點青天字一行。」《漢書·蘇武傳》：「（常惠）教使者謂單于，言天子射上林中，得雁，足有繫帛書，言武等在某澤中。」

〔七〕料因循三句：《漢書·蘇武傳》：「乃幽武置大窖中，絶不飲食。天雨雪，武卧齧雪，與旃毛並咽之。」因循，《例釋》：「猶言蹉跎，即虚度時光、事業無成之意。」

〔八〕旅愁荏苒：杜甫《宿府》：「風塵荏苒音書絶，關塞蕭條行路難。」荏苒，輾轉遷徙。

〔九〕長門夜悄：杜牧《早雁》：「仙掌月明孤影過，長門燈暗數聲來。」

〔一〇〕錦箏彈怨：貫休殘句：「刻成箏柱雁相挨。」錢起《歸雁》：「二十五弦彈夜月，不勝清怨却飛來。」

〔一一〕想伴侣二句：許渾《孤雁》「蘆洲寒獨宿，榆塞夜孤飛。」崔塗《孤雁》：「不知天畔侣，何處下平蕪。」

〔一二〕也曾念二句：大雁秋天南飛，來年春天北歸。

〔一三〕暮雨三句：林寬《聞雁》：「接影横空背雪飛，聲聲寒出玉關遲。」崔塗《孤雁》：「暮雨相呼失，寒塘獨下遲。渚雲低暗度，關月冷遥隨。」儲嗣宗《孤雁》：「孤雁暮飛急，蕭蕭天地秋。關河正黄葉，消息斷青樓。」

〔一四〕未羞他三句：反用許渾《孤雁》詩意：「不及誉巢燕，西風相伴歸。」

【集評】

周密：「自顧影」以下五句，雖丹青難畫矣。

孔齊《至正直記》：（錢唐張叔夏）長於詞曲，嘗賦《孤雁詞》，有云「寫不成行，書難成字，只寄得相思一點」，人皆稱之曰「張孤雁」。

許昂霄詞評：「暮雨」二句，唐崔塗《孤雁》詩也。　　又：奇景。

單學博：穎而超，宜乎二語膾炙人口。

許廷誥：穎而超。

高亮功：「寫不成書」二句，即《樂府指迷》所謂「於好發揮筆力處，極要用功，不可輕放過」是也。又即所謂翻手取勝。「伴侶」二句，反醒「孤」字。

《譚獻詞話》卷二：（「楚江」三句）亦是側入，而氣傷於僄；（「寫不成」三句），檇李指痕。下片（「想伴侶」四句）如話；（「暮雨」三句），浪化圓蹴，頗近自然。

闕名：「寫不成書」二語，亦是俗調。後片佳。

朱孝臧：穎而超。

【考辨】

張氏手批：此蓋在都時自寓之作。蘆花伴侶，畫簾雙燕，指在山不出者而言，明己之必遂初服也。當次在前，編者之誤。

孫按：約在德祐二年（一二七六）或景炎二年（一二七七）春天。元主攻破臨安後，張炎祖父張濡被磔殺，兄弟四散逋逃，詞寫於初次北游逃難途中，與北飛大雁同其行跡。

滿庭芳 小春〔一〕

晴皎霜花，曉熔冰羽①〔二〕，開簾覺道寒輕②。誤聞啼鳥③，生意又園林〔三〕。閑了淒涼賦筆，便而今④、不聽秋聲⑤。消凝處，一枝借暖⑥，終是未多情⑦。　陽和能幾許〔四〕，尋紅探粉⑧，也恁忺人⑨。笑鄰娃痴小〔五〕，料理護花鈴〔六〕。却怕驚回睡蝶，恐和他、草夢都醒〔七〕。還知否，能消幾日，風雪灞橋深〔八〕。

【校記】

①晴皎二句：龔本、曹本、寶書堂本、許本、鮑本注「一作『掩閣烘晴，開簾借暖』」。皎：龔本、曹本、寶書堂本、許本、鮑本注「一作『卷』」。熔：王刻作「融」。②開簾：龔本、曹本、寶書堂本、許本、鮑本注「一作『今朝』」。③誤：《歷代詩餘》作「卧」。④而：龔本、曹本、寶書堂本、許本、鮑本注「一作『如』」。⑤不：石村書屋本、明吴鈔、汪鈔本脱。水竹居本空一字。王刻作「懶」。⑥一枝借暖：龔本、曹本、寶書堂本、許本、鮑本注「一作『苔枝數點』」。水竹居本、石村書屋本、明吴鈔、汪鈔本、王刻作「苔枝借暖」。⑦情：明吴鈔、汪鈔本作「清」。⑧紅：王刻注：「一作『芳』。」許校：「《晴雪雅詞》作『芳』。」⑨夏敬觀：「『林』『深』，閉口韻。『人』，真韻。」

【注釋】

〔一〕小春：即十月小陽春，因天氣多暖，有桃李等春花一年中再度開放。

〔二〕晴皎二句：謂小陽春的陽光融化了樹枝上的霧淞。《丹鉛摘録》卷一〇：「《曾南豐集》云：齊地寒甚，夜如霧凝於水上，日出飄滿庭階，尤爲可愛。遂作詩云：『園林初日淨無風，霧淞花開樹樹同。記得集英深殿裏，舞人齊插玉籠鬆。』」

〔三〕誤聞二句：謝靈運《登池上樓詩》：「池塘生春草，園柳變鳴禽。」因前句爲謝氏夢中所得，下闋「草夢」意入此句。

〔四〕陽和：《史記·秦始皇本紀》：「維二十九年，時在中春，陽和方起。」

〔五〕鄰娃痴小：白居易《井底引銀瓶》：「寄言痴小人家女，慎勿將身輕許人。」娃，此泛指少女。

〔六〕料理句：《開元天寶遺事》卷上：「（寧王）至春時，於後園中紉紅絲爲繩，密綴金鈴，繫於花梢之上，有鳥鵲翔集，則令園吏掣鈴索以驚之，蓋惜花之故也。諸宫皆效之。」料理，安排。

〔七〕却怕三句：暗用《莊子·齊物論》蝶夢典。

〔八〕風雪句：用灞橋風雪典。

【集評】

許昂霄詞評：（「消凝處」三句）折筆即爲「小」字添毫。（「陽和」句）承上再用宕筆。

張氏手批：（「晴皎」五句）此亦所爲少有遇者耶？（「却怕」六句）此詞若在宋時作，所託便深，當更詳之。

許廷誥：切。

高亮功：「不聽秋聲」是來路，「風雪灞橋」是去路，同一用襯，恁地變化。

夏敬觀：如前調（《解連環·孤雁》）之「未羞他」，此調之「恐和他」等語調，最爲詞之下品。

【考辨】

江昱按曰：此詞似以小春喻元朝也。

孫按：我國自南朝始，詩歌就有以天氣隱喻朝政的傳統，事見《酉陽雜俎》卷一二。此詞至元二十七年（一二九〇）寫於大都。

憶舊游　登蓬萊閣①〔一〕

問蓬萊何處，風月依然，萬里江清〔二〕。休説神仙事，便神仙縱有，即是閑人〔三〕。笑我幾番醒醉②，石磴掃松陰。任狂客難招③，采芳難贈，且自微吟〔四〕。俯仰成陳跡④〔五〕，嘆百年誰在，闌檻孤凭⑤〔六〕。海日生殘夜⑥〔七〕，看卧龍和夢，飛入秋冥⑦。還聽水聲東去，山冷不生雲〔八〕。正目極空寒⑧，蕭蕭漢柏愁茂陵⑨〔九〕。

【校記】

①龔本、曹本、寶書堂本、許本、鮑本注「别本『登』下有『越州』二字」。水竹居本、石村書屋本、明吴鈔、《歷代詩餘》、汪鈔本同。王刻作「登越中蓬萊閣」。②醒醉：水竹居本作「醉醒」。③任：龔本、曹本、寶書堂本、許本、鮑本注「一作『甚』」。水竹居本、石村書屋本、明吴鈔、汪鈔本、王刻同。

④高亮功：「仰」字宜叶韻。⑤闌：《歷代詩餘》作「横」。王刻注：「一作『横』。」檻：水竹居本、石村書屋本、明吴鈔、汪鈔本作「干」。⑥日：水竹居本、石村書屋本、明吴鈔、汪鈔本、王刻作「月」。⑦冥：水竹居本、石村書屋本、明吴鈔、汪鈔本作「溟」。王刻作「暝」。⑧目極空寒：明吴鈔、汪鈔本、王刻作「極目空寒」。龔本、曹本、寶書堂本、許本、鮑本注「一作『萬里高寒』」。⑨蕭蕭：水竹居本、石村書屋本、汪鈔本、王刻作「瀟瀟」。夏敬觀：「『清』『冥』『陵』，庚韻。『人』『雲』，真韻。『陰』『吟』『凭』，閉口韻。」

【注釋】

〔一〕蓬萊閣：江昱疏證：「《元和郡縣志》：浙東觀察使治越州，秦會稽郡。漢順帝時，浙江東西分吴越，隋改越州。《名勝志》：南渡後始改名紹興府。又，蓬萊閣在州治設廳之後，吴越錢王所建。舊記云：蓬萊山正偶會稽。《寶慶會稽續志》：蓬萊閣在郡設廳後，卧龍山下，其名以蓬萊者，蓋因元微之詩而始得名。《嘉泰會稽志》：張伯玉《州宅詩序》云：越守王工部至和中新葺蓬萊閣，成，畫圖來乞詩，工部乃王逵也。」江昱按曰：「西湖孤山亦有蓬萊閣，故别本題冠『越州』以别之。」

〔二〕問蓬萊三句：紹興府治卧龍山蓬萊閣得名是因爲與古代海上蓬萊仙山遥對，但至唐宋時已經發生了滄桑變化。《會稽續志》卷一：「蓋《舊志》云：蓬萊山正偶會稽。」注曰：「《舊志》今已不傳。沈少卿紳《和孔司封登蓬萊閣詩》云『三山對峙海中央』。自注於下云：《舊志》：『蓬萊山正偶會稽』。」暗用葛洪《神仙傳》卷三：「麻姑自説：『接侍以來，已見東海三爲桑田，向到蓬萊，水又淺於往昔會時略半也，豈將復還爲陵陸乎！』」

〔三〕休説三句：引申海上三仙山爲説。《史記·秦始皇本紀》：「徐市等上書，言海中有三神山，名曰蓬萊、方丈、瀛洲，仙人居之。請得齋戒，與童男女求之。於是遣徐市發童男女數千人，入海求仙人。」張守節《正義》：「《括地志》云：亶洲在東海中，秦始皇使徐福將童男女入海求仙人，止在此洲。共數萬家。至今洲上人有至會稽市易者。」

〔四〕任狂客三句：指賀知章。《嘉泰會稽志》卷一六：「賀知章，字季真，會稽人，善隸草。……《書賦》云：湖山降祉，狂客風流。落筆精絶，芳詞寡仇。如春林之絢彩，實一望而寫憂。今存草書一帖云：『湖東只因種蓮四十步閑遂不生闕。豈不相宜耶？果珍紫蕁，適我願也闕。』」《古詩十九首》：「涉江采芙蓉，蘭澤多芳草。采之欲遺誰，所思在遠道。」

〔五〕俯仰句：王羲之《蘭亭集序》：「向之所欣，俯仰之間，已爲陳跡，猶不能以之興懷。」

〔六〕嘆百年二句：所凭爲望海樓。《嘉泰會稽志》卷九：「先是，越勾踐創飛翼樓，取象天門，東南伏漏石竇以象地户，陵門四達以象八風，因山勢畚築爲城一千一百二十步。至唐人，以樓址爲望海亭。」

〔七〕海日句：王灣《次北固山下》：「海日生殘夜，江春入舊年。」

〔八〕看卧龍四句：刁景純《望海亭記》：「越冠浙江東，號都督府。府據卧龍山，爲形勝處。山之南亘東西鑒湖也，山之北連屬江與海也，周遭數里，盤屈於江湖之上，狀卧龍也。」宋六陵在寶山，又稱欑（或作「攢」字）宫山，鄰山有龍，常生雲氣。《嘉泰會稽志》卷九：「寶山在縣東南三十里，一名上皋山，今欑宫山也。東接紫雲山，昔有龍憩山上，紫雲乘之。……紫雲山在縣東南五十里，舊經云：昔有游龍憩此山中，常有紫雲起，故以爲名。」反用杜甫《傷春五首》（之一）句意：「蓬萊足雲氣，應合總從龍。」

〔九〕正目極二句：李賀《金銅仙人辭漢歌》：「茂陵劉郎秋風客，夜聞馬嘶曉無跡。」武帝葬茂陵，嘗作《秋風辭》。黄箋：「借指宋寧宗陵墓永茂陵。因永茂陵被元僧楊璉真伽發掘，故云『愁茂陵』。」

【集評】

張氏手批：（「看卧龍」二句）此應因當時遺者有出山者，而決志隱遁也。

單學博：（「問蓬萊」六句）須看他接法、轉法，真百煉鋼爲繞指柔也。　又：可以唤醒秦皇漢武。　又：换頭接上，十分有力。　又：此等詩詞辭，我願高山大海間擊鐵如意歌之，不數謝朓驚人句也。

許廷誥：换頭有力。

邵淵耀：接筆、轉筆化百煉剛爲繞指柔，可爲學仙者下砭。

高亮功：「休説」數語，立論極高，恰好引起「登」字。

陳廷焯《大雅集》卷四：後闋愈唱愈高，是玉田真面目。

夏敬觀：總由虚字領句，只圖前後勾勒便利，遂成滑調。

【考辨】

黄箋：此詞於元成宗大德二年（一二九八）作者五十一歲時作。

孫按：此詞寫於初客山陰時，與《水龍吟·白蓮》皆爲楊璉真伽發宋諸陵事，故知寫於祥興二年（一二七九），張炎三十二歲。

解連環①拜陳西麓墓②〔一〕

句章城郭〔二〕。問千年往事③，幾回歸鶴〔三〕。歎貞元、朝士無多〔四〕，又日冷湖陰，柳邊門鑰〔五〕。向北來時，無處認、江南花落〔六〕。縱荷衣未改，病損茂陵④，總是離索〔七〕。

山中故人去却。但碑寒峴首〔八〕，舊景如昨。悵二喬、空老春深⑤，正歌斷簾空，草暗銅雀⑥〔九〕。楚魄難招〔一〇〕，被萬疊、閑雲迷著〔一一〕。料猶是、聽風聽雨⑦，朗吟夜壑⑧〔一二〕。

【校記】

①戈選杜批清真詞：「宋詞均用此體，後白石、夢窗、玉田詞均同；惟《樂章集》後結作五字一句，六字一句，爲又一體。」②《歷代詩餘》詞題無「拜」字。③往事：龔本、曹本、寶書堂本、許本、鮑本注「一作『事往』」。④病：《歷代詩餘》作「渴」。⑤老：王刻作「鎖」。⑥暗：龔本、曹本、寶

書堂本、許本、鮑本注「一作『昏』」。王刻同。⑦雨：龔本、曹本、寶書堂本、許本、鮑本注「一作『水』」。⑧諸本有詞下注：「山中樓扁萬疊雲。」《歷代詩餘》、王刻無此注。

【注釋】

〔一〕拜墓：拜掃墳墓。　陳西麓：江昱按曰：「《絶妙好詞》：陳允平，字衡仲，號西麓。《歷代詩餘》：陳允平《日湖漁唱》二卷，《西麓繼周集》一卷。按二集余皆有鈔本。《繼周集》卷首稱莆鄮澹室後人，蓋其先自莆田遷四明者。其詩詞，方回爲序，見《桐江集》。《樂府指迷》：詞欲雅而正，志之所至，詞亦至焉。一爲物所役，則失其雅正之音。近日惟陳西麓《日湖漁唱》頗有佳者。」

〔二〕句章城郭：江昱按曰：「《元和郡縣志·明州》：句章，故城在州西一里。《鄞縣志》：古句章城在鄞南六十里。寧郡有兩句章城，遺址俱存。」鄞州、明郡、奉化、甬東、句章爲同地異名。《寶慶四明志》卷一一：「按皇朝建隆中，鄞令金翊《纂異記》謂唐武德時以此郡爲鄞州，至開元中改鄞爲明郡，名奉化城，號甬東，地名句章。」

〔三〕問千年二句：用丁令威千年化鶴歸來，婉寫其羽化昇仙。

〔四〕嘆貞元二句：劉禹錫《聽舊宫中樂人穆氏唱歌》：「休唱貞元供奉曲，當時朝士已無多。」元稹《酬白樂天杏花園》：「算得貞元舊朝士，幾員同見太和春。」貞元朝士，代指前朝老臣。德祐時，陳允平曾授制置司參議官。

〔五〕又日泠二句：嵌入「日湖」二字，江昱按曰：「《名勝志》：日湖其源與月湖俱出四明山，自他山堰經仲夏堰入南門爲日湖。」此泛指日月二湖，春夏柳盛花繁。《寶慶四明志》卷四：「日月二湖，皆源於四明山，一自它山堰經仲夏堰入於南門，一自大雷經廣德湖入於西門，潴爲二湖。在城西南隅。南隅曰日湖，又曰細湖，又曰小江湖，又曰競渡湖。」

〔六〕向北三句：《明皇雜録》卷下：「唐開元中，樂工李龜年、彭年、鶴年兄弟三人皆有才學盛名。彭年善舞，鶴年、龜年能歌，尤妙制《渭川》。特承顧遇，於東都大起第宅。……其後龜年流落江南，每遇良辰勝賞，爲人歌數闋，座中聞之，莫不掩泣罷酒。」杜甫《江南逢李龜年》：「正是江南好風景，落花時節又逢君。」陳允平曾有被召北行的經歷。周密有《高陽臺·送陳君衡被召》，王沂孫有《高陽臺·陳君衡遠游未還，周公謹有懷人之賦，倚歌和之》。

〔七〕縱荷衣三句：《史記·司馬相如列傳》：「相如口吃而善著書，常有消渴疾。」本傳載其曾拜文園令，以病免，家居茂陵等事。此寫陳允平被薦，又以病免歸的隱居生涯。離索，猶言「離群索居」。已見前注。

〔八〕碑寒峴首：《晉書·羊祜傳》：「祜樂山水，每風景，必造峴山，置酒言詠，終日不倦。嘗慨然嘆息，顧謂從事中郎鄒湛等曰：『自有宇宙，便有此山。由來賢達勝士，登此遠望，如我與卿者多矣！皆湮滅無聞，使人悲傷。如百歲後有知，魂魄猶應登此也。』……襄陽百姓於峴山祜平生游憩之所建碑立廟，歲時饗祭焉。望其碑者，莫不流涕。杜預因名爲『墮淚碑』。」

〔九〕帳二喬四句：杜牧《赤壁》：「東風不與周郎便，銅雀春深鎖二喬。」《三國志・魏志・武帝紀》：「（建安十五年）冬，作銅雀臺。」《三國志・吴志・周瑜傳》：「時得橋公兩女，皆國色也。策自納大橋，瑜納小橋。」橋，通作「喬」。此喻爲西麓守節的歌姬。

〔一〇〕楚魄難招：《楚辭・招魂》：「目極千里兮傷春心，魂兮歸來哀江南。」

〔一一〕被萬疊二句：「萬疊雲」爲陳西麓山中樓名。語出杜甫《過洞庭湖》「雲山千萬疊，低處上星槎。」

〔一二〕料猶是三句：謂其猶如生前，取法自然天籟之聲譜曲。歐陽修《六一詩話》：「王建《霓裳詞》云『弟子部中留一色，聽風聽水作霓裳。』《霓裳》曲，今教坊尚能作其聲，其舞則廢而不傳矣。人間又有《望瀛洲》《獻仙音》二曲，云此其遺聲也。《霓裳》曲前世傳記論説頗詳，不知『聽風聽水』爲何事也。白樂天有《霓裳歌》甚詳，亦無『風水』之説。第記之，或有遺亡者爾。」周密《癸辛雜識・別集》卷下：「風之吹萬不同，天籟也。禽鳥啁哳，亦天地自然之聲。作樂者，當於此取則焉。所謂『聽風聽水作霓裳』近之矣。以簫韶九成，鳳凰來儀，擊石拊石，百獸率舞，蓋以我自然之聲，感彼自然之應，所謂同聲相應者也。」孔平仲《續世説》：「（崔）咸既冠，棲心高尚，志於林壑，往往獨游南山，經時方還。尤長於歌詩，或風景晴明，花朝月夕，朗吟意愜，必淒愴沾襟。旨趣高奇，名流嗟悒。」並取意李賀《秋來》：「思牽今夜腸應直，雨冷香魂吊書客。秋墳鬼唱鮑家詩，恨血千年土中碧。」夜壑，猶言夜壑泉臺。

【集評】

高亮功：按：西麓，四明人，有《日湖漁唱》詞二卷，故詞中有「日冷湖陰」句。「向北」數語，貼自己説。長歌之哀，過於痛哭。與卷中「悼王碧山詞」章法不同，而同一情致。

闕名：意甚沈摯。

【考辨】

江昱疏證：《續甬上耆舊傳》：陳允平，資政殿大學士陳卓之侄，家居鄞之梅墟所謂「世綸堂」者也。學於慈湖先生之門，德祐時官制置司參議官。入元，以仇家告變，云謀爲厓山接應。遭榜掠，後事得脱。被薦，以病免歸。

黄箋：此詞與前一首寫於同時。

孫按：世綸堂爲陳卓明州居所，非句章山中萬疊雲樓。《延祐四明志》卷五：「真德秀以翰林學士爲參知政事，（陳）卓爲簽書樞密院事，二制俱下。未幾，即丐祠歸里。平生不營産業，以贊書所酬金築世綸堂，人或戲之曰：此真『金屋』也。」《乾隆鄞縣志》卷二四：「世綸堂，在縣東北三十里梅墟。陳居仁子卓所居，父子掌綸誥。卓以賜金創堂，名曰『世綸』。」陳允平遭仇家告發後得袁洪解救，事件發生在至元十五年戊寅（端宗景炎三年，一二七八）之前，詳見袁桷《先大夫行述》《延祐四明志》卷五。其北行在入元之初，《嘉慶松江府志》卷六二：「元初，以人材徵至北都。不受官，放還，世尤高之。」張炎、周密、王沂孫都曾與陳允平交游唱和，皆屬遺民而以氣節相高者，陳允平近在四明却未參加山陰《樂府補題》的創作活動，理推病免歸鄉後或沈疴不起甚或已經亡故。此詞祥興二年（一二七九）到至元二十六年（一二八九）寫於首客山陰並游四明時。黄箋之誤已見前辨。

山中白雲詞箋證卷二

臺城路①寄姚江太白山人陳文卿②〔一〕

薛濤箋上相思字，重開又還重摺③〔二〕。載酒船空〔三〕，眠波柳老，一縷離痕難折④〔四〕。虚沙動月。嘆千里悲歌⑤，唾壺敲缺〔五〕。却説巴山⑥，此時懷抱那時節⑦〔六〕。　寒香深處話別。病來渾瘦損，懶賦情切⑧〔七〕。太白閑雲〔八〕，新豐舊雨⑨〔九〕，多少英游消歇⑩〔一〇〕。回潮似咽。送一點秋心⑪，故人天末〔一一〕。江影沈沈，露涼鷗夢闊⑫〔一二〕。

【校記】

①戈選詞調作《齊天樂》。戈選杜批：「《詞綜》載此詞，不同者多至二十字，前結云『記得巴山，此時懷抱那時説』，疑此爲戈氏率易也。」②龔本、曹本、寶書堂本、許本、鮑本詞題注：「別本『文卿』作『又新』。」《天機餘錦》、《歷代詩餘》、戈選作「寄太白山人陳文卿」。《詞綜》、王刻作「寄太白山人陳又新」，水竹居本、石村書屋本、明吴鈔、汪鈔本略同。③夏敬觀：「『摺』，閉口韻。」④載酒三句：《詞綜》、王刻作「太白秋聲，東瀛柳色，一縷離痕輕折」。《天機餘錦》、水竹居本、石村書屋本、明吴鈔、《詞綜》、汪鈔本略同，末句稍有脱字誤字。許本「離」下注：「《詞潔》作『柔』。」⑤嘆：《天機餘

錦》作「笑」。⑥却説：《天機餘錦》、水竹居本、石村書屋本、明吴鈔、《詞綜》、汪鈔本、王刻作「記得」。⑦節：《天機餘錦》、水竹居本、石村書屋本、明吴鈔、《詞綜》、汪鈔本、王刻作「説」。⑧情：水竹居本、石村書屋本、《詞綜》、汪鈔本、王刻作「清」。⑨太白二句：《天機餘錦》作「笑裏移春，吟邊慨古」。水竹居本、石村書屋本、明吴鈔、汪鈔本、王刻作「笑裏移香，吟邊慨古」。《詞綜》作「笑裏移春，吟邊懷古」。⑩游：明吴鈔、汪鈔本、王刻作「雄」。⑪秋：龔本、曹本、寶書堂本、許本、鮑本注「一作『愁』」。《天機餘錦》、水竹居本、石村書屋本、明吴鈔、《詞綜》、汪鈔本、王刻同。⑫露涼：明吴鈔作「夜深」。露：龔本、曹本、寶書堂本、許本、鮑本注「一作『夜』」。水竹居本、石村書屋本、《詞綜》、汪鈔本、王刻同。

【别本】

薛濤箋上相思字，重開又還重摺。太白秋聲，東瀛柳色，誰把柔條相（一作猶）結。虚沙動月。嘆千里悲歌，唾壺敲缺。却説巴山，這回知是甚時節。　紅香深處話别。病來渾瘦損，獨抱情切。笑裏移春，吟邊嘅古，多少英雄消歇。回潮似咽。送一點秋心，故人天末。江影沈沈，露涼鷗夢闊。

【注釋】

〔一〕姚江：此指餘姚東流入四明的水域。　太白山：《延祐四明志》卷一二：「太白山，（鄞）縣東六十里。視諸山爲最高。其顛有龍池，雲氣蓊勃生於水面不絶；若麗日晴霄，澄澈如鏡。或風振林木，落葉紛紛過之，無墮池中者。每風雨時，雷電多從山頂生。……或曰山以太白星得名，又曰近有小白嶺，故此爲大白非太白也。」朱校：「按《寧波府志·太白山》：鄞縣東六十里，視諸山爲高，以太白星得名。或曰近有小白嶺，故此爲大白也。」　陳文卿：陳適，字文卿。玉田好友。

〔二〕薛濤二句：《南部新書》卷九：「元和之初，薛濤好製小詩，惜其幅大，不欲長剩，乃狹小之。蜀中才子既以爲便，後減諸箋亦如是，特名曰薛濤箋。」

〔三〕載酒船空：杜牧《遣懷》：「落魄江湖載酒行，楚腰腸斷掌中輕。」

〔四〕眠波二句：韓鄂《歲華紀麗·春》：「日夜分，草木動，柳三眠而盤地，花五出以照人。」《漫叟詩話》：「嘗見曲中使柳三眠事，不知所出。後讀玉溪生《江之嫣賦》云：『豈如河畔牛星，隔歲止聞一過。不比苑中人柳，終朝剩得三眠。』注云：『漢苑中有柳，狀如人形，一日三起三倒。』」

〔五〕虛沙三句：應回憶初次北行事，王敦以如意打唾壺爲節，壺邊盡缺。已見前引。許渾《送客江行》：「水寒澄淺石，潮落漲虛沙。」

〔六〕却説二句：此用巴山典寫情如兄弟並牀聽雨的友誼。虞儔《和耘老弟冬夜聞雨有懷》：「雪擁紅爐愁不寐，此時懷抱想君同。」

〔七〕病來二句：李商隱《寄令狐郎中》：「休問梁園舊賓客，茂陵秋雨病相如。」

〔八〕太白：此與關中太白山相較。《陝西通志》卷八：「太白山在郿縣東南四十里，鍾西方金星之秀，關中諸山莫高於此。其山巔高寒，不生草木。……山巔常有積雪，故以太白名。」　閑雲：李白《贈横山周處士》：「閑雲隨舒卷，安識身有無。」

〔九〕新豐：即秦之驪邑，漢高祖重建於長安。《西京雜記》卷二：「太上皇徙長安，居深宮，凄愴不樂。高祖竊因左右問其故。以平生所好皆屠販少年，酤酒、賣餅、鬥鷄、蹴踘，以此爲歡。今皆無，此故以不樂。高祖乃作新豐，移諸故人實之。太上皇乃悦。」　舊雨：杜甫《秋述》：「秋，杜子卧病長安旅次，多雨生魚，青苔及榻。常時車馬之客，舊，雨來；今，雨不來。」後因以「舊雨」稱故交。

〔一〇〕英游：豪傑俊彦之輩。

〔一一〕送一點二句：錢起《裴廸書齋望月》：「今夕遥天末，清輝幾處愁。」並借用杜甫《天末懷李白》詩意：「涼風起天末，君子意如何。鴻雁幾時到，江湖秋水多。」

〔一二〕江影二句：陳傑《初出大江移泊别浦》：「江涵鷗夢闊，天入雁愁長。」

【集評】

單學博：「一縷」句專頂「眠波」句，亦雙單法也，變化。

高亮功：將説己之寄陳，先説陳之寄己，是對面著筆。「回潮」以下數語，清峭之甚。

陳廷焯《雲韶集》卷九：「虛沙動月」四字精煉。（下闋）字字感慨，句句閑雅。（「露涼鷗夢闊」）「闊」字妙。

又，《大雅集》卷四：疏狂閑雅，真可與白石老仙相鼓吹。（「露涼鷗夢闊」）「闊」字有精神。

【考辨】

江昱疏證：袁桷《寄陳文卿》：「窗對平湖柳對門，隔鄰鐘磬送昏昕。水煎菊本傳家舊，醅壓桃花勸客醺。擬向鑾溪誇矍鑠，争如月窟養絪緼。通家欲説先賢事，兩岸書燈點點分。」又：袁集别有《次韻陳又新》詩。

孫按：觀袁桷二詩，應以「文卿」爲是。張伯淳《蕭山縣學重建大成殿記》：「大德戊戌，縣尉大名王振麟伯、教諭天台陳處久德可、四明陳適文卿首議撤而新之。……起己亥歲夏四月，以是秋八月告成。……同僚名家子，文而才事焉。」《康熙蕭山縣志》卷一六：「元訓導，分掌學事一人：陳適，四明人，大德年任，由舉人。」《民國蕭山縣志稿》卷一二：「陳適，字文卿。四明人。名家子也。由舉人司訓蕭山，敏而好修，迪諸生惟以篤行爲先。」據此，知陳文卿爲四明望族。此詞寫於初客山陰並游四明時。在祥興二年(一二七九)到至元二十六年(一二八九)之間，是游四明離開後的寄贈之作。

聲聲慢 送琴友季靜軒還杭①〔一〕

荷衣消翠，蕙帶餘香〔二〕，燈前共語生平②。苦竹黄蘆〔三〕，都是夢裏游情。西湖幾番夜雨③，怕如今、冷却鷗盟④。倩寄遠，見故人説道⑤，杜老飄零〔四〕。　難挽清風飛佩⑥〔五〕，有相思都在，斷柳長汀〔六〕。此别何如，一笑寫入瑶琴⑦〔七〕。天空水雲變色〔八〕，任愔愔⑧〔九〕、山鬼愁聽〔一〇〕。興未已⑨，更何妨⑩、彈到廣陵〔一一〕。

【校記】

①《天機餘錦》無詞題。戈選「還」作「歸」。水竹居本、石村書屋本、明吳鈔、汪鈔本、王刻詞題作「送琴友歸杭」。②生平：水竹居本、王刻作「平生」。③夜：水竹居本、石村書屋本、明吳鈔、汪鈔本、王刻作「風」。④冷：《天機餘錦》作「懶」。⑤道：王刻作「到」。⑥清風：龔本、曹本、寶書堂本、許本、鮑本注「一作『泠然』」。⑦瑤琴：戈選作「秋聲」。⑧愔愔：明吳鈔作「暗暗」。⑨興未已：水竹居本、石村書屋本、明吳鈔、汪鈔本作「興未盡」。龔本、曹本、寶書堂本、許本、鮑本注「一作『待去也』」。⑩更：龔本、曹本、寶書堂本、許本、鮑本注「一作『又』」。水竹居本、石村書屋本、明吳鈔、王刻同。

【注釋】

〔一〕季靜軒：玉田友人，生平不詳。

〔二〕荷衣二句：《楚辭·少司命》：「荷衣兮蕙帶，儵而來兮忽而逝。」李商隱《夜冷》：「西亭翠被餘香薄，一夜將愁向敗荷。」寫其因久著的隱者衣服已經破敗。

〔三〕苦竹黃蘆：白居易《琵琶引》：「住近湓江地低濕，黃蘆苦竹繞宅生。」

〔四〕杜老飄零：杜甫《哀江頭》：「少陵野老吞聲哭，春日潛行曲江曲。」又，《旅夜書懷》：「飄零何所似，天地一沙鷗。」

〔五〕難挽句：晏殊《木蘭花》：「聞琴解佩神仙侶。挽斷羅衣留不住。」

〔六〕斷柳長汀：《寶慶四明志》卷四：「（西隅）曰月湖，又曰西湖。其從三百五十丈，其衡四十丈。周圍七百三十丈有奇。中有橋二，絶湖而過。汀洲島嶼凡十，曰柳汀，曰雪汀，曰芳草洲，曰芙蓉洲，曰菊花洲，曰月島，曰松島，曰花嶼，曰竹嶼，曰煙嶼（十洲二島，大家多變置，不可盡考，而景象猶存）。」

〔七〕此別二句：杜甫《人日兩篇》（之一）：「此日此時人共得，一談一笑俗相看。」「佩劍沖星聊暫拔，匣琴流水自須彈。」瑶琴，《文選》江淹《休上人》：「寶書爲君掩，瑶琴詎能開。」李周翰注：「瑶琴，玉琴也。」

〔八〕天空句：嵇康《琴賦》：「天吴踊躍於重淵，王喬披雲而下墜。舞鸑鷟於庭階，游女飄然而來萃。感天地以致和，況蚑行之衆類。」

〔九〕愔愔：《文選》嵇康《琴賦》：「辭曰：愔愔琴德，不可測兮。」李善注曰：「劉向《雅琴賦》曰：游予心以廣觀，且德樂之愔愔。韓詩曰：愔愔，和悦貌。《聲類》曰：和静貌。」

〔一〇〕山鬼愁聽：嵇康《琴賦》：「且其山川形勢，則盤紆隱深，確嵬岑嵓。玄嶺巉巖，岞崿嶇崯。丹崖嶮巇，青壁萬尋。若乃重巘增起，偃蹇雲覆。邈隆崇以極壯，堀巍巍而特秀。」

〔一一〕興未已三句：《世説新語·雅量》：「嵇中散臨刑東市，神氣不變，索琴彈之，奏《廣陵散》。曲終，曰：『袁孝尼嘗請學此散，吾靳固不與，《廣陵散》於今絶矣。』」

【集評】

許昂霄詞評：（「此別」六句）一片神行。

單學博：好一個相思所在。

陳蘭甫：亦不應自比杜老。

陳廷焯《雲韶集》卷九：聲情酸楚。上半闋先寫還杭後情景，下半闋倒入送季正面。筆法變換，妙。

【考辨】

據龔本編年體例，此詞前後皆爲四明詞，加上詞中所寫月湖景色，故知與前首寫於同時同地。

水龍吟①春晚留別故友②〔一〕

亂紅飛已無多③〔二〕，艷游終是如今少。一番雨過④，一番春減，催人漸老⑤〔三〕。倚檻調鶯，捲簾收燕⑥，故園空杳⑦〔四〕。奈關愁不住⑧，悠悠萬里，渾恰似⑨、天涯草〔五〕。不擬相逢古道⑩。纔疑夢、又還驚覺。清風在柳，江搖白浪，舟行趁曉⑪〔六〕。遮莫重來⑫，不如休去，怎堪懷抱〔七〕。那知又⑬、五柳門荒〔八〕，曾聽得⑭、鵑啼了。

【校記】

①水竹居本、石村書屋本、明吴鈔、汪鈔本、王刻詞調作《龍吟曲》。同調異名。下同不出校。王校：「按此詞原本作三疊，訛脱不能句讀，『啼鵑』下羼入『秦山晉水，甚却向、此時登眺。清致少。那更好游人老』數句爲一疊，謹遵《御選歷代詩餘》訂正，而末仍未合律，存疑可也。」孫按：王刻所引是羼入

的《玉漏遲・登無盡上人山樓》詞句。 ②《天機餘錦》詞題作「留別故友」。注曰：「一作『四明留別故人』。」龔本、曹本、寶書堂本、許本、鮑本詞題下注：「別本『春晚』作『客中』。」水竹居本、石村書屋本、明吴鈔、汪鈔本、王刻同。《歷代詩餘》詞題作「春晚留別故人」。 ③已：龔本、曹本、寶書堂本、許本、鮑本注「一作『盡』」。 ④雨過：龔本、寶書堂本注：「一作『過雨』。」水竹居本、石村書屋本、明吴鈔、汪鈔本、王刻同。曹本、許本、鮑本注「一作『遏雨』」。 ⑤漸：水竹居本、石村書屋本、明吴鈔、汪鈔本、王刻作「自」。 ⑥收：《天機餘錦》作「通」。水竹居本、石村書屋本、明吴鈔、汪鈔本、王刻作「歸」。 ⑦園：水竹居本、石村書屋本、明吴鈔、汪鈔本作「國」。 ⑧不：龔本、曹本、寶書堂本、許本、鮑本注「一作『未』」。 ⑨渾恰似：龔本、曹本、寶書堂本、許本、鮑本注「一作『却一似』」。王刻作「渾却似」。 ⑩擬：龔本、曹本、寶書堂本、許本、鮑本注「一作『礙』」。水竹居本、石村書屋本、明吴鈔、汪鈔本同。相逢古道：龔本、曹本、寶書堂本、許本、鮑本注「一作『長汀歡笑』」。古，龔本、曹本、寶書堂本、許本、鮑本注「一作『故』」。《天機餘錦》、水竹居本、石村書屋本、明吴鈔、汪鈔本、王刻同。 ⑪清風三句：龔本、曹本、寶書堂本、許本、鮑本注「一作『吟窗翦燭，郵亭維纜，山晴水曉』」。 ⑫遮莫：《天機餘錦》作「須著」。 ⑬又：《天機餘錦》作「人」。水竹居本、石村書屋本、明吴鈔、汪鈔本、王刻無此字。 ⑭曾：龔本、曹本、寶書堂本、許本、鮑本注「一作『多』」。

【注釋】

〔一〕留別：行者以詩文作別居者。

〔二〕亂紅：杜甫《曲江二首》（之一）：「一片花飛減却春，風飄萬點正愁人。」

〔三〕一番三句：蘇軾《滿江紅·東武會流杯亭》：「問向前、猶有幾多春，三之一。」

〔四〕倚檻三句：倚檻調試聲如鶯語的琵琶，捲簾放燕歸來，皆懸想故園閨中景象。

〔五〕奈闕愁四句：《古詩十九首》：「相去萬餘里，各在天一涯。」並與下闋首三句用蔡邕《飲馬長城窟行》詩意：「青青河邊草，綿綿思遠道。」下闋「古道」意入此。劉珵詠月湖（又稱西湖）《芳草洲》：「春水池塘空苒苒，長安古道倍依依。　争如緑向芳洲遍，不怨王孫去未歸。」

〔六〕清風三句：取意柳永《雨霖鈴》：「今宵酒醒何處，楊柳岸、曉風殘月。」

〔七〕遮莫三句：「遮莫」與「不如」連用，意謂即使，假如。李白《少年行》：「遮莫姻親連帝城，不如當身自簪纓。」《李太白集分類補注》蕭士贇注：「遮莫，方言也。遮，音折。」

〔八〕五柳門荒：用陶潛宅邊有五柳樹典，代指久未回轉的杭州故居。

【集評】

單學博、許廷詰：抑揚頓挫。結處與他首字數同而句法異。

邵淵耀：「亂紅飛已」，頓挫委折。

高亮功：前段春晴，後段留别。

陳蘭甫：集中詞憶艷游、叙離别者太多，二三闋之後，語意略同，頗令人讀之生厭。

【考辨】

劉榮平《校證》：『龔本詞序云：「春晚留别故人。」《天機餘錦》作「留别故友，一作四明留别故人」。據後序可給此詞編年。《長亭怨》詞序云：「歲庚寅，會吴菊泉於燕薊。越八年，再會於甬東。」庚寅（一二九〇）後八年爲戊戌（一二九八年），甬東即四明一帶。《聲聲慢》詞序云：「别四明諸友歸杭。」張惠言批云：「此在己亥（一二九九），時年五十二。」《春從天上來》詞序云：「己亥春，復回西湖，飲靜傳董高士樓，作此解，以寫我憂。」《聲聲慢》詞序云：「己亥歲，自台回杭。雁旅數月，復起游興。余冉冉老矣，誰能重寫舊游編否？」張惠言所云當據此二首詞序。又，《探春慢》詞序云：「己亥客闔閭，歲晚江空。」戴表元《送張叔夏西游序》云：「六月初吉。輕行過門，云將改游吴公子季札、春申君之鄉，而求其人焉。」則張炎在戊戌、己亥年行跡甚明，即四明—台城—杭州—吴門。至此，此詞作於元大德三年己亥春無疑。從時間上的推斷與詞寫晚春景象亦相合。

孫按： 劉説混淆了玉田兩次北行皆有游四明之事。此詞寫於首客山陰並游四明擬歸杭州時，在祥興二年（一二七九）到至元二十六年（一二八九）之間，再次北行之前。

一萼紅 賦紅梅①

倚闌干。問緑華何事，偷餌九還丹②〔一〕。浣錦溪邊〔二〕，餐霞竹裏③，翠袖不倚天寒〔三〕。照芳樹④、晴光泛曉，護么鳳⑤、無處認冰顔〔四〕。露洗春腴，風摇醉魄⑥〔五〕，聽笛江南⑦〔六〕。

樹挂珊瑚冷月⑧〔七〕，嘆玉奴妝褪〔八〕，仙掾詩慳⑨〔九〕。謾覓花雲，不同梨夢⑩，推篷恍記孤山〔一〇〕。步夜雪、前村問酒〔一一〕，幾消凝、把做杏花看。得似古桃流水，不到人間〔一二〕。

【校記】

①《歷代詩餘》、王刻詞題作「紅梅」。②還：龔本、曹本、寶書堂本、許本、鮑本注「一作『華』」。③餐：龔本、曹本、寶書堂本、鮑本作「飧」。朱校：「從王刻。」裏：龔本、曹本、寶書堂本、許本、鮑本注「一作『外』」。④芳：龔本、曹本、寶書堂本、許本、鮑本注「一作『苔』」。⑤護：龔本、曹本、寶書堂本、許本、鮑本注「一作『誤』」。陳蘭甫：「『誤』字是。」⑥醉：龔本、曹本、寶書堂本、許本、鮑本注「一作『翠』」。⑦夏敬觀：「『南』，閉口韻。」⑧樹：龔本、曹本、寶書堂本、許本、鮑本注「一作『枝』」。⑨慳：龔本、曹本、寶書堂本、許本、鮑本注「一作『閑』」。⑩謾覓二句：龔本、曹本、寶書堂本、許本、鮑本注「一作『素被羞熏，梨雲無夢』」。

【注釋】

〔一〕問緑華二句：緑華，即萼緑華。此喻緑萼梅。《范村梅譜》：「緑萼梅，凡梅花跗蒂皆絳紫色，惟此純緑，枝梗亦青，特爲清高。好事者比之九疑仙人萼緑華。」紅梅又被喻爲餌丹所致。蘇軾《紅梅三首》（之三）：「丹鼎奪胎那是寶，玉人頩頰更多姿。」自注「朱砂紅銀，謂之不奪胎色。」曹彥約《紅梅》：「林逋五品服，宋璟九還丹。」九還丹，《隱丹經》：「九還丹合九轉，言九遍循環也。」

〔二〕浣錦句：《文選》左思《三都賦・蜀都賦》：「貝錦斐成，濯色江波。」李善注：「譙周《益州志》云：『成都織錦既成，濯於江水，其文分明，勝於初成。他水濯之，不如江水也。』」

〔三〕餐霞二句：吕巖詩：「七返返成生碧霧，九還還就吐紅霞。」蘇軾《和秦太虚梅花》：「江頭千樹春欲闇，竹外一枝斜更好。」杜甫《佳人》：「天寒翠袖薄，日暮倚修竹。」

〔四〕照芳樹四句：下闋「樹挂」意入於此。蘇軾《西江月・梅花》：「玉骨那愁瘴霧，冰姿自有仙風。海仙時遣探芳叢。倒挂緑毛么鳳。」么鳳，《王狀元集百家注分類東坡先生詩》趙次公注曰：「西蜀有桐花鳥，似鳳而小。」

〔五〕露洗二句：蘇軾《紅梅三首》（之一）：「也知造物含深意，故與施朱發妙姿。」又，（之二）「寒心未肯隨春態，酒暈無端上玉肌。」

〔六〕聽笛：笛曲中有梅花落。《樂府詩集》卷二四《梅花落・解題》：「梅花落，本笛中曲也。」陸凱《贈范曄詩》：「江南無所有，聊贈一枝春。」

〔七〕珊瑚冷月：蕭德藻《古梅二首》（之一）：「湘妃危立凍蛟脊，海月冷挂珊瑚枝。」

〔八〕玉奴妝褪：玉奴是南朝齊東昏侯妃潘氏，小名玉兒。《南史・王茂傳》：「時東昏妃潘玉兒有國色……及見縊，潔美如生。」詩詞中多擬爲梅花。蘇軾《次韻楊公濟奉議梅花十首》（之四）：「月地雲階漫一樽，玉奴終不負東昏。」

〔九〕仙掾詩慳：仙掾，指何遜。《山堂肆考》卷一九八：「梁何遜爲揚州法曹，廨舍有梅花一株，遜吟詠其下。後居洛，思梅花，請再任，從之。抵揚州，花方盛，對花彷徨終日。」何遜有著名的《詠早梅詩》。

〔一〇〕謾覓三句：王昌齡《梅詩》：「落落寞寞路不分，夢中喚作梨花雲。」蘇軾《西江月・梅花》：「高情已逐曉雲空，不與梨花同夢。」《嘉泰會稽志》卷四：「紅梅，城圃中及他邑皆有。……盧天驥《剡中同邑官登迎薰堂紅梅詩》：『寄聲艇子可留意，爲我沿溪撐短篷。』」陸游《題剡溪瑩上人梅花小軸》：「忽有一枝横竹外，醉中推起短篷看。」宋代西湖孤山梅花最盛。《夢粱録》卷一二：「（香月）亭側山椒環植梅花，亭中大書『疏影横斜水清淺，暗香浮動月黄昏』之句於照屏之上云。」

〔一一〕步夜雪二句：齊己《早梅》：「前村深雪裏，昨夜一枝開。」

〔一二〕幾消凝四句：石延年《紅梅》：「認桃無緑葉，辨杏有青枝。」王安石《紅梅》：「北人初未識，渾作杏花看。」並用天台山桃溪流水典，用意是在山溪水清澈。「問酒」意入此句，謝宗可《紅梅》詩可以參看：「回首孤山斜照外，尋真誤入杏花村。」得似，此處是「怎樣纔能做到」的意思。此詞深意，盡在結句，表達不與新朝合作的志向。

【集評】

單學博：此闋微滯，不見所長。

許廷誥：凝滯，不見所長。

高亮功：非不工切，略嫌近俗。

闕名：極意刻畫，未能超脱自然。

【考辨】

王沂孫也有《一萼紅·紅梅》，皆用「珊瑚冷月」等相同典故，應與此詞爲同調不次韻的和作。玉田再次北行歸來後，無久客山陰履跡，故此詞亦應寫於初客山陰時，在祥興二年（一二七九）到至元二十六年（一二八九）之間。

祝英臺近①與周草窗話舊②

水痕深③，花信足④，寂寞漢南樹⑤〔一〕。轉首青陰⑥，芳事頓如許⑦〔二〕。不知多少消魂，夜來風雨〔三〕。猶夢到⑧、斷紅流處〔四〕。最無據。長年息影空山〔五〕，愁入庾郎句〔六〕。玉老田荒〔七〕，心事已遲暮。幾回聽得啼鵑，不如歸去⑨。終不似、舊時鸚鵡〔八〕。

【校記】

①戈選杜批：「此詞前後結上一句叶韻，與前梅溪、夢窗、草窗各詞小異，下三首亦各不同。」孫按：戈選下三首即《祝英臺近·重過西湖書所見》《祝英臺近·寄陳直卿》《祝英臺近·題陸壺天水墨蘭石》。②《天機餘錦》詞題作「話舊」。《歷代詩餘》作「與友話舊」。戈選作「與草窗話舊」。

③水：龔本、曹本、寶書堂本、許本、鮑本注「一作『草』」。④足：龔本、曹本、寶書堂本、許本、鮑

本注「一作『了』」。⑤漢南：《天機餘錦》作「謝家」。⑥青陰：《天機餘錦》作「清音」。毛扆眉批：「『陰』字韻兩用。」青：龔本、曹本、寶書堂本、許本、鮑本注「一作『清』」。水竹居本、石村書屋本、明吴鈔、《歷代詩餘》、汪鈔本、戈選、王刻同。⑦事：龔本、曹本、寶書堂本、許本、鮑本注「一作『意』」。《天機餘錦》、水竹居本、石村書屋本、明吴鈔、汪鈔本、王刻同。⑧猶夢到：《天機餘錦》、水竹居本、明吴鈔、汪鈔本作「猶夢」。⑨如：《天機餘錦》作「知」。

【注釋】

〔一〕漢南樹：代指柳樹。庾信《枯樹賦》有「昔年種柳，依依漢南」之句。杜牧《柳長句》：「灞上漢南千萬樹，幾人游宦别離中。」

〔二〕轉首二句：杜牧《嘆花》：「如今風擺花狼藉，緑葉成陰子滿枝。」

〔三〕不知二句：孟浩然《春曉》：「夜來風雨聲，花落知多少。」韓偓《哭花》：「若是有情争不哭，夜來風雨葬西施。」

〔四〕猶夢到二句：深恐隨流花瓣尚有相思字，故而魂牽夢縈。

〔五〕息影：《莊子·漁父》：「不知處陰以休影，處静以息跡，愚亦甚矣！」

〔六〕愁入句：庾信《愁賦》殘文：「攻許愁城終不破，蕩許愁門終不開。何物煮愁能得熟？何物燒愁能得然？閉户欲驅愁，愁終不肯去。深藏欲避愁，愁已知人處。」兼用本地杼山庾郎典故。張玄之《吴興山墟名》：「（杼山）舊名東張，山形似几，地形高爽，山阜四周。因其山勝絶，使游者忘歸，又名稽留山。寺前二十步，跨澗有黃浦橋。橋南五十步，又有黃浦亭，南朝宋鮑照送盛侍郎賦詩及庾中郎之所。」鮑照有《吳興黃浦亭庾中郎別詩》。

〔七〕玉老田荒：古人以芝蘭玉樹形容貴族佳公子，見《晉書·謝安傳》：「（謝）安嘗戒約子侄，因曰：『子弟亦何豫人事，而正欲使其佳？』諸人莫有言者。玄答曰：『譬如芝蘭玉樹，欲使其生於庭階耳。』」班固《西都賦》：「陸海珍藏，藍田美玉。」

〔八〕終不似二句：宋恭宗《鸚鵡》：「毛羽自然可數，仙禽不受凡籠。銜得梧桐一葉，中含無限秋風。」

【集評】

單學博：「深」「足」二字，百煉得之。　又：（「玉老」數句）從自家號上生情。

高亮功：須玩他頓挫處。「玉老田荒」，自嘲亦妙。

陳蘭甫：「最無據」三字，承「夢」字説，然與下二句不接。

【考辨】

劉榮平《校證》：龔本詞序云：「與周草窗話舊。」各本無校。《天機餘錦》作「話舊」。按，此詞有云：「玉老田荒」，用的是嵌字法，暗指自己（玉田）老邁，另有「斷碧分山」，指王碧山謝世，見《瑣窗寒》詞。周密比張炎年長十七歲（孫按：應爲十六歲），與張炎父輩張樞、張楧交游，於張炎爲父執，當不應自稱「玉老田荒」。且周密卒時，張炎五十一歲，尚不能稱「老」。又，張炎與周密的最後交游是在他四十四歲時，此後不見交游的記載，如此詞作於四十四歲前，他是更不能稱自己「玉老田荒」，故龔本詞序頗有疑問。《天機餘錦》僅題作「話舊」，可排除這些疑問。

孫按：據夏譜，周密卒於大德二年（一二九八），張炎此年五十一歲。然而，何忠禮《周密卒年獻疑》新考草窗約於大德二年歸霅地吴興，卒於至大元年（一三〇八）或稍後，玉田與草窗交游詞可旁證何説。集中《木蘭花慢・元夕後，春意盎然，頗動游興，呈霅川吟社諸公》《壺中天・懷雪友》諸詞表明張炎曾至霅地。據考張炎此詞寫於大德七年（一三〇三）夏季暫游霅川時。另，詞中「玉老田荒」指張氏望族佳弟子在元朝的淪落，非關年齒，且此年張炎已經五十六歲，稱「老」可也。

月下笛 孤游萬竹山中，閑門落葉，愁思黯然，因動黍離之感。時寓甬東積翠山舍①〔一〕

萬里孤雲②，清游漸遠，故人何處〔二〕。寒窗夢裏③，猶記經行舊時路④。連昌約略無多柳〔三〕，第一是、難聽夜雨〔四〕。謾驚回淒悄，相看燭影⑤，擁衾誰語〔五〕。　張緒。歸何暮。半零落⑥，依依斷橋鷗鷺⑦。天涯倦旅⑧〔六〕。此時心事良苦。只愁重灑西州淚〔七〕，問杜曲、人家在否⑨。恐翠袖⑩、正天寒，猶倚梅花那樹⑪〔八〕。

【校記】

①《天機餘錦》詞題作：「客東南積翠山舍。開門葉落，愁思黯然，回首動故鄉之感。」王刻略同。水竹居本、石村書屋本、明吴鈔、汪鈔本作「寫甬東積翠山舍。閑門落葉，愁思黯然，因動故鄉之感」。

《詞綜》節爲「甬東積翠山舍」。②萬里孤雲：《天機餘錦》作「萬里孤游」。王刻作「孤雲萬里」。里：龔本、曹本、寶書堂本、許本、鮑本注「一作『竹』」。雲：龔本、曹本、寶書堂本、許本、鮑本注「一作『峰』」。③夢裏：《詞綜》無「夢」字。④猶：龔本、曹本、寶書堂本、許本、鮑本注「一作『曾』」。水竹居本、石村書屋本、明吴鈔、汪鈔本、《詞綜》、《詞律》、戈選同。戈選杜批：「前段第五句多一字。」⑤燭：龔本、曹本、寶書堂本、許本、鮑本作「竹」。朱校：「從《詞綜》。」高亮功：「『竹』字當從《詞律》作『燭』。」⑥半：《詞綜》《詞律》作「伴」。⑦斷：水竹居本、明吴鈔、《詞綜》、《詞譜》、汪鈔本作「短」。⑧倦旅：龔本、曹本、寶書堂本、許本、鮑本注「一作『抱影』」。⑨問杜曲二句：龔本、曹本、寶書堂本、許本、鮑本注「一作『怕不是、當初伴侣』」。⑩恐：王刻作「正」。⑪正天寒二句：王刻作：「天寒又倚，梅花那樹。」正天寒，《天機餘錦》、水竹居本、石村書屋本、明吴鈔作「天正寒」。

【注釋】

〔一〕孤游五句：萬竹山，即奉化境内萬竹嶼。詳【考辨】。孤游，内寓兄弟友愛，驟起脊令之思。黍離之感，《詩·王風·黍離》序：「黍離，閔宗周也。周大夫行役至於宗周，過故宗廟宮室，盡爲禾黍。閔周室之顛覆，彷徨不忍去而作是詩也。」鄭氏箋曰：「宗周，鎬京也，謂之西周。周王城也，謂之東周。幽王之亂，而宗周滅，平王東遷，政遂微弱，下列於諸侯。其詩不能復雅，而同於國風焉。」

〔二〕萬里三句：陶潛《擬古詩九首》（之二）：「出門萬里客，中道逢嘉友。」孤雲，與下闋「倦旅」互文見義。陶潛《詠貧士七首》（其一）：「萬族各有託，孤雲獨無依。」湯東澗評曰：「孤雲倦翮以興，舉世皆依乘風雲而已。獨無攀援飛翻之志，寧忍飢寒以守志節。」

〔三〕連昌句：下闋「張緒」四句意入於此。《南史·張緒傳》：「緒吐納風流，聽者皆忘飢疲，見者肅然如在宗廟。……劉悛之爲益州，獻蜀柳數株，枝條甚長，狀若絲縷。時舊宮芳林苑始成，武帝以植於太昌靈和殿前，常賞玩咨嗟，曰：『此楊柳風流可愛，似張緒當年時。』其見賞愛如此。」《詩·小雅·采薇》：「昔我往矣，楊柳依依。」連昌宮，唐朝廢宮。元稹《連昌宮詞》：「連昌宮中滿宮竹，歲久無人森似束。」約略，大概。

〔四〕第一是二句：本指朋友間感情深厚，聯牀聽雨話舊。後因蘇軾與蘇轍的酬唱，成爲兄弟典故。蘇轍《會子瞻兄宿逍遥堂二絶》序曰：「轍幼從子瞻兄讀書，未嘗一日相舍。既壯，將游宦四方。讀韋蘇州詩有云：『寧知風雨夜，復此對牀眠。』惻然感之，乃相約早退爲閑居之樂。故子瞻始爲鳳翔幕官，留詩與轍曰：『夜雨何時聽蕭瑟。』其後子瞻通守餘杭，復移守膠西，而轍滯留於淮陽、濟南，不見者七年。熙寧十年二月始復會於澶濮之間，相從彭城留百餘日，時宿於逍遥堂。追感前約，作二小詩：『逍遥堂後千尋木，長送中宵風雨聲。誤喜對牀尋舊約，不知漂泊在彭城。』『秋來東閣涼如水，客至山公醉似泥。困卧北窗呼不醒，風吹松竹雨淒淒。』」據集中《踏莎行·跋伯時弟撫松寄傲詩集》，宋亡後，玉田兄弟皆顛沛流離。

〔五〕謾驚三句：李之儀《四時詞擬徐陵用今體次東坡舊韻・冬》：「門外風號雁陣低，擁衾同看殘燈落。」

〔六〕半零落三句：杜甫《有嘆》：「壯心久零落，白首寄人間。」倦旅，猶言倦游。《史記・司馬相如列傳》：「今文君已失身於司馬長卿，長卿故倦游，雖貧，其人材足依也，且又令客，獨奈何相辱如此！』」裴駰集解引郭璞曰：「（倦游）厭游宦也。」

〔七〕西州淚：用羊曇悲感典。

〔八〕恐翠袖三句：姜夔《暗香》：「長記曾攜手處，千樹壓、西湖寒碧。」合用杜甫《佳人》詩意。

【集評】

許昂霄詞評：無限低徊。

單學博、許廷誥：（「連昌」六句）其感何似。

邵淵耀：活用杜詩，別成畫本。

高亮功：「萬里孤雲」，自況也。「斷橋鷗鷺」，況故人也。「連昌」二語，寫夢中景物。銷魂語，卻搖曳有姿，是欷吁，不是長慟，此玉田之不可及處。

陳廷焯《別調集》卷二：骨韻俱高，詞意兼勝，白石老仙之後勁也。

【考辨】

江昱疏證：《赤城志》：「萬竹山在縣西南四十五里，絕頂曰『新羅』，九峰回環，道極險隘。嶺上叢薄敷秀，平曠幽窈，自成一村。」薛左丞昂詩所謂「萬竹源中數百家，重重流水繞桑麻」是也。《史記·吴世家》：「越王句踐遷吴王夫差於甬東。」韋昭曰：「句章，東海口外州也。」

黄箋：甬東，今浙江定海。

孫按：據張如安《箋釋小補》：「離甬上最近的萬竹，實非奉化之萬竹嶼莫屬。」此詞确應寫於慶元路奉化州，時在《水龍吟·留别故友》之前。據《長亭怨·歲庚寅，會吴菊泉於燕薊。越八年，再會於甬東。未幾别去，將復之北，遂作此曲》，知玉田大德二年（一二九八）在甬東，詞寫於同時。另，張炎存詩有《腰帶水》，《延祐四明志》載腰帶水在奉化州西五十里。

水龍吟 袁竹初之北，賦此以寄①〔一〕

幾番問竹平安〔二〕，雁書不盡相思字〔三〕。籬根半樹〔四〕，村深孤艇，闌干屢倚。遠草兼雲〔五〕，凍河膠雪，此時行李〔六〕。望去程無數，并州回首，還又渡、桑乾水〔七〕。　笑我曾游萬里。甚匆匆、便成歸計〔八〕。江空歲晚，棲遲猶在〔九〕，吴頭楚尾〔一〇〕。疏柳經寒②，斷槎浮月③〔一一〕，依然憔悴。待相逢、説與相思，想亦在、相思裏〔一二〕。

【校記】

①諸本詞題作「寄袁竹初」。此據《天機餘錦》。　②疏：龔本、曹本、寶書堂本、許本、鮑本注「一作『獨』」。《天機餘錦》同。寒：《天機餘錦》作「霜」。　③浮：龔本、曹本、寶書堂本、許本、鮑本注

「一作『漂』」。《天機餘錦》同。

【注釋】

〔一〕袁竹初：袁洪，字季源。宋代四明遺民陳著有書簡《與袁竹初（洪）》，知其或號竹初。袁洪是袁韶孫，袁桷父。四明袁氏是宋代望族。

〔二〕問竹平安：《酉陽雜俎·續集》卷一〇：「李衛公言：北都惟童子寺有竹一窠，纔長數尺。相傳其寺綱維每日報竹平安。」

〔三〕雁書句：周密《掃花游·九日懷歸》：「雁字無多，寫得相思幾許。」

〔四〕籬根半樹：林逋梅詩：「雪後園林纔半樹，水邊籬落已横枝。」梅在竹外横斜，故語及之。

〔五〕遠草兼雲：秦觀《滿庭芳》：「山抹微雲，天連衰草，畫角聲斷譙門。」兼及綿綿青草思遠道之意。

〔六〕行李：行旅。杜甫《贈蘇四徯》：「别離已五年，尚在行李中。」

〔七〕并州三句：賈島《渡桑乾》：「客舍并州已十霜，歸心日夜憶咸陽。無端更渡桑乾水，却望并州是故鄉。」

〔八〕笑我三句：與上闋「凍河」二句皆回憶當年北游之事。

〔九〕棲遲：《詩·陳風·衡門》：「衡門之下，可以棲遲。」朱熹集傳：「棲遲，游息也。」

〔一〇〕吴頭楚尾：黄庭堅《謁金門》：「山又水。行盡吴頭楚尾。」此指吴越一帶。

〔二〕斷槎浮月：《拾遺記》卷一：「堯登位三十年，有巨查浮於西海。查上有光，夜明晝滅。海人望其光，乍大乍小，若星月之出入矣。查常浮繞四海，十二年一周天，周而復始。名曰『貫月查』，亦謂『挂星查』。」查，同「槎」。此指歲月循環運行。

〔三〕待相逢四句：晏幾道《醉落魄》：「若問相思何處歇。相逢便是相思徹。盡饒別後留心別。也待相逢，細把相思説。」《世説新語·簡傲》：「嵇康與吕安善，每相思，千里命駕。」劉孝標注引干寶《晉紀》曰：『初，安之交康也，其相思則率爾命駕。』並撮取「相思竹」意。李衎《竹譜詳録》卷六：「桃竹，涪陵相思崖生此竹。昔有童子在崖下吹竹，神女悦之，投以桃竹釵，童子報之以篋。」後人稱相思崖所生爲相思竹。

【集評】

單學博：雋味，令人十日思。恰與第二句「雁書」七字呼應。

許廷誥：雋妙，令人十日思。

邵淵耀：詞人點化唐詩，猶帖括家之於經典，雋妙耐人十日思。

高亮功：寄袁意，只首尾點出，餘俱貼自己説。「遠草」二句，煉。「并州」句，運用唐詩，極工切。玉田《樂府指迷》云：「最是過處不要斷了曲意，須要承上接下。」玩「笑我」數語，可以想見。「疏柳」二字賦而兼比。蕭中孚云：「收句即昌黎『知足下亦懸懸於吾』之意，而玉田本色語尤佳。」

陳蘭甫：「籬根」二句皆未穩。

陳廷焯《雲韶集》卷九：（上闋）深情婉約。（下闋）風雅、疏狂兼而有之。結更是情至，語意亦曲折妙入。

闞名：末二句，究嫌不雅飭。

況周頤《蕙風詞話》卷二：宋人詞亦有疵病，斷不可學。高竹屋《中秋夜懷梅溪》云：「古驛煙寒，幽垣夢冷，應念秦樓十二。」此等句鈎勒太露，便失之薄。張玉田《水龍吟·寄袁竹初》云：『待相逢、說與相思，想亦在、相思裏。』尤空滑粗率，並不如高句字面稍能蘊藉。

【考辨】

據《延祐四明志》卷五，知袁洪曾於至元十五年戊寅（祥興元年，一二七八）北行。玉田北游已成歸計，故應在戊寅年之前曾北游，此年秋季歸來後，曾游四明。

另，程文海（巨夫）《故同知處州路總管府事袁府君神道碑銘》：「（袁）君諱洪，字季源。……大德二年，改處州，命下而卒，二月十有八日也。年五十四，葬鄞縣桃源鄉慈溪之原。」則袁洪生於淳祐五年（一二四五），年長張炎四歲，屬朋輩交游。此詞寫於祥興元年冬季，袁洪擬將北行時。

綺羅香 紅葉

萬里飛霜①，千林落木②，寒艷不招春妒③〔一〕。楓冷吴江④〔二〕，獨客又吟愁句〔三〕。正船巘、流水孤村，似花繞、斜陽歸路⑤〔四〕。甚荒溝、一片淒涼，載情不去載愁去⑥〔五〕。長安誰問倦旅⑦。羞見衰顏借酒⑧，飄零如許〔六〕。謾倚新妝，不入洛陽花譜⑨〔七〕。爲回風、起舞尊前〔八〕，盡化作、斷霞千縷〔九〕。記陰陰、綠遍江南，夜窗聽暗雨〔一〇〕。

【校記】

①萬里飛霜：龔本、曹本、寶書堂本、許本、鮑本注「一作『霜飛』，又作『一夜新霜』」。《天機餘錦》、戈選作「霜飛」。　②千林落木：水竹居本、石村書屋本、明吳鈔、《詞綜》、汪鈔本、王刻作「千山落木」。龔本、曹本、寶書堂本、許本、鮑本注「一作『千山木落』」。戈選同。　③不招春妒：龔本、曹本、寶書堂本、許本、鮑本注「一作『翻成春樹』」。　④冷：《天機餘錦》作「落」。　⑤歸路：龔本、曹本、寶書堂本、許本、鮑本注「一作『芳樹』」。水竹居本、明吳鈔、《詞綜》、汪鈔本、王刻同。

⑥載情句：水竹居本作「載□情不去載愁」。愁：龔本、曹本、寶書堂本、許本、鮑本注「一作『秋』」。

⑦長安：許校：「丁氏鈔本作『日長』。」戈選杜批：「後半起句叶韻。」　⑧借：王刻作「醉」。

⑨謾倚二句：龔本、曹本、寶書堂本、許本、鮑本注「一作『小字金書，心事已成塵土』。」謝桃坊引歐陽修《洛陽牡丹記》爲注「小字」曰：「余居府中，時嘗謁錢思公於雙桂樓下，見一小屏立坐後，細書字滿其上。思公指之曰：『欲作花品，此是牡丹名，凡九十餘種。』」

【注釋】

〔一〕萬里三句：杜甫《登高》：「無邊落木蕭蕭下，不盡長江滾滾來。」杜牧《山行》：「停車坐愛楓林晚，霜葉紅於二月花。」

〔二〕楓落吴江：張繼《楓橋夜泊》：「月落烏啼霜滿天，江楓漁火對愁眠。」崔信明殘句「楓落吴江冷」。

〔三〕獨客句：《楚辭·湘夫人》：「帝子降兮北渚，目眇眇兮愁余。嫋嫋兮秋風，洞庭波兮木葉下。」

〔四〕正船艤四句：隋煬帝《詩》：「寒鴉飛數點，流水繞孤村。斜陽欲落處，一望黯消魂。」司空圖《偶詩五首》（之一）：「夕陽照箇新紅葉，似要題詩落硯臺。」

〔五〕甚荒溝三句：宣宗宫人《題紅葉》：「流水何太急，深宫盡日閑。殷勤謝紅葉，好去到人間。」僧志閑《頌》：「詩句不曾題落葉，恐隨流水到人間。」此謂紅葉上題寫的離合之情實爲興亡之愁。

〔六〕長安三句：賈島《憶江上吴處士》：「秋風生渭水，落葉滿長安。」白居易《醉中對紅葉》：「醉貌如霜葉，雖紅不是春。」陳師道《除夜對酒贈少章》：「髮短愁催白，顔衰酒借紅。」庾信《哀江南賦》：「將軍一去，大樹飄零。」

〔七〕謾倚二句：李白《清平調三首》（之二）：「借問漢宫誰得似，可憐飛燕倚新妝。」此謂紅葉雖然在風中如倚新妝之漢宫飛燕一樣善舞，但不象唐代楊妃舞姿雍容如牡丹，因而不入洛陽花譜。歐陽修有《洛陽牡丹記》。王沂孫《水龍吟·牡丹》可以參看：「國色微酣，天香乍染，扶春不起。自真妃舞罷，謫仙賦後，繁華夢、如流水。」「怕洛中、春色匆匆，又入杜鵑聲裏。」

〔八〕爲回風二句：李賀《殘絲曲》：「花臺欲暮春辭去，落花起作回風舞。」曹植《洛神賦》：「髣髴兮若輕雲之蔽月，飄飄兮若流風之回雪。」許渾《陪王尚書泛舟蓮池》：「舞疑回雪態，歌轉遏雲聲。」此寫落葉作回風之舞如侑尊前之觴。

〔九〕盡化作二句：唐彥謙《紅葉》：「謝朓留霞綺，甘寧棄錦張。」李璟《句》：「蒼苔迷古道，紅葉亂朝霞。」

〔一〇〕記陰陰三句：回憶春夏緑葉繁盛時。晏幾道《撲蝴蝶》：「風梢雨葉，緑遍江南岸。」

【集評】

許昂霄詞評：「甚荒溝」二句，用事無跡。下闋「羞見」二句，比擬最切。「漫倚」二句，香山詩：「醉貌如紅葉，雖紅不是春。」「記陰陰」三句，彈丸脱手，不足喻其圓美也。張宗橚按曰：「爲回風」二句，借用長吉落花詩句。

單學博、許廷誥、邵淵耀：（「漫倚」二句）妙於帶諷。

高亮功：明麗中有疏快之致，所以高出夢窗諸公。「長安」三句，自寓感慨。通首直叙，收用拓筆。正章法巧於相避處。

陳廷焯《雲韶集》卷九：「寒艷不招春妒」六字新警。情詞兼工，少游之匹也。（下闋）鏤金錯彩之筆，撫時哀世之作。

闕名：意既沈厚，句自淒婉。

【考辨】

江昱疏證：王沂孫《玉笥山人詞集·綺羅香·紅葉》：「玉杵餘丹，金刀剩彩，重染吴江孤樹。

幾點朱鉛，幾度怨啼秋暮。驚舊夢、緑鬢輕凋，訴新恨、絳唇微注。最堪憐，同拂新霜，繡蓉一鏡晚妝妒。　千林摇落漸少，何事西風老色，争妍如許。二月殘花，空誤小車山路。重認取，流水荒溝，怕猶有、寄情芳語。但淒涼、秋苑斜陽，冷枝留醉舞。」

江昱按曰：此似倡和之作，但不次韻。

張氏手批：此是都下之作，誤次於此。此可見玉田非有宦情。

孫按：王沂孫尚有一闋《綺羅香》（夜滴研朱），皆爲唱和不次韻之作。據玉田與碧山交游經歷，知此詞雖寫於德祐二年（一二七六）或景炎二年（一二七七）初次北行滯留大都時，碧山則和於玉田久客山陰時。

洞仙歌①　觀王碧山花外詞集有感②〔一〕

野鵑啼月③，便角巾還第〔二〕。輕擲詩瓢付流水④〔三〕。最無端、小院寂歷春空⑤，門自掩⑥，柳髮離離如此⑦〔四〕。　可惜歡娛地〔五〕。雨冷雲昏〔六〕，不見當時譜銀字〔七〕。舊曲怯重翻，總是離愁⑧，淚痕灑、一簾花碎⑨〔八〕。　夢沈沈、知道不歸來⑩，尚錯問桃根〔九〕，醉魂醒未⑪。

【校記】

①戈選杜批：「此調多至四十體。句法、叶韻互有異同。惟蘇、辛二體用者最多，此仿東坡體，惟换

頭句叶韻、結句上五下四小異。」②水竹居本、石村書屋本、明吴鈔、汪鈔本詞題無「詞」字。《歷代詩餘》、戈選無「集」字。③野：龔本、曹本、寶書堂本、許本、鮑本注「一作『亂』」。④付：龔本、曹本、寶書堂本、許本、鮑本注「一作『趁』」。《天機餘錦》、水竹居本、石村書屋本、明吴鈔、汪鈔本、王刻同。⑤歷：龔本、曹本、寶書堂本、許本、鮑本注「一作『寞』」。王刻同。⑥門自掩：水竹居本作「門自梅」。石村書屋本作「門掩梅」。⑦如此：水竹居本、石村書屋本、明吴鈔、汪鈔本、王刻作「已如此」。⑧離愁：龔本、曹本、寶書堂本、許本、鮑本注「一作『愁音』」。《天機餘錦》同。水竹居本、石村書屋本、明吴鈔、汪鈔本、王刻作「愁思」。《詞譜》作「離音」。⑨碎：水竹居本、石村書屋本、明吴鈔、汪鈔本作「醉」。⑩知：水竹居本、石村書屋本、明吴鈔、汪鈔本作「却」。王刻作「都」。⑪未：《天機餘錦》作「來」。

【注釋】

〔一〕王碧山：即王沂孫。江昱疏證：「周密《草窗詞·踏莎行·題中仙詞卷》：結客千金，醉春雙玉。舊游宫柳藏仙屋。白頭吟老茂陵西，清平夢遠沈香北。　玉笛天津，錦囊昌谷。春紅轉眼成秋緑。重翻花外侍兒歌，休聽酒邊供奉曲。」

〔二〕野鵑二句：杜甫《杜鵑》：「杜鵑暮春至，哀哀叫其間。」角巾，後漢郭太所創。《後漢書·郭太傳》：「身長八尺，容貌魁偉，褒衣博帶，周游郡國。嘗於陳梁間行遇雨，巾一角墊，時人乃故摺巾一角，以爲『林宗巾』。其見慕皆如此。」應指碧山出仕學官歸故鄉事。

〔三〕輕擲句：《唐詩紀事》卷五〇：「（唐）球居蜀之味江山，方外之士也。爲詩撚稿爲圓，納入大瓢中。後臥病，投瓢於江曰：『斯文苟不沈没，得者方知吾苦心爾。』至新渠，有識者曰：『唐山人瓢也。』」此爲臥病將殁並世少知音的婉辭。

〔四〕最無端四句：柳髮，周邦彦《漁家傲》：「清明後。風梳萬縷亭前柳。」風能梳柳，故能喻青青鬢髮。離離，濃密貌。　此與結處「桃根」用韓愈侍妾柳枝、絳桃典。

〔五〕可惜句：杜甫《可惜》：「可惜歡娱地，都非少壯時。」

〔六〕雨冷雲昏：雲雨典出自宋玉《高唐賦并序》：「玉曰：『昔者先王嘗游高唐，怠而晝寢，夢見一婦人曰：妾巫山之女也，爲高唐之客。聞君游高唐，願薦枕席。王因幸之。去而辭曰：妾在巫山之陽，高丘之阻。旦爲朝雲，暮爲行雨，朝朝暮暮，陽臺之下。』」此寫雲消雨歇。

〔七〕譜銀字：以高調管色爲譜填詞。《樂律表微》卷五：「又有銀字之名，按大吕宫曰高宫，商曰高大食，角曰高大食角，羽曰高般涉，皆加高字，以别於黄鍾之宫商角羽。謂之高調，即銀字也。」白居易《南園試小樂》：「高調管色吹銀字，慢拽歌詞唱《渭城》。」

〔八〕舊曲四句：與上引周密《踏莎行·題中仙詞卷》「重翻」二句同義。

〔九〕桃根：用姊妹雙雙典，即周密詞中「醉春雙玉」之意。

【集評】

高亮功：「小院」即當時歡娱地也，《花外詞》即當時所譜之「銀字」也。而今院則寂歷，人則不見，能無感乎？想碧山詞在此小院中，玉田偶至其處而觀之也。結句在人則爲痴情，在詞則爲餘韻。

【考辨】

此詞雖題詞卷，但有凭吊之意。寫於大德十年（一三〇六）之後。詳見《瑣窗寒·王碧山又號中仙》【考辨】。

新雁過妝樓①　賦菊②

風雨不來，深院悄③、清事正滿東籬④〔一〕。杖藜重到〔二〕，秋氣冉冉吹衣⑤〔三〕。瘦碧飄蕭摇露梗〔四〕，膩黄秀野拂霜枝〔五〕。憶芳時。翠微唤酒，江雁初飛〔六〕。　湘潭無人吊楚⑥，嘆落英自采⑦，誰寄相思⑧〔七〕。淡泊生涯，聊伴老圃斜暉〔八〕。寒香應遍故里，想鶴怨山空猶未歸⑨。歸何晚，問徑松不語，只有花知〔九〕。

【校記】

①《詞律》：「張玉田有《瑶臺聚八仙》一調，陳君衡有《八寶妝》一調，查與此吻合。」《詞譜》：「一名《雁過妝樓》，張炎詞名《瑶臺聚八仙》，陳允平詞名《八寶妝》，《高麗史·樂志》名《百寶妝》。」戈選杜批夢窗詞：「下一首第八句三字叶韻，後玉田詞首句不叶韻，皆可。玉田另有一首名《瑶臺聚八仙》，陳西麓一詞名《八寶妝》，皆同調異名也。」下同不出校。②《歷代詩餘》詞題作「菊」。王刻作「菊花」。③悄：龔本、曹本、寶書堂本、許本、鮑本注「一作『曉』」。④清：《詞譜》作「秋」。

⑤氣：《歷代詩餘》、王刻作「風」。⑥潭：龔本、曹本、寶書堂本、許本、鮑本注「一作『澤』」。楚：王刻作「古」。⑦英：龔本、《歷代詩餘》、曹本、寶書堂本、許本、鮑本作「莫」。朱校：「從《詞譜》。」王刻作「寞」。⑧寄：龔本、曹本、寶書堂本、許本、鮑本注「一作『記』」。⑨山空：王刻作「空山」。猶：龔本、曹本、寶書堂本、許本、鮑本注「一作『人』」。《歷代詩餘》、戈選、王刻同。

【注釋】

〔一〕風雨三句：暗用《冷齋夜話》卷四所載潘大臨「滿城風雨近重陽」殘句。

〔二〕杖藜句：杜甫《白水縣崔少府十九翁高齋三十韻》：「杖藜長松陰，作尉窮谷僻。」

〔三〕秋氣句：陶潛《歸去來兮辭》：「舟遥遥以輕颺，風飄飄而吹衣。」冉冉，時光漸進貌。

〔四〕飄蕭：張籍《雨中寄元宗簡》：「竹影冷疏澀，榆葉暗飄蕭。」

〔五〕霜枝：蘇軾《贈劉景文》：「荷盡已無擎雨蓋，菊殘猶有傲霜枝。」

〔六〕翠微二句：杜牧《九日齊安登高》：「江涵秋影雁初飛，與客攜壺上翠微。」翠微，《爾雅·釋山》：「未及上，翠微。」郭璞注：「近上旁陂。」

〔七〕湘潭三句：《楚辭·離騷》：「朝飲木蘭之墜露兮，夕餐秋菊之落英。」賈誼有《吊屈原賦》。落，一説花初開。《鶴林玉露》丙編卷一：「《楚辭》云：『餐秋菊之落英。』釋者云：『落，始也。如詩《訪落》之落，謂初英也。』古人言語多如此，故以亂爲治，以臭爲香，以擾爲馴，以慊爲足，以特爲匹，以原爲再，以落爲萌。」白居易《禁中九日對菊花酒憶元九》：「相思只傍花邊立，盡日吟君詠菊詩。」

〔八〕淡泊二句：前文「東籬」意亦入此。陶淵明《飲酒詩二十首》（之五）：「采菊東籬下，悠然見南山。山氣日夕佳，飛鳥相與還。」

〔九〕歸何晚三句：陶淵明《歸去來兮辭》：「三徑就荒，松菊猶存。」杜甫《秋興八首》（之一）：「叢菊兩開他日淚，孤舟一繫故園心。」《九家集注杜詩》卷三趙彥材注：「此句涵蓄。蓋公於夔州見菊者二年矣，方叢菊之兩開，皆是他日感傷之淚也。」

【集評】

許昂霄詞評：蕭疏淡遠，雅與題稱。

單學博、許廷誥：詞旨幽窈。

高亮功：「寒香」以下數句，即淵明「三徑就荒」之意，全從自己生感，非呆賦菊花也。

陳蘭甫：（起處）秀而顯。

江神子①

孫虛齋作四雲庵，俾余賦之。兩雲之間②〔一〕

奇峰相對接殊庭③〔二〕。乍微晴。又微陰。舍北江東，如蓋自亭亭〔三〕。翻笑天台連雁蕩，隔一片④、不逢君〔四〕。　此中幽趣許誰鄰〔五〕。境雙清。人獨清〔六〕。采藥難尋，童子語山深⑤〔七〕。絶似醉翁游樂意⑥，林壑靜、聽泉聲〔八〕。

【校記】

①詞調：《歷代詩餘》、許本作《江城子》。同調異名。下同不出校。②水竹居本、石村書屋本、明吴鈔、汪鈔本詞題略同底本。王刻、許本無「兩雲之間」四字。《歷代詩餘》無詞題。吴校：「朱古微云：『朱本「賦之」，「之」字下空一格，龔本亦竹垞所校，何以本文又不空。』」朱古微，即朱彊村，吴説朱本指朱彝尊《詞綜》。這其中涉及到張炎三組組詞的標注格式。除曹本、鮑本之外，其餘版本或空一格或不空，或以大小字加以區别，甚或將題序置於詞後，但都不夠明晰，當依曹本、鮑本總目置於第一首詞調之上，統領以下四首詞。孫虚齋作四雲庵，俾余賦之：《江神子·兩雲之間》（詞略）、《塞翁吟·友雲》（詞略）、《祝英臺近·耕雲》（詞略）、《風入松·岫雲》（詞略）。另有兩組詞作亦然：一爲爲伯壽題四花，《點絳唇·牡丹》（詞略），《點絳唇·芍藥》（詞略）、《卜算子·黄葵，一名側金盞》（詞略）、《蝶戀花·山茶》（詞略）；一爲澄江陸起潛皆山樓四景，《甘州·雲林遠市：君山下枕江流，爲群山冠冕。塔院居乎絶頂，舊有浮遠堂，今廢》（詞略）、《瑶臺聚八仙·千巖競秀：澄江之山，崒嵂清麗，奔馳相觸，自北而東，由東而南，令人應接不暇，其秀氣之所鍾歟》（詞略）、《壺中天·月湧大江：西有大江，遠隔淮甸，月白潮生，神爽爲之飛越》（詞略）、《臺城路·遥岑寸碧：澄江衆山外，無錫惠峰在其南，若地靈湧出，不偏不倚，處樓之正中，蒼翠横陳，是斯樓之勝境也》（詞略）。③殊：底本、龔本、曹本、寶書堂本、許本、鮑本作「珠」，此據水竹居本、石村書屋本、明吴鈔、汪鈔本。④隔一片：水竹居本、石村書屋本、明吴鈔、汪鈔本、王刻作「一片裏」。⑤夏敬觀：「『陰』

『深』，閉口韻。『君』『鄰』，真韻。」⑥游樂意：水竹居本、石村書屋本、明吴鈔、汪鈔本作「吟樂處」。王刻作「吟樂意」。

【注釋】

〔一〕孫虚齋：孫凝，字德夫。詳【考辨】。

〔二〕奇峰：顧愷之《神情詩》：「春水滿四澤，夏雲多奇峰。」殊庭：《史記・孝武本紀》：「（太初元年）十二月甲午朔，上親禪高里，祠后土，臨渤海。將以望祠蓬萊之屬，冀至殊庭焉。」司馬貞索隱引服虔曰：「殊庭者，異也。言入仙人異域也。」

〔三〕舍北二句：魏文帝《雜詩二首》（之二）：「西北有浮雲，亭亭如車蓋。」亭亭，高潔貌。

〔四〕翻笑三句：戴復古《湘中遇翁靈舒》：「天台山與雁山鄰，只隔中間一片雲。」天台，天台山。在今浙江天台縣。雁蕩，雁蕩山。在今浙江樂清縣。天台西南連雁蕩，西北接四明山。李昌裔《山寺形勝記》：「其山自鄞之太白衍爲玉几峰，峰之東南一支爲白雲山，東北一支突起，高頂爲鄮峰山。」

〔五〕此中句：反用姚勉《湖上隱者所居》：「卜鄰心已決，未得買山資。」

〔六〕境雙清二句：杜甫《屏跡二首》（之一）：「杖藜從白首，心跡喜雙清。」《補注杜詩》：「心跡雙清，無塵俗氣也。」

〔七〕采藥二句：賈島《尋隱者不遇》：「松下問童子，言師采藥去。只在此山中，雲深不知處。」

〔八〕絶似三句：歐陽修《醉翁亭記》：「環滁皆山也。其西南諸峰，林壑尤美。……山行六七里，漸聞水聲潺潺，而瀉出於兩峰之間者，釀泉也。……人知從太守游而樂，而不知太守之樂其樂也。」

【集評】

單學博：此四調亦尚未極其妙。

高亮功：題中四字妙，可意會，而不可以言傳，洵是神品。

陳蘭甫：《江城子》（奇峰相對）、《塞翁吟》（交到無心處）、《祝英臺近》（占寬閑）、《風入松》（卷舒無意）四詞，俱拙。

【考辨】

朱校：《祝英臺近》賦孫虚齋四雲庵之耕雲。按《鄞縣志》：耕雲亭在四明白雲山旁，孫凝所居，疑即此。凝，蓋虚齋之名。

孫按：陳著《耕雲亭銘》：「耕雲亭，余友孫凝德夫所築也，書來言其故：『氏裔清州揚雲嶺下，東漢末，始祖長官公游會稽，庵居四明白雲山傍，奉揚雲里之神以廟，死且葬，庵爲寺。子孫蔓延到今，詩書發身，簪纓擅一鄉。寺之南、廟之東有麓寬平，因廬焉，瞰流而亭，扁以『耕雲』。……銘曰：四明之山，兩雲之間。……非雲而雲，非耕而耕，苟不自力，有如此亭。」《嘉泰會稽志》卷九：「白雲山在（餘姚）縣西南六十里。」《乾隆紹興府志》卷之四：「《方輿路程考略》：（白雲山）唐僧巘雲誦經，每日有白雲覆屋。……《一統志》：在縣西南八十里，與上虞縣接界，東連四明，餘姚江源出此。」以玉田行跡考之，此詞寫於初客山陰並游四明時，在祥興二年（一二七九）到至元二十六年（一二八九）之間。

塞翁吟 友雲

交到無心處，出岫細話幽期〔一〕。看流水、意俱遲〔二〕。且淡薄相依。淩霄未肯從龍去①，物外共鶴忘機〔三〕。迷古洞，掩晴暉。翠影濕行衣②〔四〕。　飛飛。垂天翼，飄然萬里〔五〕，愁日暮、佳人未歸〔六〕。尚記得、巴山夜雨，耿無語、共説生平③，都付陶詩〔七〕。休題五朵〔八〕，莫夢陽臺④，不贈相思〔九〕。

【校記】

①從龍：《歷代詩餘》作「爲霖」。王刻注：「一作『爲霖』。」　②影：水竹居本、明吴鈔、王刻作「引」。《歷代詩餘》作「微」。行：《歷代詩餘》作「紅」。王刻注：「一作『紅』。」　③共：王刻作「只」。　④夢：《歷代詩餘》作「問」。王刻注：「一作『問』。」

【注釋】

〔一〕交到二句：陶潛《歸去來兮辭》：「雲無心以出岫，鳥倦飛而知還。」岑參《丘中春卧寄王子》：「卷跡人方處，無心雲自閑。」謝靈運《富春渚詩》：「平生協幽期，淪躓困微弱。」

〔二〕看流水二句：杜甫《江亭》：「水流心不競，雲在意俱遲。」

〔三〕且淡薄三句：《易・乾》：「雲從龍，風從虎。」此反用其意。張喬《孤雲》：「莫言長是無心物，還有隨龍作雨時。」唐無名氏《詠鶴》：「風裏一聲天上落，世人皆向五雲看。」

〔四〕迷古洞三句：庾信《和宇文内史春日游山詩》：「風逆花迎面，山深雲濕衣。」張旭《山中留客》：「山光物態弄春暉，莫爲輕陰便擬歸。縱使晴明無雨過，入雲深處亦沾衣。」

〔五〕飛飛三句：《莊子・逍遥游》：「鵬之背，不知其幾千里也。怒而飛，其翼若垂天之雲。……《諧》之言曰：『鵬之徙於南冥也，水擊三千里，摶扶摇而上者九萬里。』」

〔六〕愁日暮二句：江淹《休上人怨别》：「日暮碧雲合，佳人殊未來。」

〔七〕尚記得五句：陶潛有《停雲詩》，序曰：「停雲，思親友也。」詩有「靄靄停雲，濛濛時雨」之句。耿，猶言耿耿，形容心中有所懸念。《詩・邶風・柏舟》：「耿耿不寐，如有隱憂。」

〔八〕五朵：唐韋陟用草書署名的字體。《酉陽雜俎・續集・支諾皋下》：「（韋陟）嘗自謂所書『陟』字，如五朵雲，當時人多仿效，謂之郇公五雲體。」

〔九〕莫夢二句：翻用陽臺雲雨典。

【集評】

單學博：（「看流」二句）用杜詩意，渾化。

高亮功：此首便不能泯構造之跡。

【考辨】

此與前首爲組詞，寫於同時同地。

祝英臺近 耕雲①

占寬閑，鋤浩渺。船艤水村悄②。非霧非煙③〔一〕，生氣覆瑶草④。蒙茸數畝春陰〔二〕，夢魂落寞，知踏碎、梨花多少〔三〕。　聽孤嘯。山淺種玉人歸，縹緲度晴峭〔四〕。鶴下芝田，五色散微照〔五〕。笑他隔浦誰家⑤，半江疏雨⑥，空吟斷⑦、一犁清曉〔六〕。

【校記】

①《天機餘錦》詞題作「耕雲，爲孫虚齋」。②艤：王刻作「繫」。水：《天機餘錦》作「深」。③霧：龔本、曹本、寶書堂本、許本、鮑本注「一作『靄』」。水竹居本、石村書屋本、明吴鈔、汪鈔本、王刻同。④氣：龔本、曹本、寶書堂本、許本、鮑本注「一作『意』」。水竹居本、石村書屋本、明吴鈔、汪鈔本、王刻同。⑤笑：明吴鈔作「嘆」。⑥疏：《天機餘錦》作「涷」。⑦空：王刻作「定」。

【注釋】

〔一〕非霧句：非霧非煙，下闋「五色」「縹緲」意入此句，形容五色祥雲。《史記·天官書》：「若煙非煙，若雲非雲，郁郁紛紛，蕭索輪囷，是謂卿雲。」楊乂《雲賦》：「於是山澤通氣，華岱興雲。

則縹緲翩綿，鬱若升煙。」下文「生氣」入此，指流動的雲氣。即前引陳著《耕雲亭銘》「非雲而雲」之意。

〔二〕蒙茸：葱蘢。此形容仙草。羅鄴《芳草》：「廢苑墻南殘雨中，似袍顔色正蒙茸。」

〔三〕夢魂三句：詞作主體化用王建《夢看梨花雲歌》：「薄薄落落霧不分，夢中喚作梨花雲。」

〔四〕山淺二句：《搜神記》卷一一載楊伯雍得仙人所授石子，使種於無終山，仙人言「玉當生其中」。「（伯雍）乃種其石。數歲，時時往視，見玉子生石上，人莫知也。」《拾遺記》卷一〇：「（昆侖山）第九層，山形漸小狹，下有芝田蕙圃，皆數百頃，群仙種耨焉。」即前引陳著《耕雲亭銘》「非耕而耕」之意。

〔五〕鶴下二句：鮑照《舞鶴賦》：「朝戲於芝田，夕飲乎瑶池。」梁簡文帝《賦得舞鶴詩》：「來自芝田遠，飛渡武溪深。」

〔六〕笑他四句：蔡開《題資福院平緑軒》：「曉起煙千樹，春耕雨一犁。」

【集評】

高亮功：「蒙茸」數語，駘蕩有致。

【考辨】

此與前二首爲組詞，寫於同時同地。

風入松 岫雲

卷舒無意入虛玄〔一〕。丘壑伴雲煙①〔二〕。石根清氣千年潤②〔三〕，覆孤松、深護啼猿。靄靄靜隨仙隱〔四〕，悠悠閑對僧眠③〔五〕。傍花懶向小溪邊④。空谷覆流泉。浮踪自感今如此，已無心、萬里行天〔六〕。記得晉人歸去⑤，御風飛過斜川〔七〕。

【校記】

①雲：水竹居本、石村書屋本、明吴鈔、汪鈔本、王刻作「寒」。②清：《歷代詩餘》作「青」。③眠：水竹居本作「門」。④向：王刻作「問」。⑤晉：石村書屋本、汪鈔本、王刻作「昔」。許校：「丁氏鈔本作『昔』。」

【注釋】

〔一〕卷舒句：釋仲皎《歸雲亭》：「一從飛出岫，舒卷意何長。」成公綏《雲賦》：「於是玄氣仰散，歸雲四旋。冰消瓦離，奕奕翩翩。去則滅軌以無跡，來則幽闇以杳冥。舒則彌綸覆四海，卷則消液入無形。」

〔二〕丘壑句：《漢書・叙傳上》：「漁釣於一壑，則萬物不奸其志；棲遲於一丘，則天下不易其樂。」《舊唐書・田游巖傳》：「臣泉石膏肓，煙霞痼疾，既逢聖代，幸得逍遥。」

〔三〕石根句：《天中記》卷八：「詩人多以雲根爲石，以雲觸石而生也。」白居易《太湖石》：「削成青玉片，截斷碧雲根。」賈島《題李凝幽居》：「過橋分野色，移石動雲根。」李賀《南山田中行》：「雲根苔蘚山上石，冷紅泣露嬌啼色。」

〔四〕靄靄：雲煙密集貌。陶潛《停雲詩》：「靄靄停雲，濛濛時雨。」

〔五〕悠悠句：顧況《華山西岡游贈隱玄叟》：「想是悠悠雲，可契去留躅。」靈一《題僧院》：「無限青山行欲盡，白雲深處老僧多。」孫凝四雲亭旁有寺，故云。

〔六〕浮踪三句：蔡肇《和慎思漫興成章屢蒙子寵和更辱贈句輒用奉酬》：「曹公長劍一杯酒，鄧子孤雲萬里心。」

〔七〕記得二句：蘇軾《和林子中待制》：「早晚淵明賦《歸去》，浩歌長嘯老斜川。」《莊子·逍遥游》：「夫列子御風而行，泠然善也。」鄭思肖《對菊》：「誰知陶靖節，只是晉朝人。」

【考辨】

此與前三首爲組詞，寫於同時同地。

瑶臺聚八仙爲野舟賦〔一〕

帶雨春潮。人不渡、沙外曉色迢遥〔二〕。自横深静，誰見隔柳停橈〔三〕。知我知魚未是樂，轉篷閑趁白鷗招〔四〕。任風飄。夜來酒醒，何處江皋〔五〕。　泛宅浮家更好〔六〕，度菰蒲影裏，濯足吹簫〔七〕。坐閱千帆，空競萬里波濤〔八〕。他年五湖訪隱，第一是吴淞第四橋〔九〕。玄真子、共游煙水①，人月俱高。

【校記】

①共游：朱校：「其上脱一字。」

【注釋】

〔一〕野舟：張炎友人，生平不詳。

〔二〕帶雨三句：下文「横」字意入此句。韋應物《滁州西澗》：「春潮帶雨晚來急，野渡無人舟自横。」寇凖《春日登樓懷歸》：「野水無人渡，孤舟盡日横。」

〔三〕自横二句：謂野舟處於棄置不用的狀態。

〔四〕知我二句：《莊子·秋水》：「莊子與惠子游於濠梁之上。莊子曰：『鯈魚出游從容，是魚樂也。』惠子曰：『子非魚，安知魚之樂？』莊子曰：『子非我，安知我不知魚之樂？』」張松齡《漁父》：「樂是風波釣是閑，草堂松檜已勝攀。」

〔五〕任風飄三句：蘇軾《前赤壁賦》：「縱一葦之所如，淩萬頃之茫然。浩浩乎如馮虚御風，而不知其所止。飄飄乎如遺世獨立，羽化而登仙。」

〔六〕泛宅句：「玄真子」三句意入於此。《新唐書·隱逸傳》：「（張志和）居江湖，自稱煙波釣徒，著《玄真子》，亦以自號。……志和曰：『願爲浮家泛宅，往來苕霅間。』」

〔七〕濯足：《孟子·離婁上》：「有孺子歌曰：『滄浪之水清兮，可以濯我纓；滄浪之水濁兮，可以濯我足。』」

〔八〕坐閱二句：翻用劉禹錫《酬樂天揚州初逢席上見贈》詩意：「沉舟側畔千帆過，病樹前頭萬木春。」

〔九〕他年二句：五湖，此爲太湖的别稱。第四橋，又名甘泉橋。《吴郡志》卷二九：「松江水，在水品第六，世傳第四，橋下水是也。橋今名甘泉橋，好事者往往以小舟汲之。」吴淞，吴淞江，亦稱吴江，太湖支流。姜夔《點絳唇·丁未冬過吴松作》：「第四橋邊，擬共天隨住。」

【集評】

單學博、邵淵耀：（换頭）人心盡如此，天下自和平。

高亮功：前段賦物，後段賦人。「任風飄」二句，空寫却能傳神。「坐閱」二句，反襯，疑有寓意。「他年」以下，則詞意俱工矣。

陳蘭甫：「帶雨」四字倒裝已不穩。「自横深静」四字尤拙。

闕名：從對面寫來。賦物甚工。

【考辨】

江昱疏證：薩天錫詩集《雪霽過清溪題道士江野舟南館》：「孤舟横野水，門外雪晴初。向日莫放鶴，青溪閑釣魚。」「江南正月半，猶自有梅花。踏雪去何處，青溪道士家。」

江昱按曰：倪瓚《清悶閣全集》亦有野舟，倪以英才稱之。歲辛酉，寫圖並詩以贈。考以時代，雲林後於玉田，則此野舟玉田不及見，可知故以薩集所指野舟爲近。

孫按：薩天錫所記野舟爲道士，詞意不涉於此。比玉田年齒略長的趙文有《野舟記》，其友朱成叔自號野舟，然築室禾川（今江西吉安），事亦似不相及。録以俟考。

疏影 梅影①〔一〕

黄昏片月。似碎陰滿地②，還更清絶〔二〕。枝北枝南，疑有疑無，幾度背燈難折③〔三〕。依稀倩女離魂處④，緩步出、前村時節〔四〕。看夜深、竹外横斜〔五〕，應妒過雲明滅〔六〕。窺鏡蛾眉淡抹⑤。爲容不在貌〔七〕，獨抱孤潔⑥。莫是花光，描取春痕⑦，不怕麗譙吹徹〔八〕。還驚海上然犀去⑧，照水底、珊瑚如活⑨〔九〕。做弄得⑩、酒醒天寒⑪，空對一庭香雪〔一〇〕。

【校記】

①水竹居本、石村書屋本、明吴鈔詞題作「賦梅影」。《歷代詩餘》作「梅」。汪鈔本作「賦梅花」。

②似：龔本、曹本、寶書堂本、許本、鮑本注「一作『映』」。戈選同。陳蘭甫：「『似』作『映』較勝。」碎陰滿地：《天機餘錦》、水竹居本、石村書屋本、明吴鈔、《花草粹編》、《詞綜》、汪鈔本作「滿地碎陰」。　③背燈：《天機餘錦》《花草粹編》作「燈前」。　④倩：龔本、曹本、寶書堂本、許本、鮑本注「一作『靚』」。《花草粹編》作「蒨」。　⑤蛾：王刻作「娥」。抹：《天機餘錦》、水竹居本、石村書屋本、明吴鈔、《花草粹編》、《詞綜》、汪鈔本、戈選、王刻作「掃」。　⑥抱：石村書屋本、明吴鈔、汪鈔

本作「把」。⑦痕：水竹居本作「恨」。王刻作「魂」。⑧去：龔本、曹本、寶書堂本、許本、鮑本注「一作『處』」。⑨如：龔本、曹本、寶書堂本、許本、鮑本注「一作『疑』」。水竹居本、石村書屋本、明吴鈔、《詞綜》、汪鈔本、王刻同。⑩做：水竹居本、石村書屋本、明吴鈔、汪鈔本作「故」，王刻作「作」。⑪醒：《天機餘錦》作「醉」。

【注釋】

〔一〕梅影：楊萬里《醉後撚梅花近壁以燈照之宛然如墨梅》：「老子年來畫入神，鑿空幻出墨梅春。壁爲玉板燈爲筆，整整斜斜樣樣新。」月下窗間梅影亦如淡暈墨梅。《華光梅譜》：「墨梅始自華光仁老之所酷愛，其方丈植梅數本。每花放時，輒移牀其下，吟詠終日，莫知其意。偶月夜未寢，見窗間疏影横斜，蕭然可愛。遂以筆規其狀，淩晨視之，殊有月下之思。因此好寫得其三昧，標名於世。山谷見而美之曰：『嫩寒清曉行孤山籬落間，但欠香耳。』」曹緯《客有遺予畫梅花者淡墨暈成因命之曰梅影》：「憶昔神游姑射山，夢中栩栩片時還。冰膚不許尋常見，故隱輕雲薄霧間。」

〔二〕黄昏三句：上闋結處「横斜」二字意入此句，用林逋《山園小梅》「疏影横斜水清淺，暗香浮動月黄昏」句意。詹敦仁《介庵贈古墨梅酬以一篇》：「墨散餘香點酥萼，月留殘影照窗紗。」

〔三〕枝北三句：胡仲弓《題高伯壽墨梅》：「自從即墨移來種，莫辨南枝與北枝。」兼用大庾嶺梅花典。

〔四〕依稀三句：倩女離魂，陳玄祐《離魂記》載，張鎰幼女倩娘端妍絶倫，外甥王宙，亦美容範。張鎰先許王宙婚姻，後又將倩娘許配他人。王宙因此離開清河赴京城，倩娘魂魄相隨，成就了一段婚姻傳奇。再歸家時，「室中女聞喜而起，飾妝更衣，笑而不語。出與相迎，翕然而合爲一體，其衣裳皆重。」此謂窗上疏影絶似梅花香魂。陳與義《和張矩臣水墨梅五絶》（之五）：「晴窗畫出横斜影，絶勝前村夜雪時。」

〔五〕看夜深二句：殷堯藩《寒夜》：「雲冷江空歲暮時，竹陰梅影月參差。」蘇軾《和秦太虚梅花》：「江頭千樹春欲闇，竹外一枝斜更好。」

〔六〕應妒句：白玉蟾《折梅二首》（之一）：「前臺後臺月如水，雲去雲來梅影寒。」謂雲似妒梅花有影而遮月。

〔七〕窺鏡二句：杜荀鶴《春宫怨》：「早被嬋娟誤，欲妝臨鏡慵。承恩不在貌，教妾若爲容。」杜甫《虢國夫人》：「却嫌脂粉涴顔色，淡掃蛾眉朝至尊。」

〔八〕莫是三句：合用笛曲梅花落典。《莊子·徐無鬼》：「君亦必無盛鶴列於麗譙之間。」郭象注：「麗譙，高樓也。」

〔九〕還驚三句：《晉書·温嶠傳》：「（温嶠）至牛渚磯，水深不可測，世云其下多怪物。嶠遂毁犀角而照之，須臾，見水族覆火，奇形異狀，或乘馬車著赤衣者。」蕭德藻《古梅二首》有「海月冷挂珊瑚枝」之句。胡銓《劉景仁畫墨梅扇上又畫梅影於扇陰求詩各題一絶》：「踏月看梅不見花，只鷩水底影横斜。」

〔一〇〕倣弄三句：張元幹《龍眠墨梅》：「怪得深夜寒，荒村映殘雪。」《江南通志》卷一〇一：「《名勝志》：西溪多古梅，二月始華，香雪霏霏，四面襲人。」兼用趙師雄羅浮山醉遇梅樹青禽典。

【集評】

許昂霄詞評：人巧極而天工錯，草窗亦當退三舍避之。又曰：「黄昏片月」四字，首標出眼目。（「幾度」句）句中句。「窺鏡」八句：三層模寫，賦而比也。

單學博：（「爲容」二句）好身分。

許廷誥：好身分。「燃犀」與「梅影」不配。

邵淵耀：語見身份。

高亮功：「依稀」數語，入神之筆，亦從白石「想佩環、月下歸來」數語化出。蕭中孚云：「後段淡淡著筆，正與中段疏密相間處，須知此題是賦月下梅影，慣用麗譙、然犀等字，若單賦梅影，又不必如是矣。蒿廬先生謂『首標出眼目』，是也。」

陳廷焯《雲韶集》卷九：起筆實寫影字，正妙，不假敷佐，何等筆力。（下闋）處處見筆力。（「倣弄得」三句）清虚騷雅，竟似白石。

又，《大雅集》卷四：姿態横生。

闕名：寫影字活相。過片自是賦物高格。

【考辨】

江昱疏證：王沂孫《玉笥山人詞集・疏影・詠梅影》：「瓊妃卧月。任素裳瘦損，羅帶重結。石逕春寒，碧蘚參差，相思曾步芳屧。離魂分破東風恨，又夢入、水孤雲闊。算如今，也厭娉婷，帶了一痕殘雪。　猶記冰奩半掩，冷枝畫未就，歸棹輕折。幾度黄昏，忽到窗前，重想故人初别。蒼虬欲卷漣漪去，慢蜕却、連環香骨。早又是，翠蔭蒙茸，不似一枝清絶。」周密《草窗詞・疏影・梅影》：「冰條凍葉。又横斜照水，一花初發。素壁秋屏，招得芳魂，仿佛玉容明滅。疏疏滿地珊瑚冷，全誤却、撲花幽蝶。甚美人、忽到窗前，鏡裏好春難折。　閑想孤山舊事，浸清漪、倒映千樹殘雪。暗裏東風，可慣無情，攪碎一簾香月。輕妝誰寫崔徽面，認隱約、煙綃重疊。記夢回，紙帳殘燈，瘦倚數枝清絶。」

江昱按曰：此二首似與玉田倡和之作，但不次韻耳。

孫按：考張炎、周密、王沂孫可能聚會的時間，應是祥興二年（一二七九）創作《樂府補題》時。

木蘭花慢①書鄧牧心東游詩卷後②〔一〕

采芳洲薜荔，流水外、白鷗前〔二〕。度萬壑千巖，晴嵐暖翠③〔三〕，心目娟娟④〔四〕。山川。自今自古，怕依然。認得米家船〔五〕。明月閑延夜語⑤〔六〕，落花靜擁春眠⑥〔七〕。　吟邊。象筆鑾箋⑦〔八〕。清絶處、小留連⑧。正寂寂江潭，樹猶如此，那更啼鵑〔九〕。居廛⑨〔一〇〕。

閉門隱几〔一一〕，好林泉。都在卧游邊⑩〔一二〕。記得當時舊事⑪，誤人却是桃源〔一三〕。

【校記】

①《永樂大典》詞調作《清平樂》，少「采芳洲」以下五句，歸入「梅」部「鴛鴦梅」。戈選杜批夢窗詞：「此調首句或一領四或上二下三或上三下二均可，前後段第七句及换頭二字均藏短韻。此第三首前後未叶，後草窗詞六首均叶，玉田四首有二首不藏韻，亦不拘也。」高亮功：「是調『巖』字、『然』字、『潭』字、『泉』字俱不必押韻，或是作者有意密致耶？」許廷誥：「『山川』『居廛』似都係添韻。袁蘭村云：『不特「川」「廛」爲小韻，「依然」「林泉」亦小韻。』説雖未的，姑存可耳。」②《天機餘錦》詞題「詩」作「書」。水竹居本、石村書屋本、明吴鈔、汪鈔本、王刻無題。③晴：王刻作「浮」。④娟娟：水竹居本、石村書屋本、明吴鈔、汪鈔本作「涓涓」。⑤延：水竹居本、石村書屋本、明吴鈔、汪鈔本作「庭」。語：水竹居本、石村書屋本、明吴鈔作「雨」。⑥靜：《天機餘錦》作「晝」。⑦筆：水竹居本、石村書屋本、明吴鈔、汪鈔本作「管」。鑾：《天機餘錦》、水竹居本、石村書屋本、明吴鈔、汪鈔本、王刻作「鸞」。⑧小：《天機餘錦》作「少」。⑨居廛：《永樂大典》作「何妨」。⑩邊：龔本、曹本、寶書堂本、許本、鮑本注「一作『編』」。《永樂大典》、《天機餘錦》、水竹居本、石村書屋本、明吴鈔、汪鈔本、戈選、王刻同。⑪記：《天機餘錦》作「説」。事：水竹居本、石村書屋本、明吴鈔、汪鈔本作「友」。

【注釋】

〔一〕鄧牧心：即鄧牧，字牧心，錢塘大滌山隱者。

〔二〕采芳洲三句：《楚辭·惜賢》：「搴薜荔於山野兮，采撚枝於中州。」李白《古風》：「摇裔雙白鷗，鳴飛滄江流。」「寄影宿沙月，沿芳戲春洲。」

〔三〕度萬壑二句：用顧愷之形容會稽山川之狀典故。

〔四〕心目娟娟：杜甫《寄韓諫議注》：「美人娟娟隔秋水，濯足洞庭望八荒。」娟娟，姿態柔美貌。《楚辭·九歌》：「滿堂兮美人，忽獨與予兮目成。」

〔五〕米家船：黄庭堅《戲贈米元章二首》（之一）：「滄江盡夜虹貫月，定是米家書畫船。」任淵注：「崇寧間，元章爲江淮發運，揭牌於行舸之上曰：『米家書畫船』。」

〔六〕明月句：杜甫《夔府書懷四十韻》：「賞月延秋桂，傾陽逐露葵。」

〔七〕落花句：王維《從岐王過楊氏别業》：「興闌啼鳥緩，坐久落花多。」王安石《北山》：「細數落花因坐久，緩尋芳草得歸遲。」

〔八〕象筆鸞箋：羅隱《清溪江令公宅》：「鸞箋象管夜深時，曾賦陳宫第一詩。」

〔九〕正寂寂三句：用庾信《枯樹賦》語意。

〔一〇〕廛：猶言廛市。《舊唐書·隱逸傳》：「（史德義）騎牛帶瓢，出入郊郭廛市，號爲逸人。」

〔一一〕隱几：《孟子·公孫丑下》：「有欲爲王留行者，坐而言，不應，隱几而卧。」

〔二〕好林泉二句：《宋書·宗炳傳》：「有疾還江陵，嘆曰：『老疾俱至，名山恐難遍睹，唯當澄懷觀道，卧以游之。』凡所游履，皆圖之於室。」

〔三〕記得二句：《嘉定赤城志》卷二一：「劉阮洞，在縣西北二十里。先是，漢永平中，有劉晨、阮肇入山采藥，失道，見桃實，食之覺身輕，行數里，至溪滸，有二女方笄，笑迎以歸。留半載，謝去。至家子孫已七世矣（見《續齊諧記》）。」

【集評】

單學博、邵淵耀：「山川」六字，何等筆力。

高亮功：前段叙其東游，後段書其詩卷。……言己雖「閉門隱几」，但留連其詩卷，即可以當卧游也。末又因之棖觸往事，俱貼自己説。

【考辨】

江昱疏證：《武陵耆舊傳》：鄧牧，字牧心，錢塘人。隱大滌山，人稱爲文行先生。所居有超然館，宴坐累月不出，時時作詩文以自娱，其著有《洞霄記》《游山志雜文稿》。都穆《鐵網珊瑚》：錢塘鄧牧心先生，生於宋世之季，有文數十首名曰《伯牙琴》。釋善住《谷響集·鄧隱君牧》：「標格類孤鶴，翩然獨往還。彈琴坐白石，把酒看青山。鬢鬚經年改，身心竟日閑。料知塵世事，無復得相關。」《研北雜志》：葉林，字去文，錢塘人；鄧牧，字牧心，俱隱大滌山。或數日不食，或一食兼人。清夜放游，則不避豺虎，白晝危坐，則客至不起。所爲文章，多世外語，鄧則全效柳子厚。大德某年冬，葉忽馳書别親友云：將他往，且訪鄧言别。至明年正月八日，端坐而逝。後十餘日，鄧知葉已仙去，嘆曰：「葉君出處與我同，奈何紿我言别，吾亦當長往耳。」乃述葉墓誌，又於燈下取其文集，讀畢而終。

孫按：鄧牧《東游詩卷》不存，然其《雪竇游志》載：「歲癸巳春暮，余游甬東，聞雪竇游勝最諸山，往觀焉。」《鑒湖修禊序》：「歲丙申三月三日，陳用賓、劉邦瑞、胡汲古與予舉修禊故事，會於鏡湖一曲，舊所謂鴻禧觀，今易爲寺。」癸巳，至元三十年（一二九三），丙申，元貞二年（一二九六），此詞末二句又用天台事典，則明州、會稽、台州應是其東游之地，則此詞寫於丙申或之後數年間。張炎大德元年丁酉（一二九七）曾游台州，而以此詩卷爲卧游之回憶，故知此詞應寫於大德二年（一二九八），張炎自四明短暫歸杭時。應次於本卷《梅子黄時雨·病後别羅江諸友》之後。

風入松 陳文卿酒邊偶賦①〔一〕

小窗晴碧颭簾波②〔二〕。晝影舞飛梭〔三〕。惜春休問花多少③，柳成陰④、春已無多〔四〕。金字初尋小扇〔五〕，銖衣早試輕羅⑤〔六〕。　園林未肯受清和⑥〔七〕。人醉牡丹坡〔八〕。嘯歌且盡平生事⑦，問東風、畢竟如何。燕子尋常巷陌，酒邊莫唱西河〔九〕。

【校記】

①水竹居本、石村書屋本、明吴鈔、《詞綜》、汪鈔本無詞題。《歷代詩餘》、王刻作「酒邊偶賦」。

②晴碧：《天機餘錦》作「緑暗」。石村書屋本、明吴鈔、《詞綜》、汪鈔本、王刻作「晴緑」。颭簾波：

《天機餘錦》作「占清波」。明吴鈔作「颭簾波」。《詞綜》作「占閑波」。③休：龔本、曹本、寶書堂本、許本、鮑本注「一作『猶』」。水竹居本、《詞綜》、王刻同。石村書屋本、明吴鈔、汪鈔本作「尤」。少：《天機餘錦》作「未」。④柳成陰：龔本、曹本、寶書堂本、許本、鮑本注「一作『陰成』，一作『柳陰中』」。水竹居本、石村書屋本、明吴鈔、《詞綜》、汪鈔本、王刻作「柳陰中」。⑤金字二句：龔本、曹本、寶書堂本、許本、鮑本注「一作『乍試泥金巧扇，初裁水碧輕羅』」。《天機餘錦》、水竹居本、石村書屋本、明吴鈔、《詞綜》、汪鈔本、王刻同。金字、銖衣：龔本、曹本、寶書堂本、許本、鮑本注「一作『塵箆』、一作『山房』」。⑥受：《詞綜》作「愛」。⑦嘯歌且盡：《天機餘錦》、王刻作「笑歌且盡」。水竹居本作「笑歌且□」。石村書屋本、明吴鈔、《詞綜》、汪鈔本作「笑歌且醉」。

【注釋】

〔一〕陳文卿：即陳適，四明人。詳見《臺城路·寄姚江太白山人陳文卿》【考辨】。

〔二〕小窗句：謂晴窗外風吹柳條，珠簾映碧，摇曳如水。李商隱《燒香曲》：「玉佩呵光銅照昏，簾波日暮衝斜門。」

〔三〕晝影句：飛梭，喻穿透柳林的黄鶯。《石林詩話》録唐末無名氏詩句：「魚躍練江拋玉尺，鶯穿柳絲織金梭。」周密《木蘭花慢·柳浪聞鶯》：「翠絲萬縷，颺金梭、宛轉織芳愁。」

〔四〕春已無多：司馬光《清明後二日同鄰幾景仁次道中道興宗元明秉國如晦公疏飲趙道士東軒》：「寂寥清明後，餘春已無多。」

〔五〕金字句：謂漸入初夏，欲尋篋中泥金小扇。

〔六〕銖衣句：谷神子《博異志・岑文本》：岑文本見上清童子衣服輕細如霧，「問曰：『衣服皆輕細，何土所出？』對曰：『此是上清五銖服。』又問曰：『比聞六銖者天人衣，何五銖之異？』對曰：『尤細者則五銖也。』」賈至《贈薛瑶英》：「舞怯銖衣重，笑疑桃臉開。」

〔七〕園林句：韓愈《奉和僕射裴相公感恩言志》：「林園窮勝事，鐘鼓樂清時。」謝朓《出下館》：「麥候始清和，涼雨銷炎燠。」

〔八〕牡丹坡：「金字」意亦入此句。宋朝貴盛以金字牙牌記牡丹品種。《武林舊事》卷七載淳熙六年皇家賞花：「遂至錦壁賞大花，三面漫坡，牡丹約千餘叢，各有牙牌金字，上張碧油絹幕。」

〔九〕燕子二句：陳氏爲四明名家子，故有燕子飛入尋常人家的感慨。一説《西河》即《西河長命女》詞調，爲席上別歌。《碧鷄漫志》：「《西河長命女》，崔元範自越州幕府拜侍御史，李訥尚書餞於鑒湖。命盛小叢歌，坐客各賦詩送之。又云：『爲公唱作《西河》調，日莫偏傷去住人。』」

【集評】

單學博：（「問東」二句）問得有趣。

高亮功：起句工妙。芊綿温麗中却有凭吊淒愴之致。

陳蘭甫：「畫影」句拙。

陳廷焯《雲韶集》卷九：（上闋）音調嫻雅，不落俗態，自是本色。通篇和婉。結二句略寄感慨，固自不可少。

【考辨】

按龔本編年體例，此詞應寫於四明。集中《西子妝慢》詞題「甲午春，寓羅江，與羅景良野游江上」，別本「羅景良」作「陳文卿」。甲午，至元三十一年（一二九四），此詞或作於同時。

臺城路 游北山寺①〔一〕

雲多不記山深淺②〔二〕，人行半天巖壑〔三〕。曠野飛聲，虛空倒影③，松挂危峰疑落④。流泉噴薄⑤〔四〕。自窈窕尋源〔五〕，引瓢孤酌⑥〔六〕。倦倚高寒，少年游事老方覺〔七〕。幽尋閑院邃閣。樹涼僧坐夏〔八〕，翻笑行樂⑦〔九〕。近竹驚秋⑧，穿蘿誤晚⑨，都把塵緣消却〔一〇〕。東林似昨⑩。待學取當年，晉人曾約〔一一〕。童子何知，故山空放鶴⑪〔一二〕。

【校記】

①底本詞題下注「別本作『雪竇寺訪同野翁日東巖』」。龔本、曹本、寶書堂本、許本、鮑本詞題注略同。江昱按曰：「袁桷《清容居士集》有《天童日禪師塔銘》。」又按：「志載野翁與東巖同時住雪竇，故玉田並訪之。今集中作『野雲』，誤。考釋氏別有野雲，名處南，乃南宋時僧，尚在同師所參無準範之前。時世既殊，蹤跡復無交涉，當從寺志改正作『同野翁』方确。」朱校：「原本『翁』作『雲』，從江疏。」《天機餘錦》作「雪竇寺訪周野翁日東巖」。「周」爲「同」形近訛字。水竹居本、石村書屋本、明

吴鈔、汪鈔本作「雪竇寺訪同翁日東巖」。王刻作「雪竇寺訪同翁東巖」。②雲多：龔本、曹本、寶書堂本、許本、鮑本注「一作『雪深』」。水竹居本、石村書屋本、明吴鈔、汪鈔本、王刻同。③虛空倒影：《天機餘錦》作「虛堂松響」。倒：龔本、曹本、寶書堂本、許本、鮑本注「一作『側』」。水竹居本、石村書屋本、明吴鈔、汪鈔本同。④松挂：《天機餘錦》作「倒挂」。水竹居本、石村書屋本、明吴鈔、《歷代詩餘》、汪鈔本、王刻作「松桂」。疑：王刻作「陡」。⑤流：《歷代詩餘》作「瀑」。⑥孤：《天機餘錦》、水竹居本、石村書屋本、明吴鈔、汪鈔本作「獨」。⑦翻笑：龔本、曹本、寶書堂本、許本、鮑本注「一作『深占』」。⑧驚秋：龔本、曹本、寶書堂本、許本、鮑本注「一作『敲茶』」。⑨穿蘿誤晚：龔本、曹本、寶書堂本、許本、鮑本注「一作『閑坡種藥』」。蘿：《天機餘錦》、水竹居本、石村書屋本、明吴鈔、汪鈔本、王刻作「籮」。許校：「丁氏鈔本作『籮』。」⑩東林似昨：龔本、曹本、寶書堂本、許本、鮑本注「一作『東鄰舊約』」。《天機餘錦》作「東園似昨」。水竹居本、石村書屋本、明吴鈔、汪鈔本、王刻作「東鄰似昨」。⑪待學取四句：龔本、曹本、寶書堂本、許本、鮑本注「一作『算只有淵明，至今寥寞，動是千年，未歸華表鶴』」。學：水竹居本、石村書屋本、明吴鈔、汪鈔本、王刻作「留」。

【注釋】

〔一〕北山寺：即雪竇寺。《寶慶四明志》卷一五：「雪竇山資聖寺，（奉化）縣西北五十里。舊名瀑布寺。唐光啓中置，大中末爲賊裘甫所毁。咸通八年重建，改爲瀑布觀音禪院。皇朝咸平三年賜今額。……南有隱潭，東有石蒼潭，前有含珠林、千丈巖瀑布。上下有亭三，曰『飛雪』、曰『妙峰』、曰『漱玉』。丹碧照爛，飛檐鱗鱗，蔚在青嶂間，晨霞暮靄，遮露萬狀，尤爲勝概。」同野翁，炳同禪師。日東巖，淨日禪師。

〔二〕雲多句：孟浩然《秋登蘭山寄張五》：「北山白雲裏，隱者自怡悦。」賈島《尋隱者不遇》：「只在此山中，雲深不知處。」

〔三〕人行句：此寫妙高峰。孫應時《雪竇妙高峰詩》：「絶壑高崖面面雄，一峰孤起白雲中。山連飛瀑斜通寺，人在危亭半倚空。」

〔四〕曠野四句：與「高寒」寫千丈巖瀑布、飛雪亭等。釋道璨《送願上人過雪竇兼呈弁山》：「長松四十圍，懸水一千丈。」戴表元《雪竇飛雪亭和孫使君》：「身倚老松天上立，眼看飛鳥雪中來。」

〔五〕窈窕尋源：陶淵明《歸去來兮辭》：「既窈窕以尋壑，亦崎嶇而經丘。」

〔六〕引瓢孤酌：《寶慶四明志》卷一四：「隱潭，縣西北五十里。潭居兩巖之下。兩巖相抗，壁立數百仞。仰以窺天，僅如數尺，瀑泉如練，循崖而落，水寒石潔，聳人毛骨。」

〔七〕少年句：姚合《武功縣中作三十首》（之六）：「上山方覺老，過寺暫忘愁。」

〔八〕坐夏：僧人於夏季三個月中安居不出，坐禪靜修，稱坐夏。白居易《行香歸》：「出作行香客，歸如坐夏僧。」

〔九〕翻笑行樂：陳著《次韻雪竇寺主僧炳同招游山二首》（之一）：「人生行樂非容易，本是閑人也未閑。」

〔一〇〕近竹三句：釋紹嵩《游雪竇遺興》：「雲蘿難透日，喬木易高風。」「焚香賦詩罷，頓懷衆緣空。」

〔一一〕東林三句：用晉高僧慧遠主持廬山東林寺，結白蓮社之事。《廬山記·山北》：「遠公與慧永……十八人者，同修淨土之法，因號白蓮社十八賢。」兼寫淨日禪師曾經主持東林寺。

〔一二〕童子二句：《夢溪筆談·人事二》：「林逋隱居杭州孤山，常畜兩鶴，縱之則飛入雲霄，盤旋久之，復入籠中。」《宋詩鈔》卷一三：「（林）逋不娶，無子，所居多植梅畜鶴。泛舟湖中，客至則放鶴致之。因謂梅妻鶴子云。」

【集評】

單學博：警煉，（「雲多」五句）所謂斷金爲句也。　又：（「少年」句）恐覺而又有無及之嘆矣。

邵淵耀：恐覺後又有無及之嘆。

高亮功：玉田最工起句，蓋起句好則通篇得勢，誠爲聖於此道者也。

【考辨】

江昱疏證：《嘉靖寧波府志》：雪竇山在縣西六十里，上有雪竇寺。《雪竇寺志》：按《輿圖》，自天台摘星峰歷華頂，至四明山心，東來過二十里雲起爲雪竇山，又名乳峰。正峰聳峙，四山攢拱，兩澗出水，交會於前。又東折而下，逶迤六七里，始抵山麓。又，寺創於晉唐咸通間，名瀑布觀音院。

宋淳化三年，賜御製賦詠，建成藏閣。咸平二年，賜雪竇資聖禪寺額，仁宗夢游此山。淳祐五年，理宗賜「應夢名山」四大字。《成化四明郡志》：寺前有含珠林、錦鏡池、千丈巖、瀑布泉、藤龕、隱秀亭。左有妙高峰，右有隱潭、徐凫巖、桃花坑。其方丈扁曰「天開圖畫」。《續燈正統》：靈隱普濟禪師，法嗣雪竇野翁炳同禪師。《雪竇寺志》：炳同，新昌張氏子，首從痴絶於天童，既之徑山，見無準範，乃造大川濟之室，川舉臘月火燒山話，師擬開口，川遽拈竹篦拄之。師豁然有省，隱跡仗錫峰，一住十二年。後出世無錫華藏，三年東歸，仍還仗錫。扁其室曰「晚泊」。閉户書《法華》，嘗有「老來非厭客，靜裏欲書經」之句。時雪竇虚席，衆堅請乃赴。一日，與東巖日公行寺東偏巖，謂師「盍遂即此營菟裘？」既成，書「寄幻」二字揭之，往來游憩，禪宴其間。（孫按：此段有闕文，至無法標點，其事見《野翁禪師塔銘》：「三年東歸，游雙徑、雲峰，有遯堂舍蓋意。亟微服還錫仗……用賓禮延致東巖石公，相得歡甚。它日行寺東偏巖，謂師：『盍遂即此營菟裘？』既成，家性存之巽書『寄幻』二字揭之。挹乳峰，珠樹雪瀑，映帶左右。師往來游憩，禪宴其間，隨化委順，意甚自適。」）大德壬寅八月十五日，升座勵衆示別。衆請留偈，笑而不答。至夕而逝。越七日，奉全身，葬「寄幻」，世壽八十，僧臘六十八。《續燈正統》：東巖淨日禪師，都昌廖氏子，幼絶葷。祝髮廬山之香林，後爲開先無文燦第一座，由是譽聞日彰。景定中，出主圓通，繼領東林。至元壬辰遷育王，未幾歸隱雪竇。大德庚子，主天童師。生宋嘉定辛巳，終於元至大戊申，將示寂，書偈而逝。就化齒根不壞，塔於西巖之清風塢，壽八十八，臘七十又一。

張如安《箋釋小補》：喻謙《新續高僧傳》卷六一《元四明仗錫延勝寺沙門釋炳同傳》云：釋炳同，字野翁，姓張氏，新昌人。……元大德六年（一三〇二）示寂，壽八十八。明河《補續高僧傳》卷一三《淨日傳》云：淨日號東巖，俗居南康之都昌。……至元壬辰（一二九二）遷育王，未幾歸隱雪竇。大德庚子（一三〇〇）僉議主天童。……生宋嘉定十四年辛巳，終至大元年戊申。」又袁桷《清容居士集》卷三一引《天童日禪師塔銘》云：「至元壬辰主育王三年，歸隱雪竇。」可推知淨日歸隱雪竇的時間爲乙未、丙申之間（一二九五—一二九六）。考出了兩僧的生平，至少可説明二點：（一）《臺城路·游北山寺》，一本題作《雪竇寺訪同野翁、日東巖》，當作於淨日東巖歸隱雪竇之後（一二九五—一二九六），入主天童之前（一三〇〇）。（二）《臺城路》有「東林似昨」云云，黄畬先生僅取一般解釋，實則指淨日東巖領東林一事。

孫按：其游訪對象爲炳同禪師、淨日禪師，因知此北山寺是奉化西北的雪竇寺。陳著《次韻雪竇寺主僧炳同招游山二首》《次韻雪竇主同少野見寄》，知炳同禪師字少野，野翁爲尊稱。日東巖元成宗元貞元年（一二九五）歸隱雪竇，玉田大德二年（一二九八）有四明奉化游踪，詞寫於此年。

還京樂 送陳行之歸吴①〔一〕

醉吟處〔二〕。多是琴尊②，竟日松下語③〔三〕。有筆牀茶灶〔四〕，瘦筇相引，逢花須住〔五〕。正翠陰迷路。年光荏苒成孤旅④〔六〕。待趁燕檣⑤〔七〕，休忘了、玄都前度〔八〕。漸煙波遠，怕五湖淒冷⑥，佳人袖薄，修竹依依日暮⑦〔九〕。知他甚處重逢⑧，便匆匆、背潮歸去⑨〔一〇〕。莫因循、誤了幽期⑩，應孤舊雨⑪〔一一〕。佇立山風晚⑫，月明摇碎江樹⑬〔一二〕。

【校記】

①水竹居本、石村書屋本、明吴鈔、汪鈔本、王刻「送」作「餞」。《天機餘錦》「吴」作「吴中」。②醉吟二句：《天機餘錦》作「勝游處。多是琴樽」。水竹居本、石村書屋本、明吴鈔、汪鈔本、王刻作「勝游多處是琴尊」。吟：龔本、曹本、寶書堂本、許本、鮑本注「一作『游』」。③竟日：《天機餘錦》、水竹居本、石村書屋本、明吴鈔、《詞譜》、汪鈔本、王刻作「坐石」。④光：龔本、曹本、寶書堂本、許本、鮑本注「一作『華』」。水竹居本、石村書屋本、明吴鈔、汪鈔本、王刻同。⑤待趁：《天機餘錦》作「趁待」。⑥淒冷：龔本、曹本、寶書堂本、許本、鮑本注「一作『西子』」。水竹居本、石村書屋本、明吴鈔、汪鈔本、王刻作「淒涼」。⑦佳人二句：龔本、曹本、寶書堂本、許本、鮑本注「一作『依然見了，須説千愁萬緒』」。⑧處：龔本、曹本、寶書堂本、許本、鮑本注「一作『日』」。重：《天機餘錦》作「相」。逢：龔本、曹本、寶書堂本、許本、鮑本注「一作『來』」。⑨便匆匆二句：《天機餘錦》作「便匆忙、帶潮歸去」。水竹居本、石村書屋本、明吴鈔、汪鈔本、王刻作「便匆匆、忙帶潮歸去」。匆、背、潮：龔本、曹本、寶書堂本、許本、鮑本分别注：「一作『忙』。一作『帶』。一作『人』。」⑩莫因循二句：《詞譜》作「莫因循，却誤了幽期」。誤，龔本、曹本、寶書堂本、許本、鮑本注「一作『却』」。朱校：「按，『誤』上脱一字。」⑪應：《詞譜》作「還」。孤：《天機餘錦》、龔本、曹本、寶書

堂本、許本作「辜」。孤，用同「辜」。雨：明吳鈔、汪鈔本作「語」。⑫晚：王刻作「悅」。⑬月明：龔本、曹本、寶書堂本、許本、鮑本注「一作『明月』」。水竹居本、石村書屋本、明吳鈔、汪鈔本、王刻同。

【注釋】

〔一〕陳行之：名恕可。玉田好友。

〔二〕醉吟：元稹《爲樂天自勘詩集因思頃年城南醉歸馬上遞唱艷曲（略）》：「春野醉吟十里程，齋宮潛詠萬人驚。」

〔三〕多是二句：謂松下琴聲如語。嚴維《游灞陵山》：「此道人不悟，坐鳴松下琴。」孟浩然《夜登孔伯昭南樓時沈太清朱昇在座》：「誰家無風月，此地有琴尊。」

〔四〕筆牀茶灶：蘇州典實。《新唐書·陸龜蒙傳》：「不乘馬，升舟設蓬席，齎束書、茶灶、筆牀、釣具往來。時謂江湖散人，或號天隨子、甫里先生。自比涪翁、漁父、江上丈人。」

〔五〕瘦筇二句：《老學庵筆記》卷三：「筇竹杖，蜀中無之，乃出徼外蠻峒。蠻人持至瀘、叙間賣之，一枝纔四五錢。以堅潤細瘦、九節而直者爲上品。」庾信《和炅法師游昆明池二首》（之一）：「値泉傾蓋飲，逢花駐馬看。」

〔六〕年光句：陶潛《雜詩十二首》（之五）：「荏苒歲月頹，此心稍已去。」韓愈《陪杜侍御游湘西兩寺》：「旅程愧淹留，徂歲嗟荏苒。」

〔七〕待趁燕檣：何遜《贈諸游舊詩》：「岸花臨水發，江燕繞檣飛。」杜甫《發潭州》：「岸花飛送客，檣燕語留人。」

〔八〕玄都前度：猶用前度劉郎再至玄都觀赫然見桃花千樹典，此就其蘇州居所桃源洞而言，此景明朝萬曆時尚存。《同治蘇州府志》卷一四七：「萬曆時諸生錢泊庵自梟湖徙居震澤鎮西之馬賦(浦)，其地爲宋侍郎楊紹雲別業，去鎮三里許。紹雲去官歸里，於此地築水桃源洞，至今猶存。泊庵居時，有桃園十二畝，中坎小池，外環幽竹。春時花光，燦照兩岸，日與諸名人觴詠其中，風流勝地，足繼宋賢。」詳【考辨】。

〔九〕漸煙波四句：薛瑩《秋日湖上》：「落日五湖游，煙波處處愁。」兼用杜甫《佳人》典。陳行之蘇州寓所面洞庭太湖。

〔一〇〕背潮歸去：逆潮而往。陳氏行由慈溪江。《寶慶四明志》卷一六：「江源於紹興餘姚之太平山，東來至丈亭，乃分爲二大江。由鹹池歷西渡，經府治之北入海。小江貫縣中，出東郭，至西渡又與大江會，率隨潮進退。大江乘潮多風險，故舟行每由小江。」

〔一一〕莫因循三句：勸其不要蹉跎歲月，辜負歸隱舊約。

〔一二〕佇立二句：反用張若虛《春江花月夜》：「不知乘月幾人歸，落月揺情滿江樹。」

【集評】

單學博、許廷誥：（「月明」句）奇雋。

邵淵耀：奇警。

高亮功：换頭下代陳寫意中事，却作數層頓挫，神似白石。（「佇立」二句）以景語作結，是收轉「送」字。

【考辨】

江昱疏證：《安雅堂集》：陳恕可，字行之，一字如心。光州固始人，以蔭補將仕郎。咸淳十年中銓，試授迪功郎、泗州虹縣主簿，以平江路吴縣尹致仕。詩文醇正近古，小篆似吴興張有。自號宛委居士。

孫按：陳恕可居杭州之前，先居台州，宋亡後居杭州，西湖居所名「識全軒」。陳著《識全軒記》：「天台陳行之恕可游杭，爲西湖留。於錢塘門外折而南不百武，負城築軒，坐而面其勝。因坡公《寄晁美叔》詩云『西湖天下景，誰能識其全』，扁曰『識全』，而屬余以記。……子雖家西湖，而西湖本不足以家。我一開軒卷簾，若迫而寬，若近而遠，若平接而實俯臨之。」陳旅《陳如心墓誌銘》：「咸淳十年中銓，試授迪功郎、泗州虹縣主簿。覃恩予從政郎。江南内附之後，頗樂閑曠，卜居錢塘西湖之上，與寓公遺老徜徉山水間，若將終身焉。」江南内附，時在宋昺帝祥興二年（一二七九）。

陳行之在吴地震澤縣亦有寓所。《乾隆震澤縣志》卷八：「舍人孫紹雲官至侍郎，禄稍厚，乃即故居之北增建定軒，購太湖石數十枚，疊爲桃源洞。又於鎮西三里許，築水桃源洞，亦以太湖石爲之。侍郎没六十餘年，子孫零替，以定軒售於陳行之、得之二人，即教授之孫也。行之、得之遂於桃源洞旁建尊經閣，高三丈，面洞庭山，並定軒葺之。」以詞中「背潮」及張炎行跡考之，若自杭之吴，水驛爲運河，無潮可乘；故玉田應在台州或陳著家鄉四明爲陳恕可送行。張炎《長亭怨・别陳行之》有「跨匹馬、東瀛煙樹。轉首十年，旅愁無數」可以互證。《識全軒記》署爲「歲柔兆涒灘陬月，四明遺耄陳著記」，歲在丙申，陳著生於寧宗嘉定七年（一二一四），可稱遺耄者爲元貞二年丙申（一二九六）。陳行之至元二十七年（一二九〇）入仕爲西湖書院山長。陳旅《陳如心墓誌銘》：「至元二十七年，以故宋太學爲西湖書院。行省起公爲山長主之，謝不就。憲使徐公琰來見，嘆曰：『信哉，表師之有在也。』强之而後就。」《西湖書院重修大成殿記》也有相關記載：「西湖書院，本故宋太學。其初岳武穆王飛之第也。歲丙子，學與社俱廢。至元三十年，以其左爲浙西憲司治所，其右聖廟在焉。三十一年，東平徐公琰爲肅政廉訪使，乃即殿宇之舊改建書院，置山長員主之。……至元二年（孫按：元朝有前至元、後至元之别）夏五月朔，山長陳泌記賓序，前本院山長承務郎平江路吴縣尹陳恕可主奉，將仕郎建德路總管府知事孔文學……等立石。」元貞元年（一二九五）之後仕歷皆不在杭州。陳旅《陳如心墓誌銘》：「元貞元年，以嘉興之崇德縣爲州，公首被命，爲州之儒學教授。後又爲廬州路儒學教授，爲衢州路江山縣主簿，爲寶慶路總管府知事，爲松江府上海縣丞。年六十八告老，以承務郎平江路吴縣尹致仕。」玉田此詞顯示行之尚未入仕，元貞元年之前，玉田祥興二年（一二七九）到至元二十六年（一二八九）之間、至元三十一年（一二九四）皆有四明經歷，《長亭怨・别陳行之》是蘇州送別詞，有「轉首十年」之語，後文考證《長亭怨》寫於大德四年（一三〇〇），此詞以定於至元三十一年爲宜，「十年」云云，舉其成數。

臺城路 章靜山別業會飲①〔一〕

一窗煙雨不除草②〔二〕。移家靜藏深窈。東晉圖書③〔三〕，南山杞菊〔四〕，誰識幽居懷抱〔五〕。疏陰未掃。嘆喬木猶存，易分殘照〔六〕。慷慨悲歌〔七〕，故人多向近來老④。　相逢何事欠早。愛吟心共苦，此意難表。野水無鷗，閑門斷柳，不滿清風一笑。荷衣製了。待尋壑經丘，泝雲孤嘯〔八〕。學取淵明，抱琴歸去好〔九〕。

【校記】

①《歷代詩餘》、王刻詞題作「章靜山別業」。②不除：《歷代詩餘》、王刻作「連荒」。③晉：《歷代詩餘》、王刻作「壁」。④老：龔本、曹本、寶書堂本、許本、鮑本注「一作『少』」。《歷代詩餘》、王刻同。

【注釋】

〔一〕章靜山：玉田隱士朋友，生平不詳。　別業：指正屋之外，建於他處的宅第園林。

〔二〕一窗句：暗用孔稚珪門庭之内草萊不翦典。見前引《南齊書·孔稚珪傳》。

〔三〕東晉圖書：下闋「抱琴」意亦入此。陶淵明《與子儼等疏》：「少學琴書，偶愛閑靜。開卷有得，便欣然忘食。」陶淵明《歸去來兮辭》：「悦親戚之情話，樂琴書以消憂。」

〔四〕南山杞菊：「深窈」意亦入此。陶淵明《飲酒詩二十首》（之五）：「采菊東籬下，悠然見南山。」陸龜蒙《杞菊賦序》：「天隨子宅荒少墻，屋多隙地，著圖書所，前後皆樹以杞菊。」

〔五〕幽居：《禮記·儒行》：「儒有博學而不窮，篤行而不倦，幽居而不淫，上通而不困。」孔穎達疏：「幽居，謂未仕獨處也。」陶淵明《答龐參軍》：「豈無他好，樂是幽居。」

〔六〕嘆喬木二句：反用王安石《書湖陰先生壁》詩意：「茅檐長掃淨無苔，花木成畦手自栽。」後二句喻世家後裔易生亡國之悲。

〔七〕慷慨悲歌：《文選》陸機《門有車馬客行》：「慷慨惟平生，俯仰獨悲傷。」李善注引《説文》：「慷慨，壯士不得志於心。」

〔八〕待尋壑二句：陶淵明《歸去來兮辭》：「既窈窕以尋壑，亦崎嶇而經丘。」「登東皋以舒嘯，臨清流而賦詩。」

〔九〕學取二句：李白《山中與幽人對酌》：「我醉欲眠卿且去，明朝有意抱琴來。」

【集評】

單學博、許廷誥：（「疏陰」五句）無限故家舊國之恨。

邵淵耀：不勝故國舊家之感。

高亮功：因章有別業，而已亦思歸隱也。用拓筆作收，意興絕佳。

梅子黃時雨 病後別羅江諸友①〔一〕

流水孤村，愛塵事頓消，來訪深隱。向醉裏誰扶，滿身花影〔二〕。鷗鷺驚看相比瘦②，近來不是傷春病③〔三〕。嗟流景④〔四〕。竹外野橋〔五〕，猶繫煙艇⑤。誰引。斜川歸興〔六〕。便啼鵑縱少⑥，無奈時聽⑦。待棹擊空明，魚波千頃⑧〔七〕。彈到琵琶留不住⑨〔八〕，最愁人是黃昏近⑩。江風緊。一行柳陰吹暝⑪〔九〕。

【校記】

①龔本、曹本、寶書堂本、許本、鮑本詞題注：「別本作『病中懷歸』。」水竹居本、石村書屋本、明吳鈔、《詞綜》、汪鈔本、王刻同。《歷代詩餘》作「別羅江諸友」。②鷗鷺句：底本、龔本、《詞綜》、《歷代詩餘》、曹本、寶書堂本、許本、鮑本、王刻作「鷗鷺相看如瘦」，龔本、《詞綜》、曹本、寶書堂本、許本、鮑本、王刻「相看如」下注「一作『驚相比』」。高亮功：「『鷗鷺』句脱一字，疑當作『如比瘦』也。」《天機餘錦》《花草粹編》作「鷗鷺驚相比瘦」。水竹居本、石村書屋本、明吳鈔、汪鈔本作「鷗鷺相看相如瘦」。毛扆眉批改爲「鷗鷺驚看相如瘦」。《詞律》注：「『鷗鷺』句，多刻『鷗鷺相看如瘦』。《詞綜》亦相仍録之，但於『如』字下注云：『一作「驚相比」』。余考此調前後只頭尾稍變。自『來訪』下俱係相同，『鷗鷺』句正與後段『彈斷』句合斷，宜七字。若作『如瘦』語甚晦。或作『鷗鷺驚相比瘦』，亦少一字。觀玉田自注題下曰：『病中懷歸』，蓋其意謂病而消瘦，竟與鷗鷺同，故鷗鷺見之訝

其瘦甚，與己相比，故曰『鷗鷺驚看相比瘦』也，或去『相比』字或去『看』字，則意難解而調亦失矣。『頓』字、『訪』字、『野』字、『繫』字、『奈』字，用仄方是此詞聲響。若依《圖譜》亂注可平可仄，每句雖覺順便，奈不是《梅子黄時雨》何？『醉裏』『外野』『縱少』之去上，『比瘦』之上去皆妙，甚可法。」許注：「《詞律》作『鷗鷺驚看相比瘦』，與後段『彈到』句七字合。」許廷誥：「『鷗鷺』句係七字。」邵淵耀：「『比』勝『如』。」朱校：「是句少一字。」此據《詞律》、許注改。 ③近來：龔本、曹本、寶書堂本、許本、鮑本注「一作『茂陵』」。 ④嗟：《歷代詩餘》作「嘆」。 ⑤繫：《天機餘錦》《花草粹編》作「整」。 ⑥縱：《天機餘錦》《花草粹編》作「總」。 ⑦無奈：龔本、曹本、寶書堂本、許本、鮑本注「一作『争忍』」。 ⑧魚波：《歷代詩餘》作「漁湖」。魚：龔本、曹本、寶書堂本、許本、鮑本注「一作『煙』」。 ⑨到：水竹居本、明吴鈔、《花草粹編》、《詞綜》、《詞律》、汪鈔本、王刻作「斷」。 ⑩最愁人是：《天機餘錦》作「愁人最是」。夏敬觀：「『隱』『引』『近』，真韻。」 ⑪陰：《詞律》、《詞綜》、《詞譜》、王刻作「絲」。

【注釋】

〔一〕羅江：在今寧波慈溪縣，詳【考辨】。

〔二〕向醉裏二句：陸龜蒙《和春夕酒醒》：「幾年無事傍江湖，醉倒黄公舊酒壚。覺後不知明月上，滿身花影倩人扶。」

〔三〕近來句：反用吴融《途次淮口》：「已帶傷春病，如何更異鄉。」

〔四〕嗟流景：張先《天仙子》：「臨晚鏡，傷流景，往事後期空記省。」

〔五〕竹外野橋：孟貫《寄張山人》：「野橋通竹徑，流水入芝田。」

〔六〕斜川歸興：猶言韋曲、斜川，代指曾經的杭京居住及盛游地。

〔七〕待棹擊二句：蘇軾《前赤壁賦》：「桂棹兮蘭槳，擊空明兮泝流光。」

〔八〕彈到句：此寫離別朋友將行江上，縱遇江上同爲淪落人的琵琶女，也留不住似箭歸心。

〔九〕最愁人三句：翻用柳永《雨霖鈴》詞意，謂酒醒時已無月色，僅有江風緊吹，柳條依依，如我去時離情。

【集評】

單學博：（「向醉」四句）寫病後如許清妍。　又：（「最愁」三句）此景此情，病後人當之，十分難過否？

許廷誥：寫病後如許清妍。

邵淵耀：寫病後清妍如許，病中當此景最難爲情。

高亮功：（「鷗鷺」句）此句亦妙。「煙艇」即歸艇也，便逗起後半闋。

陳蘭甫：「嗟流景」三字，與下二句不貫。末二句淒黯欲絶。

【考辨】

江昱按曰：《赤城志》：晉太康四年，以羅江屬晉安郡。羅江即羅陽，今温之瑞安。

孫按：張如安《箋釋小補》引《光緒慈溪縣志》卷四〇《流寓傳》及《輿地・三》考得羅江在今寧波慈溪縣羅江鄉境内。據詞意，張炎爲水程回杭，逆流溯波，起程地确實應爲四明而非如江昱所考爲瑞安。據下首《西子妝慢》，玉田甲午即至元三十一年（一二九四）寓居四明慈溪縣羅江，則此詞應序於《西子妝慢》之後。

西子妝慢①

吴夢窗自製此曲，余喜其聲調妍雅，久欲述之而未能。甲午春，寓羅江，與羅景良野游江上。緑陰芳草，景況離離，因填此解。惜舊譜零落，不能倚聲而歌也②〔一〕

白浪搖天，青陰漲地③，一片野懷幽意④。楊花點點是春心，替風前、萬花吹淚〔二〕。遥岑寸碧⑤。有誰識⑥、朝來清氣〔三〕。自沈吟、甚流光輕擲⑦〔四〕，繁華如此。斜陽外。隱約孤村，隔塢閑門閉。漁舟何似莫歸來⑧，想桃源、路通人世⑨〔五〕。危橋靜倚⑩。千年事、都消一醉。謾依依，愁落鵑聲萬里〔六〕。

【校記】

①《天機餘錦》、水竹居本、石村書屋本、明吴鈔、《詞綜》、汪鈔本、戈選、王刻無「慢」字。戈選杜批夢窗詞：「此亦夢窗自度曲，玉田和之，聲韻相同。後結用去上聲是定格。」鄭文焯：「今就玉田所作校此，凡夢窗詞中入作平之字，如麯、食之屬，玉田並直用平聲字，少欠精細，而萬氏《詞律》不悉其所以，即注云：可平。於『食』字却又漏注。」又，「杜氏校《詞律》云『酷酒』之『酷』，當依《詞譜》校訂爲

「黏」，今玉田却爲側聲字，亦未之能信也。」②龔本、曹本、寶書堂本、許本、鮑本詞題下注：「別本『羅景良』作『陳文卿』。」《天機餘錦》略同別本，脱誤較多。王刻作「吳夢窗自製此曲，余喜其聲調嫺雅，久欲效而未能。甲午春，寓羅江，陳文卿問行江上，景況離離，因填此詞。惜舊譜零落，不能倚聲而歌也」。水竹居本、石村書屋本、明吳鈔、《詞綜》、汪鈔本略同王刻。《歷代詩餘》無詞題。③青：《詞綜》作「清」。④懷：水竹居本、石村書屋本、明吳鈔、《詞綜》、汪鈔本、王刻作「情」。⑤遥岑寸碧：龔本、曹本、寶書堂本、許本、鮑本注「一作『殘山剩水』」。戈選作「殘山賸水」。許注：「按，『碧』字方彼切，借叶。」王刻注：「遥岑寸碧，按『碧』字借叶方彼切，非失韻也。周稚圭選改作『殘山賸水』，非是。」單學博、許廷誥：「『碧』字叶去。」吳按：「半塘殆未見龔本。」⑥識：龔本、曹本、寶書堂本、許本、鮑本注「一作『看』」。水竹居本、石村書屋本、明吳鈔、《詞綜》、汪鈔本、王刻同。⑦甚流光句：《天機餘錦》作「甚風流先輕把」。流、擲：龔本、曹本、寶書堂本、許本、鮑本注「一作『風』」。一作『把』」。水竹居本、石村書屋本、明吳鈔、《詞綜》、汪鈔本、王刻「擲」作「把」。⑧似、莫：龔本、曹本、寶書堂本、許本、鮑本注「一作『自』」。一作『不』」。《天機餘錦》「似」作「事」。⑨路通人世：龔本、曹本、寶書堂本、許本、鮑本注「一作『問桃開未』」。⑩橋：龔本、曹本、寶書堂本、許本、鮑本注「一作『樓』」，一作『欄』」。《詞綜》作「欄」。

【注釋】

〔一〕吳夢窗十一句：江昱疏證：「花庵《絶妙詞選》：吳君特，名文英，自號夢窗，四明人。從吳履齋諸公游。山陰尹焕序其詞，略曰：『求詞於吾宋者，前有清真，後有夢窗，此非焕之言，四海之公言也。』《樂府指迷》：吴夢窗如七寶樓臺，眩人眼目，拆碎下來不成片段。吴文英《夢窗甲稿·西子妝·湖上清明薄游》：『流水麴塵，艷陽醅（孫按：一作「酷」）酒，畫舸游情如霧。笑拈芳草不知名，乍淩波、斷橋西堍。垂楊漫舞。總不解、將春繫住。燕歸來，問彩繩纖手，如今何許。　歡盟誤。一箭流光，又趁寒食去。不堪衰鬢著飛花，傍緑陰、冷煙深樹。玄都秀句。記前度、劉郎曾賦。最傷心、一片孤山細雨。』」江昱按曰：「甲午，元世祖至元三十一年。」羅景良，玉田在四明的交游。離離，此指樹葉芳草茂盛濃密。曹操《塘上行》：「蒲生我池中，其葉何離離。」

〔二〕楊花三句：「依依」意入於此。蘇軾《水龍吟·次韻章質夫楊花詞》：「不恨此花飛盡，恨西園、落紅難綴。」「細看來，不是楊花點點，是離人淚。」江總《折楊柳》：「不悟倡園花，遥同羌嶺雪。春心自浩蕩，春樹聊攀折。」

〔三〕遥岑三句：《世説新語·簡傲》：「王子猷作桓車騎參軍。桓謂王曰：『卿在府久，比當相料理。』初不答，直高視，以手版拄頰云：『西山朝來，致有爽氣。』」《寶慶四明志》卷三：「（四明）羅城周回二千五百二十七丈，計一十八里。奉化江自南來，限其東。慈溪江自西來，限其北。西與南皆它山之水環之，唐末刺史黄晟所築。」

〔四〕流光輕擲：反用劉禹錫《河南白尹有喜崔賓客歸洛兼見懷長句因而繼和》詩意：「遥羨光陰不

虚擲，肯令絲竹暫生塵。」

〔五〕漁舟三句：意思是當年漁夫問津，即便仍留在桃花源，想必現在也已經與塵世相通，不再是淨土了。何似，何如，比……怎麼樣。

〔六〕謾依依二句：崔塗《春夕旅懷》：「蝴蝶夢中家萬里，杜鵑枝上月三更。」

【集評】

許昂霄詞評：（「楊花」二句）較坡公「點點是離人淚」更覺纖新。　「遥岑寸碧」，用昌黎句。

江昱按曰：先遷甫謂「楊花」句云：「此詞家李長吉嘔心得來，必如是方可謂之造句。」又云：「嘔心之句，妙在絶不傷氣，此其奪胎於堯章也，其餘諸公便不能。」

單學博：（「楊花」二句）雋絶，苦絶，未經人道。　又：（「千年」二句）須得中山千日酒。

邵淵耀：雋絶，未經人道。

陳蘭甫：從東坡詞脱胎，却添出替花垂淚，是其妙處。

陳廷焯《雲韶集》卷九：景物蒼茫，情深語至，固自不減夢窗。（換頭）一聲慨嘆，以下便寫一片惱人景物。（「謾依依」二句）結筆淒切而有魄力。

又，《大雅集》卷四：景物蒼茫，出以雄秀之筆，固自不減夢窗。

闕名：東坡詞「細看來不是楊花」二句，雖千古傳誦，愚甚不謂然。玉田二句，較有理致也。

【考辨】

此詞甲午即至元三十一年(一二九四)寫於四明。

聲聲慢 賦漁隱[一]

門當竹徑，鷺管苔磯①，煙波自有閑人[二]。棹入孤村，落照正滿寒汀。桃花遠迷洞口，想如今，方信無秦[三]。醉夢醒，向滄浪容與，淨濯蘭纓[四]。欸乃一聲歸去[五]，對筆牀茶灶，寄傲幽情。雨笠風蓑，古意謾説玄真[六]。知魚淡然自樂，釣清名、空在絲綸[七]。笑未已，笑嚴陵[八]、還笑渭濱②[九]。

【校記】

①鷺管苔磯：説郛本《詞旨》作「路管臺城」。陳蘭甫：「『鷺管』當是『路繞』。」②夏敬觀：「『人』『秦』『真』『綸』『濱』，真韻。」

【注釋】

[一]漁隱：應爲姜子野，號雪溪漁隱，其有《雪溪圖》而爲張炎所題詠。詳【考辨】。

[二]門當三句：玄真子張志和隱居江湖，自號煙波釣徒。竹徑，用蔣詡竹下開三徑典。

[三]桃花三句：謂不必扁舟尋桃源，漁隱即是避秦地。

[四]醉夢醒三句：用漁父獨醒，滄浪水清可濯纓典。容與，此指隨水波起伏動蕩貌。《楚辭・九

章・涉江》：「船容與而不進兮，淹回水而凝滯。」蘭纓，紉蘭爲帽纓。

〔五〕欸乃句：柳宗元《漁翁》：「煙銷日出不見人，欸乃一聲山水緑。」欸乃，櫓聲。元結《欸乃曲》：「誰能聽欸乃，欸乃感人情。」題注：「棹舡之聲。」《海録碎事》卷五：「（欸乃）音『襖靄』，棹船相應聲。」

〔六〕雨笠二句：張志和《漁父歌》：「青箬笠，緑蓑衣，斜風細雨不須歸。」

〔七〕釣清名二句：崔道融《釣魚》：「閑釣江魚不釣名，瓦甌斟酒暮山青。」吕從慶《獻題金鰲山》：「我今自號釣魚郎，絲綸倍比任公長。」

〔八〕嚴陵：《後漢書・逸民列傳》：「嚴光字子陵，一名遵，會稽餘姚人也。少有高名，與光武同游學。及光武即位，乃變名姓，隱身不見。帝思其賢，乃令以物色訪之。後齊國上言：『有一男子，披羊裘釣澤中。』……乃耕於富春山，後人名其釣處爲嚴陵瀨焉。」

〔九〕渭濱：《史記・齊太公世家》：「太公望吕尚者，東海上人。……虞夏之際封於吕，或封於申，姓姜氏。」《説苑》：「吕望年七十，釣於渭渚。」《史記・范睢蔡澤列傳》載范睢語：「臣聞昔者吕尚之遇文王也，身爲漁父而釣於渭濱耳。」以垂釣渭水的姜子牙切子野「姜」姓。

【集評】

單學博：（「笑末」三句）大眼孔，大胸次。

許廷誥：眼孔、胸次絶大。

邵淵耀：開拓胸襟，推倒豪傑。

高亮功：蕭中孚云：「一起宛然畫出，以下絶不費手矣。」玉田詞往往如此。結句少味。

闕名：末二句少味。

【考辨】

江昱疏證：鄧牧《伯牙琴》：吴君自號漁隱，富春老儒也。

桂栖鵬《新證》：「雪溪漁隱」或是姜子野之號。

孫按：玉田無富春行跡，此漁隱應爲姜子野，集中另有《石州慢·書所見寄子野、公明》《法曲獻仙音·題姜子野雪溪圖》。玉田好友仇遠與姜子野交往密切，詩集中唱和之作近三十首。據仇詩知姜子野宋時曾爲縣學官，入元漁隱於雪溪，爲苦吟詩人。仇遠又有《與子野過永仙觀循西城以歸邂逅李戒甫夕山西爽詩料滿目子野明發詩來予次韻》《子野雪後寄和却寄廷玉》都涉及姜氏漁隱之事。姜子野居金壇境内洮湖一帶，詳見《石州慢·書所見寄子野、公明》【考辨】。查《中國歷史地圖集》，元代洮湖在金壇境内，屬鎮江路，鄰近溧陽。玉田大德九年（一三〇五）與仇遠會於溧陽，其間與其友人姜子野交往，詞寫於大德九年客溧陽時。

湘月①

余載書往來山陰道中，每以事奪，不能盡興。戊子冬晚，與徐平野、王中仙曳舟溪上。天空水寒，古意蕭颯。中仙有詞雅麗，平野作《晉雪圖》，亦清逸可觀。余述此調，蓋白石《念奴嬌》鬲指聲也②〔一〕

行行且止〔二〕。把乾坤收入，篷窗深裏③〔三〕。星散白鷗三四點④，數筆橫塘秋意⑤。岸觜衝波〔四〕，籬根受葉⑥，野徑通村市。疏風迎面⑦〔五〕，濕衣原是空翠〔六〕。堪嘆敲雪門荒〔七〕，争棋墅冷〔八〕，苦竹鳴山鬼⑧〔九〕。縱使如今猶有晉⑨，無復清游如此⑩。落日沙黄⑪，遠天雲淡，弄影蘆花外。幾時歸去，翦取一半煙水⑫〔一〇〕。

【校記】

①《歷代詩餘》詞調作《念奴嬌》（姜夔謂是此調「鬲指聲」，詳注釋〔一〕），戈選作《壺中天》，皆同調異名，參見《壺中天・夜渡古黄河》校記①。下同不出校。　②戈選詞題略同底本，無末句。《歷代詩餘》作「冬晚山陰溪上」。汪鈔本作「余載書往來山陰道中，每以事奪，不能盡興。一日，王中仙、絶壁曳舟溪上，天空水寒，古意蕭颯。中仙有詞雅麗，絶壁作《晉雪圖》，亦請予述此詞，蓋姜白石鬲指聲也」。《天機餘錦》、水竹居本、石村書屋本、明吴鈔、王刻略同，稍有誤字脱字。絶壁：《天機餘錦》作「徐絶壁」。　③把乾坤二句：龔本、曹本、寶書堂本、許本、鮑本注「一作『把乾坤清事，攬歸篷底』。入，一作『拾』」。水竹居本、石村書屋本、明吴鈔、汪鈔本、王刻作「拾」。篷：水竹居本、石

村書屋本、明吳鈔、龔本、《歷代詩餘》、曹本、寶書堂本、汪鈔本、許本、鮑本、王刻作「蓬」。蓬，用同「篷」，下同不出校。深裏：水竹居本、石村書屋本、明吳鈔、汪鈔本、王刻作「屋底」。④鷗：水竹居本、石村書屋本、明吳鈔、汪鈔本作「雲」。⑤橫塘秋意：《天機餘錦》、水竹居本、石村書屋本、明吳鈔、汪鈔本、王刻作「秋塘清意」。《歷代詩餘》作「橫塘清意」。橫、秋：龔本、曹本、寶書堂本、許本、鮑本注「一作『秋』。一作『清』」。⑥受：龔本、曹本、寶書堂本、許本、鮑本注「一作『擁』」。葉：《歷代詩餘》《詞譜》作「月」。王刻注：「一作『月』。」⑦疏風迎面：龔本、曹本、寶書堂本、許本、鮑本注「一作『古林深處』」。⑧鳴：《天機餘錦》作「吟」。⑨使：水竹居本作「便」。⑩游：《天機餘錦》作「幽」。⑪黃：《天機餘錦》作「平」。⑫取：高亮功旁注：「一作『來』。」

【注釋】

〔一〕余載書十三句：江昱疏證：「《紹興府志》：嵊剡溪在縣南，舊經云：潭壑鏡澈，清流瀉注。宋樓鑰云：剡溪上山水俱秀，邑之四鄉，山圍平野，溪行其中。自晉王猷訪戴而溪名乃顯。故一時名流爲山水勝游者必入剡。唐賀知章乞爲道士，詔賜鑒湖剡川一曲。姜夔《白石道人歌曲·湘月·長溪楊聲伯典長沙楫棹，居瀕湘江。窗間所見，如燕公郭熙畫圖，卧起幽適。丙午七月既望，聲伯約予與趙景魯、景望、蕭和父、裕父、時父、恭父大舟浮湘，放乎中流。山水空寒，煙月交映，淒然其爲秋也。坐客皆小冠練服，或彈琴，或浩歌，或自酌，或援筆搜句。予度此曲，即〈念奴嬌〉之鬲指聲也，於雙調中吹之。鬲指亦謂之過腔，見晁無咎集。凡能吹竹者，便能過腔也》：五湖舊約，問經年底事，長負清景。暝入西山，漸喚我、一葉夷猶乘興。倦網都收，歸禽時度，月上汀洲冷。中流容與，畫橈不點清鏡。　　誰解喚起湘靈，煙鬟霧鬢，理哀弦鴻陣。玉塵談玄，嘆坐客、多少風流名勝。暗柳蕭蕭，飛星冉冉，夜久知秋信。鱸魚應好，舊家樂事誰省。」山陰道中，《世説新語・言語》：「王子敬云：『從山陰道上行，山川自相映發，使人應接不暇。』」事奪，因事耽擱。《晉雪圖》，内容應爲王子猷雪夜剡溪訪戴逵之事。鬲指，詞譜中的過腔。晁無咎集中有《消息・東皋寓居。自過腔，即越調永遇樂》。徐平野，玉田友人，生平不詳。

〔二〕行行且止：《東觀漢記》卷一六：「（桓典）爲御史。是時宦者執政，典無回避。常乘驄馬，京師畏憚之。爲語曰：『行行且止，避驄馬御史。』」此形容舟行，與姜詞「一葉夷猶乘興」同義。

〔三〕把乾坤二句：同姜詞小序「窗間所見，如燕公郭熙畫圖，卧起幽適」。

〔四〕岸觜：湖岸突出部分。

〔五〕疏風：伏系之《詠椅桐詩》：「翠條疏風，緑柯蔭宇。」

〔六〕濕衣句：王維《闕題二首》（之一）：「山路元無雨，空翠濕人衣。」

〔七〕敲雪門荒：鄭谷《題水部李羽員外招國里居》：「自醞花前酒，誰敲雪裏門。」兼用山陰王子猷夜雪沿剡溪訪戴典。

〔八〕爭棋墅冷：《晉書・謝安傳》：「安遂命駕出山墅，親朋畢集，方與玄圍棋賭别墅。安常棋劣於玄，是日玄懼，便爲敵手，而又不勝。安顧謂其甥羊曇曰：『以墅乞汝』。」謝安曾居紹興上虞東山，參見前引《嘉泰會稽志》卷九。

〔九〕苦竹句：黄庭堅《上大蒙籠》：「苦竹參天大石門，虎迒兔蹊聊倚息。陰風搜林山鬼嘯，千丈寒藤繞崩石。」山陰盛產苦竹。

〔一〇〕幾時二句：杜甫《戲題王宰畫山水圖歌》：「焉得并州快翦刀，翦取吴淞半江水。」謂歸杭時，翦山陰山水入圖畫，以供卧游。

【集評】

許昂霄詞評：（「蓬窗深裏」）冒起。（「數筆」句）細細寫景。（「無復」句）寄慨。（「弄影」句）收轉。（「幾時歸去」二句）去路。

單學博：清鏘雋雅，此玉田之所以爲玉田，最宜體玩。　又：（「縱使」二句）意以南宋比之東晉，故時作底語。

許廷誥：意以南宋比之東晉。

邵淵耀：清越疏逸，玉田獨到之境。意蓋以南宋比東晉。

高亮功：略借山陰古跡寄慨，是拓筆也。

陳廷焯《雲韶集》卷九：此詞胸襟高曠，氣韻沈雄，有一片精神團聚，尤爲玉田集中高作，真與白石並驅中原。（「幾時」二句）結筆有力如虎。題外餘波。

又，《大雅集》卷四：胸襟高曠，氣象超逸，可與白石把臂入林。

【考辨】

江昱按曰：戊子，元世祖至元二十五年。

張氏手批：玉田以庚辰入都，庚寅歸浙，戊子不得在山陰，蓋當作「戊戌」之誤。

高亮功：按：「戊子」疑當作「戊戌」，蓋樂嘯（笑）翁於至元十七年庚辰九月北游，庚寅始歸，安得戊子游山陰也。俟再考。

孫按：詞題「戊子」，指一二八八年，王鵬運等改爲「戊戌」，指一二九八年。今考張炎一生曾兩次北行，初次北行在臨安淪亡後的景炎元年（一二七六）或稍後，再次北行在至元二十七年（一二九〇）。初次北行後，「戊子」年正隱居山陰，再次北行後未再長期客游此地。

長亭怨 爲任次山賦馴鷺①〔一〕

笑海上②、白鷗盟冷〔二〕。飛過前灘，又顧秋影③〔三〕。似我知魚，亂蒲流水動清飲④〔四〕。歲華空老，猶一縷、柔絲戀頂〔五〕。慵憶鴛行⑤〔六〕，想應是⑥、朝回花徑⑦〔七〕。　人靜。悵離群日暮〔八〕，都把野情消盡。山中舊隱⑧。料獨樹、尚懸蒼暝〔九〕。引殘夢、直上青天〔一〇〕，又何處、溪風吹醒〔一一〕。定莫負、歸舟同載，煙波千頃〔一二〕。

【校記】

①《天機餘錦》「任」作「江」。　②笑：石村書屋本、明吳鈔作「嘆」。　③又顧：龔本、曹本、寶書

堂本、許本、鮑本注「一作『自看』」。《天機餘錦》同。明吴鈔作「自顧」。王刻作「又賦」。④飲：水竹居本、王刻作「影」。⑤鴛：水竹居本、明吴鈔、王刻作「鴳」。鴛，用同「鴳」。⑥想：水竹居本、石村書屋本、汪鈔本、王刻作「恐」。明吴鈔作「空」。⑦徑：《天機餘錦》、水竹居本、石村書屋本、明吴鈔、王刻作「底」。龔本、寶書堂本作「□」。江昱按曰：「前結闕一韻，疑是『徑』字。」許廷誥：「一刻本作『花徑』。山樵云：當作『花省』。」⑧夏敬觀：「『飲』，閉口韻。『盡』，真韻。玉田於『山中舊隱』句『隱』字加一叶，與白石體異。觀後有二首用去、上韻者，一首押『語』『御』韻，此句作『煙篷斷浦』；一首亦押『語』『御』韻，此句作『漂流更苦』可證。」

【注釋】

〔一〕任次山：詳見【考辨】。　馴鷺：《六家詩名物疏》卷二七：「《物類相感志》云：鷺，人養之於池塘，馴若家禽。每至白露日即飛騰而去。」《本草綱目》卷四七：「（李時珍集解）鷺，林棲水食，群飛成序，潔白如霜。……頂有長毛十數莖，毵毵然如絲。欲取魚，則弭之。」

〔二〕笑海上二句：黄庭堅《次韻向和卿行松滋縣與鄒天錫夜語南極亭二首》（之一）：「衝風衝雨走七縣，唯有白鷗盟未寒。」此反用之。

〔三〕飛過二句：劉長卿《白鷺》：「秋水寒白毛，夕陽吊孤影。」賈島《崔卿池上雙白鷺》：「其如盡在灘聲外，何似雙飛浦色中。」

〔四〕似我二句：庾信《寒園即目詩》：「蒼鷹斜望雉，白鷺下看魚。」裴説《鷺鷥》：「秋江清淺時，魚過亦頻窺。」「浴偎紅日色，棲壓碧蘆枝。」杜牧《鷺鷥》：「雪衣雪髮青玉嘴，群捕魚兒溪影中。」化用莊子知魚之樂典，意思是鷺知魚性而能捕之。

〔五〕歲華三句：白居易《白鷺》：「何故水邊雙白鷺，無愁頭上亦垂絲。」

〔六〕鴛行：猶言鴛鷺行。比喻朝官的行列。杜甫《秦州雜詩二十首》（之二十）：「爲報鴛行舊，鷦鷯在一枝。」裴説《鷺鷥》：「會共鴛同侣，翱翔應可期。」《禽經》：「（鷺）小不踰大，飛有次序，百官縉紳之象，詩以振鷺比百僚雍容，喻朝美。」

〔七〕想應是二句：杜甫《晚出左掖》：「退朝花底散，歸院柳邊迷。」岑參《韋員外家花樹歌》：「朝回花底恒會客，花撲玉缸春酒香。」

〔八〕悵離群句：劉禹錫《白鷺兒》：「孤眠芊芊草，久立潺潺石。」

〔九〕料獨樹二句：此寫白鷺林中棲巢。賈島《崔卿池上雙白鷺》：「灑石多霜移足冷，隔城遠樹挂巢空。」

〔一〇〕引殘夢二句：劉禹錫《白鷺兒》：「前山正無雲，飛去入遥碧。」劉長卿《白鷺》：「幽姿閑自媚，逸翮思一騁。如有長風吹，青雲在俄頃。」

〔一一〕又何處二句：杜甫《晚秋陪嚴鄭公摩訶池泛舟》：「不須驚白鷺，爲伴宿青溪。」

〔一二〕定莫負三句：陸龜蒙《白鷺》：「見欲扁舟摇蕩去，倩君先作水雲媒。」

【集評】

單學博：非鷺也，其人也。

邵淵耀：縹緲得遠神。

高亮功：蕭中孚云：「都爲自己寫照。」「引殘夢」二句，從空際出力寫來。

【考辨】

《隱居通議》卷二一：「制置使加職名，因任次山屬余作賀語。有曰：『尊俎折衝，呈赤雲之勝氣；江山如畫，照黃紙之除書。』次山稱其穩熟。又記次山爲江西運司判官時，丁圭叟應奎以省元爲國子録，因上書論宦者誤國致寇，理宗怒其切直，罷之。出爲江西運司幹官，與次山實同幕職也。次山屬余通啓曰……。次山覽之，嘉嘆曰：『此乃以散文爲四六者，正是片段議論，非若世俗抽黃對白而血脉不貫者也。』嗚呼！知我如此，可謂具眼矣。予嘗與次山言：不論古文、時文、詩章、四六，但凡下筆鑄辭，便當以風骨爲主，若文字有骨氣，雖精采差減，正亦自佳。次山大喜此論。」劉壎與張炎大致同時，則此理宗朝幕職、深通詩文之理的任次山可與張炎交游。觀張炎詞意，任次山入元後不仕。「鴛行」「朝回花徑」云云，是回憶宋朝官員上朝時雍容景象。

徵招①聽袁伯長琴②〔一〕

秋風吹碎江南樹③，石牀自聽流水〔二〕。别鶴不歸來④，引悲風千里〔三〕。餘音猶在耳。有誰識、醉翁深意〔四〕。去國情懷，草枯沙遠⑤，尚鳴山鬼。　客裏。可消憂，人間世⑥、寥寥幾年無此⑦〔五〕。杏老古壇荒⑧，把淒涼空指。心塵聊更洗〔六〕。傍何處、竹邊松底⑨。

共良夜⑩，白月紛紛⑪，領一天清氣⑫〔七〕。

【校記】

①戈選杜批姜夔詞：「此調以此爲正格，後玉田詞相同。换頭二字可不叶。」②龔本、曹本、寶書堂本、鮑本詞題注：「别本『琴』上有『太古』二字。」水竹居本、石村書屋本、明吴鈔、汪鈔本、許本同。③風：龔本、曹本、寶書堂本、許本、鮑本注「一作『聲』」。《天機餘錦》、水竹居本、石村書屋本、明吴鈔、汪鈔本、戈選、王刻同。④不：龔本、曹本、寶書堂本、許本、鮑本注「一作『夜』」。水竹居本、石村書屋本、明吴鈔、汪鈔本、戈選、王刻同。⑤沙：王刻作「天」。⑥人間世：《天機餘錦》作「人世」。⑦年：《天機餘錦》作「言」。⑧杏老：水竹居本作「杏花」。石村書屋本、汪鈔本作「奈花」。⑨邊：水竹居本、石村書屋本、明吴鈔、汪鈔本、王刻作「間」。⑩良夜：水竹居本、石村書屋本、明吴鈔、汪鈔本作「長夜」。王刻作「長飲」。⑪紛紛：龔本、曹本、寶書堂本、許本、鮑本注「一作『娟娟』」。水竹居本、石村書屋本、明吴鈔、汪鈔本、戈選、王刻同。⑫領：水竹居本、石村書屋本、明吴鈔、汪鈔本、王刻作「鎮」。清：水竹居本、石村書屋本、明吴鈔、汪鈔本、王刻作「秋」。

【注釋】

〔一〕袁伯長：袁桷，袁韶曾孫。玉田與其父袁洪（竹初）也有交游。趙希鵠《洞天清録》「古琴樣制」條：「古琴惟夫子、列子二樣若太古琴。或以一段木爲之，並無脅腰，惟加岳，亦無焦尾，安焦尾處，則横嵌堅木以承弦。」

〔二〕秋風二句：李白《聽蜀僧濬彈琴》：「不覺碧山暮，秋雲暗幾重。」合用高山流水典。

〔三〕別鶴二句：《文選》嵇康《琴賦》：「王昭楚妃，千里別鶴，猶有一切，承間簉乏，亦有可觀者焉。」李善注曰：「《相鶴經》曰：鶴一舉千里。蔡邕《琴操》曰：商陵牧子娶妻，五年無子，父兄欲爲改娶。牧子援琴鼓之，嘆別鶴以舒其憤懣，故曰《別鶴操》。鶴一舉千里，故名千里別鶴也。」

〔四〕餘音三句：歐陽修《醉翁亭記》曾被改爲琴曲。蘇軾《醉翁操并序》：「琅琊幽谷，山水奇麗，泉鳴空澗，若中音會。醉翁喜之，把酒臨聽，輒欣然忘歸。既去十餘年，而好奇之士沈遵聞之往游，以琴寫其聲，曰醉翁操，節奏疏宕，而音指華暢，知琴者以爲絶倫。然有其聲而無其辭。翁雖爲作歌，而與琴聲不合。又依楚詞作醉翁引，好事者亦倚其辭以製曲。雖粗合韻度，而琴聲爲詞所繩約，非天成也。後三十餘年，翁既捐館舍，遵亦没久矣。有廬山玉澗道人崔閑，特妙於琴。恨此曲之無詞，乃譜其聲，而請於東坡居士以補之云。」又，《減字木蘭花·琴》：「歸去無眠，一夜餘音在耳邊。」又，《醉翁操》：「此意在人間。試聽徽外三兩弦。」

〔五〕寥寥：聲音雄勁清越。蘇軾《減字木蘭花·琴》：「悲風流水，寫出寥寥千古意。」

〔六〕杏老三句：《莊子·漁父》：「孔子游乎緇帷之林，休坐乎杏壇之上。弟子讀書，孔子弦歌鼓琴。」心塵，此指憂念。庾肩吾《北城門沙門》：「俗幻生影空，憂繞心塵曀。」

〔七〕傍何處五句：謂清夜月下鳴琴，竹澗松風亦入琴之雅韻。劉長卿《聽彈琴》：「泠泠七絲上，靜聽松風寒。」杜甫《陪鄭廣文游何將軍山林十首》（之九）：「絺衣挂蘿薜，涼月白紛紛。」

【集評】

高亮功：起一語便會得琴心。結句健。

【考辨】

江昱疏證：《元史》本傳：袁桷，字伯長，慶元人。舉茂才異等，起爲麗澤書院山長。大德初，薦爲翰林國史院檢閱官，時累官翰林直學士知制誥同修國史。至治元年，遷侍講學士。泰定初，辭歸。桷在詞林，朝廷制册、勳臣碑銘多出其手。所著有《易説》《春秋説》《清容居士集》。卒，贈中奉大夫，行中書省參知政事，追封陳留郡公，謚文清。戴表元《剡源集·送袁伯長赴麗澤序》：伯長博聞廣記，貫穿經術。他如琴、書、醫、藥諸藝深得其理。

江昱按曰：桷本傳初未言其善琴，然考桷《清容居士集》有《琴述贈黄依然》，指陳源緒，深悉琴理，且有「余嘗習司農譜」及「余之嗜琴」諸語。又，《示羅道士》略云：完顏夫人譜，余幼嘗學之玉笥羅道士大章，傳余操調云云。以及剡源之序，則琴固所擅長矣。

孫按：《吴興備志》卷一三：「袁桷，字伯長，慶元人。舉茂才異等，自號清容居士。寓吴興，大德間爲翰林國史院檢閲官。時初建南郊，桷進十議，多采之。至治元年，遷侍講學士。……袁桷讀書吴興，有清容書院，臨苕溪，對弁山。後山題云：人同緑水長爲主，座有青山不計年（《堯山堂外紀》）。」袁桷《題徐天民草書》：「甲申、乙酉間余嘗受琴於瓢翁。問譜所從來，乃出韓忠獻家。」袁桷生於咸淳二年丙寅（一二六六），甲申、乙酉爲至元二十一年（一二八四）、至元二十二年（一二八五），則袁桷二十一、二十二歲時學琴於徐瓢翁天民。其《琴述贈黄依然》：「往六十年，錢塘楊司農以雅琴名於時，有客三衢毛敏仲，嚴陵徐天民在門下，朝夕損益琴理，删潤別爲一譜，以其所居曰『紫霞』名焉。」張炎《詞源·自序》：「昔在先人侍側，聞楊守齋、毛敏仲、徐南溪諸公商榷音律，嘗知緒餘。」張鎡及後人張樞，楊纘與門客皆以因革古音的新調代替有亡國之音嫌忌的大晟府音樂，因而聽琴別有故國舊家之思。

以張炎行跡考之，此詞應元貞二年（一二九六）寫於四明。

法曲獻仙音 席上聽琵琶有感①

雲隱山暉，樹分溪影②，未放妝臺簾卷③〔一〕。篝密籠香，鏡圓窺粉④，花深自然寒淺〔二〕。正人在、銀屏底，琵琶半遮面〔三〕。語聲軟。且休彈、玉關愁怨⑤〔四〕。怕喚起西湖，那時春感⑥。楊柳古灣頭，記小憐、隔水曾見〔五〕。聽到無聲，謾贏得、情緒難翦⑦〔六〕。把一襟心事，散入落梅千點⑧〔七〕。

【校記】

①《天機餘錦》、水竹居本、石村書屋本、明吴鈔、《詞綜》、汪鈔本、王刻詞題作「聽琵琶有懷昔游」。

②雲隱二句：《詞旨》作「雲映山暉，柳分溪影」。　③臺：龔本、曹本、寶書堂本、許本、鮑本注「一

作『樓』」。《天機餘錦》同。④篝密二句：龔本、曹本、寶書堂本、許本、鮑本注「一作『袖鼎温香，倚窗窺粉』」。篝：龔本、曹本、寶書堂本、許本注「一作『窗』」。《天機餘錦》、水竹居本、石村書屋本、明吴鈔、汪鈔本同。籠：《天機餘錦》作「取」。龔本、曹本、寶書堂本、許本注：「一作『收』」。⑤愁：龔本、曹本、寶書堂本、許本、鮑本注「一作『秋』」。⑥春感：汪鈔本眉批：「一作『深感』。」⑦緒：王刻作「絮」。翦：《天機餘錦》作「遣」。⑧夏敬觀：「『感』『點』，閉口韻。」

【注釋】

〔一〕妝臺簾卷：王安中《臨江仙·賀州劉帥忠家隔簾聽琵琶》：「移船猶自可，卷箔又何妨。」

〔二〕篝密三句：暗用歌妓密圍以禦寒氣典。《類説》卷二一：「申王每苦寒之際，使宮妓密圍於坐側，以禦寒氣，呼爲『妓圍』。」鏡圓窺粉，形容圓沼倒映倩景。庾信《哀江南賦》：「窺天方塘水，白釣渚池圓。」篝，《格致鏡原》卷五八：「《説文》云：熏衣竹籠也，一曰熏籠。方言謂之焙籠。」

〔三〕正人在三句：白居易《琵琶引》：「千呼萬唤始出來，猶抱琵琶半遮面。」

〔四〕語聲軟三句：石崇《王明君辭序》：「王明君者，本是王昭君，以觸文帝諱，改之。匈奴盛，請婚於漢。元帝以後宮良家子明君配焉。昔公主嫁烏孫，令琵琶馬上作樂，以慰其道路之思。其送明君，亦必爾也。其造新曲，多哀怨之聲。」杜甫《詠懷古跡五首》（之二）：「千載琵琶作胡語，分明怨恨曲中論。」玉關，此代指邊疆。

〔五〕楊柳三句：李賀《馮小憐》：「灣頭見小憐，請上琵琶弦。」《北史·后妃傳下》：「馮淑妃名小憐，大穆后從婢也。……慧黠能琵琶，工歌舞。」周密《琵琶》詩可以參看：「荻花江上逢商婦，楊柳灣頭見小憐。莫問樽前彈怨曲，青衫白髮易淒然。」

〔六〕聽到三句：白居易《琵琶引》：「別有幽愁暗恨生，此時無聲勝有聲。」

〔七〕把一襟二句：白居易《琵琶引》：「低眉信手續續彈，説盡心中無限事。」陳紀《賀新郎·聽琵琶》：「悵梅花、歲晚天寒，佳人空谷。」

【集評】

毛扆眉批：寓意深遠。

單學博：（「聽到」五句）大爲琵琶生色。

高亮功：排場閑麗。蕭中孚云：「『花深』句新艷。」

陳蘭甫：起二句與第三句不配景。

陳廷焯《雲韶集》卷九：（上闋）寫婉麗處夾寫清景，故自不俗。（下闋）泠泠似珠玉，颯颯似秋風。

闕名：詞妙如題。

渡江雲 懷歸①

江山居未定②，貂裘已敝，空自帶愁歸〔一〕。亂花流水外③，訪里尋鄰，都是可憐時〔二〕。橋邊燕子，似軟語、斜日江蘺〔三〕。休問我、如今心事④，錯認鏡中誰〔四〕。　還思。新煙驚換⑤〔五〕，舊雨難招，做不成春意。渾未省、誰家芳草，猶夢吟詩〔六〕。一株古柳觀魚港⑥，傍清深⑦、足可幽棲〔七〕。閑趣好，白鷗尚識天隨⑧〔八〕。

【校記】

①龔本、曹本、寶書堂本、許本、鮑本詞題注：「別本作『客中寒食，書以寫興』。」水竹居本、石村書屋本、明吳鈔、汪鈔本、王刻作「客中寒食寫興」。②居：龔本、曹本、寶書堂本、許本、鮑本注「一作『歸』」。水竹居本、石村書屋本、明吳鈔、汪鈔本同。③亂花流水：《歷代詩餘》作「亂水流花」。④事：王刻作「情」。⑤驚換：水竹居本、王刻作「競擾」。石村書屋本、明吳鈔、汪鈔本作「驚擾」。⑥魚：王刻作「漁」。魚，「漁」的古字，下同不出校。⑦深：《歷代詩餘》作「池」。王刻作「涼」。⑧尚識：水竹居本、石村書屋本、明吳鈔、汪鈔本、王刻作「認得」。

【別本】

玉京游已倦，貂裘背雪，故國一身歸。浣花流水外，訪里尋鄰，都是可憐時。孤雲遡遠，愁倒影、斜日江蘺。休問取、如今成事，老鬢漸垂絲。　淒淒。停杯看劍，換鼎分香，做不成春意。渾未省、誰家芳草，猶夢新詩。淒涼最是梅邊月，怕夜寒、倚竹依依。歸去好，白鷗認得天隨。

【注釋】

〔一〕江山三句：《戰國策·秦一》：「（蘇秦）說秦王，書十上而說不行。黑貂之裘弊，黃金百斤盡，資用乏絶，去秦而歸。」杜甫《暮秋將歸秦留別湖南幕府親友》：「北歸衝雨雪，誰憫弊貂裘。」

〔二〕亂花三句：周邦彦《瑞龍吟》：「前度劉郎重到，訪鄰尋里，同時歌舞。」《論語·雍也》：「子曰：『毋，以與爾鄰里鄉黨乎？』」古代以五家爲鄰，十家爲里。杜甫《秋興八首》（之六）：「回首可憐歌舞地，秦中自古帝王州。」可憐，《匯釋》：「猶云可喜也，可愛也，可羨也，可貴可重也。」此用「可羨」義。

〔三〕橋邊三句：用劉禹錫《金陵五題·烏衣巷》詩意。史達祖《雙雙燕·詠燕》：「差池欲住，試入舊巢相並。還相雕梁藻井。又軟語、商量不定。」江蘺，香草名。又名「蘼蕪」。《楚辭·離騷》：「扈江離與辟芷兮，紉秋蘭以爲佩。」

〔四〕休問三句：釋延壽《山居詩》：「幻體不知波上沫，狂心須認鏡中頭。」

〔五〕新煙驚换：不僅寫清明寒食節序，也寫因輿圖换稿，賜火望族發生變易。

〔六〕渾未省三句：謝靈運夢見族弟謝惠連，寫出「池塘生春草」警句。此承燕子意，謂當時望族在西湖的集居地，棠棣親睦的情形已如夢逝。

〔七〕一株三句：花港觀魚，西湖十景之一。在蘇堤六橋的第三、第四橋之間。《西湖游覽志》卷二：「第三橋曰望山，與西岸第四橋斜對。水名花港，所謂花港觀魚者是也。」幽棲，隱居。《宋書·隱逸傳》：「南陽宗炳、雁門周續之，並植操幽棲，無悶巾褐，可下辟召，以禮屈之。」

〔八〕閑趣二句：陸龜蒙《奉和太湖詩·縹緲峰》：「身爲大塊客，自號天隨子。」又，《白鷗并序》：

「且羽族麗於水者多矣，獨鷗爲閑暇，其致不高耶？」以歸隱故里的陸天隨自居。

【集評】

單學博：（「錯認」句）押韻巧而牢。

許廷誥：韻巧而牢。

邵淵耀：韻巧而穩。

高亮功：「庾信平生最蕭瑟，暮年詩賦動鄉關。」讀此詞彷彿過之。過變下數語，詞意俱警。

闕名：身世之感。

【考辨】

此詞應是至元二十八年（一二九一）北行南歸後寫於杭州。

鬥嬋娟① 故園荒没歡事去，心有感而作②

舊家池沼③〔一〕。簾休下④、從教飛燕頻繞〔二〕。一灣柳護水房春〔三〕，看鏡鸞窺曉⑤〔四〕。暈宿酒⑥〔五〕、雙蛾淡掃〔六〕。羅襦飄帶腰圍小〔七〕。盡醉方歸去，又暗約明朝鬥草〔八〕。誰解先到。心緒亂若晴絲⑦〔九〕，那回游處，墜紅爭戀殘照⑧。近來歡事漸無多⑨，尚被鶯聲惱⑩〔一〇〕。便白髮、如今縱少⑪〔一一〕。情懷不似前時好⑫〔一二〕。慢重省、燕臺句⑬〔一三〕，愁極還醒⑭，背花一笑⑮。

【校記】

①《歷代詩餘》詞調作《霜葉飛》。戈選杜批：「此即上二首《霜葉飛》調。因前清真詞有『素娥青女鬥嬋娟』句，遂有此名。句法與上俱合，惟前結句法少異，多一韻。」孫按：戈選上二首即《霜葉飛・悼澄江吳立齋》《霜葉飛・毗陵客中聞老妓歌》。②底本詞題作「春感」。龔本、曹本、寶書堂本、許本、鮑本詞題同，而注別本爲此題。《天機餘錦》無詞題。此據水竹居本、石村書屋本、明吳鈔、汪鈔本、王刻及餘本别題。③沼：《天機餘錦》《花草粹編》作「館」。④簾休下：底本、龔本、曹本、寶書堂本、許本、鮑本作「尋芳處」，除底本外，諸本皆注曰：「一作『簾休下』。」據改。⑤鏡鸞：水竹居本、明吳鈔作「鸞鏡」。⑥酒：龔本、曹本、寶書堂本、許本、鮑本注「一作『粉』」。《天機餘錦》、水竹居本、石村書屋本、明吳鈔、汪鈔本、王刻同。⑦晴：龔本、曹本、寶書堂本、許本、鮑本注「一作『游』」。⑧墜：水竹居本、石村書屋本、明吳鈔、汪鈔本、王刻作「墮」。殘：《天機餘錦》作「斜」。⑨歡：底本、龔本、曹本、寶書堂本、許本、鮑本作「心」，此據《天機餘錦》、水竹居本、石村書屋本、明吳鈔、《花草粹編》、汪鈔本、王刻改。⑩聲：水竹居本、石村書屋本、明吳鈔、汪鈔本、王刻無。⑪如今：水竹居本、石村書屋本、明吳鈔、汪鈔本、王刻無此二字。⑫情懷：水竹居本、王刻無此二字。⑬慢重省二句：底本、龔本、曹本、寶書堂本、許本、鮑本作「謾佇立、東風外」，除底本外，皆注爲「一作『慢重省、燕臺句』」。《天機餘錦》、水竹居本、石村書屋本、明吳鈔、《花草粹編》、汪鈔本、王刻同。此據改。⑭愁極還醒：水竹居本作「愁□醒」。石村書屋本、汪鈔本作「愁極醒」。王刻

作「愁極酒醒」。醒：曹本作「省」。⑮笑：石村書屋本、明吳鈔作「嘆」。

【注釋】

〔一〕舊家：猶世家。指上代有勳勞和社會地位的家族。李商隱《爲同州任侍御上崔相國啓》：「此皆相公推孔李之素分，念國高之舊家。」此與下文「一灣」句爲實録。奚淢《秋崖津言》：「（張濡）別墅在北新路第二橋，顏曰『松窗』。中構水亭，四面檉柳數百株，圍繞若玦環。下臨菡萏一二十頃，三伏銷暑，不減禁中翠寒堂也。」北新路第二橋即蘇堤第五橋。《武林舊事》（卷五）：「第一橋，港通赤山教場，名映波」，「第二橋，通赤山麥嶺路，名鎖瀾」，「第三橋，通花家山港，名望山」，「第四橋，通茆家步港，名壓堤」，「第五橋，通麴院港，名東浦，北新路第二橋」，「第六橋，通耿家步港，名跨虹，北新路第一橋。」

〔二〕簾休二句：史達祖《玉樓春·社前一日》：「明朝雙燕定歸來，叮囑重簾休放下。」暗用王謝堂燕典。

〔三〕一灣句：王安石《書湖陰先生壁》：「一水護田將緑繞，兩山排闥送青來。」

〔四〕鏡鸞：鸞鏡之倒。范泰《鸞鳥詩序》：「昔罽賓王結罝峻卯之山，獲一鸞鳥。王甚愛之，欲其鳴而不致也。乃飾以金樊，饗以珍羞，對之愈戚，三年不鳴。其夫人曰：『嘗聞鳥見其類而後鳴，何不縣鏡以映之？』王從其意。鸞睹形悲鳴，哀響衝霄，一奮而絶。」

〔五〕暈宿酒：謂因昨夜醉酒，臉頰尚餘紅暈。白居易《早春即事》：「眼重朝眠足，頭輕宿酒醒。」

〔六〕雙蛾淡掃：杜甫《虢國夫人》：「却嫌脂粉涴顏色，淡掃蛾眉朝至尊。」

〔七〕羅襦句：《戰國策・楚一》：「昔者先君靈王好小要，楚士約食，馮而能立，式而能起。」要，古「腰」字。

〔八〕又暗約句：司空圖《燈花三首》（之二）：「明朝鬥草多應喜，翦得燈花自掃眉。」寫杭州春日少女的郊外之戲。詳見《臺城路・杭友抵越》注〔四〕。

〔九〕心緒句：劉希夷《春女行》：「愁心伴楊柳，春盡亂如絲。」孫萬壽《遠戍江南寄京邑親友》：「心緒亂如絲，空懷疇昔時。」

〔一〇〕尚被句：戎昱《移家别湖上亭》：「黄鶯久住渾相識，欲别頻啼四五聲。」

〔一一〕便白髮二句：鮑照《擬行路難十八首》（之十五）：「年去年來自如削，白髮零落不勝冠。」

〔一二〕情懷句：杜甫《秋盡》：「不辭萬里長爲客，懷抱何時得好開。」

〔一三〕慢重省二句：李商隱《贈柳枝》：「長吟遠下燕臺句，惟有花香染未消。」周邦彦《瑞龍吟》：「前度劉郎重到，訪鄰尋里，同時歌舞。唯有舊家秋娘，聲價如故。吟箋賦筆，猶記燕臺句。」以李義山芳鄰柳枝誦其《燕臺詩》豔情警句，回憶當年翩翩佳公子的冶遊生涯。

【集評】

單學博：（「便白髮」七句）無可奈何，付之一笑而已。

許廷誥：無奈何，付之一笑而已。

高亮功：前段寫春，後段寫感。首句，一篇總領。「一灣」句，寫景如畫。「盡醉」三句，寫盡春游之樂。

【考辨】

此詞應是至元二十八年（一二九一）北行南歸後寫於杭州。

暗香①海濱孤寂，有懷秋江、竹間二友②〔一〕

羽音遼邈③。怪四檐晝悄④，近來無鵲〔二〕。木葉吹寒⑤，極目凝思倚江閣⑥。不信相如便老，猶未減、當時游樂⑦〔三〕。但趁他、鬥草籌花⑧，終是帶離索。　憶昨。更情惡⑨〔四〕。謾認著梅花⑩，是君還錯〔五〕。石牀冷落⑪。閑掃松陰與誰酌〔六〕。一自飄零去遠⑫，幾誤了⑬、燈前深約〔七〕。縱到此、歸未得⑭，幾曾忘却。

【校記】

①戈選杜批姜夔詞：「此與《疏影》詞爲同時自度曲。」以下同調詞不出校。鄭文焯：「（王半塘《暗香》「暗回春色」）『春』字應易以入聲作平字，玉田作於此處全改平，未協。」　②龔本、曹本、寶書堂本、許本、鮑本詞題注：「别本作『海濱孤寂，魚浪不來，寄李商隱』。」《天機餘錦》、水竹居本、石村書屋本、明吴鈔、汪鈔本、王刻略同，稍有脱字誤字。《歷代詩餘》無詞題。戈選無題注。　③羽音遼邈：龔本、曹本、寶書堂本、許本、鮑本注「一作『雁書寥寞』，一作『故交零落』」。《天機餘錦》、戈選

作「雁書寥寞」。水竹居本、石村書屋本、明吳鈔、《歷代詩餘》、汪鈔本、王刻作「羽音寂寞」。④怪：戈選杜批：「次句第一字原作『算』，戈氏誤。」四檐晝悄：水竹居本、石村書屋本、明吳鈔、《歷代詩餘》、汪鈔本、戈選作「虛簾晝悄」。王刻作「虛簾夜悄」。四：龔本、曹本、寶書堂本、許本、鮑本注「一作『虛』、一作『靜』」。⑤木：龔本、曹本、寶書堂本、許本、鮑本注「一作『水』」。水竹居本、石村書屋本、明吳鈔、《歷代詩餘》、汪鈔本、戈選、王刻同。⑥凝思：龔本、曹本、寶書堂本、許本、鮑本注「一作『愁思』，一作『愁凝』，一作『凝情』」。⑦游：《歷代詩餘》、戈選作「行」。⑧門：龔本、曹本、寶書堂本、許本、鮑本注「一作『書』」。⑨憶昨二句：龔本、曹本、寶書堂本、許本、鮑本注「一作『寂寞。夜偏覺』」。《天機餘錦》作「憶昨。情便惡」。⑩謾：水竹居本、王刻無。⑪冷落：吳校：「《歷代詩餘》作『寂寞』。」⑫零：龔本、曹本、寶書堂本、許本、鮑本注「一作『流』」。遠：《歷代詩餘》作「後」。⑬幾：《天機餘錦》、《歷代詩餘》、戈選作「輕」。水竹居本、石村書屋本、明吳鈔、汪鈔本、王刻無此字。⑭縱到二句：水竹居本作「縱到歸□未了」。石村書屋本、汪鈔本作「縱到歸來了」。明吳鈔作「縱到歸未了」。縱：《天機餘錦》、《歷代詩餘》、王刻作「從」。許注：「丁氏鈔本作『從別後歸來』。」從，「縱」的古字，下同不出校。

【注釋】

〔一〕秋江：沈欽，號秋江。　竹間：韓鑄，號竹間（一作「澗」）。　魚浪：謂音信不通。周邦彥《點絳唇》：「寸書不寄。魚浪空千里。」　李商隱：即玉田友人李彭老。

〔二〕羽音三句：《開元天寶遺事》卷下：「時人之家聞鵲聲，皆爲喜兆，故謂『靈鵲報喜』。」周邦彦《解連環》：「怨懷難託。嗟情人斷絶，信音遼邈。」四檐，亭軒檐角翼然，代指房屋。

〔三〕不信三句：王禹偁《送河陽任長官》：「誰解吟詩送行色，茂陵多病老相如。」

〔四〕憶昨二句：《世説新語·言語》：「謝太傅語王右軍曰：『中年傷於哀樂，與親友别，輒作數日惡。』」

〔五〕謾認著二句：盧仝《有所思》：「相思一夜梅花發，忽到窗前疑是君。」

〔六〕石牀二句：許渾《贈題杜隱居》：「松偃石牀平，何人識姓名。」

〔七〕燈前深約：趙師秀《約客》：「有約不來過夜半，閑敲棋子落燈花。」

【集評】

高亮功：前段寫孤寂之況，後段有懷。「不信」四句，筆極頓挫。（「一自」至結句）清峭極矣。以此上擬白石老仙，奚翅步趨其堂而嚌其胾耶？

【考辨】

江昱按曰：秋江，沈欽號。見卷一《聲聲慢》後。竹間，韓鑄號，見卷三、卷五《甘州》詞。《絶妙好詞》：李彭老，字商隱，號篔房。《景定建康志》：李彭老，淳祐中沿江制置司屬官。

孫按：詞題「海濱」云云，應至元三十一年（一二九四）寫於四明。

玉漏遲 登無盡上人山樓①〔一〕

竹多塵自掃〔二〕。幽通徑曲，禪房深窈〔三〕。空翠吹衣，坐對閑雲舒嘯②〔四〕。寒木猶懸故葉③，又過了、一番殘照④。經院悄。詩夢正迷⑤，獨憐衰草⑥〔五〕。幽趣盡屬閑僧⑦，渾未識人間，落花啼鳥〔六〕。呼酒凭高，莫問四時三笑⑧〔七〕。可惜秦山晉水〔八〕，甚却向、此時登眺。清趣少⑨〔九〕。那更好游人老。

【校記】

①水竹居本、石村書屋本、明吳鈔、汪鈔本「上人」作「山人」。《歷代詩餘》、王刻無詞題。②閑，明吳鈔、汪鈔本作「野」。③寒：龔本、曹本、寶書堂本、許本、鮑本注「一作『喬』」。④殘：龔本、曹本、寶書堂本、許本、鮑本注「一作『斜』」。⑤迷：龔本、曹本、寶書堂本、許本、鮑本注「一作『寒』」。⑥衰：明吳鈔作「芳」。⑦幽：龔本、曹本、寶書堂本、許本、鮑本注「一作『佳』」。水竹居本、石村書屋本、明吳鈔、汪鈔本同。⑧時：底本、龔本、曹本、寶書堂本、許本、鮑本作「愁」。此據水竹居本、石村書屋本、明吳鈔、汪鈔本。⑨趣：龔本、曹本、寶書堂本、許本、鮑本注「一作『處』」，一作『致』」。水竹居本、石村書屋本、明吳鈔、《歷代詩餘》、汪鈔本、王刻作「致」。

【注釋】

〔一〕無盡上人：即法海禪寺的無盡燈禪師。

〔二〕竹多句：孟浩然《晚春卧病寄張八》：「狹徑花障迷，閑庭竹掃淨。」王安石《竹裹》：「閑眠盡日無人到，自有春風爲掃門。」

〔三〕幽通二句：常建《題破山寺》：「曲徑通幽處，禪房花木深。」

〔四〕坐對句：法海禪寺有八景：虎眼峰、天馬峰、透錫泉、柏香巖、仙人井、碧桐溪、赤雲窩、白雲窩。陶潛《歸去來兮辭》：「登東皋以舒嘯，臨清流而賦詩。」

〔五〕寒木六句：韋應物《滁州西澗》：「獨憐幽草澗邊生，上有黄鸝深樹鳴。」梁簡文帝《詠風詩》：「亟摇故葉落，屢蕩新花開。」

〔六〕落花啼鳥：孟浩然《春曉》：「春眠不覺曉，處處聞啼鳥。夜來風雨聲，花落知多少。」

〔七〕四時三笑：《東林蓮社十八高賢傳》：「遠法師居東林，其處流泉匝寺，下入於溪，每送客過此，輒有虎號鳴，因名虎溪。後送客未嘗過，獨陶淵明與修靜至，語道契合，不覺過溪，因相與大笑。世傳爲《三笑圖》。」此謂一年中時有佳客相訪。

〔八〕秦山晉水：比喻宜於隱居的林泉。

〔九〕清趣：支遁《詠禪思道人詩》：「玉質淩風霜，淒淒厲清趣。」

【集評】

單學博：（「竹多」句）造語之妙。　又：（「渾未」二句）真禪機。　又：（「可惜」五句）異鄉看月，暮齒逢花，同此傷感也。

許廷誥：造語精。禪機。「四愁」「三笑」，煉得出新。

邵淵耀：工於造句。

高亮功：前段寫景，後段寄慨。「喬木」二句，可謂「融情景於一家，會句意於兩得」。收太直索。

闕名：意甚沈痛。

【考辨】

江昱疏證：《奉化縣志》：元至元間，無盡燈禪師建福泉庵，有八景。

張如安《箋釋小補》：無盡（祖）燈，出四明王氏，生卒年爲一二九二—一三六九，傳見《補續高僧傳》卷一六，《新續高僧傳集》卷五一，《宋學士集》卷五。從其生卒年月考之，其建奉化福泉庵必在後至元年間（一三三五—一三四〇），時張炎早已去世。張炎所交之無盡上人，實非祖燈，別是一人。

孫按：《補續高僧傳·無盡燈禪師傳》所載無盡禪師雖然是四明王姓，但庵廬在天台山上雲峰，僧齡五十七年，不出天台山者逾五十載，非建奉化福泉庵的無盡禪師。《光緒奉化縣志》卷一四：「法海禪寺，縣東南二十里福泉山。元至元間無盡燈禪師建，名福泉庵。」元朝有兩至元年號，此爲前至元，終於至元三十一年（一二九四）。詞寫於玉田大德二年（一二九八）游四明奉化時。

長亭怨①

歲庚寅，會吳菊泉於燕薊。越八年，再會於甬東。未幾別去，將復之北，遂作此曲②〔一〕

記橫笛、玉關高處〔二〕。萬里沙寒③，雪深無路。破却貂裘④，遠游歸後與誰語⑤。故人何許。渾忘了、江南舊雨⑥。不擬重逢，應笑我⑦、飄零如羽〔三〕。同去。釣珊瑚海樹。底事又成行旅⑧。煙篷斷浦⑨。更幾點、戀人飛絮。如今又、京洛尋春⑩，定應被⑪、薇花留住。且莫把孤愁，說與當時歌舞〔四〕。

【校記】

①戈選杜批：「較上一首多叶二韻，餘同。」孫按：戈選上首即《長亭怨·舊居有感》。②龔本、曹本、寶書堂本、許本、鮑本詞題注：「別本『庚寅』作『辛卯』。」《天機餘錦》作「餞吴菊泉」。水竹居本、石村書屋本、明吴鈔、《詞綜》、王刻作「辛卯歲，會菊泉於薊北。逾八年，會於甬東。未幾別去，將復之北，作此以餞」。《歷代詩餘》作「懷吴菊泉」。③里：《詞綜》作「疊」。④破：《詞綜》作「敝」。⑤後：《天機餘錦》作「興」。與誰語：底本、龔本、《歷代詩餘》、曹本、寶書堂本、許本、鮑本作「與誰譜」，除底本、《歷代詩餘》外，均在「與」下注：「一作『共』。」水竹居本、石村書屋本、明吴鈔、《詞綜》、汪鈔本作「共誰語」。此據《天機餘錦》《詞譜》。⑥江南舊雨：《天機餘錦》作「舊江南雨」。⑦笑：水竹居本、明吴鈔作「嘆」。⑧又：《天機餘錦》、水竹居本、石村書屋本、明吴鈔、《詞綜》、汪鈔本、王刻作「便」。⑨篷：《詞綜》作「迷」。⑩洛：龔本、曹本、寶書堂本、許本、鮑本注「一作『國』」。《天機餘錦》、水竹居本、石村書屋本、明吴鈔、《詞綜》、汪鈔本、王刻同。⑪定：《天機餘錦》作「料」。

【注釋】

〔一〕庚寅：至元二十七年（一二九〇）。　燕薊：薊縣是古燕國的首都。此代指北方都市。

〔二〕記橫笛二句：王之渙《涼州詞二首》（之一）：「羌笛何須怨楊柳，春風不度玉門關。」

〔三〕飄零如羽：杜甫《旅夜書懷》：「飄零何所似，天地一沙鷗。」又，《鷗》：「却思翻玉羽，隨意點春苗。」

〔四〕如今六句：前人多以白居易《紫薇花》爲注：「獨坐黄昏誰是伴，紫薇花對紫微郎。」紫微郎，中書舍人。《新唐書》卷四七：「（中書）舍人六人，正五品上。掌侍進奏，參議表章。凡詔旨制敕、璽書册命，皆起草進畫。」方回《送仇仁近溧陽州教序》描述當時遺民出仕情形：「但自縣尹而上以至總管，則極不易得。内之六部、集賢、翰林、紫樞、黄閣，未有敢垂涎之者。」布衣更難得此職，故此薇花實指薔薇，《淵鑒類函》卷四〇九引《格物論》：「花或白或黄或紫，開時連春接夏不絶，清馥可人。」此用以喻稱初次北行所遇歌舞妓。杜牧《留贈》：「舞靴應任旁人看，笑臉還須待我開。不用鏡前空有淚，薔薇花謝即歸來。」

【集評】

單學博：起結俱極有神，層次亦清析。　又：（「不擬」三句）反襯法。

高亮功：循題布置，極頓宕之致，此等章法真如常山之蛇，無懈可擊。起數語甚悲壯。「煙篷」二句，正與「沙寒」「雪深」映。

陳廷焯《雲韶集》卷九：起筆淒切中筆力雄蒼。（下闋）夾情夾景，妙不可思議。（結句）一往淒絶。

又，《大雅集》卷四：敘薊北一層，來勢蒼莽。微而多諷，結二語自明其不仕之志。

【考辨】

江昱按曰：庚寅越八年，元成宗大德二年。《客杭日記》：至大元年戊申，十月初三日，同尹子源見儲叔儀，留小酌。次同叔儀到子源寓樓，開尊薦亥首。德清吴菊泉相遇（過）夜話，子源同問茶。吴公，至元廿七年赴北寫金字經者。初五日，吴菊泉見過夜話。

張氏手批：大德元年丁酉也。戴序云：「南歸居錢唐十年。」據此則未滿八年。

孫按：清宣統三年横山草堂刻本《雲山日記》（即《客杭日記》）尚有一條：「（初六日）吴菊泉攜紙二幅求書。」此詞寫於玉田再次北游南歸八年即大德二年（一二九八），時在四明奉化。戴序「居錢唐十年」指往來於杭州、四明、台州等地之間，非久居杭州數年。

山中白雲詞箋證卷三

西河①依緑莊賞荷，分淨字韻②〔一〕

花最盛。西湖曾泛煙艇〔二〕。鬧紅深處小秦箏，斷橋夜飲〔三〕。鴛鴦水宿不知寒，如今翻被驚醒〔四〕。　那時事③、都倦省。闌干來此閑凭。是誰分得半機雲④，恍疑晝錦〔五〕。想當飛燕皺裙時⑤〔六〕，舞盤微墮珠粉〔七〕。　軟波不翦素練淨〔八〕。碧盈盈〔九〕、移下秋影。醉裏玉書難認⑥〔一〇〕。且脱巾露髮⑦，飄然乘興。一葉浮香天風冷⑧〔一一〕。

【校記】

①詞調或作「西湖」。《詞譜》：「《西河》，《碧鷄漫志》：大石調，《西河慢》聲犯正平，張炎詞名《西湖》。」《詞律》亦謂「張炎詞名《西湖》」。此詞《全宋詞》誤從「軟波」句分爲上下兩闋。　②《天機餘錦》詞題作「賞荷花」。水竹居本、石村書屋本、明吴鈔、《詞綜》、汪鈔本、王刻作「史元叟依緑莊賞荷」。許本注：「別本作『史元叟依緑莊賞荷，分「淨」字韻』。」《歷代詩餘》無詞題。　③事：水竹居本、王刻作「節」。　④機：龔本、曹本、寶書堂本、許本、鮑本注「一作『溪』」。雲：《天機餘錦》作「雪」。　⑤想當句：龔本、曹本、寶書堂本、許本、鮑本「當」下注：「別本多『年』字。」水竹居本、石

村書屋本、明吴鈔《詞綜》、汪鈔本同。王刻作「想當年飛燕皺裙」。⑥夏敬觀：「『飲』『凭』『錦』，閉口韻。『粉』『認』，真韻。」⑦髮：《天機餘錦》作「頂」。⑧風：《歷代詩餘》《詞譜》作「外」。

【注釋】

〔一〕史元叟：「元」字應爲「允」字之誤。贈主爲史公升，號允叟。詳【考辨】。

〔二〕花最盛二句：《夢粱録》卷一八：「荷花，紅白色千葉者。西湖荷蕩邊，風送荷香馥然。白樂天有『繞郭荷花三十里』之句。」周輝《清波雜志》卷一二：「頃年西湖上好事者，所置船舫，隨大小皆立嘉名。如泛星槎、淩風舸、雪篷、煙艇，扁額不一，夷猶閑曠，可想一時風致。」

〔三〕鬧紅二句：姜夔《念奴嬌》：「鬧紅一舸，記來時、嘗與鴛鴦爲侣。」

〔四〕鴛鴦二句：鄭谷《蓮葉》：「多謝浣沙人莫折，雨中留得蓋鴛鴦。」傅玄《秋蘭篇》：「芙蓉隨風發，中有雙鴛鴦。」

〔五〕是誰二句：蘇軾《和文與可洋川園池三十首·横湖》詠荷：「卷却天機雲錦段，從教匹練寫秋光。」碧沚一帶多植緑荷紅蓮。《康熙鄞縣志》（卷之六）：「（月湖）湖亭外椿取碧沚八十八丈一尺，碧沚取紅蓮閣四十一丈。」

〔六〕想當句：《趙飛燕外傳》載飛燕著南越所貢雲英紫裙、碧瓊輕綃於廣榭上，歌舞《歸風送遠》之曲，揚袖欲飛，侍者捉持，裙爲之皺：「他日宫姝幸者，或襞裙爲皺，號曰『留仙裙』。」此喻蓮葉莖紋爲裙皺。

〔七〕舞盤句：《白孔六帖》卷六一：「趙飛燕體輕，能掌上舞。」杜甫《秋興八首》（之七）：「波漂菰米沈雲黑，露冷蓮房墜粉紅。」此以蓮葉喻舞盤。

〔八〕軟波句：謂并州快刀翦不斷蓮下香波軟水。謝朓《晚登三山還望京邑》：「餘霞散成綺，澄江靜如練。」

〔九〕盈盈：《文選·古詩十九首》：「盈盈一水間，脉脉不得語。」劉良注曰：「盈盈，端麗貌。」此喻荷花臨水之姿。

〔一〇〕玉書：此指御書「碧沚」二字。

〔一一〕且脱巾三句：謂脱去帽子以及束髮巾，露頂而飲，扁舟隨波，飄飄乘風，不拘禮節，狂放不羈。

【集評】

單學博：起三字恰好。

邵淵耀：飄然塵外。

高亮功：以泛西湖作引。「鴛鴦」二句，亦以側筆取勝。換頭是撇開轉落語。清華癯勁，有不食煙火氣味，極似張小山小令。

【考辨】

江昱疏證：袁桷《清容居士集·寄史允叟》：故國王孫佩碧蘭，春雲涼月倚朱闌。玉簫曲趁鶯聲轉，金鼎香隨蝶夢殘。碧沚波清堪把釣，黃塵風急倦彈冠。外家文采惟君在，笑我冰髭跨曉鞍。

文徵明《甫田集》：史守之，越國公浩孫，衛王彌遠之侄，禮部侍郎彌大之子。避勢遠嫌，退處月湖，寧宗書「碧沚」二字賜之。

江昱按曰：袁詩用碧沚事，則允叟自屬守之後人，此詞自「碧盈盈」至「醉裏玉書」句似正指賜書事，疑別本題之「元」字與袁詩之「允」字或有一訛。

孫按：《元詩體要》卷一二袁桷《寄史允叟》詩別題「寄史公升」。史公升爲史浩五世孫，史守之（字子仁）之孫。袁桷《書史忠定王貸錢券後》：「今獲從五世孫公升允叟，伏睹手券，夷考歲月，去秋試纔二月。當從此券以償湯媪，而桷所聞於應君者，不誣謬，爲可信。謹書以補家乘之缺。維王盛德厚行，垂裕無極。以允叟五世大宗，兢恪遵奉，睦宗廣孝，下賢急施。當不止智周於家庭，慮盡於鄉黨而已也。」據陳著《允齋記》、黃宗羲等《宋元學案》卷七四「慈湖學案」，知依綠莊主人爲史允叟公升，繼承父輩世業爲允齋主人，故以「允叟」爲號。排比玉田行跡，此詞應是大德二年（一二九八）寫於四明。

玲瓏四犯 杭友促歸，調此寄意①

流水人家，乍過了斜陽，一片蒼樹〔一〕。怕聽秋聲②，却是舊愁來處③〔二〕。因甚尚客殊鄉④，自笑我、被誰留住〔三〕。問種桃⑤、莫是前度⑥。不擬桃花輕誤⑦〔四〕。　少年未識相思苦。最難禁、此時情緒〔五〕。行雲暗與風流散，方信別淚如雨⑧〔六〕。何況夜鶴帳空⑨，怎奈向、如今歸去〔七〕。更可憐，閑裏白了頭，還知否〔八〕。

【校記】

①《天機餘錦》無詞題。水竹居本、石村書屋本、明吴鈔、汪鈔本、王刻詞題作「杭州夜歸，醉調此寄意」。②怕聽秋聲：《天機餘錦》作「怕是愁聲」。曹本作「惟聽秋聲」。王刻作「怕秋聲」。③却：《天機餘錦》、水竹居本、石村書屋本、明吴鈔、汪鈔本、王刻作「都」。④殊：水竹居本、石村書屋本、明吴鈔、汪鈔本、王刻作「他」。⑤桃：水竹居本、石村書屋本、明吴鈔、汪鈔本、王刻作「田」。⑥莫：王刻作「不」。⑦擬：水竹居本、石村書屋本、明吴鈔、汪鈔本、王刻作「礙」。誤：王刻作「妒」。⑧淚：《天機餘錦》作「情」。朱校：「按是句多一『淚』字，疑衍。用王粲詩『風流雲散，一別如雨』義也。」⑨夜鶴帳空：龔本、曹本、寶書堂本、許本、鮑本作「帳空夜鶴」，「夜鶴」下注「一作『鶴怨』」。水竹居本、石村書屋本、明吴鈔、汪鈔本、王刻同。朱校：「原本作『帳空夜鶴』，從張景祁校。」

【注釋】

〔一〕流水三句：隋煬帝《詩》：「寒鴉飛數點，流水繞孤村。斜陽欲落處，一望黯消魂。」

〔二〕舊愁：王沓《七夕詩二首》（之二）：「舊愁雖暫止，新愁還復多。」

〔三〕因甚三句：末韻「白了頭」意亦入於此。白居易《寄山僧（時年五十）》：「白首誰留住，青山自不歸。」《拾遺記·軒轅黃帝》：「帝乘雲龍而游，殊鄉絶域，至今望而祭焉。」王勃《夏日登韓城門樓寓望序》：「輟仙駕於殊鄉，遇良朋於異縣。」

〔四〕問種桃三句：劉禹錫《再游玄都觀》：「種桃道士歸何處，前度劉郎今又來。」意思是雖然不是前度劉郎，却尋避秦桃花源。

〔五〕少年三句：靈一《留别忠州故人》：「幾時休旅食，何夜宿江村。欲識相思苦，空山啼暮猿。」

〔六〕行雲二句：王粲《贈蔡子篤詩》：「風流雲散，一别如雨。」庾信《擬詠懷詩二十七首》（之七）：「纖腰減束素，别淚損横波。」

〔七〕何況三句：孔稚圭《北山移文》：「蕙帳空兮夜鶴怨，山人去兮曉猿驚。」

〔八〕更可憐三句：杜甫《和裴迪登蜀州東亭送客逢早梅相憶見寄》：「江邊一樹垂垂發，朝夕催人自白頭。」

【集評】

單學博：（「自笑」三句）究竟是誰留住耶？

邵淵耀：入情語，以無意出之。

高亮功：起數句明瑟可愛。「少年」句是襯筆，言相思之苦，在少年猶未識也。若此時情緒，則最難禁矣。蕭中孚云：「句句轉，筆筆靈。」因正「尚客殊鄉，怎奈向、如今歸去」，寫盡漂泊之苦。

【考辨】

據龔本編年序列，此詞應是大德二年（一二九八）寫於四明。樓鑰《史子仁碧沚二首》：「相家本有四明山，更葺桃源渺莽間。四面樓臺相映發，一川煙水自彎環。」「中川累石勢嵯峨，城上遥岑聳翠螺。舊說夕陽無限好，此中最得夕陽多。」詞上闋與樓詩景色仿佛，或可作爲旁證。張炎初次北游南歸後，即祥興二年（一二七九）到至元二十六年（一二八九）之間曾游四明，再次北游南歸後也曾客居或漫游此地，故以前度劉郎自居。

淒涼犯 過鄰家見故園有感①

西風暗翦荷衣碎②，柔絲不解重緝③〔一〕。荒煙斷浦，晴暉歷亂④〔二〕，半江摇碧。悠悠望極。忍獨聽、秋聲漸急⑤〔三〕。更憐他、蕭條柳髮⑥〔四〕，相與動愁色⑦。老態今如此〔五〕，猶自留連〔六〕，醉筇游屐⑧。不堪瘦影〔七〕，渺天涯、盡成行客〔八〕。因甚忘歸，謾吹裂⑨、山陽夜笛〔九〕。夢三十六陂流水去未得⑩〔一〇〕。

【校記】

①龔本、曹本、寶書堂本、許本、鮑本題下注：「別本無題」。《天機餘錦》、水竹居本、石村書屋本、明吴鈔、《歷代詩餘》、汪鈔本、王刻無題。《六府文藏》本「見」作「望」，於義爲長。②衣：《天機餘錦》作「花」。③柔：《歷代詩餘》作「藕」。④歷：龔本、曹本、寶書堂本、許本、鮑本注「一作『零』」。《天機餘錦》、水竹居本、石村書屋本、明吴鈔、《歷代詩餘》、汪鈔本、王刻同。亂：水竹居本、王刻作「落」。⑤漸急：《歷代詩餘》作「淅瀝」。夏敬觀：「『緝』『急』，閉口韻。」⑥蕭條柳

髮：石村書屋本、明吴鈔、《歷代詩餘》作「柳髮蕭疏」。水竹居本、龔本、曹本、寶書堂本、汪鈔本、許本、王刻作「柳髮蕭條」。朱校：「原本作『柳髮蕭條』，從張校。」⑦與：《天機餘錦》作「爲」。愁：水竹居本、石村書屋本、明吴鈔、《歷代詩餘》、汪鈔本、王刻作「秋」。⑧猶自二句：龔本、曹本、寶書堂本、許本、鮑本注「一作『慷慨猶歌，唾壺空擊』」。留：王刻作「流」。游屐：水竹居本作「吟□」。明吴鈔、《歷代詩餘》、汪鈔本、王刻作「吟屐」。⑨謾：王刻作「怕」。⑩夢三十六陂句：《天機餘錦》作「去未曾」。水竹居本、《詞潔》、王刻作「未曾得」。石村書屋本、明吴鈔、《歷代詩餘》缺文。汪鈔本作「夢三十六陂流水未曾得」。

【注釋】

〔一〕西風二句：謂西風愁起，芰荷花落葉枯，即使藕絲牽作縷，也不堪補結隱者荷衣。《楚辭·離騷》：「製芰荷以爲衣兮，集芙蓉以爲裳。」謝朓《在郡卧病呈沈尚書》：「夏李沈朱實，秋藕折輕絲。」

〔二〕歷亂：《月節折楊柳歌十三首·正月歌》：「折楊柳。愁思滿腹中，歷亂不可數。」

〔三〕悠悠三句：《詩·王風·黍離》：「知我者謂我心憂，不知我者謂我何求。悠悠蒼天，此何人哉。」

〔四〕蕭條柳髮：陸游《登灌口廟東大樓觀岷江雪山》：「白髮蕭條吹北風，手持巵酒酹江中。」

〔五〕老態：「醉」字意亦入此。李絳、白居易《杏園聯句》：「老態忽忘絲管裏，衰顔宜解酒杯中。」

〔六〕留連：杜甫《送孟十二倉曹赴東京選》：「藻鏡留連客，江山憔悴人。」

〔七〕醉筇二句：謂竹杖難支醉中棱棱瘦骨。游屐，典出《南史·謝靈運傳》：「尋山陟嶺，必造幽峻，巖嶂數十重，莫不備盡。登躡常著木屐，上山則去其前齒，下山去其後齒。」

〔八〕渺天涯二句：李頻《鄂州頭陀寺上方》：「高寺上方無不見，天涯行客思迢迢。」

〔九〕因甚三句：《晉書·向秀傳》載向秀與嵇康、吕安友善，後經其舊廬，作《思舊賦》：「逝將西邁，經其舊廬。於時日薄虞泉，寒冰淒然。鄰人有吹笛者，發聲寥亮，追想曩昔游宴之好，感音而嘆。故作賦曰：將命適於遠京兮，遂旋反以北徂。濟黄河以泛舟兮，經山陽之舊居。瞻曠野之蕭條兮，息余駕乎城隅。踐二子之遺跡兮，歷窮巷之空廬。嘆《黍離》之愍周兮，悲《麥秀》於殷墟。」謂失國北游時曾見北宋故地而增黍離麥秀之悲。

〔一〇〕夢三十六陂句：王安石《題西太一宫壁二首》（之一）：「三十六陂流水，白頭想見江南。」謂北游時思江南。

【集評】

許廷誥：與前作句法字數異。

高亮功：前段即景，後段述懷。

【考辨】

詞有「老態」，冉冉已入老境，以寫於年過五十爲宜，排比玉田行跡，此詞應寫於大德二年（一二九八）由四明暫歸杭州時，可次於下首詞之後。因元初家產抄没，至此已二十餘年，過鄰家而望見故園，心情沈痛可以想見。

聲聲慢 別四明諸友歸杭①〔一〕

山風古道，海國輕車②，相逢只在東瀛〔二〕。淡薄秋光③，恰似此日游情④〔三〕。休嗟鬢絲斷雪⑤〔四〕，喜閑身、重渡西泠⑥。又溯遠，趁回潮拍岸，斷浦揚舲⑦〔五〕。莫向長亭折柳，正紛紛落葉，同是飄零〔六〕。舊隱新招，知住第幾層雲⑧〔七〕。疏籬尚存晉菊，想依然⑨、認得淵明〔八〕。待去也，最愁人、猶戀故人⑩〔九〕。

【校記】

①水竹居本、石村書屋本、明吴鈔、汪鈔本、王刻「杭」作「杭州」。②車：王刻作「裾」。③薄：水竹居本、明吴鈔、汪鈔本、王刻作「泊」。④恰：《天機餘錦》作「却」。水竹居本、石村書屋本、明吴鈔、汪鈔本、王刻作「怕」。⑤鬢絲斷雪：龔本、曹本、寶書堂本、許本、鮑本注「一作『唾壺暗缺』」，又，「絲」下注「一作『梳』」。《天機餘錦》、水竹居本、石村書屋本、明吴鈔、汪鈔本、王刻作「梳」。斷：《天機餘錦》作「欲」。⑥渡：龔本、曹本、寶書堂本、許本、鮑本注「一作『入』」，一作『過』」。《天機餘錦》作「過」。泠：龔本、曹本、寶書堂本、許本、鮑本注「一作『林』」。《天機餘錦》作「陵」。皆不誤，是以西陵（泠、林）橋代指杭州。下同不出校。⑦斷：《天機餘錦》作「回」。水

竹居本、石村書屋本、明吴鈔、汪鈔本、王刻作「西」。 ⑧知住：《天機餘錦》作「都是」。 ⑨想依然：《天機餘錦》作「依然」。 ⑩戀：王刻作「念」。 夏敬觀：「『雲』『人』，真韻。」

【注釋】

〔一〕四明：江昱疏證：「《唐書·地理志》：開元二十六年，以鄮縣置明州，以境有四明山爲名。」

〔二〕山風三句：瀛洲爲東部勃海仙山之一。《史記·封禪書》：「自威、宣、燕昭使人入海求蓬萊、方丈、瀛洲。此三神山者，其傅在勃海中，去人不遠；患且至，則船風引而去。」四明東部環海。吴潛寫於四明的詩歌《再出郊韻三首》（之二）：「瀛仙島客知何處，策杖相從正不難。」

〔三〕淡薄二句：益州録事參軍《句》：「秋光都似宦情薄，山色不如歸興濃。」范曄《樂游應詔詩》：「睇目有極覽，游情無近尋。」

〔四〕鬢絲斷雪：杜甫《鄭駙馬池臺喜遇鄭廣文同飲》：「白髮千莖雪，丹心一寸灰。」張正見《白頭吟》：「顔如花落槿，鬢似雪飄蓬。」

〔五〕又潮遠三句：《寶慶四明志》卷四：「海環府境東北，迤於南。潮入城之東北，各有候。」

〔六〕莫向三句：戴叔倫《賦得長亭柳》：「濯濯長亭柳，陰連灞水流。雨搓金縷細，煙裹翠絲柔。送客添新恨，聽鶯憶舊游。贈行多折取，那得到深秋。」庾信《哀江南賦》：「十里五里，長亭短亭。」《白氏六帖·館驛》卷三引庾賦並云：「十里一長亭，五里一短亭。」古人有折柳送别的習俗。《三輔黄圖》卷六：「灞橋在長安東，跨水作橋。漢人送客至此橋，折柳贈别。」

〔七〕舊隱二句：《寶慶四明志》卷四：「唐末有高士謝遺塵，隱於是山之南雷。嘗至吴中，謂陸龜蒙曰：吾山有峰最高，四穴在峰上。每天宇澄霽，望之如户牖。相傳謂之石窗，故兹山名曰四明。山中有雲，二十里不絶，民皆家雲之南北，每往來謂之過雲。」舊隱新招，謂招人歸隱。駱賓王《酬思玄上人林泉》：「聞君招隱地，仿佛武陵春。」

〔八〕疏籬三句：陶淵明詩有「采菊東籬下」、文有「松菊猶存」之句，故云。

〔九〕待去也三句：孟浩然《峴山送朱大去非游巴東》：「蹉跎游子意，眷戀故人心。」

【集評】

單學博：（「淡薄」二句）可謂薄游。　又：（「莫向」三句）换頭陡起，意妙於翻。

高亮功：前段叙四明歸杭，後段叙别。「舊隱」四句，一愁一喜，确是久客將歸心事。一「晉」字書法顯然，知玉田人品高不可及。

【考辨】

龔翔麟《山中白雲詞序》：其先雖出鳳翔，然居臨安久，故游天台、明州、山陰、平江、義興諸地，皆稱寓、稱客，而於吾杭必言歸。

張氏手批：此在己亥，時年五十二。

孫按：此詞大德二年（一二九八）寫於四明，應次於上首《凄凉犯》歸杭之前。時年五十一歲。

燭影摇紅①

西浙冬春間，游事之盛，惟杭爲然。余冉冉老矣，始復歸杭。與二三友行歌雲舞繡中，亦清時之可樂，以詞寫之②〔一〕

舟艤鷗波③〔二〕，訪鄰尋里愁都散。老來猶似柳風流，先露看花眼〔三〕。閑把花枝試揀④。笑盈盈，和香待翦〔四〕。也應回首，紫曲門荒，當年游慣⑤〔五〕。簫鼓黄昏，動人心處情無限⑥〔六〕。錦街不甚月明多⑦，早已驕塵滿⑧〔七〕。纔過風柔夜暖。漸迤邐、芳程遞趲〔八〕。向西湖去⑨，那里人家⑩，依然鶯燕〔九〕。

【校記】

①水竹居本、石村書屋本、明吴鈔詞調作「摇紅」。戈選杜批夢窗詞：「宋王晉卿都尉譜《憶故人》調，徽宗喜其詞意，令周清真增益其詞，即以王詞首句『燭影摇紅』爲調名，清真詞未録，與此悉合。」

②王刻詞題作：「西浙冬春游事之盛，惟杭之爲最。余久處東浙，回杭訪舊，與二三友一時行樂，聊以詞紀。」水竹居本、石村書屋本、明吴鈔、汪鈔本略同王刻，稍有脱誤，明吴鈔誤字較多。《歷代詩餘》無詞題。　③艤：汪鈔本作「檥」。後改爲「曳」。王刻作「繫」。　④閑：龔本、曹本、寶書堂本、許本、鮑本注「一作『重』」。試：《歷代詩餘》作「細」。　⑤年：龔本、曹本、寶書堂本、許本、鮑本注「一作『時』」。　⑥處：龔本、曹本、寶書堂本、許本、鮑本注「一作『事』」。水竹居本、石村書屋本、明吴鈔、汪鈔本、王刻同。　⑦不：明吴鈔、汪鈔本作「無」。　⑧驕：水竹居本、石村書屋本、

明吳鈔、汪鈔本作「嬌」。⑨向西湖去：龔本、曹本、寶書堂本、許本、鮑本注「一作『舊曾游處』」。⑩里：朱校：「按『里』疑『裏』訛。」那里，同「那裏」，皆不誤。

【注釋】

〔一〕西浙：指浙江西路。　冉冉老矣：《文選》屈原《離騷》：「老冉冉其將至兮，恐脩名之不立。」呂向注：「冉冉，漸漸也。」　歌雲舞繡：史達祖《東風第一枝·元夕》：「酒館歌雲，燈街舞繡，笑聲喧似簫鼓。」劉希夷《白頭吟》：「但看舊來歌舞地，惟有黃昏鳥雀悲。」　清時之可樂：韓愈《奉和僕射裴相公感恩言志》：「林園窮勝事，鐘鼓樂清時。」《文選》李陵《答蘇武書》：「勤宣令德，策名清時。」張銑注：「清時，謂清平之時。」　玉田生於淳祐，曾歷寶祐、景定昇平之時，歌雲舞繡、清時可樂皆寫當時事。

〔二〕鷗波：杜甫《奉贈韋左丞丈二十二韻》：「白鷗波浩蕩，萬里誰能馴。」

〔三〕老來二句：反用張緒少年似柳風流典，因柳葉而暗用青眼典。李商隱《二月二日》：「花鬚柳眼各無賴，紫蝶黃蜂俱有情。」《晉書·阮籍傳》：「籍又能爲青白眼，見禮俗之士，以白眼對之。及嵇喜來吊，籍作白眼，喜不懌而退。喜弟康聞之，乃賫酒挾琴造焉。籍大悦，乃見青眼。」

〔四〕閑把三句：楊無咎《瑞鶴仙》：「到而今，誰揀花枝同載，誰酌酒杯笑捧。」庾信《舞媚娘》：「朝來户前照鏡，含笑盈盈自看。」

〔五〕也應三句：薛能《銅雀臺》：「人生富貴須回首，此地豈無歌舞來。」何遜《行經范僕射故宅詩》：「旅葵應蔓井，荒藤已上扉。」司空曙《酬李端校書見贈》：「乍逢酒客春游慣，久別林僧夜坐稀。」紫曲，此指西湖如杜曲、韋曲的豪族聚居地。

〔六〕簫鼓二句：《武林舊事》卷二「元夕」條：「至五夜，則京尹乘小提轎，諸舞隊次第簇擁前後，連亘十餘里。錦繡填委，簫鼓振作，耳目不暇。」

〔七〕錦街二句：蘇味道《正月十五夜》：「暗塵隨馬去，明月逐人來。」錦街，代稱節日時裝飾一新的京城街道。柳永《透碧宵》：「遍錦街香陌，鈞天歌吹，閬苑神仙。」驕塵，驕馬所揚街塵，亦舊都軟紅塵。

〔八〕纔過三句：《武林舊事》卷三：「都城自過收燈，貴游巨室，皆争先出郊，謂之『探春』，至禁煙爲最盛。龍舟十餘，彩旗疊鼓，交舞曼衍，粲如織錦。内有曾經宣唤者，則錦衣花帽，以自別於衆。京尹爲立賞格，競渡争標。内璫貴客，賞犒無算。都人士女，兩堤駢集，幾於無置足地。水面畫楫，櫛比如魚鱗，亦無行舟之路，歌歡簫鼓之聲，振動遠近，其盛可以想見。」遞趲，猶言趕趁。翁元龍《瑞龍吟》：「清明近。還是遞趲東風，做成花訊。」

〔九〕向西湖三句：此有「商女不知亡國恨」之嘆。鶯燕，泛指歌妓。

【集評】

張氏手批：（「也應三句」）市朝已改，歌舞依然，可當慟哭。（「錦街」二句）洛邑頑民，真有古風，後世更不可得。

單學博：（「老來」二句）暗用張緒風流（當年）意。　又：「不甚」二字下得空靈。

邵淵耀：用張緒當年意，滅去痕跡。

高亮功：「老來」二句，想見此老清狂故態。　蕭中孚云：「琢句新艷。」（「錦街」二句）承平風景如繪。「依然」二字是字法。

闕名：「纔過」二句，欠雅飭。

【考辨】

集中《聲聲慢》詞題曰：「己亥歲，自台回杭。」己亥，大德三年（一二九九）。此詞寫於大德三年自四明歸杭後。此年張炎五十二歲，故詞曰「老來」。

憶舊游①過故園有感②

記凝妝倚扇〔一〕，笑眼窺簾〔二〕，曾款芳尊〔三〕。步屧交枝徑〔四〕，引生香不斷〔五〕，流水中分〔六〕。忘了牡丹名字③，和露撥花根〔七〕。甚杜牧重來④，買栽無地，都是消魂〔八〕。

空存。斷腸草，伴幾折眉痕，幾點啼痕〔九〕。鏡裏芙蓉老〔一〇〕，問如今何處，綰綠梳雲⑤〔一一〕。怕有舊時歸燕⑥，猶自識黃昏⑦〔一二〕。待說與羈愁⑧，遥知路隔楊柳門〔一三〕。

【校記】

①戈選杜批清真詞：「此調始於清真，後結例作拗句。第四字宜用入聲，後草窗、玉田詞均同。」

②《天機餘錦》詞題作「過鄰家見故園有感」。水竹居本、石村書屋本、明吴鈔、汪鈔本作「過鄰家望故園書有感」。龔本、曹本、寶書堂本、鮑本題下注「別本作『過鄰家望故園有感』」。王刻同。劉榮平《校證》謂《天機餘錦》詞題：「與《淒涼犯》詞序全同，或爲同時而作。宋亡後，元人殺了張炎祖父張濡，没其家園，張炎是不得徑到故園的，故以有『過鄰家』三字爲可信。」孫按：玩詞意，是入故園所見所思，依底本爲是。③忘了：戈選作「頓忘」。④甚：《天機餘錦》作「恨」。⑤綰：《天機餘錦》作「擾」。⑥有：戈選作「逢」。歸：水竹居本、石村書屋本、汪鈔本脱。王刻作「梁」。⑦自：《天機餘錦》作「未」。⑧與：《天機餘錦》作「爲」。水竹居本、石村書屋本、明吴鈔、汪鈔本脱。羈愁：龔本、曹本、寶書堂本、許本、鮑本注「一作『追游』」。

【注釋】

〔一〕凝妝：謝偃《樂府新歌應教》：「青樓綺閣已含春，凝妝艷粉復如神。」　倚扇：歌扇掩唇的羞怯之態。何遜《與虞記室諸人詠扇詩》：「摇風入素手，占曲掩朱唇。」

〔二〕笑眼：顧非熊《酬陳摽評事喜及第與段何共貽》：「歡情聽鳥語，笑眼對花開。」　窺簾：《世説新語·惑溺》：「韓壽美姿容。賈充辟以爲掾。充每聚會，賈女於青瑣中看。見壽，説之，恒懷存想，發於吟詠。」李商隱《無題四首》(之二)：「賈氏窺簾韓掾少，宓妃留枕魏王才。」

〔三〕曾款芳尊：意思是曾在飄散酒香的席間爾汝細語。芳尊，精致的酒器。亦借指美酒。《晉書·阮籍等傳論》：「嵇阮竹林之會，劉畢芳樽之友。」

〔四〕步屧：《南史·袁粲傳》：「（袁粲）又嘗步屧白楊郊野間，道遇一士大夫，便呼與酣飲。」杜甫《遭田父泥飲美嚴中丞》詩：「步屧隨春風，村村自花柳。」　交枝徑：緑樹交蔭的小徑。蕭綜《悲落葉》：「長枝交蔭昔何密，黄鳥關關動相失。」

〔五〕生香不斷：庾信《小園賦》：「鳥多閑暇，花隨四時。」生香，鮮花散發的香味。

〔六〕流水中分：張氏故園南湖别墅中流水周繞玉照堂。《齊東野語》載張鎡《玉照堂梅品》序有「復開澗環繞。小舟往來」之句，張鎡又有詩句「一棹徑穿花十里，滿城無此好風光」，據此可知園中流水如燕尾分流。

〔七〕忘了二句：《吴郡志》卷三〇：「頃時，朱勔家圃在閶門内，内植牡丹數千萬本，以繒彩爲幕，彌覆其上。每花身飾金爲牌，記其名。」前引《武林舊事》卷七也有「各有牙牌金字」記牡丹之名的記載。張鎡殘句有「燕子初歸曾識面，牡丹未放已知名。」

〔八〕甚杜牧三句：《類説》卷二九「湖州髽髻女」條：「唐杜牧太和末往游湖州……忽有里姥引髽髻女，年十餘歲，真國色也，將致舟中，姥女皆懼。牧曰：『且未即納，當爲後期。吾十年必爲郡，若不來，乃從他適。』……比至郡則十四年。所納之姝，已從人三載，而生二子。……（牧）爲悵别詩曰：『自是尋春去較遲，不須惆悵怨芳時。狂風落盡深紅色，緑葉成陰子滿枝。』」羅鄴《牡丹》：「買栽池館恐無地，看到子孫能幾家。」

〔九〕空存四句：下文「芙蓉」意亦入此。斷腸草，其花美似芙蓉，葉大如手掌，見人則獵獵鼓摇若招之者。《冷齋夜話》卷一：「李太白詩曰：『昔作芙蓉花，今爲斷腸草。以色事他人，能得幾時好。』陶弘景仙方注曰：『斷腸草，不可食。其花美好，名芙蓉花。』」

〔一〇〕鏡裏句：陳太子舍人徐德言尚樂昌公主，國破後與妻臨别，破一鏡各執其半，以期他日相合。典見孟棨《本事詩·情感》。

〔一一〕問如今二句：杜牧《阿房宫賦》：「緑雲擾擾，梳曉鬟也。」

〔一二〕怕有二句：用前引劉禹錫《金陵五題·烏衣巷》、周邦彦《西河·金陵懷古》詩詞句意，謂當年堂前雙燕，在尋常人家梁上，對語黄昏斜陽，如説興亡之事。

〔一三〕待説與二句：劉威《游東湖黄處士園林》：「遥知楊柳是門處，似隔芙蓉無路通。」合用崔郊典，《古今事文類聚·後集》卷一六：「崔郊居漢上，其姑有婢，端麗善音律，郊嘗私之。既貧，鬻婢於連帥于頔家，給錢四十一萬，寵盻彌深。郊思慕無已，其婢因寒食來從事家，值郊立於柳陰。馬上漣泣，誓若山河。崔生贈之以詩曰：『公子王孫逐後塵，緑珠垂淚濕羅巾。侯門一入深如海，從此蕭郎是路人。』」江孝嗣《北戍琅琊城詩》：「薄暮苦羈愁，終朝傷旅食。」

【集評】

單學博：好景趣。

邵淵耀：畫出佳景。

高亮功：與下《長亭怨》一闋相似。

夏敬觀：起句輕。（「斷腸草」三句）疊「幾」字，南宋爛調，小巧可厭。

【考辨】

張炎曾祖張鎡園池甲天下，其《張約齋賞心樂事》載三月花事有「鬥春堂賞牡丹芍藥」「花院賞紫牡丹」「群仙繪幅樓下賞芍藥」。又，張鎡《好事近・擁繡堂看天花》：「手種滿欄花，瑞露一枝先坼。」自注：「瑞露，紫牡丹新名也。」張炎親身入故園，不勝唏噓。

另，邱鳴皋《關於張炎的考索》謂玉田詞中隱現没於官府的妻妾，詞確有寓意。寫於大德三年（一二九九）自四明歸杭後。

春從天上來①己亥春，復回西湖，飲靜傳董高士樓，作此解以寫我憂②〔一〕

海上回槎〔二〕。認舊時鷗鷺③，猶戀蒹葭〔三〕。影散香消，水流雲在，疏樹十里寒沙〔四〕。難問錢塘蘇小，都不見④、擘竹分茶⑤〔五〕。更堪嗟⑥。似荻花江上，誰弄琵琶⑦〔六〕。煙霞。自延晚照⑧〔七〕，盡換了西林⑨，窈窕紋紗⑩〔八〕。蝴蝶飛來，不知是夢，猶疑春在鄰家〔九〕。一掬幽懷難寫⑪，春何處、春已天涯⑫。減繁華。是山中杜宇，不是楊花⑬〔一〇〕。

【校記】

①戈選杜批：「此調共有四體，各家句法不同。此於换頭多叶一短韻。」②《天機餘錦》詞題作「自東越還西湖，飲靜侍量書樓」。水竹居本、石村書屋本、明吴鈔、汪鈔本作「自東越還西湖，飲淨慱董

高士書樓」。王刻略同，無「淨傳」二字，「高」作「昌」。《歷代詩餘》作「西湖飲董高士樓」。③認：王刻作「念」。許注：「舊鈔本作『念』。」④不見：石村書屋本、明吳鈔、汪鈔本作「是不」。水竹居本、王刻作「是否」。⑤壁：《天機餘錦》、水竹居本、石村書屋本、明吳鈔、汪鈔本作「擊」。⑥更：水竹居本、石村書屋本、明吳鈔、汪鈔本、王刻作「自」。⑦似荻花二句：龔本、曹本、寶書堂本、許本、鮑本「似荻花江上，誰弄」下注「一作『嘆餘音嫋嫋，却是』」。又，「似」下注「一作『向』」。石村書屋本、明吳鈔、汪鈔本作「向」。水竹居本、王刻作「問」。⑧晚：石村書屋本、汪鈔本作「殘」。⑨林：龔本、曹本、寶書堂本、許本、鮑本注「一作『陵』」。⑩窈窕：石村書屋本、明吳鈔作「窕窈」。⑪一掬句：龔本、曹本、寶書堂本、許本、鮑本注「一作『未必銅駝解語』」。⑫春何處二句：龔本、曹本、寶書堂本、許本、鮑本兩「春」字俱作「人」。⑬是山中二句：水竹居本、石村書屋本、明吳鈔、汪鈔本、王刻作「謾愁杜宇，莫是楊花」。是山中、不、不是：龔本、曹本、寶書堂本、許本、鮑本注「一作『且休嫌』」、一作『莫』」、一作『只恨』」。

【注釋】

〔一〕靜傳董高士樓：董嗣杲（字靜傳）的量書樓。　以寫我憂：語出《詩・邶風・泉水》：「駕言出游，以寫我憂。」

〔二〕海上回槎：用濱海之人每年八月泛槎至銀河並如期歸來典實，寫從海濱四明歸杭。

〔三〕認舊時二句：「寒沙」意亦入此。柴望《齊天樂・戊申百五王野處酌別》：「惟有沙邊，舊時鷗鷺似相識。」《詩·秦風·蒹葭》：「蒹葭蒼蒼，白露爲霜。」蒹葭，水草。喻董氏仍以西湖爲入道隱居之地。

〔四〕影散三句：謂蘇堤、白堤岸柳蕭疏，湖中蓮荷香凋葉殘，趁波而去，唯見倒映於水中流雲。王同祖《湖上》：「游人過盡歸來晚，行遍蘇公十里堤。」白居易《錢唐湖春行》：「最愛湖東行不足，緑楊陰裏白沙堤。」下句「錢唐蘇小」意亦入此。白居易《楊柳枝》：「若解多情尋小小，緑楊深處是蘇家。」

〔五〕擘竹分茶：江休復《江鄰幾雜志》：「蘇才翁嘗與蔡君謨鬭茶。蔡茶水用惠山泉，蘇茶小劣，改用竹瀝水煎，遂能取勝。天台竹瀝水，彼人砍竹稍屈而取之盈瓮，若以他水雜之，則亟敗。」分茶，注湯後用箸攪茶乳，使湯水波紋幻變成種種形狀。陸游《臨安春雨初霽》：「矮紙斜行閑作草，晴窗細乳戲分茶。」

〔六〕更堪嗟三句：白居易《琵琶引》：「潯陽江頭夜送客，楓葉荻花秋索索。」「忽聞水上琵琶聲，主人忘歸客不發。」

〔七〕煙霞二句：董嗣杲入道孤山四聖觀，其《西湖百詠·孤山》有句曰：「黄庭殿矗煙霞老，瀛嶼堂幽日月閑。」

〔八〕盡換二句：元稹《連昌宫詞》：「舞榭攲傾基尚在，文窗窈窕紗猶緑。」文，通「紋」。西林，即西陵橋，在孤山邊。李賀《蘇小小墓》：「冷翠燭，勞光彩。西陵下，風吹雨。」

〔九〕蝴蝶三句：王駕《雨晴》：「蛺蝶飛來過墻去，却疑春色在鄰家。」

〔一〇〕一掬六句：取意蘇軾《水龍吟·次韻章質夫楊花詞》：「不恨此花飛盡，恨西園、落紅難綴。曉來雨過，遺踪何在，一池萍碎。」《古詩三首》（之三）：「馨香易銷歇，繁華會枯槁。」杜宇，即杜鵑。傳説爲蜀帝冤魂所化。胡曾《詠史詩·成都》：「杜宇曾爲蜀帝王，化禽飛去舊城荒。年年來叫桃花月，似向春風訴國亡。」

【集評】

張氏手批：大德三年。（「春何處」五句）楊花不足責，責杜宇也。

單學博：無聊之語。　又：楊花不料蒙此未滅。

邵淵耀：杜宇著眼繫心宗國，不徒刻意傷春也。

高亮功：是一首《丁令威歌》。黯然魂銷，一片渾是淚痕。「煙霞」二句，是倒。

陳廷焯《大雅集》卷四：後半極沈鬱。讀玉田詞者，貴取其沈鬱處，徒賞其一字一句之工，遂驚嘆欲絶，轉失玉田矣。

【考辨】

江昱疏證：《成化杭州府志》：董嗣杲，字靜傳，錢塘人，寄跡黄冠中。博辨强記，談前朝典故，如指諸掌。作詩詞不經思索，下筆輒成。有《西湖百詠》詩行世。

江昱按曰：嗣杲字明德，又號靜傳居士，後入道，改名思學，字無益。所著《西湖百詠》詩，凡九十六題，每題賦七律一首，題下有引，詳叙故實，考訂精核，足備志乘之采。又有《百花詩集》。仇遠《興觀集·董靜傳挂冠四聖觀》：靜掇秋淥洗荷衣，問隱孤山隻鶴隨。得酒可謀千日醉，挂冠猶恨十年遲。雲和家有仙人譜，石鼎今無道士詩。莫對梅花談世事，此花曾見太平時。又按：己亥，元成宗大德三年。

孫按： 仇遠還有《和劉君佐韻寄董靜傳高士》《同楊心卿過孤山訪靜傳不遇自游和靖祠下明日奉寄二高士》二詩，則董嗣杲書樓在西湖孤山四聖觀一帶。後人所撰仰賢亭長聯中有「考西湖志乘，若君復作水亭，嗣杲作書樓，東坡作石室」。此詞寫於大德三年（一二九九）自四明歸杭後。

甘州 賦衆芳所在〔一〕

看涓涓、兩水自東西，中有百花莊〔二〕。步交枝徑裏，簾分晝影〔三〕，窗聚春香〔四〕。依約誰教鸚鵡〔五〕，列屋帶垂楊〔六〕。方喜閑居好，翻爲詩忙〔七〕。　多少周情柳思〔八〕，向一丘一壑，留戀年光。又何心逐鹿，蕉夢正錢塘〔九〕。且休將扇塵輕障〔一〇〕，萬山深、不是舊河陽〔一一〕。無人識，牡丹開處，重見韓湘〔一二〕。

【注釋】

〔一〕賦衆芳所在：江昱按曰：「後《慶清朝》詞題稱韓亦顔歸隱兩水之濱。此詞起句即用兩水，結語以韓湘事點明，則『衆芳所在』殆即亦顔隱處也。又五卷《甘州》東竹間詞亦用韓湘事。」

〔二〕看涓涓三句：杜甫《懷錦水居止二首》（之二）：「萬里橋南宅，百花潭北莊。層軒皆面水，老樹飽經霜。」「百花莊」點「衆芳」詞題之義。

〔三〕簾分晝影：李賀《秦宫詞》：「人間酒暖春茫茫，花枝入簾白日長。」

〔四〕窗聚春香：陸游《書室明暖終日婆娑其間倦則扶杖至小園戲作長句》：「重簾不卷留香久，古硯微凹聚墨多。」

〔五〕依約句：李廓《長安少年行十首》（之十）：「小婦教鸚鵡，頭邊唤醉醒。」

〔六〕列屋句：此雙寫，既因居於兩水之濱，而沿屋多楊柳，也寫置於深堂的内寵如婀娜之柳。列屋，猶言放置在屋中。下句「閑居」意亦入此。韓愈《送李愿歸盤谷序》：「飄輕裾，翳長袖，粉白黛緑者，列屋而閑居，妒寵而負恃，争妍而取憐。」

〔七〕翻爲詩忙：史介翁《菩薩蠻》：「先自爲詩忙。薔薇一陣香。」

〔八〕周情柳思：如柳永、周邦彦，譜寫抒發相思之情的新腔。

〔九〕又何心二句：虚用《史記·淮陰侯列傳》典：「秦失其鹿，天下共逐之，於是高材疾足者先得焉。」實用《列子·周穆王第三》典：「鄭人有薪於野者，遇駭鹿，御而擊之，斃之。恐人見之也，遽而藏諸隍中，覆之以蕉，不勝其喜。俄而遺其所藏之處，遂以爲夢焉。順涂而詠其事。傍人有聞者，用其言而取之。既歸，告其室人曰：『向薪者夢得鹿而不知其處；吾今得之，彼直真夢矣。』室人曰：『若將是夢見薪者之得鹿邪？詎有薪者邪？今真得鹿，是若之夢真邪？』夫曰：『吾據得鹿，何用知彼夢我夢邪？』」

〔一〇〕扇塵輕障：《世説新語·輕詆》：「庾公權重，足傾王公。庾在石頭，王在冶城坐，大風揚塵，王以扇拂塵曰『元規塵污人』。」

〔一一〕萬山二句：庾信《枯樹賦》：「河陽一縣並是花，金谷從來滿園樹。」《海録碎事》卷一二：「潘岳爲河陽令，種桃李花，人號曰『河陽一縣花』。」兼用宋朝地方官種桃令典。《古今事文類聚·後集》卷二一引《談圃》：「石曼卿謫通判海州，以山嶺高峻，人路不通，了無花卉點綴開映。使人以泥裹桃核爲彈，拋擲於嶺上。一二歲間，花發滿山，爛如錦繡。」隱寫山花依舊，但輿圖已然换稿。

〔一二〕無人識三句：《酉陽雜俎》卷一九：「韓愈侍郎有疏從子姪自江淮來，年甚少。……姪拜謝，徐曰：『某有一藝，恨叔不知。』因指階前牡丹曰：『叔要此花，青、紫、黄、赤，唯命也。』韓大奇之。遂給所須，試之。乃豎箔曲，盡遮牡丹叢，不令人窺。掘窠四面，深及其根。寬容人座。唯賫紫礦、輕粉、朱紅，旦暮治其根，凡七日，乃填坑。白其叔曰：『恨較遲一月。』時冬初也。牡丹本紫，及花發，色白紅歷緑，每朵有一聯詩，字色紫分明，乃是韓出官時詩。一韻曰：『雲横秦嶺家何在，雪擁藍關馬不前』十四字。韓大驚異。姪且辭歸江淮，竟不願仕。」後指此姪爲韓湘。

【集評】

單學博：集中此調起手無不妙者，而此尤清超健勁。

邵淵耀：集中此調起手無不妙者，此尤陡健。

高亮功：「依約」二句，有下句，則上句愈形其妙。「閑」「忙」二字煉。過變是緊接「詩忙」來。末數句煞有感慨。

【考辨】

玉田至元二十一年（一二八四）早春暫歸杭州，作《甘州·爲小玉梅賦，並柬韓竹間》，韓竹間是「錢塘故人」，詞寫於此年。

慶清朝①

韓亦顔歸隱兩水之濱，殆未遜王右丞茱萸沜。余從之游，盤花旋竹，散懷吟眺，一任所適。太白去後五百年，無此樂也②〔一〕

淺草猶霜③。融泥未燕④〔二〕，晴梢潤葉初乾。閑扶短策⑤〔三〕，鄰家小聚清歡⑥〔四〕。錯認籬根是雪⑦，梅花過了一番寒⑧〔五〕。風還峭，較遲芳信⑨，恰是春殘⑩〔六〕。此境此時此意⑪，待攜琴獨去⑫，石冷慵彈⑬。飄飄爽氣，飛鳥相與俱還。醉裏不知何處⑭，好詩盡在夕陽山〔七〕。山深杳，更無人到，流水花間。

【校記】

①底本詞調作「慶清宮」。《歷代詩餘》作「慶清朝慢」。《詞譜》：「或加『慢』字。」從餘本改。

②底本、龔本、曹本、寶書堂本、鮑本詞題中「五」作「三」，除底本皆注曰：「別本無『太白去後』二

句。」曹本「浒」作「灣」。《天機餘錦》作「韓亦顏歸隱雨（兩）水之濱，殆未遜王右丞辛夷浒也。余亦從之游，散髮吟眺，一任所適，盤花旋竹，至暮始歸。自太白去後，五首（百）年無此樂也，寧復易得耶」。王刻略同，「雨」作「兩」，「五首」作「三百」。水竹居本、石村書屋本、明吴鈔、汪鈔本無「散髮吟眺，一任所適」「自太白去後，三百年無此樂也」四句，文字互有脱誤。劉榮平《校證》：「按，『五首』應爲『五百』之誤抄，張炎（一二四八—一三一七）的生活年代距李白（七〇一—七六二）有五百多年，『三』應從《天機餘錦》改成『五』，各本無校。」孫按：蘇軾《王定國詩集叙》：「一日定國與顏復長道游泗水，登桓山，吹笛飲酒，乘月而歸。余亦置酒黄樓上以待之。曰：『李太白死，世無此樂三百年矣。』語出蘇叙，蘇軾至張炎，又二百年。應從《天機餘錦》及劉説。　③猶：汪鈔本校者改作「凝」。許注：「丁氏鈔本作『凝』。」霜：《天機餘錦》作「沙」。　④未：《天機餘錦》作「永」。水竹居本、石村書屋本、明吴鈔、汪鈔本作「飛」。　⑤策：水竹居本、石村書屋本、明吴鈔、汪鈔本作「杖」。　⑥鄰家：龔本、曹本、寶書堂本、許本、鮑本注「一作『尋幽』」。《天機餘錦》、水竹居本、石村書屋本、明吴鈔、汪鈔本、王刻同。　⑦認：水竹居本、石村書屋本、明吴鈔、汪鈔本作「恨」。是：許注：「《歷代詩餘》作『似』。」　⑧花：水竹居本、石村書屋本作「子」。　⑨信：《天機餘錦》作「訊」。　⑩恰是：龔本、寶書堂本、鮑本作「恰似」，曹本作「却是」。　⑪境：《天機餘錦》作「景」。　⑫攜：底本、許本作「移」，從諸本。　⑬石冷：《歷代詩餘》作「不冷」。　⑭醉裏句：龔本、曹本、寶書堂本、許本、鮑本、王刻注「一作『潭影空摇醉魄』」。

【注釋】

〔一〕茱萸沜：王維《輞川集并序》：「余别業在輞川山谷，其游止有孟城坳、華子岡、文杏館、斤竹嶺、鹿柴、木蘭柴、茱萸沜、宫槐陌、臨湖亭、南垞、欹湖、柳浪、欒家瀨、金屑泉、白石灘、北垞、竹里館、辛夷塢、漆園、椒園等，與裴迪閑暇各賦絶句云爾。」《王右丞集箋注》卷一三注《茱萸沜》：「《廣韻》『沜』，水涯。音與『泮』同，《玉篇》直以爲古文『泮』字。蓋其水上有茱萸，因名。」　散懷吟眺：《文選》孫綽《游天台山賦序》：「方解纓絡，永託兹嶺，不任吟想之至，聊奮藻以散懷。」劉良注：「言將脱去俗理之縈纏，長居於此山，不任吟想之極也。故聊復發於文詞以散長想之懷。」

〔二〕融泥未燕：李商隱《細雨成詠獻尚書河東公》：「稍稍落蝶粉，班班融燕泥。」

〔三〕短策：《左傳·襄公十七年》：「左師爲己短策，苟過華臣之門，必騁。」孔穎達疏引服虔曰：「策，馬捶也。」

〔四〕鄰家句：陶淵明《雜詩十二首》（之一）：「得歡當作樂，斗酒聚比鄰。」

〔五〕錯認二句：荀濟《贈陰梁州詩》：「柳絮亟如絲，梅花屢成雪。」蘇子卿《梅花落》：「只言花是雪，不悟有香來。」戎昱《早梅》：「應緣近水花先發，疑是經春雪未消。」蕭德藻殘句：「眼冷寒梢明數點，知他是雪是梅花。」

〔六〕風還峭三句：「一番」意入此，謂過了二十四番花信風中的首番梅候，梅花已然凋殘。

〔七〕此境七句：王維《崔濮陽兄季重前山興》：「殘雨斜日照，夕嵐飛鳥還。」陶潛《飲酒詩二十首》（之五）：「山氣日夕佳，飛鳥相與還。」李中《和朐陽載筆魯裕見寄》：「飲興共憐芳草岸，吟情同愛夕陽山。」

【集評】

單學博：逸情幽事，紙上至今如見，時於明窗淨几間密詠數過，亦無此樂也。

邵淵耀：逸情幽味，時於明窗淨几不厭百回密詠。

高亮功：通首寫從游之樂。「好詩」句頗佳。

闕名：靈雋無匹。

【考辨】

此詞與上首同寫於至元二十一年（一二八四）早春暫歸杭州時。

真珠簾①　梨花

緑房幾夜迎清曉〔一〕，光摇動、素月溶溶如水②〔二〕。惆悵一株寒，記東闌閑倚〔三〕。近日花邊無舊雨③，便寂寞、何曾吹淚〔四〕。燭外。謾羞得紅妝，而今猶睡〔五〕。琪樹皎立風前，萬塵空、獨挹飄然清氣④〔六〕。雅淡不成嬌〔七〕，擁玲瓏春意⑤〔八〕。落寞雲深詩夢淺⑥〔九〕，但一似、唐昌宮裏。元是。是分明錯認，當時玉蕊⑦〔一〇〕。

【校記】

①調名或作「珍珠簾」。《詞譜》：「『珍』或作『真』。」戈選杜批夢窗詞：「此詞首句及换頭二字或叶或不叶，後草窗詞换頭叶韻，玉田詞二首，一均不叶，一叶，首句均可不拘。」　②溶溶：王刻作「娟娟」，注曰：「一作『溶溶』。」如水：石村書屋本、明吴鈔、汪鈔本作「如流水」。　③邊：龔本、曹本、寶書堂本、許本、鮑本注「一作『間』」。　④抱：水竹居本、石村書屋本、明吴鈔、汪鈔本、王刻作「抱」。　⑤玲瓏：龔本、曹本、寶書堂本、許本、鮑本注「一作『娟娟』」。　⑥落寞：龔本、曹本、寶書堂本、許本、鮑本注「一作『淡淡』」。石村書屋本、明吴鈔、汪鈔本作「溶溶」。水竹居本脱，空兩格。　⑦蕊：水竹居本、石村書屋本、明吴鈔、汪鈔本、王刻作「蘤」。蘤，同「花」。

【注釋】

〔一〕绿房句：李賀《牡丹種曲》：「水灌香泥却月盆，一夜绿房迎白曉。」庾信《忽見檳榔》：「绿房千子熟，紫穟百花開。」

〔二〕光摇動二句：晏殊《寄遠》：「梨花院落溶溶月，柳絮池塘淡淡風。」

〔三〕惆悵二句：杜牧《初冬夜飲》：「砌下梨花一堆雪，明年誰此凭欄杆。」蘇軾《東闌梨花》：「惆悵東闌一株雪，人生看得幾清明。」

〔四〕近日三句：白居易《長恨歌》：「玉容寂寞淚闌干，梨花一枝春帶雨。」

〔五〕燭外三句：蘇軾《海棠》：「只恐夜深花睡去，故燒銀燭照紅妝。」此以海棠紅花作比較。

〔六〕琪樹三句：杜甫《飲中八仙歌》：「宗之瀟灑美少年，舉觴白眼望青天，皎如玉樹臨風前。」

〔七〕雅淡句：反用白居易《長恨歌》句意：「侍兒扶起嬌無力，始是新承恩澤時。」

〔八〕玲瓏：詩詞中常用以指梅花和雪。韓愈《春雪間早梅》：「玲瓏開已遍，點綴坐來頻。」《匯釋》：「上句指梅，下句指雪。」

〔九〕落寞句：王昌齡《梅詩》：「落落寞寞路不分，夢中喚作梨花雲。」蘇軾《西江月·梅花》：「高情已逐曉雲空，不與梨花同夢。」

〔一〇〕但一似五句：王建《唐昌觀玉蕊花》：「一樹瓏鬆玉刻成，飄廊點地色輕輕。女冠夜覓香來處，唯見階前碎月明。」

【集評】

單學博：玉田詠物除「春水」「孤雁」外，似多粘滯。

高亮功：亦工雅。

探春慢①雪霽

銀浦流雲〔一〕，綠房迎曉，一抹墻腰月淡②〔二〕。暖玉生煙③〔三〕，懸冰解凍④〔四〕，碎滴瑤階如霰⑤〔五〕。纔放些晴意⑥，早瘦了⑦、梅花一半〔六〕。也知不作花看⑧，東風何事吹散⑨〔七〕。　　搖落似成秋苑⑩〔八〕。甚釀得春來，怕教春見⑪。野渡舟回〔九〕，前村門掩〔一〇〕，應是不勝清怨⑫。次第尋芳去，灞橋外、蕙香波暖〔一一〕。猶妒櫓聲⑬，看燈人在深院〔一二〕。

【校記】

①說郛本《詞旨》、明吳鈔、《詞律》、《詞綜》、汪鈔本、戈選、王刻詞調作《探春》，同調異名，下同不出校。戈選杜批：「此後段起句叶韻，與前草窗詞同。」②一抹句：戈選作「浮浮光粲初晛」。杜批：「原作『一抹墻腰月澹』，戈氏因拘泥『澹』字韻不可通，率易此滯句。」此戈氏據別本改，杜文瀾未之見也。③煙：水竹居本、石村書屋本、明吳鈔、《詞律》、《詞綜》、《詞譜》、汪鈔本、王刻作「香」。許注：「《詞譜》作『香』，丁氏鈔本同。」④解凍：龔本、曹本、寶書堂本、許本、鮑本注「一作『融露』」。戈選同。⑤碎、如霰：龔本、曹本、寶書堂本、許本、鮑本注「一作『頻』」、「一作『點點』」。⑥纔：王刻作「早」，並注「一作『纔』」。⑦早：王刻作「又」，並注「一作『早』」。⑧不作花看：龔本、曹本、寶書堂本、許本、鮑本注「一作『不作花香』」。《詞旨》、水竹居本、石村書屋本、明吳鈔、《詞律》、《詞綜》、汪鈔本、王刻同。⑨東：戈選作「向」。事：陳去病按：「一作『處』。」⑩似：龔本、曹本、寶書堂本、許本、鮑本注「一作『易』」。⑪怕教：戈選作「還怕」。⑫不勝：水竹居本脫此二字。⑬妒：水竹居本作「□」。明吳鈔、汪鈔本作「如」。龔本、曹本、寶書堂本、許本注「一作『聽』」。《詞律》、《詞綜》、戈選、王刻同。

【别本】

銀浦流雲，緑房迎曉，浮浮光粲初晲。燒（孫按：曹本原作「燒」，墨筆改爲「曉」；許本作「曉」）色初分，庭陰還凍，猶憶瓊瑶幾片。纔放些晴意，早消瘦、南枝一半。也知不做花看，向風何事吹散。　惆悵瓊林夢斷。空釀得春成，還怕春見。凍解崖陰，漸垂山溜，淨洗修眉重展。添作寒江水，泛蕙渚、波明香滿。尚聽檐聲，誰家試燈深院。

【注釋】

〔一〕銀浦流雲：李賀《天上謡》：「天河夜轉漂回星，銀浦流雲學水聲。」

〔二〕一抹句：王千秋《好事近》詠雪：「歸晚楚天不夜，抹墻腰横日。」何遜《和司馬博士詠雪詩》：「凝階夜似月，拂樹曉疑春。」

〔三〕暖玉生煙：李商隱《錦瑟》：「滄海月明珠有淚，藍田日暖玉生煙。」此比喻天晴化雪時水氣升騰。

〔四〕懸冰解凍：庾信《梅花詩》：「樹動懸冰落，枝高出手寒。」

〔五〕碎滴句：王韶之《詠雪離合詩》：「霰先集兮雪乃零，散輝素兮被檐庭。」鮑照《詠雪詩》：「集君瑶臺上，飛舞兩楹前。」

〔六〕纔放些三句：化用陰鏗《雪裏梅花詩》：「從風還共落，昭日不俱銷。」反用荀濟《贈陰梁州詩》：「柳絮亟如絲，梅花屢成雪。」

〔七〕也知二句：蘇武《梅花落》：「只言花是雪，不悟有香來。」陸暢《雪詩》：「詩人寧底巧，翦水作花飛。」黄庭堅《詠雪奉呈廣平公》：「風回共作婆娑舞，天巧能開頃刻花。」

〔八〕摇落句：宋玉《九辯》：「悲哉秋之爲氣也！蕭瑟兮草木摇落而變衰。」李賀《雜曲歌辭・十二月樂辭・三月》：「曲水飄香去不歸，梨花落盡成秋苑。」

〔九〕野渡舟回：謂雪夜訪戴小舟返回。

〔一〇〕前村門掩：謂前村深雪融化，不再能踏雪尋梅。

〔一一〕次第三句：楊巨源《崔娘詩》：「清潤潘郎玉不如，中庭蕙草雪消初。」並用灞橋風雪典。

〔一二〕猶妒二句：易士達《梅花》：「搜詩索笑傍檐梅，冷蕊疏花帶雪開。」范成大《次韻子永雪後見贈》：「雪瓴待伴半陰晴，竟日檐冰溜雨聲。」

【集評】

許昂霄詞評：「纔放些」四句，可謂筆如其手，手如其口矣，不意於詠物題得之。

單學博、許廷誥：（上片）思入幽微。

高亮功：蕭中孚云：「『纔放』四句，一句一轉，越瘦越腴。」予謂此亦是側筆取勝，頓挫中更寓感慨。

陳廷焯《雲韶集》卷九：處處摹「霽」字之神。好句如珠、如玉、如煙。（結處）是冬盡春初時候。

夏敬觀：此佳詞也。惜中間仍有務爲流走句調。

闕名：刻細至此，令人叫絶。

風入松 春游①

一春不是不尋春。終是不忺人。好懷漸向中年減②〔一〕，對歌鐘〔二〕、渾没心情③。短帽怕黏飛絮④，輕衫厭撲游塵〔三〕。

暖香十里軟鶯聲⑤。小舫緑楊陰⑥〔四〕。夢隨蝴蝶飄零後，尚依依、花月關心〔五〕。惆悵一株梨雪⑦，明年甚處清明⑧〔六〕。

【校記】

①龔本、曹本、寶書堂本、許本、鮑本詞題注：「别本作『醉花邊』。」《天機餘錦》、水竹居本、石村書屋本、明吴鈔、《歷代詩餘》、汪鈔本、王刻無詞題。②中：《天機餘錦》《歷代詩餘》作「終」。③心：龔本、曹本、寶書堂本、王刻、許本、鮑本注「一作『風』」。《歷代詩餘》同。④帽：龔本、曹本、寶書堂本、許本、鮑本注「一作『夢』」。黏：《天機餘錦》作「沾」。⑤軟鶯聲：《天機餘錦》作「聽鶯聲」，詞末注「一作『款鶯聲』」。軟，龔本、曹本、寶書堂本、許本、鮑本注「一作『款』」。水竹居本、石村書屋本、明吴鈔、汪鈔本、王刻同。⑥舫：龔本、曹本、寶書堂本、許本、鮑本注「一作『艇』」。⑦一株：龔本、曹本、寶書堂本、許本、鮑本注「一作『東闌』」。《天機餘錦》同。⑧甚：《天機餘錦》作「何」。夏敬觀：「『春』『人』『塵』，真韻。『情』『聲』『明』，庚韻。『陰』『心』，閉口韻。」

【注釋】

〔一〕好懷句：陶潛《飲酒詩二十首》（之九）：「問子爲誰歟，田父有好懷。」杜甫《秋盡》：「不辭萬里長爲客，懷抱何時得好開。」

〔二〕歌鐘：《國語·晉語》：「女樂二八，歌鐘二肆。」韋昭注：「歌鐘，歌時所奏。」

〔三〕短帽二句：梁簡文帝《春日想上林詩》：「柳條恒著地，楊花好上衣。」《洞冥記》卷一：「四面列種軟棗，條如青桂，風至自拂階上游塵。」

〔四〕暖香二句：此回憶當年盛游杭州湖山勝景，暗含十里蘇堤柳浪聞鶯。

〔五〕夢隨三句：化用莊子蝶夢典，寫前事如夢。

〔六〕惆悵二句：已見前注所引杜牧《初冬夜飲》、蘇軾《東闌梨花》。

【集評】

單學博：斷梗飄萍，可勝三嘆。（「惆悵」二句）東坡用香山詩意，此又用東坡詩意，各極其妙。

邵淵耀：斷萍飄梗，可勝三嘆。

高亮功：起便頓挫。「暖香」二句頗艷。一結黯然，有不盡之致。

【考辨】

此詞寫於至元二十一年（一二八四）暫歸杭州時，玉田此年三十七歲，言「中年」可也。

渡江雲①次趙元父韻〔一〕

錦香繚繞地②〔二〕，深燈挂壁③〔三〕，簾影浪花斜〔四〕。酒船歸去後〔五〕，轉首河橋，那處認紋紗〔六〕。重盟鏡約，還記得、前度秦嘉〔七〕。惟只有、葉題堪寄④，流不到天涯〔八〕。鷩嗟〔九〕。十年心事，幾曲闌干，想蕭娘聲價⑤〔一〇〕。閑過了、黄昏時候，疏柳啼鴉〔一一〕。浦潮夜涌平沙白⑥〔一二〕，問斷鴻⑦、知落誰家〔一三〕。書又遠，空江片月蘆花〔一四〕。

【校記】

①戈選杜批清真詞：「首句五字，後段第四句間叶一仄韻，爲此調正格。夢窗之首句四字，及陳西麓之全叶平、全叶仄，皆變體也。」②香：龔本、曹本、寶書堂本、許本、鮑本注「一作『薌』」。《絶妙好詞》同。薌，通「香」。下同不出校。③深：龔本、曹本、寶書堂本、許本、鮑本注「一作『涼』」。《絶妙好詞》、王刻同。④堪寄：《絶妙好詞》作「緘付」。寄，龔本、曹本、寶書堂本、許本、鮑本注「一作『付』」。⑤娘：《絶妙好詞》作「郎」。⑥白：龔本、曹本、寶書堂本、許本、鮑本注「一作『淨』」。《詞綜》同。⑦問：龔本、曹本、寶書堂本、許本、鮑本、王刻注「一作『遡』」。《絶妙好詞》同。

【注釋】

〔一〕趙元父：即宋宗室趙與仁。

〔二〕錦香句：《文選》張衡《南都賦》：「修袖繚繞而滿庭，羅襪躡蹀而容與。」吕向注：「繚繞，飄揚貌。」

〔三〕深燈挂壁：江總《和張記室源傷往詩》：「空帳臨窗掩，孤燈向壁燃。」

〔四〕簾影句：李商隱《燈》：「影隨簾押轉，光信簟文流。」又，《燒香曲》：「玉佩呵光銅照昏，簾波日暮衝斜門。」

〔五〕酒船：以船載酒游樂。《晉書·畢卓傳》：「卓嘗謂人曰：『得酒滿數百斛船，四時甘味置兩頭，右手持酒杯，左手持蟹螯，拍浮酒船中，便足了一生矣。』」

〔六〕紋紗：以窈窕紋紗緑窗代指閨中人。

〔七〕重盟三句：後漢秦嘉因妻徐淑寢疾還家，不獲面别，贈以明鏡、寶釵等。秦嘉《重報妻書》：「間得此鏡，既明且好。形觀文彩，世所稀有。意甚愛之，故以相與。」暗用徐德言與樂昌公主分鏡爲約事。

〔八〕惟只有三句：謂紅葉雖能題寫相思，但恐流不到遠方。邢群《郡中有懷寄上睦州員外杜十三兄》：「雖免嶂雲生嶺上，永無音信到天涯。」

〔九〕驚嗟：白居易《贈韋八》：「辭君歲久見君初，白髮驚嗟兩有餘。」

〔一〇〕十年三句：周邦彦《瑞龍吟》：「前度劉郎重到，訪鄰尋里，同時歌舞。唯有舊家秋娘，聲價如故。」蕭娘，閨人倩有《戲蕭娘詩》，後代指歌妓。

〔一一〕閑過了三句：杜甫《遺懷》：「夜來歸鳥盡，啼殺後棲鴉。」

〔一二〕浦潮句：王維《送邢桂州》：「日落江湖白，潮來天地青。」杜甫《旅夜書懷》：「星垂平野闊，月涌大江流。」

〔三〕問斷鴻二句：盧祖皋《烏夜啼》：「征鴻排盡相思字，音信落誰家。」

〔四〕書又遠二句：暗寫月下蘆花中無宿雁，因此不能傳書。

【集評】

單學博：（「錦香」三句）密麗乃爾。

許廷誥、邵淵耀：密麗。

高亮功：寫離情不肯作淒苦語、鄙褻語，讀之但使人回腸蕩氣而不能已，此真工於言情者，柳耆卿輩不足語此。過變是再提起法。結句正與起處相映。

陳廷焯《雲韶集》卷二四：（上闋）既曰「堪寄」，又曰「流不到天涯」，其詞有盡，其情無盡。

（「空江」句）結只寫景而情味自深。

又，《大雅集》卷四：落落清超。

【考辨】

前考趙元父居會稽。此詞寫二人古杭交游之事，應寫於至元三十年癸巳（一二九三）前四年，即至元二十六年（一二八九），參見《憶舊游·余離群索居》【考辨】。

探芳信①西湖春感，寄草窗②

坐清晝③。正治思縈花④，餘醒倦酒⑤〔一〕。甚採芳人老⑥，芳心尚如舊。消魂忍説銅駝事，不是因春瘦〔二〕。向西園，竹掃頹垣〔三〕，蔓蘿荒甃〔四〕。 風雨夜來驟〔五〕。嘆歌冷鶯簾〔六〕，恨凝蛾岫⑦〔七〕。愁到今年，多似去年否⑧。舊情懶聽山陽笛⑨〔八〕，目極空搔首⑩〔九〕。我何堪，老却江潭漢柳⑪〔一〇〕。

【校記】

①戈選杜批史達祖此調：「换頭五字兩叶，别作只叶第五字，亦有不叶者。」②龔本、曹本、寶書堂本、許本、鮑本詞題注：「别本作『次周草窗韻』。」水竹居本、石村書屋本、明吴鈔、《詞綜》、汪鈔本、王刻同。江昱按曰：「《絶妙好詞》：李彭老和詞作『湖上春游，繼草窗韻』，則題中『寄』字當是『繼』字之訛，觀别本題可見。」《天機餘錦》作「西湖春成（感），次周草窗韻」。劉榮平《校證》：「今檢周密詞中有《探芳訊》詞，韻與此詞同。……吴氏（孫按，指吴則虞）認爲是周密和張炎而作，與《天機餘錦》所云正相反，而周密《探芳訊》詞僅題作『西泠春感』。應據《天機餘錦》無疑。」孫按：《探芳訊》與《探芳信》爲同調異名。周密《探芳信·西泠春感》，詞調或作《探芳訊》，别題作「西湖春感」。仇遠《探芳信·和草窗西湖春感詞》、李彭老《探芳訊·湖上春游繼草窗韻》及張炎此詞皆爲同調和韻之作，應以别題爲是，周密詞爲原唱無可疑義。③清：水竹居本作「晴」。④思：龔本、曹本、寶書堂本、許本、鮑本注「一作『興』」。⑤酲：水竹居本、明吴鈔、《花草粹編》作「醒」。⑥採：龔本、寶書堂本注「一作『探』」。《詞律》、《詞綜》、戈選同。《詞律》注：「題『探』字及『探芳人老』，『探』字去聲。」許注：「叶去聲。」⑦岫：水竹居本、石村書屋本、明吴鈔、龔本、曹本、寶書

堂本、汪鈔本、許本作「袖」。朱校：「按草窗詞和韻正作『岫』。」吴校：「各本皆作『袖』。《詞綜》《詞律》《四印》本作『岫』，草窗和韻即如此。王刻固多佳勝也，兹據改。」⑧多：王刻注：「一作『都』。」《詞綜》《詞律》同。⑨舊：龔本、曹本、寶書堂本、許本、鮑本注「一作『賦』」。《天機餘錦》、水竹居本、石村書屋本、明吴鈔、《詞綜》、《歷代詩餘》、汪鈔本、戈選、王刻同。⑩目極：龔本、曹本、寶書堂本、許本、鮑本注「一作『短髮』」。《天機餘錦》《花草粹編》作「目斷」。⑪漢：龔本、《歷代詩餘》、曹本、寶書堂本、許本、鮑本作「深」。許廷誥：「紅友律作『漢』，去聲。」

【注釋】

〔一〕正治思二句：意思是芳情治思縈繞花邊，餘酲未醒，倦酒慵詩。

〔二〕消魂二句：《晉書·索靖傳》：「靖有先識遠量，知天下將亂，指洛陽宫門銅駝，嘆曰：『會見汝在荆棘中耳！』」

〔三〕竹掃頹垣：宋孝武帝《登作樂山詩》：「壤草淩故國，拱木秀頹垣。」

〔四〕荒甃：李復《登青龍寺》：「廢井餘荒甃，殘碑有舊名。」甃，以磚瓦等砌的井壁。

〔五〕風雨句：孟浩然《春曉》：「夜來風雨聲，花落知多少。」李清照《如夢令》：「昨夜雨疏風驟，濃睡不消殘酒。」

〔六〕歌冷鶯簾：謂暮春柳浪鶯囀已如簾内歌聲消歇。

〔七〕恨凝蛾岫：謂環繞西湖的遠山近嶺如凝聚愁怨的蛾眉之色。

〔八〕舊情句：用《思舊賦》典。向秀經嵇康、吕安舊廬，鄰人有吹笛者，興起黍離、麥秀之悲。庾信《傷王司徒褒》：「唯有山陽笛，淒余思舊篇。」

〔九〕目極句：杜甫《春望》：「白頭搔更短，渾欲不勝簪。」

〔一〇〕我何堪二句：《世説新語·言語》：「桓公北征，經金城，見前爲琅邪時種柳皆已十圍，慨然曰：『木猶如此，人何以堪。』攀枝執條，泫然流淚。」並用庾信《枯樹賦》「昔年種柳，依依漢南。今看摇落，淒愴江潭」句意。

【集評】

單學博：（「愁到」二句）想來多似去年也，問一句最是詞家秘訣。

邵淵耀：此意幾每飯不忘是王孫身份。定是較多著問詞，善參活句。

高亮功：感時濺淚，恨别驚心，不減讀少陵詩。

陳蘭甫：「羅」字未穩。

陳廷焯《雲韶集》卷九：（上闋）語極沈至。（下闋）聲情淒怨。（結句）哀而不傷，得情之正。

又，《别調集》卷二：以退讓見高曠，襟懷自加人數等。

【考辨】

江昱疏證：《絶妙好詞》周密《探芳信·西泠春感》：「步晴晝。向水院維舟，津亭唤酒。嘆劉郎重到，依依謾懷舊。東風空結丁香怨，花與人俱瘦。甚淒涼，暗草沿池，冷苔侵甃。　橋外晚風驟。正香雪隨波，淺煙迷岫。廢苑塵梁，如今燕來否。翠雲零落空堤冷，往事休回首。最消魂，一片斜陽戀柳。」

孫按：吴夢窗《踏莎行·敬賦草窗絶妙詞》「西湖同結杏花盟，東風休賦丁香恨」，隱括周密原唱警句，知周密此調爲西湖吟社的集體唱和，限於夢窗卒年，又限於玉田在臨安淪亡的德祐二年（一二七六）春天初次北游人在旅途，故此唱和詞僅能寫於景炎二年（一二七七）或景炎三年（一二七八）春天。當時張炎在大都，故詞别題有「寄草窗」，詞中又有「目極」可以印證，亦可知江昱「題中『寄』字當是『繼』字之訛」爲誤説。

聲聲慢 題吴夢窗遺筆①〔一〕

煙堤小舫，雨屋深燈，春衫慣染京塵〔二〕。舞柳歌桃②〔三〕，心事暗惱東鄰〔四〕。渾疑夜窗夢蝶，到如今、猶宿花陰③〔五〕。待喚起，甚江蘺摇落，化作秋聲〔六〕。　回首曲終人遠④〔七〕，黯消魂⑤〔八〕、忍看朵朵芳雲〔九〕。潤墨空題⑥，惆悵醉魄難醒⑦〔一〇〕。獨憐水樓賦筆⑧，有斜陽、還怕登臨〔一一〕。愁未了，聽殘鶯、啼過柳陰⑨〔一二〕。

【校記】

①龔本、曹本、寶書堂本、許本、鮑本詞題注：「别本作『題夢窗自度曲《霜花腴》卷後』。」王刻同。《天機餘錦》作「席上友人有去謳者，賦此止之」。水竹居本、石村書屋本、明吴鈔、汪鈔本作「題吴夢

窗度曲《霜華便(腴)》卷後」。許本「筆」作「事」。對照而知此「遺筆」即自度曲《霜花腴》詞卷。這是吴文英生前親筆寫給友人方萬里(蕙巖)的十六首詞作「新詞稿」，其中有自度曲《霜花腴》，並用以命名詞卷。晚宋時十分流行。晚清及近代著名詞家各有評論。朱彊村曰：「(周密)《蘋洲漁笛譜》有《玉漏遲》『題吴夢窗《霜花腴詞集》』。《山中白雲》有《聲聲慢》『題夢窗自度曲《霜花腴》卷後』。意當時此曲盛傳，遂以標其詞卷也。」楊鐵夫曰：「前則以《霜花腴》名集，後止寫《霜花腴》詞卷耳。」②柳：水竹居本、石村書屋本、明吴鈔、汪鈔本、王刻作「竹」。吴校：「案：下闋『柳陰』又出『柳』字，疑作『竹』者是。」③陰：《天機餘錦》作「心」。龔本、曹本、寶書堂本、許本、鮑本注「一作『深』」。朱校：「按『陰』字與末句韻復，原本注『一作深』」。吴校：「案：『陰』字與末句韻復，作『深』者是。」④遠：龔本、曹本、寶書堂本、許本、鮑本注「一作『去』」。《天機餘錦》、水竹居本、石村書屋本、明吴鈔、汪鈔本、王刻同。⑤黯：《天機餘錦》作「暗」。⑥潤：龔本、曹本、寶書堂本、許本、鮑本注「一作『戲』」。《天機餘錦》作「閏」，閏，通「潤」。下同不出校。⑦魄：曹本作「魂」。⑧水：《天機餘錦》作「小」。⑨夏敬觀：「『塵』『鄰』『雲』，真韻。『聲』『醒』，庚韻。『陰』『臨』，閉口韻。」

【注釋】

〔一〕吴夢窗：即吴文英，字君特，筆者已考得其卒於臨安淪亡後不久。

〔二〕煙堤三句：謂夢窗生前常作京城西湖蘇堤之冶游。陸機《爲顧彦先贈婦二首》(之一)：「京洛多風塵，素衣化爲緇。」夢窗雖然是四明人，但一生寓居地以杭州、蘇州爲主，多有西湖之游。

〔三〕舞柳歌桃：用韓愈侍妾柳枝、絳桃典，代指侑觴歌妓。

〔四〕心事句：宋玉《登徒子好色賦序》：「天下之佳人莫若楚國，楚國之麗者莫若臣里，臣里之美者莫若臣東家之子。東家之子，增之一分則太長，減之一分則太短，著粉則太白，施朱則太赤。眉如翠羽，肌如白雪，腰如束素，齒如含貝。嫣然一笑，惑陽城，迷下蔡。」李白《效古二首》（其二）：「自古有秀色，西施與東鄰。」

〔五〕渾疑三句：鄭谷《海棠》：「朝醉暮吟看不足，羨他蝴蝶宿深枝。」周密題夢窗詞卷也有「香紅圍繞」之句，可推想夢窗在蘇杭依紅偎翠的冶游生涯。

〔六〕待唤起三句：此寫夢窗《霜花腴》詞所表達的秋愁。

〔七〕回首句：錢起《省試湘靈鼓瑟》：「曲終人不見，江上數峰青。」賀鑄《望湘人》：「須信鸞弦易斷。奈雲和再鼓，曲終人遠。」

〔八〕黯消魂：江淹《別賦》：「黯然消魂者，惟別而已矣。」

〔九〕朵朵芳雲：與周密題詞卷「烏絲醉墨」同義，謂其手寫詞卷書體有楷法。用韋陟書法如五雲典。

〔一〇〕潤墨二句：《新唐書·文藝中》：「（張）旭，蘇州吴人。嗜酒，每大醉，呼叫狂走，乃下筆，或以頭濡墨而書，既醒自視，以爲神，不可復得也，世呼『張顛』。」

〔二〕獨憐三句：水樓，特指豐樂樓，在臨安西城豐豫門外，是官僚在西湖濱畔集會的場所。夢窗《高陽臺・豐樂樓》：「東風緊送斜陽下，弄舊寒、晚酒醒餘。」「莫重來，吹盡香綿，淚滿平蕪。」

〔三〕愁未了三句：周密題夢窗詞卷也有「換却花間啼鳥」之句，以花間啼鶯代指曾與夢窗交往的有情歌妓。孟棨《本事詩・情感》載，唐詩人戎昱與郡妓情屬甚厚，晉公韓滉置於樂籍，至則歌戎昱詩：「好去春風湖上亭，柳條藤蔓繫離情。黄鶯久住渾相識，欲別頻啼四五聲。」夢窗情詞常用此典。

【集評】

單學博：此闋似有意仿夢窗。

許廷誥：似有意仿夢窗。

邵淵耀：似有意仿吴。

高亮功：「夜窗」句隱寓「夢窗」二字，玉田生慣有此巧。情之至者每多疑似之詞，昌黎文所謂「傳之非真」也。玉田之悼王碧山則曰：「想如今、醉魂未醒。」悼陳西麓則曰：「被萬疊、閑雲迷著。」與此云「到如今、猶宿花陰」，同一意理。「聽殘鶯啼柳」又與「舞柳歌桃」，心事暗觸也。

【考辨】

江昱疏證：吴文英《夢窗甲稿・霜花腴・重陽前一日泛石湖》：「翠微路窄，醉晚風、凭誰爲整欹冠。霜飽花腴，燭消人瘦，秋光作也都難。病懷强寬。恨雁聲、偏落歌前。記年時、舊宿淒涼，暮煙秋雨野橋寒。　妝靨鬢英争艷，度清商一曲，暗墜金蟬。芳節多陰，蘭情稀會，晴暉稱拂吟箋。更移畫船。引佩環、邀下嬋娟。算明朝、未了重陽，紫萸應耐看。」

孫按：《霜花腴》是吴夢窗無射商自度曲詞調名。張炎另有《醉落魄·題趙霞谷所藏吴夢窗親書詞卷》，周密有《玉漏遲·題吴夢窗詞集》（别題作「題吴夢窗《霜花腴》詞集」）：「老來歡意少，錦鯨仙去，紫簫聲杳。怕展金奩，依舊故人懷抱。猶想烏絲醉墨，驚俊語，香紅圍繞。閑自笑。與君共是，承平年少。　雨窗短夢難凴，是幾番宫商，幾番吟嘯。淚眼東風，回首四橋煙草。載酒倦游甚處，已换却、花間啼鳥。春恨悄。天涯暮雲殘照。」據知夢窗生前即有以《霜花腴》爲標題的手寫詞卷行世，後世多有過録，今尚存四庫本趙琦美編《鐵網珊瑚》本、張壽鏞家藏鈔本；另有臺北「國家圖書館」所藏三種：《鐵網珊瑚·書品》本、東大鈔本、乾隆間仁和黄易小蓬萊閣鈔本。張炎「題吴夢窗遺筆」，也爲手寫詞卷，則張、周三詞所題皆爲同一詞卷。

徵招①答仇山村見寄〔一〕

可憐張緒門前柳，相看頓非年少〔二〕。三徑已荒涼，更如今懷抱〔三〕。薄游渾是感②，滿煙水③、東風殘照④。古調誰彈〔四〕，古音誰賞⑤〔五〕，歲華空老。　京洛染緇塵〔六〕，悠然意⑥、獨對南山一笑⑦〔七〕。只在此山中，甚相逢不早〔八〕。瘦吟心共苦⑧〔九〕，知幾度、翦燈窗小〔一〇〕。何時更⑨、聽雨巴山，賦草池春曉〔一一〕。

【校記】

①姜夔《徵招》序：「《徵招》、《角招》者，政和間，大晟府嘗製數十曲，音節駁矣。……此一曲乃予昔所製，因舊曲正宮《齊天樂慢》前兩拍是徵調，故足成之。雖兼用母聲，較大晟曲爲無病矣。此曲依《晉史》名曰黃鍾下徵調，《角招》曰黃鍾清角調。」②渾是感：《天機餘錦》《歷代詩餘》作「渾未減」。水竹居本、石村書屋本、明吴鈔、汪鈔本、王刻作「都是感」。③煙水：龔本、曹本、寶書堂本、許本、鮑本注「一作『喬木』」。④殘：《天機餘錦》作「斜」。⑤賞：龔本、曹本、寶書堂本、許本、鮑本注「一作『聽』」。⑥悠然：龔本、曹本、寶書堂本、許本、鮑本注「一作『悠悠』」。水竹居本、石村書屋本、明吴鈔、《花草粹編》、《歷代詩餘》、汪鈔本、王刻同。⑦對：水竹居本、石村書屋本、明吴鈔、汪鈔本、王刻作「立」。⑧瘦：王刻作「愛」。⑨更：《天機餘錦》作「便」。

【注釋】

〔一〕仇山村：仇遠，玉田好友。

〔二〕可憐二句：詞中屢用張緒少年風流如楊柳之事，是用當家典故。

〔三〕三徑二句：用蔣詡竹下開三徑典。韋莊《過渼陂懷舊》：「三徑荒涼迷竹樹，四鄰凋謝變桑田。」鄭思肖《對菊》：「三徑今非昔，多愁老此身。」

〔四〕古調誰彈：劉長卿《聽彈琴》：「古調雖自愛，今人多不彈。」

〔五〕古音誰賞：「徵招」爲古調。《孟子·梁惠王下》：「景公説，大戒於國，出舍於郊。於是始興發，補不足。召太師曰：『爲我作君臣相説之樂。』蓋《徵招》、《角招》是也。」

〔六〕京洛句：陸機《爲顧彦先贈婦二首》（之二）：「京洛多風塵，素衣化爲緇。」謝朓《酬王晉安德元詩》：「誰能久京洛，緇塵染素衣。」

〔七〕悠然二句：陶潛《飲酒詩二十首》（之五）：「采菊東籬下，悠然見南山。」

〔八〕只在二句：賈島《尋隱者不遇》：「只在此山中，雲深不知處。」張蠙《遇道者》：「故尋多不見，偶到即相逢。」

〔九〕瘦吟句：《唐才子傳》（卷一）：「（崔）顥苦吟詠，當病起清虛，友人戲之曰：『非子病如此，乃苦吟詩瘦耳！』遂爲口實。」李白《戲贈杜甫》：「借問别來太瘦生，總爲從前作詩苦。」杜甫《暮登四安寺鐘樓寄裴十迪》：「知君苦思緣詩瘦，太白交游萬事慵。」

〔一〇〕知幾度二句：「聽雨巴山」意入此句，李商隱《夜雨寄北》：「何當共翦西窗燭，却話巴山夜雨時。」兼用情如兄弟並牀聽雨典。

〔一一〕賦草句：謝靈運《登池上樓詩》：「池塘生春草，園柳變鳴禽。」

【集評】

單學博：（「滿煙」五句）「不惜歌者苦，但傷知音稀」，奈何。

邵淵耀：「不惜歌者苦，但傷知者稀。」

高亮功：因見寄而思相晤，自然情節。

夏敬觀：「古音」何妨易爲「雅音」，必疊「古」字，南宋惡習。

【考辨】

江昱疏證：《兩浙名賢録》：仇遠，字仁近，自號近村，又號山村。朱存理《鐵網珊瑚·夜山圖跋》：山村先生，杭人。仕教官，杭州知事致仕。當時以詩名。《西湖游覽志》：遠元初爲溧陽州教授，工詩文，游其門者若張雨、張翥、莫維賢皆有名當時，所著有《山村集》《批注唐百家詩選》。《七修類稿》：山村先生，宋咸淳進士，博通經史，剩有詩聲。惜未見其集以行世也，就家錢塘。今西城脚下尚有遺址在焉，卒葬北山棲霞嶺。

江昱按曰：詞有規諷，亦期以歲寒之意。

張氏手批：此亦都中作。

孫按：詞有「相看頓非年少」之句，仇遠年長張炎一歲。可以考知的二人晤面見張炎《夜飛鵲·大德乙巳中秋，會仇山村於溧陽。酒酣興逸，各隨所賦。余作此詞，爲明月明年佳話云》《新雁過妝樓·乙巳菊日，寓溧陽，聞雁聲，因動脊令之感》，時在大德九年乙巳（一三〇五），二人皆近六十歲，已入暮齒之年，與「頓非年少」時段不符。此詞應寫於張炎初次北游歸南後居留杭州、山陰、四明時，故詞有「京洛染緇塵，悠然意，獨對南山一笑」。時間在祥興二年（一二七九）到至元二十六年（一二八九）之間，二人尚在盛年。

甘州 餞草窗歸霅①〔一〕

記天風、飛佩紫霞邊〔二〕，顧曲萬花深〔三〕。甚相如情倦②〔四〕，少陵愁老③〔五〕，還嘆飄零④。短夢恍然今昔，故國十年心〔六〕。回首空三徑⑤，松竹成陰〔七〕。不恨片篷南浦⑥〔八〕，恨翦燈聽雨⑦，誰伴孤吟〔九〕。料瘦筇歸後⑧，閑鎖北山雲〔一〇〕。是幾番、柳邊行色⑨〔一一〕，是幾番、同醉古園林⑩〔一二〕。煙波遠，筆牀茶灶，何處逢君⑪〔一三〕。

【校記】

①《絶妙好詞》作「餞草窗西歸」。《天機餘錦》詞題作「送周草窗西歸」。王刻作「餞周草窗西歸」。

②甚：《絶妙好詞》、王刻作「怪」。情：龔本、曹本、寶書堂本、許本、鮑本注「一作『游』」。王刻同。

③少：《天機餘錦》、王刻作「杜」。　④還嘆：龔本、曹本、寶書堂本、許本、鮑本作「□嘆」。朱校：「原本『還』字缺。從《絶妙好詞》。」《天機餘錦》作「還笑」。　⑤空三：底本、龔本、曹本、寶書堂本、許本、鮑本作「三三」，據龔本、曹本、寶書堂本、許本、鮑本注語。　⑥篷：《絶妙好詞》、《天機餘錦》、王刻作「帆」。　⑦恨：《絶妙好詞》、王刻作「只恨」。沈世良：「『只』衍。毛鈔本無。」　⑧瘦：《天機餘錦》作「翠」。　⑨行：曹本作「竹」。　⑩同：曹本、許本作「閑」。龔本、曹本、寶書堂本、許本、鮑本注「一作『長』」。　⑪夏敬觀：「『零』，庚韻。『雲』『君』，真韻。」

【注釋】

〔一〕雪：霅溪。在湖州吴興。

〔二〕記天風二句：紫霞，楊纘，字繼翁，號守齋，又號紫霞翁，是草窗的音樂導師。周密屢及紫霞翁嘗爲訂律之事。如《采緑吟》序曰：「（甲子夏）余得《塞垣春》，翁爲翻譜數字，短簫按之，音極諧婉，因易今名云。」張炎《詞源》亦曰：「守齋持律甚嚴，一字不苟作。」

〔三〕顧曲句：《三國志·吴書·周瑜傳》：「瑜時年二十四，吴中皆呼爲周郎。」「瑜少精意於音樂，雖三爵之後，其有闕誤，知之必顧，故時人謡曰：『曲有誤，周郎顧。』」此喻紫霞翁楊纘。周密《浩然齋雅談》卷下：「（楊纘）當廣樂合奏，一字之誤，公必顧之。故國工樂師，無不嘆服，以爲近世知音無出其右者。」

〔四〕相如情倦：用司馬相如倦游典。

〔五〕少陵愁老：杜甫《哀江頭》：「少陵野老吞聲哭，春日潛行曲江曲。」《杜詩詳注》卷四引《杜臆》：「長安城東有霸陵，文帝所葬。霸南五里即樂游原，宣帝築以爲陵，曰杜陵。杜陵東南十餘里又有一陵，差小，許后所葬，謂之少陵。其東即杜曲，陵西即子美舊宅，自稱少陵野老以此。」

〔六〕短夢二句：姚鵠《虢州獻楊抑卿二首》（之二）：「到此敢逾千里恨，歸家且遂十年心。」周密《武林舊事序》：「朝歌暮嬉，酣玩歲月，意謂人生正復若此，初不省承平樂事爲難遇也。及時移物换，憂患飄零，追想昔游，殆如夢寐，而感慨係之矣。」

〔七〕回首二句：用蔣詡三徑及陶潛三徑松菊典。

〔八〕片篷南浦：謂一葉扁舟餞送周草窗經太湖水程西歸吴興霅溪。

〔九〕恨翦燈二句：指友人感情深厚，聯牀話舊。韋應物《示全真元常》：「寧知風雨夜，復此對牀眠。」白居易《雨中招張司業宿》：「能來同宿否，聽雨對牀眠。」並合用李商隱《夜雨寄北》詩意。

〔一〇〕料瘦筇二句：陶弘景《詔問山中何所有賦詩以答》：「山中何所有，嶺上多白雲。只可自怡悦，不堪持寄君。」孟浩然《秋登蘭山寄張五》：「北山白雲裏，隱者自怡悦。」薛瑩《寄舊山隱侣》：「莫鎖白雲路，白雲多誤人。」周密歸隱地杼山在弁山南面，「北山」指弁山。陸龜蒙《自遣詩三十首》（之一）：「更感弁峰顔色好，曉雲纔散已當門。」弁山，又作「卞山」。《嘉泰吴興志》：「卞山，張元之《吴興山墟名》曰：卞山峻極，非清秋爽月不見其頂。」

〔一一〕行色：行旅出發前後的情狀。《莊子・盜跖》：「今者闕然數日不見，車馬有行色，得微往見跖邪？」

〔一二〕是幾番二句：吴興多古園林。周密《癸辛雜識・前集》：「吴興園圃：吴興山水清遠，昇平日，士大夫多居之。其後，秀安僖王府第在焉，尤爲盛觀。城中二溪水横貫，此天下之所無，故好事者多園池之勝。」周家也有園林之勝：「韓氏園距南關無二里，昔屬平原郡從，後歸余家，名之曰『南郭隱』。」

〔三〕煙波三句：吴興號稱水晶宫，此謂周密歸後，攜茶灶、筆牀，泛家浮宅，蕭散於江湖間，訪客不易相遇也。

【集評】

單學博：此數章俱選入《絶妙好詞》。　又：（「是幾番」四句）疊法。

許廷誥：疊法。

高亮功：過變下，在他人必説草窗歸後情事矣，此却只訴自家離索之苦，知非尋常應酬之格。（「料瘦筇」五句）指點神情，栩栩欲活，想見先生與草窗朋游久宴之密。收筆雅切霅溪，故佳。

陳蘭甫：叔夏與草窗道同交合，此無可言矣。今兹贈别，從何處説起，只就零星處説，而用筆推過一層。後闋虚字轉折，尤宜尋味。

沈世良：「今」字頂「相如」二句，「昔」字頂「天風」二句。

陳廷焯《大雅集》卷四：精煉。玉田警句極多，不可枚舉。然不及碧山處正在此。蓋碧山幾於渾化，並無警奇可喜之句令人悦目，所以爲高，所以爲大。

夏敬觀：疊三字，貫二句，俗調滑極。

闕名：此作妙，有疏快之致。

【考辨】

江昱按曰：草窗又號四水潛夫，又號弁陽老人。四水者，苕水、餘不、前溪、北流，合入湖郡。霅溪即昔人所謂「四水交流霅霅聲」是也，弁亦郡之鎮山。蓋草窗生於湖，中年雖遷杭，晚仍歸老於湖。觀玉田此詞可見。

孫按：繡谷亭主吳焯《武林舊事批跋》：「吾友鄭芷畦《湖録》云：四水者，湖城以苕水、餘不水、前溪水、北流水合而入於郡城之霅溪，故有四水之名。舊人詩：『四水交流霅霅聲』是也。據此則四水乃湖之地名，公謹生於湖，中年雖遷杭，晚仍歸老弁山，又號弁陽老人。則四水潛夫之號亦猶是耳。」然夏譜考證譜主晚年客居杭州，卒於大德二年（一二九八），得年六十七歲。何忠禮《周密卒年獻疑》據錢大昕《疑年録》、吳榮光《歷代名人年譜》力辨其非，考定草窗大德二年或稍後歸霅，卒於至大元年（一三〇八）或稍後。何說是，參見下首《一萼紅・弁陽翁新居，堂名志雅，詞名〈蘋洲漁笛譜〉》【考辨】。此詞餞別草窗歸居吳興弁山南面杼山復庵，故其晚號弁陽翁。周密歸霅後，不再有杭州活動，夏譜因誤爲草窗卒年。此詞寫於周密歸隱吳興之年即大德二年。

一萼紅①弁陽翁新居，堂名志雅，詞名《蘋洲漁笛譜》②〔一〕

製荷衣。傍山窗卜隱③，雅志可閑時〔二〕。款竹門深〔三〕，移花檻小〔四〕，動人芳意菲菲〔五〕。怕冷落、蘋洲夜月，想時將、漁笛靜中吹④〔六〕。塵外柴桑〔七〕，燈前兒女，笑語忘歸〔八〕。　分得煙霞數畝〔九〕，乍掃苔尋徑⑤，撥葉通池⑥〔一〇〕。放鶴幽情⑦〔一一〕，吟鶯歡事⑧，老去却願春遲〔一二〕。愛吾廬、琴書自樂〔一三〕，好襟懷、初不要人知〔一四〕。長日一簾芳草〔一五〕，一卷新詩〔一六〕。

【校記】

①戈選杜批姜夔詞：「此調平仄韻兩體，平韻以此詞爲正格。」②《天機餘錦》、水竹居本、石村書屋本、明吴鈔、汪鈔本、王刻「弁陽翁」作「周草窗」。孫按：草窗此時歸居弁山，「弁陽翁」於義爲長。《歷代詩餘》詞題作「弁陽翁」。毛扆眉批：「譜，一作『韻』。」③卜：《歷代詩餘》作「小」。④漁：王刻作「玉」。⑤苔：説郛本《詞旨》作「花」。⑥通池：明吴鈔作「題詩」。⑦情：曹本作「尋」。⑧鶯：《天機餘錦》作「鸞」。

【注釋】

〔一〕《蘋洲漁笛譜》：江昱按曰：「《蘋洲漁笛譜》凡二卷，流傳頗少，嘗得之武林友人，其字體似從宋槧影鈔。此外余先後尚得二本，皆名《草窗詞》。一爲吴氏鈔本，一則周司農櫟園先生所藏。間以三者互校，吴本皆周本所有，而《蘋洲》與周本校，則《蘋洲》内西湖十景詞並各詞小序，周本悉無之。然周本亦有數闋爲《蘋洲》所無，當校定彙爲一集。以成弁陽翁之全璧云。」又按：「草窗著有《志雅堂雜鈔》。」

〔二〕傍山窗二句：張喬《題友人草堂》：「空山卜隱初，生計亦無餘。」可，適合。

〔三〕款竹門深：《晉書·王徽之傳》：「時吴中一士大夫家有好竹，欲觀之，便出坐輿造竹下，諷嘯良久。主人灑掃請坐，徽之不顧。將出，主人乃閉門。徽之便以此賞之，盡歡而去。」韓愈《游青龍寺贈崔大補闕》：「何人有酒身無事，誰家多竹門可款。」

〔四〕移花檻小：符蒙《春日潛溪寓居》：「石面和雲坐，花根帶土移。」韓滮《謁金門》：「榆火新煙還熟食。小墻花檻直。」

〔五〕芳意菲菲：兼指古時種植荷花的芳菲亭。《太平寰宇記》卷九四：「(吴興)白蘋洲，在霅溪之東南，去州一里。州上有魯公顔真卿芳菲亭，内有梁太守柳惲詩云：『江州采白蘋，日晚江南春。』因以爲名。州内有池，池中舊有千葉蓮，今惟地名故址存焉。」司馬相如《上林賦》：「郁郁菲菲，衆香發越。」

〔六〕怕冷落四句：韓元吉《菩薩蠻》：「白蘋洲上路。幾度來還去。攲枕恨茫茫。笛聲依夜長。」並入《蘋洲漁笛譜》集名。

〔七〕塵外柴桑：以陶淵明隱居地代指周密吴興隱地。

〔八〕燈前二句：杜甫《贈衛八處士》：「今夕復何夕，共此燈燭光。」「昔别君未婚，兒女忽成行。」「明日隔山岳，世事兩茫茫。」

〔九〕分得句：葛長庚《沁園春·題羅浮山》：「山前。拾得清閑。也分我煙霞數畝寬。」

〔一〇〕乍掃苔二句：王禹偁《秋居幽興三首》(之三)：「掃苔留嫩緑，寫葉惜殘紅。」杜甫《過南鄰朱山人水亭》：「幽花歌滿樹，小水細通池。」

〔一一〕放鶴幽情：用林逋放鶴致客故事。吴興郡有白鶴山。

〔一二〕吟鶯二句：杜甫《可惜》：「花飛有底急，老去願春遲。」吟鶯，指歌舞場中的鶯聲燕語。

〔一三〕琴書自樂：陶潛《歸去來兮辭》：「悦親戚之情話，樂琴書以消憂。」

〔一四〕好襟懷二句：錢舜選《閑居》：「消遣餘生只如此，好懷正不要人知。」

〔一五〕長日句：劉禹錫《陋室銘》：「苔痕上階緑，草色入簾青。」李賀《秦宫詞》：「人間酒暖春茫茫，花枝入簾白日長。」

〔一六〕一卷新詩：此指《蘋洲漁笛譜》。

【集評】

單學博：（「好襟懷」四句）人不知而不愠矣，誠恐大難。

邵淵耀：不知不愠，但恐大難。

高亮功：幽居樂事，一一繪出。收句所謂「融情景於一家」。

【考辨】

江昱疏證：《吴興掌故》：公謹祖少傅公僑居郡城天聖寺側，公謹復置業弁山。《齊東野語》：吾家三世積累，先君子尤酷嗜。凡有書及金石之刻，庋置書種、志雅二堂。

孫按：夏譜考證，至元十八年（一二八一），周密杭州舊居楊沂中福清宅被毁，至元二十三年（一二八六）自營新第以居，新居堂名「志雅」。志雅堂既是周密三代經營的吴興藏書堂之一，杭州新居确有同名書堂，見《弁陽老人自銘》。然此志雅堂爲再歸吴興後新建，玉田作此詞志喜落成，理由如下。（一）交游詞人唱和可以互證草窗晚年歸吴興。王沂孫《三姝媚·次周公謹故京送别韻》有「一信東風，再約看，紅腮青眼。只恐扁舟西去，蘋花弄晚。」已預知周密有歸老吴興的打算。李彭老《一萼紅·寄弁陽翁》與玉田此詞同調同韻，下闋顯示草窗春天歸隱家山，並約定菖蒲花老的五月在蘋溪相見：「流水孤帆漸遠，想家山猿鶴，喜見重歸。北阜尋幽，青津問釣，多情楊柳依依。最難忘、吟邊舊雨，數菖蒲、花老是來期。幾夕相思夢蝶，飛繞蘋溪。」碧山、玉田、篔房詞中「蘋花」「蘋洲」「蘋溪」都是指吴興著名風光白蘋洲。（二）繡谷亭主吴焯《武林舊事批跋》引鄭元慶《湖録》證草窗歸雪。周密友人牟巘《周公謹復庵記》言其晚年選好歸居吴興基址，袁桷《復庵銘》顯示復庵已經建成，並轉述草窗之語表明已經歸居吴興：「今老矣，苟終無所歸，則於復之道奚取？」牟巘晚年長居吴興，其子牟子才（字存叟，號存齋），已著藉湖州。袁桷在吴興有清容書院，所記草窗歸居之事可以凭信。（三）吴興本有志雅書堂，是周密三代經營的藏書堂之一。見《齊東野語》卷一二。合而觀之，知周密吴興舊居、杭州寓地皆有志雅堂，玉田此詞所述爲吴興舊堂毁後新居中沿用舊名的建築。（四）詞中有「燈前兒女」，則玉田足跡曾至吴興志雅新堂。集中《木蘭花慢·元夕後，春意盎然，頗動游興，呈霅川吟社諸公》《壺中天·懷霅友》可以互證玉田游霅之事。另，集中又有《華胥引·錢舜舉幅紙畫牡丹、梨花二折枝。牡丹名洗妝紅，爲賦一曲，並題二花》，錢舜舉爲吴興畫家，詞作於霅地。《甘州·寄李篔房》：「記前度翦燈一笑，再相逢、知在那人家。」也表明曾至李商隱吴興隱居地。《水調歌頭·寄王信父》顯示親至霅川：「誰對紫微閣下，我對白蘋洲畔，朝市與山林。」《南樓令·

有懷西湖，且嘆客游之漂泊》也應作於吴興，寫及湖州西塞山桃花塢一帶。排比玉田江陰、吴興、宜興、常州游踪，知其游毗陵（常州）前曾短暫游霅，時在大德七年（一三〇三）。詳後吴興、常州詞考。

高陽臺

慶樂園，即韓平原南園。戊寅歲過之，僅存丹桂百餘株，有碑記在荆榛中，故末有亦猶今之視昔之感。復嘆葛嶺賈相之故廬也①〔一〕

古木迷鴉〔二〕，虚堂起燕〔三〕，歡游轉眼驚心。南圃東窗②，酸風掃盡芳塵③〔四〕。鬢貂飛入平原草〔五〕，最可憐、渾是秋陰④。夜沈沈。不信歸魂，不到花深〔六〕。吹簫踏葉幽尋去⑤，任船依斷石〔七〕，袖裏寒雲⑥〔八〕。老桂懸香，珊瑚碎擊無聲⑦〔九〕。故園已是愁如許，撫殘碑、却又傷今⑧。更關情⑨。秋水人家，斜照西泠⑩〔一〇〕。

【校記】

①龔本、曹本、寶書堂本、許本、鮑本詞題中「慶樂」作「慶承」，餘同。《天機餘錦》作：「西湖慶樂園，即韓平原園。戊寅歲過之，惟存丹桂百餘，南園記尚在荆棘中，故末章有亦猶今之視昔之感，復嘆葛嶺賈相公之故宅也。」明汪砢玉《珊瑚網》有「張叔夏過韓平原慶樂園賦《高陽臺》詞跡」。水竹居本、石村書屋本、明吴鈔、汪鈔本作：「慶承園，即韓平原南園。戊寅歲過之，有碑石在荆棘中，惟存古桂百餘株。故末句有亦猶今之視昔之感。」王刻略同，惟「戊寅」作「戊辰」。江昱按曰：「《禁扁》及《珊瑚網》載此詞真跡，俱作『慶樂』，題中『承』字應是『樂』字之訛。」朱校：「原本『樂』作『承』，從江

疏。」吴校：「《四印》本此題與《花草粹編》及《扣舷凭軾録》《復齋漫録》所引略同，間有異字，下另出；水竹居鈔本此序與《四印》本全同。『慶承園』，朱校依江疏作『慶樂園』。案：《花草粹編》及《扣舷凭軾録》《復齋漫録》引正作『樂』。『戊辰』，玉田僅二十三歲，《粹編》及《扣舷凭軾録》《復齋漫録》正作『戊寅』。」②圃：《天機餘錦》、水竹居本、石村書屋本、明吴鈔、汪鈔本、王刻作「浦」。③掃：明吴鈔作「拂」。④渾是：汪鈔本眉批：「一作『澤畔』。」陰：龔本、曹本、寶書堂本、許本、鮑本注「一作『聲』」。⑤踏葉：龔本、曹本、寶書堂本、許本、鮑本注「一作『散髮』」。《天機餘錦》作「踏月」。幽尋：水竹居本、石村書屋本、明吴鈔、王刻作「尋幽」。《珊瑚網》作「幽徑」。⑥任船二句：龔本、曹本、寶書堂本、許本、鮑本注「一作『向橋邊喚酒，樹底行吟』」。袖裏：汪鈔本眉批：「一作『漠漠』。」⑦老桂二句：龔本、曹本、寶書堂本、許本、鮑本注「一作『身在山中，舉頭一片香雲』」。碎擊：水竹居本、徐釚引《復齋漫録》、王刻作「擊碎」。⑧却又：《詞品》、徐釚引《復齋漫録》作「又却」。⑨更闕情：《天機餘錦》作「便闕情」。汪鈔本眉批：「一作『更堪憐』。」⑩西泠：龔本、曹本、寶書堂本、許本、鮑本注「一作『山林』」。《天機餘錦》、水竹居本、石村書屋本、明吴鈔、《詞品》、《花草粹編》、《珊瑚網》、徐釚引《復齋漫録》、汪鈔本、王刻作「西林」。朱校：「《書畫彙考》：張叔夏詞跡『泠』作『林』。」西泠，同「西林」，説已見前。龔本、曹本、寶書堂本、許本、鮑本詞末注：「秋水觀，賈相行樂處。」夏敬觀：「『塵』『雲』，真韻。『聲』『泠』，庚韻。」

【注釋】

〔一〕慶樂園：也稱南園、勝景園。御賜韓侂胄，嗣榮王趙與芮的園囿。韓侂胄、趙與芮都曾封平原郡王。董嗣杲《西湖百詠·勝景園》自注：「在雷峰路口東。開禧間韓侂胄園，陸放翁作《南園記》。」「韓敗，園屬官，名慶樂園。淳祐中，撥賜嗣榮王，易今名。」丹桂：《南方草木狀》卷中：「桂有三種：葉如柏葉，皮赤者爲丹桂。」桂又稱木犀或木樨。有碑記句：陸游爲韓侂胄作《南園記》《閲古泉記》。《四朝聞見録》卷五：「有香山、十樣錦之勝，有奇石爲石洞，洞有亭，頂畫以文錦。香山本蜀守所獻，高至五丈，於沙蝕濤激之餘，玲瓏壁立，在淩風閣下，皆記所不載。予已略具記於前集。」當時著名書法家吴琚石刻《南園記》並篆額：「額真大書《南園記》三字，非篆也，不用螭首，繪以芝鶴云。」故末有句：王羲之《蘭亭集序》：「每覽昔人興感之由，若合一契。未嘗不臨文嗟悼，不能喻之於懷。固知一死生爲虚誕，齊彭殤爲妄作。後之視今，亦由今之視昔。」由，通「猶」。

〔二〕古木迷鴉：「老桂懸香」意亦入此，指園中殘存的古桂百餘。李賀《帝子歌》：「山頭老桂吹古香，雌龍怨吟寒水光。」又，《金銅仙人辭漢歌》：「畫欄桂樹懸秋香，三十六宫土花碧。」

〔三〕虚堂起燕：陸游《南園記》：「於是飛觀傑閣，虚堂廣廳，上足以陳俎豆，下足以奏金石者，莫不畢備。高明顯敞，如蜕塵垢而入窈窕，邃深疑於無窮。」合用王謝堂前燕典。

〔四〕南圃二句：陸游《南園記》：「其潴水藝稻，爲囷爲場，爲牧羊牛畜雁鶩之地，曰歸耕之莊。」董嗣杲《西湖百詠·勝景園》自注：「韓游村莊，曰：『惜無犬吠。』隨有效之者。」詩曰：「名花裊裊草纖纖，臺榭隨幽逐勝添。十樣結亭環水樹，一碑述記卧風檐。梅關橋落停門鑰，射圃樓空失垛簾。向日相傳誰學吠，村莊畢竟出沽簾。」李賀《金銅仙人辭漢歌》：「魏官牽車指千里，東關酸風射眸子。」

〔五〕鬢貂：猶言「緑鬢貂蟬」，喻指年青歲月與顯貴的官位。

〔六〕夜沈沈三句：借意杜甫《詠懷古跡五首》（之三）「環佩空歸月夜魂」之句。

〔七〕船依斷石：此園與西湖山水相通。姜特立《平原郡王南園詩二十一首·寒碧》：「千層山色參空碧，十里波光照眼寒。」

〔八〕袖裏寒雲：陸游《南園記》：「奇葩美木，争效於前。清流秀石，若顧若揖。」「其積石爲山，曰西湖洞天。」古人認爲觸石生雲。林憲《李才翁懶窩》：「飛雲帶月來，投我襟袖裏。」

〔九〕珊瑚句：《世説新語·汰侈第三十》：「石崇與王愷争豪，並窮綺麗以飾輿服。武帝，愷之甥也，每助愷。嘗以一珊瑚樹高二尺許賜愷，枝柯扶疏，世罕其比。愷以示崇，崇視訖，以鐵如意擊之，應手而碎。」以上二句喻寫丹桂零落。范成大《虞美人·紅木犀》：「誰將擊碎珊瑚玉。裝上交枝粟。」

〔一〇〕更闌情三句：賈似道集芳園在北山葛嶺，西泠橋畔，内有秋水觀。《咸淳臨安志》卷八六：「水竹院落，在西林橋南，太傅平章賈魏公别墅。先是，理宗皇帝御書二閣扁賜公，其一曰『奎文之閣』。公遂擇勝地，敞層宇以荷。上賜閣之下爲堂，曰秋水觀，則今上皇帝宸畫也。圃於湖西者大率多幽窈之趣，若俯浩蕩，眇空碧，非穿林越磴，意不得騁而快也。兹堂枕湖漘，左挾孤山，右帶蘇堤，皆若却立屏侍，不敢迫近。波光萬頃，與闌檻相直，無少障礙。鳳凰諸山舉頭參前。又有道院、舫亭等，傑然爲登覽最。」韓園、賈園隔湖相望，兩人都曾任軍國平章事，位尊於左右丞相，慶樂園、集芳園又都是皇帝恩賜功臣的園林。詞作慨嘆宋朝權臣韓侂胄、賈似道的西湖名園倒塌殘破，實爲表達張氏故園易主，即宅第園林在祖父遭磔殺後歸廉希賢家的哀傷。前引資料多涉及張炎父祖輩張鎡、張濡、張樞臨安居地廣有邸園，如張鎡「其園池、聲伎、服玩之麗甲天下」，張鎡南湖北園多植丹桂，其《約齋桂隱百課》中「北園群仙繪幅樓」自注：「前後十一間。下臨丹桂五六十株，盡見江湖諸山。」香月堂前也植丹桂，《玉團兒》題序有「香月堂古桂數十株著花」。關情，觸景生情，牽動情懷。陸龜蒙《又酬襲美次韻》：「酒香偏入夢，花落又關情。」

【集評】

毛扆眉批：覽此亦足以醒人道心。

單學博：俯仰凭吊，感慨係之。

邵淵耀：俯仰凭吊，感慨係之。嘆及賈相，不傷今也。

高亮功：前段寫園，後段寫過。收意坡公所謂「當時亦笑張麗華，不知門外韓擒虎」也。

陳蘭甫：「花深」二字，微覺未穩。

【考辨】

徐釚《詞苑叢談》卷六引《復齋漫録》：予嘗讀此詞，不覺爲之再三增歎。夫花石之盛，莫盛於唐之李贇皇。讀《平泉莊記》則見之矣。宋之艮嶽，至南渡愈盛，而臨安園囿如此者不可屈指數也。今誰在耶？予爲童子時，見所謂慶樂園，其峰磴石洞，猶有存者。至正德間盡爲有力者移去矣。

江昱疏證：《武林舊事》：南園，中興後所創，光宗朝賜韓侂胄，陸放翁爲記。後復歸御前，名「慶樂」。賜嗣榮王與芮，又改「勝景」。《蓉塘詩話》：慶樂園，韓平原之南園也。有碑石卧荆棘中，猶存古桂百餘。《夢粱録》：内有十樣亭榭，工巧無二，射圃、走馬廊、流杯池、山洞，堂宇宏麗，野店村莊，裝點時景，觀者不倦。内有閣名凌風閣，丁香山巍然立於前，非古沈却枯枿耳。白斑《西湖賦》：「慶樂有梅關桂林之勝，珍禽異獸之繁，亭連棟爲十景，碑蝕苔以千言，記南園之絶景，扁西湖之洞天。」《扣弦凭軾録》：「讀此詞不禁爲之增感，余爲童子時見所謂慶樂園，其峰磴石洞猶有存者。至正德間，盡爲有力者移去矣。」

江昱按曰：《西湖游覽志》：葛嶺下有集芳園，淳祐間，理宗以賜賈似道，改名後樂園。又，水竹院落，似道離亭在西泠橋南，波光萬頃，與闌檻相值，内有秋水觀。又按：戊寅，宋端宗景炎三年。

張氏手批：宋景炎三年，明年宋亡。此詞亦誤編。

孫按：陸游曾爲韓侂胄作《南園記》《閲古泉記》，《南園記》刻於碑石。此碑光宗時已仆。葉紹翁《四朝聞見録》卷五：「近聞並《閲古記》不登於作記者之集，又碑已仆，懼後人無復考其詳，今並載二記云。」施國祁《張玉田詞説》謂「詞中『殘碑』云云，乃耒草碑」，並引林霽山《故相賈氏居》「回首耒草碑，荒煙掩餘怍」爲説，實誤。江疏、張批戊寅爲宋端宗景炎三年（一二七八），然此年五月帝昺改元，詞寫於八月，已在祥興元年。時在玉田初次北行南歸之後，應次於詞集卷一。

臺城路 送周方山游吴①〔一〕

朗吟未了西湖酒②，驚心又歌南浦〔二〕。折柳官橋③〔三〕，呼船野渡〔四〕，還聽垂虹風雨④〔五〕。漂流最苦。況如此江山，此時情緒⑤。怕有鴟夷，笑人何事載詩去⑥〔六〕。

荒臺只今在否⑦。登臨休望遠⑧，都是愁處〔七〕。暗草埋沙〔八〕，明波洗月〔九〕，誰念天涯覊旅。荷陰未暑。快料理歸程⑨，再盟鷗鷺〔一〇〕。只恐空山⑩，近來無杜宇〔一一〕。

【校記】

①《天機餘錦》《花草粹編》詞題作「送周方之吴」。水竹居本、石村書屋本、明吴鈔、《詞綜》、汪鈔本作「送周方山之吴」。　②酒：王刻作「路」。　③橋：《詞潔》作「河」。　④還：《歷代詩餘》作「遠」。聽垂虹：龔本、曹本、寶書堂本、許本、鮑本注「一作『憶五湖』」。王刻同。　⑤此：汪鈔本校者改作「恁」。許注：「丁氏舊抄本作『恁』。」王刻注：「一作『恁』。」　⑥人：龔本、曹本、寶書堂本、許本、鮑本注「一作『君』」。　⑦臺：《天機餘錦》作「苔」。　⑧登臨休：《詞綜》作「再休登」。　⑨料理歸程：龔本、曹本、寶書堂本、許本、鮑本注「一作『飛珮歸來』」。　⑩只恐空山：水竹居本、石村書屋本、明吴鈔、《花草粹編》、《詞綜》作「只有空山」。龔本、曹本、寶書堂本、許本、鮑本注「一作『見説江南』」，「恐」下注「一作『有』」。

【注釋】

〔一〕周方山：周暕。玉田友人。

〔二〕朗吟二句：潘玙《送柴仲山歸里》：「欲把西湖酒，重來是幾時。」

〔三〕折柳官橋：杜甫《長吟》：「江渚翻鷗戲，官橋帶柳陰。」

〔四〕呼船野渡：寇準《春日登樓懷歸》：「野水無人渡，孤舟盡日横。」

〔五〕還聽句：《吴郡志》卷一七：「利往橋，即吴江長橋也。慶曆八年縣尉王廷堅所建。有亭曰『垂虹』，而世並以名橋。」

〔六〕怕有二句：鴟夷，鴟夷子皮，范蠡之號。《史記·貨殖列傳》：「（范蠡）乃乘扁舟，浮於江湖，變名易姓，適齊爲鴟夷子皮，之陶爲朱公。」

〔七〕荒臺三句：《吴郡志》卷一五：「姑蘇山，一名姑胥，一名姑餘，連横山之北，古臺在其上。」《太平寰宇記》卷九一：「姑蘇臺，吴王夫差爲西施造，以望越。……《越絶書》云：『臺高見三百里。』故太史公云『登姑蘇，望五湖』即此。」古有麋鹿游姑蘇臺之説，見《史記·淮南衡山列傳》。

〔八〕暗草埋沙：唐無名氏《姑蘇臺》：「無端春色上蘇臺，鬱鬱芊芊草不開。」

〔九〕明波洗月：李白《烏棲曲》：「姑蘇臺上烏棲時，吴王宫裏醉西施。」「起看秋月墜江波，東方漸高奈樂何。」

〔一〇〕快料理二句：周暕《春日田園雜興》：「舊栽花木山鶯識，新買陂塘野鷺過。」主盟者吴渭等評曰：「識字耕夫云：『農圃餘生，結同盟之社友；湖山佳處，有識字之耕夫。所謂伊人，夫豈卑我執事。』語無排奡，體不效昆。野鷺山鶯，動金谷當年之感。婦蠶夫秝，逼石湖春日之吟云云。」參見【考辨】。

〔一一〕只恐二句：謂時在空山新雨之秋節，無杜鵑催歸也。

【集評】

張氏手批：亦是應酬家數，然畢竟雅音，玉田此種最多。

單學博：（「況如」四句）如此使事，豈不靈活？　又：換頭警拔。　又：（「只恐」二句）翻法。

許廷誥、邵淵耀：使事靈活。

高亮功：蕭中孚云：「一起黯然。送其游，後望其歸，又恐其不得歸，情致纏綿，曲折不盡。」換頭接法宜，想是再從游吴提起也。

陳蘭甫：「明波」二字甚新。

陳廷焯《雲韶集》卷九：（上闋）只緩緩寫來，寫到消魂之處，令人感慨不盡。字字秀煉，却極淳雅，無斧鑿痕跡，此白石之妙也。冀其歸來，而説來極閑雅。

又，《大雅集》卷四：字字洗煉，而無斧鑿痕，此白石之妙也。

闕名：伉爽之詞，妙能不粗，清氣滿紙。然如兩結句，終未深穩。

【考辨】

江昱按曰：周暕字伯陽，號方山。泰州人。武林社月泉吟社第十九名，自署「識字耕夫」。又按，至大庚戌嘗爲白珽作《湛淵靜語序》。夏筌《退庵筆記》卷一辨「伯陽」爲「伯暘」之訛。

孫按：黄灝《送詩賞小札序》：「月泉社吴清翁盟詩預於丙戌小春望日，以《春日田園雜興》爲題，至丁亥正月望日收卷，月終結局。收二千七百三十五卷，選中二百八十名。三月三日揭榜。」吴清翁，即吴渭。

張伯淳《送周方山序》：「居今之世，有若海陵周君以詩文游諸公間，識不識，聞周方山至，倒屣惟恐後。而日汲汲道途，豈得已而不已者哉。其客秀凡數年，來爲錢塘客，復許久，今又將去而游吴門。……於其行也，合錢塘交游之能詩者，各賦以贈。於是嘉興張伯淳壯方山之游興不衰，又喜吴門之有郡博士馮君抱瓮，前提學胡君滄溪，皆東道主也。方山見必有遇，當不至如區區所從者。」劉榮平《張炎北游時間是一年不是十一年——與謝桃坊先生商榷》：「據《元人傳記資料索引》，馮夢龜字仲錫，一字仲疇，號抱瓮，普州安岳人。宋末爲浙西帥幹，入元歷官建德、平江、徽州路學教授。陳櫟《定宇集》卷一〇《上馮路教抱瓮先生書》云：『五月吉日，學生成德齋生陳某謹齋沐裁書再拜，申呈於路教翰相先生……以時論則與先生（指馮抱瓮）並世而生，以地論則先生適來教於吾州，以勢分論則先生師也，櫟也可備弟子列者。……犬馬之齒，且三十有七矣。』汪炎昶《定宇先生行狀》

（《定宇集》卷一七）謂定宇先生（陳櫟，學者尊爲定宇先生，徽州路休寧縣人）『以淳祐壬子（一二五二）三月二七日實生五城』，則陳櫟此書作於至元二十五年（一二八八）五月、馮夢龜由平江路（治所在吳門）教授轉任徽州路教授之初，則周方山游吳門當在至元二十五年五月之前。」

桂枝香 送賓月葉公東歸①〔一〕

晴江迴闊。又客裏天涯〔二〕，還嘆輕别②〔三〕。萬里潮生一棹〔四〕，柳絲猶結。荷衣好向山中補③，共飄零、幾年霜雪〔五〕。賦歸何晚④，依依徑菊，弄香時節〔六〕。料此去、清游未歇〔七〕。引一片秋聲，都付吟篋⑤〔八〕。落葉長安〔九〕，古意對人休説。相思只在相留處⑥〔一〇〕，有孤芳、可憐空折〔一一〕。舊懷難寫，山陽怨笛，夜涼吹月⑦〔一二〕。

【校記】

①《天機餘錦》詞題作「送葉賓月東歸」。《歷代詩餘》作「送葉賓州東歸」。水竹居本、石村書屋本、明吳鈔、汪鈔本無題。②嘆：水竹居本、石村書屋本、明吳鈔、汪鈔本作「欲」。③好：《歷代詩餘》作「猶」。④賦歸：水竹居本作「□賦」。⑤夏敬觀：「『篋』，閉口韻。」⑥留：水竹居本、石村書屋本、明吳鈔、汪鈔本、王刻作「逢」。⑦舊懷三句：水竹居本作「□□□□，舊懷難寫，夜涼吹月」。石村書屋本、明吳鈔、汪鈔本作「舊懷難寫，夜涼吹月」。毛扆眉批：「『難寫』下應空二字。」汪鈔本校者旁注「（少一句）山陽怨笛」。

【注釋】

〔一〕葉賓月：葉東叔。　東歸：據任士林《賓月堂賦并序》，葉氏曾任江西教授，此指葉賓月從江西東歸永嘉，中途遇友人祖餞送别。《民國平陽縣志》卷七九載劉壎《與永嘉葉教書》，並按曰：「按此葉教乃平陽葉東叔也。」平陽，元屬瑞安府，宋時瑞安府郡治在永嘉。

〔二〕客裏天涯：「萬里」意亦入此。陶淵明《擬古詩九首》（之一）：「出門萬里客，中道逢嘉友。」劉長卿《按覆後歸睦州贈苗侍御》：「日下人誰憶，天涯客獨行。」

〔三〕還嘆輕别：下闋「相思」意入此句。錢起《送楊著作歸東海》：「酒酣暫輕别，路遠始相思。」

〔四〕潮生一棹：葉氏應是水程歸永嘉。

〔五〕共飄零二句：「柳絲猶結」意亦入此。荀濟《贈陰梁州詩》：「柳絮亟如絲，梅花屢成雪。」徐陵《長相思二首》（之二）：「柳絮飛還聚，遊絲斷復結。」以柳絮如絲如雪爲喻。杜甫《奉寄河南韋尹丈人》：「江湖漂短褐，霜雪滿飛蓬。」《九家集注杜詩》卷一八：趙彦材注曰：「飛蓬，言髮飄亂如之。久在江湖之間，故云漂短褐。髮如飛蓬，而霜雪滿，言其白也。」

〔六〕賦歸三句：張耒《晚望》：「長林脱葉委高風，晚菊依依發舊叢。」並用陶潛《歸去來兮辭》菊徑典。

〔七〕料此去二句：暗寫賓月之游。陸文圭《賓月亭記》：「永嘉山水甲東浙，而南雁蕩占勝處第一。山據平陽邑南，林壑幽秘，源洞紆縯，衆峰峆岈，互相吞噬，巋然出奇者，三十有六。里人葉君家焉，瞰江築亭，面揖紫翠，水繞欄角鳴。」潘岳《螢火賦》：「翔太陰之玄昧，抱夜光以清游。」

〔八〕引一片二句：翻用劉禹錫《秋詞二首》（之一）詩意：「晴空一鶴排雲上，便引詩情到碧霄。」張籍《和裴僕射移官言志》：「看壘臺邊石，閑吟篋裏詩。」

〔九〕落葉長安：賈島《憶江上吴處士》：「秋風生渭水，落葉滿長安。」

〔一〇〕相思句：司空圖《寄永嘉崔道融》：「詩家多滯此，風景似相留。」

〔一一〕有孤芳二句：《古詩十九首》：「涉江采芙蓉，蘭澤多芳草。采之欲遺誰，所思在遠道。」沈約《江蘺生幽渚》：「澤蘭被荒徑，孤芳豈自通。」

〔一二〕舊懷三句：用向秀《思舊賦》典，兼綰合葉氏故鄉賓月堂。

【集評】

單學博：頓挫清壯，此境真不易到，可與白石並驅今古也。

許廷誥：清壯足當白石。

邵淵耀：頓挫清壯，可與白石並驅千古。

高亮功：著一「共」字，摻入自己，妙。「賦歸」以下貼葉說。「相思」以下又接入自己。

【考辨】

江昱按曰：虞集《道園遺稿》有《次韻葉賓月山居詩十首》。

朱校：按《墻東類稿》有《賓月亭記》，亦爲永嘉葉君作，圖之爲堂爲亭，未可知也。又按《宋遺民録》梁隆吉有《題葉東叔賓月堂》詩，是葉伯幾父字東叔。本卷《桂枝香・賓月葉翁》即此人矣。

馮沅君《玉田朋輩考》：按《宋遺民録》梁隆吉有《題葉東叔賓月堂》詩，是葉伯幾父，字東叔。「人生自是人間客，月亦天邊寄此身。彼此虛空無著處，誰歟是主復誰賓。」

孫按：此詞寫在杭州送別葉東叔歸永嘉，參見《疏影・題賓月圖》【考辨】。以張炎在杭時間考之，寫於至元二十三年(一二八六)或稍後。

慶春宮 金粟洞天〔一〕

蟾窟研霜，蜂房點蠟〔二〕，一枝曾伴涼宵。清氣初生，丹心未折，濃艷到此都消〔三〕。避風歸去〔四〕，貯金屋、妝成漢嬌〔五〕。粟肌微潤〔六〕，和露吹香①〔七〕，直與秋高〔八〕。　小山舊隱重招②〔九〕。記得相逢，古道迢遥。把酒長歌③，插花短舞〔一〇〕，誰在水國吹簫。餘音何處，看萬里、星河動摇〔一一〕。廣庭人散，月淡天心，鶴下銀橋〔一二〕。

【校記】

①露：《歷代詩餘》、王刻作「霧」。　②重：龔本、曹本、寶書堂本、許本、鮑本注「一作『誰』」。

③把：《歷代詩餘》、王刻作「被」。

【注釋】

〔一〕金粟洞天：在杭州楊和王府。金粟，詩詞中多喻桂花。

〔二〕蟾窟二句：傳説月宫中有大桂樹。范成大《次韻馬少伊木犀》：「月窟飛來露已涼，斷無塵格染蜂黄。」杜甫《月》：「入河蟾不没，擣藥兔長生。」蟾窟，月宫。《後漢書·天文志》劉昭注引張衡《靈憲》：「姮娥遂託身於月，是爲蟾蜍。」研霜，擣藥。傅玄《擬天問》：「月中何有，玉兔擣藥。」　結處「廣庭」「鶴下銀橋」與此意相綰合。《龍城録·明皇夢遊廣寒宫》：「開元六年，上皇與申天師、道士鴻都客，八月望日夜，因天師作術，三人同在雲上，遊月中。過一大門，在玉光中飛浮，……頃見一大宫府，榜曰『廣寒清虚之府』。……其間見有仙人道士，乘雲駕鶴，往來若遊戲。少焉，步向前，覺翠色冷光，相射目眩，極寒不可進。下見有素娥十餘人，皆皓衣乘白鸞往來，舞笑於廣陵大桂樹之下。又聽樂音嘈雜，亦甚清麗。」《太平廣記》卷二二引《唐逸史》：「開元中，中秋望夜，時玄宗於宫中玩月。（羅）公遠奏曰：『陛下莫要至月中看否？』乃取拄杖，向空擲之，化爲大橋，其色如銀。請玄宗同登，約行數十里，精光奪目，寒色侵人。遂至大城闕。公遠曰：『此月宫也。』見仙女數百，皆素練寛衣，舞於廣庭。玄宗問曰：『此何曲也？』曰：『《霓裳羽衣》也。』玄宗密記其聲調，遂回。却顧其橋，隨步而滅。且召伶官，依其聲調作《霓裳羽衣曲》。」合用桂枝典。《晉書·郄詵傳》：「武帝於東堂會送，問詵曰：『卿自以爲何如？』詵對曰：『臣舉賢良對策，爲天下第一，猶桂林之一枝，昆山之片玉。』」

〔三〕清氣三句：杜甫《月》：「天上秋期近，人間月影清。」「只益丹心苦，能添白髮明。」

〔四〕避風歸去：反用趙飛燕典。《類説》卷一：「乃飛燕身輕，爲造水精盤，令宫人掌上歌舞。又作七寶避風臺。」

〔五〕貯金屋二句：《漢武故事》：「後長主還宫，膠東王數歲，公主抱置膝上問曰：『兒欲得婦否？』長主指左右長御百餘人，皆云不用。指其女，『阿嬌好否？』笑對曰：『好。若得阿嬌作婦，當作金屋貯之。』」白居易《長恨歌》：「金屋妝成嬌侍夜，玉樓宴罷醉和春。」張鎡《桂隱花正開得誠齋木樨七言次韻奉酬》：「衣青萼緑不見佩，屋貯阿嬌純用金。」

〔六〕粟肌微潤：反用趙飛燕私通鄰人羽林射鳥者，雪夜約期，飛燕體温，肌膚不生粟疹。事見《趙飛燕外傳》。

〔七〕和露吹香：李賀《帝子歌》：「山頭老桂吹古香，雌龍怨吟寒水光。」合用趙合德故事。《趙飛燕外傳》：「婕妤浴豆蔻湯，傅露華百英粉。」

〔八〕直與秋高：暗寓桂在廣寒宫，高處不勝寒之意。

〔九〕小山句：小山，淮南小山。或謂淮南王劉安賓客的總稱。《招隱士》序曰：「招隱士者，淮南小山之所作也。昔淮南王安博雅好古，招懷天下俊偉之士。自八公之徒，咸慕其德，而歸其仁，各竭才智。著作篇章，分造辭賦，以類相從，故或稱小山，或稱大山。其義猶《詩》有《小雅》、《大雅》也。小山之徒，閔傷屈原，又怪其文昇天乘雲，役使百神，似若仙者。雖身沈没，名德顯聞，與隱處山澤無異，故作《招隱士》之賦，以章其志也。」辭有句曰：「桂樹叢生兮山之幽，偃蹇連蜷兮枝相繚。」「猿狖群嘯兮虎豹嗥，攀援桂枝兮聊淹留。」

〔一〇〕把酒二句：杜甫《江亭王閬州筵餞蕭遂州》：「老畏歌聲短，愁從舞曲長。」寒山詩：「長歌三月響，短舞萬人看。」

〔一一〕看萬里二句：杜甫《月圓》：「故園松桂發，萬里共清輝。」又，《閣夜》：「五更鼓角聲悲壯，三峽星河影動搖。」

〔一二〕廣庭三句：白居易《霓裳羽衣歌（和微之）》：「繁音急節十二遍，跳珠撼玉何鏗錚。翔鸞舞了却收翅，唳鶴曲終長引聲。」

【集評】

單學博：（「把酒」六句）詞中排句如詩之一聯，文之二比，看他高渾而極新巧，又工力悉敵，此境大不易到。

邵淵耀：排句高渾，又極新巧穩稱。

高亮功：蕭中孚云：「一起便切入，大都詠物體總不貴寬泛也。」換頭用拓筆廣局。

夏敬觀：此詞稍凝重，微似夢窗。

【考辨】

江昱按曰：《武林舊事》：楊和王府雲洞園有金粟洞天。

孫按：《咸淳臨安志》卷八六：「雲洞，在錢塘門外古柳林，楊和王園。直抵北關，最爲廣袤。洞築土爲之，中通往來，其上爲樓，又有堂曰萬景天全，群山環列，洞之旁爲崇山峻嶺，有亭曰紫翠間，尤可遠眺桂亭。曰芳所、荷亭，曰天機雲錦，皆號勝處。」《武林舊事》卷五：「雲洞園，楊和王府。有萬景天全、方壺、雲洞、瀟碧、天機雲錦、紫翠間、濯纓、五色雲、玉玲瓏、金粟洞天、砌臺等處，花木皆蟠結香片，極其華潔。」周密亦有《桂枝香·雲洞賦桂》：「巖霏逗綠。又涼入小山，千樹幽馥。仙影懸霜粲夜，楚宮六六。明霞洞窅珊瑚冷，對清商、吟思堪掬。麝痕微沁，蜂黃淺約，數枝秋足。別有雕闌翠屋。任滿帽珠塵，拚醉香玉。瘦倚西風，誰見露侵肌粟。好秋能幾花前笑，繞涼雲、重喚銀燭。寶屏空曉，珍叢怨月，夢回金谷。」玉田此詞與《高陽臺·慶樂園，即韓平原南園》同時寫於杭州，因季節在秋，是已經改元的祥興元年（一二七八），應次於詞集卷一。

長亭怨①舊居有感②

望花外、小橋流水，門巷愔愔③〔一〕，玉簫聲絶〔二〕。鶴去臺空〔三〕，珮環何處弄明月④〔四〕。十年前事，愁千折⑤、心情頓別〔五〕。露粉風香誰爲主，都成消歇〔六〕。淒咽。曉窗分袂處⑥，同把帶鴛親結⑦〔七〕。江空歲晚〔八〕，便忘了⑧、尊前曾説。恨西風不庇寒蟬，便掃盡、一林殘葉〔九〕。謝楊柳多情⑨，還有綠陰時節〔一〇〕。

【校記】

①戈選杜批：「此與前白石、夢窗、碧山各詞句法不同，爲又一體。」②水竹居本、明吳鈔詞題作「有感舊居」。《詞綜》作「有懷故居」。汪鈔本、王刻作「有感故居」。③愔愔：石村書屋本、汪鈔

本作「愔然」。④珮環：《天機餘錦》、明吴鈔作「環珮」。⑤折：龔本、曹本、寶書堂本、許本、鮑本注「一作『結』」。《天機餘錦》同。⑥曉：龔本、曹本、寶書堂本、許本、鮑本注「一作『小』」。《歷代詩餘》、戈選同。⑦把：《天機餘錦》作「打」。⑧便：《詞綜》作「肯」。汪鈔本、王刻作「更」。⑨謝：龔本、曹本、寶書堂本、許本、鮑本注「一本有『他』字」。《天機餘錦》、王刻作「謝他」。

【注釋】

〔一〕門巷愔愔：柳惲《長門怨詩》：「玉壺夜愔愔，應門重且深。」愔愔，幽深貌。

〔二〕玉簫聲絶：「何處弄明月」意入於此。杜牧《寄揚州韓綽判官》：「二十四橋明月夜，玉人何處教吹簫。」

〔三〕鶴去臺空：許渾《經故丁補闕郊居》：「鵬上承塵纔一日，鶴歸華表已千年。」

〔四〕珮環句：借用杜甫《詠懷古跡五首》（之二）「環佩空歸月夜魂」之句。

〔五〕十年三句：江淹《别賦》：「有别必怨，有怨必盈。使人意奪神駭，心折骨驚。」

〔六〕露粉二句：杜甫《秋興八首》（之七）：「波漂菰米沈雲黑，露冷蓮房墜粉紅。」晏幾道詠荷《蝶戀花》：「照影弄妝嬌欲語，西風豈是繁華主。」張氏舊居有荷爲實録。詳《鬥嬋娟》注〔一〕所引奚淢《秋崖津言》。

〔七〕帶鴛親結：張祜《贈柘枝》：「鴛帶排方鏤緑牙，紫羅衫卷合歡花。」結處「柳」字意亦入此。唐彦謙《無題十首》(之八)：「柔絲漫折長亭柳，綰得同心欲寄將。」

〔八〕江空歲晚：前文「分袂」意入於此。杜甫《寄賀蘭銛》：「歲晚仍分袂，江邊更轉蓬。」

〔九〕恨西風三句：陸機《擬明月何皎皎》：「涼風繞曲房，高柳鳴寒蟬。」陸游《七月十一日見落葉》：「昔時可藏鴉，今欲不庇蟬。」

〔一〇〕謝楊柳二句：此與王沂孫《齊天樂·蟬》同義：「謾想薰風，柳絲千萬縷。」

【集評】

張氏手批：「帶鴛親結」，不知所指何人。「楊柳緑陰」，其猶有恢復之思耶？否則，棄予陰雨之感也。

單學博：(「謝楊花」二句)偏兜轉一層，意筆婉蓄。

許廷誥：兜轉好。

邵淵耀：兜轉一層，意特婉蓄。

高亮功：此等詞不知情生於文，文生於情。「恨西風」以下數句，賦而比也。玩他虚字轉折處，有對此茫茫、百端交集之象。

陳廷焯《雲韶集》卷九：通篇無一字不嗚咽，如斷雁驚風、哀猿叫月。(下闋)故作擺脱之筆，愈形淒惻。(「謝楊柳」二句)結筆從無可奈何處聊以自解。

夏敬觀：似白石。

闕名：哀怨淒抑之詞。

【考辨】

集中有《憶舊游・過故園有感》《淒涼犯・過鄰家見故園有感》《鬥嬋娟・故園荒没歡事去，心有感而作》三詞寫園囿，此寫舊居兼及園亭。詞意亦如邱鳴皋《關於張炎的考索》所説，隱現没於官府的妻妾。詞有「十年前事」，略舉成數，以張炎行跡考之，應是至元二十三年（一二八六）或次年寫於杭州。

甘州 寄李篔房①

望涓涓②、一水隱芙蓉③，幾被暮雲遮〔一〕。正凭高送目④，西風斷雁，殘月平沙〔二〕。未覺丹楓盡老，摇落已堪嗟〔三〕。無避秋聲處，愁滿天涯。一自盟鷗別後⑤，甚酒瓢詩錦，輕誤年華〔四〕。料荷衣初暖⑥，不忍負煙霞〔五〕。記前度翦燈一笑，再相逢、知在那人家⑦。空山遠，白雲休贈⑧，只贈梅花〔六〕。

【校記】

①底本、龔本、《歷代詩餘》、曹本、寶書堂本、許本、鮑本詞題作「寄李筠房」。江昱按曰：「李彭老，號筠房。見卷二《暗香》詞。」水竹居本、石村書屋本、明吴鈔、汪鈔本詞題作「次李篔房韻」。王刻作「次韻李筠房」。《浩然齋雅談》卷下：「秋崖，李萊老，與其兄篔房競爽，號『龜溪二隱』。」玉田父張

樞亦與篔房交游，有詞《壺中天·月夕登繪幅堂，與篔房各賦一解》。此據水竹居本、石村書屋本、明吴鈔、汪鈔本、王刻及張樞、周密所載改「筠」爲「篔」。然李彭老似又號筠房。吴文英《絳都春·爲李篔房量珠賀》有「新腔按徹，背燈暗、共倚篔屏葱蒨」之句。②涓涓：水竹居本、石村書屋本、明吴鈔、龔本、《歷代詩餘》、寶書堂本、汪鈔本、王刻作「娟娟」。③隱：《天機餘錦》作「隔」。④送目：龔本、曹本、寶書堂本、許本、鮑本注「一作『望極』」。⑤别：《天機餘錦》、水竹居本、石村書屋本、明吴鈔、汪鈔本、王刻作「歸」。⑥料：《歷代詩餘》作「諒」。暖：曹本作「展」。⑦知：龔本、曹本、寶書堂本、許本、鮑本注「一作『却』」。⑧贈：《天機餘錦》、水竹居本、石村書屋本、明吴鈔、汪鈔本作「寄」。許本注「丁氏鈔本作『寄』」。

【注釋】

〔一〕望涓涓三句：李篔房，湖州吴興人。姜夔《惜紅衣》序：「吴興號水晶宫，荷花盛麗。陳簡齋云：『今年何以報君恩。一路荷花相送到青墩。』亦可見矣。」兼用江淹《休上人怨别》詩意：「日暮碧雲合，佳人殊未來。」

〔二〕正凭高三句：周密《三犯渡江雲》贈李篔房、李秋崖詞同是盼雁傳書：「冰溪空歲晚，蒼茫雁影，淺水落寒沙。」

〔三〕未覺二句：張謂《辰陽即事》：「青楓落葉正堪悲，黄菊殘花欲待誰。」謝靈運《晚出西謝堂詩》：「曉霜楓葉丹，夕曛嵐氣陰。」

〔四〕甚酒瓢二句：羨其隱居的詩酒生涯。姚合《酬田卿書齋即事見寄》：「不是相尋懶，煩君舉酒瓢。」杜甫《酬韋韶州見寄》：「白髮絲難理，新詩錦不如。」

〔五〕料荷衣二句：杜牧《題白蘋洲》：「無多珪組累，終不負煙霞。」

〔六〕白雲二句：《太平御覽》卷九七〇：「《荆州記》曰：陸凱與范曄相善，自江南寄梅一枝詣長安與曄，並贈詩曰：『折花逢驛使，寄與隴頭人。江南無所有，聊贈一枝春。』」友人多有李氏兄弟贈梅的叙述。如周密《甘州·燈夕書寄二隱》：「喜故人好在，水驛寄詩筒。數芳程、漸催花信，送歸帆、知第幾番風。空吟想，梅花千樹，人在其中。」《二隱皆有和篇因再用韻》：「平昔結交惟二仲，折梅時寄短長吟。」

【集評】

張氏手批：此當是景定間棄家客游時作。「無避秋聲處」蹙蹙靡所騁也。是時東南暫安，故曰：「未覺丹楓盡老。」「荷衣」以下，勸李勿輕出也。「那人家」，元氏也。「白雲」，出岫之物，故曰「休贈」。「梅花」耐寒也。

單學博：（「無避」二句）沈痛。　又：（「記前度」三句）牽合得妙，此之謂水乳交融。

許廷誥：沈痛。水乳交融。

邵淵耀：牽合入妙，水乳交融。

高亮功：前段即景，後段述懷。「記前度」二句，淡而有味。

陳蘭甫：用長吉事，無「囊」字則「錦」字無著。

夏敬觀：似白石。

【考辨】

周密《三犯渡江雲》：「丁卯歲未除三日，乘興棹雪訪李商隱、周隱於餘不之濱。」餘不溪，即黿溪，爲霅溪匯流之一，可據知篔房隱居地，玉田詞中「記前度」云云，也可證知張炎曾有霅溪之行。今與集中常州詞對參，知玉田約在大德七年（一三〇三）曾游霅川，此詞應是游吴興霅川之後，次年在常州或宜興的寄贈之作。

又 趙文升索賦，散樂妓桂卿①〔一〕

隔花窺半面〔二〕，帶天香②、吹動一天秋③〔三〕。嘆行雲流水〔四〕，寒枝夜鵲〔五〕，楊柳灣頭。浪打石城風急，難繫莫愁舟〔六〕。未了笙歌夢，倚棹西洲④〔七〕。　重省尋春樂事，奈如今老去，鬢改花羞〔八〕。指斜陽巷陌，都是舊曾游〔九〕。凭寄與⑤、采芳儔侣，且不須、容易説風流〔一〇〕。争得似、桃根桃葉，明月妝樓〔一一〕。

【校記】

①《天機餘錦》、水竹居本、石村書屋本、明吴鈔、汪鈔本、王刻詞題作「坐客索賦散妓桂卿」。《詞綜》作「贈桂卿」。　②香：《天機餘錦》作「風」。　③天：《詞旨》、《天機餘錦》、水竹居本、明吴鈔、王

刻作「身」。④西洲：諸本皆作「西州」。王校：「疑作『洲』。」朱校：「按『州』疑『洲』訛。」據改。
⑤與：《天機餘錦》、水竹居本、石村書屋本、明吳鈔、汪鈔本、王刻作「語」。

【注釋】

〔一〕趙文升：玉田友人，生平未詳。　江昱按曰：「桂卿姓武氏，見本卷《戀繡衾》詞。」

〔二〕隔花句：典《南史·后妃傳下》：「元帝徐妃諱昭佩，東海郯人也。……妃無容質，不見禮。帝三二年一入房。妃以帝眇一目，每知帝將至，必爲半面妝以俟，帝見則大怒而出。」

〔三〕帶天香二句：此入詞題中「桂」字。宋之問《靈隱寺》：「桂子月中落，天香雲外飄。」

〔四〕行雲流水：下闋「風流」二字意入此處。江總《別袁昌州詩二首》（之一）：「不言雲雨散，更似東西流。」

〔五〕寒枝夜鵲：曹操《短歌行》：「月明星稀，烏鵲南飛。繞樹三匝，何枝可依。」

〔六〕浪打二句：反用《莫愁樂二首》（之一）詩意：「莫愁在何處，莫愁石城西。艇子打兩槳，催送莫愁來。」

〔七〕倚棹西洲：《西洲曲》：「西洲在何處，兩槳橋頭渡。」

〔八〕奈如今二句：用白居易《感櫻桃花因招飲客》詩意：「櫻桃昨夜開如雪，鬢髮今年白似霜。漸覺花前成老醜，何曾酒後更顛狂。」蘇軾《吉祥寺賞牡丹》：「人老簪花不自羞，花應羞上老人頭。」

〔九〕指斜陽二句：可與劉辰翁《大聖樂》參看：「傷心處，斜陽巷陌，人唱西河。」

〔一〇〕凭寄與四句：白居易嘲歌妓阿軟有句曰：「十五年前似夢游，曾將詩句結風流。」容易，《匯釋》：「猶云輕易也；草草也；疏忽也。」

〔一一〕争得似三句：桃根桃葉，喻姊妹。阮閱《詩話總龜》卷七引《樂府集》：「桃葉，王獻之愛妾名也，其妹曰桃根。詞云：『桃葉復桃葉，桃葉連桃根。』」争得似，怎麽比得上。

【集評】

單學博、邵淵耀：（「指斜陽」二句）煞是不堪回首。

許廷誥：不堪回首。

高亮功：前段叙離合之跡，後段寫淪落之懷。第二句暗藏「桂」字，琢句甚峭。疏宕。收處正與起處映。

夏敬觀：似白石。效白石雖亦流轉處使用虚字，有變化則不爲爛調。在流動中仍有凝重處，則不爲滑調。此辨别甚不易。

【考辨】

據張炎《甘州·趙文叔與余賦别十載，余方東還，文叔北歸，聚首於杭，況味俱寥落，遂述此詞。更十年觀此曲，又當何如耶》，據之逆推十年，僅有此詞與《戀繡衾·代題武桂卿扇》《瑞鶴仙·趙文升席上代去姬寫懷》三詞寫於宋度宗咸淳十年（一二七四）或稍後。詞作回憶宋亡前趙文叔（江昱疏證，「文叔」「文升」爲同一人，詳後引）攜妓在舊京杭州同游。

疏影 題賓月圖〔一〕

雪空四野，照歸心萬里，千峰獨立〔二〕。身與天游〔三〕，一洗襟懷，海鏡倒涌秋白①〔四〕。相逢懶問盈虧事〔五〕，但脉脉、此情無極②〔六〕。是幾番、飛蓋追隨，桂底露衣香濕③〔七〕。閑款樓臺夜色。料水光未許，人世先得〔八〕。影裏分明，認得山河〔九〕，一笑亂山横碧。乾坤許大須容我，渾忘了、醉鄉猶客〔一〇〕。待倩誰、招下清風，共結歲寒三益〔一一〕。

【校記】

①白：龔本、曹本、寶書堂本、許本、鮑本注「一作『日』」。②無：《詞譜》作「何」。③露衣香濕：王刻作「露香衣濕」。夏敬觀：「『立』『濕』，閉口韻。」

【注釋】

〔一〕賓月圖：即永嘉葉東叔的賓月圖，參見《桂枝香·送賓月葉公東歸》。賓月，以月爲賓客。林景熙《賓月堂賦》：「南雁蕩葉君，堂於山之陽，野蔌盈俎，春醪在觴，索居無朋，欲飲誰相？俄有客自天東駕五雲而來，水佩金裳，冰姿玉質，初流光於檐楹，忽散彩於庭闒。不由介擯，竟造几席。主人見而異之曰：『噫嘻！此佳賓也。』」

〔二〕雪空三句：許渾《題崔處士山居》：「向夜欲歸心萬里，故園松月更蒼蒼。」

〔三〕身與天游：李白《月下獨酌四首》（其一）：「永結無情游，相期邈雲漢。」

〔四〕海鏡句：郭璞《江賦》：「王珧海月，土肉石華。」李善注曰：「《臨海水土物志》曰：海月大如鏡，白色，正圓。」秋白，秋月。

〔五〕相逢句：「萬里」二字意亦入此。楊凭《樂游園望月》：「今古人同望，盈虧節暗移。」蘇軾《中秋月寄子由三首》（之三）：「嘗聞此宵月，萬里同陰晴。」自注：「故人史生爲余言，嘗見海賈云：中秋有月，則是歲珠多而圓。賈人以此候之，雖相去萬里，他日會合相問，陰晴無不同者。」

〔六〕但脉脉二句：温庭筠《夜宴謡》：「高樓客散杏花多，脉脉新蟾如瞪目。」貫休《中秋十五夜月》：「坐來惟覺情無極，何況三湘與五湖。」

〔七〕是幾番三句：吴筠《秋念詩》：「團團珠暉轉，炤炤漢陰移。箕風入桂露，壁月滿瑶池。」曹植《公燕詩》：「清夜游西園，飛蓋相追隨。」

〔八〕閑款三句：蘇麟《句》：「近水樓臺先得月，向陽花木易爲春。」

〔九〕影裏二句：《酉陽雜俎》卷一：「釋氏書言：須彌山南面有閻扶樹，月過，樹影入月中。或言月中蟾桂，地影也，空處，水影也。」吕巖《卜算子》：「卷盡浮雲月自明，中有山河影。」

〔一〇〕乾坤三句：《雲笈七籤》卷二八：「《雲臺治中録》曰：（施存）後遇張申爲雲臺治官，常懸一壺如五升器大，變化爲天地，中有日月如世間，夜宿其内，自號壺天，人謂曰壺公。因之得道在治中。」杜荀鶴《送九華道士游茅山》：「日月浮生外，乾坤大醉間。」元稹《酬獨孤二十六送歸通州》：「生爲醉鄉客，死作達士魂。」

〔二〕待倩誰三句：三益，語本《論語·季氏》：「孔子曰：益者三友，損者三友。友直，友諒，友多聞，益矣。」後也指梅、竹、石。《鶴林玉露》卷五：「東坡贊文與可梅竹石云：『梅寒而秀，竹瘦而壽，石醜而文，是爲三益之友。』」此指葉東叔邀約風、月，結成三益之友。曹伯啓《題葉賓月圖二首》（之二）亦曰：「廣文胸次瑩無塵，明月知音自主賓。更約飛廉作三益，祇防雲物忌情親。」

【集評】

張氏手批：情見乎詞，却恨淺率。

單學博：清虚廣寒，不負此圖命名之意。　又：結「賓」字清而刻。

許廷誥：起句不落韻，想偶爾誤筆，不可引爲格也。結「賓」字清刻。

邵淵耀：翻用清語，推陳出新，著題清刻。

高亮功：清雄絶世，自來詠月詞罕有此匹。起云「照歸心」，末又云「渾忘了、醉鄉猶客」，各極其妙。

闕名：下片奇逸之句，令人神往。

【考辨】

江昱按曰：任士林《松鄉集·賓月堂賦并序》：「永嘉葉伯幾，士林識之西湖之上，清風襲人，真畏友也。未幾，遂爲吾州師。出其翁賓月堂圖，俾賦之。翁既分教江西，遠在千里，猶未覿也。其詞云云。」又按：林霽山集亦有《賓月堂賦》。

孫按：據《嘉靖寧波府志》，任士林居於「（奉化）縣南五十里鮚埼村。」任士林與張炎族叔張楧有交游，曾以《張仲實教授宜興序》餞行其赴任宜興學官。林霽山有《送葉伯幾之奉化》，自注：伯幾，平陽人。分教明州奉化。戴表元也有《送葉伯幾赴奉化録》自注：杭州作。葉伯幾曾任奉化教職，張炎大德二年（一二九八）有奉化游跡，寫作時地可以由此推定。

湘月　賦雲溪〔一〕

隨風萬里。已無心出岫，浮游天地〔二〕。爲問山中何所有，此意不堪持寄〔三〕。淡薄相依〔四〕，行藏自適〔五〕，一片松陰外。石根蒼潤，飄飄元是清氣①〔六〕。長伴暗谷泉生②〔七〕，晴光瀲灩③〔八〕，濕影摇花碎〔九〕。濁濁波濤江漢裏④，忽見清流如此〔一〇〕。枝上瓢空，鷗前沙淨⑤，欲洗幽人耳⑥〔一一〕。白蘋洲上，浩歌一棹春水⑦〔一二〕。

【校記】

①清氣：石村書屋本、汪鈔本作「起處」。②泉生：《天機餘錦》作「流泉」。③晴：《天機餘錦》、水竹居本、王刻作「清」。④濁濁：《歷代詩餘》、王刻作「濯濯」。⑤前：龔本、曹本、寶書堂本、許本、鮑本注「一作『邊』」。明吴鈔、汪鈔本、王刻同。⑥幽：龔本、曹本、寶書堂本、許本、

鮑本注「一作『愁』」。明吴鈔、汪鈔本、王刻同。⑦棹：水竹居本、石村書屋本、汪鈔本、王刻作「曲」。

【別本】

從龍萬里。渺滄溟一粟，浮游天地。爲問山中何所有，心事不堪持寄。古態行藏，閑情舒卷，飛出紅塵外。石根蒼潤，飄然一片清氣。　長伴澗底泉生，晴光瀲灧，濕影摇花碎。濁濁波濤江漢裏，忽見清流如此。鶴浴沙寒，鷗眠竹淨，深會漁翁意。白蘋洲上，浩歌一棹春水。

【注釋】

〔一〕雲溪：卞應魁，號雲溪。

〔二〕隨風三句：此寫雲無心出岫。梁簡文帝《詠雲詩》：「浮雲舒五色，瑪瑙應霜天。」

〔三〕爲問二句：陶弘景《詔問山中何所有賦詩以答》：「山中何所有，嶺上多白雲。只可自怡悦，不堪持寄君。」

〔四〕淡薄相依：益州録事參軍《句》：「秋光都似宦情薄，山色不如歸興濃。」吴龍翰《哭羅潛齋》可以參看：「宦情雲淡薄，吟鬢竹蕭疏。」

〔五〕行藏自適：語本《論語·述而》：「用之則行，舍之則藏。」蘇軾《沁園春》：「用舍由時，行藏在我，袖手何妨閑處看。」

〔六〕石根二句：「松陰」意入此處。姚合《送殷堯蕩游山南》：「溪靜雲生石，天晴雪覆松。」杜甫

《冬深》：「花葉隨天意，江溪共石根。」

〔七〕暗谷泉生：杜甫《夜宴左氏莊》：「暗水流花徑，春星帶草堂。」《九家集注杜詩》卷一八師尹注曰：「孫登詩：暗水度潛溪。」

〔八〕晴光瀲灩：蘇軾《飲湖上初晴後雨》：「水光瀲灩晴方好，山色空濛雨亦奇。」

〔九〕濕影句：司馬光《浮觴亭》：「浪摇花影碎，日射酒缸殷。」

〔一〇〕濁濁二句：《魏鼓吹曲十二首·平南荆》：「南荆何遼遼，江漢濁不清。」

〔一一〕欲洗句：皇甫謐《高士傳·許由》：「堯讓天下於許由……由於是遁耕於中岳潁水之陽，箕山之下，終身無經天下色。堯又召爲九州長，由不欲聞之，洗耳於潁水濱。」蔡邕《琴操·箕山操》：「許由者，古之貞固之士也。堯時爲布衣，夏則巢居，冬則穴處。飢則仍山而食，渴則仍河而飲。無杯器，常以手捧水而飲之。人見其無器，以一瓢遺之。由操飲畢，以瓢挂樹。風吹樹動，歷歷有聲。由以爲煩擾，遂取損之。」

〔一二〕白蘋二句：吴興白蘋洲，在霅溪之東南。見前注引《太平寰宇記》卷九四，贈主卞應魁吴興人，詳【考辨】。

【集評】

單學博：（「濁濁」二句）寄慨不淺。

邵淵耀：上下闋分賦，寄慨不淺。

許廷誥：寄慨。

高亮功：前段賦雲，後段賦溪，章法別致。蕭中孚云：「未免散漫。」

【考辨】

江昱疏證：貝瓊《清江集》題《雲溪耕隱》：屋外青山山似蓮，雲溪隱者即神仙。桑麻杜曲非無地，鷄犬桃源別有天。載酒鄰翁時叩户，賣魚溪女不論錢。卧龍何事煩三顧，祇合隆中老歲年。

張如安《箋釋小補》：檢《同治長興縣志》卷二三云：「卞南仲，字應午，號月溪，能詩詞，美丰度。弟應魁，號雲溪。兄弟友愛，至老無間。元初南臺以茂異薦於朝，授潤州判官，有政聲，後遂寓居溧陽。」……從卞南仲元初寓居溧陽的事實判斷，《壺中天·壽月溪》《摸魚子·爲卞南仲賦月溪》《南樓令·壽月溪》諸作，似應爲大德九年（一三〇五）張炎在溧陽時所作。

孫按：此詞贈卞南仲之弟卞應魁，大德九年（一三〇五）秋，張炎應仇遠之邀，游溧陽。當時卞氏兄弟已經寓居溧陽，仇遠多有酬答詩作，卞氏兄弟與張炎交游也正在此時。

真珠簾①近雅軒即事〔一〕

雲深別有深庭宇②。小簾櫳③、占取芳菲多處④。花暗水房春⑤，潤幾番酥雨⑥〔二〕。見説蘇堤晴未穩⑦，便懶趁⑧、踏青人去〔三〕。休去。且料理琴書，夷猶今古〔四〕。誰見靜裏閑心⑨，縱荷衣未葺⑩，雪巢堪賦〔五〕。醉醒一乾坤⑪，任此情何許⑫〔六〕。茂樹石牀因坐久⑬，又却被、清風留住⑭〔七〕。欲住。奈簾影妝樓⑮，翦燈人語。

【校記】

①詞調或作《珍珠簾》。戈選杜批夢窗此調：「此詞首句及换頭二字或叶或不叶，後草窗詞换頭叶韻，玉田詞二首，一均不叶，一叶，首句均可不拘。」②深庭：龔本、曹本、寶書堂本、許本、鮑本「深」下注：「一作『新』。」③簾櫳：龔本、曹本、寶書堂本、許本、鮑本注「一作『窗間』」，一作『紗窗』，一作『窗櫳』」。④芳菲：龔本、曹本、寶書堂本、許本、鮑本注「一作『園林』」。⑤水房：水竹居本作「水芳」。《詞律》《詞譜》作「水曲」。《詞綜》、戈選作「曲房」。⑥酥：《歷代詩餘》、王刻作「疏」。⑦蘇堤：龔本、曹本、寶書堂本、許本、鮑本注「一作『堤邊』」。⑧懶：龔本、曹本、寶書堂本、許本、鮑本注「一作『好』」。《詞綜》《詞律》同。⑨誰見句：龔本、曹本、寶書堂本、許本、鮑本注「一作『佳趣靜樂蕭閑』」。⑩葺：龔本、曹本、寶書堂本、許本、鮑本注「一作『緝』」。水竹居本、明吴鈔、汪鈔本同。⑪醉醒：《詞旨》、明吴鈔、《詞綜》、《詞律》、汪鈔本、王刻作「醒醉」。⑫何：水竹居本、明吴鈔、《詞律》、《詞綜》、汪鈔本、王刻作「如」。⑬茂樹句：底本、龔本、曹本、寶書堂本、許本、鮑本作「茂樹石牀同坐久」，除底本外「同」字下注「一作『因』」，又注：「一作『嘯傲行行歸較晚』。」此據説郛本《詞旨》、明吴鈔改。⑭清：《詞律》作「春」。⑮簾影妝樓：龔本、曹本、寶書堂本、許本、鮑本注「一作『簾卷西園』」。

【注釋】

〔一〕近雅軒：未詳。　　即事：魏慶之《詩人玉屑·命意》：「如述懷、即事之類，皆先成詩，而後命題者也。」

〔二〕潤幾番句：韓愈《早春呈水部張十八員外二首》（之一）：「天街小雨潤如酥，草色遥看近却無。」

〔三〕見説三句：《西湖老人繁勝録》：「公子王孫、富室驕民，踏青游賞。城西店舍經營，輻湊湖上，開張趕趁。」孟浩然《大堤行》：「歲歲春草生，踏青二三月。」

〔四〕且料理二句：謝靈運《齋中讀書詩》：「懷抱觀古今，寢食展戲謔。」張籍《城南》：「橋低競俯僂，亭近閑夷猶。」

〔五〕雪巢堪賦：楊萬里《雪巢賦序》：「天台林君景思之廬，字以雪巢。尤延之爲作記，廬陵楊某復賦之。」

〔六〕醉醒二句：劉伶《酒德頌》：「無思無慮，其樂陶陶。兀然而醉，怳爾而醒。」蔡戡《遣興》：「醉裹乾坤大，閑中日月長。」

〔七〕茂樹三句：白居易《香爐峰下新置草堂即事詠懷題於石上》：「倦鳥得茂樹，涸魚返清源。」王安石《北山》：「細數落花因坐久，緩尋芳草得歸遲。」王轂《暑日題道邊樹》：「清風留我移時住，滿地濃陰懶前去。」

【集評】

江昱按曰：「去」「住」兩二字句，正作態取妍處，非此調必應如是也。

單學博：軒中有此幽事，正復大雅，何止近耶？　又：休去欲住，位置天然。

邵淵耀：空際頓折，短句位置恰好。

高亮功：景甚秀潤，情甚閑放。換頭略用述懷抱，使度開展也。

陳廷焯《雲韶集》卷九：婉雅。只「休去」二字，足見筆致不可捉摸處。（下闋）胸襟超越，先生本色。結婉麗。

【考辨】

此詞寫於杭州。

大聖樂①華春堂分韻，同趙學舟賦②〔一〕

隱市山林，傍家池館，頓成佳趣③〔二〕。是幾番、臨水看雲〔三〕，就樹攬香④〔四〕，詩滿闌干横處。翠徑小車行花影，聽一片、春聲人笑語⑤。深庭宇⑥。對清晝漸長⑦〔五〕，閑教鸚鵡〔六〕。

芳情緩尋細數。愛碧草平煙紅自雨⑧〔七〕。任燕來鶯去⑨，香凝翠暖⑩，歌酒清時鐘鼓⑪〔八〕。二十四簾冰壺裏，有誰在、簫臺猶醉舞⑫。吹笙侶〔九〕。倚高寒、半天風露〔一〇〕。

【校記】

①戈選杜批：「前段第九句、後段第八句校前草窗詞多叶二韻。」②《天機餘錦》無詞題。水竹居本、石村書屋本、明吳鈔、汪鈔本、王刻詞題無「分韻」二字。《歷代詩餘》作「華春堂分韻」。③成：水竹居本、石村書屋本、明吳鈔、汪鈔本作「來」。④攬：《天機餘錦》作「攬」。香：龔本、曹本、寶書堂本、許本、鮑本注「一作『芳』」。⑤人：《天機餘錦》無此字。⑥庭：龔本、曹本、寶書堂本、許本、鮑本注「一作『院』」。戈選同。水竹居本、石村書屋本、明吳鈔、汪鈔本作「亭」。⑦清：龔本、曹本、寶書堂本、許本、鮑本注「一作『晴』」。水竹居本、明吳鈔、汪鈔本同。⑧平煙句：水竹居本、石村書屋本、明吳鈔、汪鈔本、王刻作「煙江自雨。」《詞譜》作「如煙花自雨。」平煙、紅：龔本、曹本、寶書堂本、許本、鮑本注「一作『煙江』、一作『空』」。⑨任燕句：《天機餘錦》作「任燕來鷗去」。水竹居本、石村書屋本、明吳鈔、汪鈔本作「任鷗來鷗去」。龔本、曹本、寶書堂本、許本注「『燕』一作『鷗』，『鶯』一作『鴻』、一作『鷗』」。⑩香凝翠暖：龔本、曹本、寶書堂本、許本、鮑本注「一作『閑心未老』」。《天機餘錦》作「忘情罇酒」。罇同「尊」。⑪歌酒句：龔本、曹本、寶書堂本、許本、鮑本注「別本無『歌酒』字」。《天機餘錦》、戈選同。戈選杜批：「別刻『清時鐘鼓』句上有『歌酒』二字，蓋因平韻調此句六字，遂妄增以同之。」朱校：「按無此二字與草窗詞合。」水竹居本、石村書屋本、明吳鈔、汪鈔本作「□清時鐘鼓」。⑫簫：石村書屋本、明吳鈔、汪鈔本、王刻作「蕭」。

【注釋】

〔一〕趙學舟：即宋宗室趙元父，號學舟。

〔二〕隱市三句：王康琚《反招隱詩》：「小隱隱陵藪，大隱隱朝市。」陶潛《歸去來兮辭》：「審容膝之易安，園日涉以成趣。」

〔三〕臨水看雲：王維《終南別業》：「行到水窮處，坐看雲起時。」

〔四〕就樹攬香：張九齡《雜詩五首》（之一）：「庭前攬芳蕙，江上託微波。」

〔五〕清晝漸長：姚勉《聞鶯》：「曲終書罷各無語，林影滿庭清晝長。」

〔六〕閑教鸚鵡：白居易《鄰女》：「何處閑教鸚鵡語，碧紗窗下繡牀前。」

〔七〕芳情二句：王安石《北山》：「細數落花因坐久，緩尋芳草得歸遲。」李賀《將進酒》：「況是青春日將暮，桃花亂落如紅雨。」

〔八〕歌酒句：韓愈《奉和僕射裴相公感恩言志》：「林園窮勝事，鐘鼓樂清時。」

〔九〕二十四簾三句：《列仙傳·蕭史》：「蕭史者，秦穆公時人也。善吹簫，能致孔雀、白鶴於庭。穆公有女字弄玉，好之。公以女妻焉。日教弄玉作鳳鳴。居數年，吹似鳳聲。鳳凰來止其屋，公爲作鳳臺。夫婦止其上，不下數年，一旦皆隨鳳凰飛去。」《列仙傳·王子喬》：「王子喬者，周靈王太子晉也。好吹笙，作鳳凰鳴，游伊洛之間。」冰壺，此借指月亮或月光。元稹《獻滎陽公》：「冰壺通皓雪，綺樹眇晴煙。」

〔一〇〕倚高寒二句：蘇軾《水調歌頭》：「我欲乘風歸去，又恐瓊樓玉宇，高處不勝寒。」

【集評】

單學博：（「隱市」二句）便起八字，何人能道？　又：（「翠徑」五句）賦華春華妙，「竹徑春來掃，蘭樽夜不收」，妙寫富貴人家園林景態，此亦近之。

邵淵耀：起處八字中含意深遠，何人能得？「竹徑春來掃，蘭尊夜不收」，善寫富貴家園林景象，此亦近之。

高亮功：一起是總領。

瑞鶴仙① 趙文升席上代去姬寫懷②〔一〕

楚雲分斷雨〔二〕。問那回、因甚琴心先許〔三〕。匆匆話離緒。正花房蜂鬧，著春無處③〔四〕。殘歌剩舞。尚隱約、當時院宇〔五〕。黯消凝、銅雀深深④，忍把小喬輕誤⑤〔六〕。休賦。

玉尊別後，老葉沈溝〔七〕，暗珠還浦〔八〕。歡游再數⑥。能幾日、采芳去⑦。最無端做了⑧，霎時嬌夢，不道風流恁苦⑨〔九〕。把餘情、付與秋蛩，夜長自語〔一〇〕。

【校記】

①戈選杜批：「此與清真詞小異，梅溪、夢窗詞略同。前結十三字，後結十一字，句法均可不拘。」

②水竹居本、石村書屋本、明吴鈔、汪鈔本詞題作「席上代去姬賦懷」。《歷代詩餘》作「代去姬寫懷」。　③著：明吴鈔作「看」。　④銅雀深深：龔本、曹本、寶書堂本、許本、鮑本注「一作『從此愁多』」。水竹居本、石村書屋本、明吴鈔、汪鈔本、王刻同。　⑤忍：龔本、曹本、寶書堂本、許本、鮑本注「一作『誰』」。　⑥再：龔本、曹本、寶書堂本、許本、鮑本注「一作『試』」。水竹居本、石村書屋

本、明吴鈔、汪鈔本、王刻同。⑦能幾日二句：龔本、曹本、寶書堂本、許本、鮑本注「一作『能幾日、歡娱□』」。水竹居本、石村書屋本、明吴鈔、汪鈔本作「能幾日歡娱」。⑧最：龔本、曹本、寶書堂本、許本、鮑本注「一作『又』」。水竹居本、石村書屋本、明吴鈔、汪鈔本、王刻同。⑨恁：《歷代詩餘》作「甚」。闕名：「『苦』韻率易。」

【注釋】

〔一〕江昱按《甘州·趙文叔與余賦别十載》曰：「文叔，與前『文升』當是一人。『升』『叔』亦字相似而訛，且詞内皆聲伎之感。與桂卿之散，去姬之懷，正同一意。」

〔二〕楚雲句：用楚地巫山雲雨典。

〔三〕琴心先許：《史記·司馬相如傳》：「是時，卓王孫有女文君新寡，好音，故相如繆與令相重，而以琴心挑之。」

〔四〕正花房二句：李商隱《閨情》：「紅露花房白蜜脾，黄蜂紫蝶兩參差。」

〔五〕殘歌三句：煉「殘山剩水」字面，暗用餘音繞梁典。《列子》卷五：「昔韓娥東之齊，匱糧。過雍門，鬻歌假食。既去，而餘音繞梁欐，三日不絶，左右以其人弗去。」

〔六〕黯消凝三句：用銅雀臺鎖二喬典。

〔七〕老葉沈溝：謂没有題詩的色老紅葉沈於溪底。

〔八〕暗珠還浦：《後漢書·循吏傳》：「（孟嘗）遷合浦太守。郡不産穀實，而海出珠寶，與交阯比境，常通商販，貿糴糧食。……嘗到官，革易前敝，求民病利。曾未逾歲，去珠復還。」

〔九〕最無端三句：李商隱《閨情》：「春窗一覺風流夢，却是同袍不得知。」

〔一〇〕把餘情三句：馮延巳《鵲踏枝》：「繞砌蛩聲芳草歇。愁腸學盡丁香結。」

【集評】

邵淵耀：玩詞意，是有故而去，而事未易言者。

高亮功：前段叙其去，後段代寫懷也。妙處全在曲折頓宕。「休賦」數句是拓筆，「歡游」數句是轉筆，一收又用託筆轉。有不盡之致。

【考辨】

張炎集中僅有此詞與《甘州·趙文升索賦，散樂妓桂卿》《戀繡衾·代題武桂卿扇》寫於宋度宗咸淳十年（一二七四）。

祝英臺近①重過西湖書所見②

水西船，山北酒，多爲買春去〔一〕。事與雲消③，飛過舊時雨〔二〕。謾留一掬相思，待題紅葉，奈紅葉④、更無題處〔三〕。正延佇〔四〕。亂花渾不知名〔五〕，嬌小未成語〔六〕。短棹輕裝⑤，逢迎段橋路⑥。那知楊柳風流，柳猶如此⑦，更休道、少年張緒〔七〕。

【校記】

①戈選杜批：「此首爲正格，與前各家詞同。」②《天機餘錦》無詞題。③與：《天機餘錦》作「爲」。④奈紅葉：水竹居本無三字，空兩格。葉：龔本、曹本、寶書堂本、許本、鮑本注「一作『豆』」。《天機餘錦》同。⑤裝：龔本、曹本、寶書堂本、許本、鮑本注「一作『裘』」。水竹居本、石村書屋本、明吴鈔、汪鈔本同。⑥段：《天機餘錦》、水竹居本、石村書屋本、明吴鈔、《歷代詩餘》、汪鈔本、戈選作「斷」。段家橋即斷橋。下同不出校。⑦柳：《歷代詩餘》、王刻作「樹」。

【注釋】

〔一〕水西船三句：與下闋「短棹輕裝，逢迎段橋路」二句，實録承平時西湖游況。《武林舊事》卷三：「若游之次第，則先南而後北，至午則盡入西泠橋裏湖，其外幾無一舸矣。弁陽老人有詞云：『看畫船盡入西泠，閑却半湖春色。』蓋紀實也。既而小泊斷橋，千舫駢聚，歌管喧奏，粉黛羅列，最爲繁盛。」段橋，《武林舊事》卷五：「斷橋，又名段家橋。萬柳如雲，望如裙帶。」

〔二〕事與二句：寫西湖南北高峰雲嵐蒸騰。白居易《寄韜光禪師》：「南峰雲起北峰雲，前臺花發後臺見。」《御選唐詩》注曰：「《淮南子》：山致其高而雲起焉。……《一統志》：南高峰在杭州府城西十二里。《名勝志》：南高峰由煙霞洞循磴而上，凡高一千六百丈，徑路盤旋，松篁葱蒨，非芒鞋竹杖不能攀陟。《一統志》：北高峰在府城西北二十三里。《名勝志》：北高峰乃靈隱最高一峰。石磴數百級，曲折三十六灣。唐天寶中建浮屠七層於頂，群山屏列，湖水鏡浮，雲光倒垂，萬象在下，望浙江如匹練之新濯。」並合用巫山雲雨及舊雨典。

〔三〕謾留四句：用紅葉題詩典。周邦彥《六醜・詠落花》：「恐斷紅、尚有相思字，何由見得。」實謂身在亂世無從題寫當時冶游的相思之情。

〔四〕延佇：《楚辭・大司命》：「結桂枝兮延佇，羌愈思兮愁人。」

〔五〕亂花句：韓偓《偶見》：「仙樹有花難問種，御香聞氣不知名。」

〔六〕嬌小句：元稹《元和五年予官不了罰俸西歸三月六日至陝府與吴十一兄端公崔二十二院長思愴曩游因投五十韻》：「新鶯語嬌小，淺水光流利。」意思是黄鶯嬌小簧語未調。

〔七〕那知四句：用張緒少年風流如楊柳典，兼用庾信《枯樹賦》語意。

【集評】

單學博：（「亂花」二句）總用翻進一層。

邵淵耀：總用翻進法。

高亮功：前段重過西湖，後書所見也。蕭中孚云：「『謾留』數語，玉田本色，所謂淡而能腴者。」

【考辨】

玉田祥興元年（一二七八）秋天歸杭州，此詞寫於次年春天，猶憶及少年時游冶之事。時年三十二歲。

戀繡衾 代題武桂卿扇〔一〕

一枝涼玉歛路塵。下瑤臺、疑是夢雲〔二〕。怕趁取、西風去，被何人、拈住皺裙〔三〕。温柔只在秋波裏，這些兒、真箇動心〔四〕。再同飲、花前酒，莫都忘、今夜夜深①〔五〕。

【校記】

①夏敬觀：「『心』『深』，閉口韻。」

【注釋】

〔一〕武桂卿：趙文叔歌姬。

〔二〕一枝三句：李白《清平調三首》（之一）：「若非群玉山頭見，會向瑤臺月下逢。」合用桂林一枝、楚襄王高唐夢、庾亮以扇拂塵典。庾信《應令詩》：「路塵猶向水，征帆獨背關。」

〔三〕怕趁取四句：張先《減字木蘭花·贈伎》：「只恐驚飛，擬倩游絲惹住伊。」合用趙飛燕留仙裙典。

〔四〕温柔三句：李煜《菩薩蠻》：「眼色暗相鉤，秋波橫欲流。」

〔五〕再同飲四句：白居易《老病》：「晝聽笙歌夜醉眠，若非月下即花前。」

【集評】

張氏手批：惡俗之章，玉田亦復爲此。

【考辨】

張炎集中僅有此詞與《甘州・趙文升索賦，散樂妓桂卿》《瑞鶴仙・趙文升席上代去姬寫懷》寫於宋度宗咸淳十年（一二七四）。

甘州

趙文叔與余賦別十載，余方東還，文叔北歸，聚首於杭，況味俱寥落，遂述此詞。更十年視此曲，又當何如耶①

記當年、紫曲戲分花，簾影最深深〔一〕。聽惺忪語笑②〔二〕，香尋古字③〔三〕，譜掐新聲〔四〕。散盡黄金歌舞④，那處著春情〔五〕。夢醒方知夢，夢豈無凭〔六〕。幾點別餘清淚⑤，盡化作妝樓，斷雨殘雲。指梢頭舊恨⑥，豆蔻結愁心⑦〔七〕。都休問、北來南去，但依依、同是可憐人〔八〕。還飄泊，何時尊酒⑧，却說如今⑨〔九〕。

【校記】

①底本、龔本、曹本、寶書堂本、許本、鮑本、《全宋詞》詞題「十載」作「十年餘」，「東還」作「東游」，「視」作「覩」，無「聚首於杭」「遂述此詞」兩句。此據《天機餘錦》改。水竹居本、石村書屋本、明吴鈔、汪鈔本、王刻略同《天機餘錦》，稍有脱字誤字。《歷代詩餘》無詞題。劉榮平《校證》：「明抄本系統（《天機餘錦》、水竹居本、四印本）均一致認爲是『東還』，即『從東越還西湖』，而非『東游』，東游則行跡正相反。明抄本是現存張炎詞最早的版本，可信度高。」 ②惺忪：《歷代詩餘》作「惺憁」。 ③尋：

《天機餘錦》作「浮」。 ④散盡：龔本、曹本、寶書堂本、許本、鮑本注「一作『歌舞』」。 歌舞：龔本、曹本、寶書堂本、許本、鮑本注「一作『去後』」。 ⑤餘：《天機餘錦》作「情」。 ⑥梢：石村書屋本、明吴鈔作「枝」。 ⑦愁：龔本、曹本、寶書堂本、許本、鮑本注「一作『秋』」，一作『同』」。《天機餘錦》、水竹居本、石村書屋本、明吴鈔作「秋」。《歷代詩餘》、王刻作「同」。 ⑧時：龔本、曹本、寶書堂本、許本、鮑本注「一作『處』」。 ⑨夏敬觀：「『深』『心』『今』，閉口韻。『雲』『人』，真韻。」

【注釋】

〔一〕記當年三句：回憶宋亡前世家子弟的杭州冶游。

〔二〕惺忪語笑：晏幾道《醜奴兒》：「鶯語惺忪。似笑金屏昨夜空。」惺忪，此形容聲音輕快。

〔三〕香尋古字：古代有篆字香範承香灰。《香譜》卷下：「百刻香：近世尚奇者，作香篆，其文準十二辰，分一百刻，凡然一晝夜已。」「香篆：鏤木以爲之，以範香塵爲篆文。」秦觀《減字木蘭花》：「欲見回腸，斷盡金爐小篆香。」

〔四〕譜掐新聲：此指分刌節度，配合樂器自譜詞曲。掐，用拇指點著别指進行暗記。晏幾道《六幺令》：「新翻曲妙，暗許閑人帶偷掐。」新聲，《韓非子·十過第十》：「昔者衛靈公將之晉，至濮水之上。税車而放馬，設舍以宿。夜分而聞鼓新聲者而説之，使人問左右，盡報弗聞。乃召師涓而告之，曰：『有鼓新聲者，使人問左右，盡報弗聞。其狀似鬼神，子爲聽而寫之。』師涓曰：『諾。』因静坐撫琴而寫之。」

〔五〕散盡二句：韓滉《聽樂悵然自述》：「黃金用盡教歌舞，留與他人樂少年。」王褒《高句麗》：「傾杯覆碗漼漼，垂手奮袖婆娑。不惜黃金散盡，只畏白日蹉跎。」

〔六〕夢醒二句：暗用蕉葉覆鹿，夢醒難分典。蘇軾《西江月》：「休言萬事轉頭空，未轉頭時皆夢。」

〔七〕指梢頭二句：杜牧《贈別二首》（之一）：「娉娉裊裊十三餘，豆蔻梢頭二月初。」李商隱《代贈二首》（之一）：「芭蕉不展丁香結，同向春風各自愁。」此應指趙氏散樂妓武桂卿之事。

〔八〕都休問四句：李白《贈裴司馬》：「十日不滿匹，鬢蓬亂若絲。猶是可憐人，容華世中稀。」

〔九〕還飄泊三句：杜甫《春日憶李白》：「何時一樽酒，重與細論文。」

【集評】

單學博：（「夢醒」二句）末句拗得奇崛。　　又：（「都休問」四句）收束緊健。　　又：（「何時」二句）結即「何當共翦西窗燭，却話巴山夜雨時」意，所謂（皆用）透過本位法也。

許廷誥：奇崛。

邵淵耀：真善知識語。透過本位即玉溪「却話巴山」意。

高亮功：（「香尋」二句）即目前所值之境，憶及當年，想到後來，不言情而情深矣。「幾點」二句工妙。

【考辨】

張氏手批：此詞當在東游時，則丁酉也，宜編在前。

劉榮平《校證》：那麽「東還」在哪一年呢？只能在癸巳年、己亥年中作出選擇。癸巳年顯然不是，因爲張炎辛卯年開始游歷，至癸巳不過三年，與「十載」不符。又不可能是己亥年以後的事，因己亥至乙卯（一三一五），張炎行跡在吴地，乙卯後行跡不明，離「十載」愈遠。此詞只能繫在己亥年。

孫按：丁酉，大德元年（一二九七）。前考宋恭帝德祐二年丙子（一二七六）或次年張炎初次北行，南歸後即有東游山陰、四明等地之事，至元二十三年丙戌（一二八六）、至元二十四年丁亥（一二八七），又曾短期歸杭，詞中回憶宋亡前事，應寫於此二年間。劉説丁酉、己亥（一二九九），距宋亡遠不止「十載」矣。

浣溪紗

犀押重簾水院深①〔一〕。柳綿撲帳晝愔愔②〔二〕。夢回孤蝶弄春陰③〔三〕。　乍減楚衣收帶眼④〔四〕，初匀商鼎熨香心⑤〔五〕。燕歸摇動護花鈴⑥〔六〕。

【校記】

①重簾：水竹居本、石村書屋本、明吴鈔、汪鈔本、王刻作「簾櫳」。水：《天機餘錦》、王刻作「小」。

②柳綿句：水竹居本、石村書屋本、明吴鈔、汪鈔本、王刻作「楊花晝撲帳愔愔」。柳綿：龔本、曹本、寶書堂本、許本、鮑本注「一作『楊花』」。《天機餘錦》作「柳綫」。③孤：《天機餘錦》作「蝴」。

④減：水竹居本、石村書屋本、汪鈔本、王刻作「見」。楚：龔本、曹本、寶書堂本、許本、鮑本注「一作

『寒』」。⑤商：龔本、曹本、寶書堂本、許本、鮑本注「一作『暖』」。熨：水竹居本、石村書屋本、明吳鈔、汪鈔本作「慰」。⑥夏敬觀：「『鈴』，庚韻。」

【注釋】

〔一〕犀押重簾：杜牧《杜秋娘詩》：「虎睛珠絡褓，金盤犀鎮帷。」蘇軾《四時詞四首》（之四）：「夜風摇動鎮帷犀，酒醒夢回聞雪落。」李商隱《燈》：「影隨簾押轉，光信簟文流。」

〔二〕柳綿撲帳：李賀《蝴蝶飛》：「楊花撲帳春雲熱，龜甲屏風醉眼纈。」

〔三〕孤蝶：李商隱《蝶》：「孤蝶小徘徊，翩翾粉翅開。」

〔四〕乍減句：歐陽修《蝶戀花》：「瘦覺玉肌羅帶緩。紅杏梢頭，二月春猶淺。」沈約《與徐勉書》：「百日數旬，革帶常應移孔。」兼用楚王好小腰典。

〔五〕初匀句：謂調整燒匀古鼎中的心字香。《黄氏日抄·范石湖文》：「泡花採以蒸香法。以佳沈香薄劈著淨器中，鋪半開花，與香層層相間，蜜封之，日一易，不待花蔫，花過香成。番禺人吳興作心字香、瓊香。用素馨、末利，法亦然。」泡花是與素馨、茉莉相類的白色花朵。楊慎《詞品·心字香》：「所謂心字香者，以香末縈篆成心字也。」

〔六〕護花鈴：用寧王在花梢綴金鈴驅逐鳥雀典。

【集評】

高亮功：可稱細膩風光。

菩薩蠻

蕊香不戀琵琶結。舞衣折損藏花蝶〔一〕。春夢未堪凭。幾時春夢真〔二〕。　愁把殘更數〔三〕。淚落燈前雨〔四〕。歌酒可曾忺①。情懷似去年〔五〕。

【校記】

①酒：龔本、曹本、寶書堂本、許本、鮑本注「一作『舞』」。夏敬觀：「『蝶』『忺』，閉口韻。」

【注釋】

〔一〕蕊香二句：表面意思是樂器、舞衣都擱置已久，似乎是琵琶不留戀衣上所繡花蕊，帶結上藏於花中的蝴蝶圖案也被折損。實則寫所歡離別，歌舞不能忺人。梁簡文帝《和湘東王首夏詩》：「竹水俱葱翠，花蝶兩飛翔。」薛昭藴《謁金門》：「春滿院，疊損羅衣金綫。」

〔二〕春夢二句：歐陽炯《清平樂》：「是春心撩亂，非干春夢無凭。」

〔三〕愁把句：元稹《雨後》：「倦寢數殘更，孤燈暗又明。」

〔四〕淚落句：李商隱《別薛巖賓》：「還將兩袖淚，同向一窗燈。」

〔五〕歌酒二句：李廓《落第》：「氣味如中酒，情懷似別人。」

四字令

鶯吟翠屏①〔一〕。簾吹絮雲②〔二〕。東風也怕花瞋③。帶飛花趕春④〔三〕。　鄰娃笑迎⑤。

嬉游趁晴〔四〕。明朝何處相尋。那人家柳陰⑥。

【校記】

①吟：王刻作「啼」。②簾：水竹居本作「□」。王刻作「香」。③怕花瞋：水竹居本作「自怕知□」。汪鈔本作「自惜知音」。王刻作「怕飄零」。④趕：《花草粹編》作「趁」。⑤迎：王刻作「聲」。⑥夏敬觀：「『屏』『迎』『晴』，庚韻。『雲』『春』『瞋』，真韻。『尋』『陰』，閉口韻。」

【注釋】

〔一〕鶯吟翠屏：吕渭老《醉思仙》：「聽鶯聲，悄記得，那時舞板歌梁。」

〔二〕簾吹絮雲：李商隱《訪人不遇留别館》：「閑倚繡簾吹柳絮，日高深院斷無人。」

〔三〕東風二句：晏幾道《采桑子》：「春風不負年年信，長趁花期。」

〔四〕鄰娃二句：黄庭堅《再次前韻》：「鄰娃似與春争道，酥滴花枝彩翦幡。」

【集評】

單學博：如聞緑窗人語。

高亮功：「東風」二句新巧。結亦峭宕。

陳蘭甫：「趕」字粗獷無趣。

山中白雲詞箋證卷四

聲聲慢 己亥歲，自台回杭。雁旅數月，復起遠興。余冉冉老矣，誰能重寫舊游編否①〔一〕

穿花省路②，傍竹尋鄰③，如何故隱都荒〔二〕。問取堤邊④，因甚減却垂楊〔三〕。消磨縱然未盡，滿煙波、添了斜陽〔四〕。空嘆息⑤，又翻成無限，杜老淒涼〔五〕。一舸清風何處⑥，把秦山晉水⑦，分貯詩囊〔六〕。髮已飄飄⑧〔七〕，休問歲晚空江⑨。松陵試招舊隱⑩，怕白鷗、猶識清狂〔八〕。漸溯遠，望并州、却是故鄉〔九〕。

【校記】

①水竹居本、石村書屋本、明吳鈔、汪鈔本、王刻詞題略同底本，稍有誤字。《天機餘錦》作「已亥歲，自台回杭」。《歷代詩餘》無詞題。②省：説郛本《詞旨》作「覓」。③傍竹：《詞旨》作「傍柳」。龔本、曹本、寶書堂本、許本、鮑本注「一作『問市』」。高亮功於寶書堂本「竹」旁注「柳」。④問取堤邊：龔本、曹本、寶書堂本、許本、鮑本注「一作『認得西林』」。⑤空：龔本、曹本、寶書堂本、許本、鮑本注「一作『助』」。《天機餘錦》同。⑥清風何處：《天機餘錦》作「淩風處」。清：龔本、曹本、寶書堂本、許本、鮑本注「一作『淩』」。⑦把：《天機餘錦》作「記」。⑧髮已飄飄：《天機餘

錦》作「興已飄楊」。《歷代詩餘》作「髮已飄蕭」。髮：龔本、曹本、寶書堂本、許本、鮑本注「一作『興』」。水竹居本、石村書屋本、明吴鈔、汪鈔本、王刻同。⑨空江：水竹居本、石村書屋本、明吴鈔作「江空」。⑩隱：龔本、曹本、寶書堂本、王刻、許本、鮑本注「一作『雨』」。戈選同。

【注釋】

〔一〕己亥六句：己亥，大德三年（一二九九）。台，台州。《宋史·地理四》：「台州，上，臨海郡，軍事。」有五屬縣：臨海、黄巖、寧海、天台、仙居。據舒岳祥序，張炎大德元年丁酉（一二九七）曾客寧海。雁旅，大雁南來北往，如行旅不已。冉冉老矣，《楚辭·離騷》：「老冉冉其將至兮，恐修名之不立。」此年張炎六十一歲。

〔二〕故隱：蕭子雲《落日郡西齊望海山詩》：「故隱天山北，夢想日依依。」

〔三〕問取二句：蘇堤多植楊柳，在遺民的記憶中承載着盛世繁華。

〔四〕消磨三句：化用賀知章《回鄉偶書二首》（之一）詩意：「離别家鄉歲月多，近來人事半消磨。唯有門前鏡湖水，春風不改舊時波。」周密《探芳訊·西泠春感》：「最消魂，一片斜陽戀柳。」

〔五〕空嘆息三句：杜甫《哀江頭》：「少陵野老吞聲哭，春日潛行曲江曲。」

〔六〕一舸三句：李商隱《李長吉小傳》：「（李賀）恒從小奚奴，騎駏驢，背一古破錦囊，遇有所得，即書投囊中。」秦山晉水，此指避秦入晉的桃源山水，代指北游南歸後寓居的避世之地。

〔七〕髮已句：文彦博《奉陪伯温中散程伯康朝議司馬君從大夫席於所居小園作同甲會》：「清談亹

簟風盈席，素髮飄飄雪滿肩。」

〔八〕松陵三句：松陵，蘇州吴淞江的古稱，吴江最爲著名的隱者有三人。《吴郡圖經續記》卷下：「（如歸）亭旁畫范蠡、張翰、陸龜蒙像，謂之『三高』，好事者爲美。」清狂，古人以不狂似狂者爲清狂。杜甫《遣興五首》（之四）：「賀公雅吴語，在位常清狂。」

〔九〕漸溯遠三句：賈島《渡桑乾》：「無端更渡桑乾水，却望并州是故鄉。」《頤山詩話》「謝疊山曰：旅寓十年，一旦别去，能無依依之意？故望并州爲故鄉也。楊方震曰：并州去咸陽已遠，桑乾尤遠，反并州以近咸陽且不可得，况於歸咸陽而可得哉！詩意如此，謂其久客眷戀，豈其情哉！疊山固非，方震亦未盡也。賈島久寓并州不得返咸陽，日夜憶之，此詩渡桑乾以入并州，若誠以并爲故鄉者，并非故鄉而以爲故鄉，久客無聊之意可想見矣！只如此説似更直切。」張炎借寫北歸之後客居時間較長的四明、天台等地。

【集評】

單學博：虚字下得空靈夭矯。　又：「煙波」七字令人不言而自傷。

高亮功：「雁旅」二字甚新。前段叙自台回杭，後段叙復起遠興。「消磨」句，須玩他頓挫清越。頓挫則越條達。（下片）與前段體開神合，此種章法，洵神明於規矩之中。

【考辨】

戴表元《送張叔夏西游序》：「六月初吉，輕行過門，云將改游吴公子季札、春申君之鄉，而求其人焉。」吴公子季札封地延陵，即常州；春申君賜邑吴地暨陽鄉即江陰，建殿地在蘇州。張炎《探春慢》詞題：「己亥客闔閭，歲晚江空，暖雨奪雪，篝燈顧影，依依可憐。」闔閭，代稱蘇州。則玉田大德三年（一二九九）冬或稍前已客蘇州。此詞寫於杭州，時在擬往蘇州之前。

杏花天① 賦疏杏

湘羅幾翦黏新巧〔一〕。似過雨、胭脂全少〔二〕。不教枝上春痕鬧〔三〕。都被海棠分了〔四〕。

帶柳色、愁眉暗惱〔五〕。謾遥指、孤村自好②〔六〕。深巷明朝休起早。空等賣花人到〔七〕。

【校記】

①《歷代詩餘》、戈選、王刻詞調作《端正好》。《詞譜》卷一〇：「此調微近《端正好》，坊本頗多誤刻。今以六字折腰者爲《端正好》，六字一氣者爲《杏花天》。」②自好：龔本、曹本、寶書堂本、許本、鮑本注「一作『路杳』」。《歷代詩餘》、戈選、王刻同。

【注釋】

〔一〕湘羅句：王禹偁《杏花》：「紅芳紫萼怯春寒，蓓蕾黏枝密作團。」

〔二〕似過雨二句：吴融《憶街西所居》：「長憶去年寒食夜，杏花零落雨霏霏。」周朴詩：「曉來山鳥鬧，雨過杏花稀。」《歲時廣記》卷一：「《提要録》：杏花開時，正值清明前後，必有雨也。謂之杏花雨。古詩云：『沾衣欲濕杏花雨，吹面不寒楊柳風。』又云：『楊柳杏花風雨外，不知佳句落誰家。』晏元獻公詞云：『紅杏開時，一霎清明雨。』趙德麟詞云：『紅杏枝頭花幾許，啼痕止恨清明雨。』」

〔三〕不教句：宋祁《玉樓春》：「緑楊煙外曉寒輕，紅杏枝頭春意鬧。」

〔四〕都被句：陳思《海棠譜》引沈立《海棠記》：「其紅花五出。初極紅，如胭脂點點然。及開，則漸成纈暈，至落，則若宿妝淡粉矣。」海棠三月盛開，在仲春杏花之後，故云。

〔五〕帶柳色二句：温庭筠《楊柳枝》：「南内墻東御路傍，預知春色柳絲黄。杏花未肯無情思，何事情人最斷腸。」李商隱《柳下暗記》：「更將黄映白，擬作杏花媒。」

〔六〕謾遥指二句：杜牧《清明》：「借問酒家何處有，牧童遥指杏花村。」

〔七〕深巷二句：陸游《臨安春雨初霽》：「小樓一夜聽春雨，深巷明朝賣杏花。」

【集評】

單學博、許廷詰：妙賦「疏」字。

邵淵耀：妙寫「疏」字。

高亮功：「不教」二句，是側筆取勝。「深巷」二句，是翻筆取勝。寫「疏」字入神。

【考辨】

詞用陸遊杏花名詩典，大德三年（一二九九）或稍前寫於杭州。

醉落魄①

柳侵闌角。畫簾風軟紅香泊②〔一〕。引人蝴蝶翻輕薄〔二〕。已自關情③〔三〕，和夢近來惡④。眉梢輕把閑愁著⑤。如今愁重眉梢弱〔四〕。雙眉不畫愁消却。不道愁痕，來傍眼邊覺⑥〔五〕。

【校記】

①水竹居本、石村書屋本、明吴鈔、汪鈔本、王刻詞調作《醉落拓》。拓，通「魄」，讀音亦同。《歷代詩餘》作《一斛珠》。戈選杜批王沂孫此調：「與前夢窗之《一斛珠》、草窗之本調均同。」又批周密此調：「前録梅溪、夢窗二詞名《一斛珠》，即此調也。此與夢窗詞同。」又批夢窗此調：「此宋人通用之體，第二句不用上三下四，與前梅溪詞異。」又批梅溪此調：「南唐後主詞。後半仄仄起，此用平平起。前段第二句用上三下四，宋詞皆同。」②畫：《天機餘錦》、水竹居本、石村書屋本、明吴鈔、《歷代詩餘》、汪鈔本、王刻作「畫」。紅香泊：水竹居本、石村書屋本、明吴鈔、汪鈔本、王刻作「香紅落」。《歷代詩餘》作「紅香落」。泊：龔本、曹本、寶書堂本、許本、鮑本注「一作『落』」。夏敬觀：「『泊』，質韻。」③闌：水竹居本、石村書屋本、明吴鈔、汪鈔本作「閑」。④和、近：龔本、曹本、寶書堂本、許本、鮑本注「一作『如』、一作『迎』」。水竹居本、石村書屋本、明吴鈔、汪鈔本「和」作「如」。⑤輕：《天機餘錦》作「休」。⑥覺：《天機餘錦》作「角」。

【注釋】

〔一〕畫簾句：反用白居易《階下蓮》句意：「葉展影翻當砌月，花開香散入簾風。」

〔二〕引人句：《古今事文類聚·後集》卷四八「蝴蝶輕薄」條：「北齊魏收嘗在洛京，輕薄尤甚，人號爲『驚蛺蝶』。」

〔三〕已自關情：張先《江南柳》：「今古柳橋多送别，見人分袂亦愁生。何況自關情。」餘見前引陸龜蒙《又酬襲美次韻》詩句。

〔四〕眉梢二句：陳造《次韻朱萬卿五首》（之三）：「裙衩何因瘦，眉梢不貯愁。」

〔五〕雙眉三句：温庭筠《女冠子》：「畫愁眉，遮語回輕扇，含羞下繡幃。」周紫芝《西江月》：「紙上寫將心去，眼邊送却愁來。」

【集評】

張氏手批：小家數。

單學博、許廷誥：一轉一碧。

邵淵耀：靈轉不窮。

高亮功：蕭中孚云：「句句轉，筆筆靈，他人爲之，則稚弱不成語矣。」

甘州 題戚五雲雲山圖〔一〕

過千巖萬壑古蓬萊〔二〕，招隱竟忘還〔三〕。想乾坤清氣，霏霏冉冉，却在闌干〔四〕。洞户來時不鎖，歸水映花關〔五〕。只可自怡悦，持寄應難〔六〕。狂客如今何處，甚酒船去後，煙水空寒〔七〕。正黄塵没馬，林下一身閑〔八〕。幾消凝、此圖誰畫，細看來、元不是終南〔九〕。無心好、休教出岫，只在深山〔一〇〕。

【注釋】

〔一〕戚五雲雲山圖：戚明瑞，字子雲。嘉興人。讀書會稽五雲山，因以爲號。趙孟頫曾爲戚氏作《五雲山圖》。玉田寄贈戚明瑞的詞作，尚有《探春慢·歲晚江空，暖雨奪雪，篝燈顧影，依依可憐。作此曲，寄戚五雲》。

〔二〕過千巖句：用顧愷之以千巖萬壑形容會稽山川之狀典。古蓬萊，用古時蓬萊三山正對紹興會稽典。府治所在地卧龍山爲建蓬萊閣。

〔三〕招隱句：孫逖《和登會稽山》：「願奉濯纓心，長謡反招隱。」

〔四〕想乾坤三句：楊萬里《題曾無媿月窗》：「乾坤清氣只雲月，一家兩手並取將。」《會稽續志》卷一載會稽城東有五色祥雲見，故命名東門爲五雲門。

〔五〕洞户二句：錯綜見義。李白《憶東山二首》（之二）：「欲報東山客，開關掃白雲。」唐彦謙《游南明山》：「白雲鎖峰腰，紅葉暗溪嘴。」韓翃《題薦福寺衡岳暕師房》：「疏簾看雪卷，深户映花關。」

〔六〕只可二句：陶弘景《詔問山中何所有賦詩以答》：「只可自怡悦，不堪持寄君。」

〔七〕狂客三句：用會稽鑑湖賀知章自號四明狂客典。

〔八〕正黄塵二句：黄庭堅《贈李輔聖》：「交蓋相逢水急流，八年今復會荆州。已回青眼追鴻翼，肯使黄塵没馬頭。」

〔九〕幾消凝四句：《唐朝名畫録》：「（王維）畫《輞川圖》，山谷鬱鬱盤盤，雲水飛動，意出塵外，怪生筆端。」輞川在終南山，兼反用終南捷徑事典。

〔一〇〕無心三句：合用雲無心出岫、此山雲深語典。

【集評】

張氏手批：（「無心好」三句）相招深隱，此玉田本色，故處處及之。

單學博：（「細看」五句）正恐謝公不免爲蒼生而起。

高亮功：前段寫景，後段叙情。想戚之爲是圖，也有歸隱之心，而身實未嘗隱也。故後段似有規意。

【考辨】

江昱疏證：方回《桐江集·跋戚子雲詩》：「余三十年前獲納交於檇李（孫按：嘉興的古稱）戚君叔開，嘗示余岳陽樓長句。余驚嘆駭服，以爲異人。今老壽，年八十無恙，猶爲處士。而其子讀書於會稽之五雲山，名曰明瑞，字曰子雲。復以詩鳴於江湖。余讀其吟卷，怪也極天下之怪，麗也極天下之麗，又善押險韻。有是父必有是子，非歟？戚君父子皆無意仕宦，然獨有詩名。余老矣，不能進於是。子雲少余二十年，其進蓋未艾云。」戴表元《剡源集·五雲山圖（子昂爲戚氏作）》：「林廬深插紫孱顔，一點漁舟帶暝還。但得身閑無俯仰，人間處處五雲山。」

孫按：方回《題戚子雲五雲山圖》詩：「不濃不淡煙中樹，如有如無雨外山。尺素展看空想像，何由身著畫圖間。」牟巘《戚子雲袖詩見過且篤叙先祭酒與先人同朝之雅意甚古用韻爲謝》：「遺以五朵雲，置之五雲裏。我是老祠官，未忘鏡湖水。握手更細論，書味淵以旨。嘉問有青衿，十載詩千紙。」戚氏有殘句：「舊夢不堪游蟻國，生涯只合在漁舟。」「鵂鶹歡喜舞南風，望帝花飛春尚寒。」

方回生於寶慶三年（一二二七），戚子雲年少二十歲，則年長張炎一歲，亦亡宋遺民。此詞寫於祥興二年（一二七九）到至元二十六年（一二八九）之間，初次北行歸來久客山陰時。

小重山　賦雲屋〔一〕

清氣飛來望似空。數椽何用草〔二〕，膝堪容〔三〕。卷將一片當簾櫳。難持贈，只在此山中〔四〕。　魚影倦隨風。無心成雨意，又西東〔五〕。都緣窗户自玲瓏〔六〕。江楓外，不隔夜深鐘〔七〕。

【注釋】

〔一〕雲屋：雲屋山人。蘇州詩僧。

〔二〕清氣二句：楊萬里《題曾無媿雲窗》：「乾坤清氣只雲月，一家兩手並取將。作巢不用木，只架雲爲屋。」陸善經《寓汨羅芭蕉寺》：「幽人一派泉石心，倚溪著此數椽屋。」

〔三〕膝堪容：陶潛《歸去來兮辭》：「審容膝之易安，園日涉以成趣。」

〔四〕卷將三句：梁簡文帝《浮雲詩》：「可憐片雲生，暫重復還輕。」杜牧《題劉秀才新竹》：「漸籠當檻日，欲礙入簾雲。」合用白雲自怡悦、此山雲深典。

〔五〕魚影三句：于季子《詠雲》：「隨風亂鳥翅，泛水結魚鱗。」化用雲無心出岫典。

〔六〕都緣句：白居易《長恨歌》：「樓閣玲瓏五雲起，其中綽約多仙子。」

〔七〕江楓二句：翻用張繼《楓橋夜泊》詩意：「月落烏啼霜滿天，江楓漁火對愁眠。姑蘇城外寒山寺，夜半鐘聲到客船。」

【集評】

單學博：（「難持」二句）此中人語云，不足爲外人道也。

高亮功：前段賦題中正意，後段賦題外餘意。

【考辨】

四庫全書《谷響集·提要》考證釋善住别號雲屋：「《谷響集》三卷，元釋善住撰。善住，字無住，别號雲屋。嘗居吴郡城之報恩寺，往來吴淞江上。」仇遠《雲屋山人久别承寄以詩甚慰仰思謹次韻以謝且堅隱操》：「月落城空鶴倦飛，密雲深樹静相依。閶門北去山如畫，有日同師步翠微。」誤入《谷響集》中。釋善住是仇遠方外密友，《谷響集》與仇遠唱和詩有二十三首。此詞應寫於大德四年

（一三〇〇）玉田初客蘇州時。

聲聲慢 西湖①〔一〕

晴光轉樹②〔二〕，曉氣分嵐③〔三〕，何人野渡横舟。斷柳枯蟬，涼意正滿西州。匆匆載花載酒④〔四〕，便無情、也自風流⑤〔五〕。芳晝短，奈不堪深夜⑥，秉燭來游〔六〕。　誰識山中朝暮，向白雲一笑⑦，今古無愁⑧。散髮吟商〔七〕，此興萬里悠悠。清狂未應似我，倚高寒⑨、隔水呼鷗〔八〕。須待月，許多清⑩、都付與秋。

【校記】

①龔本、曹本、寶書堂本、許本、鮑本詞題注：「別本作『與王碧山泛舟鑒曲，王葺隱吹簫，余倚歌而和。天闊秋高，光景奇絶，與姜白石垂虹夜游同一清致也』。」江昱按曰：「張翥《蜕庵集·題王蕺隱畫水仙》、張雨《貞居詞·題王蕺隱五香圖作》俱作『蕺』。」朱校：「原本『蕺』作『葺』。從江疏。」《天機餘錦》、水竹居本、石村書屋本、明吴鈔、汪鈔本、戈選、王刻略同別本，字句稍有錯異。　②樹：《歷代詩餘》作「柳」。　③曉：陳去病按：「一本作『晚』。」　④載花載酒：《天機餘錦》作「載花酒」。　⑤自：龔本、曹本、寶書堂本、許本、鮑本注「一作『是』」。汪鈔本同。　⑥深：《歷代詩餘》作「秋」。王刻注：「一作『秋』。」　⑦笑：《天機餘錦》作「片」。　⑧今古：《天機餘錦》作「古今」。　⑨高寒：王刻作「南窗」。　⑩清：龔本、曹本、寶書堂本、許本、鮑本注「一作『情』」。《天機餘錦》、戈

選同。

【注釋】

〔一〕西湖：此特指鏡湖（鑒湖）地處山陰的部分，與隸屬會稽的東湖相對而言。詳見【考辨】。江昱按別本詞題：「《白石道人歌曲・慶春宮》：『紹熙辛亥除夕，余別石湖歸吴興，雪後夜過垂虹，嘗賦詩云：笠澤茫茫雁影微，玉峰重疊護雲衣。長橋寂寞春寒夜，只有詩人一舸歸。後五年冬，復與俞商卿、張平甫、銛朴翁自封禺同載詣梁溪，道經吴淞，山寒天迥，雪浪四合。中夕，相呼步垂虹，星斗下垂，錯雜漁火，朔吹凛凛。卮酒不能支。朴翁以衾自纏，猶相與行吟，因賦此闋，蓋過旬塗稿乃定。朴翁咎余無益，然興所耽，不能自已也。平甫、商卿、朴翁皆工於詩，所出奇詭。余亦强追逐之。此行既歸，各得五十餘解。』『雙槳蓴波，一蓑松雨，暮愁漸滿空闊。呼我盟鷗，翩翩欲下，背人還過木末。那回歸去，蕩雲雪、孤舟夜發。傷心重見，依約眉山，黛痕低壓。　采香徑裏春寒，老子婆娑，自歌誰答。垂虹西望，飄然引去，此興平生難遏。酒醒波遠，政凝想、明璫素襪。如今安在，唯有闌干，伴人一霎。』」江昱疏證：「《吴郡志》：『吴江長橋，慶曆縣尉王廷堅所建，有亭曰垂虹，而後因以名橋。《續圖經》云：東西千餘尺，前臨太湖洞庭三山，横跨松江，海内絶景也。』」

〔二〕晴光轉樹：借意《楚辭・招魂》：「光風轉蕙，泛崇蘭些。」

〔三〕曉氣分嵐：鮑照《還都至三山望石頭城詩》：「晨光被水族，曉氣歇林阿。」

〔四〕載花載酒：杜牧《遣懷》：「落魄江湖載酒行，楚腰腸斷掌中輕。」

〔五〕便無情二句：此寫承續山陰賀監風流。《嘉泰會稽志》卷一四：「賀知章，字季真，越州永興人。性曠夷，善譚説。與族姑子陸象先善，象先嘗謂人曰：『季真清譚風流，吾一日不見，則鄙吝生矣。』」同書卷一六：「嘗見張長史帖十字云：『賀八清鑒風流，千載人也。』」

〔六〕芳晝短三句：《古詩十九首》：「晝短苦夜長，何不秉燭游。」

〔七〕散髮：李白《宣州謝朓樓餞别校書叔雲》：「人生在世不稱意，明朝散髮弄扁舟。」　吟商：劉禹錫《酬樂天七月一日夜即事見寄》：「聞君當是夕，倚瑟吟商聲。」

〔八〕清狂三句：杜甫《遣興五首》（之四）：「賀公雅吴語，在位常清狂。爽氣不可致，斯人今則亡。」

【集評】

張氏手批：不過偶然即景則可，如别本題「碧山」，玉田當不如此不知痛癢也。

單學博：（「芳晝」三句）又妙用翻。　又：清峻遥深，興旨如天際真人也。

邵淵耀：曠遠絶倫，有天際真人想。

高亮功：妙在「轉」字、「分」字。清曠拔俗。

【考辨】

江昱疏證：《紹興府志》：山陰鏡湖，在府城南三里，亦名鑒湖。任昉《述異記》：軒轅氏鑄鏡湖邊，因得名。或云黃帝獲寶鏡焉。或又云王逸少語「山陰路上行，如在鏡中游」，是名鏡湖。又名長湖，又名大湖。《山陰志》：唐玄宗賜賀知章鑒湖一曲，故又名賀監湖。《圖繪寶鑒》：王迪簡，字廷吉，號蕺隱。越人，善畫水仙。戴表元《剡源集·蕺隱記》：儒者王廷吉，家於蕺山之陽，而名讀書之齋曰蕺隱。

孫按：《嘉泰會稽志》卷一三：「故（鑒）湖之形勢亦分爲二，而隸會稽曰東湖，隸山陰曰西湖。」西鑒湖爲西湖，北宋詞人的作品中已然出現。如秦觀《煙中怨》詩曰：「鑒湖樓閣與雲齊，樓上女兒名阿溪。」所配《調笑令》曲子曰：「眷戀。西湖岸。」詞寫於祥興二年（一二七九）到至元二十六年（一二八九）之間，玉田初次北行南歸後久客山陰時。

另，張雨《題王蕺隱五香圖》調寄《踏莎行》，題序曰：「王蕺隱五香圖，作圓象墨，寫梅、蘭、水仙、山礬、瑞香五品，盤屈折枝於其中，韓明善有『月上影娥池，人在衆香國』一聯，今予爲易玄賦之。」

木蘭花慢 爲靜春賦〔一〕

幽棲身懶動〔二〕，邃庭悄①、日偏長〔三〕。甚不隱山林，不喧車馬〔四〕，不斷生香〔五〕。澄心淡然止水，笑東風、引得落花忙〔六〕。慵對魚翻暗藻〔七〕，閑留鶯管垂楊〔八〕。徜徉〔九〕。淨几明窗。穿窈窕、染芬芳〔一〇〕。看白鶴無聲②，蒼雲息影〔一一〕，物外行藏〔一二〕。桃源去塵更遠，問當年、何事識漁郎〔一三〕。爭似重門晝掩，自看生意池塘〔一四〕。

【校記】

①悄：《歷代詩餘》、王刻作「宇」。②看：龔本、曹本、寶書堂本、許本無此字。朱校：「原本『看』字脱，從王刻。」

【注釋】

〔一〕靜春：袁易書堂，因爲號。

〔二〕幽棲句：杜甫《絶句六首》（之二）：「幽棲身懶動，客至欲如何。」

〔三〕邃庭二句：元稹《夜合》：「更憐當暑見，留詠日偏長。」

〔四〕甚不隱二句：陶淵明《飲酒詩二十首》（之五）：「結廬在人境，而無車馬喧。」

〔五〕不斷生香：庾信《小園賦》：「鳥多閑暇，花隨四時。」胡宏《和僧碧泉三首》（之一）：「深處有香春不斷，波間藻荇四時青。」

〔六〕澄心三句：《莊子·德充符》：「仲尼曰：『人莫鑒於流水而鑒於止水。唯止能止衆止。』」成玄英疏：「唯止是水本凝湛，能止是留停鑒人，衆止是物來臨照。」王魯復《句》：「清泉繞屋澄心遠，曙月銜山出定遲。」

〔七〕慵對句：杜甫《絶句六首》（之四）：「隔巢黄鳥並，翻藻白魚跳。」

〔八〕鶯管垂楊：陳襄《和如晦桃》：「自嗟老大無心賞，不及流鶯管領多。」

〔九〕徜徉：韓愈《送李願歸盤谷序》：「膏吾車兮秣吾馬，從子於盤兮，終吾生以徜徉。」

〔一〇〕淨几三句：此寫靜春堂書香。蘇軾《過文覺顯公房》：「淨几明窗書小楷，便同《爾雅》注蟲魚。」《蘭亭考》卷一〇：「紹興十六年，歲次丙寅，季春二日，懶拙翁米元暉跋於行朝天慶觀東。私居書航之北窗，時雨霽風和，窗明几淨，投閑杜門，爲情良適。觀右軍《修禊序》，尤快人意也。跋致柔定武本。」袁易也是書法家。蘇伯衡《跋保母帖卷後》：「（袁易）家有靜春堂，多藏法書名畫。」

〔一一〕蒼雲息影：杜甫《可嘆》：「天上浮雲似白衣，斯須改變如蒼狗。」

〔一二〕物外行藏：張衡《歸田賦》：「苟縱心於物外，安知榮辱之所如。」

〔一三〕桃源三句：謂武陵桃花春色曾吸引漁人探訪。

〔一四〕生意池塘：藏「春」字。

【集評】

單學博：（「甚不」三句）排法。

高亮功：寫「靜春」二字入神。「澄心」數語態度閑適，看是閑適，須知從千錘百煉中來，不然那得有此態度。「桃源」二句是反墊法，語勢便頓宕不直遂矣。收處一句「靜」，一句「春」也。

【考辨】

江昱按曰：「靜春，袁易號。見本卷《瀟瀟雨》詞。」

孫按：黄溍《袁通甫墓誌銘》：「吴之隱君子曰袁君，諱易，字通甫。……曾大父曰璡，樂其地衍沃，買田築室長洲之蛟龍浦。……至君復不樂仕進。……即所居西偏爲堂曰『靜春』。壅水成池，周於四隅，池上累石如山。芰荷、蒲葦、竹梅、松桂、蘭菊、香草之屬，敷榮繚繞。而其外則左江右湖，禽魚飛泳於煙波莽蒼間。……君丰姿秀朗，每雨止風收，挾小舟以筆牀茶灶、古玩器自隨，逍遥容與，扣舷而歌，望之者識其爲世外人。……吴興趙公嘗取《汝南先賢傳》所記漢司徒袁公卧雪事寫爲圖，以遺君，且曰：『予作此圖，正以通甫好修之士，景慕其高節爾。』則君之人品，固不問可知。……君卒以大德十年十一月二十六日，得年四十有五。其年十二月二十四日葬長洲東吴鄉赭墩先墓之次。」據此，袁易生於宋理宗景定元年（一二六〇），年少玉田十三歲，但二人爲好友。袁易有《木蘭花慢·喜玉田至》，又有《八聲甘州》許玉田爲至交。玉田大德三年（一二九九）冬天游蘇州，此詞寫於春天，至早應是大德四年（一三〇〇）寫於蘇州。

玉蝴蝶①賦玉繡球花②〔一〕

留得一團和氣，此花開盡③，春已規圓④〔二〕。虛白窗深，恍訝碧落星懸〔三〕。颺芳叢、低翻雪羽〔四〕，凝素艷⑤、爭簇冰蟬〔五〕。向西園。幾回錯認，明月鞦韆〔六〕。欲覓生香何處⑥，盈盈一水，空對娟娟⑦〔七〕。待折歸來，倩誰偷解玉連環⑧〔八〕。試結取⑨、鴛鴦錦帶〔九〕，好移傍、鸚鵡珠簾⑩〔一〇〕。晚階前。落梅無數，因甚啼鵑〔一一〕。

【校記】

①此爲詠題之調，簇蝶即爲玉繡球花。李德裕《平泉山居草木記》載：「永嘉之紫桂、簇蝶。」《酉陽雜俎·續集》卷九：「簇蝶花，花爲朵，其簇一蕊。蕊如蓮房，色如退紅，出温州。」《雲麓漫抄》卷四：「李衛公《草木記》有永嘉之簇蝶。今此花來於浙東。四布如蝶，中有攢蕊。晏元獻云：疑是簇蝶也。公有《玉蝴蝶》詩，注此於下。蘇子由又有《萬蝴蝶花》詩云：『誰唱殘春蝶戀花，一團粉翅壓枝斜。美人懶向釵頭插，猶恐驚飛避鬢鴉。』則知簇蝶、萬蝴蝶，即今之玉蝴蝶也。」②《天機餘錦》無詞題。王刻無「賦」字。③此花開盡：《天機餘錦》作「此心開後」。盡：龔本、曹本、寶書堂本、許本、鮑本注「一作『後』」。《歷代詩餘》、王刻同。④規圓：《天機餘錦》作「蕭然」。⑤凝：《歷代詩餘》、王刻作「疑」。⑥覓：《天機餘錦》作「覺」。⑦娟娟：龔本、曹本、寶書堂本、許本、鮑本前一娟下注「一作『蟬』」。《天機餘錦》、《歷代詩餘》、王刻同。⑧倩誰句：《天機餘錦》作「瑩環誰解玉相連」。⑨取：《天機餘錦》作「就」。⑩夏敬觀：「『簾』，閉口韻。」

【注釋】

〔一〕玉繡球花：南宋時多有賦詠。如董嗣杲《玉繡球花三首》、俞德鄰《爲湯提刑賦南園玉繡球花二首》等。此花又稱聚八仙。趙以夫《揚州慢》區分瓊花與玉繡球花的差别曰：「瓊花唯揚州后土殿前一本，比聚八仙大率相類，而不同者有三：瓊花大而瓣厚，其色淡黄，聚八仙花小而瓣薄，其色微青，不同者一也。瓊花葉柔而瑩澤，聚八仙葉粗而有芒，不同者二也。瓊花蕊與花平，不結子而香，聚八仙蕊低於花，結子而不香，不同者三也。」

〔二〕留得三句：董嗣杲《玉繡球花三首》（之一）：「淨碾寒瓊色瓣妍，冷陰團雪壓枝圓。」「眼明萬緑清和處，未數花中聚八仙。」規圓，形容花蕊圓如蓮房。

〔三〕虚白二句：董嗣杲《玉繡球花三首》（之三）：「夜月曳光凝絶徑，晚風抛影入空闕。」虚白，皎潔。江總《借劉太常説文詩》：「幽居服藥餌，山宇生虚白。」

〔四〕颸芳叢二句：施樞《玉蝴蝶花》：「多應又怨春歸早，化作飛花滿樹開。」董嗣杲《玉繡球花三首》（之三）：「宛似戀香蝴蝶亂，緑陰深處不飛還。」

〔五〕凝素艷二句：董嗣杲《玉繡球花三首》（之二）：「芳妍獨殿緑陰闌，幾簇流瓊擁髻鬟。」俞德鄰《爲湯提刑賦南園玉繡球花二首》（之一）：「翠翦葉攢珠的皪，碧搔頭映玉瓏璁。」蟬，此喻花小瓣薄。

〔六〕向西園三句：董嗣杲《玉繡球花三首》（之一）：「眩夜似懸綃帳底，抛春如在彩竿前。」此與梨花作比，梨花開在寒食時，蕩鞦韆是此節序踏青游女的户外活動，故因玉繡球花恍見鞦韆。

〔七〕欲覓三句：杜甫《寄韓諫議注》：「美人娟娟隔秋水，濯足洞庭望八荒。」

〔八〕待折二句：《戰國策·齊六》：「秦始皇嘗使使者遺君王后玉連環，曰：『齊多智，而解此環不？』君王后以示群臣，群臣不知解；君王后引椎椎破之，謝秦使曰：『謹以解矣！』」黄庚《玉繡球花》可以參看：「疑是瓊瑶初琢就，一團香雪滚春風。」董嗣杲《玉繡球花三首》（之二）：

「花壓露梢如許重，有瓶難插懶能攀。」

〔九〕試結取二句：曹邍《宴山亭·被召賦玉繡球》：「堪愛。只少箇、鴛鴦繡帶。」

〔一〇〕好移傍二句：竇鞏《少婦詞》：「昨來誰是伴，鸚鵡在簾櫳。」

〔一一〕晚階前三句：俞德鄰《爲湯提刑賦南園玉繡球花二首》（之二）：「帳簇流蘇裯翡翠，階翻蹴踘落珠璣。」意思是玉繡球落如梅花飄雪，此花四月開放，不是被梅花笛曲而是被杜鵑聲催落。

【集評】

單學博、許廷誥：心巧手妍。

邵淵耀：花少情態，好手亦難騁妍詞。

高亮功：蕭中孚云：「起句妙。」「規圓」二字未詳，豈即「還」字意耶？

南樓令 壽邵素心席間賦〔一〕

一片赤城霞。無心戀海涯〔二〕。遠飛來、喬木人家〔三〕。且向琴書深處隱，終勝似、聽琵琶〔四〕。　休近七香車〔五〕。年華已破瓜〔六〕。怕依然、劉阮桃花〔七〕。欲問長生何處好，金鼎內、轉丹砂〔八〕。

【注釋】

〔一〕邵素心：台州有名望的經學先生。

〔二〕一片二句：孫綽《游天台山賦》：「赤城霞起以建標，瀑布飛流以界道。」李善注曰：「孔靈符《會稽記》曰：赤城，山名。色皆赤狀，似雲霞。」

〔三〕遠飛來二句：孫綽《游天台山賦》：「彤雲斐亹以翼櫺，皦日炯晃於綺疏。」《孟子·梁惠王下》：「孟子見齊宣王，曰：『所謂故國者，非謂有喬木之謂也，有世臣之謂也。』」蘇軾《韓康公挽詞三首》（之一）：「故國非喬木，興王有世臣。」

〔四〕且向三句：此以歸隱之樂與流離之苦相比較。

〔五〕休近句：劉禹錫《和嚴給事聞唐昌觀玉蕊花下有游仙二首》（之一）：「玉女來看玉樹花，異香先引七香車。」

〔六〕年華句：《説郛三種·説郛一二〇卷》卷八四：「孫綽《情人詩》云『碧玉破瓜時』。……楊文公謂俗以破瓜爲二八。」或指男子六十四歲。《楊文公談苑》載吕洞賓留詩張洎有「成功當在破瓜年」之句。此處似用後一義，謂素心修煉成功也。

〔七〕怕依然二句：用劉晨、阮肇入天台山緣桃溪而上遇儷仙的本地典故。《嘉定赤城志》卷五：「桃源，在郡圃。嘉定二年，黄守畚建。自參雲亭後，循雙巖堂而上，植桃百餘，蓋倣劉阮故事云。」

〔八〕欲問三句：應用天台張紫陽典。《嘉定赤城志》卷三五：「張用誠，郡人，字平叔。嘗入成都，遇真人，得金丹術歸。以所得秤成祕訣八十一首，號《悟真篇》。」這是宋人壽詞以神仙祝長生的慣例。

【集評】

高亮功：「休近」數句，豈有所規邵耶？

【考辨】

孫按：桂栖鵬《新證》引宋濂《故務光先生張公墓碣銘》謂素心邵氏爲天台鄉先生。天台，即台州。前引舒岳祥序謂張炎大德元年（一二九七）在寧海（元屬台州路），寫作時間可據此而定。

國香①賦蘭②

空谷幽人③〔一〕。曳冰簪霧帶〔二〕，古色生春④。結根未同蕭艾⑤，獨抱孤貞⑥〔三〕。自分生涯淡薄，隱蓬蒿、甘老山林〔四〕。風煙伴憔悴⑦，冷落吴宫⑧，草暗花深〔五〕。　霽痕消蕙雪〔六〕，向崖陰飲露，應是知心⑨〔七〕。所思何處，愁滿楚水湘雲⑩〔八〕。肯信遺芳千古⑪，尚依依⑫、澤畔行吟〔九〕。香痕已成夢⑬〔一〇〕，短操誰彈，月冷瑶琴⑭〔一一〕。

【校記】

①此詠本題之調名。《左傳·宣公三年》：「以蘭有國香，人服媚之如是。」闕名：「草窗此調（孫按：指周密《國香慢》，同調異名）第二句係四字，此闕五字，疑『帶』字係衍文。紅友亦稱此調惟草窗有之，他無可證。然玉田詞卷一有此調一首，第二句『曾比紅兒』與草窗合。故知此處必非有意兩

歧也。」②《天機餘錦》《花草粹編》詞題作「蘭花」。《歷代詩餘》作「本意」。③幽：龔本、曹本、寶書堂本、許本、鮑本注「一作『佳』」。④色生：龔本、曹本、寶書堂本、許本、鮑本注「一作『意融』」。色：《天機餘錦》、水竹居本、石村書屋本、明吳鈔、《花草粹編》、汪鈔本、王刻作「意」。⑤未同：龔本、曹本、寶書堂本、許本、鮑本注「一作『倦隨』」。《天機餘錦》、水竹居本、石村書屋本、《花草粹編》、王刻同。⑥孤：龔本、曹本、寶書堂本、許本、鮑本注「一作『幽』」。貞：《天機餘錦》、汪鈔本作「真」。⑦伴憔悴：龔本、曹本、寶書堂本、許本、鮑本注「一作『共榮悴』」。《天機餘錦》同。水竹居本、石村書屋本、明吳鈔、《花草粹編》、汪鈔本、王刻作「共憔悴」。⑧落：《天機餘錦》作「看」。⑨向崖陰二句：龔本、曹本、寶書堂本、許本、鮑本注「一作『褪新芽小碧，飲露崖陰』。應，一作『不』」。⑩愁：《天機餘錦》《花草粹編》無「愁」字。⑪肯信：龔本、曹本、寶書堂本、許本、鮑本注「一作『不道』」。⑫尚：《天機餘錦》《花草粹編》無。⑬香痕：龔本、曹本、寶書堂本、許本、鮑本注「一作『嬌魂』」。《天機餘錦》、水竹居本、明吳鈔、《花草粹編》、汪鈔本、王刻作「香魂」。已：《天機餘錦》《花草粹編》作「幾」。⑭夏敬觀：「『人』『春』『雲』，真韻。『貞』，庚韻。『林』『深』『心』『琴』，閉口韻。」

【注釋】

〔一〕空谷幽人：唐彥謙《蘭二首》（之一）：「美人胡不紉，幽香藹空谷。」杜甫《佳人》：「絕代有佳人，幽居在空谷。」

〔二〕曳冰句：《楚辭・離騷》：「扈江蘺於辟芷兮，紉秋蘭以爲佩。」

〔三〕結根二句：黄庭堅《書幽芳亭》：「蘭雖含香體潔，平居蕭艾不殊，清風過之，其香藹然，在室滿室，在堂滿堂，是所謂含章以時發者也。然蘭蕙之才德不同，世罕能别之。予放浪江湖之日久，乃盡知其族姓。蓋蘭似君子，蕙似士，大概山林中十蕙而一蘭也。」

〔四〕隱蓬蒿二句：《孔子家語》：「且芝蘭生於深林，不以無人而不芳。」沈炯《離合詩贈江藻》：「屋室何寥廓，至士隱蓬蒿。」戴叔倫《山居即事》：「地僻生涯薄，山深俗事稀。」

〔五〕風煙三句：李白《登金陵鳳凰臺》：「吴宫花草埋幽徑，晉代衣冠成古丘。」

〔六〕霽痕句：楊巨源《崔娘詩》：「清潤潘郎玉不如，中庭蕙草雪消初。」

〔七〕向崖陰二句：許渾《江樓夜别》：「蕙蘭秋露重，蘆葦夜風多。」顔之推《和陽納言聽鳴蟬篇》：「垂陰自有樂，飲露獨爲清。」

〔八〕所思二句：謂思念佩蘭人屈原。劉滄《寄遠》：「蕙心迢遞湘雲暮，蘭思縈回楚水流。」

〔九〕肯信三句：陳宗道《題謝氏西谷》：「玉蘭千載流芳馨，清風淩厲連紅曉。」《史記・屈原賈生列傳》：「其志潔，故其稱物芳，其行廉，故死而不容。」《楚辭・漁父辭》：「屈原既放，游於江潭，行吟澤畔，顔色憔悴，形容枯槁。」

〔一〇〕香痕句：《左傳・宣公三年》：「初，鄭文公有賤妾曰燕姞，夢天使與己蘭。」

〔一一〕短操二句：古琴曲有《猗蘭操》。《樂府詩集》解題：「一曰《幽蘭操》。……《琴操》曰：『《猗蘭操》，孔子所作。孔子歷聘諸侯，諸侯莫能任。自衛反魯，隱谷之中，見香蘭獨茂，喟然嘆曰：「蘭當爲王者香，今乃獨茂，與衆草爲伍。」乃止車，援琴鼓之，自傷不逢時，託辭於香蘭云。』」

【集評】

張氏手批：（「所思」五句）此老胸懷如見也。

高亮功：「所思」二句，頗能爲國香傳神。結亦韻。

探春慢①

己亥客闔閭，歲晚江空，暖雨奪雪，篝燈顧影，依依可憐。作此曲，寄戚五雲。書之，幾脱腕也②〔一〕

列屋烘爐〔二〕，深門響竹③〔三〕，催殘客裏時序。投老情懷，薄游滋味，消得幾多淒楚④。聽雁聽風雨，更聽過⑤、數聲柔櫓⑥〔四〕。暗將一點歸心，試託醉鄉分付⑦。　借問西樓在否⑧。休忘了盈盈，端正窺户〔五〕。鐵馬春冰〔六〕，柳蛾晴雪⑨，次第滿城簫鼓⑩〔七〕。閑見誰家月，渾不記、舊游何處⑪〔八〕。伴我微吟，恰有梅花一樹〔九〕。

【校記】

①戈選杜批：「此後段起句叶韻，與前草窗詞同。」　②龔本、曹本、寶書堂本、鮑本注「別本『奪雪』下有『嘆時序之侵尋也』七字，無『篝燈』以下數句」。水竹居本、石村書屋本、明吴鈔、汪鈔本略同，

惟「己亥」作「己亥歲」。戈選無末二句。《詞綜》作「歲晚吴中作」。《歷代詩餘》作「客吴歲晚寄戚五雲」。王刻作「己亥歲晚客吴中作」。③門：《歷代詩餘》作「扉」。④多：《詞綜》、汪鈔本作「回」。⑤過：龔本、曹本、寶書堂本、許本、鮑本注「一作『得』，一作『遍』」。⑥櫓：底本誤作「艫」，此據餘本。⑦試託醉鄉：龔本、曹本、寶書堂本、許本、鮑本注「一作『（試託）鄉書』」。石村書屋本、明吴鈔、《詞綜》、汪鈔本同。水竹居本、王刻作「細把鄉書」。⑧借問：龔本、曹本、寶書堂本、許本、鮑本注「一作『十二』。借，一作『試』」。水竹居本、石村書屋本、明吴鈔、《詞綜》、汪鈔本、王刻作「試問」。戈選作「十二」。⑨鐵馬二句：龔本、曹本、寶書堂本、許本、鮑本注「一作『柳雪禁蟬，簾冰却燕』。一作『簾却蟬冰，柳縈蛾雪』」。水竹居本、石村書屋本、明吴鈔、《詞綜》、汪鈔本、王刻作「簾却蟬冰，柳縈蛾雪」。晴：《歷代詩餘》作「暗」。⑩滿城：龔本、曹本、寶書堂本、許本、鮑本注「一作『趁時』」。⑪舊游：龔本、曹本、寶書堂本、許本、鮑本注「一作『聞燈』，一作『故人』」。

【注釋】

〔一〕己亥九句：己亥，大德三年（一二九九）。闔閭，闔閭城，蘇州的别稱。《史記·吴太伯世家》：「吴太伯、太伯弟仲雍，皆周太王之子，而王季歷之兄也。」張守節《正義》：「吴，國號也。太伯居梅里，在常州無錫縣東南六十里。……至二十一代孫光，使子胥築闔閭城都之，今蘇州也。」篝燈，置燈於籠中。戚五雲，即戚明瑞。見《甘州·題戚五雲雲山圖》【考辨】。脱腕，《新唐書·蘇頲傳》：「書史白曰：『丐公徐之，不然，手腕脱矣。』」後以「脱腕」形容書寫用力且極其迅速。

〔二〕列屋烘爐：謂春節前多雨，除夕街鼓聲音發澀，須借烘烤之力。吴文英《塞垣春·丙午歲旦》：「潤鼓借、烘爐暖。」

〔三〕深門響竹：《荆楚歲時記》：「（正月一日）鷄鳴而起，先於庭前爆竹、燃草，以辟山臊惡鬼。」張説《岳州守歲二首》：「桃枝堪辟惡，爆竹好驚眠。」據《神異經》，西方深山中有惡鬼，名山魈，畏爆竹聲。人以竹著火中，熚烞有聲，則驚走。蘇州亦用此俗，《吴郡志》卷二：「歲節祭饗用除夜，祭畢，則復爆竹、焚蒼术及辟瘟丹。」

〔四〕更聽過二句：吴文英《喜遷鶯·福山蕭寺歲除》：「江亭年暮。趁飛雁、又聽數聲柔櫓。」杜甫《船下夔州郭宿雨濕不得上岸别王十二判官》：「柔櫓輕鷗外，含淒覺汝賢。」

〔五〕借問三句：康令之《詠月》：「天使下西樓，光含萬里愁。」姜夔《玲瓏四犯·越中歲暮聞簫鼓感懷》：「揚州柳，垂官路。有輕盈换馬，端正窺户。」盈盈，此指月色如水清澈。端正，《例釋》：「特指月圓，形容詞。」韓愈《和崔舍人詠月二十韻》：『三秋端正月，今夜出東溟。』」

〔六〕鐵馬春冰：蘇軾《上元夜》：「牙旗穿夜市，鐵馬響春冰。」鐵馬，懸於檐間的風鈴。陳芬《芸窗私志》：「元帝時臨池觀竹，既枯，后每思其響，夜不能寢。帝爲作薄玉龍數十枚，以縷綫懸於檐外。夜中，因風相擊，聽之與竹無異。民間效之，不敢用龍，以什駿代，今之鐵馬是其遺制。」

〔七〕柳蛾二句：節序事典。《武林舊事》卷二：「元夕節物，婦人皆戴珠翠、鬧蛾、玉梅、雪柳、菩提葉、燈球、銷金合、蟬貂袖、項帕，而衣多尚白，蓋月下所宜也。」「至五夜，則京尹乘小提轎，諸舞隊次第簇擁前後，連亘十餘里。錦繡填委，簫鼓振作，耳目不暇給。」

〔八〕閑見三句：《武林舊事》卷二：「（元夕）邸第好事者，如清河張府、蔣御藥家，閑設雅戲煙火。花邊水際，燈燭粲然。」《夢粱録》卷一〇：「忠烈張循王府，在清河坊，賜廟祀。」清河張府即張炎先祖張俊的府邸。張俊封清河郡王，追封循王，謚忠烈。配饗高宗廟庭。

〔九〕伴我二句：姜夔《鷓鴣天·丁巳元日》：「慵對客，緩開門。梅花閑伴老來身。」林逋《山園小梅二首》（之二）：「幸有微吟可相狎，不須檀板共金樽。」

【集評】

許昂霄詞評：有承平故家公子之態。顛歌微吟，聽者淚落。

單學博：（「聽雁」三句）十二字寫所聽耳，而聽者之苦，解人自知。

邵淵耀：疊寫所聽，而聽者情況言外可思。

高亮功：「暗將」二字是逗起法。於淒冷之時，想繁華之景，愈覺不堪爲懷。「伴我」二句是收轉法。

夏敬觀：疊三「聽」字。油滑可厭，可謂甚之又甚矣。

【考辨】

此詞大德三年（一二九九）春節寫於蘇州，詞中兼及元宵典故，可知春正月都將在蘇州度過。玉田與戚五雲在會稽時始見交游。

燭影摇紅 答邵素心

隔水呼舟，采香何處追游好。一年春事二分花，猶有花多少〔一〕。容易繁華過了〔二〕。趁園林、飛紅未掃〔三〕。舊酲新醉〔四〕，幾日不來，緑陰芳草〔五〕。

【别本】

隔水呼舟，細聽人語吹笙道。一年春事二分花，猶有春多少。容易芳菲過了。趁園林、香塵未掃。古樓窺燕，山谷調鶯，玉酣紅鬧。

【注釋】

〔一〕一年二句：毛滂《虞美人·東園賞春，見斜日照杏花，甚可愛》：「二分春去知何處。賴是無風雨。」蘇軾《水龍吟》：「春色三分，二分塵土，一分流水。」

〔二〕容易句：陶潛《榮木四章》（之二）：「繁華朝起，慨暮不存。」

〔三〕趁園林二句：秦觀《千秋歲》：「春去也，飛紅萬點愁如海。」

〔四〕舊酲新醉：晏殊《浣溪沙》：「一曲新詞酒一杯。去年天氣舊亭臺。」

〔五〕幾日二句：陸游《窗下戲詠三首》（之三）：「緑陰芳草佳風月，不是花時也解來。」合用杜牧尋芳較晚詩意。

【集評】

單學博：（「猶有」句）第四句拽得妙。

高亮功：前段呼，後段應。

【考辨】

邵素心，張炎在台州的交游。詳見《南樓令·壽邵素心席間賦》。玉田大德元年（一二九七）在台州，此詞應寫於己亥自台歸杭之後，以寫於大德三年（一二九九）爲宜。

木蘭花慢 丹谷園〔一〕

萬花深處隱，安一點①、世塵無。步翠麓幽尋〔二〕，白雲自在〔三〕，流水縈紆〔四〕。攜歌緩游細賞②〔五〕，倩何人、重寫輞川圖〔六〕。遲日香生草木③〔七〕，淡風聲和琴書。安居。歌引巾車〔八〕。童放鶴、我知魚。看靜裏閑中，醒來醉後，樂意偏殊。桃源帶春去遠④，有園林、如此更何如。回首丹光滿谷，恍然却是蓬壺〔九〕。

【校記】

①朱校：「『安』字疑。」②歌：王刻作「壺」。③日：龔本、寶書堂本作「月」。朱校：「原本『日』作『月』。從曹本。」④源：《歷代詩餘》、王刻作「株」。

【注釋】

〔一〕丹谷園：地址未詳。

〔二〕萬花四句：張協《七命八首》（之三）：「登翠阜，臨丹谷。華草錦繁，飛采星燭。陽葉春青，陰條秋緑。」杜甫《别贊上人》：「還爲世塵嬰，頗帶憔悴色。」

〔三〕白雲自在：寒山詩：「自在白雲間，從來非買山。」

〔四〕流水縈紆：元結《題孟中丞茅閣》：「小山爲郡城，隨水能縈紆。」《説文》：「縈紆，猶回曲也。」

〔五〕攜歌句：王安石《北山》：「細數落花因坐久，緩尋芳草得歸遲。」

〔六〕倩何人二句：王維有《輞川集并序》。

〔七〕遲日：猶言「春日遲遲」。《詩·豳風·七月》：「春日遲遲，采蘩祁祁。」朱熹集傳：「遲遲，日長而暄也。」　香生草木：梅堯臣《山行冒雨至村家》：「野香生草木，雲潤上衣裘。」

〔八〕巾車：陶潛《歸去來兮辭》：「或命巾車，或棹孤舟。」蘇軾《和寄天選長官》：「何時命巾車，共陟雲外嶠。」

〔九〕桃源五句：略反用白居易、蘇軾詩意。《題楊穎士西亭》：「即此可遺世，何必蓬壺峰。」《書王定國所藏煙江疊嶂圖》：「桃花流水在人世，武陵豈必皆神仙。」《拾遺記》卷一：「三壺，則海中三山也。一曰方壺，則方丈也；二曰蓬壺，則蓬萊也；三曰瀛壺，則瀛洲也。形如壺器。此三山，上廣、中狹、下方，皆如工制，猶華山之似削成。」

【集評】

單學博：超曠。　又：（「遲日」二句）試摘一聯懸之，何如？

邵淵耀：（「遲日」二句）前人六言詩中少此佳句。

高亮功：起二句引起通篇。「放鶴」「知魚」，屬對頗工。

意難忘①

中吴車氏，號秀卿，樂部中之翹楚者，歌美成曲得其音旨。余每聽，輒愛嘆不能已，因賦此以贈。余謂有善歌而無善聽，雖抑揚高下，聲字相宣，傾耳者指不多屈。曾不若春蚓秋蛩，爭聲響於月籬煙砌間，絶無僅有。余深感於斯，爲之賞音，豈亦善聽者耶②〔一〕

風月吴娃〔二〕。柳陰中認得，第二香車③〔三〕。春深妝減艷④，波轉影流花⑤〔四〕。鶯語滑⑥，透紋紗⑦〔五〕。有低唱人誇⑧〔六〕。怕誤却、周郎醉眼，倚扇佯遮⑨〔七〕。　底須拍碎紅牙⑩〔八〕。聽曲終奏雅⑪，可是堪嗟〔九〕。無人知此意，明月又誰家⑫〔一〇〕。塵滚滚、老年華。付情在琵琶⑬。更嘆我、黄蘆苦竹⑭，萬里天涯〔一一〕。

【校記】

①戈選杜批：「此調只此一體，宋元人所譜皆同。」　②戈選詞題無「氏」「號」「絶無僅有」六字。許本無「絶無僅有」四字。王刻作「中吴車秀卿歌美成曲，得其音節，余聽之亦絶無僅有者，因賦此以

贈。余謂有善歌而無善聽，抑揚高下，聲字都宣，側耳者幾人，曾不若春蚓秋蛩，争聲響於月籬煙砌間，余故深有感於斯」。水竹居本、石村書屋本、明吴鈔、汪鈔本略同，稍有誤字。③二：龔本、曹本、寶書堂本、許本、鮑本注「一作『二』」。《本事詞》、水竹居本、石村書屋本、明吴鈔、汪鈔本、戈選、王刻同。④妝減艷：戈選作「腮減素」。⑤影：戈選作「眼」。⑥滑：龔本、曹本、寶書堂本、許本、鮑本注「一作『澀』」。水竹居本、石村書屋本、明吴鈔、汪鈔本、王刻同。⑦透紋紗：龔本、曹本、寶書堂本、許本、鮑本注「一作『翦紛譁』」。石村書屋本、明吴鈔、汪鈔本同。王刻作「翦紛華」。⑧有低唱句：龔本、曹本、寶書堂本、許本、鮑本注「一作『雲暖聚紋紗』」。石村書屋本、明吴鈔、汪鈔本、王刻作「暖雲聚紋紗」。⑨怕誤却三句：戈選作「似暗把、琴心待許，扇影還遮」。却：王刻無。醉：龔本、曹本、寶書堂本、許本、鮑本注「一作『顧』」。水竹居本、石村書屋本、明吴鈔、汪鈔本、王刻同。佯：龔本、曹本、寶書堂本、許本、鮑本注「一作『低』」。石村書屋本、王刻同。明吴鈔、汪鈔本作「底」。⑩拍碎：龔本、曹本、寶書堂本、許本、鮑本注「一作『擊碎』，一作『碎擊』」。水竹居本、石村書屋本、明吴鈔、汪鈔本、王刻作「擊碎」。⑪奏雅：石村書屋本、明吴鈔、汪鈔本、王刻作「雅奏」。⑫月：石村書屋本、明吴鈔、汪鈔本作「日」。⑬付：石村書屋本、明吴鈔、汪鈔本、王刻作「賦」。情：龔本、曹本、寶書堂本、許本、鮑本注「一作『恨』」。⑭黄蘆苦竹：《本事詞》、戈選作「青衫易濕」。

【别本】

槐柳陰斜，偶相逢□□（孫按：諸本無方空，據戈選杜批此應爲五字），第二香車。春深腮減素，波轉眼流花，鶯語滑，隔窗紗。片雲駐檐（孫按：此應爲「檀」字形誤）牙，似暗把、琴心待許，扇影還遮。　吴歈謾説雛娃，聽曲終奏雅。可是堪嗟，無人知此意，明日又誰家。塵滚滚，老年華，賦情在琵琶。更嘆我、青衫易濕，萬里天涯。（單學博、許廷誥校：「自此後無附別本作矣。」孫按：此就龔本而言。）

【注釋】

（一）中吴四句：集中有《減字木蘭花·寄車秀卿》。中吴，舊蘇州府的别稱。始見於宋龔明之《中吴紀聞》。樂部，此指樂藉。翹楚，語本《詩·周南·漢廣》：「翹翹錯薪，言刈其楚。」鄭玄箋：「楚，雜薪之中尤翹翹者。」音旨，言辭旨意。輒愛嘆句，《澠水燕談録》卷八：「藝祖收河東凱旋，范杲叩馬進詩曰：『千里版圖來浙右，一聲金鼓下河東。』上愛嘆不已。」相宜，《南齊書·陸厥傳》：「興玄黄於律吕，比五色之相宜。」春蚓秋蛩，姜夔《白石道人詩説》：「守法度曰詩，載始末曰引，體如行書曰行，放情曰歌，兼之曰歌行。悲如蛩螿曰吟，通乎俚俗曰謡，委曲盡情曰曲。」賞音，曹植《求自試表》：「夫臨博而企竦，聞樂而竊抃者，或有賞音而識道也。」

（二）風月吴娃：黄庭堅《太平州作二首》（之一）贈當塗歐姓梅姓歌妓：「歐靚腰支柳一渦，小梅催拍大梅歌。舞餘片片梨化雨，奈此當塗風月何。」風月，此指歌兒舞女。李白《經亂離後天恩流夜郎憶舊游書懷贈江夏韋太守良宰》：「吴娃與越艷，窈窕誇鉛紅。呼來上雲梯，含笑出簾櫳。對客小垂手，羅衣舞春風。」《方言·第二》：「娃、嫷、窕、艷，美也。吴楚衡淮之間曰『娃』，南楚之外曰『婧』，宋衛晉鄭之間曰『艷』，陳楚周南之間曰『窕』，自關而西秦晉之間，凡美色或謂之『好』，或謂之『窕』。」

〔三〕柳陰二句：權德輿《春日戲題》：「彩舫入花津，香車依柳陌。」

〔四〕春深二句：韓偓《偶見背面是夕兼夢》：「眼波向我無端艷，心火因君特地然。」

〔五〕鶯語二句：白居易《琵琶引》：「間關鶯語花底滑，幽咽泉流冰下灘。」韋莊《菩薩蠻》：「琵琶金翠羽，弦上黄鶯語。」紋紗，窗紗。

〔六〕有低唱句：曾覿《好事近》：「多情低唱下梁塵，拚十分沈醉。」

〔七〕怕誤却三句：何遜《與虞記室諸人詠扇詩》：「摇風入素手，占曲掩朱唇。」兼用周瑜顧誤曲典。

〔八〕底須：何必。　拍碎紅牙：晁端禮《訴衷情》：「紅牙拍碎，絳蠟燒殘，月淡天高。」紅牙，檀木製的拍板，用以調節樂曲的節拍。楊鐵夫箋釋吴夢窗《新雁過妝樓·中秋後一夕》：「《宋史·錢俶傳》，太平興國三年，俶貢紅牙樂器二十二事。按，象牙以現紅色爲貴，俗名血牙，謂象曾經食人，乃有此色。」

〔九〕聽曲終二句：《史記·司馬相如列傳》：「（太史公曰）：揚雄以爲靡麗之賦，勸百風一，猶馳騁鄭衛之聲，曲終而奏雅，不已虧乎？」

〔一〇〕無人二句：「琵琶」意亦入此。晏幾道《臨江仙》：「琵琶弦上説相思。當時明月在，曾照彩雲歸。」劉禹錫《楊柳枝》：「春盡絮飛留不得，隨風好去落誰家。」

〔一二〕塵滾滾六句：白居易《琵琶引》：「潯陽地僻無音樂，終歲不聞絲竹聲。住近湓江地低濕，黃蘆苦竹繞宅生。」「同是天涯淪落人，相逢何必曾相識。」

【集評】

高亮功：「不惜歌者苦，但傷知音稀」，自古悲之矣。「怕誤却」二句，作一折筆，使換頭陡接有勢，善歌善聽，針芥相投，亦於此可見。（結句）至此青衫盡濕矣。

【考辨】

此詞約寫於大德四年（一三〇〇）或稍後客游蘇州時。

壺中天 養拙夜飲，客有彈箜篌者，即事以賦①〔一〕

瘦筇訪隱，正繁陰閑鎖，一壺幽緑〔二〕。喬木蒼寒圖畫古②，窈窕行人韋曲③。鶴響天高〔三〕，水流花淨，笑語通華屋〔四〕。虛堂松外，夜深涼氣吹燭。樂事楊柳樓心〔五〕，瑶臺月下〔六〕，有生香堪掬〔七〕。誰理商聲簾外悄④，蕭瑟懸璫鳴玉⑤〔八〕。一笑難逢〔九〕，四愁休賦〔一〇〕，任我雲邊宿〔一一〕。倚闌歌罷，露螢飛上秋竹⑥〔一二〕。

【校記】

①諸本詞題作「養拙園夜飲」，此據《絶妙好詞》。②喬木：龔本、曹本、寶書堂本、許本、鮑本注「一作『山色』」。水竹居本、石村書屋本、明吴鈔、汪鈔本同。③行人：《絶妙好詞》、水竹居本、石

村書屋本、明吴鈔、汪鈔本、王刻作「人行」。④商：龔本、曹本、寶書堂本、許本、鮑本注「一作『簫』」。外：龔本、曹本、寶書堂本、許本、鮑本注「一作『户』」。《絶妙好詞》同。⑤懸璫鳴玉：《歷代詩餘》作「鳴璫懸玉」。⑥上：《絶妙好詞》、水竹居本、石村書屋本、明吴鈔、汪鈔本、王刻作「下」。

【注釋】

〔一〕養拙：即養拙園。在衢州，詳【考辨】。語出潘安《閑居賦》：「仰衆妙而絶思，終優游以養拙。」

〔二〕正繁陰二句：沈約《詠檐前竹》：「繁蔭上蓊茸，促節下離離。」一壺，用仙境壺山典。

〔三〕鶴響天高：許渾《送李溟秀才西行》：「鷹勢暮偏急，鶴聲秋更高。」

〔四〕笑語句：杜甫《秋日夔府詠懷奉寄鄭監李賓客一百韻》：「哀箏傷老大，華屋艷神仙。」

〔五〕樂事句：晏幾道《鷓鴣天》：「舞低楊柳樓心月，歌盡桃花扇影風。」

〔六〕瑶臺月下：李白《清平調三首》（之一）：「若非群玉山頭見，會向瑶臺月下逢。」

〔七〕生香堪掬：黄機《酹江月》：「碎摺黄金誰試手，一一清香堪掬。」

〔八〕誰理二句：此形容箜篌聲如風中松竹天籟，又如風鈴敲擊，如玉丁東。《丹鉛摘録》卷一〇：「古人殿閣檐稜間有風琴、風箏，皆因風動成音，自諧宫商。元徽之詩：爲啄風箏碎珠玉。高駢有《夜聽風箏詩》云：夜靜絃聲響碧空，宫商信任往來風。依稀似曲纔堪聽，又被風吹別調中。」《通雅》卷三〇：「鐵馬名曰『丁當』，玉佩亦曰『丁當』或作『叮當』。……丁東，聲也。佩聲、弦聲皆稱之。又作『丁當』者，蓋『東』、『當』二音古通用也。」李賀《李凭箜篌引》：「昆山玉碎鳳凰叫，芙蓉泣露香蘭笑。」顧況《李供奉彈箜篌歌》：「聲清泠泠鳴索索，垂珠碎玉空中落。」

〔九〕一笑難逢：蘇軾《與毛令方尉游西菩提寺二首》（之一）：「一笑相逢那易得，數詩狂語不須刪。」

〔一〇〕四愁休賦：吴兢《樂府古題要解》：「《四愁》，漢張衡所作，傷時之文也。其旨以所思之處方朝廷，美之爲君子，珍玩爲義，巖險雪霜爲讒諂。」。崔豹《古今注》卷中：「《箜篌引》，朝鮮津卒霍里子高妻麗玉所作也。子高晨起刺船而櫂，有一白首狂夫，被髮提壺，亂流而渡，其妻隨呼止之，不及，遂墮河水死。於是援箜篌而鼓之，作《公無渡河》之歌，聲甚淒愴，曲終，自投河而死。霍里子高還，以其聲語妻麗玉，玉傷之。乃引箜篌而寫其聲，聞者莫不墮淚飲泣焉，麗玉以其聲傳鄰女麗容，名曰《箜篌引》焉。」

〔一一〕任我句：顧況《王郎中妓席五詠·箜篌》：「欲知寫盡相思夢，度水尋雲不用橋。」

〔一二〕露螢句：孟郊《城南聯句》：「露螢不自暖。」李賀《李凭箜篌引》：「吴質不眠倚桂樹，露脚斜飛濕寒兔。」

【集評】

許昂霄詞評：（「窈窕」句）「韋曲」「杜曲」，皆昔時名勝之地。

吴蔚光：「鶴響」八字，便是人不能到，玉田此種幾欲突過白石。

單學博：看他寫夜飲，幾如少陵夜宴韋氏莊詩。

邵淵耀：妙句欲仙，作者獨步。

高亮功：「露螢」句，略醒「夜」字也。

陳蘭甫：（「鶴響」二句），此等對句，又以爽朗爲佳。（「夜深」句、「露螢」句）兩收句調同，而構思亦復相埒。

沈世良：餘音鏗爾。

【考辨】

《嘉慶峽川續志》卷二：「（衢州）養拙園，（潘志）在紫薇山東麓，晉尚書張延光所築。世傳林泉池館之盛，爲東南第一。」《萬曆龍游縣志》卷之一：「南而稍西爲黄山，一名紫薇山（形如側月），又南爲桐岡。」故周密有《賦養拙園桐丘》詩。此詞中「韋曲」「華屋」與尚書故居相合。玉田大德元年丁酉（一二九七）曾至衢州龜峰。

又 爲陸義齋賦秀野園清暉山堂①〔一〕

穿幽透密②，傍園林宴樂，清時鐘鼓〔二〕。簾隔波紋分晝影③，融得一壺春聚。篆徑通花，花多迷徑，難省來時路。緩尋深靜④，野雲松下無數〔三〕。空翠暗濕荷衣⑤，夷猶舒嘯，日涉成佳趣〔四〕。香雪因風晴更落，知是山中何樹。礬石橫琴，懸崖擁檻⑥，待月慵歸去〔五〕。忽來詩思，水田飛下白鷺⑦〔六〕。

【校記】

①底本、龔本、曹本、寶書堂本、許本、鮑本、《全宋詞》詞題作「賦秀野園清暉堂」。除底本外，詞題皆注：「別本作『爲陸義齋賦清暉山堂』。」此據水竹居本、石村書屋本、明吴鈔、汪鈔本、王刻。②透：水竹居本作「秀」。③影：龔本、曹本、寶書堂本、許本、鮑本注「一作『靜』」。石村書屋本、明吴鈔、汪鈔本、王刻同。④靜：龔本、曹本、寶書堂本、許本、鮑本注「一作『密』」。⑤荷：龔本、曹本、寶書堂本、許本、鮑本注「一作『小』」。水竹居本、石村書屋本、明吴鈔、汪鈔本同。⑥擁：龔本、曹本、寶書堂本、許本、鮑本注「一作『人』」。⑦白：龔本、曹本、寶書堂本、許本、鮑本注「一作『霜』」。《歷代詩餘》、王刻同。鷺：龔本、曹本、寶書堂本、許本、鮑本作「露」。曹本、鮑本注「疑『鷺』」。許注：「『疑『鷺』字之誤。』單學博：『疑作『霜鷺』爲是。』」底本從曹本注。

【注釋】

〔一〕陸義齋：陸垕，號義齋。詳《清波引·橫舟是時以湖湘廉使歸》【考辨】。秀野園、清暉山堂：陸垕園堂。詳【考辨】。

〔二〕傍園林二句：韓愈《奉和僕射裴相公感恩言志》：「林園窮勝事，鐘鼓樂清時。」

〔三〕篆徑五句：取意王安石《北山》：「細數落花因坐久，緩尋芳草得歸遲。」篆徑，苔徑上蝸涎如篆文。史愚《謁金門》：「苔徑流錢青莫數。銀泥蝸篆古。」

〔四〕夷猶二句：陶潛《歸去來兮辭》：「審容膝之易安，園日涉以成趣。」「登東皋以舒嘯，臨清流而賦詩。」

〔五〕響石三句：曹伯啓《寄謝陸義齋廉使諸公》有「處士葉其姓，緑綺隨烏巾。時聞操一曲，天地還氤氳」之句。

〔六〕忽來二句：王維《積雨輞川莊作》：「漠漠水田飛白鷺，陰陰夏木囀黄鸝。」

【集評】

單學博：（上片）凡極幽邃、極高曠之境，入玉田手必能刻畫盡致，他人總不免塵膩也。

邵淵耀：放活便饒不盡之致。

高亮功：「篆徑」二句及下「香雪」二句，園中妙景，非玉田妙筆不能達之。

【考辨】

江昱疏證：《元詩選》：曹伯啓，江陰路經歷，公餘，每與陸憲史垕、史總管孝祥、陸文圭輩講磨義理，詩詠酬答。

江昱按曰：伯啓《漢泉漫稿》有《寄謝陸義齋廉使諸公》詩略云：「峥嶸古暨陽，事簡風俗淳。僕也一何有，忝爲幕中賓。」又云「雲間陸公子，丰姿邁群倫。妙齡心老大，富貴不驕人。」又按周弼《端平詩雋》云：「小作幽閑傍宅開，只須數畝占樓臺。石移林屋秋雲至，水帶松江暮雨來。徑草散香迎過屐，砌花分影蔭流杯。人家園圃應無數，不似君能日幾回。」題作「秀野」二字。似指此園。三四「林屋」「松江」正江陰親切之景。若西湖謝園及劉鄜、王錡園亦名秀野，以及山陰之秀野則無事牽連及此矣。又按：義齋，陸垕號，見本卷《清波引》詞後。

孫按：陸文圭《陸莊簡公家傳（代其子鏞作）》：「先公諱垕，字仁重。陸氏世爲吴郡著姓。……居無何，按察司罷，改肅政廉訪司。公以例去。既抵家，乃營舊圃，按行松菊，建閑居堂、燕喜亭。歲時奉親輿逍遥娱宴。堂後古梅數十株，苔幹槎牙，築臺其上。本心文公書其扁曰『天與清香』。……尋降三官，授朝列大夫，嶺北湖南道肅政廉訪副使，公辭，不可，不得已就道。……公固倦游，又以侍親棄官歸。逾年，陞中議大夫、海南廣東肅政廉訪使。……扁所居齋曰『義』，嘗曰：『吾平生受用義字不盡。』……公生寶祐六年戊午之九月，薨於大德十有一年丁未之六月。享年僅五十。是歲九月，葬於州之寶池鄉定山之麓。延祐五年，覃恩贈嘉議大夫、上輕車都尉、吴興郡侯，謚莊簡公。」寶祐六年爲一二五八年，大德十一年爲一三〇七年。

據邱鳴臯《關於張炎的考索》，玉田游江陰投依族叔張楧（字仲實，號菊存）。王沂《張君仲實行述》：「頃之，江淮尚書省選正江陰儒學，尋遷宜興州學教授，轉教平江府儒學。」又，袁裒《送仇仁父教授溧陽兼寄張仲實》：「西臺公子眸炯炯，陽羨三年官舍冷。」仇遠大德九年（一三〇五）受溧陽教席，張楧前三年任宜興州學教授。據陸文圭《送張菊存序》知其江陰學正是「居二年，受代去」。據邱文，張炎與陸垕交游在大德六年（一三〇二），詳《清波引・横舟是時以湖湘廉使歸》【考辨】。

江昱謂周弼《秀野》或指陸氏秀野園，黄畬也持此説：「周弼《端平詩雋》有七律一首作《秀野》二字，似指此園。」周弼（一一九四—一二五五），陸義齋生於寶祐六年（一二五八），年齒不能相及。而周詩又有「水帶松江暮雨來」，應是蘇州而非江陰園林。

清波引 横舟是時以湖湘廉使歸①〔一〕

江濤如許。更一夜、聽風聽雨。短篷容與〔二〕。盤礴那堪數〔三〕。弭節澄江樹②〔四〕。不爲蓴鱸歸去〔五〕。怕教冷落蘆花③，誰招得、舊鷗鷺④〔六〕。寒汀古漵⑤。盡日無人唤渡。此中清楚〔七〕。寄情在譚麈〔八〕。難覓真閑處。肯被水雲留住〔九〕。泠然棹入川流⑥〔一〇〕，去天尺五⑦〔一一〕。

【校記】

①龔本、曹本、寶書堂本、許本、鮑本詞題注：「別本作『横舟湖湘就賦送別廉使』。」水竹居本、石村書屋本、明吴鈔、汪鈔本、王刻同。《歷代詩餘》作「送別湖湘廉使」。②澄江：龔本、曹本、寶書堂本、許本、鮑本注「一作『扶疏』」。水竹居本、石村書屋本、明吴鈔、汪鈔本同。③冷：水竹居本、石村書屋本、明吴鈔、汪鈔本作「零」。④舊：王刻注：「一有『盟』字。」⑤寒汀句：水竹居本、明吴鈔作「寒洲斷浦」。石村書屋本、汪鈔本、王刻作「寒汀斷浦」。汀、古漵：龔本、曹本、寶書堂本、許本、鮑本注「一作『洲』、一作『斷浦』」。⑥川：水竹居本作「空」。《歷代詩餘》、《詞譜》、王刻作

「中」。 ⑦去：龔本、曹本、寶書堂本、許本、鮑本注「一作『近』」。

【注釋】

〔一〕橫舟：陸亘名號。陸文圭《橫舟記》：「清暉堂之東，得支徑出外圃，行數百步，曰『梅臺』。臺下爲池，池岸種木芙蓉。夏秋開華，掩映緑岸，迤北爲橫舟閣。閣礎入池，與臺相直，望之如畫舫然。」

〔二〕江濤三句：俞巨源《紹熙中創編江陰志序》：「大江自京口委折而南，浩溔澎湃，勢益壯，越數百里，聚爲澄江之區。」澄江代指江陰。《嘉靖江陰縣志》卷之三：「君山，在縣治北二里，枕江之濱，舊名瞰江山，後以春申君易今名。江流洄沍其下，潏潾湏溶，水光如練。……按《宋志》：山巔故有松風亭，後易名心遠，紹興間知軍趙寯之作堂其上，名曰浮遠。取東坡『江遠欲浮天』之句。」陸龜蒙《正月十五惜春寄襲美》：「見織短篷裁小楫，拏煙閑弄箇漁舟。」

〔三〕盤礴：猶言「磐礴」。《文選》郭璞《江賦》：「虎牙嵥豎以屹崒，荆門闕竦而磐礴。」李善注曰：「磐礴，廣大貌」

〔四〕弭節：《楚辭·離騷》：「吾令羲和弭節兮，望崦嵫而勿迫。」馬茂元注：「弭節，猶言停車不進。」

〔五〕不爲句：《晉書·文苑列傳》：「（張）翰因見秋風起，乃思吴中菰菜、蓴羹、鱸魚膾，曰：『人生貴得適志，何能羈宦數千里以要名爵乎！』遂命駕而歸。」

〔六〕怕教二句：陸文圭《横舟記》有「波上兮寒煙，水禽拍拍兮葭菼蒼蒼」之句。

〔七〕清楚：清峻嚴整。林逋《臺城寺水亭》：「清楚曾經晉，荒唐直到隋。」

〔八〕寄情句：《世説新語・容止》：「王夷甫容貌整麗，妙於談玄。恒捉白玉柄麈尾，與手都無分别。」談，通「譚」。李復《送章發運楶》：「宴坐接烏丸，妙譚奉犀麈。」

〔九〕肯：《匯釋》：「猶恰也。王安石《寄子思以代别》：『全家欲出嶺雲外，匹馬肯尋山雨中。』」

〔一〇〕泠然句：謂扁舟乘風入澄江。《莊子・逍遥游》：「夫列子御風而行，泠然善也。」郭象注：「泠然，輕妙之貌。」

〔一一〕去天尺五：蘇軾《鬱孤臺》：「贛石三百里，寒江尺五流。」

【集評】

單學博：舟中人，舟中人，豈非窮士乎？　又：（「肯被」三句）用得妙，不可階。

高亮功：題不甚明悉，意當是賦得横舟送湖湘廉使耳。（下闋）極有結構。

【考辨】

江昱疏證：《元史・臧夢解傳》附陸垕。垕字仁重，江陰人，幼以孝友聞。至元間，丞相伯顔以師南下，垕時未冠，率其鄉人見之，論議有合，兵遂不涉其境。伯顔奏授爲同知徽州路總管府事。《江陰志》作奏授江陰軍判官，事定，朝京師授同知云云。累遷至湖南肅政廉訪副使，陞浙西廉訪使。《志》作陞海南廣東道廉訪使，以侍親棄官歸云云。年五十卒，謚莊簡。《江陰縣志》城門四，北曰澄江，宋知軍史（趙）㝢之修。又督學道在大街虹橋東，古爲巡撫行臺，宋元間爲澄江驛。

江昱按曰：「横舟」未著姓名，觀詞中「弭節澄江樹」句，應屬江陰人，而考元史及邑志，玉田時爲湖湘廉使者止陸垕一人。史稱垕累遷至湖南肅政廉訪副使，陞浙西廉訪使。題中謂以湖湘廉使歸，可知在陞浙之前，一時暫歸，非遽挂冠鄉里。詞中「不爲蓴鱸歸去」及「難覓真閑處，肯被水雲留住」等語，情事正合。況玉田於江陰諸陸往來最密，雖史傳舉大略細，未及「横舟」之號，意爲參考，當屬此公。又，曹伯啓《漢泉漫稿·寄謝陸義齋廉使諸公》詩亦稱「廉使」，而詩中「暨陽」又即此詞「澄江」。且六卷義齋壽日《臺城路》詞「怡情楚花湘草」「渭濱人未老」諸句，雅與垕踪跡相協，互證之，則義齋亦垕也。

朱校：横舟爲陸垕號。（江）疏據《漢泉漫稿》謂義齋亦垕。按《崇禎南海縣志》首有元大德甲辰陳大震舊序稱，廉訪使江陰義齋陸公命里耆舊陳大震教授、吕桂孫增修，足證義齋爲垕。而垕仕至廣東廉訪使，可補史闕。又按《墻東類稿·横舟記》：「清暉堂之東，曰梅臺，臺下爲池，迤北爲横舟閣。」垕號横舟殆以此。

孫按：陸文圭《陸莊簡公家傳（代其子鏞作）》：「久之，起除中順大夫、同知台州路總管府事。……在郡六十餘日，以元貞元年改江東建康道肅政廉訪副使。……在鄱陽日，思太夫人年高，陳情歸養，士民泣送。……公不還家，徑北入都詣臺自理，臺中人皆知其無罪，畏用事者，莫敢言。會國有大霈，乃得釋，尋降三官，授朝列大夫、嶺北湖南道肅政廉訪副使。公辭不可，不得已就道。……公固倦游，又以侍親棄官歸。逾年，陞中議大夫、海南廣東肅政廉訪使。……爲政期年，復以侍親棄官歸。」其中「國有大霈」時在大德元年（一二九七）。《元史·成宗本紀》：「（二月）詔改元，赦天下，免上都、大都、隆興差稅三年。」元代江東建康道肅政廉訪司監管寧國路、徽州路、饒州路（含鄱陽縣）。嶺北湖南道肅政廉訪司監管天臨路、衡州路、道州路、永州路、郴州路、全州路、寶慶路（邵州）、桂陽路。

據邱鳴皋《關於張炎的考索》：「其由湖南任上棄官回家（據《陸莊簡公家傳》），陸垕在湖南任上回家僅此一次，應是大德六年（一三〇二）的事了。」

暗香 送杜景齋歸永嘉①〔一〕

猗蘭聲歇②。抱孤琴思遠③，幾番彈徹〔二〕。洗耳無人，寂寂行歌古時月④〔三〕。一笑東風又急。黯消凝⑤、恨聽啼鴂⑥〔四〕。想少陵⑦、還嘆飄零⑧，遣興在吟篋⑨〔五〕。愁絕。更離別⑩〔六〕。待款語遲留⑪，賦歸心切。故園夢接。花影閑門掩春蝶⑫。重訪山中舊隱，有羈懷〔七〕、未須輕說。莫相忘⑬，堤上柳、此時共折〔八〕。

【校記】

①歸：《天機餘錦》作「回」。②猗蘭：龔本、曹本、寶書堂本、許本、鮑本注「一作『倚闌』」。水竹居本、明吴鈔同。石村書屋本、汪鈔本作「倚欄」。③抱：《天機餘錦》作「把」。戈選杜批：「次句

第一字原作『算』，戈氏誤。」④寂寂：《天機餘錦》作「寂寞」。時：龔本、曹本、寶書堂本、許本、鮑本注「一作『城』」。《天機餘錦》、水竹居本、石村書屋本、明吴鈔、汪鈔本、王刻同。⑤黯：《天機餘錦》、王刻作「暗」。凝：龔本、曹本、寶書堂本、王刻、許本、鮑本注「一作『魂』」。《歷代詩餘》、戈選同。⑥鳩：石村書屋本、明吴鈔、汪鈔本作「鶻」。⑦少：王刻作「杜」。⑧嘆：《天機餘錦》作「笑」。⑨遺：龔本、曹本、寶書堂本、許本、鮑本注「一作『遺』」。戈選同。⑩離：龔本、曹本、寶書堂本、許本、鮑本注「一作『愁』」。《天機餘錦》、水竹居本、石村書屋本、明吴鈔、汪鈔本同。⑪待款語：《天機餘錦》作「時疑恐」。遲留：龔本、曹本、寶書堂本、許本、鮑本注「一作『微吟』」。水竹居本、石村書屋本、明吴鈔、汪鈔本、王刻同。⑫影：《天機餘錦》、水竹居本、石村書屋本、明吴鈔、龔本、《歷代詩餘》、曹本、寶書堂本、戈選、許本、王刻作「暗」。閑：王刻作「閉」。春：龔本、曹本、寶書堂本、王刻、許本、鮑本注「一作『飛』」。《歷代詩餘》同。夏敬觀：「『篋』『接』『蝶』，閉口韻。」⑬莫相忘：戈選作「但莫忘」。《天機餘錦》作「莫相逢」。

【注釋】

〔一〕送杜景齋句：杜景齋，作者友人，永嘉平陽人。江昱疏證：「《晉書・地理志》：太寧元年，分臨海立永嘉郡。《括蒼彙紀》：隋開皇九年，廢二郡爲縣，以括蒼、松陽、永嘉、臨海四縣置處州。」詳【考辨】。

〔二〕猗蘭三句：古琴曲有《猗蘭操》。何夢桂《蝶戀花・即景》：「彈徹瑶琴移玉柱。蒼苔滿地花陰午。」

〔三〕洗耳二句：王十朋《題雙瀑》：「我來游勝境，洗耳聽清音。」《晏子春秋》卷五：「梁丘據左操瑟，右挈竽，行歌而出。」

〔四〕啼鴂：鴂，鶗鴂。《楚辭·離騷》：「恐鶗鴂之先鳴兮，使夫百草爲之不芳。」王逸注：「（鶗鴂）常以春分鳴也。」

〔五〕想少陵三句：杜甫《哀江頭》：「少陵野老吞聲哭，春日潛行曲江曲。」杜甫有詩《遣興三首》《遣興五首》。

〔六〕愁絶二句：高適《薊門不遇王之渙郭密之因以留贈》：「行矣勿重陳，懷君但愁絶。」

〔七〕羈懷：司空曙《殘鶯百囀歌》：「謝朓羈懷方一聽，何郎閑詠本多情。」

〔八〕莫相忘三句：謂同折蘇堤之柳，互相贈别。從此南鴻北燕，各奔東西。

【集評】

邵淵耀：情深言表。

高亮功：通首貼杜説。「東風」二句，忽插入景語，頓折生動。下片「花暗閑門」語亦然。（末二句）倒醒出「送」字，峭。

【考辨】

桂栖鵬《新證》引方回《送杜景齋歸平陽二首》（之一）「豐年猶足樂，何必次錢塘」二句，並指出：「方回的《桐江續集》，爲其本人親自編定，集中詩文皆以寫作時間先後爲序，上述二詩從編排順序看，乃作於元世祖至元二十四年（一二八七）。張炎詞與方回詩同爲送杜景齋歸故里之作，應寫於同時，是張炎此詞亦作於至元二十四年，寫作地點在杭州。」

一萼紅 東季博園池，在平江文廟前①〔一〕

巘孤篷②。正叢篁護碧，流水曲池通〔二〕。傴僂穿巖〔三〕，紆盤尋徑③〔四〕，忽見倒影淩空④〔五〕。擁一片、花陰無地，細看來、猶帶古春風⑤〔六〕。勝事園林⑥〔七〕，舊家陶謝⑦，詩酒相逢〔八〕。　眼底煙霞無數⑧，料神仙即我⑨，何處崆峒〔九〕。清氣分來⑩，生香不斷，洞户自有雲封⑪〔一〇〕。認奇字⑫、摩挲峭石⑬，聚萬景⑭、只在此山中⑮。人倚虛闌喚鶴⑯，月白千峰〔一一〕。

【校記】

①《天機餘錦》無詞題。水竹居本、石村書屋本、明吴鈔、汪鈔本、王刻作「爲東季博園池賦」。《歷代詩餘》作「東季博園池」。②巘孤篷：《天機餘錦》作「巘孤蓬」。水竹居本、石村書屋本、明吴鈔、王刻作「掛孤蓬」。《歷代詩餘》作「檥孤篷」。③紆盤：《天機餘錦》作「蹣跡」（孫按：「跡」應爲「蹣」形誤）。石村書屋本、明吴鈔、汪鈔本作「行盤」。④見：《天機餘錦》作「來」。⑤猶帶句：《天機餘錦》作「猶帶醉春風」。水竹居本作「猶帶春古風」。吴校以爲誤。龔本、曹本、寶書堂

本、許本、鮑本作「猶占□春風」。朱校：「原本『帶』作『占』，『古』字闕。從王刻。」《歷代詩餘》作「猶占舊春風」。⑥事：《天機餘錦》作「似」。⑦舊：《歷代詩餘》作「故」。王刻注：「一作『故』。」⑧霞：《天機餘錦》作「波」。⑨我：《天機餘錦》作「在」。⑩分：《天機餘錦》、水竹居本、石村書屋本、明吴鈔、汪鈔本、王刻作「飛」。⑪自有：水竹居本、石村書屋本、明吴鈔、汪鈔本作「白」。⑫認奇字：《天機餘錦》作「認記字」。水竹居本作「認寄□石」。石村書屋本、明吴鈔作「認奇石」。⑬石：水竹居本、石村書屋本、明吴鈔、汪鈔本、王刻作「壁」。⑭景：《天機餘錦》作「境」。⑮只：《天機餘錦》作「即」。⑯人倚虛闌：《天機餘錦》作「倚危欄」。

【注釋】

〔一〕東季博園池：東季博，即東從大，字季博。詳【考辨】。牟巘《題東季博山園二十韻》所題二十景分別爲：垂柳、瑞雪、東壑、枇杷塢、西崦、緑繞、第一溪、桃源、小谷簾、南澗、釣臺、石橋、山亭、安樂窩、寒湫、雲關、薝蔔林、梅巖、聚仙、奕仙。詞中所寫景致，與園中二十景相關涉。

〔二〕艤孤篷三句：涉及垂柳、緑繞、第一溪等景觀。叢篁，李衎《竹譜詳録》卷四：「駢竹，一根數節之上分爲兩竿。各生枝葉，别無種類，特常竹之變，猶連理木、並蒂蓮之屬，故亦罕有。……今姑蘇東季博提舉家園怡老堂有一株，高五尺餘。」李商隱《垂柳》：「娉婷小苑中，婀娜曲池東。」杜甫《過南鄰朱山人水亭》：「幽花歌滿樹，小水細通池。」王安石《書湖陰先生壁》：「一水護田將緑繞，兩山排闥送青來。」

〔三〕傴僂穿巖：謂俯身穿過梅巖等穴洞。

〔四〕紆盤尋徑：紆盤，猶言「盤紆」。司馬相如《子虛賦》：「其山則盤紆茀鬱，隆崇嵂崒。」

〔五〕忽見句：此寫寒湫。牟巘詩曰：「澄然蓄清瀏，百尺往往深。」

〔六〕擁一片四句：此寫桃源。牟巘詩曰：「桃源逃不徹，真境宛在目。要令千載下，知有古風俗。」詞中「古春風」亦即此意。

〔七〕勝事園林：韓愈《奉和僕射裴相公感恩言志》：「林園窮勝事，鐘鼓樂清時。」

〔八〕舊家二句：舊家，此指世家。陶謝，陶淵明與謝靈運。束氏源出漢朝疏（疎，避王莽之亂改「束」）氏，代有名人。《漢書·疏廣傳》載疏廣爲太子太傅，兄子疏受爲少傅，五年後父子稱病辭歸：「即日父子俱移病。滿三月賜告，廣遂稱篤，上疏乞骸骨。上以其年篤老，皆許之，加賜黃金二十斤，皇太子贈以五十斤。公卿大夫故人邑子設祖道，供張東都門外，送者車數百兩，辭決而去。及道路觀者皆曰：『賢哉二大夫！』或嘆息爲之下泣。」班固贊爲「行止足之計，免辱殆之累」的典型。參【考辨】。黃滔《貽李山人》：「定應雲雨內，陶謝是前身。」此代指交游中的隱者或好爲名山游的文人。

〔九〕眼底三句：園林中有桃源、聚仙、奕仙，故云。

〔一〇〕洞户句：李白《憶東山二首》（之二）：「欲報東山客，開關掃白雲。」園林中有雲關。牟巘詩曰：「此處若爲關，自來還自去。」「雲卧不禁冷，誤把巖扃觸。」

〔二〕人倚二句：袁易《題束季博適安齋》可以參看：「凭軒亦何有，竹樹相蒙翳。鷄鳴境逾廓，鶴唳林更寂。」

【集評】

高亮功：園池固佳，玉田生亦能形容盡致。園池之景與游歷之情，妙不寫成兩橛。結句響亮，喬夢符所謂豹尾也。

【考辨】

江昱按曰：牟巘《陵陽集·題束季博山園》詩有東壑、第一溪、釣臺、雲關諸題。袁易《靜春堂集·正月十六日與德鈞子敬翼之洎兒子震游束季博山園賦詩》：「我夐山園好，芳堂隱薜蘿。野雲棲不去，風葉掃還多。暫憩忘城郭，長謠詠澗阿。不嫌頻啓鑰，重過意如何。」詩凡五首，悉同起句。

《姑蘇志》：宋政和五年，以蘇州升爲平江府，元至元十四年改平江路。

單學博、許廷誥：按蘇州郡學，猶宋時范帥舍宅，玉田所稱文廟，大約即此。但「洞户」「峭石」「千峰」等語，似與今勝概不合。豈季博園池，乃今滄浪亭一隅耶？

桂栖鵬《新證》：束季博，江氏未證。明朱存理《珊瑚木難》卷二録《水村圖》書畫卷，卷中有錢重鼎撰《水村圖賦》，賦尾署「大德七年六月一日束從大書」；賦之後爲七言古詩一首，詩尾題「從大」二字。……束季博即束從大，從大爲名，季博爲字。「山園隱者」當是束從大之號，而「山園」正是束從大家庭園林的名稱，牟巘《陵陽集》卷五有詩題爲《題束季博山園二十韻》，袁易《靜春堂集》

卷二亦有詩題爲《……游東季博山園賦詩五首》可證。「適安齋」爲東從大的書齋名,《靜春堂集》卷一有《題東季博適安齋》詩。……當爲宋故家子弟而自甘隱逸者。」

孫按:文廟即文宣王廟,在縣學旁。《民國吴縣志·輿地考·文廟》:「宋有文宣王廟,《祥符圖經》云:在子城東。皆不言學所在。至景祐元年,范文正公仲淹守鄉郡,因州人朱公綽等請以聞於朝。二年乃詔蘇州立學,並給田五頃。公即以所購錢氏南園巽隅地,舊欲卜宅者,割以創焉。左爲廣殿,右爲公堂,泮池在前,齋室在旁。」據《石渠寶笈》卷一四:「元趙孟頫《水村圖》一卷。宋箋本,墨畫款識云大德六年十一月望日,爲錢德鈞作。」趙孟頫爲錢德鈞作《水村圖》,德鈞名重鼎,作《水村圖記》《水村圖賦》。東季博爲書《水村圖賦》,同題詩者還有東從周、東從虎,於東從大應爲昆仲,東從周自題「合肥人」,則東氏籍貫合肥。合肥東氏字輩爲「元仕爲從道開明建得中」。據《雍正合肥縣志》卷二四,晚宋時合肥東氏高中二位進士,淳祐四年甲辰(一二四四)爲東元嘉,咸淳元年乙丑(一二六五)爲東從龍。可知爲合肥世家。

另,楊海明先生據《江湖後集》卷一(張)煒,字子昭,杭人,有《芝田小詩》,考芝田張煒爲玉田昆弟。張煒有《題適安隱居》:「蘿蔓糾巖竹翳閭,天然幻出隱人居。客來欲問山中趣,挂壁絲桐插架書。」可見張氏兄弟皆與東季博游。此詞大德四年(一三〇〇)或稍後寫於蘇州。

霜葉飛①悼澄江吴立齋。南塘、不礙雲山，皆其亭名②〔一〕

故園空杳。霜風勁③、南塘吹斷瑶草④。已無清氣礙雲山〔二〕，奈此時懷抱⑤。尚記得、修門賦曉⑥〔三〕。杜陵花竹歸來早⑦〔四〕。傍雅亭幽榭⑧，慣款語英游，好懷無限歡笑〔五〕。

不見换羽移商〔六〕，杏梁塵遠⑨〔七〕，可憐都付殘照。坐中泣下最誰多⑩，嘆賞音人少〔八〕。悵一夜、梅花頓老⑪〔九〕。今年因甚無詩到⑫。待喚起清魂□⑬〔一〇〕，説與淒涼，定應愁了⑭。

【校記】

①戈選杜批清真此調：「起句第四字當是暗韻，後夢窗、玉田之詞亦叶，惟方千里等和此詞未用韻，致各譜均失注。」②龔本、寶書堂本詞題注：「別本『澄江』作『江陰』。」曹本、許本、鮑本「吴立齋」作「吴君立齋」，無題注。《天機餘錦》、水竹居本、石村書屋本、明吴鈔、汪鈔本、王刻作「悼江陰吴立齋」。《歷代詩餘》作「悼澄江吴立齋」。③勁：《歷代詩餘》作「動」。④瑶：《天機餘錦》作「瑞」。⑤懷：龔本、曹本、寶書堂本、許本、鮑本注「一作『情』」。⑥修：石村書屋本、汪鈔本作「新」。⑦竹：石村書屋本、明吴鈔、汪鈔本作「燭」。⑧雅亭幽榭：《天機餘錦》「榭」作「樹」。戈選作「雅榭幽亭」。⑨杏梁塵遠：水竹居本、石村書屋本、明吴鈔、汪鈔本、王刻作「繞梁聲遠」。塵：龔本、曹本、寶書堂本、許本、鮑本注「一作『聲』」。《天機餘錦》同。⑩最誰：陳蘭甫：「『誰最』二字，倒用不妥。」⑪悵一夜二句：《天機餘錦》作「一夜海棠花頓老」。頓：《歷代詩餘》作

「都」。⑫年：龔本、曹本、寶書堂本、許本、鮑本注「一作『日』」。⑬起：龔本、曹本、寶書堂本、許本、鮑本注「一作『醒』」。《天機餘錦》、戈選同。□：諸本無空格，惟戈選作「起」。朱校：「原本『魂』下未空格，從張校。」⑭定應：龔本、曹本、寶書堂本、許本、鮑本注「一作『也教』」。《天機餘錦》同。邵淵耀：「『也』似勝『定』。」

【注釋】

〔一〕吳立齋：玉田江陰友人。

〔二〕已無句：杜甫《茅堂檢校收稻二首》（之一）：「喜無多屋宇，幸不礙雲山。」

〔三〕修門：楚國郢都的城門。《楚辭・招魂》：「魂兮歸來！入修門些。」王逸注：「修門，郢城門也。」此指賦詞招吳立齋之魂。

〔四〕杜陵句：杜甫《狂夫》：「萬里橋西一草堂，百花潭水即滄浪。風含翠篠娟娟靜，雨裛紅蕖冉冉香。」杜陵，已見前引《杜臆》。

〔五〕好懷句：陶潛《飲酒詩二十首》（之九）：「問子爲誰歟，田父有好懷。」「且共歡此飲，吾駕不可回。」

〔六〕換羽移商：《宋史・樂志》：「審乎此道，以之制作，器定聲應，自不奪倫，移宫換羽，特餘事耳。」宫、商、角、徵、羽爲五音。

〔七〕杏梁塵遠：《藝文類聚》卷四三引漢劉向《别録》：「漢興以來，善雅歌者，魯人虞公，發聲清哀，蓋動梁塵。」司馬相如《長門賦》：「刻木蘭以爲榱兮，飾文杏以爲梁。」

〔八〕坐中二句：白居易《琵琶引》：「座中泣下誰最多，江州司馬青衫濕。」

〔九〕悵一夜二句：盧仝《有所思》：「相思一夜梅花發，忽到窗前疑是君。」

〔一〇〕清魂：唐扶《使南海道長沙題道林岳麓寺》：「稍揖皇英頮濃淚，試與屈賈招清魂。」

【集評】

單學博：（「今年」四句）地下將無處埋愁矣。一笑。

許廷誥：只恐埋愁無地。

高亮功：换頭是轉接，亦是遥接。寫「悼」字騷雅絶倫。

陳蘭甫：一氣清蒼。

【考辨】

江昱疏證：曹伯啓《漢泉漫稿·南塘戲贈立齋主人》：「南塘幽闃似山林，是是非非總不侵。詩有靜功聯句好，坐無俗客話情深。花枝徙倚閑居樂，柳絮顛狂薄宦心。聞説主人村酒熟，幾時攜杖一相尋。」

孫按：不礙雲山亭在江陰，陸文圭、張仲實皆有詩。陸文圭《題立齋不礙雲山亭》：「英英山中雲，蒼蒼雲外山。雲山偃蹇若高士，不傍貴人門户間。藕堂老人家四壁，詩句曾參浣花客。一亭半落平疇外，拾盡乾坤眼獨窄。樵歌斷處起寒青，鳥影明邊際空碧。玉鸞不入巫陽夢，滿榻凝塵室生白。昨宵礎潤卜雨來，岸巾欄角小徘徊。忽然一片黑模糊，失鵠萬丈青崔鬼。有風颯然起林薄，如覺天日徐徐開。推窗看山色如故，斷雲飄零不知處。」張仲實《不礙雲山》：「南山自嫵媚，上有雲飄飄，開軒成坐賞，永謝登陟勞。清宵眺遠景，月出忽已高。養生慕采藥，息景期誅茅。徒玆抱幽志，塵網何能逃。」曹伯啓《祈雨罷飲訪立齋南塘用朱路教韻》詩有「南塘幽雅異塵中，一道荷香水面風」之句。

玉田大德五年（一三〇一）、大德六年（一三〇二）居江陰，應與吴立齋交游，此詞寫於至大二年（一三〇九）寒秋重游江陰時。

憶舊游①寄友

記瓊筵卜夜〔一〕，錦檻移春②，同惱鶯嬌〔二〕。暗水流花徑〔三〕，正無風院落，銀燭遲銷〔四〕。鬧枝淺壓髻髻〔五〕，香臉泛紅潮〔六〕。甚如此游情，還將樂事，輕趁冰消。　飄零又成夢③，但長歌裊裊〔七〕，柳色迢迢④。一葉江心冷，望美人不見，隔浦難招。認得舊時鷗鷺⑤，重過月明橋⑥。溯萬里天風，清聲謾憶何處簫⑦〔八〕。

【校記】

①戈選杜批清真詞：「此調始於清真，後結例作拗句。第四字宜用入聲，後草窗、玉田詞均同。」

②錦：《歷代詩餘》、王刻作「花」。　③零：戈選作「蕭」，許本、王刻作「搖」。　④迢迢：曹本、許

本作「迢遥」。⑤認得舊時：戈選作「舊時認得」。⑥過：龔本、曹本、寶書堂本、許本、鮑本注「一作『見』」。⑦何處簫：龔本、曹本、寶書堂本、許本、鮑本作「何處鸞簫」。朱校：「原本『簫』上衍『鸞』字。從王刻。」闕名：「末二句『鸞』字疑衍。此調各家皆同，玉田諸作亦無異，非別有一體可知。」高亮功：「末句多一字。」吴揞光：「後半結句多一字。」吴校：「龔、曹、許本『處』下有『鸞』字，四印本、《歷代詩餘》皆無『鸞』字，此調宋人無作八字句者，今據删。」

【注釋】

〔一〕瓊筵卜夜：《春秋左傳正義》卷八：「（莊公二十二年傳）飲桓公酒。樂。公曰：『以火繼之』。辭曰：『臣卜其晝，未卜其夜。不敢。』」杜甫《宴王使君宅題二首》（之二）：「泛愛容霜鬢，幽歡卜夜闌。」

〔二〕錦檻二句：移春檻典出《開元天寶遺事》卷上：「楊國忠子弟，每春至之時，求名花異木，植於檻中，以板爲底，以木爲輪，使人牽之自轉，所至之處，檻在目前，而便即歡賞，目之爲『移春檻』。」張先《西江月》：「嬌春鶯舌巧如簧。飛在四條弦上。」

〔三〕暗水句：杜甫《夜宴左氏莊》：「暗水流花徑，春星帶草堂。」

〔四〕正無風二句：暗用蘇軾《海棠》詩意：「只恐夜深花睡去，高燒銀燭照紅妝。」

〔五〕鬧枝：晏殊《臨江仙》：「風吹梅蕊鬧，雨紅杏花香。」謂插帶梅花於髮髻上。髫髻，垂髫與辮髻。

〔六〕香臉句：周邦彦《驀山溪》：「翠袖捧金蕉，酒紅潮、香凝沁粉。」

〔七〕長歌裊裊：歐陽修《東齋對雪有懷》：「貪聽樽前歌裊裊，不聞窗外響蕭蕭。」

〔八〕望美人六句：取意杜牧《寄揚州韓綽判官》：「二十四橋明月夜，玉人何處教吹簫。」《釋名》卷七：「簫，肅也，其聲肅肅而清也。」

【集評】

高亮功：寫冶游景物亦佳。

陳廷焯《大雅集》卷四：措語超脱而幽秀。

夏敬觀：起五句似梅溪。

【考辨】

詞中「鬧枝淺壓髫髻，香臉泛紅潮」，與下首《木蘭花慢》「垂髫至今在否，倚飛臺、誰擲買花錢。不是尋春較晚，都緣聽得啼鵑」，同用杜牧尋春較晚典，又同寫鬧枝杏花，也寫及「一葉江心」或「隔江船」，故知贈主同爲江陰陸起潛。玉田離開江陰後，曾居游吴興、宜興、常州、溧陽，再往游金陵，此詞應寫於大德十年（一三〇六）游金陵江中泛舟時。詳《木蘭花慢》【考辨】。

木蘭花慢 舟中有懷澄江陸起潛皆山樓昔游①〔一〕

水痕吹杏雨②，正人在、隔江船。看燕集深蕪③〔二〕，漁棲暗竹，濕影浮煙〔三〕。餘寒尚猶戀柳④，怕東風⑤、未肯擘晴綿⑥〔四〕。愁重遲教醉醒⑦，夢長催得詩圓⑧〔五〕。　樓前。笑語當年⑨〔六〕。情款密〔七〕、思留連。記白月依弦⑩，青天墮酒，衮衮山川⑪〔八〕。垂髫至今在否⑫，倚飛臺、誰擲買花錢⑬。不是尋春較晚，都緣聽得啼鵑〔九〕。

【校記】

①龔本、寶書堂本題末注「別本『澄江』作『江陰』」。《天機餘錦》、水竹居本、石村書屋本、明吴鈔、汪鈔本、王刻略同別本。曹本、鮑本題末自注「『澄江』即『江陰』」。②痕：汪鈔本作「浪」。③燕集深蕪：底本、龔本、曹本、寶書堂本、許本、鮑本作「燕集春蕪」，除底本外「春」下注「一作『深』」。水竹居本、石村書屋本、明吴鈔、汪鈔本作「鶯集深蕪」。此據《歷代詩餘》、戈選、王刻改。④猶：《天機餘錦》作「有」。⑤怕：龔本、曹本、寶書堂本、許本、鮑本注「一作『怯』」。《天機餘錦》同。⑥未：石村書屋本、明吴鈔、汪鈔本、王刻作「不」。晴：《天機餘錦》作「飛」。⑦醉：《天機餘錦》作「酒」。⑧催得詩圓：《天機餘錦》作「催詩得圓」。詩，王刻注：「一作『輕』。」⑨當年：《天機餘錦》作「憶當年」。孫按：比較集中同調詞，應衍一字。⑩依：《天機餘錦》、水竹居本、石村書屋本、明吴鈔、汪鈔本作「休」。⑪衮衮山川：水竹居本、石村書屋本、汪鈔本作「滚滚山川」。王刻作「滚滚江山」。⑫髫：《歷代詩餘》、戈選作「鬟」。⑬擲：《天機餘錦》作「識」。

【注釋】

〔一〕陸起潛：玉田友人。皆山樓：張炎集中有四首詞賦此樓四景：《甘州》賦「雲林遠市」，

《瑶臺聚八仙》賦「千巖競秀」，《壺中天》賦「月涌大江」，《臺城路》賦「遥岑寸碧」。

〔二〕燕集深蕪：杜甫《朝雨》：「風鴛藏近渚，雨燕集深條。」張耒《苦雨》：「深蕪下白鳥，霽嶺明秀木。」

〔三〕濕影浮煙：高觀國《蘭陵王・春雨》：「春寒峭，吹斷萬絲，濕影和煙暗簾箔。」

〔四〕餘寒三句：《陽羨風土記》：「河朔春時疾風，數日一作，三日乃止。曰『吹花擘柳風』。」衛宗武《山行》：「亂擘晴綿清晝遲，陰陰古木緑雲齊。」

〔五〕夢長句：《南史・王筠傳》：「謝朓常見語云：『好詩圓美流轉如彈丸。』近見其數首，方知此言爲實。」兼用謝靈運寫詩夢中如得神助典。

〔六〕笑語當年：黄庭堅《過致政屯田劉公隱廬》：「當年笑語地，華屋轉朱欄。」

〔七〕情款：枚乘《古詩五首》(之五)：「願言追昔愛，情款感四時。」

〔八〕衮衮山川：杜甫《上牛頭寺》：「青山意不盡，衮衮上牛頭。」《補注杜詩》：「趙曰：衮衮，相繼不絶之義。」

〔九〕垂髫五句：用杜牧尋春典。

【集評】

許昂霄詞評：前段只寫舟中情景，换頭以下方説昔游。

高亮功：「愁重」二字亦煉。

【考辨】

邱鳴皋《關於張炎的考索》：陸起潛，江陰陸文圭之侄，所居與文圭相鄰，見《墻東類稿》卷一九《丁丑元夕詩》自注。

孫按：陸文圭自注：「余居與起潛姪相鄰。」牟巘、陸文圭、馬臻以詩賦皆山樓，可以參看。牟巘《題陸起潛皆山樓》：「醉翁朝暮四時景，誰遣描摹入此圖。喚作皆山真箇是，攜來到處與之俱。也曾佳客相陪否，亦有清泉可釀無。更喜一般僧侶舊，高樓百尺俯塵區。」陸文圭《皆山樓分韻得坐字》：「無詩山不喜，無樓猶自可。樓上著詩人，青山皆屬我。得句山禽鳴，落筆山花墮。翠屏招我隱，欲往輒不果。推窗呼與飲，醉吸雲一朵。須臾成五采，吐出驚滿坐。」馬臻《寄題皆山樓》：「仙人好樓居，縹緲半空立。吐納萬里秋，回合數州碧。倚檻足吟嘯，四面嵐氣入。下視塵土中，日夜風雨急。處士種茶處，仿佛白雲濕。何時一登臨，啜茗坐終日。會待飛蓬山，清風生兩腋。」

此詞與上首《憶舊遊》皆寫於大德十年（一三〇六）游金陵江中泛舟時。

瀟瀟雨① 泛江有懷袁通父、唐月心②〔一〕

空山彈古瑟③，掬長流、洗耳復誰聽〔二〕。倚闌干不語，江潭樹老，風挾波鳴。愁裏不須啼鴂，花落石牀平〔三〕。歲月鷗前夢〔四〕，耿耿離情。記得相逢竹外，看詞源倒瀉〔五〕，一雪塵纓〔六〕。笑匆匆呼酒，飛雨夜舟行。又天涯、零落如此④，掩閑門⑤、得似晉人清〔七〕。

相思恨⑥，趁楊花去，猶在長亭⑦〔八〕。

【校記】

①戈選杜批：「此調即《八聲甘州》，因柳屯田詞有『對瀟瀟暮雨灑江天』句，遂有此名矣。惟首句五字小異。」闕名：「『瀟瀟』，疑當作『瀟湘』。」　②《天機餘錦》詞題中「懷」作「感」，「父」作「甫」。「父」通作「甫」，下同不出校。水竹居本、石村書屋本、汪鈔本、王刻作「泛江有懷袁通父、唐月心二良友」。明吴鈔略同，稍有脱字誤字。《歷代詩餘》詞題作「泛江懷友」。　③瑟：《天機餘錦》作「琴」。　④零落：《天機餘錦》、水竹居本、石村書屋本、明吴鈔、汪鈔本、戈選作「飄零」。　⑤閑：《天機餘錦》作「闌」。　⑥恨：龔本、曹本、寶書堂本、許本、鮑本注「一作『眼』」。《天機餘錦》、水竹居本、石村書屋本、明吴鈔、王刻同。　⑦猶在：諸本作「錯到」，此據《天機餘錦》。

【注釋】

〔一〕袁通父：即袁易。　唐月心：即唐侯舉，字師善，自號月心。有「千古一月，當印此心」之意。

〔二〕空山三句：此寫抱瑟空游，世少洗耳聽清音者。周權《秋霽》可以參看：「酒醒誰鼓松風操，炷罷爐薰洗耳聽。」

〔三〕花落句：王維《過乘如禪師蕭居士嵩丘蘭若》：「迸水定侵香案濕，雨花應共石牀平。」庾信《小園賦》：「落葉半牀，狂花滿屋，名爲野人之家，是謂愚公之谷。」

〔四〕歲月句：黄公度《次韻弟師白至日及弄璋之什二首》（之二）：「霜雪半頭明鏡裏，江湖歸夢野鷗前。」

〔五〕詞源倒瀉：杜甫《醉歌行》：「詞源倒流三峽水，筆陣獨掃千人軍。」

〔六〕一雪塵纓：王維《別綦毋潛》：「荷蓧幾時還，塵纓待君洗。」《文選》孔稚珪《北山移文》：「昔聞投簪逸海岸，今見解蘭縛塵纓。」李周翰注：「塵纓，世事也。」

〔七〕掩閑門二句：袁易五首《戲調月心》詩，所賦亦以爲唐氏有晉人風度。

〔八〕相思三句：何應龍《相思》：「二月春風楊柳青，聞郎繫馬到長亭。」

【集評】

高亮功：一起道盡離索之苦。蕭中孚云：「（『笑匆匆』二句）仍不脱『泛江』，法密。」

陳蘭甫：幽絶，窈絶。

陳廷焯《别調集》卷二：哀怨沈痛，故國之思，溢於言外。

【考辨】

江昱疏證：《續弘簡録》：袁易字通甫，長洲人。丰姿秀朗，不求仕進。行省使者將薦之朝，謝不可。辟署石洞書院山長，辭歸。居吴淞具區間。築堂曰「靜春」，聚書萬卷，手自校定。著《靜春堂詩集》。與郡人龔璛、郭麟孫爲吴中三君子。趙孟頫嘗作《卧雪圖》，貽以美之。

江昱按曰：《靜春堂詩集》有《寄吴中諸友六首》，其四爲唐希賢月心云：「枉策招尋密，高談謔浪俱。他鄉懷楚奏，何日攬桓鬚。白月垂文練，青天落酒壺。看君話心事，餘子盡崎嶇。」又有《戲調月心》及《次月心見寄書懷》諸作。

孫按：袁易、唐月心都是當時著名詩人。陸文圭《跋袁靜春詩》：「具區、甫里之間，近世有隱君子焉。結茅構亭，出蒼莽之墟。樵村漁舍，混爲一區。城市之跡疏，而麋鹿之性馴；嗜欲之機淺，而鷗鳥之情親。所交皆畸人逸士，西鄰北里，詩筒往來。清江白月，舉樽相屬，優游不仕者四十餘年。」龔璛爲袁易作《靜春堂詩集序》，陸文圭有《題月心詩卷並記遇仙事云》，知詞中「詞源倒瀉」爲實録。前考金陵詞《掃花游・臺城春飲》寫於大德十年（一三〇六）早春，此詞再及東晉人物風流及臺城楊花飛絮，故知寫於同年，而時節在晚春。

臺城路 抵吴，書寄舊友①

分明柳上春風眼②，曾看少年人老③〔一〕。雁拂沙黄④，天垂海白⑤，野艇誰家昏曉。驚心夢覺。謾慷慨悲歌，賦歸不早。想得相如，此時終是倦游了⑥。　經行幾度怨別⑦，酒痕消未盡⑧，空被花惱〔二〕。茂苑重來，竹溪深隱⑨，還勝飄零多少〔三〕。羈懷頓掃。尚識得妝樓，那回蘇小。寄語盟鷗⑩，問春何處好⑪〔四〕。

【校記】

①水竹居本、石村書屋本、明吴鈔、汪鈔本、王刻詞題「吴」作「吴中」。《歷代詩餘》作「抵吴寄舊友」。

②春：《天機餘錦》、石村書屋本、明吴鈔、汪鈔本、王刻作「東」。③看：龔本、曹本、寶書堂本、許本、鮑本注「一作『見』」。水竹居本、石村書屋本、明吴鈔、汪鈔本、王刻同。④沙黄：石村書屋本、明吴鈔、汪鈔本、王刻作「黄沙」。⑤海白：水竹居本作「□海」。白：龔本、曹本、寶書堂本、許本、鮑本注「一作『碧』」。王刻同。⑥時：龔本、曹本、寶書堂本、許本、鮑本注「一作『生』」。水竹居本、石村書屋本、明吴鈔、汪鈔本、王刻同。是：《天機餘錦》作「得」。⑦吴搢光：「『别』字應叶。」⑧未：《歷代詩餘》、王刻作「不」。⑨深：戈選作「暫」。⑩盟鷗：《天機餘錦》作「鷗盟」。⑪問春：《天機餘錦》作「春光」。

【注釋】

〔一〕分明二句：元稹《生春二十首》（之九）：「何處生春早，春生柳眼中。」暗用張緒少年風流如楊柳當家典。

〔二〕經行三句：白居易《故衫》：「袖中吴郡新詩本，襟上杭州舊酒痕。」杜甫《江畔獨步尋花七絶句》（之一）：「江上被花惱不徹，無處告訴只顛狂。」《杜詩詳注·補注》：「有令人最可喜處反似不喜者，如『江上被花惱不徹』『行步欹危實怕春』『不是愛花即欲死』，『惱』字、『怕』字、『死』字皆最可喜之不喜也。」

〔三〕茂苑三句：《舊唐書·李白傳》：「（李白）少與魯中諸生孔巢父、韓準、裴政、張叔明、陶沔等隱於徂徠山，酣歌縱酒，時號『竹溪六逸』。」李白《送韓準裴政孔巢父還山》：「昨宵夢裏還，雲弄竹溪月。」茂苑，長洲苑。左思《吴都賦》：「帶朝夕之浚池，佩長洲之茂苑。」後用作蘇州的代稱。

〔四〕寄語二句：杜牧《閑題》：「借問春風何處好，緑楊深巷馬頭斜。」

【集評】

高亮功：起語飄忽入妙。前段是空引，後段説抵吴，寄書只末句一點。章法又與他首不同。前半闋似述少壯北游時事，所謂「飄零多少」也，至「茂苑重來」以下纔收轉。

【考辨】

玉田元武宗至大二年己酉（一三〇九）曾暫歸杭州，作《滿江紅・己酉春日》。此詞有「賦歸不早」，並回憶蘇堤楊柳、蘇小，時節在秋，應寫於再次客居蘇州時。

木蘭花慢 趙鶴心問余近況，書以寄之①〔一〕

目光牛背上②〔二〕，更時把③、漢書看〔三〕。記落葉江城④〔四〕，孤雲海樹〔五〕，漂泊忘還。懸知偶然是夢，夢醒來、未必是邯鄲⑤〔六〕。笑指螢燈借暖〔七〕，愁憐鏡雪驚寒⑥〔八〕。投閑〔九〕。寄傲怡顏〔一〇〕。要一似、白鷗閑⑦〔一一〕。且旋緝荷衣，琴尊客裏，歲月人間〔一二〕。菟裘漸營瘦竹〔一三〕，任重門⑧、近水隔花關〔一四〕。數畝清風自足，元來不在深山〔一五〕。

【校記】

①石村書屋本、明吳鈔、汪鈔本、王刻詞題作「近況」。《歷代詩餘》無詞題。②目：龔本、曹本、寶書堂本、許本、鮑本注「一作『月』」。③時：《天機餘錦》作「誰」。④葉：王刻作「日」。⑤是：龔本、曹本、寶書堂本、許本、鮑本注「一作『失』」。石村書屋本、明吳鈔、汪鈔本同。水竹居本作「□失」。⑥鏡雪：《天機餘錦》作「雁陣」。劉榮平《校證》：「筆者以『雁陣』更切合句意。宋亡後，張炎漂泊不定，如一失群之孤雁（張炎有『張孤雁』之稱），又切合其心境。」誤。對比集中所有同調詞，上結兩句都是對偶。如《木蘭花慢・舟中有懷澄江陸起潛皆山樓昔游》：「愁重遲教醉醒，夢長催得詩圓。」《木蘭花慢・丹谷園》：「遲日香生草木，淡風聲和琴書。」《木蘭花慢・爲越僧樵隱賦樵山》：「旋采生枝帶葉，微煎石鼎團龍。」《木蘭花慢・書鄧牧心東游詩卷後》：「明月閑延夜語，落花靜擁春眠。」《木蘭花慢・爲靜春賦》：「慵對魚翻暗藻，閑留鶯管垂楊。」故知「鏡雪」是而「雁陣」非。⑦寄傲三句：汪鈔本作「寄傲要怡顏。一似白鷗閑」。⑧門：《天機餘錦》作「山」。

【注釋】

〔一〕趙鶴心：江昱按曰：「後段起結，與卷一《甘州・題趙藥牖山居》詞約略相同，豈此鶴心即藥牖耶？」

〔二〕目光句：《世說新語・雅量》：「王夷甫嘗屬族人事，經時未行。遇於一處飲燕，因語之曰：

『近屬尊事，那得不行？』族人大怒，便舉樏擲其面。夷甫都無言，盥洗畢，牽王丞相臂，與共載去。在車中照鏡，語丞相曰：『汝看我眼光，乃出牛背上。』」

〔三〕更時把二句：《新唐書·李密傳》：「（密）聞包愷在緱山，往從之。以蒲韉乘牛，挂《漢書》一帙角上，行且讀。」

〔四〕落葉江城：崔信明殘句「楓落吴江冷」。

〔五〕孤雲海樹：李白《紫騮馬》：「白雪關山遠，黄雲海樹迷。」

〔六〕懸知三句：《太平廣記》卷八二引《異聞集》：盧生在邯鄲客店遇道士吕翁，生自嘆窮困，翁探囊中枕授之曰：枕此當令子榮適如志。時主人正蒸黄粱，生夢入枕中，享盡富貴榮華，「盧生欠伸而寤，見方偃於邸中，顧吕翁在傍，主人蒸黄粱尚未熟。觸類如故，蹶然而興。曰：『豈其夢寐邪？』翁笑謂曰：『人世之事亦猶是矣。』」

〔七〕螢燈借暖：《晉書·車胤傳》：「胤恭勤不倦，博學多通。家貧不常得油，夏月則練囊盛數十螢火以照書，以夜繼日焉。」江淹《燈賦》：「露冷帷幔，風結羅紈。螢已引桂，蛾欲辭蘭。」韓愈、孟郊《城南聯句》：「露螢不自暖，凍蝶尚思輕。」

〔八〕鏡雪：顧況《南歸》：「老病力難任，猶多鏡雪侵。」

〔九〕投閑：唐彦謙《游南明山》：「投閑息萬機，三生有宿契。」

〔一〇〕寄傲怡顔：陶潛《歸去來兮辭》：「引壺觴以自酌，眄庭柯以怡顔。倚南窗以寄傲，審容膝之易安。」《甘州》詞題中趙藥牖山居有怡顏亭。

〔二〕要一似二句：戴叔倫《閑思》：「何似嚴陵灘上客，一竿長伴白鷗閑。」

〔三〕琴尊二句：謝朓《冬緒羈懷示蕭諮議虞田曹劉江二常侍詩》：「寂寞此閑帷，琴尊任所對。客念坐嬋媛，年華稍庵薆。」

〔三〕菟裘句：《春秋左傳正義》：「（隱公十一年傳）：羽父請殺桓公，將以求大宰。公曰：『爲其少故也，吾將授之矣。使營菟裘，吾將老焉。』」歐陽修《初夏劉氏竹林小飲》：「虛心高自擢，勁節晚愈瘦。」

〔四〕任重門二句：韓翃《題薦福寺衡岳暕師房》：「疏簾看雪卷，深户映花關。」

〔五〕數畝二句：「瘦竹」意亦入此。崔峒《送薛良友往越州謁從叔》：「遥想蘭亭下，清風滿竹林。」《史記·貨殖列傳》：「齊魯千畝桑麻；渭川千畝竹……此其人皆與千户侯等。」

【集評】

張氏手批：（「目光牛背上」）開惡調。

單學博：（「懸知」二句）趣煞。　又：（「任重門」四句）方是安分順時襟抱。

邵淵耀：順時安分，襟抱灑然。

高亮功：前段是説近況，後段又從近況説到將來意中事。「懸知」二句，意蓋謂偶然亦是夢，不必邯鄲始稱夢也。蕭中孚云：「『笑指』二句琢句生新。換頭六字三意。」

【考辨】

集中《南鄉子·竹居》：「愛此碧相依。卜築西園隱逸時。」「青眼舊心知。瘦節終看歲晚期。」與此詞「漸營瘦竹」「數畝清風」相合，約在《南鄉子》之後，即元延祐元年（一三一四）寫於蘇州。

瑶臺聚八仙 杭友寄聲，以詞答意①

秋水涓涓②。人正遠、魚雁待拂吟箋③〔一〕。也知游意④，多在第二橋邊〔二〕。花底鴛鴦深處影⑤，柳陰淡隔裏湖船〔三〕。路綿綿〔四〕。夢吹舊笛⑥〔五〕，如此山川。 平生幾兩謝屐⑦〔六〕，任放歌自得⑧，直上風煙。峭壁誰家，長嘯竟落松前〔七〕。十年孤劍萬里〔八〕，又何似、畦分抱甕泉〔九〕。中山酒⑨〔一〇〕，且醉餐石髓⑩〔一一〕，白眼青天〔一二〕。

【校記】

①水竹居本、石村書屋本、明吴鈔、《詞綜》、汪鈔本、王刻無題。 ②水：水竹居本、石村書屋本、《詞律》、《詞綜》、王刻作「月」。 龔本、曹本、寶書堂本、許本、鮑本注「一作『渚』」。 涓涓：《詞綜》、王刻作「娟娟」。 ③魚：水竹居本、明吴鈔、汪鈔本作「思」。 ④意：龔本、曹本、寶書堂本、許本、鮑本注「一作『事』」。 水竹居本、石村書屋本、明吴鈔、《詞綜》、汪鈔本、王刻同。 ⑤影：水竹居本、石村書屋本、明吴鈔、王刻作「隱」。 龔本、曹本、寶書堂本、許本、鮑本注「一作『睡』」。《詞綜》、汪鈔本同。 ⑥笛：龔本、曹本、寶書堂本、許本、鮑本注「一作『曲』」。 水竹居本、石村書屋

本、明吴鈔、《詞綜》、汪鈔本、王刻同。 ⑦兩：石村書屋本、明吴鈔、汪鈔本作「緉」。緉，同「兩」，下同不出校。 ⑧任：石村書屋本、明吴鈔、《詞律》、《詞綜》、汪鈔本、王刻作「便」。 ⑨中山酒：底本誤作「山中酒」，此據諸本。 ⑩餐：水竹居本、石村書屋本、明吴鈔、龔本、《詞律》、《詞綜》、曹本、寶書堂本、汪鈔本、鮑本作「飡」。 飡同「餐」。《正字通》：「後人訛省作『飡』。」下同不出校。

【注釋】

〔一〕魚雁：代稱書信。 蔡邕《飲馬長城窟行》：「呼兒烹鯉魚，中有尺素書。」並用雁足繫書典。

〔二〕也知二句：《夢粱録》卷一二：「第二橋名鎖瀾，橋西建堂，扁曰『湖山』。 咸淳間，洪帥燾買民地創建。 棟宇雄傑，面勢端閎，岡巒奔赴，水光蕩漾。 四浮圖矗四圍，如武士相衛。 回眸顧盼，由後而望，則芙蕖、菰蒲蔚然相扶，若有遜避其前之意。 後二年，帥臣潛臯墅增建水閣六楹，又縱爲堂四楹，以達於閣。 環之闌檻，闢之户牖。 蓋邇延遠挹，盡納千山萬景，卓然爲西湖堂宇之冠，游者争趨焉。」代指蘇堤六橋等西湖名勝。

〔三〕柳陰句：《夢粱録》卷一二：「西林橋即裏湖内，俱是貴官園圃，涼堂畫閣，高堂危榭，花木奇秀，燦然可觀。」《武林舊事》卷三：「若游之次第，則先南而後北，至午則盡入西泠橋裏湖，其外幾無一舸矣。」西湖蘇堤以内爲裏湖。

〔四〕路綿綿：蔡邕《飲馬長城窟行》：「青青河邊草，綿綿思遠道。」

〔五〕夢吹舊笛：用向秀聞笛思舊典。

〔六〕平生句：《世説新語・雅量》：「或有詣阮（孚），見自吹火蠟屐，因嘆曰：『未知一生當著幾量屐！』神色閑暢。」《宋書・謝靈運傳》：「登躡常著木屐，上山則去前齒，下山去其後齒。」

〔七〕峭壁二句：「放歌」意亦入此。王旭《秦碑》：「天門回首一長嘯，落日萬壑松風鳴。」並用孫登長嘯引風典。誰家，何處。

〔八〕孤劍：高適《登隴》：「淺才登一命，孤劍通萬里。」

〔九〕又何似二句：《莊子・天地》：「（子貢）過漢陰，見一丈人方將爲圃畦，鑿隧而入井，抱瓮而出灌，搰搰然用力甚多而見功寡。」

〔一〇〕中山酒：《博物志》卷十：「昔劉玄石於中山酒家酤酒，酒家與千日酒，忘言其節度。歸至家當醉，而家人不知，以爲死也，權葬之。酒家計千日滿，乃憶玄石前來酤酒，醉當醒耳。往視之，云『玄石亡來三年，已葬』。於是開棺，醉始醒。」

〔一一〕餐石髓：《晉書・嵇康傳》：「康又遇王烈，共入山，烈嘗得石髓如飴，即自服半，餘半與康，皆凝而爲石。」

〔一二〕白眼青天：《晉書・阮籍傳》：「籍又能爲青白眼，見禮俗之士，以白眼對之。」杜甫《飲中八仙歌》：「宗之蕭灑美少年，舉觴白眼望青天。皎如玉樹臨風前。」

【集評】

高亮功：從答意直起，前段貼杭州説，後段貼自己説。「花底」二句，寫西湖承平風景如在目前。

摸魚子 寓澄江。喜魏叔皋至〔一〕

想西湖、段橋疏樹〔二〕。梅花多是風雨〔三〕。如今見説閑雲散，煙水少逢鷗鷺〔四〕。歸未許。又款竹誰家，遠思愁徐庾①〔五〕。重游倦旅。縱認得鄉山〔六〕，長江滚滚②〔七〕，隔浦正延佇。垂楊渡。握手荒城舊侶〔八〕。不知來自何處。春窗翦韭青燈夜〔九〕，疑與夢中相語〔一〇〕。闌屢拊。甚轉眼流光，短髮真堪數③〔一一〕。從教醉舞。試借地看花，揮毫賦雪〔一二〕，孤艇且休去。

【校記】

①徐：底本、龔本、曹本、寶書堂本、許本、鮑本作「□」，據《歷代詩餘》、王刻補。②滚滚：龔本、曹本、寶書堂本、許本、鮑本作「衮衮」。③髮：龔本、《歷代詩餘》、寶書堂本作「髪」。異體字，下同不出校。

【注釋】

〔一〕魏叔皋：疑爲魏叔華。

〔二〕想西湖二句：寫蘇堤小橋疏柳。段橋，即斷橋。

〔三〕梅花句：此寫西湖孤山梅花。《夢粱録》卷一二：「西林橋外孤山路有琳宫者一，曰四聖延祥觀，曰西太乙宫，御圃在觀側，乃林和靖隱居之地，内有六一泉、金沙井、閑泉、僕夫泉、香月亭。

亭側山椒，環植梅花，亭中大書『疏影横斜水清淺，暗香浮動月黄昏』之句於照屏之上云。」蘇軾《正月二十日往岐亭郡人潘古郭三人送余於女王城東禪莊院》：「去年今日關山路，細雨梅花正斷魂。」

〔四〕如今二句：李鳳《德麟自南邑至鄮相會作詩次其韻》：「赴澗哀泉咽復流，出岫閑雲散還聚。」此寫朋友如雲散，隱者漸少。

〔五〕遠思句：徐庾，南北朝時徐陵、庾信的並稱。《史通·論贊》：「大唐修《晉書》，作者皆當代詞人，遠棄史、班，近宗徐、庾。」此處複詞偏義，專指庾信而言，其有《愁賦》。

〔六〕認得鄉山：謝朓《侍筵西堂落日望鄉》：「鄉山不可望，蘭卮且獻酬。」

〔七〕長江滚滚：杜甫《登高》：「無邊落木蕭蕭下，不盡長江滚滚來。」

〔八〕荒城：杭州被元人攻陷後，淪爲蕪城。仇遠《和韻胡希聖湖上》有「清明寒食荒城晚」之句。

〔九〕春窗句：杜甫《贈衛八處士》：「今夕復何夕，共此燈燭光。」「夜雨翦春韭，新炊間黄粱。」

〔一〇〕疑與句：司空曙《雲陽館與韓紳宿别》：「乍見翻疑夢，相悲各問年。」杜甫《羌村三首》（之一）：「夜闌更秉燭，相對如夢寐。」

〔一一〕短髮：《左傳·昭公三年》：「余髮如此種種，余奚能爲。」杜預注曰：「種種，短也。」

〔一二〕試借地二句：互文借義，贊其文采逸氣。李白《與韓荆州書》：「而君侯何惜階前盈尺之地，不使白揚眉吐氣、激昂青雲耶？」謝惠連《雪賦序》：「梁王不悦，游於兔園，乃置旨酒，命賓友。

召鄒生，延枚叟。相如末至，居客之右。俄爾微霰零，密雪下。王乃歌《北風》於衛詩，詠《南山》於周雅。授簡於司馬大夫，曰：『抽子秘思，騁子妍辭，侔色揣稱，爲寡人賦之。』」杜甫《飲中八仙歌》：「張旭三杯草聖傳，脱帽露頂王公前，揮毫落紙如雲煙。」

【集評】

高亮功：一起對面著筆，見己之欲歸不得而魏之至，喜可知也，是工於作勢處。前半純是縱法。蕭中孚云：「寫『喜』字十分情至。」收句處緊從「寓」字興起，更遥應，可謂兜裏完密。

【考辨】

朱校：按《癸辛雜識》：魏峻，字叔高，號方泉。叔臯、叔高或一人。

孫按：馮沅君《玉田朋輩考》亦同朱説。然魏峻卒於淳祐六年（一二四六），參見拙文《吴夢窗年譜》。張炎生於淳祐八年（一二四八），二人不能共游。頗疑「臯」爲「華」字形誤。陸文圭有《送魏叔華歸杭州得行字二首》《送魏叔華歸越》，陸詩與詞中所及杭州荒城、西湖孤山、斷橋景致也相合。理推應是魏叔華至江陰，與張炎、陸文圭皆有交游。玉田大德五年（一三〇一）、大德六年（一三〇二）間在江陰。

壺中天　陸性齋築葫蘆庵，結茅於上，植桃於外，扁曰小蓬壺①〔一〕

海山縹緲②。算人間自有，移來蓬島。一粒粟中生倒景，日月光融丹灶〔二〕。玉洞分春〔三〕，雪巢不夜〔四〕，心寂凝虚照〔五〕。鶴溪游處，肯將琴劍同調〔六〕。休問挂樹瓢空〔七〕，窗前清意，贏得不除草〔八〕。只恐漁郎曾誤入，翻被桃花一笑〔九〕。潤色茶經，評量山水，如此閑方好〔一〇〕。神仙縮地③，長房應未知道〔一一〕。

【校記】

①《歷代詩餘》、王刻詞題作「陸性齋小蓬萊」。②山：《歷代詩餘》、王刻作「天」。③縮：諸本作「陸」，此據《歷代詩餘》、王刻改。

【注釋】

〔一〕陸性齋：陸大猷。

〔二〕海山五句：《山海經·海内北經》：「蓬萊山在海中。」兼用海上蓬萊、方丈、瀛洲三壺神山典，前引《拾遺記》有神山形如壺器，上廣、中狹、下方，恰似葫蘆。《五燈會元》卷八：「一粒粟中藏世界，半升鐺内煮山川。」《文選》孫綽《游天台山賦》：「或倒景於重溟，或匿峰於千嶺。」李善注：「山臨水而影倒，故曰倒景也。」

〔三〕玉洞分春：應指翠巖亭。

〔四〕雪巢不夜：代稱翡翠巢。

〔五〕心寂句：皎然《詠小瀑布》：「不向定中聞，那知我心寂。」此寫樂潛丈室。

〔六〕鶴溪二句：《蜀中廣記》卷七四：「《輿地紀勝》：劉景鶴者，漢景帝弟也。性好修煉。……及魏武帝時，始跨鶴仙去。宋王宰於洞中見抛下琴劍，作詩有『騎鶴仙人去不還，却留琴劍在人間』之句。」

〔七〕挂樹瓢空：用許由挂瓢於樹並捐棄典。葫蘆切半成瓢。

〔八〕窗前二句：用孔稚珪門庭之内草萊不翦典。

〔九〕只恐二句：陸大猷構築桃園，自號武陵主人。

〔一〇〕潤色三句：此用陸氏當家典。《新唐書·隱逸傳》：「陸羽，字鴻漸，一名疾，字季疵，復州竟陵人。……羽嗜茶，著經三篇，言茶之原、之法、之具尤備，天下益知飲茶矣。」《洪武無錫縣志》卷三（下）：「唐陸鴻漸品水味二十等。」

〔一一〕神仙二句：「日月」意入此處。《後漢書·方術列傳》：「費長房者，汝南人也。曾爲市掾。市中有老翁賣藥，懸一壺於肆頭，及市罷，輒跳入壺中。……長房旦日復詣翁，翁乃與俱入壺中。唯見玉堂嚴麗，旨酒甘肴盈衍其中，共飲畢而出。」縮地，傳説中化遠爲近的神仙之術。葛洪《神仙傳》：「（費長房）有神術，能縮地脉，千里存在目前宛然，放之復舒如舊也。」兼用壺天中有日月典。稱贊「蓬壺」雖小，但能咫尺萬里，集聚了仙境精華。

【集評】

高亮功：「玉洞」二句，亦樂笑翁奇對，可編入陸輔之《詞旨》者也。

陳蘭甫：「心寂」句腐氣。

【考辨】

江昱按曰：性齋爲陸行直號，詳見卷七《祝英臺近》詞後。

朱校：按《墻東類稿》有《性齋二首爲分湖陸提舉作》。《分湖陸氏家譜》：陸大猷，字雅叔，號翠巖，仕宋爲江浙儒學提舉。子行直，字季道，號壺天。任湖北十學士，遷翰林典籍致仕。不言爲提舉，則性齋乃大猷，非行直也。《分湖小識》：陸氏桃園在來秀里，宋陸大猷別業，中有翠巖亭。

陳去病《詞旨叙》：（陸）輔之名行直，字季道，號壺天，亦號壺中天，或書壺中，或稱湖天居士，分湖第一世家子也。祖元龍，號怡庵，嘉禾人。有五子，曰大聲、大同、大猷、大用、大章。猷字雅叔，號翠巖，行直父也。覃精經史，明春秋大義，能文章。仕宋爲江浙儒學提舉，值賈似道當政，遂拂衣去，居吴中。咸淳間，始營別墅分湖濱，構桃園，植棠梨，自號武陵主人。有四子，曰行中、行坦、行簡、行直。而行直承家學，工詩文詞，善書畫，故名尤顯著。然其生以德祐元年乙亥，則南宋將不國矣。故所交皆當日遺民節士，若鄭所南、張叔夏、錢德鈞、趙彝齋兄弟其尤也。年二十，得鍾繇薦季直表真跡，甚珍視之。又有家妓名卿卿者善歌，叔夏爲撰《清平樂》贈之，所謂「多情應爲卿卿」是也。

黄箋：江昱疏證謂性齋爲陸行直號，恐誤。葫蘆庵，在桃園内，爲陸大猷晚年修道隱居之所。

孫按：陸文圭《性齋二首爲分湖陸提舉作》有句曰：「吾宗家湖曲，虚齋納天光。清源瀉活水，中有菡萏香。我欲袖兩圖，再拜升公堂。」陸文圭生於理宗寶祐四年（一二五六），陸行直生於德祐元年（一二七五），陸文圭所稱「公」者定爲陸大猷，故知朱説是而江説非。

另，《同治蘇州府志》卷四八：「陸氏桃園在分湖濱來秀里，陸大猷別業中有翠巖亭、嘉樹堂、佚老堂、問蘆處、翡翠巢、釣魚所、半畝居、樂潛丈室。」元至正年間，仍有陸氏後人居住，尚存部分景觀。見楊維禎《游汾湖記》。

此詞寫於蘇州。玉田曾爲陸行直家姬卿卿作《清平樂》。汪砢玉《珊瑚網》卷三二：「陸行直《碧梧蒼石圖（在絹上，挂幅）》（詞略）此友人張叔夏贈余之作也，余不能記憶。於至治元年仲夏廿四日戲作《碧梧蒼石》。與治仙西窗夜坐，因語及此。轉瞬二十一載，今卿卿、叔夏皆成故人，恍然如隔世事。」至治元年，一三二一年，前推二十一載，即大德四年（一三〇〇）。玉田此年在蘇州，多有贈陸氏父子之作。

風入松 題澄江仙刻《海山圖》。或云「桃源圖」。《夷堅志》云：七十二女仙，正合霓裳古曲。仇仁近一詩精妙詳盡，余詞不能工也①〔一〕

危樓古鏡影猶寒②。倒景忽相看〔二〕。桃花不識東西晉，想如今、也夢邯鄲③〔三〕。縹緲神仙海上〔四〕，飄零圖畫人間〔五〕。　寶光丹氣共回環。水弱小舟閑〔六〕。秋風難老三珠樹④〔七〕，尚依依⑤、脆管清彈〔八〕。説與霓裳莫舞，銀橋不到深山。

【校記】

①《天機餘錦》詞題略同底本，稍有脱字異字。龔本、曹本、寶書堂本、許本、鮑本注「別本『海山』作

『水仙』」。王刻作「澄江刻《水仙圖》，或曰《桃源圖》。《夷堅志》云：七十二仙合霓裳古曲。」水竹居本、石村書屋本、明吳鈔、汪鈔本略同王刻，稍有異字誤字。《歷代詩餘》作「題澄江仙刻海山圖」。②危：龔本、曹本、寶書堂本、許本、鮑本注「一作『迷』」。《天機餘錦》、水竹居本、石村書屋本、明吳鈔、汪鈔本、王刻同。　③夢：石村書屋本、明吳鈔、汪鈔本、王刻作「到」。　④珠：石村書屋本、明吳鈔、《歷代詩餘》、汪鈔本、王刻作「株」。　⑤依依：《天機餘錦》、石村書屋本、明吳鈔、汪鈔本、王刻作「依然」。

【注釋】

〔一〕霓裳古曲：最後四句與此呼應。《霓裳羽衣》傳説爲仙曲，唐明皇乘羅公遠（或説葉法善）柱杖所化銀橋至月宮，依月宮仙曲聲調作《霓裳羽衣曲》。典見前引《唐逸史》。玄宗所作屬道調法曲，即所謂「霓裳古曲」。《苕溪漁隱叢話·前集》卷二四：「鄭嵎《津陽門詩注》：『葉法善引明皇入月宮，聞樂歸，笛寫其半，會西涼府楊敬遠進《婆羅門曲》，聲調脗合，按之便韻，乃合二者製《霓裳羽衣曲》。』則知《霓裳》亦來自西域云。」霓裳曲十二遍而終，集歌舞彈奏於一體。白居易《霓裳羽衣歌（和微之）》：「千歌百舞不可數，就中最愛霓裳舞。」「磬簫箏笛遞相攙，擊擫彈吹聲邐迤。」「繁音急節十二遍，跳珠撼玉何鏗錚。翔鸞舞了却收翅，唳鶴曲終長引聲。」

〔二〕倒景：此指天上最高處，日月之光反由下上照，而於其處下視日月，其影皆倒。《文選》揚雄《甘泉賦》：「歷倒景而絶飛梁兮，浮蠛蠓而撇天。」李善注引張揖曰：「《陵陽子明經》曰：『倒景氣去地四千里，其景皆倒在下。』」

〔三〕桃花三句：採用武陵桃源人「不知有漢，無論魏晉」典，兼用邯鄲客店黄粱一夢典。謂晉人問津與不見桃花源，正如彼夢我夢難分。

〔四〕縹緲句：白居易《長恨歌》：「忽聞海上有仙山，山在虚無縹緲間。樓閣玲瓏五雲起，其中綽約多仙子。」

〔五〕飄零句：白居易《霓裳羽衣歌（和微之）》：「一落人間八九年，耳冷不曾聞此曲。」也指《海山圖》歷經兵燹，流逸民間之事。

〔六〕寶光二句：《十洲記·鳳麟洲》：「鳳麟洲，在西海之中央，地方一千五百里，洲四面有弱水繞之，鴻毛不浮，不可越也。」

〔七〕三珠樹：《淮南鴻烈解》卷四：「三珠樹在其東北方，有玉樹在赤水之上。昆侖、華丘在其東南方。」

〔八〕脆管：笛的别稱。此爲樂器泛稱。

【集評】

高亮功：「桃花」二句翻筆，深。「縹緲」二句伏法，活。

陳蘭甫：此詞實不工。

【考辨】

江昱按曰：《夷堅志》，宋洪容齋邁所著，凡四百二十卷，今所傳止五十卷，不載此事。仇遠《山村遺集·海上圖澄江仙刻》：「老仙指甲堅如鐵，夜畫枯杉出宫闕。翠深紅遠十二樓，猶理霓裳舞回雪。山椒覆亭小於笠，石脚插船輕似葉。桃花幾度春酣酣，弱水何日通舟楫。醉中作此狡獪事，收拾乾坤入毫髮。神刓鬼刻未百年，不與丹青共磨滅。天風頡頏飛霞佩，水雲妥貼淩波襪。我將就此逍遥游，高步青雲拾明月。」

朱校：（江）疏謂《夷堅志》今所傳止五十卷，不載此事。按：此見《夷堅丙志》「桃源圖」條。其略云：劉甫通判成都日，遇異人，言能刻桃源景物，索斗酒，引滿入室。須臾圖已成，樓閣人物，細如絲髮。女仙七十二，各執樂具，知音者按之，乃霓裳法曲全部。

孫按：《夷堅丙志》所載「桃源圖」條：「缙雲人劉甫通判成都日，遇異人揖於道左，攜一籃，中貯二板，堅勁如鐵。言：『能刻桃源景物，恨未有所屬也，吾視君可受其一。』甫喜，延入官舍。異人求一室獨居，索斗酒，引滿入室，須臾，出板示甫，圖已成。樓閣人物，細如絲髮，儼然可睹。女仙七十二，各執樂具。知音者案之，乃霓裳法曲全部也。其押案節奏、舞蹈行綴，皆中音會。一漁翁艤舟岸傍，位置規模，雕刻之精，雖世間工畫善巧者，所不能到。同時爲倅者，亦欲得其一。初不閉拒，即詣之，所需如前。刻纔半，板忽碎裂，遂失其人所在。時天聖中也。劉氏世傳寶之。建炎之亂，逸於民間，今爲毗陵胡氏所有。郡士孫希記之云：『淵明所志桃源事，止言桃花夾岸，中無雜木。種作男女，衣着悉如外人。黄髮垂髫，怡然自樂。今是圖乃有臺殿，如仙宫佛國，又無桃林，與記頗異。疑異人所見，與世所傳不同。或神仙方外之事，不可以常理度也。』予嘗見墨本，悉如上説。豈非仙家境界，別有所謂桃源者乎？」

此版刻元朝流落至江陰，爲玉田友人陸文圭所親見，陸説與洪説略異。陸文圭《江陰有桃源圖方圓尺許宮室人物如針粟可數相傳有仙宿民家刻桶板爲之一夕而成明日遁去友人以本遺余戲題二絶》：「不自柴桑記裏來，似傳晨肇入天台。世間多少荒唐事，何獨神仙有是哉。」原注：「韓詩『桃源之説誠荒唐』。」又，「人説桃源是隱民，神仙幻景即非真。如何谷口漁舟路，不許人間再問津。」原注：「洪駒父諸人論桃源，謂陶記中本言避秦者，初非仙也。東坡、荆公詩得之，如王摩詰、退之、夢得皆誤。然余考之，本記亦有可疑，如漁人回舟，竟不能認前路，後有問津者，輒死。桃源果在世間，何不可復見耶？」詞應寫於大德五年（一三〇一）、大德六年（一三〇二）在江陰時。

數花風①別義興諸友②〔一〕

好游人老，秋鬢蘆花共色③〔二〕。征衣猶戀去年客④。古道依然黄葉⑤〔三〕。誰家聞瑟⑥。自笑我、如何是得〔四〕。酒樓仍在⑦，流落天涯醉白⑧〔五〕。孤城寒樹美人隔〔六〕。煙水此程應遠⑨，須尋梅驛。又漸數、花風第一〔七〕。

【校記】

①龔本、曹本、寶書堂本、許本、鮑本注「別本作『鳳凰閣』」。水竹居本、石村書屋本、明吴鈔、汪鈔本、王刻同。高亮功：「《數花風》蓋即《鳳凰閣》，因是詞末句而易其名耳。」戈選杜批：「此調本名

《鳳凰閣》，因此詞結句始有此名。」下同不出校。 ②義：龔本、寶書堂本注：「别本『義』作『宜』。」水竹居本、石村書屋本、明吴鈔、汪鈔本、王刻同。義興，即宜興，下同不出校。 ③共：石村書屋本、明吴鈔、汪鈔本作「同」。 ④戀：《天機餘錦》作「似」。龔本、曹本、寶書堂本、許本、鮑本注「一作『是』」。 ⑤夏敬觀：「『葉』，閉口韻，戈入『勿』『迄』。」孫按：「戈」指戈載，「入」指録入《詞林正韻》。下同不注。 ⑥聞：底本、龔本、《歷代詩餘》、曹本、寶書堂本、許本、鮑本、王刻作「蕭」，此據《天機餘錦》、水竹居本、石村書屋本、明吴鈔、汪鈔本改。 ⑦仍在：《天機餘錦》作「仍去」。王刻作「猶在」。 ⑧白：《天機餘錦》作「日」。 ⑨此程應遠：《歷代詩餘》作「此去程應遠」。戈選作「去程應遠」。

【注釋】

〔一〕義興：即宜興，又稱陽羡、荆溪等，元屬常州路。江昱疏證：「《宜興縣志》：縣在府城南，本吴荆溪地。晉置義興郡，宋宜興縣，元升爲府，尋罷爲縣，後復升爲州。」

〔二〕秋鬢句：李商隱《自桂林奉使江陵途中感懷寄獻尚書》：「蘆白疑粘鬢，楓丹欲照心。」

〔三〕古道句：王勃《山中》：「況屬高風晚，山山黄葉飛。」

〔四〕誰家三句：劉删、陰鏗同賦《侯司空宅詠妓詩》：「看花争欲笑，聞瑟似能啼。」

〔五〕醉白：猶言醉酒。《文選》左思《吴都賦》：「里燕巷飲，飛觴舉白。」劉良注：「大白，杯名。」此代指酒。

〔六〕孤城句：歐陽詹《初發太原途中寄太原所思》：「高城已不見，況復城中人。」

〔七〕煙水四句：陸希聲《陽羨雜詠十九首》中有《梅花塢》：「凍蕊凝香色艷新，小山深塢伴幽人。知君有意淩寒色，羞共千花一樣春。」《咸淳毗陵志》卷一五：「（宜興）梅花塢在頤山。」並用陸凱驛寄梅花以及梅花爲最早花信風典。

【集評】

單學博、許廷誥：脆。

高亮功：韻調俱逋峭。「秋鬢」句尤工。「尋梅驛」「數花風」，則由去年而入新年矣。

【考辨】

玉田大德七年（一三〇三）赴居宜興，詞曰「征衣猶戀去年客」，則詞寫於大德八年。

南樓令①

風雨怯殊鄉②。梧桐又小窗③〔一〕。甚秋聲、今夜偏長〔二〕。憶著舊時歌舞地④，誰得似、牧之狂〔三〕。　茉莉擁釵梁〔四〕。雲窩一枕香⑤〔五〕。醉曹騰⑥、多少思量〔六〕。明月半牀人睡覺⑦，聽説道、夜深涼〔七〕。

【校記】

①戈選杜批夢窗詞：「此調本名《唐多令》，以劉改之有『二十年重過南樓』句得名，宋元人多宗此

體。」下同不出校。②怯：龔本、曹本、寶書堂本、許本、鮑本注「一作『客』」。水竹居本、石村書屋本、明吳鈔、《花草粹編》、《詞綜》、《歷代詩餘》、汪鈔本、戈選、王刻同。③又：龔本、曹本、寶書堂本、許本、鮑本注「一作『傍』」。水竹居本、石村書屋本、《花草粹編》、《歷代詩餘》、戈選、王刻同。④憶著：水竹居本、石村書屋本、明吳鈔、《詞綜》、汪鈔本、王刻作「暗憶」。⑤雲窗：水竹居本、石村書屋本、明吳鈔、《詞綜》、汪鈔本作「窗雲」。⑥瞢：水竹居本、石村書屋本、明吳鈔、汪鈔本作「夢」。⑦牀：汪鈔本作「林」。睡、覺：龔本、曹本、寶書堂本、許本、鮑本注「一作『夢』、一作『醒』」。

【注釋】

〔一〕風雨二句：《詩話總龜·前集》卷一四：「戎昱詩有『一夜不眠孤客耳，主人門外有芭蕉。』（蔣）鈞代答云：『芭蕉葉上無愁雨，自是多情聽斷腸。』」温庭筠《更漏子》：「梧桐樹。三更雨。不道離情正苦，一葉葉，一聲聲。空階滴到明。」

〔二〕甚秋聲二句：李郢《宿杭州虛白堂》：「江風徹曉不得睡，二十五聲秋點長。」

〔三〕憶著三句：唐詩人杜牧字牧之。《本事詩·高逸》：「杜爲御史，分務洛陽。時李司徒罷鎮閑居，聲伎豪華，爲當時第一。洛中名士，咸謁見之。……杜又自飲三爵，朗吟而起，曰：『華堂今日綺筵開，誰喚分司御史來。忽發狂言驚滿座，兩行紅粉一時回。』」劉希夷《白頭吟》：「但看舊來歌舞地，惟有黄昏鳥雀悲。」

〔四〕茉莉句：《捫虱新話》：「茉莉惟六月六日種者尤茂，……閩廣市中，婦女喜簪茉莉。東坡所謂

『暗麝著人』者也。」韓元吉《南柯子》詠茉莉：「一枝長伴荔枝來。付與玉人和笑、插鸞釵。」

〔五〕雲窩：形容鬢髮。趙長卿《武陵春》詠桂花：「碧玉釵頭金粟鬧，曾插翠雲窩。」

〔六〕醉瞢騰二句：韓偓《馬上見》：「去帶瞢騰醉，歸成困頓眠。」瞢騰，模糊不清貌。

〔七〕明月三句：黄庚《秋吟》可以參看：「好夢不成人睡覺，半窗殘月夜燈孤。」

【集評】

許昂霄詞評：（「暗憶」句）以下俱是追憶。（「明月」二句）真所謂「已涼天氣未寒時」。

單學博：（「風雨」四句）加倍又加倍法。又：（「明月」三句）味在言外，最高、最雅，使秦、黄爲之，不知多少佻巧。

許廷誥：加倍又加倍法。

邵淵耀：加倍又加倍法。餘味曲色，措詞高雅。

高亮功：蕭中孚云：「明月隱於風雨，對照所謂不堪回首也。」

陳廷焯《雲韶集》卷九：人愁人耳中，自覺秋聲長。若至明日，又覺更長於今夜，愁人心中耳中事也。

又　送黄一峰游靈隱①〔一〕

重整舊漁蓑。江湖風雨多〔二〕。好襟懷、近日消磨。流水桃花隨處有②，終不似、隱煙蘿〔三〕。　南浦又漁歌③。挑雲泛遠波④〔四〕。想孤山、山下經過。見説梅花都老盡，凭爲問⑤、是如何〔五〕。

【校記】

①《天機餘錦》詞題作「送崇一峰長老游靈隱寺」。龔本、曹本、寶書堂本、許本、鮑本作「送崇一峰游靈隱」，注曰：「別本無『崇』字。」水竹居本、石村書屋本、明吴鈔同龔本，無題注。汪鈔本同別本。朱校：「原本『黄』作『崇』。從王刻。」劉榮平《校證》：「『長老』二字對探明一峰的身份有幫助。」②桃：《天機餘錦》作「落」。　③漁：龔本、曹本、寶書堂本、許本、鮑本注「一作『離』」。《天機餘錦》、明吴鈔同。吴本引張蘩甫校語：「『離』字是。」陳蘭甫：「『漁』，當作『離』。」　④挑雲：《天機餘錦》作「桃霞」。水竹居本、石村書屋本、明吴鈔、龔本、曹本、寶書堂本、汪鈔本、許本作「桃雲」。朱校：「原本『挑』作『桃』。從江校。」吴揞光：「『桃雲』當作『披雲』。」　⑤爲問：《天機餘錦》作「問與」。爲：龔本、曹本、寶書堂本、許本、鮑本注「一作『與』」。

【注釋】

〔一〕黄一峰：黄公望，玉田友人。　靈隱：江昱疏證：「《太平寰宇記》：靈隱山，在縣西十五里。許由、葛洪皆隱此山。《萬曆杭州府志》：亦曰靈苑，曰仙居，曰武林。」《咸淳臨安志》卷二三：「武林山，《西漢志·會稽郡錢塘》注：武林山，武林水所出。《祥符圖經》云：在縣西十五里，高九十二丈，周回一十二里。又曰靈隱山，曰靈苑，曰仙居。」

〔二〕重整二句：潘閬《酒泉子》：「别來閑整釣魚竿。思入水雲寒。」戴叔倫《寄萬德躬故居》：「閩海風塵鳴戍鼓，江湖煙雨暗漁蓑。」

〔三〕流水三句：張志和《漁父歌》：「西塞山前白鷺飛，桃花流水鱖魚肥。」張松齡《和答弟志和漁父歌（松齡懼志和放浪不返，爲築室越州東郭，和其詞以招之）》：「樂是風波釣是閑，草堂松徑已勝攀。」梅詢《武林山十詠·冷泉亭》：「不見白使君，煙蘿爲誰語。」

〔四〕挑雲：皮日休《華頂杖》：「探洞求丹粟，挑雲覓白芝。」

〔五〕想孤山五句：宋初林逋隱居西湖孤山，多植梅。

【集評】

單學博：「江湖」五字高渾絶倫。

高亮功：通首有諷止之意，豈此游屬勉强耶？

【考辨】

朱校：黄一峰，按《畫史彙要》：黄公望，字子久，號一峰，又號大痴道人。平江常熟人，山水師董源、巨然，晚年變其法自成一家。

孫按：黄公望（一二六九—一三五四），全真派道士、畫家。黄公望入道原因，是受張閭、徐琰（又作「琬」）牽連。王逢《題黄大痴山水》詩序：「大痴名公望，字子久，杭人。嘗掾中臺察院，會張閭平章被誣，累之，得不死，遂入道云。」《西湖游覽志餘》卷一七：「黄子久公望，富陽人。聰敏絶倫，通百氏説。山水師董源，而晚變其法。運思落筆，氣韻流動，可入逸品。元至元中浙西廉訪使徐琰辟爲書吏，未幾，棄去。更名堅，號大痴道人。放浪江湖，年八十餘卒。」

居杭道士張雨有三首與黄一峰唱和的詞作，其中《百字令・壽玄覽真人，次黄一峰韻》，與杭州道觀相關。玄覽真人，杭州開元宮住持。《咸淳臨安志》卷一三：「開元宮，在泰和坊内，寧宗皇帝潛邸。」據楊載《次韻黄子久獄中見贈》有「何時再會吴江上，共泛扁舟醉瓦盆」，知一峰居地在吴。此詞應是玉田在客居地蘇州送黄公望入杭州道觀，據王敬松《黄公望的吏職、獄事及其他》一文，公望延祐二年（一三一五）尚在獄中，此詞應定於延祐二年或稍後。若是考成立，張炎晚年歸居杭州的時間還要略爲推遲。

淡黄柳①贈蘇氏柳兒②〔一〕

楚腰一捻。羞翦青絲結〔二〕。力未勝春嬌怯怯③。暗託鶯聲細説④〔三〕。愁蹙眉心鬥雙葉⑤〔四〕。　正情切。柔枝未堪折⑥。應不解⑦、管離別⑧〔五〕。奈如今已入東風睫⑨。望斷章臺⑩，馬蹄何處，閑了黄昏淡月〔六〕。

【校記】

①戈選杜批姜夔此調：「此白石自度曲。有謂首句起韻，校後碧山、玉田二詞，知非叶也。」《碎金詞譜》注：「姜夔自度曲，白石集注『正平調』。雙調，六十五字。前段五句，五仄韻，後段七句，四仄

韻。」②《天機餘錦》詞題作「贈柳兒蘇氏」。水竹居本、石村書屋本、明吴鈔、汪鈔本、王刻作「贈歌者蘇柳兒」。《歷代詩餘》作「有贈」。③怯怯：王刻注：「一作『惻惻』。」④託：《天機餘錦》作「把」。⑤愁蹙：水竹居本、石村書屋本、明吴鈔、汪鈔本、王刻作「蹙損」。⑥枝：《歷代詩餘》、戈選、《碎金詞譜》作「條」。未：吴搢光：「『未』當作『那』。」⑦應：《天機餘錦》作「想」。⑧管：王刻作「綰」。⑨奈如今：水竹居本作「如□今」。《碎金詞譜》作「如今」。奈：龔本、曹本、寶書堂本、許本、鮑本注「一作『謾』」。《天機餘錦》同。睫：水竹居本、石村書屋本、明吴鈔、《詞譜》、汪鈔本、《碎金詞譜》作「眼」。夏敬觀：「『捻』『葉』『睫』，戈入『勿』『迄』韻。『怯』，戈入『合』」。⑩望斷章臺：明吴鈔作「空斷章臺」。水竹居本、石村書屋本、汪鈔本作「空斷章臺□」。《碎金詞譜》作「空望斷章臺」。

【注釋】

〔一〕蘇氏柳兒：《韻語陽秋》卷一九：「柳比婦人，尚矣。條以比腰，葉以比眉，大垂手、小垂手以比舞態。故自古命侍兒多喜以柳爲名。白樂天侍兒名柳枝，所謂『兩枝楊柳小樓中，嫋嫋多年伴醉翁』是也。韓退之侍兒亦名柳枝，所謂『別來楊柳街頭樹，擺撼春風只欲飛』是也。」此詞亦以柳比腰、比眉、比舞態。

〔二〕楚腰二句：毛滂《粉蝶兒》：「沈郎帶寬，同心放開重結。褪羅衣、楚腰一捻。」劉禹錫《楊柳枝》：「如今綰作同心結，將贈行人知不知。」《韓非子・二柄》：「楚靈王好細腰，而國中多餓人。」捻，量詞。猶把。一捻，形容腰細。

〔三〕力未二句：「柔枝」意亦入此。白居易《楊柳枝》：「白雪花繁空撲地，綠絲條弱不勝鶯。」歐陽修《望江南》：「江南柳，葉小未成陰。人爲絲輕那忍折，鶯嫌枝嫩不勝吟。留著待春深。」

〔四〕愁蹙句：梁元帝《樹名詩》「柳葉生眉上」，唐太宗《春池柳》「半翠幾眉開」，毛文錫《柳含煙》「最憐京兆畫蛾眉，葉纖時」，白居易《楊柳枝》：「人言柳葉似愁眉，更有愁腸似柳絲。」

〔五〕應不解二句：反用前人詩中楊柳管離別之事。劉禹錫《楊柳枝》：「長安陌上無窮樹，唯有垂楊管別離。」唐彥謙《詠柳》：「晚來飛絮如霜鬢，恐爲多情管別離。」

〔六〕奈如今四句：章臺走馬：《漢書・張敞傳》：「然敞無威儀，時罷朝會，過走馬章臺街，使御吏驅，自以便面拊馬。」孟康曰：「（章臺）在長安中。」薛瓚曰：「在章臺下街也。」並合用章臺柳典。孟棨《本事詩・情感》載韓翃與艷妓柳氏的故事，題詩曰：「章臺柳，章臺柳，往日依依今在否？縱使長條似舊垂，亦應攀折他人手。」後「章臺」多稱妓女所居之地。歐陽修《蝶戀花》：「庭院深深深幾許。楊柳堆煙，簾幕無重數。玉勒雕鞍游冶處。樓高不見章臺路。」並反用晏幾道《臨江仙》詞意：「當時明月在，曾照彩雲歸。」

【集評】

單學博：竹垞翁贈妓之作頗用此法。

許廷誥：味在言外，語却高雅。

高亮功：雙闋處，入玄入細。

清平樂①

候蛩淒斷②〔一〕。人語西風岸。月落沙平江似練③〔二〕。望盡蘆花無雁④。　暗教愁損蘭成〔三〕。可憐夜夜關情⑤。只有一枝梧葉⑥，不知多少秋聲〔四〕。

【校記】

①戈選杜批夢窗詞：「此調亦始於太白，後段可同叶仄韻，宋元人多從此體。」吴校：「《珊瑚網》：『姑蘇汾湖居士陸行直輔之有家妓名卿卿，以才色見稱，友人張叔夏爲作古《清平樂》以贈之。』疑此詞原本有題也。」　②蛩：《天機餘錦》、王刻作「蟲」。　③江似練：龔本、曹本、寶書堂本、許本、鮑本注「一作『流水慢』」。《天機餘錦》同。水竹居本、王刻略同，惟「慢」作「漫」。　④望盡：龔本、曹本、寶書堂本、許本、鮑本注「一作『猶自』」。《天機餘錦》、石村書屋本、明吴鈔、汪鈔本同。無：《珊瑚網》、水竹居本、王刻作「來」。　⑤可憐：龔本、曹本、寶書堂本、許本、鮑本注「一作『都緣』」。《天機餘錦》同。關：龔本、曹本、寶書堂本、許本、鮑本注「一作『閨』」。水竹居本、石村書屋本、明吴鈔、汪鈔本同。《詞綜》作「閑」。　⑥有：《天機餘錦》作「道」。枝、梧葉：龔本、曹本、寶書堂本、許本、鮑本注「一作『株』、一作『桐樹』」。

【别本】

候蟲淒斷。人語西風岸。月落沙平流水漫。驚見蘆花來雁。　可憐瘦損蘭成。多情因爲卿卿。只有一枝梧葉，不知多少秋聲。（録自《珊瑚網》）

【注釋】

〔一〕候蛩淒斷：蛩，蟋蟀的別名。《爾雅翼》：「（蟋蟀）以夏生，秋始鳴。」

〔二〕江似練：謝脁《晚登三山還望京邑》：「餘霞散成綺，澄江靜如練。」

〔三〕愁損蘭成：蘭成，北周庾信的小字。庾信《哀江南賦》：「王子洛濱之歲，蘭成射策之年。」陳思《小字録》引陸龜蒙《小名録》：「（庾信）幼而峻邁，聰明絶倫，有天竺僧呼信爲蘭成，因以爲小字。」庾信有《愁賦》。

〔四〕只有二句：李中《秋雨》：「秋聲在梧葉，潤氣逼書幃。」

【集評】

許昂霄詞評：「只有」二句，淡語能腴，常語有致，惟玉田生爲然。

單學博：（「只有」二句）四無人聲，聲在樹間。

邵淵耀：摇曳生姿，課虛得力。

高亮功：「只有」二句，蓋煉極而返於自然也。

陳蘭甫：自是絶唱。

沈世良：名雋。（朱孝臧評語同）

陳廷焯《雲韶集》卷九：秋江圖畫。（下闋）筆法自高，亦是因感有得。

又，《大雅集》卷四：《絶妙好詞箋注》作「贈陸輔之家妓卿卿作」，後二句云「可憐瘦損蘭成，多情應爲卿卿」，殊病俚淺。

【考辨】

江昱疏證：《珊瑚網》：元姑蘇汾湖壺天居士陸行直輔之，有家伎名卿卿，以才色見稱。友人張叔夏爲作古《清平樂》贈之，所謂「多情因爲卿卿」是也。後二十一載，至治月日，行直以翰林典籍致政歸，則叔夏、卿卿皆下世矣。行直作《碧梧蒼石圖》並書張詞於卷端，且和之云：「楚天雲斷。人隔瀟湘岸。往事悠悠江水漫。怕聽樓前新雁。　深閨舊夢還成。夢中獨記憐卿。依約相思碎語，夜涼桐葉聲聲。」

江昱按曰：「可憐句」，《珊瑚網》原本作「多情因爲卿卿」，陸和亦「卿」字韻，集中應是後來改作，較勝也。

孫按：據前文《壺中天·陸性齋築葫蘆庵》引汪砢玉《珊瑚網》卷三二載陸文圭《清平樂·碧梧蒼石圖》，知玉田此詞是大德四年（一三〇〇）寫於蘇州，至治元年爲其卒年下限。陸氏有壺天、壺中天、壺中、湖天居士諸號，「處梅」也是其晚號，詳後考。

虞美人

余昔賦柳兒詞，今有杜牧重來之嘆。劉夢得詩云：「春盡絮飛留不住，隨風好去落誰家。」作憶柳曲①〔一〕

修眉刷翠春痕聚。難翦愁來處〔二〕。斷絲無力綰韶華②〔三〕。也學落紅流水、到天涯〔四〕。　那回錯認章臺下③。却是陽關也④〔五〕。待將新恨趁楊花⑤。不識相思一點、在誰家〔六〕。

【校記】

①水竹居本、石村書屋本、明吴鈔、汪鈔本、戈選、王刻「嘆」作「感」，「劉夢得」作「樂天」，「作」上多一「因」字。《歷代詩餘》作「憶柳」。　②綰：《歷代詩餘》、戈選作「挽」。韶：龔本、曹本、寶書堂本、許本、鮑本注「一作『繁』」。水竹居本、石村書屋本、明吴鈔、汪鈔本、王刻同。石村書屋本毛扆眉批「韶」字「不誤」。　③回：水竹居本、石村書屋本、明吴鈔、汪鈔本、王刻作「時」。下：水竹居本、石村書屋本、明吴鈔、汪鈔本作「柳」。龔本、曹本、寶書堂本、許本、鮑本注「一作『樹』」。王刻同。　④也：龔本、曹本、寶書堂本、許本、鮑本注「一作『路』」。水竹居本、石村書屋本、明吴鈔、汪鈔本、王刻同。　⑤新恨：龔本、曹本、寶書堂本、許本、鮑本注「一作『心眼』」。水竹居本、石村書屋本、明吴鈔、王刻同。

【注釋】

〔一〕余昔六句：杜牧重來，用杜牧再至湖州，髫髫少女已嫁典故。柳兒詞，指《淡黄柳·贈蘇氏柳兒》。

〔二〕修眉二句：形容柳葉如眉。曹植《洛神賦》：「雲髻峨峨，修眉聯娟。」李賀《唐兒歌》：「頭玉磽磽眉刷翠，杜郎生得真男子。」賀知章《詠柳》：「不知細葉誰裁出，二月春風似翦刀。」

〔三〕斷絲句：白居易《柳絮》：「凭鶯爲向楊花道，絆惹春風莫放歸。」徐陵《長相思二首》（之二）：「柳絮飛還聚，游絲斷復結。」

〔四〕也學二句：杜甫《絶句漫興九首》（之五）：「顛狂柳絮隨風去，輕薄桃花逐水流。」《九家集注杜詩》卷二三：「柳絮桃花非久固之物，故隨風逐水無有定止。」

〔五〕那回二句：用章臺路、章臺柳典。王維《送元二使安西》：「渭城朝雨浥輕塵，客舍青青柳色新。勸君且盡一杯酒，西出陽關無故人。」後此詩被譜曲傳唱，或稱《陽關三疊》。陽關，在玉門關之南。

〔六〕待將三句：蘇軾《水龍吟》：「抛家傍路，思量却是，無情有思。」「細看來，不是楊花點點，是離人淚。」並用詞題中劉夢得詩意。

【集評】

高亮功：「斷絲」句甚新巧。「章臺」「陽關」，柳上典故，却用得如許頓宕。

陳廷焯《閑情集》卷二：情事宛轉連出。

【考辨】

此詞寫於《淡黃柳・贈蘇氏柳兒》之後。

減字木蘭花 寄車秀卿①〔一〕

鎖香亭榭②〔二〕。花艷烘春曾卜夜〔三〕。空想芳游③〔四〕。不到秋涼不信愁④〔五〕。酒遲歌緩⑤〔六〕。月色平分窗一半⑥〔七〕。誰伴孤吟。手擘黃花碎却心〔八〕。

【校記】

①天機餘錦、水竹居本、石村書屋本、明吳鈔、汪鈔本、王刻無「車」字。②鎖香亭榭：《天機餘錦》作「鎖亭春謝」。③空：《天機餘錦》作「暗」。④涼：龔本、曹本、寶書堂本、許本、鮑本注「一作『深』」。《天機餘錦》同。⑤酒遲歌緩：《天機餘錦》作「漏遲春暖」。明吳鈔作「酒逢聲緩」。酒、歌：龔本、曹本、寶書堂本、許本、鮑本注「一作『漏』、一作『聲』」。⑥窗：王刻作「秋」。

【注釋】

〔一〕車秀卿：蘇州樂籍中著名歌妓。集中《意難忘》詞題中有「中吳車氏，號秀卿，樂部中之翹楚者」之句。

〔二〕鎖香：李商隱《魏侯第東北樓堂郢叔言別聊用書所見成篇》：「鎖香金屈戌，殢酒玉昆侖。」

〔三〕花艷：《清商曲·襄陽樂》：「大堤諸女兒，花艷驚郎目。」　烘春：李光《漢宫春》：「華燈耀添綺席，笑語烘春。」

〔四〕芳游：元稹《酬竇校書二十韻》：「芳游春爛熳，晴望月團圓。」

〔五〕不到句：《禮記·鄉飲酒義》：「秋之爲言愁也。」王勃《秋日游蓮池序》：「悲夫！秋者，愁也。」

〔六〕酒遲：戴復古《南豐縣南臺包敏道趙伯成同游》：「留連無盡意，故遣酒行遲。」　歌緩：鄭谷《寄獻湖州從叔員外》：「歌緩眉低翠，杯明蠟翦紅。」白居易《山游示小妓》：「紅凝舞袖急，黛慘歌聲緩。」

〔七〕月色句：陰鏗《班婕妤怨》：「花月分窗進，苔草共階生。」

〔八〕誰伴二句：吴文英《一寸金》：「疏籬下、試覓重陽，醉擘青露菊。」

【集評】

單學博：（酒遲二句）斯何時也，斯何景也，何以處此？

高亮功：上句「春」字，正跌下句「秋」字。「酒遲」二句，寫秋深，「誰伴」二句，寫「愁」字，總承前半闋末句來也。

【考辨】

此詞是暫離蘇州重陽節時的寄贈之作。

踏莎行①

柳未三眠，風纔一訊②〔一〕。催人步屧吹笙徑③〔二〕。可曾中酒似當時④，如今却是看花病⑤〔三〕。　　老願春遲〔四〕，愁嫌晝靜〔五〕。鞦韆院落寒猶剩。捲簾休問海棠開，相傳燕子歸來近⑥〔六〕。

【校記】

①《天機餘錦》有詞題「早春」。　②風：《天機餘錦》作「花」。訊：朱校：「按『訊』疑當作『信』。」《歷代詩餘》、王刻作「信」。孫按：「花信」亦作「花訊」，均不誤。　③催：《天機餘錦》作「誰」。　④當：《天機餘錦》作「年」。　⑤却是：《天機餘錦》作「却似」。《歷代詩餘》、王刻作「都是」。　⑥夏敬觀：「『訊』『近』，真韻。」

【注釋】

〔一〕柳未二句：兼用楊柳一日三起三倒及二十四番花信風典。

〔二〕步屧：杜甫《遭田父泥飲美嚴中丞》：「步屧隨春風，村村自花柳。」　吹笙徑：用王子喬吹笙典。此指游賞之境。

〔三〕可曾二句：齊己《楊柳枝》：「穠低似中陶潛酒，軟極如傷宋玉風。」中酒，醉酒。

〔四〕老願春遲：杜甫《可惜》：「花飛有底急，老去願春遲。」

〔五〕愁嫌晝靜：韋應物《游開元精舍》：「緑陰生晝靜，孤花表春餘。」

〔六〕鞦韆三句：寒食時節海棠花開，户外有鞦韆之戲。裴廷裕《蜀中登第答李搏六韻》：「蜀柳籠堤煙矗矗，海棠當户燕雙雙。」

【集評】

高亮功：「海棠」「燕子」尋常字面，全在虛字宛轉含情。

南鄉子 憶春①

歌扇錦連枝〔一〕。問著東風已不知②〔二〕。怪底樓前多種柳，相思〔三〕。那葉渾如舊樣眉③。　醉裏眼都迷〔四〕。遮莫東墻帶笑窺〔五〕。行到尋常游冶處，慵歸。只道看花似向時④。

【校記】

①《天機餘錦》無詞題。王刻詞題作「憶香」。　②東：水竹居本、石村書屋本、明吴鈔、汪鈔本作「春」。　③渾：《天機餘錦》作「長」。　④只道：《天機餘錦》作「空道」。水竹居本、王刻作「只是」。似：水竹居本、石村書屋本、明吴鈔、汪鈔本作「是」。向：王刻作「舊」。

【注釋】

〔一〕歌扇句：謂錦繡扇面上畫著連理花枝。庾信《夜聽擣衣詩》：「並結連枝縷，雙穿長命針。」

〔二〕問著句：釋師範《興化益長老請贊》：「桃紅李白自芬披，問著東風總不知。」

〔三〕怪底二句：梁簡文帝《折楊柳》：「曲中無别意，並是爲相思。」怪底，《匯釋》：「爲難怪意。」

〔四〕醉裏句：白居易《三月三日祓禊洛濱》：「水引春心蕩，花牽醉眼迷。」

〔五〕遮莫：《通雅》卷五：「遮莫，猶言盡教也。蓋伴莫也。陳騤《雜識》云：《方言》伴莫，强也。若云努力。」　東墻帶笑窺：黄庭堅《木蘭花令》：「早梅獻笑尚窺鄰，小蠻竊香如遺壽。」用《登徒子好色賦序》典，宋玉謂東鄰女「登墻窺臣三年」。

【集評】

高亮功：意帶淒惻，而語不促迫，玉田詞之所以佳也。

蝶戀花①　贈楊柔卿②

頗愛楊瓊妝淡注〔一〕。猶理螺鬟③，擾擾鬆雲聚④〔二〕。兩翦秋痕流不去⑤〔三〕。佯羞却把周郎顧。　欲訴閑愁無説處⑥。幾過鶯簾⑦，聽得間關語〔四〕。昨夜月明香暗度。相思忽到梅花樹⑧〔五〕。

【校記】

①戈選杜批周邦彦詞：「此調本名《鵲踏枝》，因晏同叔詞改名，後之梅溪、夢窗、玉田詞均同。」

②龔本、曹本、寶書堂本、許本、鮑本注「别本作『贈愛卿』」。《天機餘錦》、王刻作「贈秀卿」。劉榮平

《校證》：「《天機餘錦》作『贈秀卿』。秀卿即車秀卿，與張炎有過交往，見《意難忘》詞序。録以備考。」孫按：此詞用楊姓歌妓典，「楊柔卿」不誤。③理：《天機餘錦》作「綃」。④鬆：《天機餘錦》作「惺鬆」。⑤兩翦秋痕：《天機餘錦》、水竹居本、石村書屋本、明吴鈔、汪抄本、王刻作「兩翦秋波」。王刻注：「一作『雨翦秋痕』。」⑥欲訴：龔本、曹本、寳書堂本、許本、鮑本注「一作『多少』」。《天機餘錦》、戈選同。無説處：水竹居本作「無處説」。王刻作「無處訴」。⑦幾過鶯簾：水竹居本作「幾番□□」。⑧到：《天機餘錦》作「對」。

【注釋】

〔一〕頗愛句：白居易《問楊瓊》：「古人唱歌兼唱情，今人唱歌唯唱聲。欲説向君君不會，試將此語問楊瓊。」元稹《和樂天示楊瓊》自注：「楊瓊，本名播，少爲江陵酒妓。」因秀卿楊姓，故用此典。與下二句用晏幾道《玉樓春》詞意：「小顰微笑盡妖嬈，淺注輕勻長淡淨。」

〔二〕猶理二句：杜牧《阿房宮賦》：「緑雲擾擾，梳曉鬟也。」擾擾，紛亂貌。螺鬟，螺殻形髻鬟。《古今注》卷中：「童子結髪，亦爲螺髻，亦謂其形似螺殻。」鬆雲，頭髪濃黑而柔美。

〔三〕兩翦句：白居易《箏》：「雙眸翦秋水，十指剥春葱。」

〔四〕欲訴三句：韋莊《菩薩蠻》：「琵琶金翠羽，弦上黄鶯語。」白居易《琵琶引》：「間關鶯語花底滑，幽咽泉流冰下灘。」

〔五〕昨夜二句：盧仝《有所思》：「相思一夜梅花發，忽到窗前疑是君。」

【集評】

高亮功：結句高雅。

又 陸子方飲客杏花下①〔一〕

仙子鋤雲親手種。春鬧枝頭〔二〕，消得微霜凍②。可是東風吹不動。金鈴懸網珊瑚重〔三〕。　社燕盟鷗詩酒共③。未足游情，剛把斜陽送〔四〕。今夜定應歸去夢。青蘋流水簫聲弄〔五〕。

【校記】

①《歷代詩餘》詞題作「飲杏花下」。王刻作「飲杏花下作」。　②微：《天機餘錦》作「冰」。

③酒：《天機餘錦》作「興」。

【注釋】

〔一〕陸子方：即陸文圭。

〔二〕仙子二句：高蟾《下第後上永崇高侍郎》：「天上碧桃和露種，日邊紅杏倚雲栽。」兼用宋祁《玉樓春》「紅杏枝頭春意鬧」句意。

〔三〕可是二句：《新唐書·西域傳下·拂菻》：「海中有珊瑚洲，海人乘大舶，墮鐵網水底。珊瑚初生盤石上，白如菌，一歲而黄，三歲赤，枝格交錯，高三四尺。」兼用護花鈴典。

〔四〕社燕三句：温庭筠《菩薩蠻》：「雨後却斜陽。杏花零落香。」歐陽鈇《絶句》：「爲憐紅杏亞枝斜，看到斜陽送亂鴉。」剛，《匯釋》：「猶偏也，硬也，亦猶云只也。」

〔五〕昨夜二句：蘇軾《月夜與客飲杏花下》：「褰衣步月踏花影，炯如流水涵青蘋。……洞簫聲斷月明中，惟憂月落酒杯空。」

【集評】

高亮功：結語翻空，不致索然意盡。

【考辨】

江昱疏證：《元史》本傳，陸文圭，字子方。江陰人。幼潁悟，博通經史百家。宋咸淳初，年十八，中鄉選。宋亡，隱居城東。學者稱墻東先生。延祐設科，有司强之就試，凡一再中鄉舉。爲文融會經傳，縱横變化，莫測其涯際。東南學者宗之。朝廷數馳幣聘，以老疾不行，卒年八十五，有《墻東類稿》二十卷。

孫按：陸文圭《癸卯二月仲實諸人游野外飲花下得家字》，記載了大德七年癸卯與張炎族叔張楧等人的江陰雅集，張炎此詞有「社燕盟鷗詩酒共」之句，與陸詩社友探題花下的方式相似。據楊載《送張仲實之宜興》「秋風鵬鶚健，萬里正翩翩」之句，可知張楧秋赴宜興，春天仍在江陰，玉田此詞寫於大德七年（一三〇三）。

又 賦艾花〔一〕

巧結分枝黏翠艾。翦翦香痕，細把泥金界〔二〕。小簇葵榴芳錦隘。紅妝人見應須愛〔三〕。　午鏡將拈開鳳蓋〔四〕。倚醉凝嬌，欲戴還慵戴。約臂猶餘朱索在〔五〕。梢頭添挂朱符袋〔六〕。

【注釋】

〔一〕艾花：端午簪插於鬢髮的節序飾物。《東京夢華録》卷八：「端午節物，百索、艾花、銀樣鼓兒、花花巧畫扇，香糖菓子、粽子、白團、紫蘇、菖蒲、木瓜，並皆茸切，以香藥相和，用梅紅匣子盛裹。自五月一日及端午前一日，賣桃、柳、葵花、蒲葉、佛道艾。」黄箋注爲艾蒿花，誤。

〔二〕巧結三句：劉鎮《賀新郎》：「金鳳鞸，艾花矗。」泥金，灑爲點綴的金屑。

〔三〕小簇二句：陳棣《端午洪積仁召客口占戲柬薛仲藏》：「想簪榴艾泛菖蒲，應召鄒枚雜郊賀。」意思是婦女滿頭簇簪戴艾、葵、榴，足見人家風物之盛。

〔四〕午鏡：《唐國史補》卷下：「揚州舊貢江心鏡，五月五日揚子江中所鑄也。或言無有百煉者，或至六七十煉則已，易破難成，往往有自鳴者。」　鳳蓋：繪有鳳凰圖案的鏡奩蓋子。

〔五〕約臂句：《荆楚歲時記》：「（五月五日）以五彩絲繫臂，名曰辟兵，令人不病瘟。又有條達等織組雜物，以相贈遺。」約，環束。

〔六〕梢頭句：蘇軾《浣溪沙・端午》：「彩綫輕纏紅玉臂，小符斜挂緑雲鬟。」楊無咎《齊天樂・端午》：「衫裁艾虎。更釵裊朱符，臂纏紅縷。」《夢粱録》卷三：「所謂經筒、符袋者，蓋因《抱朴子》問辟五兵之道，以五月午日佩赤靈符挂心前，今以釵符佩帶即此意也。」

【集評】

單學博：（「欲戴」三句）切而有韻。

高亮功：後段純是賦情，不是賦物。

清平樂 贈處梅①〔一〕

暗香千樹〔二〕。結屋中間住〔三〕。明月一方流水護〔四〕。夢入梨雲深處〔五〕。　清冰隔斷塵埃。無人踏碎蒼苔〔六〕。一似逋仙歸後②，吟詩不下山來〔七〕。

【校記】

①《天機餘錦》詞題作「爲陸處梅作此」。《歷代詩餘》、王刻無題。　②似：《歷代詩餘》、王刻作「自」。

【注釋】

〔一〕處梅：應爲陸行直之號。詳【考辨】。

〔二〕暗香千樹：「明月」句意亦入此。林逋《山園小梅》：「疏影横斜水清淺，暗香浮動月黄昏。」姜夔《暗香》：「長記曾攜手處，千樹壓、西湖寒碧。」

〔三〕結屋句：韓愈《寄盧仝》：「玉川先生洛城裏，破屋數間而已矣。」盧仝《有所思》：「相思一夜梅花發，忽到窗前疑是君。」

〔四〕明月一方：劉禹錫《金陵五題・生公講堂》：「高坐寂寥塵漠漠，一方明月可中庭。」王安石《書湖陰先生壁》：「一水護田將緑繞，兩山排闥送青來。」

〔五〕夢入句：兼用王昌齡《梅詩》及蘇軾《西江月・梅花》句意。

〔六〕清冰二句：顧況《梅灣》：「白石盤盤磴，清香樹樹梅。山深不吟賞，辜負委蒼苔。」

〔七〕一似二句：袁韶《錢塘先賢傳贊・宋和靖林先生》：「先生有隱操，居西湖二十年，足跡不至城市。」後世因以「逋仙」稱之。

【集評】

單學博：不食人間煙火語。

邵淵耀：上片是不食人間煙火語。

高亮功：此等清雅之景，與玉田詞筆、人品相近，故玉田寫之亦易工。起二句明點處梅，下須於處梅中摹出情景。

【考辨】

玉田集中共有七首贈陸處梅詞，處梅是陸行直晚年別號。理由如下：其一，此詞《天機餘錦》詞題作「爲陸處梅作此」，集中又有《木蘭花慢·歸隱湖山，書寄陸處梅》，知處梅陸姓。其父陸大猷，行直第六子名陸子敬。陸大猷汾湖別墅居所「樹梅成林」，行直曾築「舊時月色軒」，見楊維楨《舊時月色軒記》，玉田贈詞多寫屋在梅中、月在枝上。其二，贈處梅詞與行直出處時間相合。陳去病叙陸行直延祐元年（一三一四）四十歲致仕歸吴，陸氏仕隱經歷與林逋歸隱梅林相合。其三，玉田大德四年（一三〇〇）曾爲陸行直家姬卿卿作《清平樂》（候蛩淒斷）。二人在蘇州相隔十餘年之久的交游在贈詞中也有反映。其四，據前引《同治蘇州府志》，陸大猷在别墅遍植桃花，張炎贈處梅詞中多有涉及。據贈詞中《臨江仙》題序「甲寅秋，寓吴……」以及《摸魚子》「對茂苑殘紅」句，知寫作地點在蘇州，據「甲寅」，知時在延祐元年（一三一四）或稍後。

中國古典文學基本叢書

山中白雲詞箋證

下册

〔宋〕張炎 撰

孫虹 箋證

譚學純

中華書局

山中白雲詞箋證卷五

燭影摇紅 隔窗聞歌

閑苑深迷①，趁香隨粉都行遍②〔一〕。隔窗花氣暖扶春〔二〕，只許鶯鶯占〔三〕。燭焰晴烘醉臉③〔四〕。想東鄰、偷窺笑眼〔五〕。欲尋無處，暗掐新聲④〔六〕，銀屏斜掩。一片雲閑⑤，那知顧曲周郎怨⑥〔七〕。看花猶自未分明〔八〕，畢竟何時見。已信仙緣較淺。謾凝思、風簾倒卷。出門一笑，月落江横〔九〕，數峰天遠〔一〇〕。

【校記】

①閑、迷：龔本、曹本、寶書堂本、許本、鮑本、王刻注「一作『園』、一作『沈』」。水竹居本、石村書屋本、明吴鈔、《歷代詩餘》、汪鈔本、王刻同。②粉：龔本、曹本、寶書堂本、許本、鮑本注「一作『蝶』」。③夏敬觀：「『占』『臉』，閉口韻。」④掐：龔本、曹本、寶書堂本、許本作「搯」，注曰：「一作『拍』，一作『播』。」《歷代詩餘》、王刻作「拍」。⑤雲閑：龔本、曹本、寶書堂本、許本、鮑本注「一作『閑雲』」。水竹居本、石村書屋本、明吴鈔、汪鈔本、王刻同。⑥怨：王刻作「倦」。

本、許本、鮑本注「一作『渾』」。⑤瑩：《天機餘錦》作「天」。⑥夏敬觀：「『春』『塵』『雲』，真韻。『吟』，閉口韻。」⑦下：龔本、曹本、寶書堂本、許本、鮑本注「一作『外』」。《天機餘錦》、水竹居本、石村書屋本、明吴鈔、汪鈔本、王刻同。⑧東：王刻作「春」。⑨翁：龔本、曹本、寶書堂本、許本、鮑本注「一作『郎』」。

【注釋】

〔一〕碧桃：《會稽續志》卷四：「碧桃，張説《題剡金庭觀》云：他日洞天三十六，碧桃花發共師游。李光云：吾里桃花色白而多葉，柎萼皆碧，世謂之碧桃。有詩，見光文集。」李光詩題爲「吾里桃花之盛，不減武陵。獨東院一株色白而多葉，跗萼皆碧。世謂之碧桃。主僧回公折以相贈，置几硯間，蕭然有出塵之想，因賦鄙句」。王渙《惆悵詩十二首》（之十）：「晨肇重來路已迷，碧桃花謝武陵溪。」

〔二〕亂紅自雨：李賀《將進酒》：「況是青春日將暮，桃花亂落如紅雨。」

〔三〕正翠蹊二句：陶潛《桃花源記》：「忽逢桃花林，夾岸數百步，中無雜樹。芳草鮮美，落英繽紛。漁人甚異之，復前行，欲窮其林。林盡水源，便得一山，山有小口，仿佛若有光。便捨船從口入，初極狹，纔通人。復行數十步，豁然開朗，土地平曠，屋舍儼然。」《史記·李將軍列傳》：「諺曰：『桃李不言，下自成蹊。』」

〔四〕蛾眉二句：此謂碧桃褪去艷紅，因色白而喻梅。洪适《憶梅呈曾宏父》：「重憶東城路，盈盈十里梅。」

〔五〕莫恨三句：反用劉晨、阮肇因溪流桃花入天台仙境典，謂飛落漂流的白色花瓣不會象紅色落英吸引目光而誤入桃源。

〔六〕羅扇三句：晏幾道《鷓鴣天》：「舞低楊柳樓心月，歌盡桃花扇影風。」兼用庾亮以扇拂塵典。

〔七〕伴壓二句：李光碧桃詩有句曰：「薝蔔有香陪冷艷，酴醿無力鬬豐肌。」

〔八〕玄都二句：劉禹錫《元和十一年自朗州召至京戲贈看花諸君子》：「玄都觀裏桃千樹，盡是劉郎去後栽。」石延年《紅梅》：「認桃無緑葉，辨杏有青枝。」認桃爲梅，故有王建、蘇軾詩詞共結梨花雲之疑。

〔九〕花下三句：鮑溶《懷仙二首》（之二）：「曾見周靈王太子，碧桃花下自吹笙。」

〔一〇〕殘照二句：陶淵明《桃花源記》：「太守即遣人隨其往，尋向所志，遂迷，不復得路。」

【考辨】

江昱疏證：王沂孫《玉笥山人詞集・露華・碧桃》：「晚寒佇立，記鉛輕黛淺，初認冰魂。紺羅襯玉，猶凝茸唾香痕。淨洗妒春顔色，勝小紅、臨水湔裙。煙渡遠，應憐舊曲，換葉移根。　山中去年人到，怪月悄風輕，閑掩重門。瓊肌瘦損，那堪燕子黄昏。幾片故溪浮玉，似夜歸、深雪前村。芳夢冷，雙禽誤宿粉雲。」

江昱按曰：此似倡和之作，但不次韻。

孫按：王沂孫《露華》調詠碧桃共二首，另首如下：「紺葩乍坼。笑爛漫嬌紅，不是春色。換了素妝，重把青螺輕拂。舊歌共渡煙江，却占玉奴標格。風霜峭、瑤臺種時，付與仙骨。閑門晝掩淒惻。似淡月梨花，重化清魄。尚帶唾痕香凝，怎忍攀摘。嫩緑漸滿溪陰，蔌蔌粉雲飛出。芳艷冷、劉郎未應認得。」

玉田祥興二年（一二七九）到至元二十六年（一二八九），除短暫歸杭州外，多在山陰、四明一帶居游，與王沂孫的唱和應繫於此數年間。

解語花①吴子雲家姬，號愛菊，善歌舞。忽有朝雲之感，作此以寄②〔一〕

行歌趁月，唤酒延秋，多買鶯鶯笑〔二〕。蕊枝嬌小〔三〕。渾無奈、一掬醉鄉懷抱〔四〕。籌花鬥草。幾曾放、好春閑了〔五〕。芳意闌③，可惜香心，一夜酸風掃〔六〕。海上仙山縹緲。問玉環何事，苦無分曉〔七〕。舊愁空杳。藍橋路、深掩半庭斜照〔八〕。餘情暗惱。都緣是、那時年少。鶯夢回④、懶說相思，畢竟如今老⑤。

【校記】

①戈選杜批清真詞：「此與後夢窗詞相同，爲此調正格。後玉田詞爲又一體。」又批周密詞：「前清真、夢窗各詞爲此調正格。此第三句多一字，前後段各少二韻，爲又一體。」　②《天機餘錦》無詞題。水竹居本、石村書屋本、明吴鈔、汪鈔本、王刻無「善歌舞」「作此以寄」二句。　③芳意闌：陳蘭

甫：「下有缺文。」④驚夢回：《天機餘錦》作「驚回夢」。⑤如今老：《天機餘錦》作「如何老」。戈選作「如何好」。

【注釋】

〔一〕吴子雲：疑即吴士龍。朝雲之感：蘇軾《朝雲詩并引》：「世謂樂天有鬻駱馬放楊柳枝詞，嘉其主老病不忍去也。然夢得有詩云：『春盡絮飛留不得，隨風好去落誰家。』樂天亦云：『病與樂天相伴住，春隨樊子一時歸。』則是樊素竟去也。予家有數妾，四五年相繼辭去，獨朝雲者隨予南遷。因讀樂天集，戲作此詩。朝雲，姓王氏，錢塘人。嘗有子曰幹兒，未期而夭云。」詩曰：「不似楊枝别樂天，恰如通德伴伶玄。阿奴絡秀不同老，天女維摩總解禪。經卷藥爐新活計，舞衫歌扇舊因緣。丹成逐我三山去，不作巫陽雲雨仙。」據《東坡先生年譜》：「（朝雲）癸卯生，來事先生，方十二。」

〔二〕行歌三句：《石林詩話》卷下：「張先郎中，字子野。能爲詩及樂府，至老不衰。居錢塘，蘇子瞻作倅時，先年已八十餘。視聽尚精强，家猶畜聲妓。子瞻嘗贈以詩云：『詩人老去鶯鶯在，公子歸來燕燕忙。』」蘇詩題爲《張子野年八十五尚聞買妾述古令作詩》。杜甫《夔府書懷四十韻》：「賞月延秋桂，傾陽逐露葵。」

〔三〕蕊枝嬌小：張先《醉垂鞭·贈琵琶娘，年十二》：「朱粉不須施。花枝小。春偏好。」

〔四〕渾無奈二句：白居易《病中詩十五首·别柳枝》：「兩枝楊柳小樓中，嫋嫋多年伴醉翁。」

〔五〕籌花三句：與「驚夢」三句化用白居易《老病》詩意：「晝聽笙歌夜醉眠，若非月下即花前。如今老病須知分，不負春來二十年。」

〔六〕芳意三句：《蘇軾紅梅三首》（之二）「不應便雜夭桃杏，半點微酸已著枝。」又，《岐亭道上見梅花戲贈季常》：「數枝殘緑風吹盡，一點芳心雀啅開。」東坡屢以梅喻王朝雲，參寥子知其意。《冷齋夜話》卷一：「又作《梅花》詞曰：『玉骨那愁瘴霧』者，其寓意爲朝雲作也。」

〔七〕海上三句：白居易《長恨歌》：「忽聞海上有仙山，山在虛無縹緲間。」「中有一人字太真，雪膚花貌參差是。」

〔八〕藍橋二句：《太平廣記》卷五〇引裴硎《裴航》樊夫人答詩：「一飲瓊漿百感生，玄霜搗盡見雲英。藍橋便是神仙窟，何必崎嶇上玉京。」裴航後於藍橋驛求水漿，得見雲英，並與之成婚。宋代用藍橋典多與姬妾相關，如張先《碧牡丹·晏同叔出姬》：「望極藍橋，但暮雲千里。幾重山，幾重水。」

【集評】

單學博：（「可惜」三句）雙關妙。

高亮功：「餘情」數句，即王次回所謂「亦知此後風情減，只悔從前領略疏」也。

【考辨】

張如安《箋釋小補》：黄箋云：「吴子雲，吴士龍字子雲，宋江潭人。又，吴從龍，宋奉化人，亦字子雲，未知孰是。」按奉化之吳從龍，官建康府統制，紹定初（一二二八）李全犯揚州，從龍爲先鋒被擒，使至泰州城下誘降，不屈死之，事見《宋史》卷四五二、《延祐四明志》卷五。奉化吳從龍死時，張炎根本還未出生，故不可能成爲張炎贈詞的對象。

孫按：《弘治休寧志》卷一二：「吳士龍，字子雲。幼器識不群，書讀一過輒通，善談兵。淳祐間領監舉。庚戌，以韜略登右科，授建康帥司幹官制置。……活淮之軍民數萬，計上功，幕府除副帥兼閫府咨議，尋轉融管安撫。……年六十三，卒。」又，卷一四載淳祐十年（一二五〇）方逢辰榜有「吳士龍，右科。融管安撫。」則吳士龍庚戌年武舉出身。《道光休寧縣志》卷一三、《萬姓統譜》卷一〇皆載其爲「江潭人」。亦未知孰是。

此詞兼回憶宋亡前自家年幼侍姬，如今已是藍橋路隔，真所謂以離合之情寄興亡之感也。

祝英臺近 余老矣，賦此爲猿鶴問①〔一〕

及春游，卜夜飲②，人醉萬花醒〔二〕。轉眼年華③，白髮半垂領④〔三〕。與鷗同一清波〔四〕，風蘋月樹⑤，又何事⑥、浮踪不定〔五〕。　靜中省。便須門掩柴桑⑦，黃卷伴孤隱⑧〔六〕。一粟生涯，樂事在瓢飲⑨〔七〕。愛閑休説山深，有梅花處，更添箇、暗香疏影。

【校記】

①《歷代詩餘》、王刻無詞題。　②卜夜飲：《天機餘錦》作「拼夜醉」。　③眼：龔本、曹本、寶書堂

本、許本、鮑本注「一作『首』」。《天機餘錦》、明吴鈔、水竹居本、王刻同。華：王刻作「光」。④半：龔本、曹本、寶書堂本、許本、鮑本注「一作『颯』」。《天機餘錦》、水竹居本、石村書屋本、明吴鈔、汪鈔本、王刻同。⑤風蘋月樹：水竹居本作「□風□月」。石村書屋本、汪鈔本作「風蘋月」。王刻作「輕風皎月」。蘋、樹：龔本、曹本、寶書堂本、許本、鮑本注：「一作『蕢』、一作『友』。」蕢，同「蘋」，下同不出校。⑥事：《歷代詩餘》作「似」。⑦須：王刻作「思」。桑：王刻作「扉」。⑧伴：《歷代詩餘》作「作」。王刻注：「一作『作』。」夏敬觀：「『飲』，閉口韻。『隱』，真韻。」⑨事：龔本、曹本、寶書堂本、許本、鮑本注「一作『意』」。水竹居本、石村書屋本、明吴鈔、汪鈔本、王刻同。

【注釋】

〔一〕爲猿鶴問：語本孔稚圭《北山移文》：「蕙帳空兮夜鶴怨，山人去兮曉猿驚。」此爲回復杭州隱者之問。

〔二〕及春游三句：李白《月下獨酌四首》（其一）：「暫伴月將影，行樂須及春。」高駢《春日招賓》：「花枝如火酒如餳，正好狂歌醉復醒。」杜甫《宴王使君宅題二首》（之二）：「泛愛容霜鬢，幽歡卜夜闌。」

〔三〕轉眼二句：蘇軾《次韻蔣穎叔錢穆父從駕景靈宫二首》（之二）：「半白不羞垂領髮，軟紅猶戀屬車塵。」

〔四〕與鷗句：杜甫《奉贈韋左丞丈二十二韻》：「白鷗波浩蕩，萬里誰能馴。」《補注杜詩》卷一引宋敏求「鷗之滅没於煙波間最爲自然」。

〔五〕風蘋三句：《文選》宋玉《風賦》：「夫風生於地，起於青蘋之末。」李善注：「《爾雅》曰：『萍，其大者曰蘋。』」曹植《浮萍篇》：「浮萍寄清水，隨風東西流。」蘇軾《記承天夜游》：「月色入户，欣然起行。……庭下如積水空明，水中藻荇交横，蓋竹柏影也。」

〔六〕便須二句：皎然《兵後早春登故鄣南樓望昆山寺白鶴觀示清道人並沈道士》：「耳目何所娱，白雲與黄卷。」

〔七〕一粟二句：《五燈會元》卷八：「一粒粟中藏世界，二升鐺内煮山川。」《論語·雍也》：「一簞食，一瓢飲，在陋巷，人不堪其憂，回也不改其樂。」

【集評】

單學博：「人醉」五字語意雋絶。

許廷誥：「人醉」句新。

邵淵耀：新雋。

高亮功：前段慨其處境，後段述其本懷。「與鷗」數語，措詞頗工，又得「問」字意。

瑶臺聚八仙 菊日寓義興，與王覺軒會飲，酒中書送白廷玉①〔一〕

楚竹閑挑。千日酒、樂意稍稍漁樵②〔二〕。那回輕散，飛夢便覺迢遥。似隔芙蓉無路到③〔三〕，如何共此可憐宵〔四〕。舊愁消。故人念我，來問寂寥〔五〕。登臨試開笑口〔六〕，看垂垂短髮，破帽休飄④〔七〕。款語微吟，清氣頓掃花妖⑤〔八〕。明朝柳岸醉醒，又知在煙波第幾橋〔九〕。懷人處，任滿身風露，踏月吹簫。

【校記】

①水竹居本、石村書屋本、明吴鈔、《歷代詩餘》、汪鈔本、王刻無詞題。②稍稍：水竹居本作「□□」。陳蘭甫：「『稍稍』有誤。」③路：龔本、曹本、寶書堂本、許本、鮑本注「一作『夢』」。水竹居本、石村書屋本、明吴鈔、汪鈔本同。④休：龔本、曹本、寶書堂本、許本、鮑本注「一作『輕』」。水竹居本、明吴鈔、《花草粹編》、汪鈔本、王刻同。⑤氣：龔本、曹本、寶書堂本、許本、鮑本注「一作『風』」。水竹居本、石村書屋本、明吴鈔、《花草粹編》、汪鈔本、王刻同。

【注釋】

〔一〕菊日：重九。　王覺軒、白廷玉：即王天覺、白珽，皆玉田友人。

〔二〕楚竹三句：《晉書·阮籍傳》：「（阮修）常步行，以百錢挂杖頭，至酒店，便獨酣暢，雖當世富貴而不肯顧。」陸龜蒙《奉酬襲美秋晚見題二首》（之二）：「何事樂漁樵，巾車或倚橈。」並用「中山酒」典。

〔三〕似隔句：劉威《游東湖黄處士園林》：「遥知楊柳是門處，似隔芙蓉無路通。」

〔四〕如何句：沈警《既暮宿傳舍凭軒望月作鳳將雛含嬌曲》：「徘徊花上月，空度可憐宵。」此特指重九夜。

〔五〕故人二句：賈島《送皇甫侍御》：「來使黔南日，時應問寂寥。」

〔六〕登臨句：杜牧《九日齊安登高》：「塵世難逢開口笑，菊花須插滿頭歸。」

〔七〕看垂垂二句：反用孟嘉重陽日龍山落帽典。

〔八〕款語二句：齊己《對菊》：「無艷無妖别有香，栽多不爲待重陽。」《開元天寶遺事》卷上：「初有木芍藥，植於沈香亭前。其花一日忽開一枝兩頭，朝則深紅，午則深碧，暮則深黄，夜則粉白，晝夜之内，香艷各異。帝謂左右曰：『此花木之妖，不足訝也。』」

〔九〕明朝二句：蘇軾《九日次韻王鞏》：「相逢不用忙歸去，明日黄花蝶也愁。」姜夔《過垂虹》：「曲終過盡松陵路，回首煙波十四橋。」並暗用柳永《雨霖鈴》警句。

【集評】

單學博、許廷誥：頓折。

高亮功：（「似隔」二句）來路如許頓挫，去路如許悠揚，筆意又飄閃，有攔搦不住光景。（「明朝」句）以此擬白石老仙，是神似，不是形似。

【考辨】

江昱疏證：《江南通志》：宜興王天覺，字覺軒。倪瓚《清閟閣集》：荆溪山水之勝，覺軒王先生韞真潛德於其間，其曾孫允同與余爲姻契。又，覺軒先生學行純正，爲宋琅琊王仲寶之後，任至蘭溪州判官。《雲林遺事》：元鎮交惟張伯雨、陸靜遠、虞勝伯及覺軒王氏父子。宋濂《潛溪集·元湛淵先生白公墓誌銘》：珽字廷玉，本四明舒少度遺腹子，錢塘白嶸育以爲嗣。八歲能賦詩，十三爲科舉業，有聲場屋間。客授藏書之家，晝翻夜誦，燈墮花穴帽不知也。授太平儒學正，轉常州學教授，陞浙江等處儒學副提舉。秩滿署淮東監倉大使，遷蘭溪州判官。所居西湖，有泉自天竺來。榜曰「湛淵」，因以自號。天曆元年卒，年八十一。葬錢塘縣履泰鄉棲霞山之陽，其子遵治命，題曰：「西湖詩人白君之墓。」《靈隱寺志》：廷玉結廬於金沙灘。《西湖游覽志》：珽博綜經史，方回、劉辰翁稱其詩逼陶韋，書逼顏柳。嘗著《西湖賦》二首，考據精核。《輟耕録》：白廷玉先生家多竹，忽一竿上歧爲二，人皆異之。賦《雙竹杖》詩。未幾，先生没，先生有二子，或以爲先兆云。

孫按：曹伯啓《倚和吉甫提舉見贈雨中述懷詩兼寄王覺軒山長》：「卜鄰陽羨溪山好，遠勝毗陵古戰場。」又，《覺軒二子頭角嶄然蓋乃翁生平積德設施所致因作數語頌之》：「積慶更霑山水秀，欲期陽羨作桐鄉。」鄭元祐《王氏彝齋記》：「宋渡南諸帥臣以功名顯者固不一，若王襄愍抗節以死於苗、劉之難，賜葬義興山中。其五世孫覺軒先生，宋亡後，以文儒起家，官至蘭溪州判官，當盛年即委政歸。蘭溪君之子子敬與其昆季仲德、子明，皆克力學以世其家，文獻之傳有可稽可法。……未幾，子敬捐館。至正壬辰，距父没餘二十年矣。」王襄愍，即王淵。至正壬辰，至正十二年（一三五二），則王覺軒卒於至順三年（一三三二）。

玉田大德七年（一三〇三）在常州從白廷玉游，大德八年（一三〇四）及次年在宜興。參見《數花風・別義興諸友》【考辨】。此詞寫於大德八年。

滿江紅①

韞玉，傳奇推吳中子弟爲第一流。所謂識拍、道字、正聲、清韻、不狂，俱得之矣。作平聲《滿江紅》贈之②〔一〕

傅粉何郎〔二〕，比玉樹、瓊枝謾誇〔三〕。看生子③、東塗西抹，笑語浮華〔四〕。蝴蝶一生花裏活〔五〕，似花還似恐非花④〔六〕。最可人、嬌艷正芳年，如破瓜〔七〕。　離別恨⑤，生嘆嗟。歡情事，起喧嘩〔八〕。聽歌喉清潤，片玉無瑕〔九〕。洗盡人間笙笛耳〔一〇〕，賞音多向五侯家⑥〔一一〕。好思量、都在步蓮中，裙翠遮〔一二〕。

【校記】

①戈選杜批姜夔詞：「此調創自白石，後夢窗、玉田皆仿之。」又批夢窗詞此調：「此與前白石詞及後玉田詞均同，前後結三字句中一字宜用去聲方叶律。」姜夔首創平韻《滿江紅》，題序曰：「《滿江紅》舊調用仄韻，多不協律。……予因祝曰：得一席風，徑至居巢，當以平韻《滿江紅》爲迎送神曲。言訖，風與筆俱駛，頃刻而成。」　②諸本詞題作「贈韞玉，傳奇惟吳中子弟爲第一」。此據《永樂大典》。　戲劇家王染野《曲海尋踪——吳地宋元明清幾位戲曲家演藝、作品之雜考》爲之斷句：「韞玉，傳奇惟（推）吳中子弟爲第一流。所謂識拍、道字、正聲、清韻、不狂，俱得之矣。作平聲《滿江紅》贈之」，並解釋説：「所謂識拍，是指演員能唱得準譜，亦即符合節拍，也就是板眼準；所謂道字，是指

唱時的咬字；所謂正聲，是指唱時講究律正聲；所謂清韻是指合韻而又美聽；所謂不狂，是指唱、念、做都有分寸，並不過火。總之，這一切都是指演員的演唱而言的。」③生子：諸本作「□□」。戈選作「小隊」。此據《永樂大典》。④似恐：《永樂大典》《全宋詞》作「却似」。⑤恨：諸本作「□」。戈選作「怨」。此據《永樂大典》。吴校：「汪柳門藏鈔本『□』作『恨』，未知其本所自出。」汪柳門，汪明鑾。⑥五：龔本、曹本、寶書堂本、鮑本、王刻作「王」。

【注釋】

〔一〕韞玉九句：謂韞玉是蘇州一帶搬演傳奇的頭牌演員。韞玉傳奇，朱校：「《韞玉傳奇》：按《文淵閣書目》月字號有《韞玉傳奇》，注云：一部。《菉竹堂書目》亦有是書，或即玉田所賦。」《文淵閣書目》有「《東嘉韞玉傳奇》一部一册」，葉盛《菉竹堂書目》有「《東嘉韞玉傳奇》」。此用以代指南戲前身戲文或永嘉雜劇的劇本。韞玉，應爲玉田所見裝旦男子的藝名。子弟，此指教坊男性藝人，由「俏郎君」而「妝旦色」。《宦門子弟錯立身》：「衝州撞府妝旦色，走南投北俏郎君。戾家行院學踏爨，宦門子弟錯立身。」王染野認爲此詞「是一首贈給韞玉這位傳奇藝人個人的詞作」，較爲確切。

〔二〕傅粉何郎：《世説新語·容止》：「何平叔美姿儀，面至白。魏明帝疑其傅粉，正夏月，與熱湯餅，既啖，大汗出，以朱衣自拭，色轉皎然。」李端《贈郭駙馬》：「熏香荀令偏憐少，傅粉何郎不解愁。」

〔三〕比玉樹二句：柳永《尉遲杯》：「深深處，瓊枝玉樹相倚。」江淹《古離別》：「願一見顔色，不異瓊樹枝。」

〔四〕看生子三句：王定保《摭言》卷三：「薛監（逢），晚年厄於宦途，嘗策羸赴朝，值新進士榜下，綴行而出，時進士團所由輩數十人，見逢行李蕭條，前導曰：『迴避新郎君！』逢囅然，即遣一介語之曰：『報道莫貧相，阿婆三五少年時，也曾東塗西抹來。』」生子，古稱十五歲少年。此諷刺傳奇界的空有顔值没有演技的後輩演員。

〔五〕蝴蝶句：史達祖《賀新郎》：「胡蝶一生花裏活，難制竊香心性。」

〔六〕似花句：蘇軾《水龍吟》詠楊花：「似花還似非花，也無人惜從教墜。」此寫男性藝人的女性化特徵。

〔七〕最可人三句：瓜字破爲二八字，是妙齡十六的拆字修辭。詳見《南樓令·壽邵素心席間賦》注〔六〕。

〔八〕離别四句：歐陽修《别後奉寄聖俞二十五兄》：「歡言正喧嘩，别意忽於邑。」

〔九〕片玉句：釋子益《偈頌七十六首》：「一片玉無瑕，千峰雲脱帽。」此形容歌喉清脆圓潤、純淨完美。

〔一〇〕洗盡句：鄭雪巖《回興國湯權縣》：「永諧韶濩聲，盡洗笙笛耳。」以上三句暗用歌喉勝樂器典故。《樂府雜録》：「歌者，樂之聲也。故絲不如竹，竹不如肉，迥居諸樂之上。古之能歌者，即有韓娥、李延年、莫愁。善歌者，必先調其氣，氤氳自臍間出，至喉乃噫其詞，即分抗墜之音，既得其術，即可致遏雲響谷之妙也。」

〔二〕五侯家：《漢書·元后傳》：「明年，河平二年，上悉封舅譚爲平阿侯，商成都侯，立紅陽侯，根曲陽侯，逢時高平侯。五人同日封，故世謂之『五侯』。」後世因以「五侯」指貴戚。杜甫《江南逢李龜年》：「歧王宅裏尋常見，崔九堂前幾度聞。」

〔三〕好思量三句：《南史·廢帝東昏侯》：「又鑿金爲蓮華以帖地，令潘妃行其上，曰：『此步步生蓮華也。』」此謂韞玉裝旦，雖有蓮步輕盈之態而無蓮足，故曳緑裙相遮。

【集評】

單學博：平韻本難討好，雖玉田亦爲所縛，後人不必學也。

陳蘭甫：添一「恐」字便不通。玉田喜用成語，故有此病。

夏敬觀：「似花」句，乃玉田爛調，如是者不止一處。東坡妙句被玉田抄壞矣。

【考辨】

韞玉與周密《武林舊事》卷四「裝旦吳子貴」屬一流人物，顯示早期戲曲男扮女裝的戲曲生態。玉田另有《蝶戀花·題末色褚仲良寫真》，都是較早時期珍貴的戲曲資料。此詞寫於蘇州，定於至大二年（一三〇九）爲宜。

摸魚子①別處梅②

向天涯、水流雲散，依依往事非舊③。西湖見説鷗飛去，知有海翁來否。風雨後。甚客裏逢春〔一〕，尚記花間酒④。空嗟皓首。對茂苑殘紅，攜歌占地，相趁小垂手〔二〕。歸時候。花徑青紅尚有⑤。好游何事詩瘦〔三〕。龜蒙未肯尋幽興〔四〕，曾戀志和漁叟⑥〔五〕。吟嘯久。愛如此清奇，歲晚忘年友〔六〕。呼船渡口。嘆西出陽關⑦，故人何處，愁在渭城柳〔七〕。

【校記】

①戈選杜批：「此與前白石、碧山詞同，惟後起三字玉田所作皆叶韻。」以下同調同批不出校。

②《歷代詩餘》、王刻詞題作「別陸處梅」。③非：龔本、曹本、寶書堂本、許本、鮑本注「一作『如』」。④記：龔本、曹本、寶書堂本、許本、鮑本注「一作『飲』」。⑤紅：龔本、曹本、寶書堂本、許本、鮑本注「一作『松』」。戈選同。⑥戀：龔本、曹本、寶書堂本、許本、鮑本作「□」。朱校：「原本『戀』字缺。從王刻。」⑦嘆：《歷代詩餘》、王刻作「欲」。

【注釋】

〔一〕客裏逢春：唐彦謙《寄友三首》（之三）：「客裏逢春一惘然，梅花落盡柳如煙。」

〔二〕相趁：此指手足隨其節拍而敲叩。小垂手：《樂府詩集》引《樂府解題》：「大垂手，小垂手，皆言舞而垂其手也。」吴均《小垂手詩》：「且復小垂手，廣袖拂紅塵。」白居易《霓裳羽衣舞歌》：「小垂手後柳無力，斜曳裾時雲欲生。」

〔三〕好游句：史達祖《喜遷鶯·元宵》：「自憐詩酒瘦，難應接許多春色。」李白《戲贈杜甫》：「借問别來太瘦生，總爲從前作詩苦。」

〔四〕龜蒙句：錢德鈞《水村隱居記》載陸行直有蘇州鄉黨風流：「（陸）季道泛舟往來吾廬，手叢書一編，筆牀茶灶之風流故在。明月之夜，共載以游。撫清絶之區，得詠歌之趣。或能追皮、陸清事可乎？」唐詩人陸龜蒙，字魯望，自號甫里先生、天隨子等，蘇州吴人，升舟設篷，載書而行。陸龜蒙《太湖詩·初入太湖（自胥口入，去州五十里）》：「討異足邅回，尋幽多阻隔。」

〔五〕志和漁叟：唐詩人張志和，號煙波釣徒、玄真子等。浮家泛宅吴興霅溪一帶。有著名的《漁父歌》：「霅溪灣裏釣漁翁，舴艋爲家西復東。」以上二句各切陸姓與張姓。

〔六〕忘年友：《南史·何遜傳》：「弱冠，州舉秀才，南鄉范雲見其對策，大相稱賞，因結忘年交。」温庭筠《題李處士幽居》：「南山自是忘年友，谷口徒稱鄭子真。」

〔七〕嘆西出三句：離曲《陽關三疊》又稱《渭城曲》。

【集評】

高亮功：語語頓挫。

【考辨】

錢良祐《詞源跋》云：「乙卯歲，余以公事留杭數月，而玉田張君來寓錢塘縣之學舍。」乙卯，延祐二年（一三一五）。玉田此年歸杭，作詞留别蘇州陸氏。詞有「歲晚忘年友」句，表明與處梅是不拘年齡行輩的交游，陸氏年少玉田生二十八歲，此年玉田已經六十八歲。

南鄉子 爲處梅作①

風月似孤山。千樹斜横水一環〔一〕。天與清香心獨領〔二〕，怡顔。冰雪中間屋數間〔三〕。

庭户隔塵寰。自有雲封底用關〔四〕。却笑桃源深處隱，躋攀。引得漁翁見不難〔五〕。

【校記】

①《歷代詩餘》、王刻無詞題。

【注釋】

〔一〕風月二句：用林逋隱居孤山事典及《山園小梅》詩意，兼用姜夔《暗香》「千樹壓、西湖寒碧」句意。水一環，特指汾湖灣。

〔二〕天與句：林逋《梅花》：「人憐紅艷多應俗，天與清香似有私。」

〔三〕冰雪句：用盧仝破屋數間在梅林之中典。

〔四〕自有句：李白《憶東山二首》（之二）：「欲報東山客，開關掃白雲。」

〔五〕却笑三句：《幽明録》載劉晨、阮肇共入天台山桃溪得結仙緣典。陸氏有桃園在汾湖濱來秀里，玉田贈處梅之父陸大猷《壺中天》因有「只恐漁郎曾誤入，翻被桃花一笑」之句。躋攀，杜甫

《早起》：「一丘藏曲折，緩步有躋攀。」

【集評】

單學博：「冰雪」七字可謂傳神。

邵淵耀：思清入骨，可謂傳神。

高亮功：「自有」句，所謂翻筆取勝者。結以「桃」字襯「梅」字。

【考辨】

此詞延祐元年（一三一四）前後寫於蘇州，詳見《清平樂·贈處梅》【考辨】。

南樓令 送韓竹間歸杭，並寫未歸之意①

一見又天涯。人生可嘆嗟。想難忘、江上琵琶〔一〕。詩酒一瓢風雨外，都莫問，是誰家。　憐我鬢先華〔二〕。何愁歸路賒〔三〕。向西湖、重隱煙霞〔四〕。説與山童休放鶴，最零落、是梅花〔五〕。

【校記】

①《歷代詩餘》、王刻詞題作「送韓竹澗歸杭」。

【注釋】

〔一〕想難忘二句：白居易《琵琶引》：「潯陽江頭夜送客，楓葉荻花秋索索。」「忽聞水上琵琶聲，主人忘歸客不發。」

〔二〕憐我句：《白孔六帖》卷六〇：「顧悦與晉簡文帝同年，而髮早白。帝問之，對曰：『松柏之姿，經霜彌茂。蒲柳之質，望秋先落。』」孫萬壽《遠戍江南》：「壯志後風雲，衰鬢先蒲柳。」

〔三〕歸路賒：杜甫《入喬口》：「漠漠舊京遠，遲遲歸路賒。」賒，遠。此謂因客觀原因不能歸杭而覺得遥遠。

〔四〕向西湖二句：蕭瀨《寫林和靖梅花詩後》有「西湖幽處卧煙霞」之句。蕭統《錦帶書十二月啓・夾鍾二月》：「敬想足下，優游泉石，放曠煙霞。」

〔五〕説與三句：仇遠《董靜傳挂冠四聖觀》：「莫對梅花談世事，此花曾見太平時。」延祥四聖觀在西湖御園，仇遠、董靜傳都是玉田唱和友人。

【集評】

單學博：（「一見」句）一句中頓折。

高亮功：起便黯然。「詩酒」二句，有不堪回首之意。

【考辨】

集中《聲聲慢・和韓竹間韻，贈歌者關關，在兩水居》有「茂苑扁舟，底事夜雨江湖」之句，離初至蘇州已超過十年，此詞亦有「鬢華」之嘆，應也寫於皇慶元年（一三一二）前後。

醉落魄　題趙霞谷所藏吳夢窗親書詞卷①〔一〕

鏤花鐫葉。滿枝風露和香擷〔二〕。引將芳思歸吟篋。夢與魂同②，閑了弄香蝶③〔三〕。小樓簾卷歌聲歇。幽篁獨處泉嗚咽④。短箋空在愁難說⑤〔四〕。霜角寒梅⑥，吹碎半江月〔五〕。

【校記】

①水竹居本、石村書屋本、明吳鈔、汪鈔本、王刻詞題作「趙霞谷所藏夢窗詞卷」。《歷代詩餘》無詞題。②同：龔本、曹本、寶書堂本、許本、鮑本注「一作『消』」。水竹居本、石村書屋本、明吳鈔、《歷代詩餘》、汪鈔本、戈選、王刻同。陳蘭甫：「『夢與魂同』四字不通，『同』作『消』亦不通，疑有誤字。」③夏敬觀：「『葉』『篋』『蝶』，閉口韻。」④小樓二句：水竹居本作「小樓簾卷聲歇，泉獨篁幽嗚咽□」。石村書屋本略同，無「□」，毛扆眉批：「少一字」，並改爲：「小樓簾卷歌聲歇，幽篁□□泉嗚咽」。明吳鈔作「小樓簾卷聲歌，獨泉幽篁嗚咽」。汪鈔本作「小樓簾卷聲歌歇，泉獨□篁幽嗚咽」。嗚，「嗚」字形誤。⑤短：龔本、曹本、寶書堂本、許本、鮑本注「一作『錦』」。水竹居本、石村書屋本、明吳鈔、《歷代詩餘》、汪鈔本、王刻同。空：龔本、曹本、寶書堂本、許本、鮑本注「一作『定』」。在：《歷代詩餘》作「往」。⑥霜：《歷代詩餘》、戈選作「畫」。

【注釋】

〔一〕題趙霞谷句：集中尚有《聲聲慢·題吴夢窗遺筆》（别本作「題夢窗自度曲《霜花腴》卷後」）。詳見《聲聲慢》【考辨】。

〔二〕鏤花二句：歐陽炯《花間集序》：「鏤玉雕瓊，擬化工而迴巧，裁花翦葉，奪春艷以争鮮。」

〔三〕夢與二句：魚玄機《江行》：「畫舸春眠朝未足，夢爲蝴蝶也尋花。」

〔四〕短箋句：晏殊《清平樂》：「紅箋小字。説盡平生意。鴻雁在雲魚在水。惆悵此情難寄。」

〔五〕霜角二句：用林逋《霜天曉角》意境：「冰清霜潔。昨夜梅花發。甚處玉龍三弄，聲摇動、枝頭月。」暗用盧仝《有所思》：「相思一夜梅花發，忽到窗前疑是君。」

【考辨】

鄭文焯《夢窗詞校議跋》：又張玉田《山中白雲詞》卷五《醉落魄》有趙霞谷所藏吴夢窗親書詞卷，惜未詳其目，不審與朱刻手稿有無異同，曰「親書詞卷」，當是寫定之本，即可據以題號。孫按：鄭氏「朱刻手稿」指朱存理《鐵網珊瑚》所載「文英新詞稿」，録詞十六首。

夏承燾《夢窗詞集後箋》：夢窗手書自度曲，名《霜花腴》，見《蘋洲漁笛譜·玉漏遲》《山中白雲·聲聲慢》。《山中白雲》又有《醉落魄·題霞谷所藏吴夢窗親書詞卷》一首，當即《霜花腴》。《詞源》（下）記舊刊本《六十家詞》中列夢窗，吴詞刊本可考者，此爲首舉矣。

壺中天 客中寄友①

西秦倦旅〔一〕。是幾年不聽，西湖風雨。我託長鑱垂短髮②〔二〕，心事時看天語〔三〕。吟篋空隨，征衣休換③〔四〕，薜荔猶堪補〔五〕。山能招隱，一瓢閑挂煙樹〔六〕。方嘆舊國人稀，花間忽見，傾蓋渾如故。客裏不須談世事，野老安知今古〔七〕。海上盟鷗，門深款竹，風月平分取〔八〕。陶然一醉，此時愁在何處〔九〕。

【校記】

①王刻詞題作「客中寄友人」。②託：《歷代詩餘》、王刻作「把」。③休：王刻作「未」。

【注釋】

〔一〕西秦：張炎先祖居鳳翔（今陝西省鳳翔縣），十一世祖徙秦州（治成紀，今甘肅省天水市），此用以自稱。陸文圭序《山中白雲詞》稱「西秦玉田張君」。

〔二〕我託句：杜甫《乾元中寓居同谷縣作歌七首》（之二）：「長鑱長鑱白木柄，我生託子以爲命。」又，（之一）：「有客有客字子美，白頭亂髮垂過耳。」

〔三〕心事句：翻用書空咄咄典。王適《蜀中言懷》：「有時須問影，無事却書空。」

〔四〕征衣休換：戴復古《夜宿田家》：「簦笠相隨走路岐，一春不換舊征衣。」

〔五〕薜荔句：取意杜甫《佳人》：「侍婢賣珠回，牽蘿補茅屋。」

〔六〕山能二句：用許由挂瓢於樹並捐棄典。

〔七〕客裏二句：謂隱居山中如野老，避世不問外界世道變化。與集中《聲聲慢・西湖》同義：「誰識山中朝暮，向白雲一笑，今古無愁。」

〔八〕風月句：蘇軾《點絳唇》：「還知麽。自從添箇。風月平分破。」

〔九〕陶然二句：劉伶《酒德頌》：「無思無慮，其樂陶陶。兀然而醉，怳爾而醒。」白居易《勸酒寄元九》：「陶陶復兀兀，吾孰知其他。」是謂醉鄉無愁地。

【集評】

單學博：（「心事」句）天不聞也，天不答也。　又：（下片）此卷多書裙贈扇之作，正覺神味漸減，忽又得見玉田真面目，令人驚喜欲狂。

邵淵耀：吞聲欲涕，蓋不忍深言也。

高亮功：前段客中，後段寄友。

【考辨】

杜甫寫《乾元中寓居同谷縣作歌七首》時年四十七歲，玉田至元三十一年（一二九四）至大德二年（一二九八）五年間游四明、台州、衢州一帶，未歸杭州。詞應寫於大德二年久客海濱四明時，已經五十一歲。與詞中「幾年不聽，西湖風雨」「海上盟鷗」事跡也相符合。

聲聲慢和韓竹間韻，贈歌者闘闘，在兩水居〔一〕

鬟絲濕霧〔二〕，扇錦翻桃，尊前乍識歐蘇〔三〕。賦筆吟箋，光動萬顆驪珠〔四〕。英英歲華未老〔五〕，怨歌長、空擊銅壺。細看取，有飄然清氣，自與塵疏〔六〕。兩水猶存三徑，嘆緑窗窈窕，謾長新蒲〔七〕。茂苑扁舟，底事夜雨江湖〔八〕。當年柳枝放却，又不知、樊素何如〔九〕。向醉裏，暗傳香，還記也無〔一〇〕。

【注釋】

〔一〕和韓三句：韓竹間，即韓亦顔，曾師從玉田學詞。闘闘，韓氏歌姬。兩水居，即韓氏隱居地兩水之濱。

〔二〕鬟絲濕霧：杜甫《月夜》：「香霧雲鬟濕，清輝玉臂寒。」

〔三〕扇錦二句：歐蘇，應指韓竹間歐姓、蘇姓歌姬，一爲小玉梅，一爲闘闘。據《甘州・爲小玉梅賦》：「蘇小無尋處，元在人間。」則小玉梅姓蘇，闘闘應姓歐。黄庭堅《木蘭花令》：「尊前見在不饒人，歐舞梅歌君更酌。」自注：「歐梅，當時二妓也。」謂闘闘以錦扇半遮歌唇侑觴。

〔四〕賦筆二句：《莊子・列御寇》：「河上有家貧恃緯蕭而食者，其子没於淵，得千金之珠。其父謂其子曰：『取石來鍛之。夫千金之珠，必在九重之淵，而驪龍頷下，子能得珠者，必遭其睡也。使驪龍而寤，子尚奚微之有哉！』」「歌」字意入此句。《禮記・樂記》：「故歌者上如抗，下如墜，曲如折，止如槁木，倨中矩，句中鈎，纍纍乎端如貫珠。」孔穎達疏：「言聲之狀，纍纍乎感動人心，端正其狀，如貫於珠，言聲音感動於人，令人心想形狀如此。」

〔五〕英英句：羅隱《嘲鍾陵妓雲英》：「鍾陵醉別十餘春，重見雲英掌上身。」唐朝詩人楊虞卿有歌姬名英英。

〔六〕有飄然二句：《苕溪漁隱叢話·後集》卷二九謂東坡《朝雲詩》：「詩意佳絶，善於爲戲，略去洞房之氣味，翻爲道人之家風。非若樂天所云『櫻桃樊素口，楊柳小蠻腰』，但自詫其佳麗，塵俗哉！」

〔七〕兩水三句：謝靈運《於南山往北山經湖中瞻眺詩》：「初篁苞緑籜，新蒲含紫茸。」

〔八〕茂苑二句：借用黄庭堅《寄黄幾復》「江湖夜雨十年燈」字面，實用范蠡、西施典。陸廣微《吴地記》：「《越絶書》曰：西施亡吴國後，復歸范蠡，同泛五湖而去。」

〔九〕當年三句：《容齋五筆》卷八：「（白公）又有《感石上舊字》云：『太湖石上鐫三字，十五年前陳結之。』案陳結之並無所經見，全不可曉。後觀其《對酒有懷寄李郎中》一絶句曰：『往年江外抛桃葉，去歲樓中別柳枝。寂寞春來一杯酒，此情惟有李君知。』注曰：『桃葉，結之也。柳枝，樊素也。』然後『結之』之義始明。樂天以病而去柳枝，故作詩云：『兩枝楊柳小樓中，裊娜多年伴醉翁。明日放歸歸去後，世間應不要春風。』因劉夢得有戲之之句，又答之云：『誰能更學孩童戲，尋逐春風捉柳花。』然其鍾情處，竟不能忘，如云：『病共樂天相伴住，春隨樊子一時歸。金羈駱馬近貰却，羅袖柳枝尋放還。觴詠罷來賓閣閉，笙歌散後妓房空。』皆是也，讀之使人淒然。」

〔一〇〕向醉裏三句：回憶席上傳花行觴。

【集評】

高亮功：「當年」二句，又從關關旁及他人也。

【考辨】

江昱疏證：黄雪蓑《青樓集》：張玉梅，劉子安之母也。劉之妻曰蠻婆兒，皆擅美當時。其女關關，謂之小婆兒，七八歲已得名湘湖間。

江昱按曰：兩水居，證之三卷《慶清朝》詞「韓亦顏歸隱兩水之濱」云云，正復相合，故知屬韓之所居，而竹間爲韓别字也。

孫按：詞曰「茂苑扁舟，底事夜雨江湖」，距離初至蘇州至此已超過十年，則詞應寫於仁宗皇慶元年（一三一二）前後。

清平樂 題處梅家藏所南翁畫蘭①〔一〕

黑雲飛起。夜月啼湘鬼〔二〕。魂返靈根無二紙②〔三〕。千古不隨流水〔四〕。 香心淡染清華〔五〕。似花還似非花。要與閑梅相處〔六〕，孤山山下人家。

【校記】

①龔本、曹本、寶書堂本、許本、鮑本注：「别本作『所南翁詩書之暇，爲屈平寫真，一片古意，照耀心目，然不然，是不是。君其問賈長沙於湘水之濱』。」高亮功：「小序趣。」《歷代詩餘》、王刻無詞題。 ②靈：《歷代詩餘》、王刻作「雲」。

【注釋】

〔一〕所南翁：鄭思肖。

〔二〕黑雲二句：屈原《離騷》有「滋蘭九畹」之句，又有《湘君》《湘夫人》《山鬼》，故有神鬼森嚴之境。黑雲，形容繪蘭之墨。董潁《題龍巖居士墨梅》寫墨梅也用此筆：「黑霧玄霜遮縞袂，玉妃謫墮畏人知。」

〔三〕魂返句：黄庚《墨蘭》可以參看：「筆頭喚醒靈均夢，猶憶當時楚畹香。」鄭思肖《題蘭》：「青春好在幽花裏，招得香從筆研來。」屈原《招魂》多處涉及蘭花，如「光風轉蕙，泛崇蘭些」，「蘭薄户樹，瓊木籬些」，「皋蘭被徑兮，斯路漸」，兼有宋玉《九辯》招屈原之魂的意思。

〔四〕千古句：杜牧《蘭溪》：「蘭溪春盡碧泱泱，映水蘭花雨散香。」

〔五〕香心：庾信《正旦上司憲府詩》：「短筍猶埋竹，香心未起蘭。」

〔六〕閑梅：常建《閑齋卧病行藥至山館稍次湖亭二首》（之一）：「閑梅照前户，明鏡悲舊質。」

【集評】

單學博：（「黑雲」二句）奇艷，似長吉小詩。

許廷誥：奇姿。

邵淵耀：奇警如昌谷。

高亮功：「黑雲」句，直寫「畫」字也。

【考辨】

江昱疏證：《輟耕録》：「鄭所南先生思肖，福州連江人。宋太學上舍，應博學宏詞科。剛介有立志，會天兵南叩闕，上疏犯新禁。由是遂變今名，曰『肖』，曰『南』。義不忘趙北面他姓也。隱居吴下，一室蕭然，坐必南向。歲時伏臘，望南野哭而再拜，乃返。誓不與朔客交往，或於朋友坐上見有語音異者，便引去。工畫墨蘭，不妄與人，邑宰求之不得。聞先生有田三十畝，因脅以賦役取。先生怒曰：『頭可斫，蘭不可畫。』嘗自寫一卷長丈餘，高可五寸許。天真爛漫，超出物表。題云：『純是君子，絶無小人。深山之中，以天爲春。』過齊子芳書塾云：『此世但除君父外，不曾別受一人恩。』寒菊云：『禦寒不藉水爲命，去國自同金鑄心。』其忠肝義膽，於此可見，晚年究竟性命之學，以壽終。」趙孟頫才名重當世，惡其受元聘，遂與之絶。嘗著《大無工十空經》，「空」字去「工」而加「十」，宋也。造語奇澀，自書其後云：「當有巨眼識之。」《弘簡録》：所南扁其室曰「本穴世界」，以「本」字之「十」置下文則大宋也。精墨蘭，不畫土根。或問其故，云：「地爲他地矣，汝不知耶？」

孫按：「上疏犯新禁」一事見王逢《題宋太學鄭上舍墨蘭序》：「會元兵南叩闕，上宋太皇幼主疏，不報。國初諸父老猶能記誦之，語切直犯時禁，俗以是爭目公。公遂變今名，隱吴下。」此詞延祐元年（一三一四）前後寫於蘇州，參見《清平樂・贈處梅》【考辨】。

臺城路 錢干壽道應舉〔一〕

幾年槐市槐花冷，天風又還吹起〔二〕。故篋重尋，閑書再整，猶記燈窗滋味。渾如夢裏。見說道如今①，早催行李〔三〕。快買扁舟，第一橋邊趁流水。　陽關須是醉酒，柳條休要折，争似攀桂②〔四〕。舊有家聲〔五〕，榮看世美〔六〕，方了平生英氣。瓊林宴喜〔七〕。帶雪絮歸來，滿庭春意〔八〕。事業方新③〔九〕，大鵬九萬里〔一〇〕。

【校記】

①道：《歷代詩餘》、王刻作「到」。　②闕名：「『酒』『桂』二韻，是否可叶，俟考。」　③方：龔本、曹本、寶書堂本、許本、鮑本注「一作『纔』」。

【注釋】

〔一〕干壽道：干文傳。玉田友人。

〔二〕幾年二句：《古今事文類聚・續集》卷三「槐市」條：「元始四年，起明堂，辟雍。長安城南北爲會市，但列槐樹數百行爲隊，無墻屋，諸生朔望會此市，各持其郡所出貨物及經書、傳記、笙磬、器物相與賣買。雍容揖遜，或議論槐下（《三輔黄圖》）。」元朝皇慶二年（一三一三），仁宗下詔恢復科舉，延祐元年（一三一四）舉行鄉試，次年舉行會試。

〔三〕見説二句：胡寅《新州鹿鳴宴致語口號》：「明年春色催行李，衣錦榮歸耀故鄉。」

〔四〕攀桂：「第一」意入此句。《晉書·郤詵傳》：「武帝於東堂會送，問詵曰：『卿自以爲何如？』詵對曰：『臣舉賢良對策，爲天下第一，猶桂林之一枝，昆山之片玉。』」《避暑録話》卷下：「世以登科爲折桂。此謂郤詵對策東堂，自云『桂林一枝也』。自唐以來用之，温庭筠詩云『猶喜故人新折桂，自憐羈客尚飄蓬。』」

〔五〕舊有家聲：楊萬里《題永新吴景蘇主簿梯雲樓》：「仇香自有家聲在，豈使鸞凰棘上棲。」《史記·李將軍列傳》：「單于既得(李)陵，素聞其家聲，及戰又壯，乃以其女妻陵而貴之。」與下文「世美」皆指其祖干宗顯，其父干雷龍。

〔六〕榮看世美：梅堯臣《寄致仕張郎中》：「門榮世美高天下，身退心閑住洛陽。」

〔七〕瓊林宴喜：《石林燕語》卷一：「瓊林苑，乾德中置，太平興國中，復鑿金明池於苑北。……歲賜二府從官燕及進士聞喜燕，皆在其間。」元稱恩榮宴。《元史·仁宗本紀》：「(四月)辛巳，賜進士恩榮宴於翰林院。」

〔八〕帶雪絮二句：唐宋禮部試士，均在春季舉行，故又稱春闈，爲楊柳飛絮時節。顧非熊《送喻鳧春歸江南》：「去年登第客，今日及春歸。」

〔九〕事業：《易·坤》：「美在其中，而暢於四支，發於事業，美之至也。」孔穎達疏：「所營謂之事，事成謂之業。」

〔一〇〕大鵬句：《莊子·逍遥游》：「《諧》之言曰：『鵬之徙於南冥也，水擊三千里，摶扶摇而上者九萬里。』」

【集評】

單學博：(「故篋」三句)亦不免有俗氛，何也？

高亮功：蕭中孚云：「前半闋猶是本色語，後半闋未免作應酬語矣。」

陳蘭甫：俗不可耐。

闕名：「事業」句，究不雅馴。

【考辨】

江昱疏證：《元史》本傳：干文傳，字壽道。平江人。祖宗顯，父雷龍。宗顯世以武弁入官，而力教其子以文易武。故雷龍兩舉進士。生文傳，乃名今名以期之。少嗜學，用舉者爲吴及金壇兩縣教諭、饒州慈湖書院山長。首登延祐二年乙科，授同知昌國州事，累遷長洲、烏程兩縣尹，陞婺源知州，又知吴江州。長於治劇，所至俱有善政。韓鏞遷(僉)浙西廉訪司事，作《烏程謡》以紀其績。至正三年，詔赴闕，預修《宋史》，擢集賢待制，以嘉議大夫、禮部尚書致仕。文傳氣貌充偉，識度凝遠，喜接引後進，考試江浙、江西鄉闈，所取士後多知名。爲文務雅正，不事浮藻，其於政事，尤爲長云。《元詩選》：文傳號止齋，登第後，一夕夢入選，挂名爲長、吴正官，覺而笑曰：「我吴人，安得作長、吴二縣正官。」已而果知長洲縣，復知吴江州，一時以爲希遇云。

孫按：陸文圭《送干壽道同知北上》：「甲寅詔下興賢才，吴中多士轟春雷。門外鵠袍那可數，一人獨上黄金臺。」甲寅，延祐元年（一三一四），壽道此年北上，延祐二年（一三一五）首登乙科，事皆相合。可知此詞寫於延祐元年。

壺中天　詠周静鏡園池①〔一〕

萬塵自遠〔二〕，徑松存、仿佛斜川深意〔三〕。烏石岡邊猶記得〔四〕，竹裏吟安一字〔五〕。暗葉禽幽②，虚闌荷近③，暑薄遲花氣④。行行且止，枯瓢枝上閑寄〔六〕。　不恨老却流光，可憐歸未得，翻恨流水⑤〔七〕。落落嶺頭雲尚在〔八〕，一笑生涯如此。樹老梅荒，山孤人共，隔浦船歸未。劃然長嘯，海風吹下空翠⑥〔九〕。

【校記】

①《永樂大典》「詠」作「題」。《歷代詩餘》、王刻無「詠」字。　②暗、禽幽：龔本、曹本、寶書堂本、許本、鮑本注「一作『密』、一作『鶯巢』」。　③闌：王刻作「堂」。　④暑：《歷代詩餘》、王刻作「看」。　⑤流水：《永樂大典》作「煙炎」。　⑥風：王刻作「天」。

【注釋】

〔一〕周静鏡：玉田友人，生平不詳。

〔二〕萬塵：趙鼎臣《雨中直宿》：「頭裹千莖雪，胸中萬斛塵。」

〔三〕徑松二句：謂此處有松竹徑。《宋史·蘇過傳》：「遂家潁昌，營湖陰水竹數畝，名曰『小斜川』，自號斜川居士。」

〔四〕烏石岡：借用王安石《過外弟飲》詩意：「一日君家把酒杯，六年波浪與塵埃。不知烏石岡邊路，到老相逢得幾回。」

〔五〕吟安一字：盧延讓《苦吟》：「吟安一個字，撚斷數莖鬚。」

〔六〕枯瓢句：用許由棄瓢典。

〔七〕不恨三句：暗用《論語·子罕》語意：「子在川上曰：『逝者如斯夫！不捨晝夜。』」

〔八〕落落：猶言「落落寞寞」。下文孤山梅花意亦入此。

〔九〕劃然二句：劃，突然。蘇軾《後赤壁賦》：「劃然長嘯，草木震動。山鳴谷應，風起水涌。」

【集評】

單學博：（下片）詠園池是此老第一擅長。

許廷誥：詠園池是玉田擅長。

邵淵耀：詠園池是玉田擅場。

高亮功：蕭中孚云：「忽從自己生感，與題絶不照應，又是一格。」予謂作詞必無此格，或題字當有脱誤耳。

【考辨】

江昱疏證：《錢塘縣志》：「烏石峰在紫雲洞上，石色如墨。」

江昱按曰：兩浙之山以烏石名者非一，此詞「樹老梅荒，山孤人共」，正和靖事，則烏石應屬西湖。

孫按：《浙江通志》卷一：「（金沙澗）前接丁家、花家兩山，後環烏石峰、煙霞嶺，南北諸峰橫列於右，如錦屏繡障。東望六橋，僅隔一水。」《咸淳臨安志》卷三六：「金沙澗，在靈隱寺側，自合澗橋繞靈隱山一帶，唐家衕石橋左軍寨門內，至行春橋，折入步司前軍寨門。由麯院流入湖。」園池近麯院風荷，故詞有「虛闌荷近，暑薄遲花氣」之句，前考玉田友人白廷玉「結廬於金沙灘」，知爲慣游之地。另，龔璛有《爲周靜境賦玉芝》，兩相對比，「周靜鏡」「周靜境」可能是同一人。此詞寫於杭州或蘇州。

如夢令①處梅列芍藥於几上酌余，不覺醉酒，陶然有感②〔一〕

隱隱煙痕輕注。拂拂脂香微度③〔二〕。十二小紅樓④，人與玉簫何處〔三〕。歸去。歸去。醉插一枝風露〔四〕。

【校記】

①戈選杜批夢窗詞：「此調始於唐莊宗，因疊『如夢』句，遂以名調。此爲正格。夢窗別作有叶平韻者。」②《歷代詩餘》、王刻無詞題。③脂：《歷代詩餘》、王刻作「暗」。④樓：《歷代詩餘》、王刻作「闌」。

【注釋】

〔一〕芍藥：我國南朝之前無牡丹之名，統稱芍藥，也稱離草、藥草。《陸氏詩疏廣要》卷上之上引《古今注》曰：「芍藥有二種，有草芍藥、木芍藥。」

〔二〕隱隱二句：宋人多以美人顏色、裝扮比擬芍藥。煙，此通「胭」。王觀《揚州芍藥譜》其品有醉西施、寶妝成、曉妝新、點妝紅、道妝成、素妝殘、試梅妝、淺妝勻、試濃妝、宿妝殷、取次妝、效殷妝等等。白居易《草詞畢遇芍藥初開因詠小謝紅藥當階翻詩以爲一句未盡其狀偶成十六韻》：「疑香熏罨畫，似淚著胭脂。」拂拂，肌膚紅潤貌。顧況《公子行》：「紅肌拂拂酒光凝，當街背拉金吾行。」

〔三〕人與句：杜牧《寄揚州韓綽判官》：「二十四橋明月夜，玉人何處教吹簫。」姜夔《揚州慢》：「二十四橋仍在，波心蕩、冷月無聲。念橋邊紅藥，年年知爲誰生。」

〔四〕歸去三句：《東坡志林》卷八：「呂穉卿言：芍藥不及牡丹者，以重耳。戴芍藥一枝，比牡丹三四。」

【考辨】

此詞延祐元年（一三一四）前後寫於蘇州，詳見《清平樂・贈處梅》【考辨】。

祝英臺近①寄陳直卿②〔一〕

路重尋，門半掩，苔老舊時樹〔二〕。采藥雲深，童子更無語〔三〕。怪我流水迢迢③，湖天日暮。想只在、蘆花多處④。謾延佇。姓名題上芭蕉，涼夜未風雨⑤〔四〕。聽了秋聲⑥，還賦斷腸句〔五〕。幾回獨立長橋〔六〕，扁舟欲喚⑦，待招取、白鷗歸去。

【校記】

①戈選杜批：「此首前結上一句叶，後不叶。」②《永樂大典》「陳」作「雲」。③我：王刻作「它」。迢迢：《永樂大典》、龔本、《歷代詩餘》、曹本、寶書堂本、戈選、許本、鮑本、王刻作「迢遥」。④多：戈選作「深」。⑤涼：曹本、鮑本作「良」。⑥聽：諸本皆作「賦」，據《永樂大典》改。⑦喚：底本、龔本、曹本、寶書堂本、許本、鮑本作「换」，據《永樂大典》、《歷代詩餘》、王刻改。

【注釋】

〔一〕寄陳直卿：高亮功：「此蓋見訪不遇，作詞以寄之也。」陳直卿，玉田蘇州友人。

〔二〕苔老句：范成大《范村梅譜》：「古梅會稽最多，四明、吴興亦間有之。其枝樛曲萬狀，蒼蘚鱗皴，封滿花身。又有苔鬚垂於枝間，或長數寸，風至，緑絲飄飄可玩。……凡古梅多苔者，封固花葉之眼，惟罅隙間，始能發花，花雖稀而氣之所鍾，豐腴妙絶。」蘇州也有苔梅。姜夔《疏影》賦石湖梅有「苔枝綴玉」句。

〔三〕采藥二句：翻用賈島《尋隱者不遇》詩意：「松下問童子，言師采藥去。只在此山中，雲深不知處。」

〔四〕姓名二句：竇鞏《尋道者所隱不遇》：「欲題名字知相訪，又恐芭蕉不奈秋。」

〔五〕聽了二句：蔣鈞《句》：「芭蕉葉上無愁雨，自是多情聽斷腸。」

〔六〕長橋：即蘇州吴江上的垂虹橋。

【集評】

單學博：蒹葭秋水之思。　　又：疊法。

高亮功：情景俱畫。

陳廷焯《别調集》卷二：點綴唐詩，用筆清超。無些子塵俗氣。

【考辨】

江昱按曰：朱德潤《存復齋續集》有《題陳直卿一碧萬頃》詩。

孫按：朱德潤所作爲題畫詩，有句曰：「浩蕩具區尾，蒼茫不斷流。」張炎此詞中有「幾回獨立長橋」，另據黄玠《與黄南窗陳直卿吴江長橋晚望》以及陳直卿《垂虹亭》《三高亭》《甘泉》《太湖》諸詩，知陳直卿爲蘇州詩人兼畫家。此詞應至大二年（一三〇九）寫於再游蘇州時。

如夢令 題《漁樂圖》〔一〕

不是瀟湘風雨。不是洞庭煙樹〔二〕。醉倒古乾坤①，人在孤篷來處〔三〕。休去。休去。見説桃源無路〔四〕。

【校記】

①倒：龔本、曹本、寶書堂本、許本、鮑本注「一作『到』」。

【注釋】

〔一〕《漁樂圖》：《畫禪室隨筆·評舊畫》：「宋時名手如巨然、李、范諸公，皆有《漁樂圖》，此起於煙波釣徒張志和。蓋顏魯公贈志和詩，而志和自爲畫。此唐勝事，後人蒙之，多寓意漁隱耳。」此寫漁父醉酒之樂。

〔二〕不是二句：柳宗元《漁翁》：「漁翁夜傍西巖宿，曉汲清湘燃楚竹。」瀟湘之淵、洞庭之山皆在楚地。《山海經》卷五：「又東南一百二十里，曰洞庭之山。……帝之二女居之，是常游於江淵。澧沅之風，交瀟湘之淵，是在九江之間，出入必以飄風暴雨。」

〔三〕醉倒二句：韓偓《醉著》：「漁翁醉著無人喚，過午醒來雪滿船。」皮日休《魯望以輪鉤相示緬懷高致因作三篇》（之三）：「孤篷半夜無餘事，應被嚴灘聒酒醒。」

〔四〕休去三句：陶潛《桃花源記》：「（漁人）尋向所志，遂迷，不復得路。」

【集評】

單學博：横逸絶倫。

許廷誥：横逸。

邵淵耀：横逸。「醉倒」二語，意尤入玄。

高亮功：末句豈有所感憤耶？

陳蘭甫：屢用桃源事，皆寫滄桑之感。

闕名：小令而堂廡甚大。

桂枝香①

如心翁置酒桂下，花晚而香益清，坐客不談俗事，惟論文。主人歡甚，余歌美成詞②〔一〕

琴書半室。向桂邊、偶然一見秋色③〔二〕。老樹香遲，清露綴花疑滴〔三〕。山翁翻笑如泥醉，笑生平④、無此狂逸〔四〕。晉人游處，幽情付與，酒尊吟筆〔五〕。任蕭散、披襟岸幘〔六〕。嘆千古猶今，休問何夕〔七〕。髮短霜濃，却恐浩歌消得⑤〔八〕。明年野客重來此，探枝頭、幾分消息〔九〕。望西樓遠，西湖更遠，也尋梅驛。

【校記】

①戈選杜批：「後段起句七字爲此調正格，餘與前夢窗詞同。」《碎金詞譜》注：「一名《疏簾淡月》。雙調一百一字，前段九句五仄韻，後段十句五仄韻。」　②《歷代詩餘》詞題作「如心翁置酒桂下」，戈

選、王刻「桂」作「桂花」。③秋：戈選作「顔」。④生平：《碎金詞譜》作「平生」。⑤却：《歷代詩餘》、《碎金詞譜》、王刻作「知」。

【注釋】

〔一〕如心翁六句：《北史·崔鑒傳》：「伯謙少時讀經史，晚年好《老》《莊》，容止儼然無愠色，親賓至，則置酒相娱。清言不及俗事，士大夫以爲儀表。」如心翁，玉田友人，生平不詳。美成詞：應爲周美成詠桂詞《醉落魄》，詳【考辨】。

〔二〕向桂邊二句：朱淑真《木犀》：「彈壓西風擅衆芳，十分秋色爲伊忙。」

〔三〕老樹二句：毛滂《對巖桂一首寄曹使君》：「娟娟石畔爲誰妍，香露著人清入膜。」李賀《帝子歌》：「山頭老桂吹古香，雌龍怨吟寒水光。」

〔四〕山翁三句：《晉書·山簡傳》：「（山）簡優游卒歲，唯酒是耽。諸習氏，荆土豪族，有佳園池，簡每出嬉游，多之池上，置酒輒醉，名之曰『高陽池』。時有童兒歌曰：『山公出何許，往至高陽池。日夕倒載歸，酩酊無所知。時時能騎馬，倒著白接䍦。舉鞭向葛彊：「何如并州兒。」』」李白《襄陽歌》：「傍人借問笑何事，笑殺山翁醉似泥。」

〔五〕晉人三句：此用晉人清游，一觴一詠，暢叙幽情之事。

〔六〕披襟：宋玉《風賦》：「楚襄王游於蘭臺之宫，宋玉、景差侍，有風颯然而至。王乃披襟而當之曰：『快哉此風！寡人與庶人共者邪？』」　岸幘：《世説新語·簡傲》：「（謝）奕既上，猶推布衣交。在（桓）温坐，岸幘嘯詠，無異常日。」岸，推起頭巾，露出前額。

〔七〕嘆千古二句：李白《把酒問月》：「青天有月來幾時，我今停杯一問之。」「今人不見古時月，今月曾經照古人。」蘇軾《水調歌頭》：「不知天上宫闕，今夕是何年。」

〔八〕髪短二句：李白《春日醉起言志》：「浩歌待明月，曲盡已忘情。」

〔九〕明年三句：趙蕃《泊舟西村見居民云數里間有梅訪之殊未花》：「我來欲問梅消息，地冷年年未放花。」並化用杜甫《九日藍田崔氏莊》詩意：「明年此會知誰健，醉把茱萸仔細看。」

【集評】

單學博：（「任蕭散」四句）今古同一丘之貉，達者固宜作達，憂思疢疾，亦徒然耳。

邵淵耀：達。

高亮功：後半純用拓筆，以免拘牽之弊。

陳蘭甫：歇處三語率易。

【考辨】

江昱按曰：陳恕可，亦字如心。詳見卷二《還京樂》詞後。汲古閣刻《片玉集》無《桂枝香》調，惟《醉落魄》小令乃詠桂之作。茲所云歌者，或指是耶？

朱校：按厲鶚《東城雜記》：元初虎林城東徐文雋，字如心，扁其屋曰「雲泉」。方回爲雲泉題詠，見《桐江續集》。不止陳恕可字如心也。

孫按： 馮沅君《玉田朋輩考》同朱氏説，然因斷句誤署「雲泉」爲「雲泉紫陽」，所據《東城雜記·雲泉題詠序》：「元初，虎林城東徐文雋，字如心，扁其書屋曰『雲泉』。紫陽方萬里同爲《雲泉題詠》。」虎林是杭州的古稱，詞中有「西湖更遠」，所以不可能是徐如心寓居之處，也不可能是陳恕可。恕可年少玉田十歲，玉田集中稱「翁」僅周密、鄭思肖，草窗年長玉田十七歲，所南年長玉田七歲。此如心翁應另有其人。

瑤臺聚八仙 爲焦雲隱賦〔一〕

春樹江東①〔二〕。吟正遠、清氣竟入崆峒〔三〕。問余棲處，只在縹緲山中〔四〕。此去山中何所有〔五〕，芰荷製了集芙蓉〔六〕。且扶筇。倦游萬里，獨對青松〔七〕。行藏也須在我，笑晉人爲菊，出岫方濃。淡然無心，古意且許誰同〔八〕。飛符夜深潤物，自呼起蒼龍雨太空〔九〕。舒還卷，看滿樓依舊，霽日光風〔一〇〕。

【校記】

①東：龔本、曹本、寶書堂本、王刻、許本、鮑本作「頭」，注曰：「一作『東』。」朱校：「原本『東』作『頭』，注云：『一作東。』按是句應叶，從之。」

【注釋】

〔一〕焦雲隱：玉田友人，生平不詳。

〔二〕春樹江東：杜甫《春日憶李白》：「渭北春天樹，江東日暮雲。」

〔三〕吟正遠二句：「縹緲」意入於此。孟郊《同李益崔放送王鍊師還樓觀兼爲群公先營山居》：「來結崆峒侶，還期縹緲居。」

〔四〕問余二句：李白《山中問答》：「問余何意棲碧山，笑而不答心自閑。」

〔五〕此去句：陶弘景《詔問山中何所有賦詩以答》：「山中何所有，嶺上多白雲。」

〔六〕芰荷句：《楚辭·離騷》：「製芰荷以爲衣兮，集芙蓉以爲裳。」

〔七〕且扶筇三句：僧志閑《頌》：「僧家無事最幽玄，近對青松遠對山。」

〔八〕笑晉人四句：司空圖《詩品二十四則·典雅》：「落花無言，人淡如菊。」兼用「雲無心出岫」語典。

〔九〕飛符二句：杜甫《春夜喜雨》：「隨風潛入夜，潤物細無聲。」飛符，謂祭起符籙。顧況《步虛詞》：「飛符超羽翼，焚火醮星辰。」

〔一〇〕霽日光風：《伊洛淵源録》卷一：「茂叔人品甚高，胸中灑落如光風霽月。」

【集評】

張氏手批：（「行藏」三句）：玉田意可想。

單學博：此等句法最是老硬，非高手不能。

邵淵耀：高老之境，未易幾及。

高亮功：「笑晉人」句，未免牽强。

夏敬觀：「笑晉人」句，不與「雲」之「出岫」相接。

又 余昔有梅影詞，今重爲模寫①〔一〕

近水横斜。先得月、玉樹宛若籠紗②〔二〕。散跡苔裀③〔三〕，墨暈淨洗鉛華〔四〕。誤入羅浮身外夢〔五〕，似花又却似非花④〔六〕。探寒葩。倩人醉裏，扶過溪沙。竹籬幾番倦倚，看乍無乍有，如寄生涯。更好一枝，時到素壁檐牙〔七〕。香深與春暗却，且休把江頭千樹詩〔八〕。東家女，試淡妝顛倒⑤，難勝西家〔九〕。

【校記】

①《歷代詩餘》、王刻詞題作「梅影」。②樹：《歷代詩餘》、王刻作「樓」。③裀：龔本、曹本、寶書堂本、許本、鮑本注「一作『痕』」。《歷代詩餘》、王刻作「茵」。茵，通「裀」，下同不出校。④又却：龔本、曹本、寶書堂本、許本、鮑本注「一作『却又』」。⑤淡：《歷代詩餘》、王刻作「酒」。

【注釋】

〔一〕江昱按曰：「昔詞見卷二《疏影》。」

〔二〕近水三句：由林逋「疏影横斜水清淺」句生發。詹敦仁《介庵贈古墨梅酬以一篇》：「墨散餘香點酥萼，月留殘影照窗紗。」蘇麟《句》：「近水樓臺先得月，向陽花木易爲春。」

〔三〕散跡苔袝：陳宓《題高將仕墨梅》：「雨餘不共莓苔老，風暖暗勾蜂蝶來。」

〔四〕墨暈句：董潁《題龍巖居士墨梅》：「黑霧玄霜遮縞袂，玉妃謫墮畏人知。」周邦彥《花犯·詠梅》：「露痕輕綴。疑淨洗鉛華。」韓元吉《墨梅二首》（之一）：「自然冰雪生顏色，不用人間朱粉施。」《文選》曹植《洛神賦》：「芳澤無加，鉛華弗御。」李善注：「《楚辭》曰：『粉白黛黑施芳澤。』鉛華，粉也。《博物志》曰：『燒鉛成胡粉。』」

〔五〕誤入句：用趙師雄羅浮山夢見梅花精靈典。「倩人」二句意入於此。

〔六〕似花句：曹勳《分題墨梅》：「老禪幻此空花相，墨暈横斜清照客。」

〔七〕更好二句：范浚《春雪晚晴出西村》：「墮梅殘白猶明樹，著柳暗黄初映堤。」林逋《梅花》：「池水倒窺疏影動，屋檐斜入一枝低。」

〔八〕香深二句：杜甫《和裴迪登蜀州東亭送客逢早梅相憶見寄》：「江邊一樹垂垂發，朝夕催人自白頭。」

〔九〕東家女三句：暗用薛逢譏新進士典，謂雜花姹紫嫣紅如東塗西抹的顛倒濃妝，不如梅花淡妝之美。《莊子·天運》：「故西施病心而矉其里，其里之醜人見而美之，歸亦捧心而矉其里。其里之富人見之，堅閉門而不出；貧人見之，挈妻子而去之走。」《太平寰宇記》卷九六：「（諸暨縣）巫里，勾踐得西施之所。今有西施家、東施家。」蘇軾《阮郎歸·梅詞》：「暗香浮動月黄昏。堂前一樹春。東風何事入西鄰。兒家常閉門。」

【集評】

張氏手批：不如舊作。

邵淵耀：上片借坡句繪影恰妙。

高亮功：蕭中孚云：「前首（孫按：指《疏影·梅影》）密緻，此首疏落，各極其妙。起法與前首同。」余謂較前首更煉。用蘇麟句極合。

又 詠鴛鴦菊〔一〕

老圃堪嗟。深夜雨、紫英猶傲霜華〔二〕。暖宿籬根，飛去想怯寒沙〔三〕。采摘浮杯如戲水〔四〕，晚香淡似夜來些〔五〕。背風斜。翠苔徑裏，描繡人誇〔六〕。白頭共開笑口〔七〕，看試妝滿插，雲髻雙丫〔八〕。蝶也休愁，不是舊日疏葩〔九〕。連枝願爲比翼〔一〇〕，問因甚寒城獨自花〔一一〕。悠然意，對九江正色①，還醉陶家〔一二〕。

【校記】

①正：底本作「山」，此據龔本、曹本、寶書堂本、鮑本、王刻。

【注釋】

〔一〕鴛鴦菊：《范村菊譜》：「鴛鴦菊，花常相偶，葉深碧。」《廣群芳譜》卷四八：「一名合歡金，千朵小黃花，皆並蒂，葉深碧。」楊冠卿《柳梢青·詠鴛鴦菊》自注：「雙心而白，秋晚始開。」

〔二〕紫英：蕭穎士《菊榮五章》（之一）：「紫英黄萼，照灼丹墀。」

〔三〕暖宿二句：杜牧《入茶山下題水口草市絶句》：「驚起鴛鴦豈無恨，一雙飛去却回頭。」

〔四〕采摘句：李商隱《和馬郎中移白菊見示》：「浮杯小摘開雲母，帶露全移綴水精。」浮杯，泛菊。《古今合璧事類備要·前集》卷一七引《風土記》：「世俗以重九泛菊、登山、飲菊花酒，謂之登高會，又云泛菊會。」所泛爲並蒂菊，擬爲雙雙戲水的鴛鴦。

〔五〕晚香句：賀鑄《浣溪沙》有「東風寒似夜來些」之句。些，語氣詞。讀如「碩」。《夢溪筆談》卷三：「《楚詞·招魂》尾句皆曰『些』（蘇箇反）。今夔、峽、湖、湘及南北江僚人，凡禁咒句尾皆稱『些』，此乃楚人舊俗。即梵語『薩嚩訶』也（薩，音桑葛反；嚩，無可反；訶從去聲），三字合言之即『些』字也。」

〔六〕描繡人誇：袁易《高陽臺·鴛鴦菊》：「浴水雕翎，眠紗繡羽，天然宜在滄洲。」《玉臺新詠·古樂府六首·相逢狹路間》：「鴛鴦七十二，羅列自成行。」注引謝氏《詩源》：「霍光園中鑿大池，植五色睡蓮，養鴛鴦三十六對，望之爛若披錦。」

〔七〕白頭句：李商隱《代贈》：「鴛鴦可羨頭俱白，飛去飛來煙雨秋。」杜牧《九日齊安登高》：「塵世難逢開口笑，菊花須插滿頭歸。」黄庭堅《鷓鴣天》：「黄花白髮相牽挽，付與時人冷眼看。」

〔八〕看試妝二句：楊無咎《醉花陰·鴛鴦菊》：「淵明手把誰攜酒。羞把簪烏帽。」蘇軾《送筍芍藥與公擇二首》（之二）：「還將一枝春，插向兩髻丫。」

〔九〕蝶也二句：翻用蘇軾《九日次韻王鞏》句意：「相逢不用忙歸去，明日黄花蝶也愁。」

〔一〇〕連枝句：白居易《長恨歌》：「在天願作比翼鳥，在地願爲連理枝。」菊因連理枝而花盛。

〔一一〕問因甚句：杜甫《遣懷》：「愁眼看霜露，寒城菊自花。」鴛鴦菊秋晚始開，故曰「獨」。

〔一二〕悠然三句：陶潛《飲酒詩二十首》（之五）：「采菊東籬下，悠然見南山。」「此中有真意，欲辨已忘言。」鄭俠《晏十五約重陽飲患無登高處》：「卧籬一醉陶家宅，不是龍山趣也高。」蘇軾《贈朱遜之》引有句曰：「遜之曰：『菊當以黄爲正，餘可鄙也。』」詩有句曰：「坤裳有正色，鞠衣亦令名。」九江，代指淵明江西居地。

【集評】

單學博：要味到雅麗處，方知與俗不同。

高亮功：此等纖巧題，大方家定難工切，然再加刻劃，必入惡道矣。

【考辨】

黄箋：袁易亦有《高陽臺·鴛鴦菊》詞，見《全金元詞》，當係同時所作。

孫按：袁易，蘇州人，玉田此詞與《高陽臺》作意相似。袁詞有「陶令歸來，十分芳意誰酬」之句，應寫於蘇州。張炎大德三年（一二九九）冬天至蘇州，次年春天爲作《木蘭花慢·爲靜春賦》，大德五年（一三〇一）及之後數年居游江陰、宜興等地。袁易一生中僅一仕徽州路石洞書院山長，大德九年（一三〇五）秋天入杭，次年九月卸職歸吴，十一月謝世。袁詞用陶令歸來典，應寫於大德十年（一三〇六），玉田此時段未回蘇州，知是此年寄贈唱和之篇。

西江月《絶妙好詞》乃周草窗所集也①〔一〕

花氣烘人尚暖〔二〕，珠光出海猶寒〔三〕。如今賀老見應難。解道江南腸斷〔四〕。　謾擊銅壺浩嘆，空存錦瑟誰彈〔五〕。莊生蝴蝶夢春還。簾外一聲鶯喚〔六〕。

【校記】

①《歷代詩餘》無詞題。王刻作「題周公謹《絶妙好詞》」。

【注釋】

〔一〕江昱按曰：「《絶妙好詞》七卷，弁陽老人周密選録，多紹興迄德祐間人。《樂府指迷》：『近代詞如《陽春白雪》集，如《絶妙詞選》，亦有可觀，但所取不甚精一。豈若周草窗所選《絶妙好詞》爲精粹，惜此板不存，墨本亦有好事者藏之。』」孫按：此《樂府指迷》爲張炎《詞源》的舊稱。

〔二〕花氣句：取意歐陽炯《花間集序》：「裁花翦葉，奪春艷以争鮮。」

〔三〕珠光句：李商隱《錦瑟》「滄海月明珠有淚」，朱鶴齡注曰：「《文選》注：月滿則珠全，月虧則珠闕。郭憲《別國洞冥記》：珠勒國在日南，其人乘象入海底取寶。宿於鮫人之宮，得淚珠，則鮫人所泣之珠也。」

〔四〕如今二句：賀鑄《青玉案》：「飛雲冉冉蘅皋暮。彩筆新題斷腸句。」黄庭堅《寄賀方回》：「解作江南斷腸句，只今唯有賀方回。」

〔五〕空存句：杜甫《曲江對雨》：「何時詔此金錢會，暫醉佳人錦瑟傍。」仇兆鰲注引《周禮·樂器圖》：「飾以寶玉者曰寶瑟，繪文如錦曰錦瑟。」

〔六〕莊生二句：杜牧《即事》：「春愁兀兀成幽夢，又被流鶯喚醒來。」兼用莊生夢蝶典。意思是吟唱《絶妙好詞》，咀嚼詞中記載的盛世場景，恍如夢寐。

【集評】

高亮功：「花氣」二首句，可稱評詞麗句。「如今」二句，是倒裝句法，言「解道江南腸斷」之賀老，如今見應難也。

【考辨】

夏承燾《周草窗年譜》：案草窗此書自選其送陳允平被召詞及《樂府補題》白蓮詞，結集必在宋亡之後。

孫按：玉田《聲聲慢·題吴夢窗遺筆》有「愁未了，聽殘鶯、啼過柳陰」，周密《玉漏遲·題吴夢窗詞集》有「載酒倦游甚處，已换却、花間啼鳥」，與此詞「莊生蝴蝶夢春還。簾外一聲鶯唤」都是題寫遺墨的聲情，並比周密爲精解詞中音律及内容的賀鑄，故此詞應寫於周密至大元年（一三〇八）謝世之後玉田暫歸杭州時。參見《祝英臺近·與周草窗話舊》【考辨】。

霜葉飛①毗陵客中聞老妓歌②〔一〕

繡屏開了〔二〕。驚詩夢、嬌鶯啼破春悄〔三〕。穩將譜字轉清圓③，正杏梁聲繞〔四〕。看帖帖、蛾眉淡掃。不知能聚愁多少〔五〕。嘆客裏淒涼，尚記得當年雅音，低唱還好〔六〕。同是流落殊鄉，相逢何晚，坐對真被花惱〔七〕。貞元朝士已無多，但暮煙衰草④〔八〕。未忘得、春風窈窕〔九〕。却憐張緒如今老〔一〇〕。且慰我留連意，莫説西湖，那時蘇小〔一一〕。

【校記】

①戈選杜批清真詞：「起句第四字當是暗韻，後夢窗、玉田之詞亦叶，惟方千里等和此詞未用韻，致各譜均失注。」②客：《詞旨》《歷代詩餘》作「宅」。③穩：底本作「隱」。此據龔本、《歷代詩餘》、曹本、寶書堂本、戈選、許本、王刻。譜字：王刻作「字譜」。④暮：《歷代詩餘》、王刻作「荒」。

【注釋】

〔一〕毗陵：本爲春秋時吴季札封地延陵邑。西漢置縣。歷代廢置無常，宋代稱常州爲毗陵。陸游《老學庵筆記》卷一〇：「今人謂貝州爲甘陵，吉州爲廬陵，常州爲毗陵。」朱彊村箋吴夢窗《齊天樂·毗陵陪兩別駕宴丁園》曰：「《漢書·地理志》：『會稽郡。縣，毗陵。』注：『季札所居，舊延陵，漢改之。』《宋史·地理志》：『兩浙路。常州，望。毗陵郡。』」

〔二〕繡屏句：「帖帖」意入於此，猶言「平帖」，平穩妥貼。高蟾《偶作》：「丁當玉佩三更雨，金閨平帖一覺雲。」

〔三〕鶯詩夢二句：白居易《箏》：「猨苦啼嫌月，鶯嬌語詬風。」

〔四〕穩將二句：此指字裏融音唱法。《夢溪筆談》卷五：「古之善歌者有語，謂當使『聲中無字，字中有聲』。凡曲止是一聲清濁高下如縈縷耳。字則有喉脣齒舌等音不同，當使字字舉本皆輕圓，悉融入聲中。令轉换處無磊塊，此謂『聲中無字』。古人謂之『如貫珠』，今謂之『善過度』是也。如宫聲字，而曲合用商聲，則能轉宫爲商歌之，此『字中有聲』也。」兼用韓娥歌聲繞梁三日典。穩，字聲與音律相協。施宜生《無題》：「唱得新翻穩貼腔，阿誰能得肯雙雙。」杜甫《長吟》有「賦詩歌句穩」，蘇軾《和致仕張郎中春晝》亦謂張先「細琢歌詞穩稱聲」。

〔五〕蛾眉二句：李商隱《代贈二首》（之二）：「總把春山掃眉黛，不知供得幾多愁。」

〔六〕尚記二句：此寫常州老妓的歌聲尚存中原雅音，觸發了前朝冶遊記憶。《宋書·樂志一》：「魏文侯雖好古，然猶昏睡於古樂。於是淫聲熾而雅音廢矣。」此應指南宋雅正之音所譜樂曲。

〔七〕同是三句：白居易《琵琶引》：「同是天涯淪落人，相逢何必曾相識。」化用黄庭堅《王充道送水仙花五十枝欣然會心爲之作詠》「坐對真成被花惱」句意，寫被其哀傷的神態所撩撥。盧仝《與馬異結交詩》：「此婢嬌饒惱殺人，凝脂爲膚翡翠裙，唯解畫眉朱點脣。」

〔八〕貞元二句：用貞元朝士典，已見前引劉禹錫、元稹詩。

〔九〕未忘句：劉禹錫《贈李司空妓》：「高髻雲鬟宮樣妝，春風一曲杜韋娘。」白居易《續古詩十首》（之五）：「窈窕雙鬟女，容德俱如玉。」窈窕，此指嫻靜美好貌。《詩·周南·關雎》：「窈窕淑女，君子好逑。」毛傳：「窈窕，幽閑也。」

〔一〇〕却憐句：用張緒少年風流典。

〔一一〕且慰三句：謂此時老妓縷衣檀板無顏色，觀其技藝超群，當年可能名動一時；而當時錢塘痴小名妓景況想必亦復相似。「莫説」云云，深恐觸動天涯淪落之感。

【集評】

單學博：借題以抒其寥落之感，如白太傅《琵琶》也。

邵淵耀：借題抒感，如白傅《琵琶》。

高亮功：何減白傅《琵琶行》耶？寫艷態難於用清語，尤難於參活句。（「但暮煙」四句）妙在不脱「老」字。收處頓宕，不至索然意盡。

夏敬觀：「隱將譜字轉清圓」，似已爲南曲之歌法矣。

闕名：淪落之感。

【考辨】

以張炎江陰、吴興、宜興、常州游踪證之，其大德八年（一三〇四）游常州，據集中贈白廷玉的三首詞作，知從游者爲白珽。戴表元《送白廷玉赴常州教授序》：「毗陵爲浙中文獻之國，游儒寄士，冠摩轂擊，居學官者以爲尤難。大德庚子春，錢塘白廷玉以公府高選得之。江南之縉紳韋布，識與不識，不謀而同聲曰：『此固才學可以爲師儒，稱職而無愧者也。』」大德庚子即大德四年（一三〇〇），玉田游常州時，白珽尚未滿秩，故此詞應寫於大德八年。玉田此年五十七歲，故曰「張緒如今老」。

蝶戀花 題末色褚仲良寫真〔一〕

濟楚衣裳眉目秀〔二〕。活脱梨園，子弟家聲舊〔三〕。諢砌隨機開笑口〔四〕。筵前戲諫從來有〔五〕。　戛玉敲金裁錦繡。引得傳情，惱得嬌娥瘦〔六〕。離合悲歡成正偶〔七〕。明珠一顆盤中走〔八〕。

【注釋】

〔一〕江昱按曰：「此詞近俚，蓋率筆應付之作。編集者録入，未必爲玉田所自收也。」末色，應指末泥色，古代戲劇角色名。《都城紀勝》：「雜劇中，末泥爲長，每四人或五人爲一場，先做尋常熟事一段，名曰艷段；次做正雜劇，通名爲兩段。末泥色主張，引戲色分付，副淨色發喬，副末色打諢，又或添一人裝孤。其吹曲破斷送者，謂之把色。大抵全以故事世務爲滑稽，本是鑒戒，或隱爲諫諍也，故從便跣露，謂之無過蟲。」

〔二〕濟楚：整齊鮮明。李清照《永遇樂》：「鋪翠冠兒，撚金雪柳，簇帶争濟楚。」

〔三〕活脱二句：指承其家傳，作爲梨園演員，扮演人物栩栩如生。活脱，活像，非常相似。梨園子弟，《新唐書・禮樂志十二》：「玄宗既知音律，又酷愛法曲，選坐部伎子弟三百教於梨園，聲有誤者，帝必覺而正之，號『皇帝梨園弟子』。宮女數百，亦爲梨園弟子，居宜春北院。」家聲舊，或指子承父業的聲名美譽。

〔四〕諢砌句：此指即興打渾逗人笑樂。無名氏《張協狀元》：「教坊格範，緋緑可同聲，酬酢詞源諢砌，聽談論四座皆驚。」錢南揚注《琵琶記・報告戲情》「插科打諢」：「砌，亦即是諢。疊用則云『諢砌』；獨用則或稱『諢』，或稱『砌』。」

〔五〕筵前句：春秋時就有宫廷優伶如優孟、優施等人以滑稽的語言對皇帝進行諷諫。意思是看似不經意的笑話，實有諷世深意。

〔六〕戛玉三句：寫唱腔合律，音色華麗引爆劇場。反用《世説新語・文學》：「孫興公作《天台賦》成，以示范榮期。云：『卿試擲地，要作金石聲。』范曰：『恐子之金石，非宫商中聲。』然每至佳句，輒云：『應是我輩語。』」《直齋書録解題》卷二〇載楊萬里稱姜夔《歲除舟行十絶》，有「裁雲縫月之妙思，敲金戛玉之奇聲」之句。

〔七〕離合句：此寫演唱的劇情悲歡離合變幻不定，最終總是大團圓。

〔八〕明珠句：白居易《琵琶引》：「嘈嘈切切錯雜彈，大珠小珠落玉盤。」蘇軾《書楞伽經後》：「《楞伽》四卷可以印心。……如盤走珠，如珠走盤。」

【集評】

張氏手批：惡。

單學博：善於出脱，從淳于髡、東方朔傳來。

邵淵耀：伶人名目，不待元時按曲本，即今之正生。

夏敬觀：「諢砌」「戲諫」字妙。兩「得」字滑調。

甘州 爲小玉梅賦，並柬韓竹間①〔一〕

見梅花、斜倚竹籬邊。休道北枝寒。□□□翠袖②〔二〕，情隨眼盼，愁接眉彎〔三〕。一串歌珠清潤〔四〕，綰結玉連環〔五〕。蘇小無尋處，元在人間〔六〕。　何事淒涼蚓竅〔七〕，向尊前一笑，歌倒狂瀾〔八〕。嘆從來古雅，欲覓賞音難。有如此、和聲軟語，甚韓湘、風雪度藍關〔九〕。君知否，挽櫻評柳，却是香山〔一〇〕。

【校記】

①龔本、曹本、寶書堂本、許本、鮑本、王刻「梅賦」作「賦梅」。江昱按曰：「題中『賦梅』二字誤倒，應正。蓋詞止起數句借梅引入，餘皆形容色藝，並非爲其賦梅也。」朱校：「原本『梅』字在『賦』下。從江疏。」　②□□□：龔本、曹本、寶書堂本、許本、鮑本、王刻無方空。朱校：「原本『翠』上未空格，從張校。」許廷詰：「『翠袖』下脱三字。」又按曰：「疑上字。」邵淵耀：「上有脱文。」吴撦光：「空三字。」高亮功：「『翠袖』句有脱誤。」吴校：「張校云：『上空三字。』今從之。友人朱西谿謂上句『寒』字疑在下句，恐係『倚天寒翠袖』，惜無佐證。」

【注釋】

〔一〕江昱疏證：「黄雪蓑《青樓集》：小玉梅，姓劉氏，獨步江浙。」江昱按曰：「觀《青樓集》，知小玉梅故即其人，韓竹間殆雅耽聲伎者。前歌者關關詞亦和韓作，可證也。」孫按：前考此「小玉梅」與《聲聲慢》中的「歌者關關」爲韓氏蘇姓、歐姓家姬，與黄雪蓑記載的青樓花魁非同一人。

〔二〕見梅花四句：蘇軾《和秦太虚梅花》：「江頭千樹春欲闇，竹外一枝斜更好。」杜甫《佳人》：「天寒翠袖薄，日暮倚修竹。」裘萬頃《次余仲庸松風閣韻十九首》（之四）：「竹籬茅舍自清絶，未用移根東閣栽。」兼用大庾嶺梅花南枝落北枝開典。

〔三〕情隨二句：韓琮《春愁》：「吴魚嶺雁無消息，水盼蘭情别來久。」趙長卿《眼兒媚》：「玉纖捻粟，櫻唇呵粉，愁點眉彎。」

〔四〕一串句：白居易《寄明州于駙馬使君三絶句》（之三）：「何郎小妓歌喉好，嚴老呼爲一串珠。」自注：「嚴尚書《與于駙馬詩》云：『莫損歌喉一串珠』。」

〔五〕綰結句：白居易《續古詩十首》（之五）：「窈窕雙鬟女，容德俱如玉。」連環，雙鬟。

〔六〕蘇小二句：白居易《楊柳枝》：「若解多情尋小小，緑楊深處是蘇家。」

〔七〕蚓竅：韓愈等《石鼎聯句》：「時於蚯蚓竅，微作蒼蠅鳴。」《意難忘》詞題有「曾不若春蚓秋蛩，争聲響於月籬煙砌間」，皆是與無宫調、罕節奏的村坊小曲作比。

〔八〕向尊前二句：韓愈《進學解》：「障百川而東之，回狂瀾於既倒。」

〔九〕嘆從來六句：此用韓氏當家典，劉斧《青瑣高議·韓湘子》：「韓湘，字清夫，唐韓文公之姪也，幼養於文公門下。……公曰：『子安能奪造化開花乎？』湘曰：『此事甚易。』公適開宴，湘預末坐，取土聚於盆，用籠覆之。巡酌間，湘曰：『花已開矣。』舉籠見巖花二朵，類世之牡丹，差大而豔美，葉幹翠軟，合座驚異，公細視之，花朵上有小金字，分明可辨。其詩曰：『雲横秦嶺家何在，雪擁藍關馬不前。』……公以言佛骨事，貶潮州。一日途中，公方悽惓，俄有一人冒雪而來。既見，乃湘也。……湘曰：『公憶向日花上之句乎？乃今日之驗也。』……因詢地名，即藍關也。」餘參見前引《酉陽雜俎》卷一九。意思是韓愈有歌妓絳桃、柳枝，皆能歌舞，爲什麼還會執念朝政而貶官八千里之外，言外之意是韓鑄不用關切新朝政治，盡管沉湎於歌舞。

〔一〇〕君知否三句：孟棨《本事詩·事感》：「白尚書姬人樊素，善歌；妓人小蠻，善舞。嘗爲詩曰：『櫻桃樊素口，楊柳小蠻腰。』」《天中記》卷一九引《古今詩話》：「（白樂天）二妾既長，又有詩云：『一樹春風萬萬枝，嫩於金色軟於絲。』」《舊唐書·白居易傳》：「（白居易）與香山僧如滿結香火社，每肩輿往來，白衣鳩杖，自稱香山居士。」用白居易品評樊素、小蠻歌喉、舞姿的典故，意思是韓鑄對自家歌姬小玉梅的評判比自己所評會更爲貼切。

【集評】

高亮功：後半全脱賦梅。結句玉田自謂。

【考辨】

玉田至元二十一年（一二八四）早春暫歸杭州，詞寫於此年。

又 澄江陸起潛皆山樓四景。雲林遠市：君山下枕江流，爲群山冠冕。塔院居乎絶頂，舊有浮遠堂，今廢①〔一〕

俯長江②，不占洞庭波，山拔地形高〔二〕。對扶疏古木，浮圖倒影，勢壓雄濤③。門掩翠微僧院，應有月明敲〔三〕。物換堂安在，斷碣閑拋〔四〕。不識廬山真面〔五〕，是誰將此屋，突兀林坳〔六〕。上層臺回首，萬境入詩豪。響天心、數聲長嘯，任清風、吹頂髮蕭騷〔七〕。凭闌久，青琴何處，獨立瓊瑶〔八〕。

【校記】

①曹本、鮑本詞題中「澄江陸起潛皆山樓四景」置於詞調之上，統領以下四首組詞，「君山」句及以下爲小字。《歷代詩餘》、王刻詞題作「陸起潛皆山樓」。孫按：曹本、鮑本標目最爲明晰。②江：《歷代詩餘》、王刻作「空」。③雄：龔本、曹本、寶書堂本、許本、鮑本注「一作『洪』」。

【注釋】

〔一〕雲林六句：江昱疏證：「《江陰縣志》：君山在澄江門外二里，舊名瞰江山，以春申君易今名。一方隆起平疇，横枕大江。邑中諸峰，四面環拱。北瞰維揚，南挹姑蘇，東窺海虞，西盼京口。一方之大觀，列郡之雄勝。巔之南有浮圖，而浮遠堂，宋紹興中知軍趙寓之經始，取東坡『江遠欲浮天』之句以名，同時仲並有記。李鶴田珏淳熙中任江陰軍司法，一聯云：『此水自當兵百萬，昔人曾有客三千。』人多傳誦。今就傾廢。又，君山塔院在君山之巔，宋知軍顔耆仲請改爲感化院。元季兵廢。」《嘉靖江陰縣志》卷三：「按《宋志》：山巔故有松風亭，後易名心遠，紹興間知軍趙蔿之作堂其上，名曰浮遠。取東坡『江遠欲浮天』之句，堂南有浮圖。」詩句出自蘇軾《同王勝之游蔣山》：「峰多巧障日，江遠欲浮天。略彴横秋水，浮圖插暮煙。」

〔二〕俯長江三句：《水經注》卷三八：「《山海經》云：洞庭之山，帝之二女居焉。沅、澧之風，交瀟、湘之浦，出入多飄風暴雨。湖中有君山、編山。君山有石穴潛通吴之包山。」郭璞注《山海經》：「洞庭，地穴也，在長沙巴陵。今吴縣南太湖中有山，下有洞庭，穴道潛行水底，云無所不通，號爲地脉。」僧可朋《賦洞庭》：「水涵天影闊，山拔地形高。」湖南洞庭湖亦有君山，山湖同名，玉田用以比較。

〔三〕門掩二句：賈島《題李凝幽居》：「鳥宿池邊樹，僧敲月下門。」此想像浮圖尚存時的情景。

〔四〕物换二句：取意王勃《滕王閣》：「閑雲潭影日悠悠，物换星移幾度秋。」此寫浮圖已成廢墟。

〔五〕不識句：蘇軾《題西林壁》：「不識廬山真面目，只緣身在此山中。」暗寫環樓皆山。

〔六〕是誰二句：馬臻《再和》：「他年容我結茅屋，定知卜築青林坳。」突兀，高聳貌。

〔七〕頂髮：《國語·齊語》「班序顛毛，以爲民紀統」韋昭注：「顛，頂也。毛，髮也。」蕭騷：稀疏。陸游《初秋書懷》：「二十年前已二毛，即今何恨鬢蕭騷。」

〔八〕凭闌久三句：與上二句取用李嶠《烏》詩意：「白首何年改，青琴此夜彈。」瓊瑶，形容皆山樓如仙境。

【集評】

張氏手批：起潛或即跋詞之陸文奎乎？

單學博：四詞雄奇清迥，直是上追白石老仙。

許廷誥：四詞雄奇清迥，直上追白石。

邵淵耀：《甘州》「俯長江」四詞，雄奇清越，直追白石老仙。我於有真閣雨中讀之，如撫琴秘探，幾令衆山皆響。

高亮功：蕭中孚云：「四詞詞旨豪邁，氣象空闊，有北宋人遺響。」四詞起句俱得勢。「門掩」二句，工於造語。

陳蘭甫：四詞奇思健筆，皆工於發端。《甘州》「俯長江」「瓊瑶」湊韻，頗爲白璧之瑕。

夏敬觀：似稼軒。

【考辨】

詞寫於大德五年（一三〇一）或稍後初游江陰時。參見《木蘭花慢·舟中有懷澄江陸起潛皆山樓昔游》【考辨】。

瑶臺聚八仙

千巖競秀：澄江之山，岑嵂清麗，奔駛相觸，自北而東，由東而南，令人應接不暇，其秀氣之所鍾歟①〔一〕

屋上青山〔二〕。青未了、淩虚試一凭闌〔三〕。亂峰疊嶂，無限古色蒼寒。正喜雲閑雲又去②，片雲未識我心閑〔四〕。對林巒③。底須謝屐，何用躋攀。　三十六梯眺遠，任半空笑語，飛落人間〔五〕。賦筆吟箋，塵事竟不相關〔六〕。朝來自然氣爽④〔七〕，更好是秋屏宜晚看〔八〕。蓬壺裏⑤，有天開圖畫⑥，休喚邊鸞⑦〔九〕。

【校記】

①《歷代詩餘》、王刻無題。曹本、許本、鮑本詞題「澄江」及以下七句皆爲小字。②又：龔本、曹本、寶書堂本、許本、鮑本注「一作『自』」。③林：《歷代詩餘》、王刻作「昏」。④氣爽：《歷代詩餘》、王刻作「爽氣」。⑤蓬壺：龔本、曹本、寶書堂本、許本、鮑本注「一作『塵寰』」。《歷代詩餘》、王刻同。⑥圖畫：龔本、曹本、寶書堂本、許本、鮑本注「一作『仙境』」。《歷代詩餘》、王刻同。⑦休喚邊鸞：龔本、曹本、寶書堂本、許本、鮑本注「一作『圖畫應難』」。《歷代詩餘》、王刻同。

【注釋】

〔一〕千巖八句：據《嘉靖江陰縣志》卷三，江陰多山，山勢由北而東，由東而南。縣北有君山、鵝鼻山、黄山、馬鞍山、大石山、小石山等，縣東有蕭山、彭公山、盤龍山、真山、香山、稷山、覆酒山、售山、定山、貪山、敔山、女山、綺山、由里山、鎮山、時山、赤石山、鷄籠山、砂山、白龍山、白鹿山、顧山、浮山等。崒嵂，同「嵂崒」。杜甫《橋陵詩三十韻因呈縣内諸官》：「高岳前嵂崒，洪河左瀅瀠。」趙彥材注：「韻書注云：峰頭巉巖也。」

〔二〕屋上青山：蘇軾《司馬君實獨樂園》：「青山在屋上，流水在屋下。」

〔三〕青未了二句：與詞題「鍾秀」用杜甫《望岳》：「岱宗夫如何，齊魯青未了。造化鍾神秀，陰陽割昏曉。」張祜《禪智寺》：「寶殿依山險，淩虚勢欲吞。畫檐齊木末，香砌壓雲根。」

〔四〕正喜雲二句：皎然《戲題松樹》：「翛然此外更何事，笑向閑雲似我閑。」

〔五〕三十六梯三句：李萊老《木蘭花慢·寄題蓀壁山房》：「三十六梯樹杪，溯空遥想登臨。」反用李白《夜宿山寺》：「不敢高聲語，恐驚天上人。」

〔六〕塵事句：牟融《游報本寺》：「了然塵事不相關，錫杖時時獨看山。」

〔七〕朝來句：用王子猷「西山朝來，致有爽氣」語意。

〔八〕更好句：杜甫《白帝城樓》：「翠屏宜晚對，白谷會深游。」

〔九〕蓬壺三句：馬臻《寄題皆山樓》：「仙人好樓居，縹緲半空立。」黄公望《寫山水訣》：「登樓望空闊處氣韻，看雲采即是山頭景物。李成、郭熙皆用此法，郭熙畫石如雲，古人云『天開圖畫』者是也。」蓬壺，海上仙山蓬萊。邊鸞，唐代著名花鳥畫家，設色鮮明，用筆輕利。

【集評】

單學博：（「正喜」二句）翻法。

高亮功：「披太華之仙風，招蓬萊之海月。」昔人評張小山詞也，余即以之轉贈四詞。善用襯筆。

【考辨】

詞寫於大德五年（一三〇一）或稍後初游江陰時。

壺中天

月涌大江：西有大江，遠隔淮甸，月白潮生，神爽爲之飛越①〔一〕

長流萬里〔二〕。與沈沈滄海，平分一水。孤白争流蟾不没，影落潛蛟驚起②〔三〕。瑩玉懸秋〔四〕，緑房迎曉，樓觀光疑洗③。紫簫聲裊④，四檐吹下清氣。　遥睇浪擊空明⑤，古愁休問，消長盈虚理〔五〕。風入蘆花歌忽斷，知有漁舟閑艤。露已沾衣，鷗猶棲草，一片瀟湘意。人方酣夢，長翁元自如此〔六〕。

【校記】

①曹本「西有」句及以下均爲小字。《歷代詩餘》、王刻詞題作「月涌大江，爲陸起潛賦」。②蛟：王刻作「虬」。③疑：《歷代詩餘》作「凝」。④聲：龔本、曹本、寶書堂本、許本、鮑本注「一作『音』」。⑤遥睇句：《詞譜》作「遥睇。浪擊空明。」

【注釋】

〔一〕月涌五句：陸氏此樓名取意杜甫《旅夜書懷》：「星垂平野闊，月涌大江流。」《嘉靖江陰縣志》卷三：「揚子江。《宋志》稱縣治北臨大江，凡江帶郡縣，因以爲勝。去縣一里許，即大江。闊漫四十餘里，通望巨壑，其源出於岷。……揚子蓋江之别名，貫南徐、廣陵，西接武進，達京口，其流同，宜同謂之北江。直北越馬馱，抵通、泰諸州。東連常熟，又東流，絶漢入海。中有孤山、浮山、巫門、石釘、三角等沙，旋經三百餘里，由崇明以入是也。……昔人稱大江，謂作限於華裔，壯天地之險界，信矣！世傳郭璞宅在黄山之麓，著有《江賦》。」大江自江陰江面擴大，匯入大海。淮甸，淮河流域。鮑照《潯陽還都道中》：「登艫眺淮甸，掩泣望荆流。」月白潮生，王維《送邢桂州》：「日落江湖白，潮來天地青。」神爽，謂神清氣爽。

〔二〕長流萬里：張祜《胡渭州》：「亭亭孤月照行舟，寂寂長江萬里流。」

〔三〕影落句：《嘉靖江陰縣志》卷三：「盤龍山，一名蛟山，在縣東十五里。《源山須知》云：唐垂拱中，有黄龍蟠其上三日。」兼用贈主「起潛」名號。

〔四〕瑩玉：與「孤白」皆指月亮。

〔五〕遥睇三句：蘇軾《赤壁賦》：「桂棹兮蘭槳，擊空明兮泝流光。」「客亦知夫水與月乎？逝者如斯而未嘗往也。盈虚者如彼，而卒莫消長也。」

〔六〕人方二句：蘇軾《念奴嬌·赤壁懷古》：「人間如夢，一尊還酹江月。」長翁，蘇軾行二，長兄夭亡，故稱。張耒《贈李德載二首》之二：「長翁波濤萬頃陂，少翁巉秀千尋麓。」

【集評】

邵淵耀：（换頭）四字究屬微瑕，非曲子中所應有。

高亮功：「風入」二句，畫不能到。

陳蘭甫：「沈沈」二字，極用力而微覺不妥。

【考辨】

詞寫於大德五年（一三〇一）或稍後初游江陰時。

臺城路

遥岑寸碧：澄江衆山外，無錫惠峰在其南，若地靈涌出，不偏不倚，處樓之正中，蒼翠横陳，是斯樓之勝境也①〔一〕

翠屏缺處添奇觀，修眉遠浮孤碧〔二〕。天影微茫，煙痕黯淡，不與千峰同色。凭高望極。向簾幕中間，冷光流入〔三〕。料得吟僧，數株松下坐蒼石〔四〕。　泉源猶是故跡。煮茶曾味古②，還記游歷〔五〕。調水符閑〔六〕，登山屐在〔七〕，却倚闌干斜日。輕陰易失③〔八〕。看飄忽風雲，晦明朝夕〔九〕。爲我飛來，傍江横峭壁。

【校記】

①龔本、曹本、寶書堂本、鮑本詞題中「是」作「足」。曹本、許本「澄江」句及以下均爲小字。《歷代詩餘》、王刻作「遥岑對碧，爲陸起潛賦」。②味：《歷代詩餘》、王刻作「詠」。③輕：龔本、曹本、寶書堂本、許本、鮑本注「一作『清』」。失：底本、龔本、曹本、寶書堂本、許本、鮑本作「□」，據《歷代詩餘》、四庫本、王刻補。

【注釋】

〔一〕遥岑八句：惠峰，即慧山，唐以後多稱惠山。古稱華山。江昱疏證：「陸羽《游慧山寺記》：慧山，古華山也。山上有方池，生千葉蓮，服之羽化。山東峰當周秦間大産鉛錫，漢興，錫方殫，故創無錫縣。東山謂之錫山，此則錫山之岑嶔也。山有九隴，俗謂九隴山，或云九龍山，或云門龍山。九隴者，言山隴之形，若蒼虬縹螭之合沓然。門龍者，相傳隋末山有龍門六十日，因名。梁大同中有青蓮花育於此山，因以古華山精舍爲慧山寺。寺在無錫縣西七里，寺前有曲水亭，其水九曲，甃以文石窳甓，瀹淪潺湲，濯漱移日。寺中有方池，一名千葉蓮花池，一名纑塘，一名浣沼。張又新《煎茶水記》：陸鴻漸言惠山寺石泉水爲天下第二。」杜甫《望岳》：「欻吸領地靈，鴻洞半炎方。」

〔二〕修眉句：《趙飛燕外傳》：「（趙合德）爲薄眉，號遠山黛。」韓愈《南山詩》：「天空浮修眉，濃緑畫新就。」

〔三〕凭高三句：取意劉禹錫《陋室銘》：「苔痕上階緑，草色入簾青。」

〔四〕料得二句：《洪武無錫縣志》卷三（下）：「第二泉，即陸子泉也。在惠山之麓若冰洞前。……泉源自洞中浸出，洞前有石池，池中蓄泉嘗滿，號冰泉。是泉及洞，唐僧若冰訪求得之，故皆指僧而名。」李騭《讀惠山若冰師詩集因題古院五首》（之四）：「種樹青松老，傳衣白髮居。字工窮八體，詩律繼三閭。」

〔五〕泉源三句：《洪武無錫縣志》卷三（下）：「唐陸鴻漸品水味二十等。列此泉爲天下第二，故世稱第二泉。以鴻漸所品，故又名陸子泉。」

〔六〕調水句：蘇軾《愛玉女洞中水既致兩瓶恐後復取而爲使者見紿因破竹爲契使寺僧藏其一以爲往來之信戲謂之調水符》：「誰知南山下，取水亦置符。」

〔七〕登山屐：用謝靈運登山所著特殊木屐典。

〔八〕輕陰易失：此寫山中輕陰易成雨。張旭《山中留客》：「山光物態弄春暉，莫爲輕陰便擬歸。縱使晴明無雨色，入雲深處亦沾衣。」

〔九〕看飄忽二句：歐陽修《醉翁亭記》：「晦明變化者，山間之朝暮也。野芳發而幽香，佳木秀而繁陰，風霜高潔，水落而石出者，山間之四時也。」牟巘《題陸起潛皆山樓》：「醉翁朝暮四時景，誰遣描摹入此圖。」

【集評】

單學博：（「不與」四句）刻畫至此。

許廷誥：刻畫。

邵淵耀：刻畫細甚。

高亮功：懷古亦是展局法。蕭中孚云：「一收，雄傑中有清峭之致。」

陳蘭甫：「奇觀」二字，微覺庸俗。

【考辨】

詞寫於大德五年（一三〇一）或稍後初游江陰時。

江城子 爲滿春澤賦橫空樓①〔一〕

下臨無地手捫天。上雲煙。俯山川〔二〕。棲止危巢，不隔道林禪〔三〕。坐處清高風雨隔②，全萬境，一壺懸〔四〕。我來直欲挾飛仙〔五〕。海爲田。是何年〔六〕。如此江聲③，嘯詠白鷗前。老樹無根雲懵懂，凭寄語、米家船〔七〕。

【校記】

①《歷代詩餘》、王刻詞題作「題横空樓」。②高風：龔本、曹本、寶書堂本、許本、鮑本注「一作『風高』」。③聲：《歷代詩餘》、王刻作「山」。

【注釋】

〔一〕滿春澤、横空樓：皆未詳。前者語出顧愷之《神情詩》：「春水滿四澤，夏雲多奇峰。」

〔二〕下臨三句：王簡棲《頭陀寺碑文》：「層軒延袤，上出雲霓。飛閣逶迤，下臨無地。」司馬相如《上林賦》：「巖窔洞房，俯杳眇而無見，仰攀橑而捫天。」

〔三〕棲止二句：意思是遠望横空樓如鳥窠禪師松樹上的居所。鳥窠禪師，富陽人。俗姓潘，本號道林，法名圓修。魏璞《尋鳥窠跡》原注：「唐道林禪師入秦望山，見長松蟠曲如蓋，遂棲止其上，故稱鳥窠禪師。」《武林梵志》卷八：「長慶二年，（白居易）知杭州，問道於鳥窠禪師。見師棲止巢上，乃問曰：『師住處甚險。』師曰：『太守危險尤甚。』曰：『弟子位鎮江山，何險之有？』師曰：『心火相交，識性不停，得非險乎？』居易服其言，作禮而退。」

〔四〕坐處三句：盧仝《走筆謝孟諫議寄新茶》：「山上群仙司下土，地位清高隔風雨。」此喻鳥窠禪師居處無險。

〔五〕我來句：蘇軾《赤壁賦》：「挾飛仙以遨游，抱明月而長終。」

〔六〕海爲田二句：用葛洪《神仙傳》滄海桑田典。

〔七〕老樹三句：湯垕《畫鑒》：「其子友仁字元暉，能傳家學，作山水清致可掬。亦略變其尊人所爲，成一家法。煙雲變滅，林泉點綴，生意無窮。平生亦見真玩，人不曾易手。當時翟耆年有詩云：『善畫無根樹，能描懞懂雲。如今身貴也，不肯與人間。』其爲世貴重如此。」懵懂，與「朦朧」皆意通「朦朧」。謂此境可入米家畫圖。

【集評】

單學博：起手突兀。又：孤鶴翔天，群鴻戲海，是此意度。

許廷誥：起突兀。

邵淵耀：起得突兀。有孤鶴横天、群鴻戲海意度。玩詞意，爲僧法名、法號聯綴而成。

高亮功：「無根枝」「懵董雲」，皆當時評米畫語。

木蘭花慢　游天師張公洞①〔一〕

風雷開萬象②，散天影③、入虚壇④〔二〕。看峭壁垂雲⑤，奇峰獻玉⑥，光洗琅玕〔三〕。青苔古痕暗裂⑦，映參差、石乳倒懸山⑧〔四〕。那得虚無幻境，元來透徹玄關⑨〔五〕。　躋攀。竟日忘還。空翠滴、逼衣寒〔六〕。想邃宇陰陰，爐存太乙，難覓飛丹〔七〕。泠然洞靈去遠⑩，甚千年、都不到人間〔八〕。見説尋真有路，也須容我清閑⑪。

【校記】

①《天機餘錦》「游」作「漢」。《歷代詩餘》、王刻詞題作「游張公洞」。②雷：《天機餘錦》作「雲」。③散：龔本、曹本、寶書堂本、許本、鮑本注「一作『放』」。《天機餘錦》同。④入虛壇：龔本、曹本、寶書堂本、許本、鮑本注「一作『浸仙壇』」。⑤垂：底本作「重」，從諸本改。⑥奇：《歷代詩餘》作「青」。王刻作「晴」。⑦痕：龔本、曹本、寶書堂本、許本、鮑本注「一作『根』」。⑧乳：龔本、曹本、寶書堂本、許本、鮑本注「一作『影』」。⑨徹：《歷代詩餘》、王刻作「出」。⑩泠：龔本、曹本、寶書堂本作「冷」。靈：龔本、曹本、寶書堂本、許本、鮑本注「一作『雲』」。⑪也：王刻作「又」。

【注釋】

〔一〕天師張公洞：在宜興，傳説爲張道陵修道之所。

〔二〕風雷三句：傳説洞頂通明處有天窗，天光下垂，是吳赤烏中震霆所劈。

〔三〕琅玕：《淮南子·墬形訓》：「西北方之美者，有昆侖之球琳、琅玕焉。」高誘注曰：「球琳、琅玕皆美玉也。」

〔四〕青苔三句：此寫泛緑崖石乳髓滴瀝。

〔五〕玄關：既指入道法門，也指洞中天窗。《文選》王簡棲《頭陀寺碑文》：「於是玄關幽揵，感而遂通。」李善注：「玄關幽揵，喻法藏也。」

〔六〕空翠二句：化用王維《闕題二首》（之一）詩意：「山路元無雨，空翠濕人衣。」

〔七〕想邃宇三句：《南史·隱逸傳下》：「（陶）弘景既得神符秘訣，以爲神丹可成，而苦無藥物。帝給黄金、朱砂、曾青、雄黄等。後合飛丹，色如霜雪，服之體輕。」太乙爐，道家煉丹爐。

〔八〕泠然三句：用丁令威得道昇仙千年後化鶴歸家故事。

【集評】

單學博：（「風雷」三句）雄壯。　又：（「甚千年」上句）衮衮馬頭塵，匆匆駒隙影，能容幾人清閑。

邵淵耀：衮衮馬頭，匆匆駒隙，容幾人清閑。

高亮功：前段寫洞，後段寫游。　蕭中孚云：「起句突兀，結句閑遠，各極其致。」

陳蘭甫：起處俗。

【考辨】

江昱疏證：《宜興縣志》：張公洞在縣東南五十五里。《荆溪外紀》尤袤《游張公洞詩序》：舟次湖洑，步行五里，入洞靈宫。由石徑里許，達於洞，深數十丈。俯僂僅可下，下寬廣容數百人。大石離立，中有小門，持炬入，丹灶、井臼在焉。由石罅而上，皆亂石怪形，旁行屈曲，益深遠不可到。其陽有懸崖，滴乳水，水流澗谷，乍細乍大，自成宫商。横澗得小閣，可憩。朱藤纏絡崖上，丹花簌簌下墜，芬芳襲人，毛髮凛然。欲少留而大風作，遂歸。都穆《南濠集游記》：張公洞石壁三面，嚴如堂宇，通明處可四丈，謂之天窗。雜樹蒙翳，天光下垂。傳爲赤烏中震霆所霹。中一臺，崇三丈，可坐百人。宋令趙伯津築以息游者。王穉登《荊溪疏》：張公，一云道陵，一云果。按曆，道陵在前，赤烏在後。雲房丹灶，當屬白騾先生。

孫按：《嘉慶增修宜興縣舊志》卷一：「張公山在縣東南五十五里，山巔空穴到底。郭璞注云：陽羨有張公山，洞中有南北二堂。故老傳云：張道陵居此求仙。」《咸淳毗陵志》卷一五：「張公洞在縣東南五十五里，高六十仞，麓周五里。三面皆飛崖絶壁，不可躋攀，惟北向一竇，廣踰四尋，嵌空可入。觀者秉燭歷百蹬至燒香臺（臺，淳熙初尉趙伯津所築），石色碧緑如抹，乳髓滴瀝。有仙人房、元武石，奇怪萬狀。時有石燕相飛擊。行約三里，南望小洞，通徹於外，徑此而出。南唐韓熙載記洞靈觀援《白龜經》曰：天下福地，七十有二，此據五十八。道書亦云：第五十八福地，庚桑子治之，即庚桑楚也。《風土記》云，漢天師道陵得道之地。元符間逸士王繹來游，謂洞以張公名者，非道陵，乃第四代輔光也。且有詩云：高士宸居隔紫煙，洞中金闕暗相連。輔光灶冷留香壤，太素淵清涌玉泉。後夜雲歸雪浪濕，未明人起月華鮮。秋光不老巖前麓，到此偷閑亦自賢。俗傳以爲張果。果，唐武后時人。按東漢《郡國志》：陽羨屬吴，郭璞注云：縣有張公山洞，密有二室。晉已有此名，非果明矣。唐李栖筠、皇甫冉、南唐潘佑皆有詩留石壁間。國朝蘇後湖云：『銅棺之南山復山，捫蘿絶壁蘚苔斑。只今何處可容足，乞我石房雲一間。』」

此詞寫於宜興，時在元武宗至大三年庚戌（一三一〇），詳後《漁歌子》【考辨】。

臺城路 爲湖天賦〔一〕

扁舟忽過蘆花浦。閑情便隨鷗去①〔二〕。水國吹簫，虹橋問月〔三〕，西子如今何許。危闌謾撫〔四〕。正獨立蒼茫，半空飛露②〔五〕。倒影虚明，洞庭波映廣寒府〔六〕。魚龍吹浪自舞。渺然淩萬頃，如聽風雨。夜氣浮山，晴暉蕩日③，一色無尋秋處④。鷺鳧自語。尚記得當時，故人來否⑤。勝景平分⑥，此心游太古。

【校記】

①情：曹本作「尋」。②露：許本注「舊抄本作『鷺』」。③暉：陳蘭甫：「『暉』，即日耳。舊案：若作『輝』甚可。」蕩日：石村書屋本、明吴鈔、《詞綜》、汪鈔本、王刻作「蕩目」。《歷代詩餘》作「薄日」。④一色：許本注「舊抄本作『千里』」。陳廷焯：「《詞綜》脱去『一色』二字，兹從戈選《七家詞》本。然去此二字，似更精警，惜於調不合。」⑤故：龔本、曹本、寶書堂本、許本、鮑本注「一作『散』」。水竹居本、石村書屋本、明吴鈔、汪鈔本、王刻同。⑥景：石村書屋本、明吴鈔、汪鈔本、王刻作「境」。

【注釋】

〔一〕湖天：陸輔之别號，又稱壺天。居蘇州汾湖之濱，故以爲號。參見《壺中天・陸性齋築葫蘆庵》【考辨】。

〔二〕扁舟二句：杜甫《泊松滋江亭》：「紗帽隨鷗鳥，扁舟繫此亭。」

〔三〕水國二句：虹橋，蘇州垂虹橋，又稱長橋，在吴江上。楊維楨《舊時月色軒記》「異時予將泝三江，過垂虹，訪（陸）子敬之所居，呼酒酌東軒上。歌長庚之詩以問月，自玄黄判而月生者今幾年？以今人而能存古月者復幾何人？君當酌月而壽我，我固中舊客也。」陸子敬爲輔之第六子。

〔四〕西子二句：用范蠡、西施泛舟五湖之事。杜牧《杜秋娘詩》：「西子下姑蘇，一舸逐鴟夷。」《孟子·離婁下》：「西子蒙不潔，則人皆掩鼻而過之。」趙岐注：「西子，古之好女西施也。」此與姜夔《雪後夜過垂虹詞》《慶宫春》同義：「酒醒波遠，政凝想、明璫素襪。如今安在，唯有闌干，伴人一霎。」

〔五〕正獨立二句：蘇軾《赤壁賦》：「白露横江，水光接天。縱一葦之所如，淩萬頃之茫然。」杜甫《樂游園歌》：「此身飲罷無歸處，獨立蒼茫自詠詩。」

〔六〕倒影二句：「魚龍」句意亦入此句。蔣堂《吴江橋》：「雁翅橋横五湖北，翬飛亭屹大江心。魚龍淵藪風月窟，若比廣寒宫更深。」洞庭，太湖别名。《文選》左思《吴都賦》：「指包山而爲期，集洞庭而淹留。」李善注曰：「班固曰：洞庭，澤名。王逸曰：太湖在秣陵東，湖中有包山，山中有如石室，俗謂洞庭。」王銍《包山禪院記》：「地分東西兩山，院在西山之巔，巨浸回環，四絶無地。天水相際，一碧萬頃，風濤豪洶，旁接滄溟。下則魚龍之所窟宅。」

【集評】

單學博：「湖天」題妙，玉田詞妙，絶後超前。

邵淵耀：題妙，詞又妙，絶後超前。

高亮功：空明蕭瑟，胸無點塵。「夜氣」二句，妙寫難狀之景。

陳廷焯《雲韶集》卷九：（上闋眉批）疏狂閑雅，真可與白石老仙相鼓吹。（下闋眉批）字字精神團聚，錘煉歸於和緩。國朝朱竹垞太史有此風格。

又，《大雅集》卷四：滿眼是秋，却云「無尋秋處」，警絶，奇絶。

【考辨】

陳去病《詞旨叙》：《詞旨》之作，蓋少年時事。其序（孫按：指胡元儀《詞旨暢舊序》）所稱「命韶暫作《詞旨》」，「韶暫」二字，殊不可解。胡氏以爲「韶」即輔之舊名，恐未能信。其稱明刻本作陸友仁，又引《東維子集》謂行直即友仁子敬者，皆非也。友仁作《硯北雜志》，自别一人。子敬則其第六子祖恭字也。元季喪亂，子敬嘗舉其家田宅財賄，悉以畀萬三秀沈富，而己獨更號采芝翁，與其婦雲游而去，終身不返，蓋知幾士也。至引《珊瑚網》及《元詩·癸集》，則殊信然。季衡爲行直第九子，祖廣别字，即癸集所稱天游生陸季宏者。今顧氏既失於考訂，而胡氏仍之，夫又奚足怪耶？

玉田大德三年（一二九九）歲末至蘇州，此詞寫於秋天，與《清平樂》（候蛩淒斷）都應寫於大德四年（一三〇〇）。參見《清平樂》【考辨】。

月下笛①寄仇山村溧陽②〔一〕

千里行秋，支筇背錦③〔二〕，頓懷清友。殊鄉聚首。愛吟猶自詩瘦〔三〕。山人不解思猿鶴④，笑問我、韋娘在否⑤〔四〕。記長堤畫舫⑥，花柔春鬧，幾番攜手⑦〔五〕。別後都依舊⑧。但靖節門前，近來無柳〔六〕。盟鷗尚有。可憐西塞漁叟〔七〕。斷腸不恨江南老，恨落葉、飄零最久〔八〕。倦游處，減羈愁，猶未消磨是酒⑨。

【校記】

①戈選杜批：「《詞譜》以此詞爲正格。前白石詞第四句叶韻，第五句作折腰法，後段第四句不叶韻，與此小異。」②《天機餘錦》、水竹居本、石村書屋本、明吴鈔、汪鈔本無詞題。《歷代詩餘》、戈選、王刻詞題作「寄仇山村」。③支：《天機餘錦》作「枝」。枝，通「支」。下同不出校。④不：戈選作「未」。思：龔本、曹本、寶書堂本、許本、鮑本注「一作『愁』」。⑤韋：龔本、曹本、寶書堂本、許本、鮑本注「一作『蕭』」。《天機餘錦》、《歷代詩餘》、戈選同。⑥長堤畫舫：龔本、曹本、寶書堂本、許本、鮑本注「一作『西湖畫舸』」。水竹居本、石村書屋本、明吴鈔、汪鈔本、王刻同。⑦番：龔本、曹本、寶書堂本、許本、鮑本注「一作『度』」。《天機餘錦》同。⑧別後句：《詞譜》作「別後。都依舊」。⑨消磨：龔本、曹本、寶書堂本、許本、鮑本注「一作『忘情』」。《天機餘錦》同。

【注釋】

〔一〕仇山村溧陽：江昱疏證：「《西湖游覽志》：『（仇）遠元初爲溧陽州教授。』」仇遠自稱山村居士。

〔二〕支笻背錦：許棠《尋山》：「躡履復支笻，深山草木中。」兼用李賀錦囊尋詩典。

〔三〕愛吟句：李白《戲贈杜甫》：「借問別來太瘦生，總爲從前作詩苦。」

〔四〕山人三句：下文「斷腸」意亦入此。《紺珠集》卷五：「韋應物爲蘇州守，嘗赴杜鴻漸宴。醉歸宿傳舍。既醒，見二妓在側。驚問之，乃曰：『郎中席上與司空詩，因遣某等來問。』其詩言曰：『高髻雲鬟宮樣妝，春風一曲杜韋娘。司空慣見渾閑事，斷盡蘇州刺史腸。』」詩作者一作劉禹錫。

〔五〕記長堤三句：此回憶西湖蘇堤之游。姜夔《念奴嬌》：「鬧紅一舸，記來時、嘗與鴛鴦爲侶。」花柔春鬧，用宋祁《玉樓春》「紅杏枝頭春意鬧」句意。形容仲春杏花。

〔六〕但靖節二句：陶潛宅邊有五柳樹，作《五柳先生傳》，私謚靖節。顔延之《陶徵士誄》：「若其寬樂令終之美，好廉克己之操……故詢諸友好，宜謚曰靖節徵士。」兼及張緒楊柳當家典。

〔七〕盟鷗二句：張志和《漁父》：「西塞山前白鷺飛，桃花流水鱖魚肥。」

〔八〕斷腸三句：字面取黄庭堅《寄賀方回》：「解作江南斷腸句，只今唯有賀方回。」

【集評】

單學博：（「但靖節」四句）看他轉接，仙乎？仙乎？

高亮功：直叙起。前段寫合，後段寫離。「殊鄉」數語，寫詩人痴情可見。蕭中孚云：「（『記長堤』三句）風流跌宕，非玉田生不能作此語。（『别後』三句）字字頓挫。」

陳蘭甫：此亦用長吉錦囊乎？

夏敬觀：兩「恨」字滑調，此類甚多，所以詞品卑下。

【考辨】

玉田大德九年（一三〇五）與仇遠會於溧陽，詞有「頓懷清友」「殊鄉聚首」，故知是溧陽晤面後的寄贈之作。仇遠至大元年（一三〇八）秋後離開溧陽，則此詞寫於大德十年到至大元年之間。

臺城路 遷居

桃花零落玄都觀，劉郎此情誰語〔一〕。鬢髮蕭疏，襟懷淡薄①，空賦天涯羈旅。離情萬縷〔二〕。第一是難招，舊鷗今雨②〔三〕。錦瑟年華，夢中猶記艷游處〔四〕。依依心事最苦。片帆渾是月，獨抱淒楚。屋破容秋，牀空對雨〔五〕，迷却青門瓜圃〔六〕。初荷未暑。嘆極目煙波③，又歌南浦〔七〕。燕忽歸來，翠簾深幾許〔八〕。

【校記】

①淡薄：《天機餘錦》作「淡泊」。《歷代詩餘》、王刻作「澹蕩」。②今：龔本、曹本、寶書堂本、許本、鮑本注「一作『新』」。③嘆：《天機餘錦》作「笑」。

【注釋】

〔一〕桃花二句：劉禹錫《元和十一年自朗州召至京戲贈看花諸君子》：「玄都觀裏桃千樹，盡是劉郎去後栽。」此指再次回到杭州故地。

〔二〕離情萬縷：晏殊《玉樓春》：「無情不似多情苦。一寸還成千萬縷。」此與「依依」都暗用張緒柳當家典，另據前文注引奚㵐《秋崖津言》，張濡别墅松窗在北新路第二橋，即蘇堤第五橋，四面圍繞數百株檉柳。

〔三〕第一是二句：舊鷗今雨，互文見義。舊雨今雨，代稱故交新知。舊鷗今鷗，代稱曾經與當下的隱者。

〔四〕錦瑟二句：賀鑄《青玉案》：「錦瑟華年誰與度。月橋花院，瑣窗朱户。」李商隱《錦瑟》：「錦瑟無端五十弦，一弦一柱思華年。」

〔五〕屋破二句：暗用杜甫《茅屋爲秋風所破歌》詩意，兼用不能對牀聽雨典寫兄弟流落。

〔六〕青門瓜圃：《三輔黄圖》卷一：「長安城東出南頭第一門曰霸城門，民見門色青，名曰青城門，或曰青門。門外舊出佳瓜。廣陵人邵平，爲秦東陵侯，秦破，爲布衣，種瓜青門外。瓜美，故時人謂之東陵瓜。」《咸淳臨安志》卷一八：「（城東）東青門，俗呼菜市門。」張家亡宋故侯王，故有此比。

〔七〕初荷三句：謂五月蓮花初放時，不久將有遠行而聞離歌。徐陵《侍宴》：「嫩竹猶含粉，初荷未聚塵。」

〔八〕燕忽二句：想象舊居堂前舊燕來定新巢，已成尋常人家的深深庭院。

【集評】

單學博：此調與《摸魚兒》最有開合轉折，故名手多用之，如中間五字句尤須得法，則愈覺勁脆，否則不免孤負，試看「片帆渾是月」句，便可領會。

邵淵耀：此調與《摸魚兒》最有曲折，名手多喜依之。如中間五句得法，則愈覺勁脆，試看「片帆」句可以領會。

高亮功：只俯仰今昔間，便有無數感慨。玉田固詞家老斲輪手，而此等詞尤爲獨步，章法、句法、字法一無可議。

陳蘭甫：「舊鷗」「今雨」四字雜湊。

【考辨】

江昱疏證：《夢粱録》：忠烈張循王府在清河坊。鄭元祐《僑吴集·古墻行序》：童時侍先人到杭，訪諸故家，其數至，則循王府也。府在省西天井巷，其北則油車巷也。宋諸王子孫居之者如蜂房，今幾五十年，杭故家掃地盡矣。而循王府亦爲江浙省官署。

江昱按曰：玉田感故居故園之作不一，俱非指所居舊宅。惟此作雖不能定其爲清河故第，而爲其先業無疑。然玩開首即重來意，通篇皆似遠歸復還故居者，豈中間播遷别居他所，至是復歸舊宅耶？附識俟考。

孫按：據《元史》卷九：「以獨松關守將張濡嘗殺奉使廉希賢，斬之，籍其家。」知玉田不可能在新朝「遠歸復還故居」。此所遷居所異常簡陋，遠不如宋亡時城東郊的暫居地，故詞有「屋破容秋」之句。此詞元成宗大德三年（一二九九）寫於杭州，將游蘇州之前。戴表元《送張叔夏西游序》：「六月初吉，輕行過門，云將改游吴公子季札、春申君之鄉，而求其人焉。」與詞中「初荷未暑。嘆極目煙波，又歌南浦」相合。

惜紅衣①　贈伎雙波②

兩翦秋痕，平分水影，炯然冰潔③〔一〕。未識新愁，眉心倩人貼〔二〕。無端醉裏，通一笑④、柔花盈睫〔三〕。痴絕。不解送情，倚銀屏斜瞥〔四〕。　長歌短舞⑤，換羽移宫，飄飄步回雪〔五〕。扶嬌倚扇，欲把艷懷説〔六〕。舊日杜郎重到⑥〔七〕，只慮空江桃葉⑦〔八〕。但數峰猶在，知傍那家風月⑧〔九〕。

【校記】

①戈選杜批姜夔此調：「此取詞内『紅衣半狼籍』句爲名。或謂後段第四、五兩句上六下三，『國』字叶韻，校後之玉田詞，應作上四下五，『國』字非叶。」許廷詰：「白石於次句及下闋起句皆落韻。」陳匪石：「《惜紅衣》一調，爲白石自度腔。紅友所注『叶』處，只與張玉田諸作相合。」　②《天機餘錦》

詞題作「贈雙波」。③炯：《天機餘錦》作「爛」。④通：《詞譜》作「添」。⑤舞：《天機餘錦》作「語」。⑥舊日：底本、龔本、曹本、寶書堂本、許本、鮑本作「□□」，《歷代詩餘》、戈選、王刻作「爲語」。據《詞譜》補。⑦慮：《天機餘錦》作「恐」。夏敬觀：「『貼』『睫』『葉』，閉口韻。」⑧知：諸本作「如」。《天機餘錦》作「短」。高亮功：「『如』字誤，應是『知』字。」吴校：「『如』疑『知』字之誤。」今據改。

【注釋】

〔一〕兩翦三句：白居易《箏》：「雙眸翦秋水，十指剥春葱。」韋莊《秦婦吟》：「西鄰有女真仙子，一寸横波翦秋水。」周邦彦《蝶戀花·早行》：「喚起兩眸清炯炯。淚花落枕紅綿冷。」

〔二〕眉心句：盧祖皋《倚闌令》：「笑摘梨花閑照水，貼眉心。」

〔三〕無端三句：謂醉裏相視一笑，艷波盈睫，笑靨如花。

〔四〕痴絶三句：《隋遺録》：「長安貢御車女袁寶兒，年十五，腰肢纖墮，騃冶多態，帝寵愛之特厚。時洛陽進合蒂迎輦花，云得之嵩山，塢中人不知名，采者異而貢之。會帝駕適至，因以迎輦名之。……帝命寶兒持之，號曰司花女。時詔虞世南草《征遼指揮德音敕》於帝側，寶兒注視久之，帝謂世南曰：『昔傳飛燕可掌上舞，朕常謂儒生飾於文字，豈人能若是乎？及今得寶兒，方昭前事。然多憨態，今注目於卿，卿才人，可便嘲之。』世南應詔爲絶句曰：『學畫鴉黄半未成，垂肩嚲袖太憨生。緣憨却得君王惜，長把花枝傍輦行。』上大悦。」

〔五〕飄飄句：曹植《洛神賦》：「髣髴兮若輕雲之蔽月，飄飖兮若流風之回雪。」許渾《陪王尚書泛舟蓮池》：「舞疑回雪態，歌轉遏雲聲。」

〔六〕扶嬌二句：賀鑄《減字浣溪沙》：「兩點春山一寸波。當筵嬌甚不成歌。」倚扇，以歌扇掩唇的羞怯之態。何遜《與虞記室諸人詠扇詩》：「摇風入素手，占曲掩朱唇。」

〔七〕杜郎重到：用杜牧重到湖州，所愛已嫁典故。

〔八〕空江桃葉：姜夔《少年游》：「别母情懷，隨郎滋味，桃葉渡江時。」

〔九〕但數峰二句：錢起《省試湘靈鼓瑟》：「曲終人不見，江上數峰青。」周邦彦《瑞龍吟》：「知誰伴、名園露飲，東城閑步。」

【集評】

高亮功：起二句，是暗寓「雙波」二字。（「痴絶」三句）嬌憨之態如畫。結處拓一步，詞盡而意不盡矣。

滿江紅 澄江會復初李尹①〔一〕

江上相逢〔二〕，更秉燭、渾疑夢裏②〔三〕。寂寞久、瑟弦塵斷③，爲君重理。紫綬金章都莫問④，醉中聊送揶揄鬼⑤〔四〕。看滿頭、白雪恐難消⑥，春風起〔五〕。　雲一片⑦，身千里。漂泊地，東西水〔六〕。嘆十年不見⑧，我生能幾。慷慨悲歌驚淚落，古人未必皆如此。想今人、愁似古人多，如何是〔七〕。

【校記】

①《歷代詩餘》、王刻無詞題。朱校：「原本『復』作『太』。從江疏。」②疑：龔本、曹本、寶書堂本、許本、鮑本注「一作『是』」。③瑟：《歷代詩餘》、王刻作「琴」。④莫：《天機餘錦》作「是」。⑤聊送：底本、龔本、曹本、寶書堂本、許本、鮑本作「□送」。《天機餘錦》作「送却」。此據《歷代詩餘》、王刻補。⑥恐難消：底本、龔本、曹本、寶書堂本、許本、鮑本作「欲消難」，《天機餘錦》作「恐消難」。此據龔本、曹本、寶書堂本、許本、鮑本注、《歷代詩餘》、王刻。⑦雲：《天機餘錦》作「雪」。⑧嘆：《歷代詩餘》、王刻作「算」。

【注釋】

〔一〕復初李尹：李師善，字復初。曾任江陰縣令。

〔二〕江上相逢：賈至《初至巴陵與李十二白裴九同泛洞庭湖三首》（之一）：「江上相逢皆舊游，湘山永望不堪愁。」

〔三〕更秉燭二句：杜甫《羌村三首》（之一）：「夜闌更秉燭，相對如夢寐。」

〔四〕紫綬二句：《世説新語·任誕》「襄陽羅友有大韻」劉孝標注引《晉陽秋》（羅友回答桓温）：「民性飲道嗜味，昨奉教旨，乃是首旦出門，於中途逢一鬼，大見揶揄，云：『我只見汝送人作郡，何以不見人送汝作郡？』」並暗用韓愈《送窮文》：「元和六年正月乙丑晦，主人使奴星，結柳作車，縛草爲船，載糗輿粻，牛繫軛下，引帆上檣，三揖窮鬼而告之曰：『聞子行有日矣，鄙人不敢問所涂，竊具船與車，備載糗粻，日吉時良，利行四方，子飯一盂，子啜一觴，攜朋挈儔，去故就新，駕塵彍風，與電争先。子無底滯之尤，我有資送之恩。子等有意於行乎？』」紫綬金章，此指高級官員的印組及銅印。鮑照《建除》：「開壤襲朱紱，左右佩金章。」

〔五〕看滿頭三句：白居易《病中早春》：「唯有愁人鬢間雪，不隨春盡逐春生。」歐陽修《聖無憂》：「好酒能消光景，春風不染髭鬚。」

〔六〕雲一片四句：梁簡文帝《登板橋詠洲中獨鶴詩》：「意惑東西水，心迷四面雲。」

〔七〕慷慨五句：《古詩十九首》：「一彈再三嘆，慷慨有餘哀。不惜歌者苦，但傷知音稀。」

【集評】

單學博：詩所云「無幾相見」也。　又：意翻空而易奇。

許廷誥：「無幾相見」。

邵淵耀：十年一别，人生幾何！

高亮功：蕭中孚云：「此等應酬之作，雖玉田生尚不能脱俗，何況餘子。」

【考辨】

江昱按曰：《江陰志》：元時尹李師善，字復初，范陽人。陸文圭爲作《去思碑》，稱其五善。又云：遇事不能屈折，致與物忤；又任事者怨之府，疑似者謗之階，此老氏之所以不敢爲天下先。而市中之虎卒取證於三人也。然而公論之昭昭，終不可誣云云。詞中感憤，正與此合。況當時李姓之尹，止師善一人，而子方亦玉田同時。交契復初，太初或傳寫之誤，未可知也。

江昱又按：《輟耕録》：國初浙省都事李仲方長子從善，仲子師善，字復初，仕至淮安總管。

孫按：道光、光緒《江陰縣志》皆云李師善字復初「大德間尹江陰」。大德共十一年（一二九七—一三〇七）。玉田友人陸文圭與李氏父子游。其《李叔成字説》：「燕山李繹侍尊人復初來尹暨陽，遂從余游。……復初，天下士也，今移守淮陰。」《輟耕録》載李仲方、張可與、鮮于伯機官等有差。然李卒後，二公恤孤寡，各以一女許配其長子、仲子：「（長子）即從善也，後官至紹興推官。仲子字復初，官至淮安總管。」陸文圭《悠然亭記》也可見復初與張公關係：「（繡）江自縣東迤西而南，故參政可與張公之別業在其左，令子元朴實繼先職，構亭其上，而命之曰『悠然』。介李侯復初徵記於墻東陸叟。」

玉田詞中「十年不見」，應指至元二十七年（一二九〇）北游之行。玉田初游江陰在大德五年（一三〇一）、大德六年（一三〇二），正是李復初尹江陰時。雖然張炎己酉即至大二年（一三〇九）有重游江陰的經歷，但其時李復初已不在江陰任上。張炎初游江陰時五十四或五十五歲，與詞中滿頭白雪的形象相符。

壺中天 送趙壽父歸慶元〔一〕

奚囊謝屐〔二〕。向芙蓉城下，幾番游歷①〔三〕。江上沙鷗何所似，白髮飄飄行客②〔四〕。曠海乘風③，長波垂釣，欲把珊瑚拂④〔五〕。近來楊柳，却憐渾是秋色。日暮空想佳人，楚芳難贈，煙水分明隔〔六〕。老病孤舟天地裏，惟有歌聲消得⑤〔七〕。故國荒城，斜陽古道，可奈花狼藉〔八〕。他時一笑，似曾何處相識〔九〕。

【校記】

①幾番：底本、龔本、曹本、寶書堂本、許本、鮑本、王刻作「□□」，據高亮功手批補。歷：龔本、曹本、寶書堂本、許本、鮑本、王刻注「一作『息』」。②行：龔本、曹本、寶書堂本、許本、鮑本、王刻注「一作『閑』」。③海：龔本、曹本、寶書堂本、許本、鮑本、王刻注「一作『埜』」。埜，「野」的古字。④夏敬觀：「『拂』，勿、迄韻。」⑤得：龔本、曹本、寶書堂本、許本、鮑本、王刻注「一作『没』」。

【注釋】

〔一〕趙壽父：玉田友人。

〔二〕奚囊：小奚奴、古錦囊，用李賀尋詩典。謝屐：用謝靈運登山屐典。

〔三〕向芙蓉二句：芙蓉城，此指江陰。集中《摸魚子・己酉重登陸起潛皆山樓，正對惠山》自注：「澄江又名芙蓉城。」

〔四〕江上二句：杜甫《旅夜書懷》：「飄零何所似，天地一沙鷗。」

〔五〕曠海三句：杜甫《送孔巢父謝病歸游江東兼呈李白》：「詩卷長留天地間，釣竿欲拂珊瑚樹。」

〔六〕日暮三句：江淹《休上人怨别》：「日暮碧雲合，佳人殊未來。」劉長卿《自鄱陽還道中寄褚徵君》：「故人煙水隔，復此遥相望。」孟郊《贈竟陵盧使君虔别》：「贈别折楚芳，楚芳摇衣襟。」

〔七〕老病二句：杜甫《登岳陽樓》：「親朋無一字，老病有孤舟。」又，《江亭王閬州筵餞蕭遂州》：「老畏歌聲短，愁從舞曲長。」

〔八〕可奈句：潘佑《句》：「勸君此醉直須歡，明朝又是花狼籍。」

〔九〕他時二句：字面化用白居易《琵琶引》「同是天涯淪落人，相逢何必曾相識」，實用其《答微之》中「與君相遇知何處，兩葉浮萍大海中」句意。蘇軾《與毛令方尉游西菩提寺二首》（之一）：「一笑相逢那易得，數詩狂語不須删。」

【集評】

單學博：（「江上」二句）取用少陵詩句法。

邵淵耀：用杜句而回互賓主，亦是翻法。

高亮功：通首貼趙説。「老病」二句，玉田生每有此空闊之語。

陳蘭甫：此（上片）即「白鳧似老翁」句法也。

【考辨】

江昱疏證：戴表元《剡源集·送趙生游吴序》：趙生壽父過余曰：櫄孫生於燕，家世父兄宦於吴，今將往焉。又《趙壽父游杭》詩：東浙飢難住，西湖遠不多。好辭松葉面，來聽竹枝歌。水屋花千繞，巖林錦一窠。秋深道途好，老子亦婆娑。《續資治通鑑》：紹熙五年，詔改明年爲慶元元年，尋升明州爲慶元府。《宋史·地理志》：慶元三年，分龍泉、松源鄉置慶元縣。

江昱按曰：今寧波府當時號慶元，處州路亦領縣慶元，未知孰是。

孫按：戴序原文如下：「邑有雋者趙生壽父，美其衣冠。過余門而别，曰：『樵孫生於燕娱，長於艱虞，年幾壯而始知學，然而未嘗知游之樂也。惟家世父兄嘗宦於吴，今將往而涉足焉。惟長者賜之言詞以先之。』」合觀戴詩「東浙飢難住」，詞句「曠海乘風」，知歸甬地寧波而非處州。據玉田此詞，知趙壽父游吴時，曾游江陰再歸慶元。此詞寫於秋季，玉田秋寓江陰在大德五年（一三〇一）、大德六年（一三〇二），詞寫於此二年間。

山中白雲詞箋證卷六

紅情①疏影、暗香，姜白石爲梅著語，因易之曰紅情、緑意，以荷花、荷葉詠之②〔一〕

無邊香色。記涉江自采〔二〕，錦機雲密③〔三〕。翦翦紅衣，學舞波心舊曾識。一見依然似語④〔四〕，流水遠、幾回空憶。看□□、倒影窺妝⑤，玉潤露痕濕。　閑立⑥。翠屏側。愛向人弄芳，背酣斜日〔五〕。料應太液〔六〕。三十六宮土花碧〔七〕。清興淩風更爽，無數滿汀洲如昔⑦〔八〕。泛片葉、煙浪裏⑧〔九〕，卧横紫笛〔一〇〕。

【校記】

①《詞律》：「按詞調有《紅情》《緑意》二體，向原疑爲巧立名色，近校之，即《暗香》《疏影》二詞也。」《歷代詩餘》詞調作《暗香》。《詞譜・發凡》：「又如《紅情》《緑意》，其名甚佳，而再四玩味，即《暗香》《疏影》也。」鄭文焯：「玉田改此曲名爲《紅情》《緑意》，以之賦荷花，亦多疏於律，本如姜詞中『玉』字、『雪』字並以入作平用，《暗香》《疏影》二曲或有謂押韻處全以入作去聲用者。余案：曲中凡三字逗，皆用入聲字，且審之皆叶。」　②《天機餘錦》、《歷代詩餘》、戈選、王刻詞題作「荷花」。　③機：《天機餘錦》作「亭」。　④似：《天機餘錦》作「自」。　⑤看□□二句：《天機餘錦》無方

空。《歷代詩餘》《詞譜》作「看亭亭、倒影窺妝」。戈選、王刻作「動倒影、取次窺妝」。許昂霄、許廷誥謂《詞綜》同此，應是誤記。⑥夏敬觀：「『濕』『立』，閉口韻。」⑦清興二句：《詞譜》作四句：「此與姜詞同，惟後段第七句作折腰句法異。故應作『清興淩、風更爽，無數滿、汀洲如昔。』」淩，龔本、《歷代詩餘》、曹本、寶書堂本、鮑本作「後」。許廷誥：「『後』字作『淩』。」朱校：「原本『淩』作『後』。從王刻。」無數句，《天機餘錦》無「洲」字。寶書堂本許昂霄旁注「一作『正無數滿汀洲如昔』」。王刻同。⑧浪：寶書堂本許昂霄旁注「一作『波』」。王刻同。

【注釋】

〔一〕疏影七句：江昱疏證：「《研北雜志》：小紅，順陽公青衣也。有色藝。順陽公之請老，姜堯章詣之。一日授簡徵新聲。堯章製《暗香》《疏影》兩曲。公使二伎肄習之。音節清婉，堯章歸吳興，公尋以小紅贈之。其夕，大雪過垂虹。賦詩曰：『自琢新詞韻最嬌，小紅低唱我吹簫。曲終過盡松陵路，回首煙波十四橋。』堯章每喜自度曲，小紅輒歌而和之。白石道人歌曲《暗香》：『舊時月色，算幾番照我，梅邊吹笛。喚起玉人，不管清寒與攀摘。何遜而今漸老，都忘却春風詞筆。但怪得、竹外幽花，香冷入瑤席。江國。正寂寂。嘆寄與路遥，夜雪初積。翠尊易泣，紅萼無言耿相憶。長記曾攜手處。千樹壓、西湖寒碧。又片片、吹盡也，幾時見得。』《疏影》：『苔枝綴玉，有翠禽小小，枝上同宿。客裏相逢，籬角黃昏，無言自倚修竹。昭君不慣胡沙遠，但暗憶、江南江北。想佩環、月夜歸來，化作此花幽獨。猶記深宮舊事。那人正睡裏，飛近蛾緑。莫似春風，不管盈盈，早與安排金屋。還教一片隨波去，又却怨、玉龍哀曲。等恁時，再覓幽香，已入小窗横幅。』」

〔二〕涉江自采：《古詩十九首》：「涉江采芙蓉，蘭澤多芳草。」

〔三〕錦機雲密：蘇軾《和文與可洋川園池三十首·横湖》：「卷却天機雲錦段，從教匹練寫秋光。」

〔四〕一見句：李白《渌水曲》：「荷花嬌欲語，愁殺蕩舟人。」

〔五〕背酣斜日：王安石《題西太一宫壁二首》（之一）：「柳葉鳴蜩緑暗，荷花落日紅酣。」

〔六〕料應太液：白居易《長恨歌》：「歸來池苑皆依舊，太液芙蓉未央柳。」

〔七〕三十六句：李賀《金銅仙人辭漢歌》：「畫欄桂樹懸秋香，三十六宫土花碧。」

〔八〕無數句：參寥子《臨平絶句》：「五月臨平山下路，藕花無數滿汀洲。」

〔九〕泛片葉二句：「卧」字意入此。《廣博物志》卷二引《漢遺史》：「海中有人丫角，面如玉色，乘一葉紅蓮，約長丈餘，偃卧其中。」

〔一〇〕卧横紫笛：《新唐書》：「（漢中王）瑀亦知音，嘗早朝過永興里，聞笛音，顧左右曰：『是太常工乎？』曰：『然。』它日識之，曰：『何故卧吹？』笛工驚謝。」《晉書·吕纂載記》記録胡安據盜發張駿墓，得赤玉簫、紫玉笛等珍寶。

【集評】

許昂霄詞評：古詩：涉江采芙蓉。「一見」句，太白詩：「荷花姣欲語。」「愛向」二句，荆公詩：

「荷花落日紅酣。」「無數」句，此用參寥詩語。

張氏手批：紅情，當時故舊蓋有不終隱而出者，此詞譏之。《瑶臺聚八仙》云：「行藏也須在我，笑晉人爲菊，出岫方濃。」同此意也。昔也涉江自涉，今也屏側向人，太液誰家，清興如昔，煙浪中片葉，果得安乎？

單學博：二闋（孫按：另首爲《緑意》）雖爲千古倡首，然究不如《暗香》《疏影》之精到。

許廷誥：二闋雖仿調，究不如《暗香》《疏影》之精到。

邵淵耀：玉田雖創始，究不如白石兩詞之精到。

高亮功：「一見」二句，妙在清空。

陳蘭甫：《紅情》《緑意》兩闋，殊不佳，遜白石遠矣。

陳廷焯《雲韶集》卷九：（「一見」句）只寫荷花正面而情味不泛。（「料應」句）略略推開，（「泛片葉」三句）又收足正面，自是常格。

緑意①

碧圓自潔〔一〕。向淺洲遠渚②，亭亭清絶〔二〕。猶有遺簪，不展秋心，能卷幾多炎熱〔三〕。鴛鴦密語同傾蓋，且莫與③、浣紗人説〔四〕。恐怨歌、忽斷花風，碎却翠雲千疊。　回首當年漢舞④，怕飛去、謾皺留仙裙褶⑤〔五〕。戀戀青衫，猶染枯香⑥，還嘆鬢絲飄雪⑦〔六〕。盤心清露如鉛水，又一夜、西風吹折〔七〕。喜靜看⑧、匹練秋光，倒瀉半湖明月〔八〕。

【校記】

①《歷代詩餘》詞調作《疏影》。戈選杜批：「此即上之《疏影》，玉田改名。」龔本、曹本、寶書堂本、鮑本注：「《樂府雅詞》以此首作無名氏，非。」（孫按：此詞不可能入選兩宋之交曾慥的《樂府雅詞》。明朝《花草粹編》選《樂府雅詞・拾遺》卷下《杜韋娘》（華堂深院），下首爲《緑意・荷葉》，署「無名氏」。《詞綜》據之誤爲「《緑意・荷葉》，見《樂府雅詞》」。張惠言沿誤。）《天機餘錦》有詞題「荷花」。《歷代詩餘》、戈選、王刻有詞題「荷葉」。②渚：《天機餘錦》作「浦」。③莫：《歷代詩餘》作「重」。④首：《天機餘錦》作「省」。⑤謾皺：王刻作「慢縐」。皺：龔本、寶書堂本注「一作『搯』」。曹本、許本、鮑本注「一作『掐』」。夏敬觀：「『疊』『摺』，閉口韻。」⑥枯：龔本、曹本、寶書堂本、許本、鮑本作「拈」。朱校：「原本『枯』作『拈』。從王刻。」⑦嘆：《天機餘錦》作「笑」。⑧靜：《天機餘錦》作「淨」。

【注釋】

〔一〕碧圓：杜甫《爲衣》：「圓荷浮小葉，細麥落輕花。」孟郊《城南聯句》：「荷折碧圓傾。」

〔二〕亭亭：如蓋貌。《佩文齋廣群芳譜》卷二九：「荷爲芙蕖花，一名水芙蓉。……葉清明後生，圓如蓋，色青翠。」

〔三〕猶有三句：取意錢珝《未展芭蕉》：「冷燭無煙緑蠟乾，芳心猶卷怯春寒。」李洪《用東坡回文韻》：「新荷卷翠簪池面，弱柳垂絲織暝煙。」蘇軾《少年游·端午贈黄守徐君猷》：「銀塘朱檻麴塵波。圓緑卷新荷。」簪，喻初生小荷尖尖角。

〔四〕鴛鴦三句：鄭谷《蓮葉》：「多謝浣溪人不折，雨中留得蓋鴛鴦。」

〔五〕回首三句：用趙飛燕留仙裙典，以荷葉莖紋喻裙皺。

〔六〕戀戀三句：方岳《滿江紅·乙巳生日》：「烏帽久閑蒼蘚石，青衫今作枯荷葉。」梁元帝《采蓮曲》：「蓮花亂臉色，荷葉雜衣香。」李商隱《宿駱氏亭寄懷崔雍崔衮》：「秋陰不散霜飛晚，留得枯荷聽雨聲。」

〔七〕盤心三句：李賀《金銅仙人辭漢歌》：「空將漢月出宫門，憶君清淚如鉛水。」李璟《山花子》：「菡萏香銷翠葉殘，西風愁起緑波間。」

〔八〕喜靜看三句：蘇軾《和文與可洋川園池三十首·横湖》：「卷却天機雲錦段，從教匹練寫秋光。」

【集評】

許昂霄詞評：「怕飛去」四句，比。「匹練」二句，去路。

張氏手批：《緑意》，此首自寓其意，遺簪不展，當年心苦可知，「浣紗人」即前「卧横紫笛」之輩，恐其羅而致之，不得終其志也。「回首當年漢舞」者，庚辰入都也，彼時惟恐失身，故曰「謾皺留仙裙摺」，幸而青衫未脱，尚帶故香，況今老矣，何所求乎？（此下用黄色塗去一行，以燈光映視，被塗之字爲：金銅仙人辭漢，折莖而止。）玉田庚寅之歸，西風吹折時也。自此得長留湖山，故曰「喜靜看、匹練秋光」也。刻《詞選》時未見此集，從《詞綜》作無名氏，所解未當也。

單學博：（「猶有」六句）情深韻遠。

高亮功：「鴛鴦」二句側賦，極有風致。結語本東坡。

鄭文焯《大鶴山詞話續編》卷二：又疑《疏影》「飛近蛾緑」之「近」字，亦非側用，以玉田《緑意》調證之，始信。

虞美人 題陳公明所藏曲册①〔一〕

黄金誰解教歌舞。留得當時譜〔二〕。斷情殘意落人間。漢上行雲迷却、舊巫山〔三〕。

妝樓何處尋樊素〔四〕。空誤周郎顧。一簾秋雨翦燈看〔五〕。無限羈愁分付、玉簫寒②〔六〕。

【校記】

①《歷代詩餘》詞題作「題陳公明藏册」。②簫：《歷代詩餘》、王刻作「笙」。

【注釋】

〔一〕陳公明：爲程公明之誤，是玉田在溧陽的交游。詳後文《石州慢·書所見寄子野、公明》【考辨】。

〔二〕黄金二句：韓滉《聽樂悵然自述》：「黄金用盡教歌舞，留與他人樂少年。」

〔三〕漢上二句：《韓詩外傳·補逸》：「鄭交甫將南適楚，遵彼漢皋臺下，乃遇二女，佩兩珠，大如荆鷄之卵。」兼用巫山神女「旦爲朝雲，暮爲行雨」典。

〔四〕妝樓句：樊素，白居易歌姬。白居易《春盡日宴罷感事獨吟》：「病共樂天相伴住，春隨樊子一時歸。」

〔五〕一簾句：《伶玄自叙》：「（樊）通德占袖，顧視燭影，以手擁髻，淒然泣下，不勝其悲。」

〔六〕無限二句：李璟《攤破浣溪沙》：「細雨夢回鷄塞遠，小樓吹徹玉笙寒。」

【考辨】

程公明爲仇遠友人，此詞元成宗大德九年（一三〇五）寫於溧陽。

踏莎行　盧仝啜茶手卷①〔一〕

清氣崖深②，斜陽木末。松風泉水聲相答③〔二〕。光浮碗面啜先春〔三〕，何須美酒吴姬壓④〔四〕。　頭上烏巾⑤，鬢邊白髮〔五〕。數間破屋從蕪没〔六〕。山中有此玉川人⑥，相思一夜梅花發〔七〕。

【校記】

①《歷代詩餘》詞題作「題盧仝啜茶手卷」。王刻作「盧仝啜茶」。②清氣：《天機餘錦》作「青潤」。深：王刻作「陰」。③水：《天機餘錦》作「溜」。④夏敬觀：「『答』『壓』，閉口韻，戈入

『合』」。⑤巾：《天機餘錦》作「紗」。⑥有此：王刻作「自有」。

【注釋】

〔一〕盧仝句：盧仝，唐代詩人，早年隱居少室山，自號玉川子。後遷居洛陽，家境貧寒，嗜茶成癖，有著名詠茶詩《走筆謝孟諫議寄新茶》。手卷，只能卷舒而不能懸挂的横幅書畫長卷。

〔二〕松風句：松風，此指沸水聲。《茶疏》：「水一入銚，便須急煮，候有松聲，即去蓋，以消息其老嫩。蟹眼之後，水有微濤，是爲當時。大濤鼎沸，旋至無聲，是爲過時。過則湯老而香散，決不堪用。」蘇軾《瓶笙詩并引》：「庚辰八月二十八日，劉幾仲餞飲東坡，中觴，聞笙簫聲，杳杳若在雲霄間。抑揚往返，粗中音節，徐而察之，則出於雙瓶，水火相得，自然吟嘯。」

〔三〕光浮句：盧仝《走筆謝孟諫議寄新茶》：「天子須嘗陽羨茶，百草不敢先開花。仁風暗結珠琲瓃，先春抽出黄金芽。」「柴門反關無俗客，紗帽籠頭自煎吃。碧雲引風吹不斷，白花浮光凝碗面。」

〔四〕何須句：李白《金陵酒肆留别》：「風吹柳花滿店香，吴姬壓酒勸客嘗。」壓，壓榨取酒。

〔五〕頭上二句：鄭思肖《盧仝煎茶圖》：「月團片片吐蒼煙，破帽籠頭手自煎。」羊欣《古來能書人名》：「吴時張弘好學不仕，常著烏巾，時人號爲張烏巾。」

〔六〕數間破屋：韓愈《寄盧仝》：「玉川先生洛城裏，破屋數間而已矣。」

〔七〕山中二句：盧仝《有所思》：「相思一夜梅花發，忽到窗前疑是君。」

【集評】

單學博、許廷誥：（「山中」二句）用來入化。

高亮功：直叙中亦饒雅健。

【考辨】

玉田友人錢選有《盧仝煮茶圖》傳世，詞意與畫作相合。此詞應寫於張炎大德七年（一三〇三）游霅川時。

南鄉子 杜陵醉歸手卷①〔一〕

晴野事春游②。老去尋詩苦未休〔二〕。一似浣花溪上路，清幽。煙草纖纖水自流〔三〕。何處偶遲留。猶未忘情是酒籌〔四〕。童子策驢人已醉，知否③。醉裏眉攢萬國愁④〔五〕。

【校記】

①《天機餘錦》詞題作「春游」。王刻作「杜陵醉歸」。②游：龔本、曹本、寶書堂本、鮑本作「□」。許廷誥、吴搢光補「游」字。底本據王刻補。③否：底本、《歷代詩餘》、王刻作「不」，從龔本、曹本、寶書堂本、許本、鮑本。④攢：《歷代詩餘》、王刻作「横」。國：《歷代詩餘》、王刻作「疊」。

【注釋】

〔一〕杜陵：代稱杜甫。

〔二〕晴野二句：杜甫《曲江二首》（之二）：「朝回日日典春衣，每日江頭盡醉歸。酒債尋常行處有，人生七十古來稀。」李白《戲贈杜甫》：「借問别來太瘦生，總爲從前作詩苦。」

〔三〕一似三句：杜甫《將赴成都草堂途中有作先寄嚴鄭公五首》（之三）：「竹寒沙碧浣花溪，菱刺藤梢咫尺迷。」「豈藉荒庭春草色，先判一飲醉如泥。」《杜詩詳注》引《梁益記》：「溪水出湔江，居人多造彩箋，故號浣花溪。」《舊唐書·杜甫傳》：「甫於成都浣花里種竹植樹，結廬枕江，縱酒嘯詠，與田畯野老相狎蕩，無拘檢。」

〔四〕何處二句：杜甫《逼仄行贈畢曜》：「街頭酒價常苦貴，方外酒徒稀醉眠。速宜相就飲一斗，恰有三百青銅錢。」酒籌，此指計算酒價。

〔五〕童子三句：黄庭堅《老杜浣花溪圖引》：「中原未得平安報，醉裏眉攢萬國愁。」「宗文守家宗武扶，落日蹇驢馱醉起。」

【集評】

單學博：（「醉裏」句）一句已足。

邵淵耀：結一句已足。

高亮功：寫景入細。一語道盡少陵心事。結用黄山谷語。

臨江仙 太白挂巾手卷〔一〕

憶得沈香歌斷後，深宫客夢迢遥〔二〕。硯池殘墨濺花妖①〔三〕。青山人獨自，早不侶漁樵②。石壁蒼寒巾尚挂，松風頂上飄飄〔四〕。神仙那肯混塵囂〔五〕。詩魂元在此，空向水中招〔六〕。

【校記】

①硯：底本作「研」，研，通「硯」。此據諸本。　②侶：龔本、寶書堂本、曹本、許本作「似」。侶，「似」的通假字。底本、鮑本、王刻作「侶」，以形近訛。

【注釋】

〔一〕太白挂巾手卷：所題之畫應取意李白《夏日山中》：「懶摇白羽扇，裸體青林中。脱巾挂石壁，露頂灑松風。」《唐詩品彙》卷三九：「劉云：後人以此語入畫，真復可愛，妙是結句。」詞中「青山」「石壁」「松風」等皆詩中之義。

〔二〕憶得二句：樂史《李翰林别集序》：「開元中，禁中初重木芍藥，即今牡丹也（《開元天寶花木記》云：禁中呼木芍藥爲牡丹）。得四本：紅、紫、淺紅、通白者。上因移植於興慶池東沈香亭前。會花方繁開，上乘照夜車，太真妃以步輦從。……上曰：『賞名花，對妃子，焉用舊樂辭焉？』遽命龜年持金花箋宣賜翰林供奉李白立進《清平調》詞三章。白欣然承詔旨。由若宿酲未解，因援筆賦之。……龜年以歌辭進，上命梨園弟子略約調撫絲竹，遂促龜年以歌之。太真妃持頗梨七寶杯，酌西涼州蒲萄酒，笑領歌辭，意甚厚。上因調玉笛以倚曲，每曲遍將換，則遲其聲以媚之。太真妃飲罷，斂繡巾重拜。上自是顧李翰林尤異於諸學士。」

〔三〕硯池句：《開元天寶遺事》卷四：「李白於便殿，對明皇撰詔誥，時十月大寒，凍筆莫能書字。帝敕宮嬪十人侍於李白左右，令各執牙筆呵之，遂取而書其詔，其受聖眷如此。」兼用同書卷一所載沈香亭前牡丹「晝夜之間，香艷各異」爲「花木之妖」典。硯池，此指硯端貯水處。杜荀鶴《題弟侄書堂》：「窗竹影摇書案上，野泉聲入硯池中。」

〔四〕石壁二句：元代陳高、薩天錫詩歌涉及李白挂巾，可見元代此圖尚存。薩天錫《過池陽有懷唐李翰林》：「挂巾九華峰，放舟玉鏡潭。」陳高《題太白納涼圖》：「青林飛瀑吹涼飈，何人展席坐蒼蘚。乃是謫仙初醉時，露頂裸裎投羽扇。仰看雲生白成練，松陰如雨毛骨寒……便欲致身邱壑裏，挂巾石壁繼風流。」

〔五〕神仙句：《本事詩·高逸三》：「李太白初自蜀至京師，舍於逆旅。賀監知章聞其名，首訪之。既奇其姿，復請所爲文。出《蜀道難》以示之，讀未竟，稱嘆者數四，號爲『謫仙』。」杜甫《送孔巢父謝病歸游江東兼呈李白》：「蓬萊織女回雲車，指點虛無是歸路。自是君身有仙骨，世人那得知其故。」

〔六〕詩魂二句：《容齋隨筆》卷三：「世俗多言李太白在當塗采石，因醉泛舟於江。見月影，俯而取之，遂溺死。故其地有捉月臺。」此謂詩人之魂在山林不在水中。

【集評】

單學博：（「詩魂」二句）翻法。

高亮功：「研池」句甚新。結語翻用古事極寫。

夏敬觀：（上片）奇句。

南樓令

雲冷未全開。檐冰雨冱苔〔一〕。入花根、暖意先回〔二〕。一夜緑房迎曉白〔三〕，空憶遍、嶺頭梅①〔四〕。

如幻舊情懷。尋春上吹臺〔五〕。正泥深、十二香街〔六〕。且問謝家池畔草，春必定、幾時來〔七〕。

【校記】

①夏敬觀：「『回』『梅』，戈入『支』。」

【注釋】

〔一〕雲冷二句：杜甫《舍弟觀赴藍田取妻子到江陵喜寄三首》（之二）：「巡檐索共梅花笑，冷蕊疏枝半不禁。」白居易《新居早春二首》（之二）：「溜滴檐冰盡，塵浮隙日斜。」冱，凍結。

〔二〕入花根二句：齊己《早梅》：「萬木凍欲折，孤根暖獨回。」

〔三〕一夜句：李賀《牡丹種曲》：「水灌香泥却月盆，一夜緑房迎白曉。」

〔四〕空憶遍二句：用大庾嶺梅花典。李白《禪房懷友人岑倫》：「目極何悠悠，梅花南嶺頭。」

〔五〕如幻二句：吹臺，古臺名。在今河南省開封市東南。《舊五代史·梁書·太祖紀四》：「甲午，以高明門外繁臺爲講武臺。是臺西漢梁孝王之時，嘗按歌閲樂於此，當時因名曰吹臺。其後有繁氏居於其側，里人乃以姓呼之。」此泛指高臺。齊己《早梅》：「明年如應律，先發映春臺。」

〔六〕十二香街：《文選》張衡《西京賦》：「徒觀其城郭之制，則旁開三門，參涂夷庭。方軌十二，街衢相經。」李善注曰：「一面三門，門三道，故云參塗。塗容四軌，故方十二軌。軌，車轍也。……《方言》：九軌之塗，凡有十二也。」張籍《逢賈島》：「十二街中春雪遍，馬蹄今去入誰家。」岑參《衛尚書赤驃馬歌》：「香街紫陌鳳城内，行人見者誰不愛。」

〔七〕且問三句：謝靈運《登池上樓詩》：「池塘生春草，園柳變鳴禽。」

【集評】

單學博：「必定」二字活。

高亮功：前段是寫春來之景，末句點出，却又摇曳不肯説盡。

摸魚子 己酉重登陸起潛皆山樓，正對惠山①〔一〕

步高寒、下觀浮遠，清暉隔斷風雨〔二〕。醉魂誤入滁陽路〔三〕。落莫不知何處。闌屢拊。又却是，秋城自有芙蓉主〔四〕。重游倦旅。對萬壑千巖，長江巨浪〔五〕，空翠灑衣屨〔六〕。景如許。都被樓臺占取。晴嵐暖靄朝暮②〔七〕。乾坤靜裏閑居賦〔八〕。評泊水經茶譜〔九〕。留勝侶。更底用，林泉曳杖尋桑苧〔一〇〕。休休訪古〔一一〕。看排闥青來〔一二〕，書牀嘯詠，莫向惠峰去。澄江，又名芙蓉城。

【校記】

①《歷代詩餘》、王刻詞題作「登陸起潛皆山樓」。　②晴嵐暖靄：曹本、許本、鮑本作「晴巒暖靄」。戈選作「層巒煙靄」。

【注釋】

〔一〕己酉二句：己酉，江昱按曰：「元武宗至大二年。」江昱又按張炎詞末自注「澄江又名芙蓉城」：「《江陰志》：舊有芙蓉湖，在縣南四十里。南朝魚子英得赤鯉化爲龍者，即此地也。城名蓋以此。」集中有詞賦澄江陸起潛皆山樓四景，分別以《甘州》賦「雲林遠市」，《瑶臺聚八仙》賦「千巖競秀」，《壺中天》賦「月涌大江」，《臺城路》賦「遥岑寸碧」。其中《臺城路》賦「遥岑寸碧」，序曰：「澄江衆山外，無錫惠峰在其南，若地靈涌出，不偏不倚，處樓之正中，蒼翠横陳，是斯樓之勝境也。」

〔二〕步高寒三句：玉田《甘州》賦陸氏皆山樓四景之「雲林遠市」，兼及君山之巔的浮遠堂。

〔三〕醉魂句：牟巘《題陸起潛皆山樓》：「醉翁朝暮四時景，誰遺描摹入此圖。」「也曾佳客相陪否，亦有清泉可釀無。」滁陽，《太平寰宇記》卷一二六：「（廬州慎縣）古滁陽城在縣東北六十四里。吴赤烏十三年，孫權遣兵斷滁作堰，以淹北道，遂築此城爲守備。」以「環滁皆山」切陸氏樓名。

〔四〕秋城句：宋時以石曼卿與丁度爲芙蓉城主人。《能改齋漫録》卷一八：「王子高遇仙人周瑶英，與之游芙蓉城。世有其傳。余按歐陽文忠公詩話，記石曼卿死後，人有恍惚見之者，云『我今爲仙，主芙蓉城』。騎一素騾，去如飛。又按太常博士張師正所纂《括異志》記慶曆中有朝士將曉赴朝，見美女三十餘人，靚裝麗服，兩兩並行，丁度觀文按轡其後，朝士問後行者：『觀文將宅眷何往？』曰：『非也，諸女御迎芙蓉館主。』俄聞丁死。故東坡詩云：『芙蓉城中花冥冥，誰其主者石與丁。』」

〔五〕對萬壑二句：以「千巖競秀」「月涌大江」二景代稱陸氏皆山樓勝處。

〔六〕空翠句：由王維《闕題二首》（之一）句意化出：「山路元無雨，空翠濕人衣。」

〔七〕晴嵐句：歐陽修《醉翁亭記》：「若夫日出而林霏開，雲歸而巖穴暝，晦明變化者，山間之朝暮也。」

〔八〕乾坤句：潘岳《閑居賦》，取「閑靜居坐」之意。

〔九〕評泊句：用陸氏當家典。《洪武無錫縣志》卷三（上）：「唐陸羽，字鴻漸。未知所生，及長，以易自筮。得蹇之漸。曰：鴻漸於陸，其羽可用爲儀，吉。乃以陸爲氏，名羽，而以鴻漸字之。

嗜茶，著《茶經》三篇，鬻茶者至陶羽形，祀爲茶神。上元初，隱居苕溪，自稱桑苧翁，又號竟陵子。在隴西公幕府。自號東園先生，又號東岡子。嘗品水味，列無錫惠山泉第二，至今稱爲陸子泉。泉上有祠，祀羽畫像。」又，卷三（下）：「唐陸鴻漸品水味二十等。」評泊，品評。

〔一〇〕留勝侶三句：陸游《八十三吟》：「桑苧家風君勿笑，它年猶得作茶神。」《南史·何點傳》：「與陳郡謝瀹、吴國張融、會稽孔德璋爲莫逆友。……招攜勝侶，及名德桑門，清言賦詠，優游自得。」

〔一一〕休休訪古：尤袤《全唐詩話·司空圖》：「圖既負才慢世，謂己當爲宰輔，時人惡之，稍抑其鋭。圖憤憤謝病復歸中條，與人書疏，不名官位，但稱知非子，又稱耐辱居士。其所居在禎貽谿之上，結茅屋，命曰休休亭。」

〔一二〕排闥青來：王安石《書湖陰先生壁》：「一水護田將緑繞，兩山排闥送青來。」

【集評】

高亮功：前段頓宕有致，後段便平直矣。

【考辨】

張氏手批：至大二年，時年六十二。

孫按：此爲己酉即至大二年（一三〇九）重游江陰之作。玉田晚景淒涼，仍然居無定所。

臺城路

陸義齋壽日，自澄江放舟，清游吴山水間，散懷吟眺，一任所適所之。既倦，乘月夜歸。太白去後五百年無此樂耶①〔一〕

清時樂事中園賦，怡情楚花湘草〔二〕。秀色通簾，生香聚酒，修景常留池沼〔三〕。閑居自好。奈車馬喧塵②，未教閑了〔四〕。把菊清游，冷紅飛下洞庭曉〔五〕。尋泉同步翠杳。更將秋共遠，書畫船小〔六〕。款竹誰家，盟鷗某水③，白月光涵圓嶠〔七〕。天浮浩渺。稱緑髮飄飄〔八〕，溯風舒嘯。緩築堤沙④〔九〕，渭濱人未老〔一〇〕。

【校記】

①陸義齋八句：五百年，諸本皆作「三百年」，此從《天機餘錦》及劉榮平考説。參見《慶清朝·韓亦顔歸隱兩水之濱》校記。戈選「夜」作「醉」。《歷代詩餘》、王刻詞題作「陸義齋壽日放舟游吴」。

②喧塵：《歷代詩餘》、王刻作「塵喧」。　③盟鷗：《歷代詩餘》作「鷗盟」。　④堤沙：《歷代詩餘》、戈選、王刻作「沙堤」。

【注釋】

〔一〕陸義齋八句：陸義齋，即陸垕。太白二句，詳見《慶清朝》【校記】。

〔二〕清時二句：韓愈《奉和僕射裴相公感恩言志》：「林園窮勝事，鐘鼓樂清時。」晏殊《中園賦》多湘楚花草：「香珍緑蕙，媚服崇蘭。玉蕊金蓉，相思杜鵑。辛夷襲紫，芍藥含丹。」「荔芸禦凍，椒桂含温。萸房入佩，菰首登飧。薜荔成帷，昔邪在垣。」袁易《題陸義齋香遠亭》：「茲花亦如之，曲池抱明妝。絳袖冰雪質，翠衣雲錦章。」「漠漠遞幽馥，悠悠播微芳。」

〔三〕秀色三句：陸義齋有秀野園。

〔四〕閑居三句：陸氏有閑居堂。陶淵明《飲酒詩二十首》（之五）：「結廬在人境，而無車馬喧。」潘岳有《閑居賦》。

〔五〕把菊二句：此寫秋游蘇州洞庭山水，崔信明殘句「楓落吴江冷」。杜甫《九月楊奉先會白水崔明府》：「坐開桑落酒，來把菊花枝。」陸氏生辰在九月菊花時。

〔六〕書畫船小：《齊東野語》卷一九：「諸王孫趙孟堅字子固，號彝齋，居嘉禾之廣陳。修雅博識，善筆札，工詩文，酷嗜法書。多藏三代以來金石名跡，遇其會意時，雖傾囊易之不靳也。又善作梅竹，往往得逃禪、石室之妙，於山水爲尤奇，時人珍之。襟度瀟爽，有六朝諸賢風氣，時比之米南宫，而子固亦自以爲不歉也。東西薄游，必挾所有以自隨。一舟横陳，僅留一席爲偃息之地，隨意左右取之，撫摩吟諷，至忘寢食。所至，識不識望之，而知爲米家書畫船也。庚申歲，客輦下，會菖蒲節，余偕一時好事者邀子固，各攜所藏，買舟湖上，相與評賞。飲酣，子固脱帽，以酒晞髮，箕踞歌《離騷》，旁若無人。薄暮，入西泠，掠孤山，艤櫂茂樹間。指林麓最幽處瞪目絶叫曰：『此真洪谷子、董北苑得意筆也。』鄰舟數十，皆驚駭絶嘆，以爲真謫仙人。」

〔七〕圓嶠：海中仙山，見《憶舊游·大都長春宫》注〔二〕所引《列子》卷五。此形容山巒。

〔八〕緑髮：王轂《逢道者神和子》：「童顔終不改，緑髮尚依然。」

〔九〕緩築堤沙：《唐國史補》卷下：「凡拜相，禮絶班行。府縣載沙填路，自私第至子城東街，名曰『沙堤』。」柳永《瑞鷓鴣》：「當恁時，沙堤路穩，歸去難留。」

〔一〇〕渭濱句：《藝文類聚》引《説苑》：「吕望年七十，釣於渭渚。三日三夜，魚無食者。……望如其言，初下得鮒，次得鯉，刳腹得書。書文曰：『吕望封於齊。』」意謂其有吕望之才而富春秋，將有仕途騰達之時。

【集評】

高亮功：前半略作頓宕。「把菊」二句是轉筆。換頭以下數語，極能寫出散懷吟眺之樂。結語近俗。

【考辨】

陸文圭贈陸垕壽詩六首，如下引句可與此詞參看。《壽陸義齋二首（乙巳九月自五羊歸）》：「芙蓉金菊秋風徑，好和陶辭引玉觴。」「緑髮仙童馭彩鸞，九秋彌節下人間。」「霞杯淺注黄花酒，留取餘香晚節看。」《又口號四首（謹案：此詩壽陸義齋作，時乙巳九月前，有七言律詩一首，編入十八卷）》：「今日黄花故園酒，獨攜野鶴伴閑身。」乙巳，大德九年（一三〇五），義齋生日在霜菊時，然而玉田此年中秋至重陽皆在溧陽，故與陸文圭壽詞非寫於同時。結合前考張炎江陰游踪，此詞寫於大德六年（一三〇二），陸垕赴任嶺北湖南道肅政廉訪使路經家鄉江陰時，義齋時年四十四歲，可稱「緑髮飄飄」「人未老」。玉田至大二年（一三〇九）重游江陰時，陸義齋已經於兩年前謝世。

華胥引 錢舜舉幅紙畫牡丹、梨花二折枝。牡丹名洗妝紅，爲賦一曲，並題二花①〔一〕

温泉浴罷，酣酒纔甦，洗妝猶濕②〔二〕。落暮雲深③，瑶臺月下逢太白〔三〕。素衣初染天香④，對東風傾國⑤〔四〕。惆悵東闌，炯然玉樹獨立⑥〔五〕。　只恐江空⑦，頓忘却、錦袍清逸〔六〕。柳迷歸院〔七〕，欲遠花妖未得〔八〕。誰寫一枝淡雅⑧，傍沈香亭北〔九〕。搔首狂歌，動人一片春色⑨〔一〇〕。

【校記】

①底本、龔本、曹本、寶書堂本、許本、鮑本無「二折枝」三字，據《天機餘錦》補。水竹居本、石村書屋本、明吴鈔、汪鈔本作：「因觀錢舜舉畫牡丹、梨花二折枝，名洗妝紅，予賦此一曲，並題二花。」王刻略同，惟句首無「因」字。《歷代詩餘》詞題作「題畫牡丹、梨花」。　②洗：《天機餘錦》作「晚」。

③落暮雲深：龔本、曹本、寶書堂本、許本、鮑本注「一作『無語凭嬌』」。《天機餘錦》同。落暮：石村書屋本、明吴鈔、汪鈔本作「落寞」。《歷代詩餘》作「薄暮」。高亮功：「蕭中孚云：『「落暮」二字，疑誤。』」陳蘭甫：「『落』當是『薄』訛。」王刻作「落漠」。　④初：龔本、曹本、寶書堂本、許本、鮑本注「一作『猶』」。　⑤東：水竹居本、石村書屋本、明吴鈔、汪鈔本作「柔」。　⑥夏敬觀：「『濕』『立』，閉口韻。」　⑦空：龔本、曹本、寶書堂本、許本、鮑本注「一作『雲』」。　水竹居本、明吴

鈔、汪鈔本、王刻同。⑧誰寫句：龔本、曹本、寶書堂本、許本、鮑本注「一作『誰道玉容寂寞』」。《天機餘錦》同。淡雅：水竹居本、石村書屋本、明吴鈔、汪鈔本、王刻作「雅淡」。⑨搔首二句：底本、龔本、曹本、寶書堂本、許本、鮑本作「説與鶯鶯，怕人錯認秋色」，此據《天機餘錦》及龔本、曹本、寶書堂本、許本、鮑本注。

【注釋】

〔一〕錢舜舉五句：錢舜舉，即錢選，玉田友人，著名畫家。《書畫題跋記》卷十「董其昌題項子京花草册」：「寫生至宣和殿畫院諸名手始具衆妙。蓋由徽廟自能工此種畫法，能品題甲乙耳。元時惟錢舜舉一家猶傳古法，吴中雖有國能，多成逸品。」折枝，花卉畫的一種。只畫從樹幹上折下來的部分花枝。洗妝紅，牡丹名品。《説郛三種・説郛一二〇卷》卷一〇四引周氏《洛陽牡丹記》：「洗妝紅，千葉肉紅花也。元豐中忽生於銀李圃山篦中。大率似壽安而小異。劉公伯壽見而愛之，謂如美婦人洗去朱粉而見其天真之肌瑩潔温潤，因命今名。其品第蓋壽安劉師閣之比歟？」　錢舜舉有牡丹折枝、梨花折枝圖傳世。自題《梨花折枝圖》：「寂寞闌干淚滿枝，洗妝猶帶舊風姿。閉門夜雨空愁思，不似金波欲暗時。」

〔二〕温泉三句：白居易《長恨歌》：「春寒賜浴華清池，温泉水滑洗凝脂。」「天香」意入於此。《南部新書》卷一：「會春暮，内殿賞牡丹花，上頗好詩，因問（程）修己曰：今京邑人傳牡丹詩誰爲首出？對曰：『中書舍人李正封詩：「天香夜染衣，國色朝酣酒。」』時楊妃侍，上曰：『妝臺前宜飲以一紫金盞酒，則正封之詩見矣。』」

〔三〕瑶臺句：李白《清平調三首》(之一)：「若非群玉山頭見，會向瑶臺月下逢。」

〔四〕素衣二句：《清平調三首》(之三)：「名花傾國兩相歡，長得君王帶笑看。解釋春風無限恨，沈香亭北倚闌干。」

〔五〕惆悵二句：羅鄴殘句：「梨花滿地東風急。」炯然，明亮貌。並用前注杜牧《初冬夜飲》、蘇軾《東闌梨花》詩意。

〔六〕只恐三句：用《舊唐書》李白著宫錦袍乘舟過江事。

〔七〕柳迷歸院：杜甫《晚出左掖》：「退朝花底散，歸院柳邊迷。」丘爲《左掖梨花》：「冷艷全欺雪，餘香乍入衣。」

〔八〕欲遠句：用沈香亭前牡丹一日之内顔色數變稱爲「花妖」典。王建《題所賃宅牡丹花》：「賃宅得花饒，初開恐是妖。」

〔九〕誰寫二句：切題中「洗妝」之義。後人論錢選牡丹變宋人穠麗爲清淡秀雅。

〔一〇〕搔首二句：戴表元《題錢選畫》：「吴興錢選，能畫嗜酒。酒不醉不能畫，然絶醉不可畫矣。惟將醉，醺醺然心手調和時，是其畫趣。」《類説》卷四七載唐人詩：「嫩緑枝頭紅一點，動人春色不須多。」此反用之。

【集評】

陳蘭甫：「並題二花」，本難著筆。以「太白」比「梨花」殊不切，但取「白」字而已。用「花妖」二字，何也？

【考辨】

江昱疏證：《畫史會要》：錢選，字舜舉，號玉潭。李日華云：又號巽峰，霅川人。宋景定間，鄉貢進士。元初，吳興有八俊之號，以子昂爲稱首，而舜舉與焉。及子昂被薦登朝，諸公皆相附取宦達，獨舜舉齟齬不合，流連詩畫以終其身。人物山水花鳥師趙昌，青緑山水師趙千里，尤善作折枝，其得意者，賦詩其上。許白雲集：選嗜酒，酒不醉不能畫，然絶醉不可畫矣。惟將醉時，心手調和，是其畫趣，畫成亦不計較，往往爲好事者持去。今人有圖記精明，又旁附謬詩猥札者，蓋贋本，非親作也。《石塘文稿》：舜舉畫高者至與古人無辨，嘗借人白鷹圖，夜臨摹裝池。翼日，以臨本歸之，主人弗覺也。湖之人經舜舉指授，類皆以能畫稱。

孫按：許白雲集即許謙的《白雲遺稿》，戴表元《題畫》所記相同。戴文評曰：「此卷煙林水嶼，伸紙數尺，自非須臾可就，想見經營布置時，累醉不一醉。祝提學云：有人仕吳，詣錢生，值醉得之。良是。」

《庚子銷夏記》（卷二）：「舜舉，宋進士，不肯出仕，歸老霅川，以詩畫自誤。……前人曾題其花卉卷有云：『霅翁夙號老詞客，亂後却工花寫生。寓意豈求顔色似，錢唐風物記昇平。』亦此意也。」「前人」及題詩是同時陳儼的《錢選畫花》，此詞所題牡丹、梨花折枝承載盛唐的絶代風華，可見是錢選歸隱霅地之後的詞作。詞寫於大德七年（一三〇三）玉田游湖州吳興時。詳《一萼紅·弁陽翁新居》【考辨】。

風入松　聽琴中彈樵歌①〔一〕

松風掩畫隱深清②。流水自泠泠③。一從柯爛歸來後，愛弦聲④、不愛枰聲〔二〕。頗笑山中散木〔三〕，翻憐爨下勞薪〔四〕。　透雲遠響正丁丁⑤〔五〕。孤鳳劃然鳴〔六〕。疑行嶺上千秋雪⑥，語高寒、相應何人⑦〔七〕。回首更無尋處，一江風雨潮生〔八〕。

【校記】

①《天機餘錦》無「彈」字。　②風：《天機餘錦》作「關」。清：《天機餘錦》作「情」。　③泠泠：《天機餘錦》、龔本、寶書堂本作「冷冷」。　④弦：《天機餘錦》作「琴」。　⑤透：《天機餘錦》作「穿」。　⑥秋：《天機餘錦》作「松」。　⑦夏敬觀：「『薪』『人』，真韻。」

【注釋】

〔一〕樵歌：《誠一堂琴談》卷二引《琴疏》：「毛敏仲，琴名昭美，古云宋扁。作《樵歌》《塗山》《莊周夢蝶》《幽人折芳桂》《佩蘭》。丁元亂，播越江湖，猶鼓琴賦詩。」《神奇秘譜》卷中：「樵歌，臞仙曰：是曲之作也，因元兵入臨安，敏仲以時不合，欲希先賢之志，晦跡岩壑，隱遁不仕，故作歌以招同志隱焉，自以爲遁世無悶也。」《樵歌》的小標題有多種版本，與本詞最相符合者爲《西麓堂琴統》所録十一曲：遁世無悶、傲睨物表、斧斤入林、伐木丁丁、樂道以書、長嘯谷答、詠鄭公風、振衣崇崗、遠棲雲嶠、壽倚松齡、醉舞下山。

〔二〕一從三句：用王質伐樵，觀棋未盡，斧柯爛盡典。枰，棋局。

〔三〕頗笑句：《莊子·人間世》：「匠石之齊，至於曲轅，見櫟社樹……曰：『已矣，勿言之矣！散木也，以爲舟則沉，以爲棺槨則速腐，以爲器則速毁，以爲門户則液樠，以爲柱則蠹。是不材之木也，無所可用，故能若是之壽。』」

〔四〕翻憐句：《後漢書·蔡邕傳》：「吴人有燒桐以爨者，邕聞火烈之聲，知其良木，因請而裁爲琴，果有美音，而其尾猶焦，故時人名曰『焦尾琴』焉。」勞薪，木器使用過度，劈爲柴薪。《世説新語·術解》：「荀勖嘗在晉武帝坐上食筍進飯，謂在坐人曰：『此是勞薪炊也。』坐者未之信，密遣問之，實用故車脚。」

〔五〕透雲句：《詩·小雅·伐木》：「伐木丁丁，鳥鳴嚶嚶。」毛傳：「丁丁，伐木聲也。」

〔六〕孤鳳句：韓愈《聽穎師彈琴》：「劃然變軒昂，勇士赴敵場。浮雲柳絮無根蒂，天地闊遠隨飛揚。喧啾百鳥群，忽見孤鳳凰。」《樵歌》被譽爲「鳳兮凰兮之亞」。

〔七〕疑行三句：用杜甫「窗含西嶺千秋雪」意境，意思是琴語寒氣凛冽，世少知音。

〔八〕一江句：蘇舜欽《淮中晚泊犢頭》：「晚泊孤舟古祠下，滿川風雨看潮生。」

【集評】

單學博：（「愛弦聲」二句）巧於鬬合。

高亮功：「『透雲』句甚佳，謂能以一筆作兩筆寫也。」

【考辨】

琴曲《樵歌》作者毛敏仲曾與玉田父親張樞交游，《詞源序》：「昔在先人侍側，聞楊守齋、毛敏仲、徐南溪諸公商榷音律。」聆聽先輩所創招隱之曲，别有古今盛衰之感。

浪淘沙　秋江〔一〕

萬里一飛篷〔二〕。吟老丹楓〔三〕。潮生潮落海門東〔四〕。三兩點鷗沙外月，閑意誰同〔五〕。

一色與天通〔六〕。絶去塵紅〔七〕。漁歌忽斷荻花風。煙水自流心不競〔八〕，長笛霜空。

【注釋】

〔一〕秋江：江昱按曰：「詞意非徒賦秋江景物，秋江乃沈堯道號，此當爲沈賦者。」

〔二〕萬里句：韓翃《送趙評事赴洪州使幕》：「萬里思君處，秋江夜雨中。」

〔三〕吟老丹楓：杜牧《秋晚早發新定》：「涼風滿紅樹，曉月下秋江。」

〔四〕潮生句：蘇軾《乞相度開石門河狀》：「潮自海門東來，勢若雷霆，而浮山峙於江中，與魚浦諸山相望，犬牙錯入，以亂潮水，洄洑激射。」

〔五〕三兩點二句：黄庭堅《演雅》：「江南野水碧於天，中有白鷗閑似我。」又，殘句：「鳴鷗本意願秋江。」

〔六〕一色句：王勃《滕王閣序》：「落霞與孤鶩齊飛，秋水共長天一色。」

〔七〕絶去塵紅：王安石《白鷗》：「江鷗好羽毛，玉雪無塵垢。」塵紅，即紅塵。繁華之地。班固《西都賦》：「紅塵四合，煙雲相連。」

〔八〕煙水句：杜甫《江亭》：「水流心不競，雲在意俱遲。」

【集評】

單學博：真絶唱，起轉承合，無不自然，神到時始能成此。

邵淵耀：起承轉合無不自然，神到乃能成此絶唱。

高亮功：（「三兩」二句）語亦閑適。

夜飛鵲

大德乙巳中秋，會仇山村於溧陽。酒酣興逸，各隨所賦。余作此詞，爲「明月明年」佳話云①〔一〕

林霏散浮暝，河漢空雲，都緣水國秋清〔二〕。緑房一夜迎向曉②，海影飛落寒冰。蓬萊在何處，但危峰縹緲③，玉籟無聲④〔三〕。文簫素約⑤，料相逢、依舊花陰⑥〔四〕。登眺尚餘佳興，零露下衣襟〔五〕，欲醉還醒。明月明年此夜⑦，頡頏萬里，同此陰晴〔六〕。霓裳夢斷，到如今、不許人聽〔七〕。正婆娑桂底⑧，誰家弄笛⑨，風起潮生⑩〔八〕。

【校記】

①水竹居本、石村書屋本、明吴鈔、汪鈔本、王刻詞題作「中秋」。《歷代詩餘》作「中秋會仇山村溧

陽」。②迎向曉：《天機餘錦》作「迎曉」。③危：《天機餘錦》作「數」。④玉：《天機餘錦》作「天」。陳蘭甫：「『玉』字疑誤。」⑤文簫：《天機餘錦》作「文蕭」。水竹居本、王刻作「簫鸞」。石村書屋本、明吴鈔、汪鈔本作「蕭鸞」。⑥花：《歷代詩餘》作「光」。王刻注：「一作『光』。」夏敬觀：「『雲』，真韻。『陰』，閉口韻。」⑦明年：王刻作「年年」。⑧正：石村書屋本、明吴鈔、汪鈔本、王刻無此字。⑨弄：明吴鈔作「吹」。⑩起：《天機餘錦》作「爽」。

【注釋】

〔一〕大德六句：江昱按曰：「大德乙巳，元成宗大德九年。」仇山村，仇遠。山村在餘杭縣仇山。許廷誥：「山村入元爲溧陽學正。」王勃《滕王閣序》：「遥襟俯暢，逸興遄飛。」蘇軾《中秋月》：「此生此夜不長好，明月明年何處看。」

〔二〕林霏三句：蘇軾《中秋月》：「暮雲收盡溢清寒，銀漢無聲轉玉盤。」《白孔六帖》卷二：「天河謂之天漢、銀漢、銀河、河漢、天津、絳河、明河。」

〔三〕玉籟無聲：陳師道《十五夜月》：「稍稍孤光動，沈沈衆籟微。」《西王母授紫度炎光神變經頌三篇》（之二）：「流風鼓空洞，玉籟乘虚鳴。」

〔四〕文簫三句：吴彩鸞《贈文簫》：「若能相伴陟仙壇，應得文簫駕彩鸞。」簫，一作「蕭」。並暗用韋皋、玉簫指環之約。見《雲溪友議》卷中。

〔五〕零露句：陳師道《十五夜月》：「飛螢元失照，重露已沾衣。」

〔六〕頡頏二句：蘇軾《中秋月寄子由三首》（之三）：「嘗聞此宵月，萬里同陰晴。」頡頏，相抗衡。《晉書·文苑傳序》：「潘、夏連輝，頡頏名輩。」

〔七〕霓裳三句：下句「婆娑桂底」意亦入此，寫玄宗中秋在月宮所見仙女之舞及所聽仙曲《霓裳羽衣》，典見前引《龍城録》及《唐逸史》。杜甫《贈花卿》：「此曲只應天上有，人間能得幾回聞。」

〔八〕正婆娑三句：曾幾《八月十五夜月二首》（之二）：「曳履商聲憐此老，倚樓長笛問誰家。」蘇軾《水調歌頭》：「起舞弄清影，何似在人間。」《詩·陳風·東門之枌》序曰：「男女棄其舊業，亟會於道路，歌舞於市井爾。」首章曰：「東門之枌，宛丘之栩。子仲之子，婆娑其下。」

【集評】

單學博：亦翻用東坡《水調歌頭》意也。

高亮功：「乾坤清氣得來難」，「自是君身有仙骨」，前人詩句，請以轉贈斯詞。

【考辨】

張氏手批：溧陽作，宜次己酉前。

孫按：己酉，即至大二年（一三〇九），此詞大德九年乙巳（一三〇五）中秋寫於溧陽。

風入松 爲山村賦①〔一〕

晴嵐暖翠護煙霞〔二〕。喬木晉人家〔三〕。幽居只恐歸圖畫，唤樵青、多種桑麻〔四〕。門掩推敲古意〔五〕，泉分冷淡生涯②〔六〕。無邊風月樂年華③〔七〕。留客可茶瓜〔八〕。任他車馬雖嫌僻，笑喧喧、流水寒鴉〔九〕。小隱正宜深靜，休栽湖上梅花〔一〇〕。

【校記】

①《天機餘錦》詞題作「爲仇山村賦」。②冷：《天機餘錦》作「清」。③樂：《天機餘錦》作「度」。

【注釋】

〔一〕山村：此結合山村圖寫仇遠卜居地。詳【考辨】。

〔二〕晴嵐句：歐陽修《廬山高》：「欲令浮嵐暖翠千萬狀，坐卧常對乎軒窗。」

〔三〕喬木句：仇遠《題高房山寫山村圖卷并序》：「蒼石壓危構，白雲養喬木。向來仇池夢，歷歷在我目。」仇池如晉避世桃源，見蘇軾《和桃花源詩序》：「余在潁州，夢至一官府。人物與俗間無異，而山川清遠，有足樂者。顧視堂上榜曰『仇池』。……他日工部侍郎王欽臣仲至，謂余曰：吾嘗奉使過仇池，有九十九泉，萬山環之，可以避世如桃源也。」

〔四〕幽居三句：顏真卿《浪跡先生玄真子張志和碑》：「肅宗嘗錫奴婢各一，玄真配爲夫妻。名夫曰漁僮，妻曰樵青。人問其故。魚僮使捧釣收綸，蘆中鼓枻；樵青使蘇蘭薪桂，竹裏煎茶。」

〔五〕門掩句：《鑒戒録·賈忤旨》：「（賈島）忽一日於驢上吟得『鳥宿池中樹，僧敲月下門』。初欲著『推』字，或欲著『敲』字，煉之未定。……韓（愈）立馬良久思之，謂島曰：『作「敲」字佳矣。』」

〔六〕泉分句：《九家集注杜詩》卷一注杜甫《醉時歌》「廣文先生官獨冷」句：「國子監置廣文館博士四人，助教二人，並以文士爲之。領生徒爲進士者。天寶九年置。趙云：唐人以祠部無事，謂之冰廳。冰，音去聲。趙璘云：言其清且冷也。」

〔七〕無邊句：朱熹《六先生畫像贊·濂溪先生》：「風月無邊，庭草交翠。」

〔八〕留客句：杜甫《巳上人茅齋》：「枕簟入林僻，茶瓜留客遲。」《南齊書·竟陵文宣王子良傳》：「子良少有清尚，禮才好士，居不疑之地，傾意賓客，天下才學皆游集焉。善立勝事，夏月客至，爲設瓜飲及甘果，著之文教。」

〔九〕任他三句：郎士元《送張南史》：「車馬雖嫌僻，鶯花不棄貧。」白居易《買花》：「帝城春欲暮，喧喧車馬度。」隋煬帝《詩》：「寒鴉飛數點，流水繞孤村。」喧喧，形容聲音喧鬧。

〔一〇〕小隱二句：王康琚《反招隱詩》：「小隱隱陵藪，大隱隱朝市。」

【集評】

單學博、許廷誥：（結處）翻進一層更高。

邵淵耀：「門掩」句微欠渾。

高亮功：「門掩」二句，措語頗佳。

陳蘭甫：「門掩」句牽强。

【考辨】

江昱疏證：仇遠《山村遺稿·題高房山寫山村圖卷并序》：「大德初元九月十九日，清河張淵甫貳車會高彦敬御史於泉月精舍。酒半，爲余作山村圖。頃刻而成，元氣淋灕，天真爛漫，脱去畫工筆墨畦町。余方棲遲塵土，無山可耕，展玩此圖，爲之悵然而已。」「我家仇山陽，昔有數椽屋。誤落塵市間，讀書學干禄。井枯灶煙絶，況復問松菊。如此五十年，一出不可復。高侯丘壑胸，知我志幽獨。爲寫隱居圖，寒溪入空谷。蒼石壓危構，白雲養喬木。向來仇池夢，歷歷在我目。何哉草堂資，正爾飯不足。視吾舌尚存，吾居有時卜。」

江昱按曰：張翥跋：仇山在餘杭溪上，因號山村民。

孫按：《清河書畫舫》卷一一載趙孟頫跋：「高彦敬《山村隱居圖》。彦敬所作山水，真杜子美所謂元氣淋灕者耶？仁近得之，可謂平生壯觀也。」結合周密題《山村圖》詩，知皆寫於仇遠任溧水教授之後。方回《送仇仁近持山村圖求屋貲》寫及仇遠求募建屋資金，據《桐江續集》編年之序，求屋貲詩寫於大德二年戊戌（一二九八）。仇遠卜居之地在錢唐門内白龜池。餘杭仇山與西湖無涉，且已是故村無田。而仇遠《金淵集·和子野郊居見寄》有「因子洮湖歸釣魚，西湖我亦念吾廬」，則仇遠任溧陽教職時已經卜築西湖。玉田游跡匆匆，與仇遠在杭州無晤面之緣，此詞也應大德九年乙巳（一三〇五）寫於溧陽。

石州慢①書所見寄子野、公明②〔一〕

野色驚秋，隨意散愁，踏碎黄葉。誰家籬院閑花③，似語試妝嬌怯④。行行步影，未教背寫腰肢⑤，一搦猶立門前雪⑥〔二〕。依約鏡中春〔三〕，又無端輕别。　　癡絶〔四〕。漢皋何處，解珮何人⑦，底須情切〔五〕。空引東鄰，遺恨丁香空結⑧〔六〕。十年舊夢⑨〔七〕，謾餘恍惚雲窗⑩〔八〕，可憐不是當時蝶⑪。深夜醉醒來⑫，好一庭風月⑬。

【校記】

①戈選杜批：「此調以賀方回詞爲正格。此前段第四、五句攤破作四字三句，爲又一體。」《詞譜》以此詞四、五句攤破作四字三句：「誰家籬院，閑花似語，試妝嬌怯。」　②《天機餘錦》詞題作「書所見」。　③院：水竹居本、石村書屋本、明吴鈔、汪鈔本、王刻作「落」。龔本、曹本、寶書堂本、鮑本注「一作『下』」。《天機餘錦》、《詞律》、《歷代詩餘》、戈選同。花：《歷代詩餘》作「心」。　④試、嬌：龔本、曹本、寶書堂本、許本、鮑本注「一作『弄』、一作『羞』」。水竹居本、石村書屋本、明吴鈔、汪鈔本、王刻二字均同。　⑤腰肢：《天機餘錦》作「纖腰」。　⑥搦：《天機餘錦》、明吴鈔作「枝」。龔本、曹本、寶書堂本、許本、鮑本作「嫋」。朱校：「原本『搦』作『嫋』。從王刻。」猶：龔本、曹本、寶書堂本、許本、鮑本注「一作『還』」。《天機餘錦》同。　⑦解珮：龔本、曹本、寶書堂本、許本、鮑本注「一作『珮解』」。《天機餘錦》同。　⑧空：龔本、曹本、寶書堂本、許本、鮑本注「一作

『勾』」。《天機餘錦》、戈選同。⑨夢：石村書屋本、汪鈔本、王刻作「恨」。⑩謾：龔本、曹本、寶書堂本、許本、鮑本注「一作『尚』」。石村書屋本、明吴鈔、《詞律》、《歷代詩餘》、汪鈔本、王刻同。⑪不：《天機餘錦》作「猶」。當：龔本、曹本、寶書堂本、許本、鮑本注「一作『舊』」。《詞律》《歷代詩餘》同。夏敬觀：「『葉』『蝶』，戈入『勿』『迄』。『怯』，戈入『合』。」⑫醒來：《天機餘錦》作「初醒」。⑬好：龔本、寶書堂本、許本、鮑本注「一作『但』」。戈選同。《詞譜》作「悵」。水竹居本、石村書屋本、明吴鈔、汪鈔本無此字。風：《天機餘錦》作「明」。

【注釋】

〔一〕子野、公明：即姜子野（漁隱）、程公明，玉田在溧陽時交游的詩人。

〔二〕未教二句：蘇軾《續麗人行》：「隔花臨水時一見，只許腰肢背後看。」尹鶚《清平樂》：「賺得王孫狂處，斷腸一搦腰肢。」

〔三〕鏡中春：黄庭堅《次韻柳通叟寄王文通》：「心猶未死杯中物，春不能朱鏡裏顔。」

〔四〕痴絶：《晉書·文苑傳》：「初，（顧）愷之在桓温府。常云：『愷之體中，痴黠各半，合而論之，正得平耳。』故俗傳愷之有三絶：才絶、畫絶、痴絶。」來鵬《水仙花》：「白玉斷笄金暈頂，幻成痴絶女兒花。」

〔五〕漢皋三句：用鄭交甫漢皋遇二仙女典。

〔六〕空引二句：李商隱《代贈二首》（之一）：「芭蕉不展丁香結，同向春風各自愁。」

〔七〕十年舊夢：杜牧《遣懷》：「十年一覺揚州夢，贏得青樓薄幸名。」

〔八〕恍惚雲窗：韓愈《華山女》：「雲窗霧閣事恍惚，重重翠幕深金屏。」

【集評】

高亮功：前半叙事，後半言情。換頭是自爲唤醒語，而勢甚峭。結有不盡之致。

【考辨】

桂栖鵬《新證》：公明姓程，張炎《虞美人》詞題作「陳」，實誤。（仇遠）《金淵集》卷五有《九日次程公明韻》，卷六《題扇》第一首後注「程公明」；《永樂大典》卷一一〇七七亦録有仇遠《程公明家玉蕊花》（今本《金淵集》乃四庫館臣從《永樂大典》輯出，此條漏輯）。《九日次程公明韻》……程公明、姜子野皆仇遠任溧陽州學教授時所交之友。而張炎亦爲仇遠之至交。故張炎交於程、姜二人或以仇遠爲介。大德九年（一三〇五）秋，張炎游寓溧陽，與時任溧陽州學教授的仇遠相會，其交於程、姜二人當在此時，其題程之曲册與題姜之《雪溪圖》兩詞亦當作於此時。

孫按：此詞寫於大德十年（一三〇六）或稍後，玉田離開溧陽之後的寄贈之作。

清平樂 爲伯壽題四花：牡丹①〔一〕

百花開後〔二〕。一朵疑堆繡〔三〕。絶色年年常似舊②。因甚不隨春瘦③〔四〕。　脂痕淡約蜂黄④〔五〕。可憐獨倚新妝〔六〕。太白醉游何處，定應忘了沈香⑤〔七〕。

【校記】

①曹本、鮑本詞題中「爲伯壽題四花」置於詞調前，統領以下四首組詞。水竹居本、許本、王刻將「牡丹」移置詞末。《歷代詩餘》詞題作「牡丹」。孫按：曹本、鮑本標目最爲明晰。②常：水竹居本、石村書屋本、明吴鈔、汪鈔本作「長」。③隨：水竹居本作「堪」。石村書屋本、汪鈔本作「堪隨」。④約：龔本、曹本、寶書堂本、許本、鮑本注「一作『掃』」。水竹居本、石村書屋本、明吴鈔、汪鈔本、王刻同。⑤應：王刻作「教」。

【注釋】

〔一〕伯壽：羅志仁，字伯壽，號壺秋。

〔二〕百花開後：皮日休《牡丹》：「落盡殘紅始吐芳，佳名喚作百花王。」

〔三〕一朵句：元稹《與楊十二李三早入永壽寺看牡丹》：「壓砌錦地鋪，當霞日輪映。」唐彦謙《牡丹》：「顔色無因饒錦繡，馨香惟解掩蘭蓀。」

〔四〕絶色二句：羅隱《扇上畫牡丹》：「閑挂幾曾停蛺蝶，頻摇不怕落莓苔。」

〔五〕脂痕句：蜂黄，點額時妝。韓琮《牡丹》：「嫩蕊包金粉，重葩結繡囊。」秦韜玉《牡丹》：「壓枝金蕊香如撲，逐朵檀心巧勝裁。」《青瑣高議・前集》卷之六：「（明皇時）有獻牡丹者，謂之楊家紅，乃衛尉卿楊勉家花也。其花微紅，上甚愛之，命高力士將花上貴妃。貴妃方對妝，妃用手拈花，時勻面手脂在上，遂印於花上。帝見之，問其故，妃以狀對。詔其花栽於先春館。來歲花開，花上復有指紅跡。帝賞花驚歎，神異其事，開宴召貴妃，乃名其花爲『一撚紅』。」梁簡文帝《戲贈麗人詩》：「同安鬟裏撥，異作額間黄。」李商隱《酬崔八早梅有贈兼示之作》：「何處拂胸資蝶粉，幾時塗額藉蜂黄。」

〔六〕可憐句：李白題寫沈香亭牡丹《清平調三首》（之二）：「借問漢宫誰得似，可憐飛燕倚新妝。」

〔七〕太白二句：吕子羽《李白醉歸圖》：「春風醉袖玉山頽，落魄長安酒肆回。忙殺中官尋不得，沈香亭北牡丹開。」

【集評】

高亮功：此是題畫上四花，非詠四花也，觀《芍藥》詞云「丹青人巧」可知矣。「絶色」四句，亦是暗醒「畫」字。

【考辨】

朱校：按趙由礽《保母帖跋》稱清江羅伯壽志仁同觀。又，大德三年重跋有云：辛卯之秋，余同伯壽過浩然齋，弁陽翁俾賦詩題此卷。知伯壽爲江西羅志仁，即羅壺秋也。

馮沅君《玉田朋輩考》：羅志仁（伯壽、壺秋）。

孫按：清江，宋代臨江軍治所。羅志仁至元二十三年丙戌（一二八六）在杭州作《金人捧露盤·丙戌過錢塘》《霓裳中序·四聖觀》。據上引朱校，伯壽至元二十八年辛卯（一二九一）也在杭州。玉田此二年亦有在杭經歷，題四花詞應寫於至元二十三或至元二十八年。

點絳唇 芍藥①

獨殿春光，此花開後無花了〔一〕。丹青人巧。不許芳心老。　密影翻階，曾爲尋詩到②〔二〕。竹西好。采香歌杳。十里紅樓小〔三〕。

【校記】

①水竹居本、許本、王刻將「芍藥」二字置於詞末。②尋：石村書屋本作「新」。

【注釋】

〔一〕獨殿二句：向子諲《西江月》：「誰教芍藥殿春光。不似酴醿官樣。」借用史鑄《菊花》「此花開後更無花」句意。

〔二〕密影二句：謝朓《直中書省詩》：「紅藥當階翻，蒼苔依砌上。」

〔三〕竹西三句：《揚州府志》卷一一：「揚州昔以芍藥擅名，宋有圃在龍興寺，又有芍藥廳、芍藥壇，開明橋有芍藥花市。」杜牧《題揚州禪智寺》：「誰知竹西路，歌吹是揚州。」又，《贈别二首》（之一）：「春風十里揚州路，卷上珠簾總不如。」

【集評】

高亮功：下半闋自抒懷抱，妙不呆賦。

【考辨】

題四花詞應寫於至元二十三年（一二八六）或至元二十八年（一二九一）。

卜算子 黃葵，一名側金盞①〔一〕

雅淡淺深黃，顧影欹秋雨②〔二〕。碧帶猶皴筍指痕③，不解擎芳醑〔三〕。　休唱古陽關④，如把相思鑄〔四〕。却憶銅盤露已乾⑤，愁在傾心處〔五〕。

【校記】

①曹本、鮑本後五字縮爲小字。石村書屋本、明吴鈔、汪鈔本詞題作「葵花」。水竹居本、王刻將「葵花」置於詞末。許本將「黃葵，一名側金盞」置於詞末。　②欹：水竹居本、王刻作「欺」。石村書屋本、明吴鈔、汪鈔本作「期」。　③碧帶句：龔本、曹本、寶書堂本、許本、鮑本注「一作『信手拈來一笑間』」。　④休唱句：龔本、曹本、寶書堂本、許本、鮑本注「一作『憔悴玉川人』」。　⑤却：水竹居本、石村書屋本、明吴鈔、汪鈔本、王刻作「似」。憶：龔本、曹本、寶書堂本、許本、鮑本注「一作『似』」。　盤：水竹居本、石村書屋本、明吴鈔、汪鈔本作「槃」。槃，同「盤」，下同不出校。

【注釋】

〔一〕黃葵、側金盞：也稱秋葵、戎葵、葵花。《爾雅翼》卷八：「葥，戎葵……惟黃者特異，葉大而衢深，有如龍爪，黃花紫心，六瓣而側，今人亦謂之側金盞。」

〔二〕雅淡二句：姜特立《側金盞》：「淺淺嬌黄向日開，枝頭斜挂幾金杯。」

〔三〕碧帶二句：《佩文齋廣群芳譜》卷四七：「一名側金盞，莖高六七尺，葉如芙蓉，深緑色。開岐叉，有五尖，如人爪形，狹而多缺。」筍指，如玉纖指。就其葉如指形而言。芳醑，美酒。謝靈運《擬魏太子鄴中集詩·阮瑀》：「傾酤係芳醑，酌言豈終始。」

〔四〕休唱二句：王維《送元二使安西》：「勸君且盡一杯酒，西出陽關無故人。」白居易《醉題沈子明壁》：「我有陽關君未聞，若聞亦應愁煞君。」蘇軾《黄葵》：「低昂黄金杯，照耀初日光。」盧仝《與馬異結交詩》有「黄金礦裏鑄出相思淚」之句。意思是黄葵雖然形如側金盞，緑葉形如玉纖，但無法捧杯勸酒，然而它的花朵是黄金凝成的相思淚滴。

〔五〕却憶二句：李賀《金銅仙人辭漢歌》序曰：「魏明帝青龍元年八月，詔宫官牽車西取漢孝武捧露盤仙人，欲立置前殿。宫官既拆盤，仙人臨載，乃潸然淚下。」唐彦謙《秋葵》：「傾陽一點丹心在，承得中天雨露多。」釋文珦《黄葵花》：「到頭不信君恩斷，日日傾心向太陽。」意思是黄葵花如側翻的金盞，花心泫露宛若銅盤灑淚，但却葆有葵花傾心向太陽的一點丹心。

【集評】

高亮功：此亦題畫，玩「筍指」句可見。前後兩收句俱從「側金盞」生意。

【考辨】

題四花詞應寫於至元二十三年（一二八六）或至元二十八年（一二九一）。

蝶戀花 山茶①

花占枝頭忺日焙〔一〕。金汞初抽②，火鼎鉛華退③〔二〕。還似瘢痕塗獺髓。胭脂淡抹微酣醉④〔三〕。數朵折來春檻外⑤。欲染清香⑥，只許梅相對⑦〔四〕。不是臨風珠蓓蕾。山童隔竹休敲碎⑧〔五〕。

【校記】

①石村書屋本、明吴鈔、汪鈔本詞題作「茶花」。水竹居本、王刻「茶花」移置詞末。許本將「山茶」移置詞末。②抽：水竹居本、石村書屋本、汪鈔本、王刻作「收」。③火鼎：龔本、曹本、寶書堂本、許本、鮑本注「一作『鼎暖』」。水竹居本、石村書屋本、明吴鈔、汪鈔本、王刻同。退：王刻作「褪」。④胭脂：石村書屋本、汪鈔本作「煙脂」。淡抹微：龔本、曹本、寶書堂本、許本、鮑本注「一作『浥透纔』」。王刻「淡」下注：「一作『濃』。」⑤折：王刻作「摘」。⑥香：王刻作「幽」。⑦只：龔本、曹本、寶書堂本、許本、鮑本注「一作『不』」。水竹居本、石村書屋本、汪鈔本、王刻同。⑧竹：水竹居本、王刻作「水」。

【注釋】

〔一〕花占句：貫休《山茶花》：「風裁日染開仙囿，百花色死猩血謬。」《佩文齋廣群芳譜》卷四一：「《滇中茶花記》：……冬末春初盛開，大於牡丹，一望若火齊雲錦。爍日蒸霞……映日如錦。

落英鋪地，如坐錦茵。」

〔二〕金汞二句：《佩文齋廣群芳譜》卷四一：「寶珠山茶，千葉，含苞歷幾月而放，殷紅若丹，最可愛。」蘇軾《山茶》：「掌中調丹砂，染此鶴頂紅。」金汞，道家所煉丹藥名。

〔三〕還似二句：段成式《酉陽雜俎》卷八：「靨鈿之名，蓋自吴孫和鄧夫人也。和寵夫人，嘗醉舞如意，誤傷鄧頰，血流，嬌婉彌苦。命太醫合藥。醫言得白獺髓，雜玉與琥珀屑，當滅痕。和以百金購得白獺，乃合膏。琥珀太多，及差，痕不滅，左頰有赤點如痣，視之，更益甚妍也。」宋庠《落花》：「涙臉補痕勞獺髓，舞臺收影費鸞腸。」

〔四〕數朵三句：范成大《梅花山茶》：「月淡玉逾瘦，雪深紅欲燃。同時不同調，聊用慰衰年。」

〔五〕不是二句：《佩文齋廣群芳譜》卷四一：「（山茶）葉似木樨，硬有棱，稍厚。中闊寸餘，兩頭尖。長三寸許，面深緑，光滑。背淺緑，經冬不脱。以葉類茶，又可作飲，故得茶名。」山茶品種中有寶珠茶、真珠茶、串珠茶等。柳宗元《夏晝偶作》：「日午獨覺無餘聲，山童隔竹敲茶臼。」

【集評】

高亮功：收用襯筆，似俊實鈍。

【考辨】

題四花詞應寫於至元二十三年（一二八六）或至元二十八年（一二九一）。

新雁過妝樓①乙巳菊日，寓溧陽，聞雁聲，因動脊令之感②〔一〕

遍插茱萸。人何處、客裏頓懶攜壺〔二〕。雁影涵秋③，絕似暮雨相呼〔三〕。料得曾留堤上月，舊家伴侶有書無④。謾嗟吁⑤〔四〕。數聲怨抑，翻致無書〔五〕。誰識飄零萬里⑥，更可憐倦翼，同此江湖。飲啄關心⑦，知是近日何如〔六〕。陶潛尚存菊徑⑧〔七〕，且休羨松風陶隱居⑨〔八〕。沙汀冷，揀寒枝、不似煙水黃蘆⑩〔九〕。

【校記】

①《天機餘錦》、石村書屋本、明吴鈔、汪鈔本無「新」字。同調異名，下同不出校。　②《天機餘錦》詞題略同，稍有誤字別字。　③涵秋：龔本、曹本、寶書堂本、許本、鮑本注「一作『驚寒』」。《天機餘錦》同。明吴鈔作「橫秋」。毛扆眉批：「涵，一作『橫』。」　④舊家句：石村書屋本、明吴鈔、汪鈔本作「舊家庭院有無書」。水竹居本作「舊家庭院有無□」。家：王刻注：「一作『時』。」　⑤謾嗟吁：《天機餘錦》作「謾吁嗟」。王刻作「渺愁余」。　⑥誰識：龔本、曹本、寶書堂本、許本、鮑本注「一作『一笑』」。《天機餘錦》《花草粹編》同。　⑦啄：石村書屋本、汪鈔本作「啅」。　⑧尚：《天機餘錦》、《花草粹編》、王刻作「漫」。石村書屋本、明吴鈔、汪鈔本作「謾」。菊徑：《天機餘錦》《花草粹編》作「徑菊」。　⑨且休：《天機餘錦》、石村書屋本、明吴鈔、《花草粹編》、汪鈔本、王刻作「最堪」。　⑩黃：《天機餘錦》、《花草粹編》、王刻作「寒」。

【注釋】

〔一〕乙巳：大德九年（一三〇五）。　聞雁聲二句：黄庭堅《和答元明黔南贈别》：「急雪脊令相並影，驚風鴻雁不成行。」脊令，即鶺鴒。水鳥。《詩·小雅·常棣》：「脊令在原，兄弟急難。」鄭玄箋：「雝渠，水鳥，而今在原，失其常處，則飛則鳴，求其類，天性也，猶兄弟之於急難。」《爾雅翼》卷一七：「飛則鳴，行則摇，不能自舍。詩以喻兄弟相救於急難。」

〔二〕遍插三句：「涵秋」意入於此。王維《九月九日憶山東兄弟》：「遥知兄弟登高處，遍插茱萸少一人。」杜牧《九日齊安登高》：「江涵秋影雁初飛，與客攜壺上翠微。」

〔三〕雁影二句：崔塗《孤雁》：「暮雨相呼失，寒塘獨下遲。」

〔四〕嗟吁：感傷長嘆。

〔五〕數聲二句：張蠙《寄友人》：「長疑即見面，翻致久無書。」

〔六〕誰識五句：杜甫《孤雁》：「孤雁不飲啄，飛鳴聲念群。誰憐一片影，相失萬重雲。」蔣鈞《孤雁》：「還同我兄弟，零落不成行。」

〔七〕陶潛句：陶潛《歸去來兮辭》：「三徑就荒，松菊猶存。」

〔八〕且休句：《梁書·陶弘景傳》：「永元初，更築三層樓，弘景處其上，弟子居其中，賓客至其下，與物遂絶，唯一家僮得侍其旁。特愛松風，每聞其響，欣然爲樂。有時獨游泉石，望見者以爲仙人。」陶隱居，陶弘景自號華陽隱居。據張炎兄弟有《撫松寄傲詩集》，知此句隱指其避居地。

〔九〕沙汀三句：蘇軾《卜算子》：「揀盡寒枝不肯棲，寂寞沙洲冷。」

【集評】

高亮功：起句是加一倍法。蕭中孚云：「换頭數語人雁摹寫，一片神行。」

【考辨】

楊海明師考證，張煒（字子昭）與張炎爲兄弟行。集中又有《踏莎行·跋伯時弟撫松寄傲詩集》，頗疑張煒又字伯時，其於叔夏，當爲兄長。此詞大德九年（一三〇五）重陽寫於溧陽。

洞仙歌 寄茅峰梁中砥①〔一〕

中峰壁立②，挂飛來孤劍③〔二〕。蒼雪紛紛墮晴蘚〔三〕。自當年詩酒，客裏相逢，春尚好，鷗散煙波茂苑④〔四〕。　只今誰最老⑤，種玉人間，消得梅花共清淺〔五〕。問我入山期，但恐山深，松風把紅塵吹斷⑥〔六〕。望蓬萊⑦、知隔幾重雲，料只隔中間，白雲一片〔七〕。

【校記】

①《天機餘錦》詞題作「寄茅山梁中砥」。水竹居本、石村書屋本、明吴鈔、汪鈔本、王刻作「書寄梁中砥」。　②峰：龔本、曹本、寶書堂本、許本、鮑本注「一作『流』」。水竹居本、石村書屋本、明吴鈔、汪鈔本、王刻同。壁：《天機餘錦》作「暨」。　③飛來：龔本、曹本、寶書堂本、許本、鮑本注「一作『蓬萊』」。水竹居本、石村書屋本、明吴鈔、汪鈔本、王刻同。　④茂苑：水竹居本、石村書屋本、明

吴鈔、龔本、曹本、寶書堂本、汪鈔本、許本、王刻作「茂陵苑」。朱校：「原本『茂』下衍『陵』字，從張校。」吴校：「各本皆作『茂陵苑』，張校云：『陵字衍。』」案：《歷代詩餘》無之，宋人此句無作七字者，今據删。」吴搢光：「前半結句多一字。」《天機餘錦》無「陵」字。⑤只：龔本、曹本、寶書堂本、許本、鮑本注「一作『衹』」。衹，用同「只」，下同不出校。⑥吹：龔本、曹本、寶書堂本、許本、鮑本注「一作『分』」。《天機餘錦》同。⑦蓬萊：龔本、曹本、寶書堂本、許本、鮑本注「一作『弱水』」。石村書屋本、汪鈔本、王刻同。明吴鈔作「弱□」。

【注釋】

〔一〕寄茅峰句：茅山，又稱句曲山。陶弘景隱居地。《梁書·陶弘景傳》：「於是止於句容之句曲山。恒曰：『此山下是第八洞宫，名金壇華陽之天，周回一百五十里。昔漢有咸陽三茅君得道，來掌此山，故謂之茅山。』乃中山立館，自號華陽隱居。」梁中砥，名柱，玉田方外道友。詳見【考辨】。

〔二〕中峰二句：馬臻《送梁中砥歸句曲》：「家住華陽第幾峰，又將琴劍去匆匆。」梁楝《大茅峰》：「大龍上天寶劍化，小龍入海明珠沈。」茅山群峰聳立，大者有大茅、中茅、小茅三峰。

〔三〕蒼雪句：潘佑《送許處士堅往茅山》：「天壇雲似雪，玉洞水如琴。」

〔四〕自當年四句：回憶與梁中砥的蘇州同游。

〔五〕只今三句：《景定建康志》卷一七：「疊玉峰，《圖經》云：大茅山上東南三山疊積，亦有洞穴，俗多呼疊石，石之與玉猶爲同類。」兼用楊伯雍種玉典。

〔六〕問我三句：用陶弘景愛茅山松風典。姚合《贈少室山麻襦僧》：「泉近濆瓶履，山深少垢塵。」

〔七〕望蓬萊四句：曹勳《寄張達道》：「茅峰何山亦何好，瑶木琪華並三島。」陶弘景《詔問山中何所有賦詩以答》：「山中何所有，嶺上多白雲。只可自怡悦，不堪持寄君。」王圭《劉有之還京口簡梁中砥知宫》：「如何占得三峰住，不寄山中一片雲。」

【集評】

單學博：如贈如答，情往興來。

許廷誥：（結處）情往興來。

高亮功：此詞先寫合，次寫離，後寫寄，見己之漂泊可憐，梁之高隱可羡也。起句先將茅峰安頓，以下層折皆圓。

【考辨】

江昱疏證：方回《桐江集》：梁君名柱，學仙茅山，自號塵外道人。《至正直記遺編》：「宋末士人梁隆吉有詩名。其弟中砥柱，爲黄冠師三茅山。」陳深《寧極齋稿·題梁中砥詩畫圖》注：「中砥有《送存書記》詩云：『一聲兩聲松子落，一片兩片楓葉飛。夕陽在山新月上，道人相伴一僧歸。』趙公子昂畫而爲圖。王圭《敬仲集·劉有之還京口簡梁中砥知宫》：「爲謝詩家塵外人，别來消息斷無聞。如何占得三峰住，不寄山中一片雲。」

江昱按曰：馬臻《霞外集·送梁中砥歸句曲》，白珽《湛淵集·積金峰訪梁道士》，趙孟頫《松雪齋集・贈茅山梁道士》俱有詩。

孫按：玉田游溧陽、金陵，與茅山鄰近，應受道士梁中砥邀游，但未能成行。故詞是大德十年（一三〇六）寫於金陵。詳《掃花游・臺城春飲》【考辨】。

風入松 贈蔣道録溪山堂①〔一〕

門前山可久長看。留住白雲難〔二〕。溪虛却與雲相傍②，對白雲、何必深山③〔三〕。爽氣潛生樹石④，晴光竟入闌干⑤。　舊家三徑竹千竿。蒼雪拂衣寒〔四〕。緑蓑青笠玄真子，釣風波、不是真閑〔五〕。得似壺中日月⑥，依然只在人間〔六〕。

【校記】

①龔本、曹本、寶書堂本、許本詞題注：「別本『道録』作『山泉』。」水竹居本、石村書屋本、明吴鈔、汪鈔本同。《歷代詩餘》作「題蔣氏溪山堂」。王刻作「題蔣山泉溪堂」。　②虛：王刻注：「一作『光』。」　③深：龔本、曹本、寶書堂本、許本、鮑本注「一作『居』」。　④潛：王刻作「全」。　⑤晴：《歷代詩餘》作「曉」。王刻作「清」。竟：水竹居本、明吴鈔、王刻作「徑」。　⑥得：龔本、曹本、寶書堂本、許本、鮑本注「一作『何』」。

【注釋】

〔一〕蔣道録溪山堂：江昱按《風入松・溪山堂竹》（別本作「子昂竹石卷子」）：「六卷《風入松》有

『題蔣道録溪山堂』詞，當時子昂或爲作圖，而玉田題之，亦未可知，則别本題亦非無謂，正可並存。」《風入松・溪山堂竹》與此詞詞調相同，此詞亦寫及千竿竹，應爲組詞。詞寫雲溪之隱勝過山中雲隱與水中漁隱。

〔二〕門前二句：王維《崔濮陽兄季重前山興》：「悠悠西林下，自識門前山。」皎然《喜義興權明府自君山至集陸處士羽青塘别業》：「身閑白雲多，門占春山盡。」

〔三〕溪虚三句：杜甫《絶句六首》（之六）：「江動月移石，溪虚雲傍花。」仇兆鰲杜詩詳注：「江動月翻，恍如移石而去；溪虚雲度，隱然傍花而迷。寫景俱在空際。」

〔四〕舊家二句：陳羽《戲題山居二首》（之一）：「門前自有千竿竹，免向人家看竹林。」左思《吴都賦》：「竹則包筍抽節，往往縈結。緑葉翠莖，冒霜停雪。」

〔五〕緑蓑三句：玄真子，張志和遭貶後不復仕，居江湖，自稱煙波釣徒，著《玄真子》，亦以自號。有《漁父歌》：「青箬笠，緑蓑衣，斜風細雨不須歸。」黄庭堅《鷓鴣天》序：「玄真之兄松齡，懼玄真放浪而不返也，和答其漁父云：『樂在風波釣是閑。草堂松桂已勝攀。太湖水，洞庭山。狂風浪起且須還。』」

〔六〕得似二句：用施存得道，懸壺中有天地日月典。已見前引《雲笈七籤》。

【集評】

單學博：開合抑揚，滿幅靈機，亦滿紙清氣。　又：（下片）解人。

許廷誥：解人。

邵淵耀：開合抑揚，純是靈機清氣，解人如是。

高亮功：只説溪山佳景足矣，何必貶抑元（玄）真耶？

小重山①題《曉竹圖》②〔一〕

淡色分山曉氣浮。疏林猶剩葉，不多秋〔二〕。林深彷佛昔曾游③。頻喚酒，漁屋岸西頭〔三〕。　不擬此凝眸④。朦朧清影裏〔四〕，過扁舟⑤。行行應到白蘋洲。煙水冷，傳語舊沙鷗⑥。

【校記】

①戈選杜批姜夔詞：「此調有平仄兩體，宋元人填平韻爲多。」　②水竹居本、石村書屋本、明吴鈔、汪鈔本無詞題。戈選「竹」作「行」。許廷誥：「『竹』疑『行』。」朱校：「按『竹』疑『行』訛。」　③彷佛昔：水竹居本、石村書屋本、明吴鈔、汪鈔本、王刻作「憶得舊」。　④擬：龔本、曹本、寶書堂本、許本、鮑本作「儗」。《歷代詩餘》、戈選、王刻作「礙」。　⑤扁：水竹居本、石村書屋本、明吴鈔、汪鈔本、王刻作「輕」。　⑥語：王刻作「與」。舊沙：水竹居本、石村書屋本、明吴鈔、汪鈔本、王刻作「故溪」。

【注釋】

〔一〕《曉竹圖》：疑此圖爲吴興霅川錢選所畫。牟應龍題其《竹林七賢圖》有句曰：「邈若山河忽興嘆，竹林還憶舊朋徒。」其又有《竹深荷淨圖》，沈粲評爲「竹樹扶疏」。詞中「白蘋洲」或可證此説。

〔二〕疏林二句：唐彦謙《詠竹》：「月明午夜生虚籟，誤聽風聲是雨聲。」

〔三〕林深三句：《世説新語·任誕》：「陳留阮籍、譙國嵇康、河内山濤三人年皆相比，康年少亞之，預此契者，沛國劉伶，陳留阮咸，河内向秀，琅邪王戎，七人常集於竹林之下，肆意酣暢，故世謂竹林七賢。」張嵲《題竹》：「開圖細想經過地，記得南山步晚晴。」杜甫《過南岳入洞庭湖》：「壤童犁雨雪，漁屋架泥塗。」

〔四〕朦朧清影：米芾《畫史》：「董源平淡天真多，唐無此品，在畢宏上。近世神品，格高無與比也。峰巒出没，雲霧顯晦，不裝巧趣，皆得天真。嵐色鬱蒼，枝幹勁挺，咸有生意。溪橋漁浦，洲渚掩映，一片江南也。」《佩文齋書畫譜》卷八五引《嬾真草堂集》「元錢選摹董北苑畫」：「米顛稱董源畫平淡天真多，唐無此品，在畢宏上。此卷爲錢舜舉所摹，一披閲之，覺近代粉黛無色，信乎其格之高妙，無與比也。」此謂曉竹圖有小米「能描朦朧山」畫風。

【集評】

高亮功：前半闋寫景頗佳。

【考辨】

若題寫錢選畫的考證不誤，則此詞寫於大德七年（一三〇三）游湖州吳興時。

浪淘沙 題許由擲瓢手卷①〔一〕

拂袖入山阿。深隱松蘿。掬流洗耳厭塵多〔二〕。石上一般清意味，不羨漁蓑〔三〕。　日月靜中過。俗慮消磨②〔四〕。風瓢分付與清波。却笑唐求因底事，無奈詩何③〔五〕。

【校記】

①王刻詞題作「許由擲瓢」。　②慮：底本、龔本、曹本、寶書堂本、許本、鮑本作「□」。據《歷代詩餘》、四庫本、許廷誥校、王刻補。　③無：《歷代詩餘》、王刻作「不」。

【注釋】

〔一〕題許由句：事見前注蔡邕《琴操·箕山操》。宋人潘音、鄭思肖有《題許由棄瓢圖》詩，金元時元好問、同恕皆有《許由擲瓢圖》詩。

〔二〕拂袖三句：蔡邕《琴操·箕山操》：「於是許由以使者言爲不善，乃臨河洗耳。樊堅見由方洗耳，問之：『耳有何垢乎？』由曰：『無垢，聞惡語耳。』堅曰：『何等語者？』由曰：『堯聘吾爲天子。』堅曰：『尊位何爲惡之？』由曰：『吾志在青雲，何乃劣劣爲九州伍長乎？』」《楚辭·九歌·山鬼》：「若有人兮山之阿，被薜荔兮帶女蘿。」李中《送圓上人歸廬山》：「蓮宮舊隱塵埃外，策杖臨風拂袖還。」

〔三〕石上二句：語出邵雍《清夜吟》：「一般清意味，料得少人知。」據《河南通志》卷七，許由隱地潁水一支爲石淙，水沁入石下，夾石亂流，石成嶼、成臺、成崖、成窟，變化萬端。《世説新語·排調》：「孫子荊年少時，欲隱。語王武子『當枕石漱流』，誤曰『漱石枕流』。王曰：『流可枕，石可漱乎？』孫曰：『所以枕流，欲洗其耳；所以漱石，欲礪其齒。』」

〔四〕日月二句：林季仲《贈别陳給事》：「水雲寬處好，日月靜中長。」

〔五〕風瓢三句：意思是同樣都是隨水棄擲風瓢，但唐求却置詩瓢中流出，求存斯文，尚屬塵慮。

憶王孫 謝安棋墅〔一〕

争棋賭墅意欣然〔二〕。心似游絲颺碧天。只爲當時一著玄①〔三〕。笑苻堅。百萬軍聲屐齒前〔四〕。

【校記】

①玄：《歷代詩餘》、王刻作「先」。

【注釋】

〔一〕謝安棋墅：周密有《朝中措·東山棋墅》：「桐陰薇影小闌干。晝永瑣窗閑。當日清譚賭墅，風流猶記東山。犀奩象局，驚回槐夢，飛雹生寒。自有仙機活著，未應袖手旁觀。」

〔二〕争棋句：「屐齒」意亦入此。《晉書・謝安傳》：「（苻）堅後率衆，號百萬，次於淮肥，京師震恐。加安征討大都督。玄入問計，安夷然無懼色，答曰：『已別有旨。』既而寂然。玄不敢復言，乃令張玄重請。安遂命駕出山墅，親朋畢集，方與玄圍棋賭別墅。安常棋劣於玄，是日玄懼，便爲敵手而又不勝。安顧謂其甥羊曇曰：『以墅乞汝。』安遂游涉，至夜乃還，指授將帥，各當其任。玄等既破堅，有驛書至，安方對客圍棋，看書既竟，便攝放牀上，了無喜色，棋如故。客問之，徐答云：『小兒輩遂已破賊。』既罷，還内，過户限，心喜甚，不覺屐齒之折，其矯情鎮物如此。」

〔三〕心似二句：黄庭堅《弈棋二首呈任公漸》（之一）：「心似蛛絲游碧落，身如蜩甲化枯枝。」史容注曰：「評詩者謂山谷此二句則苦思忘形，較勝負於一著。」

〔四〕笑苻堅二句：《晉書・苻堅傳》：「初，諺言：『堅不出項。』君臣勸堅停項，爲六軍聲鎮，堅不從。故敗。」

【集評】

單學傅：（「只爲」三句）确當而入趣。

高亮功：鋪叙平直。下首亦然。

蝶戀花　邵平種瓜〔一〕

秦地瓜分侯已故〔二〕。不學淵明，種秫辭歸去〔三〕。薄有田園還種取。養成碧玉甘如許〔四〕。卜隱青門真得趣〔五〕。蕙帳空閑，鶴怨來何暮。莫説蝸名催及戍。長安城下鋤煙雨〔六〕。

【注釋】

〔一〕邵平種瓜：邵平爲秦朝東陵侯，秦亡爲布衣，作爲故侯種瓜長安青門外。典見前引《三輔黄圖》卷一。

〔二〕秦地瓜分：《史記·項羽本紀》：「乃分天下，立諸將爲侯王。……項王自立爲西楚霸王，王九郡，都彭城。」

〔三〕不學二句：《宋書·隱逸傳》：「（陶潛）謂親朋曰：『聊欲弦歌，以爲三徑之資，可乎？』執事者聞之，以爲彭澤令。公田悉令吏種秫稻，妻子固請種秔。乃使二頃五十畝種秫，五十畝種秔。郡遣督郵至，縣吏白：『應束帶見之。』潛歎曰：『我不能爲五斗米折腰向鄉里小人。』即日解印綬去職，賦《歸去來》。」

〔四〕薄有二句：李商隱《柳枝五首》（之三）：「嘉瓜引蔓長，碧玉冰寒漿。」

〔五〕卜隱句：張喬《題友人草堂》：「空山卜隱初，生計亦無餘。」

〔六〕莫説二句：《左傳·莊公八年》：「齊侯使連稱、管至父戍葵丘。瓜時而往，曰：『及瓜而代』。期戍，公問不至。請代，弗許。」賀鑄《搗練子》：「馬上少年今健否，過瓜時見雁南歸。」蝸名，即蝸角虚名。蘇軾《滿庭芳》詞：「蝸角虚名，蠅頭微利，算來著甚乾忙。」《太平寰宇記》卷二五：「長安，蓋古鄉聚名，在渭水南，隔渭水北對秦咸陽宫。漢於其地築未央宫，謂大城曰長安城。五年置縣，以長安爲名焉。」

【集評】

單學博：起句韻脆。

如夢令 淵明行徑①〔一〕

苔徑獨行清晝。瑟瑟松風如舊〔二〕。出岫本無心〔三〕，遲種門前楊柳〔四〕。回首。回首。籬下白衣來否〔五〕。

【校記】

①《歷代詩餘》、王刻無詞題。

【注釋】

〔一〕淵明行徑：《佩文齋書畫譜》卷八五引《弇州續稿》「元錢選畫《陶徵君歸去來辭圖》」：吴興錢選舜舉畫陶元亮歸去來辭獨多，予所見凡數本，而此卷最古雅，翩翩有龍眠、松雪遺意，第少却『僮僕歡迎、稚子侯門、三徑就荒、松菊猶存』一段柴桑景，當是兵燹時不免破鏡耳。」

〔二〕苔徑二句：陶潛《歸去來兮辭》：「三徑就荒，松菊猶存。」

〔三〕出岫句：陶潛《歸去來兮辭》：「雲無心以出岫，鳥倦飛而知還。」

〔四〕遲種句：用陶潛宅邊有五柳樹典。王之道《柳徑》：「我笑陶彭澤，門栽五株柳。」

〔五〕籬下句：《藝文類聚》卷四引《續晉陽秋》：「陶潛嘗九月九日無酒，宅邊菊叢中，摘菊盈把，坐其側久。望見白衣至，乃王弘送酒也。即便就酌，醉而後歸。」

【集評】

高亮功：結稍有致。

【考辨】

若是圖爲錢選所畫，此詞寫於大德七年（一三〇三）游湖州吴興時。

醜奴兒①子母猿〔一〕

山人去後知何處，風月清虚〔二〕。來往無拘。戲引兒孫樂有餘〔三〕。　懸崖挂樹如相語，常守枯株〔四〕。久與人疏〔五〕。閑了當年一卷書〔六〕。

【校記】

①《歷代詩餘》、王刻詞調作《采桑子》。同調異名，下同不出校。

【注釋】

〔一〕子母猿：宋代著名畫家易元吉有《子母戲猿圖》。

〔二〕山人二句：反用孔稚珪「山人去兮曉猿驚」句意。

〔三〕來往二句：劉摯《易元吉畫猿》：「老猿顧子稍留滯，小猿引臂勞攀援。」

〔四〕懸崖二句：杜甫《猿》：「裊裊啼虛壁，蕭蕭挂冷枝。」李白《游秋浦白筍陂二首》（之一）：「山光摇積雪，猿影挂寒枝。」

〔五〕久與人疏：劉摯《易元吉畫猿》：「坐疑跳躑避人去，仿佛悲嘯生壁間。」

〔六〕閑了句：晚唐易靜有《白猿奇書兵法雜占彖詞》。

【集評】

高亮功：反襯。

浣溪紗　雙筍

空色莊嚴玉版師。老斑遮護錦綳兒〔一〕。只愁一夜被風吹〔二〕。　潤處似沾篔谷雨〔三〕，斫來如帶渭川泥〔四〕。從空託出鎮帷犀〔五〕。

【注釋】

〔一〕空色二句：李衎《竹譜詳録》卷二：「（竹）別稱曰籜龍，曰錦綳兒，曰玉版師。」儲光羲《句》：「稚子脱錦綳，駢頭香玉滑。」蘇軾《送筍芍藥與公擇二首》（之一）：「駢頭玉嬰兒，一一脱錦綳。」老斑，籜皮上的斑紋。韓愈《和侯協律詠筍》：「見角牛羊没，看皮虎豹存。」

〔二〕只愁句：白居易《食筍》：「且食勿踟躕，南風吹作竹。」

〔三〕潤處句：篔谷，即篔簹谷。蘇軾《文與可畫篔簹谷偃竹記》：「（與可）因以所畫篔簹谷偃竹遺予曰：『此竹數尺耳，而有萬尺之勢。』篔簹谷在洋洲。與可嘗令予作《洋洲三十詠》，篔簹谷其一也。」

〔四〕斫來句：《史記·貨殖列傳》：「齊魯千畝桑麻，渭川千畝竹……此其人皆與千户侯等。」孟浩然《登總持寺浮屠》：「竹繞渭川遍，山連上苑斜。」

〔五〕從空句：李頎《雙筍歌送李回兼呈劉四》：「並抽新筍色漸緑，迥出空林雙碧玉。」古代富貴之家用金銀犀玉鎮壓帷角，此爲比喻。蘇軾《四時詞四首》（之四）：「夜風摇動鎮帷犀，酒醒夢回聞雪落。」

【集評】

高亮功：「只愁」句，用白傅詩意。

闕名：「篔谷雨」「渭川泥」，似嫌生湊。

清平樂 平原放馬①

轡摇銜鐵。蹴踏平原雪〔一〕。勇趁軍聲曾汗血〔二〕。閑過昇平時節。　茸茸春草天涯〔三〕。涓涓野水晴沙〔四〕。多少驊騮老去〔五〕，至今猶困鹽車〔六〕。

【校記】

①《歷代詩餘》、王刻「放」作「牧」。

【注釋】

〔一〕轡搖二句：昭明太子《相逢狹路間》：「驊騮服衡轡，白玉鏤䩭羈。」銜鐵，馬嘴所銜。平原，與陰山、祁連山山路崎嶇，雪大如席相比。

〔二〕勇趁句：張正見《君馬黄二首》（之二）：「五色乘馬黄，追風時滅没。血汗染龍花，胡鞍抱秋月。唯騰渥洼水，不飲長城窟。」《漢書·武帝紀》：「四年春，貳師將軍廣利斬大宛王首，獲汗血馬來。」顔師古注引應劭曰：「大宛舊有天馬種，蹋石汗血，汗從前肩髆出，如血。號一日千里。」軍聲，軍隊的聲威、聲勢。

〔三〕茸茸句：張仲素《塞下曲五首》（之五）：「陰磧茫茫塞草肥，桔槔烽上暮雲飛。」茸茸，（芳草）柔細濃密貌。

〔四〕涓涓句：張仲素《塞下曲五首》（之五）：「隴水潺湲隴樹秋，征人到此淚雙流。」　以上二句是與平原芳草如茵、細水潺湲相比，戰馬向往邊塞風雲。

〔五〕多少句：耿湋《上將行》：「櫪下驊騮思鼓角，門前老將識風雲。」驊騮，《荀子·性惡》：「驊騮、騹驥、纖離、緑耳，此皆古之良馬也。」楊倞注：「皆周穆王八駿名。」

〔六〕困鹽車：《戰國策·楚四》：「夫驥之齒至矣，服鹽車而上太行。蹄申膝折，尾湛胕潰，漉汁灑地，白汗交流，中阪遷延，負轅不能上。伯樂遭之，下車攀而哭之，解紵衣以冪之。」

【集評】

單學博、許廷詰、邵淵耀：（「多少」二句）寄託。

高亮功：結句少味。

木蘭花慢

二分春到柳①，青未了，欲婆娑②〔一〕。甚書劍飄零，身猶是客，歲月頻過〔二〕。西湖故園在否，怕東風、今日落梅多。抱瑟空行古道③，盟鷗頓冷清波。知麽。老子狂歌〔三〕。心未歇，鬢先皤〔四〕。嘆敝却貂裘，驅車萬里，風雪關河〔五〕。燈前恍疑夢醒，好依然④、只著舊漁蓑。流水桃花漸暖，酒船不去如何〔六〕。

【校記】

①二：《天機餘錦》作「一」。龔本、曹本、寶書堂本、許本、鮑本作「□」。吳揩光補「幾」字。朱校：「原本『二』字缺。從王刻。」吳校同。②欲：《歷代詩餘》、王刻作「路」。③古：《歷代詩餘》、王刻作「故」。④燈前二句：朱校：「『醒』『好』二字，丁益夫乙轉。」

【注釋】

〔一〕二分三句：蘇軾《水龍吟·次韻章質夫楊花詞》：「春色三分，二分塵土，一分流水。」鄧深《次韻答周公美》：「温風慫恿柳婆娑，兩見春來蜂蝶多。」青未了，謂柳色尚未由嫩黄轉爲深碧。

〔二〕甚書劍三句：許渾《送嶺南盧判官罷職歸華陰山居》：「曾事劉琨雁塞空，十年書劍任飄蓬。」又，《送林處士自閩中道越由雲抵兩川》：「書劍少青眼，煙波初白頭。」

〔三〕老子狂歌：「婆娑」意入此。放逸不羈、襟懷豪放的樣子。《晉書·陶侃傳》：「及疾篤，將歸長沙，軍資器仗牛馬舟船皆有定簿，封印倉庫，自加管鑰，以付王愆期，然後登舟，朝野以爲美談。將出府門，顧謂愆期曰：『老子婆娑，正坐諸君輩。』」

〔四〕心未二句：王灼《題樊氏樓壁》：「吾儕無志用，心懾鬢先皤。」

〔五〕嘆敝三句：回憶初次北游。關河，《史記·蘇秦列傳》：「（蘇秦）説惠王曰：『秦四塞之國，被山帶渭，東有關河，西有漢中，南有巴蜀，北有代馬，此天府也。以秦士民之衆，兵法之教，可以吞天下，稱帝而治。』」《正義》：「東有黄河，有函谷、蒲津、龍門、合河等關。」此泛指北方邊關地區。

〔六〕燈前五句：張志和《漁父歌》：「西塞山前白鷺飛，桃花流水鱖魚肥。」《嘉慶重修一統志》卷二八九：「西塞山，在烏程縣西南二十五里，有桃花塢，下有凡常湖。唐張志和游釣於此，作《漁父詞》。」李白《秋浦歌》：「耐可乘明月，看花上酒船。」

【集評】

單學博：（「流水」二句）去，去，去。

許廷誥：起諧暢。

邵淵耀：不如去好。

高亮功：閑閑寫來，耐人尋味。予嘗謂白石峭處，玉田似不能及。然玉田淡處，白石亦遜不籌。

長相思 贈別笑倩①〔一〕

去來心〔二〕，短長亭。只隔中間一片雲〔三〕。不知何處尋〔四〕。　悶還顰。恨還瞋。同是天涯流落人②。此情煙水深③〔五〕。

【校記】

①龔本、曹本、寶書堂本、許本、鮑本詞題注：「別本作『書寄笑倩柔香，以致別意』。」水竹居本、石村書屋本、明吴鈔、汪鈔本、王刻同。《歷代詩餘》作「贈別」。　②流：王刻作「淪」。　③情：《天機餘錦》作「時」。夏敬觀：「『亭』，庚韻。『雲』『顰』『嗔』『人』，真韻。『心』『尋』『深』，閉口韻。」

【注釋】

〔一〕笑倩：集中尚有《好事近·贈笑倩》詞。

〔二〕去來心：白居易《花非花》：「夜半來，天明去。來如春夢幾多時，去似朝雲無覓處。」張先《醉垂鞭》：「昨日亂山昏。來時衣上雲。」

〔三〕只隔句：駱賓王《憶蜀地佳人》：「莫怪常有千行淚，只爲陽臺一片雲。」

〔四〕不知句：馮延巳《蝶戀花》：「幾日行雲何處去，忘了歸來，不道春將暮。」

〔五〕同是二句：白居易《琵琶引》：「同是天涯淪落人，相逢何必曾相識。」「轉軸撥弦三兩聲，未成曲調先有情。」

【集評】

單學博：（開篇）六字合攏得妙。

邵淵耀：合攏得妙。

高亮功：情深矣，絕不作一猥薄語，夫是之謂雅詞。

南樓令 有懷西湖，且嘆客游之漂泊①

湖上景消磨。飄零有夢過。問堤邊②、春事如何。可是而今張緒老③，見説道、柳無多〔一〕。客裏醉時歌④。尋思安樂窩〔二〕。買扁舟、重緝漁蓑。欲趁桃花流水去，又却怕、有風波〔三〕。

【校記】

①《歷代詩餘》、王刻詞題作「懷西湖」。　②堤邊：《天機餘錦》作「蘇堤」。　③而：《天機餘錦》作「如」。　④歌：《歷代詩餘》、王刻作「過」。

【注釋】

〔一〕湖上七句：賀知章《回鄉偶書二首》（之二）：「離別家鄉歲月多，近來人事半銷磨。唯有門前鏡湖水，春風不改舊時波。」兼用蘇堤多柳及張緒如楊柳風流典。

〔二〕安樂窩：邵雍自號安樂先生，蘇門山隱居地及洛陽天津橋居地皆名「安樂窩」，《宋史·邵雍傳》：「雍歲時耕稼，僅給衣食。名其居曰『安樂窩』。因自號安樂先生。」邵雍《無名公傳序》：「所寢之室，謂之『安樂窩』，不求過美，惟求冬暖夏涼。」

〔三〕買扁舟五句：張松齡《和答弟志和漁父歌（松齡懼志和放浪不返，爲築室越州東郭，和其詞以招之）》：「樂是風波釣是閑，草堂松徑已勝攀。太湖水，洞庭山。狂風浪起且須還。」黄庭堅《鷓鴣天》：「人間底是無波處，一日風波十二時。」

【集評】

單學博：（「欲趁」三句）處世之難，一至於此。

許廷誥：難於處世。

邵淵耀：處世之難如此。

高亮功：有行住俱難之意。噫！可憫也。

清平樂　題倦耕圖

一犁初卸。息影斜陽下〔一〕。角上漢書何不挂①〔二〕。老子近來慵跨〔三〕。　　煙村草樹離離。卧看流水忘歸〔四〕。莫飲山中清味，怕教洗耳人知〔五〕。

【校記】

①不：《天機餘錦》作「必」。

【注釋】

〔一〕一犂二句：李家明《詠卧牛》：「閑向斜陽嚼枯草，近來問喘爲無人。」晁説之《閑極》：「牛卧樹外影，鷄鳴堂中心。」

〔二〕角上句：用牛角挂《漢書》典。

〔三〕老子句：《列仙傳·老子》：「後周德衰，乃乘青牛車去。入大秦，過西關。關令尹喜待而迎之，知真人也。乃强使著書，作《道德經》上下二卷。」

〔四〕煙村二句：王安石《耕牛》：「朝耕草茫茫，暮耕水潏潏。」

〔五〕莫飲二句：蔡邕《琴操·箕山操》：「許由喟然嘆曰：『匹夫結志，固如盤石。采山飲河，所以養性，非以求禄位也。放髮優游，所以安己不懼，非以貪天下也。』使者還以狀報堯。堯知由不可動，亦已矣。於是，許由以使者言爲不善，乃臨河洗耳。……於是樊堅方且飲牛，聞其言而去，耻飲於下流。」此謂牽牛樊堅比許由還要高尚。

【集評】

張氏手批：此自題圖作。

單學博：（「莫飲」二句）更高一層。

許廷誥：進一步。

高亮功：前段寫倦客，後段寫倦意。

滿江紅

近日衰遲〔一〕，但隨分、蝸涎自足〔二〕。底須共、紅塵争道〔三〕，頓荒松菊①〔四〕。壯志已荒圯上履〔五〕，正音恐是溝中木〔六〕。又安知、幕下有詞人，歸心速〔七〕。　書尚在，憐魚腹〔八〕。珠何處，驚魚目〔九〕。且依然詩思，灞橋人獨〔一〇〕。不用回頭看墮甑〔一一〕，不愁抱石疑非玉〔一二〕。忽一聲、長嘯出山來〔一三〕，黄粱熟〔一四〕。

【校記】

①頓：曹本、許本、鮑本、王刻注「一作『就』」。

【注釋】

〔一〕近日衰遲：語出《論語·述而》：「子曰：甚矣吾衰也，久矣吾不復夢見周公。」邢昺疏曰：「正義曰：此章孔子歎其衰老。言我盛時嘗夢見周公，欲行其道。今則久多時矣，吾更不復夢見周公，知是吾衰老甚矣。」韓偓《中秋寄楊學士》：「鱗差甲子漸衰遲，依舊年年困亂離。」

〔二〕但隨分二句：蘇軾《蝸牛》：「腥涎不滿殼，聊足以自濡。」

〔三〕紅塵争道：周邦彦《黄鸝繞碧樹》：「這浮世、甚驅馳利禄，奔競塵土。」

〔四〕頓荒松菊：陶潛《歸去來兮辭》：「三徑就荒，松菊猶存。」

〔五〕壯志句：《史記·留侯世家》：「韓破，良家僮三百人，弟死不葬，悉以家財求客刺秦王，爲韓報仇，以大父、父五世相韓故。」「秦皇帝東游，良與客狙擊秦皇帝博浪沙中，誤中副車。秦皇帝大怒，大索天下，求賊甚急，爲張良故也。良乃更名姓，亡匿下邳。良嘗閑從容步游下邳圯上，有一老父，衣褐，至良所，直墮其履圯下，顧謂良曰：『孺子，下取履！』良鄂然，欲毆之。爲其老，彊忍，下取履。父曰：『履我！』良業爲取履，因長跪履之。」圯上老人因此授張良《太公兵法》。

〔六〕正音句：《莊子·天地》：「百年之木，破爲犧樽，青黄而文之。其斷在溝中，比犧樽於溝中之斷，則美惡有間矣，其於失性，一也。」

〔七〕又安知三句：蘇軾《送路都曹并引》：「乖崖公在蜀，有録曹參軍，老病廢事。公責之曰：『胡不歸？』明日，參軍求去，且以詩留别。其略曰：秋光都似宦情薄，山色不如歸意濃。公驚謝之，曰：『吾過矣，同僚有詩人而我不知。』」

〔八〕書尚在二句：《史記·陳涉世家》：「陳勝、吴廣喜，念鬼，曰：『此教我先威衆耳。』乃丹書帛曰『陳勝王』，置人所罾魚腹中。卒買魚亨食，得魚腹中書，固以怪之矣。又間令吴廣之次所旁叢祠中，夜篝火，狐鳴呼曰『大楚興，陳勝王』。卒皆夜驚恐。旦日，卒中往往語，皆指目陳勝。」

〔九〕珠何處二句：《周易·參同契》：「魚目豈爲珠，蓬蒿不成檟。」

〔一〇〕且依然二句：用鄭綮謂詩思灞橋風雪中典。

〔一一〕不用句：《後漢書・孟敏傳》：「（孟敏）客居太原。荷甑墮地，不顧而去。林宗見而問其意。對曰：『甑以破矣，視之何益？』」

〔一二〕不愁句：《韓非子・和氏》：「楚人和氏得玉璞楚山中，奉而獻之厲王，厲王使玉人相之，玉人曰：『石也。』王以和爲誑，而刖其左足。及厲王薨，武王即位，和又奉其璞而獻之武王，武王使玉人相之，又曰：『石也。』王又以和爲誑，而刖其右足。武王薨，文王即位……王乃使玉人理其璞，而得寶焉，遂命曰『和氏之璧』。」

〔一三〕忽一聲二句：曹唐《小游仙詩》：「飢即餐霞悶即行，一聲長嘯萬山青。」用阮籍、孫登長嘯典。

〔一四〕黃粱熟：《太平廣記》卷八二引《異聞集》：盧生在邯鄲客店遇道士呂翁，生自嘆窮困，翁探囊中枕授之曰：枕此當令子榮適如意。時主人正蒸黃粱，生夢入枕中，享盡富貴榮華。及醒，黃粱尚未熟。

【集評】

張氏手批：開惡調。

高亮功：蕭中孚云：「熟調須運以生辣之筆，庶免庸鈍。」收筆用事入俗。

夏敬觀：似稼軒。

山中白雲詞箋證卷七

法曲獻仙音 題姜子野雪溪圖①〔一〕

梅失黄昏〔二〕，雁驚白晝〔三〕，脉脉斜飛雲表②〔四〕。絮不生萍〔五〕，水凝浮玉③〔六〕，此景正宜舒嘯④。記夜悄、曾乘興，何必見安道〔七〕。　繫船好。想前村⑤、未知甚處〔八〕。吟思苦，誰游灞橋路杳〔九〕。清飲一瓢寒，又何妨⑥、分傍茶灶〔一〇〕。野屋蕭蕭⑦〔一一〕，任樓中⑧、低唱人笑〔一二〕。漸東風解凍，怕有桃花流到〔一三〕。

【校記】

①《天機餘錦》、王刻無詞題。水竹居本、石村書屋本、明吴鈔、汪鈔本作「題雪溪圖」。　②斜飛：《天機餘錦》無「斜」字。雲：王刻作「林」。　③凝：諸本作「疑」，此據《天機餘錦》。　④正：水竹居本、石村書屋本、明吴鈔、汪鈔本、王刻作「真」。舒嘯：龔本、曹本、寶書堂本、許本、鮑本注「一作『清眺』」。《天機餘錦》同。　⑤想：《天機餘錦》、石村書屋本、明吴鈔、汪鈔本、王刻作「望」。　⑥妨：水竹居本、明吴鈔、汪鈔本、王刻作「須」。　⑦蕭蕭：水竹居本、石村書屋本、明吴鈔、汪鈔本、王刻作「瀟瀟」。瀟，用同「蕭」，下同不出校。　⑧任：《天機餘錦》作「玉」。

【注釋】

〔一〕雪溪圖：姜子野號雪溪漁隱，玉田所賦爲雪溪隱者的圖畫。詳《聲聲慢·賦漁隱》【考辨】。

〔二〕梅失黄昏：用林逋《山園小梅》詩意，謂溪邊梅花被雪覆蓋，不能在夜半月色昏黄時散發香氣。

〔三〕雁驚白晝：李商隱詠雪殘句：「郊野鵝毛滿，江湖雁影空。」

〔四〕脉脉句：裴子野《詠雪詩》：「從雲合且散，因風卷復斜。」黄庭堅《詠雪奉呈廣平公》：「夜聽疏疏還密密，曉看整整復斜斜。」脈脈，連綿不斷貌。

〔五〕絮不生萍：張正見《詠雪應衡陽王教詩》：「入窗輕落粉，拂柳駛飛綿。」蘇軾《予少年頗知種松，手植數萬株，皆中梁柱矣。都梁山中見杜輿秀才，求學其法，戲贈二首》(之二)：「爲問何如插楊柳，明年飛絮作浮萍。」施元之注曰：「先生次韻章質夫楊花詞：『曉來雨過，遺踪何在，一池萍碎。』注云：舊説楊花入水爲浮萍，驗之信然。」反用謝道韞喻雪若柳絮因風典，謂雖然形如柳絮，但入水即化，不能轉而爲浮萍。

〔六〕水凝浮玉：何遜《和司馬博士詠雪詩》：「若逐微風起，誰言非玉塵。」此寫結薄冰時的狀態。

〔七〕記夜悄三句：用王子猷忽憶戴安道，雪夜至剡溪典。

〔八〕想前村二句：齊己《早梅》：「前村深雪裏，昨夜一枝開。」

〔九〕吟思二句：用鄭綮謂詩思在灞橋風雪中典。

〔一〇〕清飲三句：吴文英《無悶·催雪》：「正蹇驢吟影，茶煙灶冷，酒亭門閉。」

〔一二〕野屋蕭蕭：歐陽修《東齋對雪有懷》：「貪聽樽前歌裊裊，不聞窗外響蕭蕭。」蕭蕭，此指雪霰落瓦的聲音。

〔一三〕任樓中二句：《全芳備祖·後集》卷二八：「世傳陶穀買得党太尉故妓，取雪水煎團茶。謂妓曰：『党家應不識此？』妓曰：『彼粗人，安得有此？但能銷金帳下淺斟低唱，飲羊羔兒酒耳！』」

〔一三〕漸東風二句：謂桃花源水與子野雪溪相通，春暖花開時或有落英流至。

【集評】

高亮功：起二句奇警。蕭中孚云：「較之『皓鶴奪鮮，白鷴失素』更佳。結句推開，去路亦好。」

【考辨】

此詞與《聲聲慢·賦漁隱》都是贈溧陽交游姜子野的詞作，寫於大德九年（一三〇五），應次於同卷。

浣溪紗 ①寫墨水仙二紙寄曾心傳，並題其上②〔一〕

昨夜藍田采玉游〔二〕。向陽瑶草帶花收〔三〕。如今風雨不須愁〔四〕。　零露依稀傾鑿落〔五〕，碎瓊重疊綴搔頭〔六〕。白雲黃鶴思悠悠③〔七〕。

【校記】

①戈選杜批周邦彦詞：「首句下三字可作平仄仄，不叶韻，亦有後結添二字攤破作三字三句。」
②水竹居本、石村書屋本、明吴鈔、汪鈔本無詞題。《歷代詩餘》、王刻詞題作「墨水仙」。　③思：龔本、曹本、寶書堂本、許本、鮑本注「一作『自』」。

【注釋】

〔一〕寫墨水仙二句：與下首同調皆題詠寄友人曾遇的自畫墨水仙。江昱疏證：「馬臻《霞外詩集·集句題張玉田畫水仙》：『賞月吟風不要論，曳裾何處覓王門。誰人得似張公子，粉蝶如知合斷魂。』」曾心傳，即友人曾遇。

〔二〕昨夜句：黄庭堅《次韻中玉水仙花二首》（之一）：「借水開花自一奇，水沈爲骨玉爲肌。」顔文選注駱賓王《駱丞集》卷三《上瑕邱韋明府啓》：「周禮：玉之次美者曰藍，其山出玉，故以名縣。漢屬京兆尹，晉因之。後周置藍田郡，後以縣屬京兆，自唐至今皆因之，今屬西安府。」

〔三〕向陽句：韓性《題水仙圖》有「澄江渺余懷，相期拾瑶草」之句。

〔四〕如今句：水仙花曾被擬爲沈墮湘江的仙女娥皇、女英。如高似孫《水仙花前賦·序》：「水仙花非花也，幽楚窈眇，脱去埃滓，全如近湘君、湘夫人。」用瀟湘飄風暴雨典。

〔五〕零露句：《佩文齋廣群芳譜》卷五二引《洛陽花木記》：「（水仙）色白，圓如酒杯，上有五尖，中承黄心。宛然盞樣，故有金盞銀臺之名。」錢穆父《句》：「碧玉簪長生洞府，黄金杯重壓銀臺。」

鑿落，或稱「鑿絡」，杯盞。雍陶《酬李紺歲除送酒》：「一夜四乘傾鑿落，五更三點把屠蘇。」葉廷珪《海録碎事・飲食》：「湘楚人以盞斝中鐫鏤金渡者爲金鑿絡。」

〔六〕碎瓊句：《佩文齋廣群芳譜》卷五二引《洛陽花木記》：「（水仙）冬生，葉如萱草，色緑而厚，春初於葉中抽一莖，莖頭開花數朵，大如簪頭。」水仙中有複瓣稱爲千葉或重臺者。《佩文齋廣群芳譜》卷二八：「中心花瓣如起樓臺謂之重臺。」故曰「重疊」。《西京雜記》卷二：「武帝過李夫人，就取玉簪搔頭。自此後宮人搔頭皆用玉，玉價倍貴焉。」

〔七〕白雲句：與集中《浪淘沙・余畫墨水仙並題其上》「白鶴難招歸未得，天闊星河」二句同義，典出黄庭堅《王充道送水仙花五十枝欣然會心爲之作詠》：「是誰招此斷腸魂，種作寒花寄愁絶。」

【集評】

單學博、許廷誥：（「白雲」句）奇想。

高亮功：「如今」句，醒寫墨意。

又①

半面妝凝鏡裏春〔一〕。同心帶舞掌中身〔二〕。因沾弱水褪精神②〔三〕。　冷艷喜尋梅共笑③〔四〕，枯香羞與佩同紉④〔五〕。湘臯猶有未歸人〔六〕。

【校記】

①《歷代詩餘》、王刻有詞題「蘭」。　②因：龔本、曹本、寶書堂本、許本、鮑本注「一作『應』」。③尋：水竹居本、石村書屋本、明吴鈔、汪鈔本作「晴」。　④羞：水竹居本、石村書屋本、汪鈔本作「惹」。

【注釋】

〔一〕半面句：用徐妃半面妝典，文人常以喻尚未完全綻放的花朵。謝薖《偷聲木蘭花·梅》：「景陽樓上鐘聲曉，半面啼妝勻未了。」此寫水仙花隱現於緑葉掩映中。

〔二〕同心句：張耒《水仙花葉如金燈而加柔澤花淺黄其幹如萱草秋深開至來春方已雖霜雪不衰中州未嘗見一名雅蒜》：「宫樣鵝黄緑帶垂，中州未省見仙姿。」《白孔六帖》卷六一：「趙飛燕體輕，能爲掌上舞。」寫花葉如帶，形如同心結。

〔三〕因沾句：黄庚《水仙花》：「冰魂月魄水精神，翠袂淩波濕楚雲。」《佩文齋廣群芳譜》卷五二：「此花不可缺水，故名水仙。」《全芳備祖·前集》卷二一載無名氏詠水仙殘句：「弱水蓬萊歸不得，梅花相與伴春寒。」

〔四〕冷艷句：《佩文齋廣群芳譜》卷五二引《學圃餘疏》：「水仙宜置瓶中，前接臘梅，後接江梅，真歲寒友。」杜甫《舍弟觀赴藍田取妻子到江陵喜寄三首》（之二）：「巡檐索共梅花笑，冷蕊疏枝半不禁。」郭印《水仙花二首》（之一）：「弱質先梅誇綽約，獻香真是水中仙。」

〔五〕枯香句：《楚辭・離騷》：「扈江離與薜芷兮，紉秋蘭以爲佩。」反用徐致中《詠水仙》詩意：「約體動芳氣，妙與蘭芷紉。」

〔六〕湘皋句：用仙女解佩鄭交甫典。韋驤《減字木蘭花・水仙花》：「綽約仙姿。仿佛江皋解佩時。」釋永頤《水仙花》：「洛浦香銷佩解時，荊臺歸去峽雲遲。」

【集評】

高亮功：結語不盡。

一枝春 爲陸浩齋賦梅南①〔一〕

竹外横枝〔二〕，並闌干、試數風纔一信〔三〕。幺禽對語，仿佛醉眠初醒〔四〕。遥知是雪，甚都把、暮寒消盡②〔五〕。清更潤③。明月飛來，瘦却舊時疏影。東閣謾撩詩興〔六〕。料西湖樹老，難認和靖〔七〕。晴窗自好，勝事每來獨領〔八〕。融融向暖，笑塵世④、萬花猶冷〔九〕。須釀成、一點春腴，暗香在鼎〔一〇〕。

【校記】

①《歷代詩餘》、王刻詞題無「南」字。《四庫全書考證・集部》卷一〇〇：「刊本『梅』下衍『南』字，據別本删。」此説誤。詳【注釋】。②寒消：龔本、曹本、寶書堂本、鮑本作「寒□消」。朱校：「原本『寒』下有方空。從王刻。」吴摺光：「『寒』下並不脱字。」③夏敬觀：「『信』『盡』『潤』，真韻。」

④笑：龔本、曹本、寶書堂本、許本、鮑本作「□」。朱校：「原本『笑』字缺。從王刻。」

【注釋】

〔一〕陸浩齋：玉田友人，生平未詳。龔璛《題陸梅南雪灘圖》：「歲晚空江一灘雪，伊人何處渺蒹葭。扁舟乘興不可極，見説南涇梅漸花。」自注：「南涇，陸魯望所居。」《次陸梅南蘭桂玉簪三花卷》：「偃蹇淮山隱，離騷楚國清。玉簪凝思冷，香墨掃秋橫。一水空明淨，三花色界輕。人間較多品，於此已忘情。」玉田亦有贈龔璛詞作，知二人交游的陸氏爲同一人。

〔二〕竹外横枝：蘇軾《和秦太虚梅花》：「江頭千樹春欲闇，竹外一枝斜更好。」

〔三〕試數句：用二十四番花信風中梅花風最先典。

〔四〕幺禽二句：用前引柳宗元《龍城録》所載趙師雄遷羅浮遇梅花儷仙，醉眠初醒僅見月落參横之下的大梅花樹及兩隻翠鳥。姜夔《疏影》：「苔枝綴玉。有翠禽小小，枝上同宿。」蘇軾《西江月·梅花》：「海仙時遣探芳叢。倒挂緑毛幺鳳。」《鷄肋編》卷下：「廣南有緑羽丹觜禽，其大如雀，狀類鸚鵡。棲集皆倒懸於枝上，土人呼爲『倒挂子』。」

〔五〕遥知三句：蘇子卿《梅花落》：「只言花是雪，不悟有香來。」王安石《梅花》：「遥知不是雪，爲有暗香來。」祖詠《終南望餘雪》：「林表明霽色，城中增暮寒。」

〔六〕東閣句：杜甫《和裴迪登蜀州東亭送客逢早梅相憶見寄》：「東閣官梅動詩興，還如何遜在揚州。」

〔七〕料西湖二句：姜夔《暗香》：「長記曾攜手處，千樹壓、西湖寒碧。」並用林逋隱居西湖孤山典。林逋，字君復，謚和靖。

〔八〕晴窗二句：王維《終南別業》：「興來每獨往，勝事空自知。」

〔九〕融融三句：暗用大庾嶺梅花南枝向暖先開典，切「梅南」號。

〔一〇〕須釀成三句：蘇軾《南鄉子·梅花詞和楊元素》：「花盡酒闌春到也，離離。一點微酸已著枝。」《尚書·説命下》：「若作和羹，爾惟鹽梅。」孔氏傳：「鹽鹹梅醋，羹須鹹醋以和之。」

【集評】

高亮功：「東」「西」字俱是襯筆。「融融」二句，一篇警策。蕭中孚云：「『融融向暖』，緊切題中『南』字。」

【考辨】

此詞寫於蘇州。

水調歌頭 寄王信父〔一〕

白髮已如此，歲序更鬖鬖〔二〕。化機消息①〔三〕，莊生天籟雍門琴〔四〕。頗笑論文説劍〔五〕，休問高車駟馬〔六〕，衮衮□黄金〔七〕。蟻在元無夢〔八〕，水競不流心〔九〕。絶交書〔一〇〕，招隱操〔一一〕，惡圓箴〔一二〕。世塵空擾，脱巾挂壁且松陰〔一三〕。誰對紫微閣下〔一四〕，我對白蘋洲畔〔一五〕，朝市與山林〔一六〕。不用一錢買，風月短長吟〔一七〕。

【校記】

①機：曹本、鮑本、王刻作「幾」。幾，通「機」，下同不出校。

【注釋】

〔一〕王信父：玉田在常州交游的友人，生平不詳。

〔二〕歲序：歲時的順序。王僧達《答顏延年詩》：「聿來歲序暄，輕雲出東岑。」　駸駸：《詩·小雅·四牡》：「駕彼四駱，載驟駸駸。」毛傳：「駸駸，驟貌。」此喻時間如駒過隙。

〔三〕化機：造化運行的樞機。北周無名氏《黑帝歌》：「不啓不發道，蘊妙化機深。」　消息：《易·豐》：「日中則昃，月盈則食，天地盈虛，與時消息，而況於人乎？況於鬼神乎？」高亨注：「消息猶消長也。」

〔四〕莊生天籟：用《莊子·齊物論》典。　雍門琴：相傳雍門子周以善琴見孟嘗君。孟嘗君曰：「先生鼓琴，亦能令文悲乎？」雍門子周先説以合縱連横，薛國必亡，孟嘗君聞之悲淚盈眶。子周於是引琴而鼓，孟嘗君增悲流涕曰：「先生之鼓琴，令文立若破國亡邑之人也。」事見漢劉向《説苑·善説》。

〔五〕論文説劍：應指文韜武略。

〔六〕高車駟馬：酈道元《水經注·江水》：「城北十里曰昇仙橋，有送客觀，司馬相如將入長安，題其門曰：不乘高車駟馬，不過汝下也。後入邛蜀，果如志焉。」

〔七〕衮衮句：此用蘇秦腰佩黄金印典。李白《别内赴徵三首》（之二）：「歸時儻佩黄金印，莫見蘇秦不下機。」《初學記》卷二六：「衛宏《漢舊儀》曰：諸侯王印，黄金橐駝鈕，文曰璽。列侯，黄金印龜鈕，文曰印。丞相、將軍，黄金印龜鈕，文曰章。」衮衮，此指説話滔滔不絶貌。

〔八〕蟻在句：李公佐《南柯太守傳》：「淳于棼家廣陵，宅南有古槐，生豪飲其下，因醉致疾。二友扶生歸卧東廡，夢二紫衣使者曰：『槐安國王奉邀。』生隨二使上車，指古槐，入一穴中大城。朱門題曰『大槐安國』。……遂寤。見家童擁篲於庭，二客濯足於榻，斜日未隱西垣，餘照東牖。因與二客尋訪，見下穴洞然明朗，可容一榻。上有土環，爲城郭臺殿之狀。有蟻數斛，二大蟻素翼朱首，乃槐安國王。又窮一穴，直上南枝，群蟻聚處其中，即南柯郡也。」意思是即使有南枝蟻穴存在，榮華富貴，顯赫一時却是夢境。

〔九〕水競句：杜甫《江亭》：「水流心不競，雲在意俱遲。」

〔一〇〕絶交書：嵇康有《與山巨源絶交書》，表明不願入仕新朝的態度。

〔一一〕招隱操：據説左思《招隱》是古琴曲。詩有句曰：「巖穴無結構，丘中有鳴琴。」「非必絲與竹，山水有清音。」操，琴曲。

〔一二〕惡圓箴：元結《惡圓》：「元子曰：吾聞古之惡圓之士歌曰：『寧方爲皂，不圓爲卿。寧方爲污辱，不圓爲顯榮。其甚者，則終身不仰視。」箴，規勸告誡的文體。

〔一三〕脱巾句：李白《夏日山中》：「脱巾挂石壁，露頂灑松風。」

〔一四〕誰對句：白居易《紫薇花》：「獨坐黄昏誰是伴，紫薇花對紫微郎。」紫微閣，舍人院的别稱。《玉海》卷三四：「寶元元年七月庚戌作舍人院閣，上親篆其牓曰『紫微閣』以賜之。」此代指朝廷達官。

〔一五〕我對句：用吴興白蘋洲典。曾紆《菩薩蠻》：「卧對白蘋洲，欹眠數釣舟。」玉田游常州之前曾游吴興霅川。

〔一六〕朝市句：孫綽《三月三日蘭亭詩序》：「情因所習而遷移，物觸所遇而興感。故振轡於朝市，則充屈之心生；閑步於林野，則遼落之志興。」

〔一七〕不用二句：李白《襄陽歌》：「清風朗月不用一錢買，玉山自倒非人推。」

【集評】

單學博：（「白髮」二句）老極。　又：（「誰對」三句）絶妙比照，大好分途，請擇於斯二者。

邵淵耀：絶好對照，請擇於斯二者。

高亮功：逐句變换，筆法可玩。「水競」句似未妥。

陳蘭甫：「水」豈可云「競」？用成句乃生吞活剥至此。

【考辨】

前考玉田大德七年（一三〇三）在常州從白廷玉游，次年有多首詞作贈寄白珽。集中又有《摸魚子·春雪客中寄白香巖、王信父》，知王信父亦玉田常州交游，則此詞寫於大德八年（一三〇四）歸居宜興後。

南樓令 送杭友〔一〕

聚首不多時。煙波又別離①。有黄金、應鑄相思。折得梅花先寄我，山正在、裏湖西〔二〕。風雪脆荷衣。休教鷗鷺知〔三〕。鬢絲絲②〔四〕、猶混塵泥〔五〕。何日東書歸舊隱，只恐怕③、種瓜遲〔六〕。

【校記】

①煙波：王刻作「扁舟」。②鬢：《歷代詩餘》、王刻作「惜」。③只恐：《歷代詩餘》、王刻作「還只」。

【注釋】

〔一〕送杭友：送友人歸杭州。

〔二〕折得三句：林逋隱居西湖孤山，多植梅花。

〔三〕休教句：方岳《陪劉提察少集四聖觀》：「東華昨夢已塵土，千萬勿令鷗鷺知。」

〔四〕鬢絲絲：王周《贈忠師》：「晨爐煙裊裊，病髮霜絲絲。」

〔五〕猶混塵泥：暗用《莊子·秋水》典：「莊子釣於濮水，楚王使大夫二人往先焉，曰：『願以境内累矣！』莊子持竿不顧，曰：『吾聞楚有神龜，死已三千歲矣，王巾笥而藏之廟堂之上。此龜者，寧其死爲留骨而貴乎，寧其生而曳尾於塗中乎？』二大夫曰：『寧生而曳尾塗中。』莊子曰：『往矣！吾將曳尾於塗中。』」

〔六〕何日三句：用邵平種瓜典。束書，猶負籍。方干《送班主簿入謁荆南韋常侍》：「束書成遠去，還計莫經春。」

【集評】

高亮功：前段送友，後段自述。「脆」字，字法。蕭中孚云：「較前《甘州》詞『寒氣脆貂裘』句尤穩切。」

南鄉子　竹居

愛此碧相依〔一〕。卜築西園隱逸時〔二〕。三徑成陰門可款〔三〕，幽棲。蒼雪紛紛冷不飛〔四〕。青眼舊心知〔五〕。瘦節終看歲晚期①〔六〕。人在清風來往處〔七〕，吟詩。更好梅花著一枝②〔八〕。

【校記】

①看：《歷代詩餘》、王刻作「堪」。②著：《歷代詩餘》、曹本、王刻作「看」。

【注釋】

〔一〕此碧：猶言此君。《世説新語·任誕》：「王子猷嘗暫寄人空宅住，便令種竹。或問：『暫住何煩爾？』王嘯詠良久，直指竹曰：『何可一日無此君。』」後因作竹的代稱。劉攽《秋過薦福院竹亭》：「開門金瑣碎，繞徑碧檀欒。」

〔二〕卜築：《梁書·處士傳》：「（劉訏）曾與族兄劉歊聽講於鍾山諸寺，因共卜築宋熙寺東澗，有終焉之志。」

〔三〕三徑句：用隱者僅留三徑典實。韓愈《游青龍寺贈崔群補闕》：「何人有酒身無事，誰家多竹門可款。」

〔四〕蒼雪句：蒼雪，比喻筍殼脱落時附著在竹節上的白粉。徐陵《侍宴詩》：「嫩竹猶含粉，初荷未聚塵。」李白《句》：「竹粉千腰白，桃皮半頰紅。」

〔五〕青眼句：仲并《詠竹》：「願留舊青眼，歲晚相周旋。」

〔六〕瘦節句：王安石《與舍弟華藏院忞君亭詠竹》：「人憐直節生來瘦，自許高材老更剛。」結句「梅花」意入此。劉克莊《答王侍郎和紫極宫詩》：「侍郎如蒼官，歲寒友梅竹。」

〔七〕人在句：白居易《養竹記》：「於是日出有清陰，風來有清聲。依依然，欣欣然。若有情於感遇也。」

〔八〕更好句：蘇軾《和秦太虚梅花》：「江頭千樹春欲闇，竹外一枝斜更好。」

【集評】

高亮功：一襯有風致。

【考辨】

《木蘭花慢》有「菟裘漸營瘦竹，任重門、近水隔花關。數畝清風自足，元來不在深山」。與此詞「竹居」情形相似，故知也是延祐元年（一三一四）寫於蘇州。

朝中措①

清明時節雨聲嘩〔一〕。潮擁渡頭沙〔二〕。翻被梨花冷看，人生苦戀天涯〔三〕。燕簾鶯户，雲窗霧閣〔四〕，酒醒啼鴉。折得一枝楊柳，歸來插向誰家〔五〕。

【校記】

①戈選杜批夢窗詞：「此爲正格。有以後段上三句十二字攤破作七字、五字兩句，並添起韻，則與前段同矣。」

【注釋】

〔一〕清明句：杜牧《清明》：「清明時節雨紛紛，路上行人欲斷魂。」

〔二〕潮擁句：孟浩然《秋登蘭山寄張五》：「時見歸村人，沙行渡頭歇。」

〔三〕翻被二句：錢起《下第題長安客舍》：「梨花度寒食，客子未春衣。」謝逸《梨花二首》（之二）：

「一枝帶雨牆頭出，不用行人著眼看。」

〔四〕燕簾二句：韓愈《華山女》：「雲窗霧閣事恍惚，重重翠幕深金屏。」

〔五〕酒醒三句：插柳爲舊京清明節序風俗。《武林舊事》卷三：「清明前三日爲寒食節，都城人家皆插柳滿檐，雖小坊幽曲，亦青青可愛。」《夢粱録》卷二：「清明交三月，節前兩日謂之『寒食』，京師人從冬至後數起至一百五日，便是此日，家家以柳條插於門上，名曰『明眼』。」李萊老《小重山》：「畫檐簪柳碧如城。一簾風雨裏，近清明。」李賀《答贈》：「沈香熏小像，楊柳伴啼鴉。」

【集評】

單學博：（「翻被」句）俊語。　又：「燕簾」八字下著「酒醒」四字，如鐘鳴漏盡時也。

許廷誥：（上片）俊語。

邵淵耀：晨鐘乍聞。

高亮功：起二句往下不甚緊。「翻被」句，是自嘲語，亦無聊語。「燕簾鶯户，雲窗霧閣」，是酒未醒時光景，若酒醒之後，但聞啼鴉而已。向之所謂「燕簾鶯户，雲窗霧閣」安在哉？意蓋如此。結語極悲。

采桑子①

西園冷罥鞦韆索②〔一〕，雨透花韉。雨過花皴〔二〕。近覺江南無好春。　杜郎不恨尋芳晚〔三〕，夢裏行雲。陌上行塵〔四〕。最是多愁老得人〔五〕。

【校記】

①夏敬觀：「《采桑子》調兩四字句，一屬上，一屬下。此二句，用疊字貫串之尤無理，是不明調之中分也。」②罥：《天機餘錦》作「落」。

【注釋】

〔一〕罥鞦韆索：用寒食時節仕女作户外鞦韆之戲典。因今年多雨，不能進行户外活動，鞦韆紅索被懸置。

〔二〕皴：本指皮膚凍裂，此指花瓣因雨雪皺縮。

〔三〕杜郎句：杜牧《嘆花》：「自恨尋芳到已遲，往年曾見未開時。如今風擺花狼籍，緑葉成陰子滿枝。」

〔四〕夢裏二句：馮延巳《蝶戀花》：「幾日行雲何處去，忘了歸來，不道春將暮。」「淚眼倚樓頻獨語，雙燕飛來，陌上相逢否。」

〔五〕最是句：鄭思肖《對菊》可以參看：「三徑今非昔，多愁老此身。」

【集評】

高亮功：换頭意更深一層。

阮郎歸 有懷北游

鈿車驕馬錦相連。香塵逐管弦〔一〕。瞥然飛過水鞦韆。清明寒食天〔二〕。　花貼貼，柳懸懸。鶯房幾醉眠〔三〕。醉中不信有啼鵑①〔四〕。江南二十年。

【校記】

①啼：底本誤作「題」，從諸本改。

【注釋】

〔一〕鈿車二句：此寫北方寒食清明節序。《東京夢華録》卷六：「斜籠綺陌，香輪暖輾。芳草如茵，駿騎驕嘶。杏花如繡，鶯啼芳樹，燕舞晴空。紅妝按樂於寶榭層樓，白面行歌近畫橋流水。舉目則鞦韆巧笑，觸處則蹴踘疏狂。尋芳選勝，花絮時墜。金樽折翠簪紅，蜂蝶暗隨歸騎。於是相繼清明節矣。」元稹《痁卧聞幕中諸公徵樂會飲因有戲呈三十韻》：「鈿車迎妓樂，銀翰屈朋儕。」白居易《武丘寺路》：「銀勒牽驕馬，花船載麗人。」

〔二〕瞥然二句：《東京夢華録》卷七：「又有兩畫船，上立鞦韆。船尾百戲人上竿，左右軍院虞候監教鼓笛相和。又一人上蹴鞦韆，將平架，筋斗擲身入水，謂之『水鞦韆』。」瞥然，迅速地。

〔三〕花貼貼三句：《東京夢華録》卷七：「自三月一日至四月八日閉池，雖大風雨亦有游人，略無虛日矣。是月季春，萬花爛熳，牡丹芍藥，棣棠木香，種種上市。賣花者以馬頭竹籃鋪排，歌叫之聲，清奇可聽。晴簾靜院，曉幕高樓，宿病未醒，好夢初覺。」

〔四〕醉中句：《邵氏聞見録》卷一九：「（康節）治平間，與客散步天津橋上，聞杜鵑聲，慘然不樂。客問其故，則曰：『洛陽舊無杜鵑，今始至，有所主。』……康節先公曰：『天下將治，地氣自北而南，將亂，自南而北。今南方地氣至矣，禽鳥飛類，得氣之先者也。……』」

【集評】

高亮功：「清明寒食天」，倒點節候，極峭。

【考辨】

張氏手批：此晚年之作。

孫按：玉田雖有兩次北游經歷，僅有至元二十八年秋（一二九一）再次北游時有在都下過寒食的記載，作詞《慶春宮·都下寒食》。此詞有「江南二十年」之句，故知詞是至大四年（一三一一）前後寫於蘇州。

浣溪紗

艾蒳香消火未殘。便能晴去不多寒〔一〕。冶游天氣却身閑〔二〕。　帶雨移花渾懶看，應時插柳日須攀。最堪惆悵是東闌〔三〕。

【注釋】

〔一〕艾蒳二句：《陳氏香譜》卷一：「艾蒳香，《廣志》云：出西域，似細艾。又有松樹皮上緑衣亦名艾蒳，可以合諸香燒之，能聚其煙，青白不散。」

〔二〕冶游：《清商曲辭·春歌二十首》（之八）：「冶遊步春露，艷覓同心郎。」此指寒食清明時的探春踏青之游。

〔三〕應時二句：蘇軾《東闌梨花》：「惆悵東闌一株雪，人生看得幾清明。」宋時清明有插柳滿檐的風俗。

風入松 丙午閏元宵①〔一〕

向人圓月轉分明〔二〕。簫鼓又逢迎〔三〕。風吹不老蛾兒鬧②，繞玉梅、猶戀香心③〔四〕。報道依然放夜〔五〕，何妨款曲行春④〔六〕。

錦燈重見麗繁星⑤〔七〕。水影動梨雲〔八〕。今朝准擬花朝醉⑥，奈今宵⑦、別是光陰⑧。簾底聽人笑語，莫教遲了踏青⑨〔九〕。

【校記】

①底本、龔本、《歷代詩餘》、曹本、寶書堂本、許本、鮑本詞題作「閏元宵」。江昱按曰：「《元史》世祖至元五年、成宗大德十年、仁宗延祐四年俱閏正月，此詞未知何時作。」《天機餘錦》作「丙午閏元宵」。劉榮平《校證》：「『丙午』即成宗大德十年（一三〇六），此詞作年據此可解。」②風吹不

老:《天機餘錦》作「飛飛不去」。③香:《天機餘錦》作「花」。④款曲行春:《天機餘錦》作「擬曲尋春」。⑤重見麗:《天機餘錦》作「重有」。⑥擬:《天機餘錦》、龔本、寶書堂本作「儗」。花朝:《天機餘錦》作「華宵」。《歷代詩餘》、王刻作「花前」。⑦今宵:《天機餘錦》作「壺中」。⑧夏敬觀:「『心』『陰』,閉口韻。『春』『雲』,真韻。」⑨踏青:底本、龔本、曹本、寶書堂本、許本、鮑本作「□青」。朱校:「張校云:當是『踏青』,『踏』字蓋以入作平。」《歷代詩餘》、王刻作「梅青」。據《天機餘錦》、朱校改。

【注釋】

〔一〕丙午:此指成宗大德十年(一三〇六)。

〔二〕向人句:杜甫《宿贊公房》:「相逢成夜宿,隴月向人圓。」又,《登快閣》:「落木千山天遠大,澄江一道月分明。」

〔三〕簫鼓句:《武林舊事》卷二「元夕」條:「每夕樓燈初上,則簫鼓已紛然自獻於下。酒邊一笑,所費殊不多。往往至四鼓乃還。自此日盛一日。」餘見前引京尹巡街「錦繡填委,簫鼓振作」事。周邦彦《解語花·元宵》:「簫鼓喧,人影參差,滿路飄香麝。」

〔四〕風吹三句:已見前引《武林舊事》元夕節物:婦人簪帶鬧蛾、玉梅、雪柳,月下游覽。

〔五〕放夜:《容齋隨筆·三筆》卷一:「唐韋述《兩京新記》曰:『正月十五日夜,敕金吾馳禁,前後各一日以看燈。』本朝京師增爲五夜,俗言錢忠懿納土,進錢買兩夜。」孟元老《東京夢華録》卷六：「（正月十五）至十九日收燈，五夜城闉不禁。」

〔六〕款曲：殷勤酬應。　　行春：泛指游春。

〔七〕錦燈句：周邦彦《解語花·元宵》：「風銷絳蠟，露浥紅蓮，燈市光相射。」意思是又見滿目花燈，宛若天上繁星點點。

〔八〕水影句：王昌齡《梅詩》：「落落寞寞路不分，夢中唤作梨花雲。」以梨雲寫梅花。梅花盛開於冬春之交。《范村梅譜》：「杜子美詩云『梅蕊臘前破，梅花年後多』，惟冬春之交正是花時耳。」並用蘇味道《正月十五夜》「行歌盡落梅」句意。

〔九〕今朝五句：李清照《永遇樂》：「如今憔悴，風鬟霜鬢，怕見夜間出去。不如向、簾兒底下，聽人笑語。」花朝，花朝節。宋朝在二月十五。吴自牧《夢粱録》卷一：「仲春十五日爲花朝節，浙間風俗，以爲春序正中，百花争放之時，最堪游賞。」表層説白天是花朝，晚上是元夕，實際上是説聽到簾外行人關於不要耽誤花朝踏青的囑咐却感受到别樣滋味，表達亡國遺民凭吊繁華的傷心懷抱。

【集評】

單學博：即古人以二月望日爲花朝也。

許廷誥：此正月逢閏之徵，王次回《疑雨集》有閏元宵詩。按此則宋元人所謂花朝，不專指十二日也，即古人以二月望日爲花朝。

邵淵耀：古以二月望爲花朝，故云。

高亮功：全在數虚字鈎醒「閏」字，與卷一《滿庭芳·詠小春》同一筆法。

闕名：處處不脱「閏」字，律固應爾。

【考辨】

此詞寫於大德十年（一三〇六），袁易有和作《風入松·和張玉田閏元夕》。限於張炎踪跡及袁易卒於此年十一月，兩首《風入松》僅能寫於大德十年，此時張炎已在金陵，應次於溧陽詞後。

踏莎行　詠湯〔一〕

瑶草收香，琪花采汞。冰輪碾處芳塵動〔二〕。竹爐湯暖火初紅〔三〕，玉纖調罷歌聲送〔四〕。麾去茶經〔五〕，襲藏酒頌〔六〕。一杯清味佳賓共。從來采藥得長生〔七〕，藍橋休被瓊漿弄〔八〕。

【注釋】

〔一〕詠湯：《南窗紀談》：「客至則設茶，欲去則設湯，不知起於何時，然上自官府，下至閭里，莫之或廢。有武臣楊應誠獨曰：『客至設湯，是飲人之藥也。非是。』故其家每客至，多以蜜漬橙果木瓜之類爲湯飲客，或者效之。予謂不然，蓋客坐既久，恐其語多傷氣，故其欲去則飲之以湯，前人之意必出於此，不足爲嫌也。」據宋朝相關詞作，如黄庭堅《定風波·客有兩新鬟善歌者，請作送湯曲，因戲前二物》：「歌舞闌珊退晚妝。主人情重更留湯。冠帽斜欹辭醉去，邀定，玉人纖手自磨香。」毛滂《浣溪沙·送湯詞》：「仙草已添君勝爽，醉鄉肯爲我從容。」王千秋《醉蓬萊·送湯》：「正歌塵驚夜，鬥乳回甘，暫醒還醉。再煮銀瓶，試長松風味。玉手磨香，鏤金檀舞，在壽星光裏。翠袖微揎，冰瓷對捧，神仙標緻。」知不如楊應誠所説，是歌舞場有酒，有醒酒之茶。湯則是送客時所奉，主要由香草製成，研磨後在瓷杯泡好，由歌女奉給客人。

〔二〕瑶草三句：此寫主人采集名花異草，碾研成製湯的原料。如《竹嶼山房雜部》卷一三所載茉莉湯：「用蜜一兩匙，甘草一分，土薑自然汁一滴，同研。令極勾，調塗在碗中心，抹勾不令洋流。每於淩晨采摘茉莉花一二十朵，將放藥碗蓋花，取香氣熏之，午間乃可以點用。」曹唐《小游仙詩》：「萬樹琪花千圃藥，心知不敢輒形相。」冰輪，此指茶碾中的「墮」，用以碾碎花葉餅。《茶經》卷中：「碾，以橘木爲之，次以梨、桑、桐、柘爲之。內圓而外方。內圓，備於運行也；外方，制其傾危也。內容墮而外無餘木。墮，形如車輪，不輻而軸焉。」

〔三〕竹爐句：杜耒《寒夜》：「寒夜客來茶當酒，竹爐湯沸火初紅。」煮湯方法相似。

〔四〕玉纖句：《會合聯句（孟郊）》：「雪弦寂寂聽，茗碗纖纖捧。」蘇軾《記夢回文二首》（之一）：「酡顔玉碗捧纖纖，亂點餘花唾碧衫。」

〔五〕麾去茶經：唐人陸羽，善品泉，著有《茶經》。客人離開時不再設茶，故曰「麾去」。

〔六〕襲藏酒頌：晉劉伶有《酒德頌》。襲藏，猶珍藏。以上二句寫花草香湯能代茶醒酒。

〔七〕從來句：江淹《渡西塞望江上諸山詩》：「采藥好長生，當畏佳人晚。」

〔八〕藍橋句：用裴航藍橋驛求得水漿典。

【集評】

高亮功：「冰輪」句未詳。

鷓鴣天

樓上誰將玉笛吹〔一〕。山前水闊暝雲低①。勞勞燕子人千里〔二〕，落落梨花雨一枝〔三〕。　修褉近②，賣餳時〔四〕。故鄉惟有夢相隨。夜來折得江頭柳，不是蘇堤也皺眉〔五〕。

【校記】

①暝：曹本作「瞑」。瞑，通「暝」。下同不出校。　②近：《歷代詩餘》、王刻作「節」。

【注釋】

〔一〕樓上句：趙嘏《長安晚秋》：「殘星幾點雁横塞，長笛一聲人倚樓。」李白《春夜洛城聞笛》：「誰家玉笛暗飛聲，散入春風滿洛城。」

〔二〕勞勞句：李賀《十二月樂辭·二月》：「蒲如交劍風如薰，勞勞胡燕怨酣春。」勞勞，憂愁傷感貌。

〔三〕落落句：白居易《長恨歌》：「玉容寂寞淚闌干，梨花一枝春帶雨。」周邦彦《蘭陵王·柳》有

「梨花榆火催寒食」之句。落落，猶言「落落寞寞」，形容梨花雲。

〔四〕修禊二句：修禊，古俗農曆三月上旬的巳日（三國魏以後固定爲三月初三）到水邊嬉戲，以祓除不祥。王羲之《蘭亭集序》：「暮春之初，會於會稽山陰之蘭亭，修禊事也。」賣餳是寒食節的風俗。

〔五〕夜來二句：《武林舊事》卷三：「清明前三日爲寒食節，都城人家皆插柳滿檐，雖小坊幽曲，亦青青可愛，大家則加棗錮於柳上，然多取之湖堤。」蘇堤「夾道雜植花柳」。

【集評】

單學博：（「故鄉」句）自然動情。

高亮功：前段將客中苦況一頓，便引起後段思鄉也。結語是翻進一層。

【考辨】

詞有「修禊近，賣餳時」，表明此年上巳在寒食之後，在江頭而非蘇堤折柳，表明尚客江濱。查張培瑜《三千五百年曆日天象》，大德六年（一三〇二），寒食比上巳早三天，玉田客江陰；皇慶二年（一三一三），寒食比上巳早一天，玉田客蘇州。而詞中尚未嘆老心切，定於大德六年寫在江陰爲宜。

摸魚子 春雪客中寄白香巖、王信父①〔一〕

又孤吟、灞橋深雪，千山絶盡飛鳥〔二〕。梅花也著東風笑，一夜瘦添多少〔三〕。春悄悄。正斷夢愁詩，忘却池塘草。前村路杳〔四〕。看野水流冰，舟閑渡口，何必見安道〔五〕。慵登眺。脉脉霏霏未了②〔六〕。寒威猶自清峭〔七〕。終須幾日開晴去，無奈此時懷抱〔八〕。空暗惱③。料酒興歌情，未肯隨人老。惜花起早〔九〕。拚醉裏忘歸④，接羅更好，一笑任傾倒〔一〇〕。

【校記】

①《歷代詩餘》、王刻詞題作「春雪客中寄友」。②未：《歷代詩餘》、王刻作「纔」。③暗：《歷代詩餘》、王刻作「懊」。④裏：底本、龔本、曹本、寶書堂本、許本、鮑本作「□」，據《歷代詩餘》、王刻、吴搢光校補。高亮功「□」旁注「了」。

【注釋】

〔一〕白香巖：白廷玉。王信父：亦玉田友人，已見前注。

〔二〕千山句：柳宗元《江雪》：「千山鳥飛絶，萬徑人踪滅。」

〔三〕梅花二句：杜甫《舍弟觀赴藍田取妻子到江陵喜寄三首》（之二）：「巡檐索共梅花笑，冷蕊疏枝半不禁。」《貴耳集》卷上引朱敦儒賦梅詞：「横枝銷瘦一如無，但空裏疏花數點。」下文「前村」句意入此，寫前村深雪梅花。

〔四〕前村路杳：齊己《早梅》：「前村深雪裏，昨夜一枝開。」

〔五〕看野水三句：由夜雪引申，用山陰王子猷夜雪沿剡溪訪戴典。

〔六〕脉脉：范成大《霜天曉角·梅》：「脉脉花疏天淡，雲來去、數枝雪。」　霏霏：《詩·小雅·采薇》：「昔我往矣，楊柳依依；今我來思，雨雪霏霏。」

〔七〕寒威：梅堯臣《雪中通判家飲回》：「凍禽聚立高樹時，密雲萬里增寒威。」　清峭：周邦彦《紅林檎近》：「暮雪助清峭，玉塵散林塘。」

〔八〕終須二句：趙令畤《思遠人》：「素玉朝來有好懷。一枝梅粉照人開。」

〔九〕惜花起早：林希逸《竹溪鬳齋十一稿續集》有「惜花春起早」「愛月夜眠遲」二詩，爲賦得體，當爲前人逸詩。

〔一〇〕拚醉三句：用山簡醉酒、倒著白接羅典。見前注《晉書·山簡傳》。拚，《匯釋》：「判，割捨之辭，甘願之辭。自宋以後多用拚字或拚字，而唐人則多用判字。」接羅，即白接羅，以白鷺羽爲飾的帽子，一説白衫。庾信《對酒歌》：「山簡接羅倒，王戎如意舞。」陳鍔注：「《爾雅》注：鷺鷗翅背上皆有長翰毛，江東取爲接羅，名曰白接羅。」杜甫《陪鄭廣文游何將軍山林十首》（之七）：「醉把青荷葉，狂遺白接羅。」《九家集注杜詩》卷一八引《世説》：「白接羅，衫也。」王安石《和王司封會同年》：「直須傾倒尊中酒，休惜淋浪座上衣。」

【集評】

高亮功：蕭中孚云：「首句著一『又』字，便爲春雪傳神。」

【考辨】

龔璛《爲白香巖州判賦茅亭》：「手結茅亭隱澗阿，香巖行住得婆娑。」據宋濂《元湛淵先生白公墓誌銘》，知白珽官至婺州路蘭溪州（今浙江金華）判官，馬臻《和湛淵白州判見寄吊鶴詩二首》可以互證。據《武林靈隱寺志》，其結廬於金沙澗，知白香巖即玉田友人白珽。此詞寫於張炎游常州後大德八年（一三〇四）早春客居宜興時。玉田與白香巖同歲，此年五十七，所以詞有「料酒興歌情，未肯隨人老」之句。

滿江紅　己酉春日〔一〕

老子今年，多准備、吟箋賦筆。還自喜、錦囊添富〔二〕，頓非疇昔。書册琴棋清隊仗〔三〕，雲山水竹閑踪跡。任醉笻、游屐過平生，千年客。　回首夢，東隅失。乘興去，桑榆得〔四〕。且怡然一笑，探梅消息〔五〕。天下神仙何處有，神仙只向人間覓〔六〕。折梅花、橫挂酒壺歸，白鷗識。

【注釋】

〔一〕己酉：江昱按曰：「己酉，元武宗至大二年。玉田生於宋理宗淳祐戊申，是時蓋年六十二云。」

〔二〕錦囊添富：用李賀錦囊尋詩典。

〔三〕書册句：意思是左琴右書像儀仗隊。暗用杜甫《嚴中丞枉駕見過》：「元戎小隊出郊坰，問柳尋花到野亭。」

〔四〕回首四句：《後漢書・馮異傳》：「（光武帝）璽書勞異曰：『赤眉破平，士吏勞苦，始雖垂翅回谿，終能奮翼黽池，可謂失之東隅，收之桑榆。』」

〔五〕探梅消息：趙蕃《泊舟西村見居民云數里間有梅訪之殊未花》：「我來欲問梅消息，地冷年年未放花。」

〔六〕天下二句：魏野《寇相公生辰因有寄獻》有「歸來平地作神仙」之句。

【集評】

單學博：玉田詞妙，總帶仙氣，此真搓酥滴粉者一服換骨金丹，寶之，重之。　又：（「天下」二句）與登蓬萊閣一闋同旨。

邵淵耀：詞帶仙氣，是搓酥滴粉者換骨金丹。

高亮功：清狂故態，不以夷險變遷，想見此老興復不淺。　結句騷雅之甚。

夏敬觀：「隊仗」新穎。

【考辨】

己酉，元武宗至大二年（一三〇九），此年玉田仍寓蘇州，至秋重游江陰。

木蘭花慢元夕後，春意盎然，頗動游興，呈霅川吟社諸公①〔一〕

錦街穿戲鼓，聽鐵馬、響春冰〔二〕。甚舞繡歌雲，歡情未足，早已收燈〔三〕。從今便須勝賞〔四〕，步青青、野色一枝藤〔五〕。落魄花間酒侶，温存竹裏吟朋〔六〕。休憎。短髮鬅鬙②〔七〕。游興懶、我何曾〔八〕。任蹴踏芳塵，尋蕉覆鹿〔九〕，自笑無能。清狂尚如舊否，倚東風、嘯詠古蘭陵〔一〇〕。十里梅花霽雪③，水邊樓觀先登〔一一〕。

【校記】

①《歷代詩餘》、王刻無詞題。②鬙：王刻作「鬢」。③花：《歷代詩餘》、王刻作「香」。

【注釋】

〔一〕霅川：江昱疏證：「《太平寰宇記》：霅溪在烏程縣東南一里，凡四水合爲一溪。《弘治湖州府志》：即定安門内江子匯是也。霅然有聲，故謂之霅溪，又謂之霅川。」

〔二〕錦街三句：蘇軾《上元夜》：「牙旗穿夜市，鐵馬響春冰。」鐵馬，挂在屋檐下的風鈴。此喻春冰融化開裂之聲。

〔三〕甚舞繡三句：落實「元夕後」。金盈之《醉翁談録》卷三：「（正月）十八日，謂之收燈，是日輦聲歸内，亦稍稍解去，車馬漸已稀少。」舞繡歌雲，語出前引史達祖《東風第一枝·元夕》。

〔四〕勝賞：《陳書·孫瑒傳》：「及出鎮郢州，乃合十餘船爲大舫，於中立亭池，植荷芰，每良辰美景，賓僚並集，泛長江而置酒，亦一時之勝賞焉。」

〔五〕步青青二句：指曳杖尋梅。陸游《江上散步尋梅偶得》：「小園風月不多寬，一樹梅花開未殘。剥啄敲門嫌特地，緩拖藤杖隔籬看。」黄庭堅《題落星寺四首》（之四）：「蜂房各自開户牖，處處煮茶藤一枝。」

〔六〕落魄二句：杜牧《遣懷》：「落魄江湖載酒行，楚腰腸斷掌中輕。」范成大《樂先生闢新堂以待芍藥酴醾作詩奉贈》：「多情開此花，艷絶温柔鄉。」並用竹林七賢典。

〔七〕短髮鬅鬙：曾鞏《看花》：「但知抖擻紅塵去，莫問鬅鬙白髮催。」鬅鬙，此指頭髮零亂貌。

〔八〕游興二句：蘇泂《金陵雜興》：「自是老來游興懶，日長添得睡工夫。」

〔九〕尋蕉覆鹿：典見前注《列子·周穆王第三》。

〔一〇〕古蘭陵：此指常州。古稱常州爲晉陵，僑置南蘭陵。《南史·齊本紀上》謂南朝齊蕭氏爲東海郡蘭陵郡人：「中朝喪亂，皇高祖淮陰令整，字公齊，過江居晉陵武進縣之東城里，寓居江左者，皆僑置本土，加以『南』名，更爲南蘭陵人也。」

〔一一〕十里二句：此想象霅地友人之游。《嘉泰吴興志》卷二〇：「梅生江南，湖郡尤盛。《吴興記》云：烏程有梅墟、梅林、梅亭。德清有梅埭。舊编云：今武康、德清綿亘山谷，其種以堂頭梅爲上，横枝梅、消梅次之，又有紅梅、重梅、鴛鴦梅、千葉緗梅、臘梅，惟紅梅、鴛鴦梅有實，菁山等處亦多。」霽雪，梅白如晴天雪色。薛嵎《霽雪亭》：「千樹玉成林，遠香清可尋。幾疑安道在，直得老逋吟。」

【集評】

單學博：（「十里」二句）清爽。

高亮功：如此游興，雖不脱承平公子故態，然一望而知非紈絝之習。

【考辨】

此詞大德七年（一三〇三）寫於常州，回憶吴興霅川之游。參見《祝英臺近·與周草窗話舊》【考辨】。

又 用前韻呈王信父①

江南無賀老〔一〕，看萬壑、出清冰〔二〕。想柳思周情〔三〕，長歌短詠〔四〕，密與傳燈。山川潤分秀色〔五〕，稱醉揮、健筆剡溪藤〔六〕。一語不談俗事，幾人來結吟朋。　堪憎。我髮鬅鬙。頻賦曲、舊時曾。但春蚓秋蛩，寒籬晚砌，頗嘆非能〔七〕。何如種瓜種秫，帶一鋤、歸去隱東陵〔八〕。野嘯天風兩耳，翠微深處孫登〔九〕。

【校記】

①《歷代詩餘》、曹本、王刻無詞題。

【注釋】

〔一〕江南句：黃庭堅《寄賀方回》：「解作江南斷腸句，只今唯有賀方回。」

〔二〕看萬壑二句：彭龜年《上袁州汪守啓》：「恭惟某官秉義醇壹，蓄德雄剛，廉潔自持，如出清冰於萬壑。」

〔三〕柳思周情：「密與傳燈」意入於此，謂王信父傳承了柳永、周邦彥婉孌構思吟詠愛情。

〔四〕長歌短詠：杜甫《狂歌行贈四兄》：「樓頭吃酒樓下卧，長歌短詠還相酬。」

〔五〕山川句：李白《送王屋山人魏萬還王屋》：「萬壑與千巖，崢嶸鏡湖裏。秀色不可名，清輝滿江城。」

〔六〕稱醉揮二句：杜甫《贈秘書監江夏李公邕》：「聲華當健筆，灑落富清制。」剡溪藤，剡藤所製的名貴紙張。《浙江通志》卷一〇四：「《嵊志》：剡藤紙，名擅天下。式凡五，藤用木椎，椎治堅滑光白者，曰硾箋。瑩潤如玉者，曰玉版箋。」

〔七〕但春蚓三句：「兩耳」意入此。春蚓秋蛩，此謂詩詞作郊寒島瘦之呻吟。蘇軾《讀孟郊詩二首》（之二）：「何苦將兩耳，聽此寒蟲號。」韓愈《聽穎師彈琴》：「嗟余有兩耳，未省聽絲篁。」此指不合中原雅樂規範。

〔八〕何如三句：用陶淵明種秫釀酒、邵平種瓜典。

〔九〕野嘯二句：用孫登蘇門山長嘯典。

【集評】

高亮功：「柳思周情」「醉揮健筆」，在王則信美矣。兹我之賦曲，僅如「秋蛩」「春蚓」，有何能乎？只宜歸隱東陵耳。意蓋如此。後半若與前篇相答應。

【考辨】

此詞寫於大德八年（一三〇四）歸居宜興後。

浪淘沙

寒食不多時①。燕燕纔歸〔一〕。杏花零落水痕肥。淺碧分山初過雨，一霎晴暉〔二〕。

閑折小桃枝。蝶也相隨〔三〕。晚妝不合整蛾眉〔四〕。驀忽思量張敞畫，又被愁知〔五〕。

【校記】

①食：龔本、曹本、寶書堂本、鮑本作「□」。朱校：「原本『食』字缺。從王刻。」孫按：《歷代詩餘》、張氏手批、許廷誥校亦補「食」。

【注釋】

〔一〕寒食二句：晏殊《破陣子·暮春》：「燕子來時新社，梨花落後清明。」《詩·邶風·燕燕》：「燕燕于飛，差池其羽。」

〔二〕杏花三句：用寒食杏花時節多雨典。蘇軾《次韻沈長官三首》（之三）：「風來震澤帆初飽，雨入松江水漸肥。」

〔三〕閑折二句：崔融《和宋之問寒食題黄梅臨江驛》：「遥思故園陌，桃李正酣酣。」李嶠《寒食清明日早赴王門率成》：「日帶晴虹上，花隨早蝶來。」

〔四〕蛾眉：蠶蛾觸鬚細長而彎曲，喻女子美麗的眉毛。《詩·衛風·碩人》：「螓首蛾眉，巧笑倩兮，美目盼兮。」

〔五〕驀忽二句：《漢書·張敞傳》：「敞爲京兆……又爲婦畫眉，長安中傳張京兆眉憮。」驀忽，忽然。

【集評】

許廷誥：起「寒食」。

高亮功：纖巧一路，大雅弗當，然亦可偶施於小令。

臨江仙 懷辰州教授趙學舟①〔一〕

一點白鷗何處去，半江潮落沙虚。淡黄柳上月痕初。遐觀情悄悄〔二〕，凝想步徐徐〔三〕。

每一相思千里夢〔四〕，十年有此相疏〔五〕。休休寄雁問何如。如何休寄雁，難寫絶交書〔六〕。

【校記】

①曹本無詞題。

【注釋】

〔一〕辰州：在今湖南省。《元史·地理六》：「辰州路，唐改盧溪郡，復改辰州。宋因之，元改辰州。」　趙學舟：宋宗室趙與仁。

〔二〕情悄悄：馮延巳《更漏子》：「情悄悄，夢依依，離人殊未歸。」

〔三〕步徐徐：「月痕」意入此。李珣《女冠子》：「對花情脉脉，望月步徐徐。」

〔四〕每一相思句：用嵇康與吕安相善典故。

〔五〕十年句：陶淵明《和劉柴桑詩》：「棲棲世中事，歲月共相疏。」

〔六〕休休三句：黄庭堅《寄黄幾復》：「我居北海君南海，寄雁傳書謝不能。」嵇康有《與山巨源絶交書》，表明與入仕新朝的山濤絶交的態度。休休，字面取司空圖休休亭典，實爲强調語氣之疊字虚用。

【集評】

單學博：是趙與仁字學舟者耳，以宋宗人仕於元。下闋直貶詞。　　又：（「休休」三句）好句調，好想頭，開後人何限聰穎。

許廷詰：是趙與仁字學舟者耳，以宋宗人仕於元。下闋直貶詞。

邵淵耀：趙以宗人仕元。語是陽秋筆。

高亮功：「休休」句畢竟稚氣。

壺中天

繞枝倦鵲〔一〕，鬢蕭蕭〔二〕、肯信如今猶客〔三〕。風雪荷衣寒葉補①〔四〕，一點燈花懸壁〔五〕。萬里舟車，十年書劍〔六〕，此意青天識。泛然身世，故家休問清白〔七〕。却笑醉倒衰翁②，石牀飛夢，不入槐安國〔八〕。只恐溪山游未了，莫嘆飄零南北。滚滚江横③〔九〕，嗚嗚歌罷〔一〇〕，渺渺情何極。正無聊賴，天風吹下孤笛。

【校記】

①荷：王刻作「客」。　②衰：《歷代詩餘》、王刻作「山」。　③滚滚：龔本、曹本、寶書堂本、許本、鮑本作「衮衮」。

【注釋】

〔一〕繞枝句：曹操《短歌行》：「月明星稀，烏鵲南飛。繞樹三匝，何枝可依。」

〔二〕鬢蕭蕭：陸游《新菊》：「自憐短鬢蕭蕭白，不似黄花驛裏時。」

〔三〕肯：表示反問的副詞。猶「豈」。

〔四〕風雪句：戴叔倫《山居即事》：「養花分宿雨，翦葉補秋衣。」陳羽《句》：「稚子新能編筍笠，山妻舊解補荷衣。」

〔五〕一點句：江總《和張記室源傷往詩》：「空帳臨窗掩，孤燈向壁燃。」

〔六〕十年書劍：許渾《送嶺南盧判官罷職歸華陰山居》：「曾事劉琨雁塞空，十年書劍任飄蓬。」

〔七〕泛然二句：《孟子·公孫丑上》：「紂之去武丁未久也。其故家遺俗，流風善政，猶有存者。」焦循正義：「故家，勳舊世家。」《後漢書·蔡邕傳》：「父棱，亦有清白行，謚曰貞定公。」

〔八〕槐安國：用南柯一夢典。

〔九〕滚滚江横：杜甫《登高》：「無邊落木蕭蕭下，不盡長江滚滚來。」黄庭堅有「出門一笑大江横」之句。

〔一〇〕嗚嗚歌罷：《史記·李斯列傳》：「夫擊瓮叩缶彈箏搏髀，而歌呼嗚嗚快耳者，真秦之聲也。」

【集評】

單學博：極自寬解，正是極飄零苦況也，解如此拗轉用筆，始是作手。

許廷誥：用筆拗轉，妙。

邵淵耀：極自寬解，正是苦況。用筆善於拗轉。

高亮功：前半極其無聊，後半忽然曠達。曠達，愈無聊也。然語勢前半是合，後半是開。「只恐」二句，蕭中孚云：「如此游興，正復不惡。」余謂此樂笑翁倒跌語，非其本懷也。

謁金門

晚晴薄①。一片杏花零落②〔一〕。縱是東風渾未惡。二分春過却③〔二〕。　可怪寒生池閣④〔三〕。下了重重簾幕。忽見舊巢還是錯。燕歸何處著〔四〕。

【校記】

①晚晴：《天機餘錦》作「晴意」。②零：《天機餘錦》作「飛」。③二：《天機餘錦》作「三」。④寒生：《天機餘錦》作「峭寒」。

【注釋】

〔一〕一片句：杜甫《曲江二首》（之一）：「一片花飛減却春，風飄萬點正愁人。」

〔二〕縱是二句：蘇軾《月夜與客飲酒杏花下》：「明朝卷地春風惡，但見緑葉棲殘紅。」

〔三〕寒生池閣：陸游《晨雨》：「涼生池閣衣巾爽，潤入園林草木鮮。」

〔四〕忽見二句：李好義《謁金門》：「燕子歸來銜繡幕，舊巢無覓處。」

【集評】

張氏手批：不遇可知。

高亮功：「縱是」二句，頓挫入妙。結句賦而比也。

清平樂

采芳人杳①。頓覺游情少。客裏看春多草草②〔一〕。總被詩愁分了③〔二〕。　去年燕子天涯。今年燕子誰家。三月休聽夜雨，如今不是催花〔三〕。

【校記】

①采：《天機餘錦》作「尋」。　②客裏看春：《天機餘錦》作「春事客中」。　③詩：《詞潔》作「春」。

【注釋】

〔一〕客裏句：李賀《仁和里雜叙皇甫湜》：「那知堅都相草草，客枕幽單看春老。」

〔二〕詩愁：曹松《送進士喻坦之游太原》：「北鄙征難盡，詩愁滿去程。」

〔三〕三月二句：晏殊《玉樓春》：「樓頭曉夢五更鐘，花底離愁三月雨。」

【集評】

單學博：其聲淒婉，其韻清緊，竹垞翁蓋酷摹此種。

許廷誥：其聲淒以婉。

邵淵耀：音韻淒緊，竹垞酷模此種。

高亮功：「客裏」二句，工於言愁，非閱歷者不能道。換頭下則更深一層矣。

漁家傲 病中未及過毗陵①〔一〕

門掩新陰孤館靜。楊花却解來相趁〔二〕。幾日方知因酒病〔三〕。無憀甚。脱巾挂壁將書枕〔四〕。　見説落紅堆滿徑〔五〕。不知何處游人盛。自笑扁舟猶未定。清和近②〔六〕。

尋詩已約蘭陵令〔七〕。

【校記】

①《歷代詩餘》、王刻無詞題。　②夏敬觀：「『趁』『近』，真韻。『甚』『枕』，閉口韻。」

【注釋】

〔一〕毗陵：宋代多稱常州爲毗陵。

〔二〕楊花句：劉禹錫《楊柳枝》：「春盡絮飛留不得，隨風好去落誰家。」相趁，伴隨。

〔三〕酒病：猶病酒。姚合《寄華州李中丞》：「養生非酒病，難隱是詩名。」

〔四〕脱巾句：李白《夏日山中》：「脱巾挂石壁，露頂灑松風。」王安石《適意》：「到了不如無累後，困來顛倒枕書眠。」

〔五〕見説句：張先《天仙子》：「人初靜。明日落紅應滿徑。」張先此次「以病眠不赴府會」，故用此語。

〔六〕清和近：謝靈運《游赤石進帆海詩》：「首夏猶清和，芳草亦未歇。」《歲時記》：「四月朔爲清和節。」

〔七〕蘭陵令：《史記·孟子荀卿列傳》：「齊人或讒荀卿，荀卿乃適楚，而春申君以爲蘭陵令。」此代指南蘭陵，即常州府官員。

【集評】

單學博：此章清脆，韻脚妙也。

許廷誥：韻脚清脆。

高亮功：前半説病，後半説路過毘陵。清麗流宕，是南宋人擅場，尤爲玉田生擅場。

【考辨】

此詞大德七年（一三〇三）寫於無錫，時隨族叔張楧自江陰赴任宜興學官途中，因病未能按照約定過訪常州。

又

辛苦移家聊處靜。掃除花徑歌聲趁〔一〕。也學維摩閑示病〔二〕。迂疏甚〔三〕。松風兩耳和衣枕〔四〕。頗倦扶筇尋捷徑。東墻藹藹紅香盛〔五〕。少待摇人波自定。蓬壺近。且呼白鶴招韓令〔六〕。

【注釋】

〔一〕掃除句：杜甫《客至》：「花徑不曾緣客掃，蓬門今始爲君開。」

〔二〕也學句：《維摩詰所説經·方便品》：「爾時毗耶離大城中，有長者名維摩詰。……其以方便，現身有疾。以其疾故，國王大臣、長者居士、婆羅門等，及諸王子並餘官屬，無數千人，皆往問疾。其往問者，維摩詰因以身疾廣爲説法。」

〔三〕迂疏甚：殷堯藩《郊居作》：「相逢謂我迂疏甚，欲辨還憎恐失言。」

〔四〕松風句：張鎡《題畫》：「十年塵土夢初醒，兩耳松風不厭聽。」李公麟《和鄧慎思重九考罷試卷書呈同院諸公二首》（其二）：「近來尋却家山夢，投枕和衣睡更濃。」

〔五〕東墻句：權德輿《雜言和常州李員外副使春日戲題十首》（之九）：「雨歇風輕一院香，紅芳緑翠接東墻。」化用此詩，暗示與常州相關。藹藹，香氣濃烈貌。《楚辭》劉向《九嘆·愍命》：「懷椒聊之藹藹兮，乃逢紛以罹詬。」王逸注：「藹，香貌。」

〔六〕且呼句：《苕溪漁隱叢話·後集》卷二三：「《藝苑雌黄》云：羅隱《牡丹》詩云：『自從韓令功成後，辜負穠華過一春。』」此「韓令」應代指毗陵韓姓長官。

【集評】

高亮功：步韻似不如前首。

【考辨】

此詞與上首是組詞，寫於同時同地。

壺中天 白香巖和東坡韻賦梅①〔一〕

苔根抱石②，透陽春、挺挺林間英物〔二〕。隔水笛聲那得到③，斜日空明絶壁④〔三〕。半樹籬邊，一枝竹外，冷艷淩蒼雪〔四〕。淡然相對，萬花無此清傑〔五〕。還念庾嶺幽情，江南聊折，贈行人應發。寂寂西窗閑弄影，深夜寒燈明滅〔六〕。且浸芳壺⑤〔七〕，休簪短帽，照見蕭蕭髮〔八〕。幾時歸去，朗吟湖上香月〔九〕。

【校記】

①《歷代詩餘》詞題作「和東坡韻賦梅」。王刻作「賦梅，用東坡赤壁韻」。②根：《歷代詩餘》、王刻作「痕」。石：底本、龔本、曹本、寶書堂本、鮑本作「古」，朱校：「按『古』疑『石』誤。」據《歷代詩餘》、王刻、朱校改。③那得到：王刻作「都未起」。④夏敬觀：「『壁』，質韻。」⑤浸：《歷代詩餘》、王刻作「看」。芳：王刻作「方」。

【注釋】

〔一〕白香巖：即白珽。詳見《摸魚子·春雪客中寄白香巖、王信父》【考辨】。　和東坡韻：江昱按曰：「此東坡《赤壁》『大江東去』詞韻。」

〔二〕苔根三句：此寫樹老苔蒼。蕭德藻《古梅》：「百千年蘚著枯樹，一兩點春供老枝。」挺挺，有骨氣的樣子。英物，高潔不凡。

〔三〕隔水二句：蕭德藻《古梅》：「絶壁笛聲那得到，直愁斜日凍蜂知。」暗用笛曲梅花落典。

〔四〕半樹三句：林逋《梅花》：「雪後園林纔半樹，水邊籬落已横枝。」劉言史《竹裏梅》：「竹與梅花相並枝，梅花正發竹枝垂。風吹總向竹枝上，直似王家雪下時。」並化用蘇軾《和秦太虛梅花》詩意。

〔五〕淡然二句：陽枋《避地雲山全父弟詩寄梅花》：「一氣本同形色異，人花清傑兩忘情。」

〔六〕寂寂二句：此寫月下窗前的梅影。

〔七〕芳壺：陸游《梅花絶句》：「高韻知難折簡呼，溪頭掃地置芳壺。」

〔八〕休簪二句：徐經孫《月夜赴郡會歸輾轉不成寐觸事感懷》：「帶月簪梅花，獨起舞殘雪。」

〔九〕幾時二句：孤山御圃有香月亭，由林逋警句「暗香浮動月黄昏」得名。張玉田與白廷玉皆杭人，故云。

【集評】

張氏手批：（「隔水」）二句：梅花詞從未有此清傑。

單學博：（「半樹」二句）合和靖、東坡詩意爲此八字。

邵淵耀：東坡、和靖集腋成之。

高亮功：蕭中孚云：「和東坡韻便似東坡。」通篇是在客賦花，故末句逗起歸興。「隔水」二句，便用側筆。

夏敬觀：似東坡。

【考辨】

此詞是常州從游白廷玉時的和韻之作，白珽原唱已佚。時在大德八年（一三〇四）早春。

南樓令 題聚仙圖①

曾記宴蓬壺。尋思認得無。醉歸來、事已模糊〔一〕。忽對畫圖如夢寐，又因甚、下清都〔二〕。拍手笑相呼。應書縮地符〔三〕。恐人間②、天上同途〔四〕。隔水一聲何處笛，正月滿、洞庭湖〔五〕。

【校記】

①水竹居本、石村書屋本、明吴鈔、汪抄本、王刻作「卞定甫《集仙圖》」。②恐：龔本、曹本、寶書堂本、許本、鮑本注「一作『想』」。水竹居本、石村書屋本、明吴鈔、《歷代詩餘》、汪抄本、王刻同。

【注釋】

〔一〕曾記四句：此應指八仙參加西王母壽宴，經海上蓬萊山歸來之事。

〔二〕清都：傳説中神仙居住的地方。

〔三〕拍手二句：《後漢書·費長房傳》：「（老翁）後乃就樓上候長房曰：『我神仙之人，以過見責，今事畢當去，子寧能相隨乎？樓下有少酒，與卿爲别。』……或一日之間，人見其在千里之外者數處焉。後失其符，爲衆鬼所殺。」用費長房所遇壺公能縮地脉典。或傳壺翁即八仙中的吕洞賓。

〔四〕恐人間二句：《唐才子傳》卷八載吕洞賓「往來人間，乘虚上下，竟莫能測」。

〔五〕隔水三句：《唐才子傳》卷八：「（吕洞賓）又醉飲岳陽樓，俯鑒洞庭。時八月，葉下水清，君山如黛螺，秋風浩蕩。遂按玉龍作一弄，清音嘹亮，金石可裂。久之，度古柳，别去。留詩云：『朝游南浦暮蒼梧，袖裏青蛇膽氣粗。三入岳陽人不識，朗吟飛過洞庭湖。』」

【集評】

單學博：此中定有神龍弄珠游也。

邵淵耀：此中定有神女弄珠游也。

高亮功：起數句，爲「圖」字作一頓跌耳。然後半闋已藏根於此。

夏敬觀：似東坡。

清平樂 題墨仙雙清圖〔一〕

湘皋閑立雙清。丹丘瑶草〔二〕。不許秋風掃。記得對花曾被惱。猶似前時春好〔三〕。相看佩冷無聲①〔四〕。獨説長生未老，不知老却梅兄〔五〕。

【校記】

①佩：底本、《歷代詩餘》作「波」。朱校：「原本『波』作『被』。從《歷代詩餘》。」龔本、曹本、寶書堂本、許本、鮑本作「被」。邵淵耀：「『被』疑『佩』。」邵校是，從之。

【注釋】

〔一〕雙清圖：杜甫《屏跡二首》（之二）：「杖藜從白首，心跡喜雙清。」《補注杜詩》卷二三引梅注：「心跡雙清，無塵俗氣也。」

〔二〕丹丘：仙境。《楚辭·遠游》：「仍羽人於丹丘兮，留不死之舊鄉。」王逸章句：「因就衆仙於明光也。丹丘，晝夜常明也。《九懷》曰：『夕宿乎明光。』明光，即丹丘也。」

〔三〕記得二句：黄庭堅《王充道送水仙花五十枝欣然會心爲之作詠》：「坐對真成被花惱，出門一笑大江横。」鄭清之詠水仙殘句：「玉昆相倚帶仙風，壁立春前萬卉空。」

〔四〕湘臯二句：宋人多以水濱解佩湘妃喻水仙花。韋驤《減字木蘭花》：「誰謂花神情有限。綽約仙姿。仿佛江臯解佩時。」高觀國《金人捧露盤》：「夢湘雲，吟湘月，吊湘靈。有誰見、羅襪塵生。淩波步弱，背人羞整六銖輕。」「香心静，波心冷，琴心怨，客心驚。怕佩解、却返瑶京。」餘見前引高似孫《水仙花前賦·序》。

〔五〕獨説二句：錢勰詠水仙殘句：「碧玉簪長生洞府，黄金杯重壓銀臺。」黄庭堅《王充道送水仙花五十枝欣然會心爲之作詠》：「含香體素欲傾城，山礬是弟梅是兄。」徐月溪詠水仙《句》：「礬弟墮小白，梅兄憐老蒼。」

【集評】

高亮功：黄山谷《水仙花》詩：「山礬是弟梅是兄。」

浪淘沙 余畫墨水仙並題其上①

回雪欲婆娑②〔一〕。淡掃修蛾〔二〕。盈盈不語奈情何〔三〕。應恨梅兄礬弟遠③，雲隔山阿〔四〕。　弱水夜寒多。帶月曾過。羽衣飛過染餘波〔五〕。白鶴難招歸未得，天闊星河〔六〕。

【校記】

①《歷代詩餘》、王刻詞題作「墨水仙」。②雪：底本作「首」。此據龔本、《歷代詩餘》、曹本、寶書堂本、許本、鮑本、王刻改。③礬：龔本、曹本、寶書堂本、鮑本作「樊」。樊，用同「礬」，下同不出校。

【注釋】

〔一〕回雪句：寫水仙花流風回雪的欲舞姿態。

〔二〕淡掃修蛾：黄庭堅《劉邦直送早梅水仙花四首》（之三）：「仙風道骨今誰有，淡掃蛾眉簪一枝。」修蛾，長眉。

〔三〕盈盈句：黄庭堅《王充道送水仙花五十枝欣然會心爲之作詠》：「淩波仙子生塵襪，水上輕盈步微月。」《古詩十九首》：「盈盈一水間，脉脉不得語。」

〔四〕應恨二句：用黄庭堅水仙詩「山礬是弟梅是兄」句意，礬，山礬。黄庭堅《戲詠高節亭邊山礬花詩序》：「江湖南野中有一種小白花，木高數尺，春開極香，野人號爲『鄭花』。王荆公嘗欲求此花栽，欲作詩而陋其名，予請名曰『山礬』。野人采鄭花葉以染黄，不借礬而成色，故名『山礬』。」

〔五〕羽衣句：《楚辭・遠游》：「仍羽人於丹丘兮，留不死之舊鄉。」王逸章句：「《山海經》言：有羽人之國，不死之民。或曰：人得道，身生毛羽也。」此喻水仙花瓣。

〔六〕天闊星河：游寒巖《水仙花二首》（之二）：「織女横河溪月墮，杯盤狼籍水仙家。」《佩文齋廣群芳譜》卷五二：「和氣旁薄，陰陽得理，則配元榮於庭。配元，即今水仙花也。一名儷蘭，一曰女星散爲配元。」

【集評】

高亮功：有渺渺愁予之致。

西江月　題墨水仙①

縹緲波明洛浦，依稀玉立湘臯〔一〕。獨將蘭蕙入《離騷》。不識山中瑶草〔二〕。　月照英翹楚楚〔三〕，江空醉魄陶陶〔四〕。猶疑顔色尚清高〔五〕。一笑出門春老〔六〕。

【校記】

①《歷代詩餘》詞題作「題墨水仙二首」，王刻作「墨水仙二首」。

【注釋】

〔一〕縹緲二句：喻水仙花爲水中步月之洛神、湘皋解佩之江妃。

〔二〕獨將二句：意思水仙與蘭蕙都是山中仙草，《離騷》唯獨没有將水仙録入《離騷》。仇遠《題史壽卿二畫》（之一）亦曰：「香草何時號水仙，翠翹羅襪步蹁躚。風標宜作梅花伴，不入《離騷》亦偶然。」

〔三〕月照句：黄庭堅《王充道送水仙花五十枝欣然會心爲之作詠》：「淩波仙子生塵襪，水上輕盈步微月。」英翹，此指翠緑而有生機。郭璞《游仙詩十九首》（之十）：「瓊林籠藻映，碧樹疏英翹。」楚楚，《詩・小雅・楚茨》：「楚楚者茨，言抽其棘。」朱熹集傳：「楚楚，盛密貌。」

〔四〕醉魄陶陶：水仙花有金盞銀杯之喻，故曰。陶陶，醉貌。白居易《勸酒寄元九》：「陶陶復兀兀，吾孰知其他。」

〔五〕猶疑句：楊萬里《水仙花》：「韻絶香仍絶，花清月未清。」

〔六〕一笑句：黄庭堅《王充道送水仙花五十枝欣然會心爲之作詠》：「坐對真成被花惱，出門一笑大江横。」

【集評】

高亮功：予亦爲之不平。此種議論，却出前人之外。

壺中天 懷霅友

異鄉倦旅，問扁舟東下，歸期何日〔一〕。琴劍空隨身萬里，天地誰非行客〔二〕。李杜飄零①〔三〕，羊曇悲感〔四〕，回首俱陳跡。羈懷難寫，豆蟲吟破孤寂〔五〕。柳外門掩疏陰〔六〕，佳人何處，溪上蘋花白。留得一方無用月〔七〕，隱隱山陽聞笛〔八〕。舊雨不來，風流雲散〔九〕，惟有長相憶。雁書休寄，寸心分付梅驛〔一〇〕。

【校記】

①李杜：陳蘭甫：「疑是『杜牧』。」

【注釋】

〔一〕異鄉三句：意思是被朋友問及何日東歸故鄉杭州。

〔二〕琴劍二句：李白《淮南卧病書懷寄蜀中趙徵君蕤》：「吴會一浮雲，飄如遠行客。」「古琴藏虚匣，長劍挂空壁。」《淮南子·精神訓》：「是故視珍寶珠玉猶石礫也，視至尊窮寵猶行客也。」高誘注：「行客，猶行路過客。」

〔三〕李杜飄零：杜甫《旅夜書懷》：「飄零何所似，天地一沙鷗。」又，《贈李白》：「秋來相顧尚飄蓬，未就丹砂愧葛洪。」

〔四〕羊曇悲感：用羊曇感恩謝安典。應是戴表元《送張叔夏西游序》所謂「依所知，知者死」的實録。

〔五〕豆蟲句：周密《夜坐》：「豆花籬落候蟲鳴，斜月分秋到研屏。」

〔六〕柳外句：霅溪景象。劉長卿《留題李明府霅溪水堂》：「遠岸誰家柳，孤煙何處村。」

〔七〕佳人三句：用吴興白蘋洲典。沈警《既暮宿傳舍凭軒望月作鳳將雛含嬌曲》：「可惜關山月，還成無用明。」杜安世《浪淘沙》：「佳人何處獨盈盈。可惜一天無用月，空照爲誰明。」

〔八〕山陽聞笛：用向秀經嵇康、吕安舊廬，鄰人有吹笛者，興起黍離、麥秀之悲典。

〔九〕風流雲散：王粲《贈蔡子篤詩》：「風流雲散，一別如雨。」

〔一〇〕寸心：此指心願。　梅驛：用驛寄梅花典。吴興多梅已見前注。

【集評】

張氏手批：（「異鄉倦旅」）粗糙，非玉田詞佳者。（「留得」句）語自奇絶。

單學博：人生如寄，多憂何爲？憂來無方，人莫之知。　又：（「留得」句）月忽受此貶折，寃哉！

邵淵耀：人生如寄，多憂何爲？下片字妙。

高亮功：前半自述，後半懷人。「天地」句，似曠而實悲。

陳蘭甫：「無用月」三字，奇而不隱。

【考辨】

《木蘭花慢·元夕後，春意盎然，頗動游興，呈霅川吟社諸公》是大德八年（一三〇四）寫於常州，此詞寫於同時同地。

甘州 和袁靜春入杭韻①〔一〕

聽江湖、夜雨十年燈〔二〕，孤影尚中洲②。對荒涼茂苑，吟情渺渺，心事悠悠。見説寒梅猶在，無處認西樓。招取樓邊月，同載扁舟〔三〕。　明日琴書何處③，正風前墜葉，草外閑鷗。甚消磨不盡，惟有古今愁〔四〕。總休問、西湖南浦，漸春來、煙水入天流④〔五〕。清游好，醉招黄鶴⑤，一嘯清秋⑥。

【校記】

①《天機餘錦》、《歷代詩餘》、王刻無詞題。②尚：《天機餘錦》、戈選作「向」。許注：「《詞潔》作『向』。」③明：《天機餘錦》作「終」。④入：《歷代詩餘》、戈選、王刻作「接」。⑤高亮功：「兩『招』字犯。」⑥清：《歷代詩餘》、戈選、王刻作「高」。

【注釋】

〔一〕袁靜春：袁易，玉田至交好友。

〔二〕聽江湖二句：黄庭堅《寄黄幾復》：「桃李春風一杯酒，江湖夜雨十年燈。」

〔三〕無處三句：康庭芝《詠月》：「天使下西樓，光含萬里愁。」
〔四〕甚消磨二句：袁易《杭州道中書懷四首》（之三）有「牢落江淹恨，飄零庾信愁」之句。
〔五〕漸春來二句：蘇軾《用前韻作雪詩留景文》：「碧海長鯨君未掣，朝來雲漢接天流。」

【集評】

單學博：（「招取」二句）月應以無用謝之。

高亮功：「墜葉」「閑鷗」賦而比也。

陳蘭甫：添一「聽」字甚佳，毫不著跡。如此何嫌用成句乎？

【考辨】

袁易原唱爲同調異名之《八聲甘州·僕與湯師言、金桂軒、張叔夏、唐月心諸君爲至交，師言以一官在千里之外，僕又驅馳南北。九月望後，夜泊吴江長橋，有懷諸友在吴下時，得相周旋，今各一方，意緒惻愴，爲賦〈八聲甘州〉一闋，以寫惓惓之意。叔夏於酒邊喜歌自製樂府，故末章及之，以資他日一笑云》，張炎此詞所次韻脚完全相同。據《八聲甘州》知袁易水驛自杭歸吴，夜泊吴江，此時張叔夏、湯師言、金桂軒、唐月心諸至交皆不在蘇州。前考袁易入杭之事見於《杭州道中書懷四首》（又名《舟行漫興四首》），在杭州歷時一年之久，明年秋歸吴。由於張炎「和韻」不在「吴下」蘇州以及袁氏卒年的限制，此詞應是大德九年（一三〇五）寫於宜興或溧陽。

風入松 與王彦常游會仙亭〔一〕

愛閑能有幾人來〔二〕。松下獨徘徊。清虚冷淡神仙事〔三〕，笑名場〔四〕、多少塵埃。漱齒石邊危坐〔五〕，洗心易裏舒懷①〔六〕。　劃然長嘯白雲堆②。更待月明歸③〔七〕。一瓢春水山中飲，喜無人、踏破蒼苔。開了桃花半樹，此游不是天台〔八〕。

【校記】

①易：《歷代詩餘》、王刻作「亭」。②夏敬觀：「『徊』『堆』，戈入『支』」。③歸：底本、龔本、曹本、寶書堂本、許本、鮑本作「□」，《歷代詩餘》、王刻作「陪」。邵淵耀：「『□』，本作『歸』，『來』亦可。」許廷詰補「歸」字，據改。

【注釋】

〔一〕與王彦常句：王彦常，玉田友人。程端禮《鉛山州修學記》載至元四年七月至六年十月鉛山州修繕州學，其中有「王侯名元綱，字彦常，霸州文安人」。會仙亭，江昱疏證：「都穆《南濠集·游張公洞記》：『(張公)洞東南數百步，至會仙巖，孤峰側立數仞，横理若鑿。道士言：昔人見二叟倚石，遁形而入，因以名巖。空洞有泉，潺潺可聽，一斷碑卧草際，乃元延祐四年《重修會仙亭記》。』」《江南通志》卷一三：「其側有會仙巖，峭石壁立數仞，宋紹聖間有見二仙倚石者，因名巖。」

〔二〕愛閑句：杜牧《安賢寺》：「莫道閉門防俗客，愛閑能有幾人來。」

〔三〕清虛冷淡：指清心寡欲。釋文珦《靜處》：「常於靜處著閑身，别是清虛冷淡人。」

〔四〕名場：泛指追逐聲名的場所。李咸用《臨川逢陳百年》：「教我無爲禮樂拘，利路名場多忌諱。」

〔五〕漱齒句：用《世説新語》孫子荆漱石礪齒典。

〔六〕洗心：《易經》的代稱。《易·繫辭上》有「聖人以此洗心」句。

〔七〕劃然二句：黄庭堅《水調歌頭》：「我欲穿花尋路，直入白雲深處。」「醉舞下山去，明月逐人歸。」蘇轍《張公洞》：「亂山深處白雲堆，地坼中空洞府開。」

〔八〕開了二句：用劉晨、阮肇入天台緣桃溪遇儷仙典。蘇轍《張公洞》：「此日登臨興何限，春風吹綻碧桃腮。」

【集評】

單學博：（「愛閑」二句）「逢人盡道休官好，林下何曾見一人」，同一可笑。

高亮功：情景俱幽。

【考辨】

此詞與《漁歌子》十首皆是元武宗至大三年庚戌（一三一〇）寫於宜興。

又　酹惠山泉〔一〕

一瓢飲水曲肱眠。此樂不知年〔二〕。今朝忽上龍峰頂，却元來、有此甘泉〔三〕。洗却平生塵土，慵游萬里山川。照人如鑒止如淵①。古甃暗涓涓〔四〕。當時桑苧今何在，想松風、吹斷茶煙〔五〕。著我白雲堆裏，安知不是神仙〔六〕。

【校記】

①鑒：《歷代詩餘》、王刻作「鏡」。

【注釋】

〔一〕惠山泉：江昱疏證：「獨孤及《惠山寺新泉記》：寺居西神山之麓，山小多泉。山下有靈池，其泉伏涌潛泄，無沚無竇。始發袤丈之沼，疏爲懸流，及於禪牀，周於僧房，灌注於德池，潫洄於法堂。」江疏撮要成文，原文如下：「此寺居吴西神山之足，山小多泉。……其泉伏涌潛泄，潗濬舍下，無沚無竇，蓄而不注。深源因地勢以順水性，始雙甃袤丈之沼，疏爲懸流。使瀑布下鍾，甘溜湍激，若釃醴乳，噴發於禪牀，周於僧房，灌注於德地，經營於法堂。潺潺有聲，聆之耳清。濯其源，飲其泉，能使貪者讓，躁者靜。靜者勤道，道者堅固，境淨故也。」陸羽列此泉水爲天下第二，世稱第二泉或陸子泉。

〔二〕一瓢二句：《論語·雍也》：「賢哉，回也！一簞食，一瓢飲，在陋巷，人不堪其憂，回也不改其樂。」《論語・述而》：「子曰：『飯疏食飲水，曲肱而枕之，樂亦在其中矣。』」又：「其爲人也，發憤忘食，樂以忘憂，不知老之將至云爾。」

〔三〕今朝三句：陸羽《游慧山寺記》：「老子《枕中記》所謂吴西神山是也。……其山有九隴，俗謂之九隴山，或云九龍山，或云鬥龍山。九龍者，言山隴之形，若蒼虯縹螭之合沓然。鬥龍者，相傳云隋大業末，山上有龍鬥六十日，因而名之。」慧山，即惠山。《洪武無錫縣志》卷三（下）：「第二泉，即陸子泉也。在惠山之麓若冰洞。……泉源自洞中浸出，洞前有石池，池中蓄泉嘗滿，號冰泉。是泉及洞，唐僧若冰訪求得之，故皆指僧而名。」

〔四〕照人二句：潘正夫《題惠山》：「秋風蕭瑟淨巖扃，寂寂澄泉可鑒形。」餘見《木蘭花慢・爲靜春賦》注〔六〕所引《莊子・德充符》及成玄英疏。

〔五〕當時三句：《洪武無錫縣志》卷三上：「鬻茶者至陶（陸）羽形，祀爲茶神。上元初，隱居苕溪，自稱桑苧翁，又號竟陵子。」蘇軾《試院煎茶》：「蟹眼已過魚眼生，颼颼欲作松風鳴。」

〔六〕著我二句：盧仝《走筆謝孟諫議寄新茶》：「五碗肌骨清，六碗通仙靈。七碗吃不得也，唯覺兩腋習習清風生。蓬萊山，在何處，玉川子乘此清風欲歸去。」《莊子・天地》：「乘彼白雲，游於帝鄉。」後因以「白雲鄉」爲仙鄉。《趙飛燕外傳》：「是夜進合德，帝大悦，以輔屬體，無所不靡，謂爲温柔鄉。語嫕曰：『吾老是鄉矣，不能效武皇帝求白雲鄉也。』」貫休《登干霄亭》：「古桂林邊棋局濕，白雲堆裏茗煙青。」

【集評】

高亮功：結語超。

【考辨】

此詞大德七年（一三〇三）寫於無錫。

浪淘沙 題陳汝朝百鷺畫卷①〔一〕

玉立水雲鄉〔二〕。爾我相忘〔三〕。披離寒羽庇風霜②。不趁白鷗游海上，靜看魚忙〔四〕。

應笑我淒涼。客路何長。猶將孤影侶斜陽。花底鵷行無認處，却對秋塘〔五〕。

【校記】

①《歷代詩餘》、王刻無詞題。②羽：《歷代詩餘》、曹本、許本、王刻作「雨」。

【注釋】

〔一〕陳汝朝百鷺畫卷：江昱疏證：「戴表元《剡源集·題陳汝朝百鷺圖》：葦折荷枯可奈何，西風吹影淨婆娑。徽君作此超摇趣，一個江天也厭多。」袁桷《百鷺圖》：「紫宸深處立清班，聽履雝雝得自閑。歸向江湖尋老伴，展圖猶在五雲間。」胡布也有《百鷺圖》詩。

〔二〕玉立句：「寒羽」「孤影侶斜陽」意入於此。劉長卿《白鷺》：「亭亭常獨立，川上時延頸。秋水寒白毛，夕陽吊孤影。」齊己《鷺鷥二首》（之一）：「自能終潔白，何處誤翻飛。晚立銀塘闊，秋棲玉露微。」

〔三〕爾我相忘：《莊子・大宗師》：「泉涸，魚相與處於陸，相呴以濕，相濡以沫，不如相忘於江湖。」

〔四〕靜看魚忙：庾信《寒園即目詩》：「蒼鷹斜望雉，白鷺下看魚。」「爾我相忘」意亦入此。樓穎《東郊納涼憶左威衛李録事》（之二）：「飢鷺窺魚靜，鳴鴉帶子喧。興成只自適，欲白返忘言。」

〔五〕花底二句：杜甫《晚出左掖》：「退朝花底散，歸院柳邊迷。」岑參《韋員外家花樹歌》：「朝回花底恒會客，花撲玉缸春酒香。」鵷行，猶言「鵷鷺行」。鵷和鷺飛行有序，比喻朝官的行列。《隋書・音樂志中》：「懷黄綰白，鵷鷺成行。」

【集評】

單學博：却將自己之「孤」對面襯出「百」字，作法矯變，方不是呆呆詠物，呆呆題畫。

許廷誥：却將自己之「孤」對面襯出「百」字。

邵淵耀：將自己「孤」字反襯出「百」字來，思路矯變。

高亮功：「靜看」句煉。蕭中孚云：「後半闋音極淒涼。陸放翁詞：『酒徒一半取封侯，獨去作、江邊漁父。』彼豪憤而此幽怨。」

【考辨】

戴表元、袁桷皆四明人，此詞應元貞二年（一二九六）寫於四明。

祝英臺近①題陸壺天水墨蘭石②

帶飄飄，衣楚楚。空谷飲甘露〔一〕。一轉花風③，蕭艾遽如許④〔二〕。細看息影雲根〔三〕，淡然詩思，曾否被、生香輕誤⑤。此中趣。能消幾筆幽奇⑥，羞掩衆芳譜⑦。薜老苔荒⑧，山鬼竟無語〔四〕。夢游忘了江南，故人何處⑨，聽一片、瀟湘夜雨⑩〔五〕。

【校記】

①戈選杜批：「此首後結上一句叶，前不叶。」②龔本、曹本、寶書堂本、許本、鮑本注「別本『壺天』作『湖山』」。水竹居本、明吴鈔、汪鈔本同。③一轉：龔本、曹本、寶書堂本、許本、鮑本注「一作『不信』」。④蕭艾遽：龔本、曹本、寶書堂本、許本、鮑本注「一作『清氣自』」。⑤曾否二句：龔本、曹本、寶書堂本、許本、鮑本注「一作『寄一點、生香何處』」。否：底本、龔本、曹本、寶書堂本、許本、鮑本作「□」，據《歷代詩餘》、四庫本、王刻補。⑥幽：水竹居本、石村書屋本、明吴鈔、汪鈔本、王刻作「清」。⑦衆：龔本、曹本、寶書堂本、許本、鮑本注「一作『群』」。⑧薜：水竹居本、王刻作「葉」。⑨夢游二句：龔本、曹本、寶書堂本、許本、鮑本注「一作『但愁騷客淒涼，行吟澤畔』」。故人：水竹居本作「□人」。石村書屋本作「人故」。王刻作「美人」。⑩夜：龔本、曹本、寶書堂本、許本、鮑本注「一作『風』」。

【别本】

珮飄飄，衣楚楚，標度淡如許。不減風流，那解爲春嫵。底須九畹滋香，低從濕露，又何似、雲根凝佇。　此中趣。消得幾筆清奇，羞掩衆芳譜。薛老苔荒，山鬼竟無語。猗猗彈徹孤琴，所思何處，聽一片、瀟湘風雨。（録自《天機餘錦》）

【注釋】

〔一〕帶飄飄三句：《楚辭·離騷》：「扈江離與薜芷兮，紉秋蘭以爲佩。」《楚辭·山鬼》：「若有人兮山之阿，被薜荔兮帶女蘿。」《孔子家語》：「且芝蘭生於深谷，不以無人而不芳。」楚楚，鮮明貌。

〔二〕一轉二句：《楚辭·招魂》：「光風轉蕙，泛崇蘭些。」王逸章句：「光風，謂雨已日出而風，草木有光也。……言天雨霽日明，微風奮發，動摇草木，皆令有光，充實蘭蕙，使之芬芳。而益暢茂也。」黄魯直《書幽芳亭》：「蘭雖含香體潔，平居蕭艾不殊，清風過之，其香藹然，在室滿室，在堂滿堂，是所謂含章以時發者也。」

〔三〕雲根：古人以石爲雲根，已見《風入松·岫雲》注〔三〕「石根」條。謂蘭在石邊。

〔四〕薛老二句：反用李商隱《楚宫》「女蘿山鬼語相邀」句意。

〔五〕夢游四句：參照别本「猗猗」四句，知用《猗蘭操》典。

【集評】

張氏手批：（「薜老」五句）其聲悲以憤。

高亮功：後半感慨無限，深得楚騷遺意。

闕名：豪宕不讓稼軒。　下片澀。

【考辨】

江昱按曰：陸行直，於書畫題跋中或云題於壺中，或云題於壺中天。至《珊瑚網》跋則直云壺天居士。是壺天固行直號也。且此集四卷有《壺中天·題陸性齋小蓬壺詞》，並知性齋亦行直耳。蓋行直吴中高士，隱居分湖，嗜法書名畫，亦精繪事。玉田没，至治間作《碧梧蒼石圖》，猶惓惓追悼玉田，集中與行直交涉之作不一，故稱謂錯出云。

陳去病《詞旨叙》：（陸行直）號壺天，亦號壺中天，或書壺中，或稱湖天居士。

孫按：玉田大德三年（一二九九）歲末至蘇州，此詞應與《清平樂》（候蛩淒斷）都寫於大德四年（一三〇〇），參見《清平樂》【考辨】。陸性齋爲行直之父陸大猷，已見《壺中天·陸性齋築葫蘆庵》【考辨】。

臺城路 夏壺隱壁間，李仲賓寫竹石、趙子昂作枯木，娟淨峭拔，遠返古雅，余賦詞以述二妙①〔一〕

老枝無著秋聲處，蕭蕭倦聽風雨〔二〕。暗飲春腴，欣榮晚節〔三〕，不載天河人去〔四〕。心存太古。喜冰雪相看，此君欲語〔五〕。共倚雲根，歲寒羞並歲寒所②〔六〕。當年曾見漢館〔七〕，捲簾頻坐對，飛夢湘楚。嘆我重來，何堪如此，落葉空江無數。盤桓屢撫③〔八〕。似冉冉吹衣，頗疑作霧④〔九〕。素壁高堂，晉人清幾許〔一〇〕。

【校記】

①曹本無「二妙」兩字。江昱按曰：「題中『遠返』，『返』字恐是『追』字之訛。」許本「返」作「追」。《歷代詩餘》、四庫本、王刻詞題作「仲賓、子昂寫竹石、枯木」。②歲寒句：朱校：「按是句疑有誤。」③撫：王刻作「舞」。④作：龔本、曹本、寶書堂本、許本、鮑本、王刻作「非」。

【注釋】

〔一〕夏壺隱六句：杜甫《嚴鄭公宅同詠竹得香字》：「雨洗娟娟淨，風吹細細香。」夏壺隱，生平未詳。李仲賓，李衎。趙子昂，趙孟頫。

〔二〕老枝二句：李中《對竹》：「不似閉門欹枕聽，秋聲如雨入軒來。」唐彥謙《詠竹》：「月明午夜生虛籟，誤聽風聲是雨聲。」

〔三〕暗飲二句：劉嚴夫《植竹記》：「雖春陽氣王，終不與衆木鬥榮，謙也。四時一貫，榮衰不殊，恒也。」

〔四〕不載句：《博物志》：「舊説云，天河與海通。近世有人居海渚者，年年八月有浮槎去來，不失期。」槎，竹筏。

〔五〕喜冰雪二句：陳天麟《妙相寺風雨亭》：「夜聞騷屑此君語，晨起急登風雨亭。」劉寬夫《剿竹記》：「堅可以配松柏，勁可以淩霜雪。」此君，竹的代稱。

〔六〕歲寒句：羅隱《竹》：「子猷殁後知音少，粉節霜筠漫歲寒。」蘇軾《霜筠亭》：「解籜新篁不自持，嬋娟已有歲寒姿。」

〔七〕曾見漢館：《西京雜記》卷一：「公侯皆以竹木爲几，冬則以細罽爲橐以凭之，不得加綈錦。」

〔八〕盤桓屢撫：用王子猷竹下嘯詠良久典。

〔九〕似冉冉二句：沈約《麗人賦》：「池翻荷而納影，風動竹而吹衣。」

〔一〇〕素壁二句：《宣和畫譜》卷一二：「（郭熙）至攄發胸臆，則於高堂素壁，放手作長松巨木，回溪斷崖，巖岫巉絶，峰巒秀起，雲煙變滅，晻靄之間千態萬狀。」

【集評】

單學博、邵淵耀：神寫枯木。遞入竹石，清勁。

許廷誥：遞入竹石。

高亮功：「歲寒」句，畢竟不佳。（「嘆我」二句）插入自家，便有情味。

【考辨】

江昱疏證：蘇天爵《滋溪集》：「李衎，字仲賓，世爲燕人。起家將仕佐郎、太常太祝。皇慶元年爲吏部尚書，拜集賢殿大學士。翰墨餘暇，善圖古木竹石，贈翰林學士承旨，追封薊國公，謚文簡。

《圖繪寶鑒》：號息齋道人，薊丘人。《續弘簡録》：銜使交趾，深入竹鄉，於竹之形色情狀辨析精到。作畫竹、墨竹二譜。趙孟頫《松雪齋集》：吾友仲賓爲此君寫真，冥搜極討，蓋欲盡得竹之情狀。二百年來以畫竹稱者，皆未必能用意精深如仲賓也。《元史》本傳：趙孟頫，字子昂，太祖之後，四世祖伯圭賜第湖州，故爲州人。至元二十三年，程鉅夫訪遺逸於江南，以孟頫入見，神采焕發，世祖喜。授兵部郎中，累遷集賢直學士。仁宗在東宫，知其名，累拜翰林學士承旨、榮禄大夫，以字呼之而不名。至治二年卒，追封魏國公，謚文敏，所著《尚書注》《琴樂原》。以書名天下，其畫山水、木石、花竹、人馬尤精致。楊載《趙公狀》：扁燕處曰『松雪齋』，自號松雪道人。」

孫按：施國祁《張玉田詞又説》：「若夏壺隱畫竹石，袁集題作錢德鈞，當自爲一處耶？」袁易《題錢德鈞水村圖（子昂仲賓二公作竹石於後）》：「無多茅屋滄波繞，一半青山竹樹遮。宛似吾鄉荒寂地，直疑割我白鷗沙。」「枝葉翛然長帶雨，坡陀幽處欲飄雲。故將竹石期貞士，二子風流最絶群。」若施考不誤，結合玉田與袁易在蘇州的交游，則此詞寫於大德四年（一三〇〇）。

山中白雲詞箋證卷八

長亭怨 別陳行之〔一〕

跨匹馬、東瀛煙樹〔二〕。轉首十年，旅愁無數。此日重逢，故人猶記舊游否。雨今雲古〔三〕。更秉燭、渾疑夢語。衮衮登臺〔四〕，嘆野老、白頭如許。　歸去。問當初鷗鷺。幾度西湖霜露。漂流最苦。便一似、斷蓬飛絮〔五〕。情可恨、獨棹扁舟，浩歌向、清風來處。有多少相思，都在一聲南浦。

【注釋】

〔一〕陳行之：即陳恕可，玉田友人。

〔二〕東瀛：特指四明。集中《聲聲慢·别四明諸友歸杭》有「山風古道，海國輕車，相逢只在東瀛」之句。

〔三〕雨今雲古：用舊雨故交典。

〔四〕衮衮句：杜甫《醉時歌》：「諸公衮衮登臺省，廣文先生官獨冷。」

〔五〕漂流三句：韓愈《落葉一首送陳羽》：「落葉不更息，斷蓬無復歸。飄飖終自異，邂逅暫相依。」

【集評】

單學博：感舊傷今，自難爲別，故神味亦倍綿邈。　又：（「有多」二句）句盡而意不盡。

許廷誥：感舊傷今。

邵淵耀：感舊傷今，神情倍爲綿邈。

高亮功：通首只説自己。「雨今」句甚新。收筆一齊兜裹。

陳蘭甫：此等非不清圓可誦，然只是應酬之作，了無佳處。淺即是玉田之病。

【考辨】

此詞留别陳行之暫歸杭州，與前次離别相距已經「轉首十年」，陳行之生於宋理宗寶祐六年（一二五八），年少玉田十歲，詞中「衮衮登臺，嘆野老、白頭如許」，筆分兩面，既寫行之的儒學冷官（見前引陳旅《陳如心墓誌銘》），也寫自己漸入晚境。玉田大德三年（一二九九）、大德四年（一三〇〇）在蘇州，前考陳行之吴地有居所，詞中顯示歸去之地爲西湖，理推應是玉田離開蘇州留别行之。玉田大德三年冬季抵吴，此詞寫於秋季，應是次年寫於蘇州。參見《還京樂·送陳行之歸吴》【考辨】。

憶舊游 寓毗陵有懷澄江舊友〔一〕

笑銘崖筆倦，訪雪舟寒，覓里尋鄰〔二〕。半掩閑門草〔三〕，看長松落蔭，舊榻懸塵〔四〕。自憐此來何事，不爲憶鱸蓴〔五〕。但回首當年，芙蓉城裏〔六〕，勝友如雲〔七〕。　思君。度遥夜，謾疑是梅花，檐下空巡〔八〕。蝶與周俱夢，折一枝聊寄，古意殊真。渺然望極來雁，傳與異鄉春〔九〕。尚記得行歌，陽關西出無故人〔一〇〕。

【注釋】

〔一〕澄江：玉田《木蘭花慢·舟中有懷澄江陸起潛皆山樓昔游》自注：「澄江即江陰。」

〔二〕笑銘崖三句：意思是倦於游山摩崖、乘興訪戴，而樂於與鄰里交好。杜甫《甘林》：「明朝步鄰里，長老可以依。」

〔三〕閑門草：用孔稚珪門庭之内草萊不翦典。

〔四〕舊榻懸塵：《後漢書·徐穉傳》：「時陳蕃爲太守，以禮請署功曹，穉不免之，既謁而退。蕃在郡不接賓客，惟穉來特設一榻，去則懸之。」

〔五〕自憐二句：用張翰因見秋風起，思吴中菰菜、蓴羹、鱸魚膾典。

〔六〕芙蓉城：玉田《摸魚子·己酉重登陸起潛皆山樓，正對惠山》自注：「澄江又名芙蓉城。」

〔七〕勝友如雲：王勃《滕王閣序》：「十旬休暇，勝友如雲。千里逢迎，高朋滿座。」

〔八〕思君四句：盧仝《有所思》：「相思一夜梅花發，忽到窗前疑是君。」杜甫《舍弟觀赴藍田取妻子到江陵喜寄三首》（之二）：「巡檐索共梅花笑，冷蕊疏枝半不禁。」張九齡《望月懷遠》：「情人怨遥夜，竟夕起相思。」

〔九〕蝶與五句：合用莊生夢蝶及王昌齡《梅詩》、蘇軾《西江月·梅花》梅花夢典，兼用陸凱寄梅典。

〔一〇〕尚記得二句：王維《送元二使安西》：「勸君且盡一杯酒，西出陽關無故人。」行歌，此指臨行離歌。

【集評】

單學博：（「自憐」二句）用事法。

高亮功：用古而化。

陳蘭甫：末句平仄極拗。此却顛倒，右丞句用之極現成，與他處掇拾成句者，又當別論矣。

【考辨】

寫於大德八年（一三〇四）在常州時。

踏莎行 郊行，值游女以花擲水，余得之，戲作此解①

花引春來，手擎春住。芳心一點誰分付〔一〕。微歌微笑驀思量，瞥然抛與東流去②。帶潤偷拈，和香密護③。歸時自有留連處④。不隨煙水不隨風⑤，不教輕把劉郎誤⑥〔二〕。

【校記】

①水竹居本、石村書屋本、明吴鈔、汪鈔本、王刻詞題作：「郊行，值游女以花投水，戲作此。」《歷代詩餘》無詞題。②與：龔本、曹本、寶書堂本、許本、鮑本注「一作『下』」。水竹居本、石村書屋本、明吴鈔、汪鈔本、王刻同。③香：明吴鈔作「春」。密：水竹居本、石村書屋本、汪鈔本作「容」。

④留：《歷代詩餘》作「流」。⑤煙：水竹居本、石村書屋本、明吴鈔、汪鈔本、王刻作「流」。⑥輕：龔本、曹本、寶書堂本、許本、鮑本注「一作『更』」。

【注釋】

〔一〕芳心一點：蘇軾《岐亭道上見梅花戲贈季常》：「數枝殘緑風吹盡，一點芳心雀啅開。」

〔二〕不隨二句：《幽明録》：「漢明帝永平五年，剡縣劉晨、阮肇共入天台山，迷不得返。經十三日，糧食乏盡，飢餒殆死。遥望山上有一桃樹，大有子實，而絶巖邃澗，了無登路。攀援藤葛，乃得至上。」後得結仙緣。杜甫《絶句漫興九首》（之五）：「顛狂柳絮隨風去，輕薄桃花逐水流。」

【集評】

陳蘭甫：（换頭）何作此惡少行徑。

闕名：鑄題亦雅雋可學。此詞得佛三昧。

浪淘沙 作墨水仙寄張伯雨①〔一〕

香霧濕雲鬟〔二〕。蕊佩珊珊〔三〕。酒醒微步晚波寒〔四〕。金鼎尚存丹已化，雪冷虚壇〔五〕。

游冶未知還②。鶴怨空山。瀟湘無夢繞叢蘭③〔六〕。碧海茫茫歸不去，却在人間〔七〕。

【校記】

①作墨水仙：水竹居本、石村書屋本、明吴鈔、汪鈔本作「予作水墨水仙」。王刻作「作水墨水仙」。

《詞綜》無詞題。②未：明吴鈔作「不」。③繞：龔本、曹本、寶書堂本、許本、鮑本注「一作憶」。明吴鈔同。

【注釋】

〔一〕張伯雨：玉田方外文友，書法家、畫家。

〔二〕香霧句：下文「寒」字入此。杜甫《月夜》：「香霧雲鬟濕，清輝玉臂寒。」

〔三〕蕊佩珊珊：杜甫《鄭駙馬宅宴洞中》：「自是秦樓壓鄭谷，時聞雜佩聲珊珊。」蕊佩，紉蕊爲佩飾。珊珊，玉佩聲。

〔四〕酒醒句：黄庭堅《王充道送水仙花五十枝欣然會心爲之作詠》：「凌波仙子生塵襪，水上輕盈步微月。」

〔五〕金鼎二句：韓維《謝到水仙二本》：「拒霜已失芙蓉艷，出水難留菡萏紅。」陳傅良《水仙花》：「粹然金玉相，承以翠羽儀。」朱熹《賦水仙花》：「紛敷翠羽帔，温艷白玉相。黄冠表獨立，淡然水仙裝。」

〔六〕瀟湘句：《佩文齋廣群芳譜》卷五二引《集異記》：「薛蘅，河東人。幼時於窗櫺内窺見一女子，素服珠履，獨步中庭。嘆曰：『良人游學，艱於會面，對此風景，能無悵然？』於袖中出畫蘭卷子，對之微笑，復淚下吟詩，其音細亮，聞有人聲，遂隱於水仙花下。忽一男子從叢蘭中出，曰：『娘子久離，必應相念。阻於跬步，不啻萬里。』亦歌詩二篇，歌已，仍入叢蘭中。蘅苦心强記，驚訝久之。自此文藻異常，一時傳誦。謂二花爲夫婦花。」並用水仙如湘君典。

〔七〕碧海二句：黄庭堅《次韻中玉水仙花二首》（之二）：「可惜國香天不管，隨緣流落小民家。」鄧文原《題趙孟堅水墨雙鈎水仙長卷》可以參看：「海上瑶池春不斷，人間金盌事堪疑。」

【集評】

單學博：（「碧海」二句）可憐人。

高亮功：伯雨棄家爲道士，自號句曲外史，故詞中用「金丹」「碧海」等字。

陳廷焯《雲韶集》卷九：此詞命意若隱若露，而詞極淒怨，每讀一過，不知是《離騷》，是《樂府》，是杜詩，小令云乎哉！

又，《大雅集》卷四：詞意淒怨，幽冷刺骨。

【考辨】

江昱疏證：姚綬《鼓庵集》：錢塘張雨，又名天雨，字伯雨，號貞居子，宋崇國公九成之裔。年二十，入開元宫從真人王壽衍爲道士。趙松雪贈以雲麾碑，法之，書果超越。詩宗杜，文學韓，或引敗筆點綴水石人物，亦自賞。適壽衍偕入朝，被璽書，賜驛傳。自誓不更出，因三茅有招，赴之，因號句曲外史。出茅嶺，歸陽德館，手營墓於靈石西湖之陰。所著《山世集》《碧巖玄會録》《尋山志》《玄史》。

江昱按曰：雨有《貞居詞》一卷鈔本，汲古閣刻，詩集詞未附載。

孫按：劉基《句曲外史張伯雨墓誌銘》：「延祐初，謝觀居開元宮。明年杭災宮毁，外史適華陽。至元丙子以上冢告歸，遂不復去。年已六十矣。……至正乙酉基以提舉儒學備員江浙，始獲與外史一見，即如平生歡。明年七月而外史卒。」《句曲外史集·附録》載吉石樓野生按曰：「據此則外史之生，當在宋端宗景炎丁丑，其卒之歲則至正之丙戌也。」景炎丁丑爲景炎二年（一二七七），至正丙戌即至正六年（一三四六），得年七十九歲。大德二年（一二九八）二十歲入道，皇慶二年（一三一三），從王壽衍入京，不久歸茅山。延祐初年（一三一四—一三一七）暫居杭州開元宮，但至元丙子即至元二年（一三三六）六十歲之前居茅山道觀，此後歸杭居陽德館。

另，錢良祐《詞源跋》：「乙卯歲，余以公事留杭數月，而玉田張君來，寓錢塘縣之學舍，時主席方子仁始與余交，道玉田來所自，且憐其才，而不知余與玉田交且舊也，因相從歡甚。玉田爲況，落寞似余，其故友張伯雨方爲西湖福真費修主，聞之，遂挽去。子仁與余買小舟泛湖，同爲道客，伯雨爲設茗具饌，盤旋日入而歸。」乙卯，延祐二年（一三一五），詞應寫於此年前後。

西江月 同前①

落落奇花未吐②〔一〕，離離瑶草偏幽。蓬山元是不知秋③〔二〕。却笑人間春瘦〔三〕。瀟灑寒犀麈尾④〔四〕，玲瓏潤玉搔頭〔五〕。半窗晴日水痕收。不怕杜鵑啼後。

【校記】

①曹本、許本、鮑本詞題作「前題」。《歷代詩餘》作「題墨水仙二首」，戈選作「題墨水仙」。王刻作「墨水仙二首」。　②花：《歷代詩餘》、戈選、王刻作「葩」。　③是：龔本、《歷代詩餘》、寶書堂本、戈選作「自」。　④犀：《歷代詩餘》、戈選、王刻作「冰」。

【注釋】

〔一〕落落句：黄庭堅《次韻中玉水仙花二首》（之一）：「借水開花自一奇，水沈爲骨玉爲肌。」落落，此形容孤高，不與群花同時。

〔二〕蓬山句：用蓬萊清淺典喻盤中養花水。鄧文原《題趙孟堅水墨雙鈎水仙長卷》可以參看：「天寒日暮花無語，清淺蓬萊當問誰。」

〔三〕却笑句：韓維《謝到水仙二本》：「密葉暗傳深夜露，殘花猶及早春風。」此寫冬春之交，花瘦未腴。

〔四〕寒犀麈尾：《世説新語·容止》：「王夷甫容貌整麗，妙於談玄，恒捉白玉柄麈尾，與手都無分別。」水仙花有金玉之相，故云。

〔五〕玲瓏句：水仙花有名「玉玲瓏」者。《遵生八箋·燕閑清賞箋（下）》：「（水仙花）有二種：單瓣者，名水仙。千瓣者，名玉玲瓏。」兼用花穗大如簪頭典。

【集評】

高亮功：「蓬山」二句，所謂能以翻筆取勝者。

【考辨】

按龔本編年體例，應與上首《浪淘沙》同寫於延祐二年（一三一五）前後。

珍珠令①

桃花扇底歌聲杳。愁多少〔一〕。便覺道花陰閑了②。因甚不歸來，甚歸來不早③〔二〕。

滿院飛花休要掃。待留與④、薄情知道⑤〔三〕。怕一似飛花，和春都老⑥〔四〕。

【校記】

①《詞譜》云：「此本張炎自度曲，無別首宋詞可校。」②陰：水竹居本、《花草粹編》、王刻作「心」。

③甚歸來：王刻作「因甚歸來」。④待留與：王刻作「待與」。⑤知道：龔本、曹本、寶書堂本、許本、鮑本注「別本疊『知道』二字」。水竹居本、明吴鈔、《花草粹編》、《詞譜》、汪鈔本同。毛扆眉批：「別本疊用『知道』字。」⑥都：王刻作「俱」。

【注釋】

〔一〕桃花二句：晏幾道《鷓鴣天》：「舞低楊柳樓心月，歌盡桃花扇底風。」

〔二〕因甚二句：末二句意亦入此。盧仝《樓上女兒曲》：「鶯花爛熳君不來，及至君來花已老。」

〔三〕滿院三句：丁渥妻《寄外》：「欲凭西去雁，寄與薄情看。」陳克《鷓鴣天》：「薄情夫婿花相似，一片西飛一片東。」

〔四〕怕一似二句：杜甫《曲江二首》（之一）：「一片花飛減却春，風飄萬點正愁人。」

【集評】

單學博、許廷誥：（「因甚」二句）疊法。

高亮功：「因甚」二句，煉極而返於自然。

壺中天 壽月溪〔一〕

波明晝錦，看芳蓮迎曉，風弄晴碧〔二〕。喬木千年長潤屋①〔三〕，清蔭圖書琴瑟。龜甲屏開〔四〕，蝦鬚簾捲〔五〕，瑶草秋無色。和熏蘭麝②，彩衣歡擁詩伯〔六〕。　溪上燕往鷗還，筆牀茶灶〔七〕，筇竹隨游屐。閑似神仙閑最好，未必如今閑得。書染芝香，驛傳梅信，次第來雲北。金尊須滿③〔八〕，月光長照歌席④〔九〕。

【校記】

①喬：水竹居本、石村書屋本、汪鈔本作「高」。　②蘭麝：龔本、曹本、寶書堂本、許本、鮑本注「一作『萊砌』」。　③須：明吴鈔作「酒」。　④歌：龔本、曹本、寶書堂本、許本、鮑本注「一作『秋』」。水竹居本、石村書屋本、汪鈔本同。

【注釋】

〔一〕月溪：玉田友人卞南仲。

〔二〕波明三句：曉陽照射，蓮花香噀，風吹波皺如織錦耀目。

〔三〕潤屋：《禮記·大學》：「富潤屋，德潤身。」此互文見義。

〔四〕龜甲屏開：李賀《蝴蝶舞》：「楊花撲帳春雲熱，龜甲屏開醉眼纈。」《初學記》卷二五引《洞冥記》：「上起神明臺，上有金牀象席，雜玉爲龜甲屏風。」

〔五〕蝦鬚簾捲：陸暢《簾》：「勞將素手卷蝦鬚，瓊室流光更綴珠。」蝦鬚簾，此指高級材料製成的門簾。

〔六〕和熏二句：卞南仲生日在八月桂花時節。仇遠《寄南仲》：「小山老桂敷秋香，下弦月照西風涼。今夕如此好風月，胡不招邀坡翁霞佩同頡頏。」自注：「時生日出避客。」《古今事文類聚·後集》卷三：「老萊子孝養二親，行年七十，嬰兒自娱，著五色采衣。」《海録碎事》卷一九：「張植謂機、雲文章藻麗，語友人曰：『二陸乃今之詩伯也。』」此詩伯代指卞南仲。

〔七〕筆牀茶灶：仇遠《寄南仲》：「有時筆牀茶灶泛洮湖，柳外梅邊從徙倚。」洮湖在溧陽、金壇境内。

〔八〕金尊須滿：《後漢書·孔融傳》：「（孔融）性寬容少忌，好士，喜誘益後進。及退閑職，賓客日盈其門。常嘆曰：『坐上客恒滿，尊中酒不空，吾無憂矣。』」

〔九〕月光句：與《南樓令·壽月溪》同義：「傍取溪邊端正月，對玉兔、話長生。」以生辰在月圓時祝其長壽。

【集評】

單學博：（「閑似」七句）即前「也須容我清閑」句意（孫按：見《木蘭花慢・游天師張公洞》）。

許廷誥：（下片）即前「也須容我清閑」句意。

邵淵耀：「潤屋」如是，化腐爲奇。

高亮功：玉田《樂府指迷》云：「難莫難於壽詞，言富貴則虛俗，言功名則諛佞，言神仙則迂闊虛誕，總此三者爲之，無俗忌之辭，不失其壽可也。」予謂以此思難，難可知矣。此詞雖不甚佳，然已極力避俗。

【考辨】

江昱按曰：宋人壽詞，雖出名手亦必沾帶俗氣。如此作雅潤清麗，頓覺習語一空。後《南樓令》尤爲特絶，始知《指迷》所論，洵非虛言。

桂栖鵬《新證》：《予久客思歸以秋光都似宦情薄山色不如歸意濃爲韻言志約金溧諸友共賦寄錢唐親舊》：「自我來溧陽，四見木葉秋。」「去年冶城叟（自注：卞南仲也），采菊餐其英。今茲隔存歿，使我心怔營。」仇遠任溧陽州學教授在大德八年（一三〇四）春，「四見木葉秋」之去年，卞南仲去世，其時爲大德十年（一三〇六），張炎大德九年游寓溧陽，其爲卞南仲所賦三詞皆作於是時。

孫按：仇遠非大德八年（一三〇四）任溧陽教職，有詩《乙巳歲三月爲溧陽校官上府經烏剎橋和陶淵明韻》爲證，乙巳，大德九年（一三〇五）。據仇詩，知卞南仲至大元年（一三〇八）壽日之前下世。玉田有兩首壽月溪的詞作，宋人有一年中寫數首壽詩的習慣，如陸文圭一年贈陸垕壽詩達六首《壽陸義齋二首（乙巳九月自五羊歸）》《又口號四首（謹案：此詩壽陸義齋作，時乙巳九月，前有七言律詩一首，編入十八卷）》，故知此詞也是大德九年（一三〇五）寫於溧陽。

摸魚子 爲卞南仲賦月溪〔一〕

溯空明、霽蟾飛下〔二〕，湖湘難辨遥樹①〔三〕。流來那得清如許，不與衆流東注〔四〕。浮淨宇②。任消息虚盈③〔五〕，壺内藏今古〔六〕。停杯問取〔七〕。甚玉笛移宫，銀橋散影，依舊廣寒府〔八〕。　休凝佇。鼓枻漁歌在否。滄浪渾是煙雨〔九〕。黄河路接銀河路④。炯炯近天尺五⑤。還自語〔一〇〕。奈一寸閑心，不是安愁處〔一一〕。淩風遠舉。趁冰玉光中，排雲萬里〔一二〕，秋艇載詩去。

【校記】

①遥：水竹居本、石村書屋本、汪鈔本、王刻作「蓬」。②淨：龔本、曹本、寶書堂本、許本、鮑本注「一作『玉』」。水竹居本、石村書屋本、明吴鈔、汪鈔本、王刻同。③消息虚盈：水竹居本作「消長虚盈」。石村書屋本、明吴鈔、汪鈔本、王刻作「消長盈虚」。④銀：石村書屋本、明吴鈔、汪鈔本作「雲」。⑤近：龔本、曹本、寶書堂本、許本、鮑本注「一作『去』」。石村書屋本、明吴鈔、汪鈔本、王刻同。

【注釋】

〔一〕卞南仲、月溪：江昱疏證：「《黄氏書目》：卞南仲，字應午，長興人。著《溪居集》，又《江行集》。」江昱按曰：「此（月溪）則南仲其字也。録以備考。」

〔二〕霽蟾：晴夜朗月。

〔三〕湖湘句：謝朓《之宣城郡出新林浦向板橋詩》：「天際識歸舟，雲中辨江樹。」

〔四〕流來二句：路應《游南雁蕩》：「詩懷到此清如許，欲向銀河蘸筆題。」

〔五〕消息：日月消長。見前引高亨注《易·豐》。　虚盈：月缺月圓。劉孝綽《歸沐呈任中丞昉詩》：「蟾兔屢盈虚，殺青徒已汗。」

〔六〕壺内句：用壺中有天地日月典。

〔七〕停杯問取：李白《把酒問月》：「青天有月來幾時，我今停杯一問之。」

〔八〕甚玉笛三句：用神人取拄杖化爲月宫銀橋及玄宗游月宫密記聲調作《霓裳羽衣曲》典。

〔九〕鼓枻二句：《楚辭·漁父》：「漁父莞爾而笑，鼓枻而去，乃歌曰：『滄浪之水清兮，可以濯吾纓。滄浪之水濁兮，可以濯吾足。』」

〔一〇〕黄河三句：劉禹錫《浪淘沙》：「九曲黄河萬里沙，浪淘風簸自天涯。如今直上銀河去，同到牽牛織女家。」蘇軾《鬱孤臺》：「贛石三百里，寒江尺五流。」

〔一一〕奈一寸二句：庾信《愁賦》殘文：「誰知一寸心，乃有萬斛愁。」

〔三〕排雲：郭璞《游仙詩》：「神仙排雲出，但見金銀臺。」

【集評】

單學博、許廷誥、邵淵耀：（「甚玉笛」三句）飄飄有淩雲之氣。

高亮功：長調一氣寫來，未免直道。「還自語」數句，是略用打折法也。收語極豪。

【考辨】

詞作於大德九年（一三〇五）游溧陽時。

好事近 贈笑倩〔一〕

葱蒨滿身雲①〔二〕，酒暈淺融香頰〔三〕。水調數聲嫻雅②，把芳心偷説③〔四〕。　風吹裙帶下階遲，驚散雙蝴蝶④〔五〕。佯撚花枝微笑，溜晴波一瞥〔六〕。

【校記】

①葱蒨：龔本、曹本、寶書堂本、許本、鮑本注「一作『愁倩』」。　②嫻：水竹居本、石村書屋本、明吴鈔、汪鈔本、王刻作「閑」。閑，用同「嫻」，下同不出校。　③偷：龔本、曹本、寶書堂本、許本、鮑本注「一作『徐』」。水竹居本、石村書屋本、明吴鈔、汪鈔本、王刻同。　④雙：龔本、曹本、寶書堂本、許本、鮑本注「一作『兩』」。夏敬觀：「『頰』『蝶』，閉口韻。」

【注釋】

〔一〕笑倩：語出《詩・衛風・碩人》：「螓首蛾眉，巧笑倩兮，美目盼兮。」

〔二〕葱倩句：殷堯藩《贈歌人郭婉二首》（之二）：「雲滿衣裳月滿身，輕盈歸步過流塵。」尹鶚《醉公子》：「盡日醉尋春，歸來月滿身。」

〔三〕酒暈句：詹敦仁《余遷泉山城留侯招游郡圃作此》：「柳腰舞罷香風度，花臉妝匀酒暈生。」

〔四〕水調二句：張先《天仙子》：「水調數聲持酒聽。午醉醒來愁未醒。」無名氏《卜算子》：「若把芳心説與伊，道緑遍、池塘草。」

〔五〕風吹二句：李端《拜新月》：「開簾見新月，便即下階拜。細語人不聞，北風吹裙帶。」此謂裙上蝴蝶因下階而款款欲分飛。

〔六〕佯捻二句：劉孝綽《詠眼詩》：「欲知密中意，浮光逐笑回。」

【集評】

單學博、許廷誥、邵淵耀：（换頭）雅艷。

高亮功：收語入神，「瞥」字亦峭而穩。

小重山①煙竹圖②〔一〕

陰過雲根冷不移。古林疏又密③，色依依。何須噴飯笑當時④。篔簹谷〔二〕，盈尺小鵝溪〔三〕。　展玩似堪疑。楚山從此去，望中迷〔四〕。不知何處倚湘妃。空江晚⑤，長笛一聲吹〔五〕。

【校記】

①石村書屋本、明吴鈔、汪鈔本詞調作「小衡山」。《草堂詩餘》注：「一名小衡山。」同調異名，下同不出校。②龔本、曹本、寶書堂本、許本、鮑本詞題注：「别本作『煙鎖篔簹谷』。」水竹居本、石村書屋本、明吴鈔、汪鈔本同。《歷代詩餘》、王刻作「題煙竹圖」。③疏：龔本、曹本、寶書堂本、許本、鮑本注「一作『深』」。水竹居本、石村書屋本、明吴鈔、汪鈔本、王刻同。④何：龔本、曹本、寶書堂本、許本、鮑本注「一作『那』」。⑤江：水竹居本、石村書屋本、明吴鈔、汪鈔本作「山」。

【注釋】

〔一〕煙竹圖：仇遠《題煙竹圖》：「楚山晴雨未分明，淡鎖蒼筠曉更清。渾是一江秋色染，只疑無處著秋聲。」

〔二〕何須二句：蘇軾《文與可畫篔簹谷偃竹記》：「篔簹谷在洋州，與可嘗令予作《洋州三十詠》，篔簹谷其一也。予詩云：『漢川修竹賤如蓬，斤斧何曾赦籜龍。料得清貧饞太守，渭濱千畝在胸中。』與可是日與其妻游谷中，燒筍晚食，發函得詩，失笑噴飯滿案。」

〔三〕盈尺句：小鵝溪，鵝溪産短幅小絹。《新唐書·地理志六》：「陵州仁壽郡，本隆山郡，天寶元年更名。土貢：麩金、鵝溪絹、細葛、續髓、苦藥。」

〔四〕楚山二句：取意蘇軾《書李世南所畫秋景二首》（之一）：「扁舟一棹歸何處，家在江南黃葉村。」

〔五〕不知三句：《博物志》卷八：「堯之二女，舜之二妃，曰湘夫人。舜崩，二妃啼，以涕揮竹，竹盡斑。」趙嘏《長安晚秋》：「殘星幾點雁橫塞，長笛一聲人倚樓。」竹爲笛材。

【集評】

高亮功：前半闋從真景收到畫景，後半闋又從畫景想到真景。

蝶戀花 秋鶯〔一〕

求友林泉深密處〔二〕。弄舌調簧，如問春何許〔三〕。燕子先將雛燕去①〔四〕。淒涼可是歌來暮〔五〕。　喬木蕭蕭梧葉雨②。不似尋芳，翻落花心露〔六〕。認取門前楊柳樹〔七〕。數聲須入新年語③〔八〕。

【校記】

①先：王刻作「新」。　②梧葉雨：石村書屋本、明吴鈔、汪鈔本作「桐葉墜」，王刻作「桐葉雨」。

③聲：水竹居本、石村書屋本、明吴鈔、王刻作「年」。

【注釋】

〔一〕秋鶯：王禹偁《秋鶯歌》：「淮南八月尚有鶯，關關無異來時聲。東風抬舉如簧舌，何事經秋猶未絶。」

〔二〕求友句：「喬木」意入於此。《詩·小雅·伐木》：「伐木丁丁，鳥鳴嚶嚶。出自幽谷，遷於喬木。嚶其鳴矣，求其友聲。相彼鳥矣，猶求友聲。」

〔三〕弄舌二句：《詩·小雅·巧言》有「巧言如簧」之句。歐陽修《奉酬長文舍人出城見示之句》：「清浮酒蟻醅初撥，暖入鶯簧舌漸調。」

〔四〕燕子句：柳永詠本調《黄鶯兒》：「此際海燕偏饒，都把韶光與。」春天鶯聲燕語，但秋天燕子已經攜雛燕飛離。

〔五〕淒涼句：李後主《秋鶯》：「莫更流連好歸去，露華淒冷蓼花愁。」

〔六〕喬木三句：王維《聽宮鶯》：「隱葉棲承露，攀花出未央。」

〔七〕認取句：温庭筠《題柳》：「羌管一聲何處曲，流鶯百囀最高枝。」

〔八〕數聲句：杜甫《傷春五首》(之二)：「鶯入新年語，花開滿故枝。」

南樓令 壽月溪〔一〕

天淨雨初晴。秋清人更清。滿吟窗、柳思周情。一片香來松桂下①，長聽得、讀書聲②〔二〕。

閑處卷黄庭③〔三〕。年年兩鬢青〔四〕。佩芳蘭〔五〕、不繫塵纓④〔六〕。傍取溪邊端正月〔七〕，對玉兔、話長生〔八〕。

【校記】

①香來：水竹居本、石村書屋本、明吴鈔、汪鈔本、王刻作「生香」。　②讀：水竹居本、石村書屋本、明吴鈔、汪鈔本、王刻作「教」。　③卷：龔本、曹本、賓書堂本、許本、鮑本注「一作『養』」。水竹居本、石村書屋本、明吴鈔、汪鈔本、王刻同。　④不：水竹居本作「□」。石村書屋本、明吴鈔、汪鈔本無。龔本、曹本、賓書堂本、許本、鮑本注「一作『懶』」。《歷代詩餘》同。王刻作「休」。

【注釋】

〔一〕月溪：江昱按曰：「卷内《摸魚子》詞，月溪即卞南仲。」卞南仲生日在農曆八月桂花時節，詳見《壺中天・壽月溪》注〔六〕。

〔二〕滿吟窗五句：黄庭堅《考試局與孫元忠博士竹間對窗夜聞元忠誦書聲調悲壯戲作竹枝歌三章和之》（之一）：「南窗讀書聲吾伊，北窗見月歌竹枝。」謂卞南仲寫詞如柳永、周邦彦婉孌多情思。

〔三〕黄庭：指《黄庭經》，道教的經典著作。李白《送賀賓客歸越》：「山陰道士如相見，應寫《黄庭》換白鵝。」

〔四〕年年句：許渾《送客自兩河歸江南》：「遥羨落帆逢舊友，緑蛾青鬢醉横塘。」

〔五〕佩芳蘭：《楚辭・離騷》：「扈江離與薜芷兮，紉秋蘭以爲佩。」

〔六〕不繫塵纓：謂不受世事牽絆。

〔七〕端正月：形容月圓。已見前引《例釋》。則其生辰在八月十五或稍後。

〔八〕對玉兔二句：傅玄《擬天問》：「月中何有？玉兔搗藥。」兔爲月中陰氣凝成的獸形。杜甫《月》：「入河蟾不没，搗藥兔長生。」

【集評】

單學博：（「長聽得」二句）以此爲壽，其壽多矣，月溪何幸。

許廷誥：從月溪上生情。

邵淵耀：善頌，只是本地風光。

高亮功：蕭中孚云：「脱盡祝壽俗套。」予謂亦緣其人不俗，故壽詞亦不入俗。

【考辨】

寫於大德九年（一三〇五）游溧陽時。

風入松 溪山堂竹①〔一〕

新篁依約佩初摇。老石潤山腰②。逸人未必猶酣酒，正溪頭、風雨瀟瀟〔二〕。礪齒猶隨市隱③〔三〕，虚心肯受春招〔四〕。從教三徑入漁樵。對此覺塵消〔五〕。娟枝冷葉無多子〔六〕，伴明窗、書卷詩瓢〔七〕。清過炎天梅蕊④，淡欺雪裏芭蕉〔八〕。

【校記】

①底本、龔本、曹本、寶書堂本、鮑本詞題注：「別本作『子昂竹石卷子』。」水竹居本、石村書屋本、明吳鈔、汪鈔本同。王刻作「子昂竹石卷」。②老石潤山腰：水竹居本作「□□□山遥」。石村書屋本、明吳鈔、汪鈔本作「老潤山遥」。③猶：水竹居本、石村書屋本、明吳鈔、汪鈔本作「休」。④清：龔本、曹本、寶書堂本、許本、鮑本注「一作『濃』」。

【注釋】

〔一〕溪山堂竹：江昱按曰：「六卷《風入松》有題蔣道録溪山堂詞，當時子昂或爲作圖，而玉田題之，亦未可知。則別本題亦非無謂，正可並存。」子昂，趙孟頫。其自題竹石卷：「石如飛白木如籀，寫法還於八法中。若也有人能會此，方知書畫本來同。」《式古堂書畫彙考》卷三四：「趙子昂竹石圖。長方紙本，水墨崚嶒。一石，石背修竹，四竿枯者。一坡，盡處更出短梢。」

〔二〕逸人三句：用竹林七賢典，已見前引《世説新語·任誕》。其中阮籍、山濤、劉伶等以嗜酒著稱。陳子昂《感遇三十八首》（之六）：「世人拘目見，酣酒笑丹經。」《唐音評注》卷五：「酣，酗於酒醴而不知所以醒也。」

〔三〕礪齒句：《晉書·鄧粲傳》：「粲笑答曰：『足下可謂有志於隱而未知隱。夫隱之爲道，朝亦可隱，市亦可隱。隱初在我，不在於物。』」後因以「市隱」指隱居於城市。並用《世説新語》孫楚「所以漱石，欲礪其齒」句意。

〔四〕虚心句：白居易《池上竹下作》：「水能性澹爲吾友，竹解心虚即我師。」《楚辭·大招》：「青春受謝，白日昭只。」王逸章句：「青，東方春位，其色青也。」

〔五〕從教二句：《吴興備志》卷二五：「（趙）松雪畫淵明像一卷，題云：既書歸去來辭，餘興未盡，乃作竹石，淵明亦當愛此耶？（《太平清話》）」

〔六〕娟枝句：杜甫《狂夫》：「風含翠篠娟娟淨，雨裛紅蕖冉冉香。」《初學記》卷二八：「王子年《拾遺記》：蓬萊有浮筠之簳，葉青莖紫，子如大珠，有青鸞集其上。」

〔七〕伴明窗二句：李白《謝公亭》：「池花春映日，窗竹夜鳴秋。」

〔八〕清過二句：陳與義《題趙少隱青白堂三首》（之三）：「雪裏芭蕉摩詰畫，炎天梅蕊簡齋詩。」

【集評】

高亮功：「『礪齒』二句，恐趙王孫對之不免愧色。蕭中孚云：『「清過」二句，自來詠竹，無此清迴之語。』」

踏莎行 跋伯時弟撫松寄傲詩集〔一〕

水落槎枯〔二〕，田荒玉碎〔三〕。夜闌秉燭驚相對〔四〕。故家文物已無傳①，一燈却照清江外〔五〕。　色展天機〔六〕，光摇海貝〔七〕。錦囊日月奚童背〔八〕。重逢何處撫孤松，共吟風月西湖醉〔九〕。

【校記】

①文：底本、四庫本作「人」，從諸本改。

【注釋】

〔一〕撫松寄傲：詩集得名於陶潛《歸去來兮辭》：「景翳翳以將入，撫孤松而盤桓。」「倚南窗以寄傲，審容膝之易安。」

〔二〕水落槎枯：張氏家族的輩份排行，見江藩《詞源跋》：「蓋以五行相生爲世次之名者，始於功甫（張鎡）。……功甫之名從金，金生水，水生木，小庵主人之子所以名樫也。」暗指祖父張濡，父親張樞。

〔三〕田荒玉碎：此指張炎兄弟玉田、芝田之號。

〔四〕夜闌句：杜甫《羌村三首》（之一）：「世亂遭飄蕩，生還偶然遂。」「夜闌更秉燭，相對如夢寐。」《杜詩詳注》卷五：「亂後忽歸，猝然怪驚。有疑鬼疑人之意。偶然遂，死方幸免。如夢寐，生恐未真。」

〔五〕故家二句：《孟子・公孫丑》：「紂之去武丁未久也，其故家遺俗，流風善政，猶有存者。」此寫伯時濡染家學，詩集傳承有自。清江，應是伯時流落地。

〔六〕色展天機：意謂文辭有如天孫織女所織錦緞色彩絢爛。

〔七〕光摇海貝：《詩・小雅・巷伯》：「萋兮斐兮，成是貝錦。」朱熹傳：「貝，水中介蟲也，有文彩似錦。」

〔八〕錦囊句：用李賀從小奚奴背錦囊尋詩典。

〔九〕重逢二句：白居易《杭州迴舫》：「自別錢唐山水後，不多飲酒懶吟詩。欲將此意凭回棹，報與西湖風月知。」

【集評】

單學博、許廷誥、邵淵耀：（下片）句重韻穩。

高亮功：較之「草夢池塘」「牀聯風雨」，尤覺難乎爲懷。

【考辨】

楊海明師《張炎詞研究》考證張煒與張炎爲兄弟行。《江湖後集》：「張煒，煒，字子昭，杭人。有《芝田小詩》。」《咸淳臨安志》卷三八作「芝田，張偉」，卷三〇、卷三八録其《馬塍》《薦菊泉》（或作《寒泉》）詩。張煒（偉），或字伯時。叔夏之於伯時，似應伯時爲兄而非弟，張炎有意模糊之，以避嫌忌。

聲聲慢 中吴感舊①

因風整帽，借柳維舟②〔一〕，休登故苑荒臺〔二〕。去歲何年，游處半入蒼苔〔三〕。白鷗舊盟未冷，但寒沙、空與愁堆。謾嘆息，向西門灑淚③，不忍徘徊〔四〕。眼底江山猶在④〔五〕，把冰弦彈斷，苦憶顏回⑤〔六〕。一點歸心，分付布襪青鞋〔七〕。相尋已期到老，那知人、如此情懷〔八〕。悵望久，海棠開、依舊燕來。

【校記】

①《歷代詩餘》、王刻無詞題。②因風二句：《詞旨》作「因花整帽，借柳維船」。陳蘭甫：「此用孟嘉落帽事。『風』對『柳』不必工，玉田慣用此筆法。《詞旨》作『花』，非是。」③向西門：底本、龔本、曹本、寶書堂本、鮑本作「問西門」。《歷代詩餘》作「問西風」。許本、王刻作「向西風」。今據許本、王刻改「向」字。④猶：《歷代詩餘》、王刻作「如」。⑤夏敬觀：「『堆』『徊』『回』，戈入『支』。」

【注釋】

〔一〕因風二句：杜甫《九日藍田崔氏莊》：「羞將短髮還吹帽，笑倩旁人爲正冠。」又，《纜船苦風戲題四韻奉簡鄭十三判官》：「吹帽時時落，維舟日日孤。」

〔二〕休登句：故苑荒臺，此指姑蘇臺。傳説是吴王夫差爲西施所造。《史記·淮南衡山列傳》：「（伍被曰）臣聞子胥諫吴王，吴王不用，乃曰：『臣今見麋鹿游姑蘇之臺也。』」餘見前引《吴郡志》卷一五、《太平寰宇記》卷九一。

〔三〕去歲二句：李白《長干行二首》（之一）：「門前遲行跡，一一生緑苔。」感嘆游跡斷絶。

〔四〕謾嘆息三句：用羊曇在謝安過世後淚灑西州路典。吴文英《西平樂慢·過西湖先賢堂，傷今感昔，泫然出涕》：「到此徘徊，細雨西城，羊曇醉後花飛。」

〔五〕眼底句：蘇舜欽登閶門樓詩《秋懷》：「家在鳳凰城闕下，江山何事苦相留。」自注：「江山留人也，人留江山也。」

〔六〕把冰弦二句：《類説》卷一五引《韓詩外傳》曰：「顔回望吴門馬，見一疋練。孔子曰『馬也』。」《史記·仲尼弟子列傳》：「（顔）回年二十九，髮盡白，蚤死。孔子哭之慟，曰：『自吾有回，門人益親。』魯哀公問：『弟子孰爲好學？』孔子對曰：『有顔回者好學。不遷怒，不貳過。不幸短命死矣，今也則亡。』」

〔七〕布襪青鞋：杜甫《奉先劉少府新畫山水障歌》：「吾獨胡爲在泥滓，青鞋布襪從此始。」

〔八〕相尋三句：《咸淳毗陵志》卷二七：「蘇東坡別業在縣北滆湖塘頭，嘉祐初，蔣穎叔有卜鄰之約。詩云：『瓊林花草聞前語，罨畫溪山指後期。』……又長短句云：『買田陽羨吾將老，從來只爲溪山好。』」謂菟裘卜鄰的願望無法實現。

【集評】

高亮功：首二句，妙在「因」字、「借」字。

【考辨】

施國祁《張玉田詞又説》：「至八卷中吴感舊《聲聲慢》云：『西門灑淚，不忍徘徊』，殆通甫亡後作耶？案靜春卒於大德十年，僅四十五歲（見黄文獻墓誌）。時玉田年已五十有九，苦憶顔回，相尋到老，其感愴之言亦至矣。」袁易卒於大德十年（一三〇六）十一月二十六日，詞寫春景，則是大德十一年（一三〇七）的悼念之作。

又 重過垂虹〔一〕

□聲短棹①，柳色長條②，無花但覺風香〔二〕。萬境天開，逸興縱我清狂。白鷗更閑似我，趁平蕪、飛過斜陽。重嘆息，却如何不□③，夢裏黄粱〔三〕。　一自三高非舊〔四〕，把詩囊酒具，千古淒涼。近日煙波，樂事盡逐漁忙。山横洞庭夜月，似瀟湘、不似瀟湘〔五〕。歸未得，數清游、多在水鄉〔六〕。

【校記】

①□：高亮功旁注「溪」字，未知何據。　②條：龔本、寶書堂本、王刻作「橋」。　③□：許本補「醒」字。許廷誥補「熟」字。高亮功補「省」字。

【注釋】

〔一〕垂虹：江昱按曰：「垂虹，見卷四《聲聲慢》注。」垂虹橋，又名長橋。袁易《八聲甘州》題序有句曰：「九月望後，夜泊吴江長橋，有懷諸友在吴下時，得相周旋，今各一方，意緒惻愴，爲賦《八聲甘州》一闋，以寫惓惓之意。」

〔二〕□聲三句：張籍《寄蘇州白二十二使君》：「閶門柳色煙中遠，茂苑鶯聲雨後新。」又，《送從弟戴玄往蘇州》：「楊柳閶門路，悠悠水岸斜。」

〔三〕夢裏黃粱：沈既濟《枕中記》載盧生在邯鄲客店入夢道士呂翁枕中，享盡富貴榮華。及醒，主人蒸黃粱未熟，怪曰：「豈其夢寐也？」翁謂生曰：「人世之適，亦猶是矣。」

〔四〕三高：《中吴紀聞》卷三：「越上將軍范蠡、江東步兵張翰、贈右補闕陸龜蒙，各有畫像在吴江鱸鄉亭之旁。東坡先生嘗有《吴江三賢畫像》詩。後易其名曰『三高』，且更爲塑像。臞庵主人王文孺獻其地雪灘，因遷之。今在長橋之北，與垂虹亭相望。」

〔五〕山横三句：比較吴地太湖、楚地洞庭湖兩處的洞庭山。《吴郡志》卷一五：「洞庭包山，即洞庭山也。……《吴地記》云：在縣西一百三十里，中有洞庭，深遠，世莫能測。」《山海經》卷五：「又東南一百二十里，曰洞庭之山。……帝之二女居之，是常游於江淵。澧沅之風，交瀟湘之淵，是在九江之間，出入必以飄風暴雨。」

〔六〕歸未得三句：回憶水鄉浙東紹興、四明，浙西江陰、宜興之游。

【集評】

單學博、邵淵耀：（「無花」句）六字已令人神往。

高亮功：上截收到自己矣。換頭下又從垂虹處拓開生感。

【考辨】

此與前詞皆寫於大德十一年（一三〇七），也是追念袁易之作。

又　寄葉書隱①〔一〕

百花洲畔，十里湖邊，沙鷗未許盟寒〔二〕。舊隱琴書，猶記渭水長安〔三〕。蒼雲數千萬疊，却依然、一笑人間。似夢裏，對清尊白髮，秉燭更闌〔四〕。　渺渺煙波無際，喚扁舟欲去，且與凭闌。此別何如②，能消幾度陽關。江南又聽夜雨，怕梅花、零落孤山〔五〕。歸最好，甚閑人③、猶自未閑④。

【校記】

①《歷代詩餘》詞題作「寄友」。王刻作「寄華書隱」。②此別何如：戈選作「荏苒年華」。③閑人：王刻作「人間」。④猶：戈選作「還」。

【注釋】

〔一〕葉書隱：作者在山陰時的交游友人。

〔二〕百花三句：《寶慶會稽續志》卷三載鏡湖千秋觀一帶：「又築長堤十里，夾道皆種垂楊、芙蓉。有橋曰『春波』，跨截湖面。春和秋半，花光林影，左右映帶。風景尤勝，真越中清絶處也。」

〔三〕渭水長安：賈島《憶江上吴處士》：「秋風生渭水，落葉滿長安。」

〔四〕似夢裏三句：杜甫《羌村三首》（之一）：「夜闌更秉燭，相對如夢寐。」陳師道《九日寄秦覯》：「九日清樽欺白髮，十年爲客負黃花。」

〔五〕江南三句：意思是自己未能歸隱杭州孤山，辜負故鄉梅花。聽夜雨，指友人感情深厚，聯牀話舊。韋應物《示全真元常》：「寧知風雨夜，復此對牀眠。」白居易《雨中招張司業宿》：「能來同宿否，聽雨對牀眠。」

【集評】

單學博：對此茫茫，令人百端交集，苟未免有情，亦復誰能堪此。

邵淵耀：百端交集，誰能遣此。

高亮功：「舊隱」句，是暗寓「書隱」二字。「蒼雲」句，言「渭水長安」之遠也。「又」字承上「渭水長安」來。

陳廷焯《大雅集》卷四：哀感無盡，雅近中仙。

【考辨】

桂栖鵬《新證》引陳謨《鏡湖書隱記》：「葉君叔昂讀書鏡湖，得施翁宅西之湖塘居之，面山臨水，鳧鷗出没，漁樵往來，遠城市而閲煙霞，賀（知章）、陸（游）之清風雅韻隱約具存。及其筮仕，司徵於西昌，乃介余記之。……（葉）叔昂所讀之書，所隱之地，皆賀、陸之遺也。今兹發硎，未展素藴，行將受民社，獵公卿，立言立功，以與二賢相輝赫，然後返乎書隱，千秋觀之荷花無恙也，《劍南集》之藻詞可賡也。不亦隱顯一致，流譽無射乎？」桂栖鵬認爲葉叔昂可與張炎忘年交游：「假如葉叔昂長於陳謨十五至二十歲，他便有可能先與張炎作忘年交而後交於陳謨。」據詞中典故，此葉書隱是有可能居山陰，但詞中有「猶記渭水長安」「清尊白髮」「又聽夜雨」，應爲年齡相仿的北行同游者，與陳謨所記的葉書隱雖同寓山陰，但並非同一人。

木蘭花慢　歸隱湖山，書寄陸處梅①

二分春是雨〔一〕，采香徑、緑陰鋪。正私語晴蛙〔二〕，于飛晚燕〔三〕，閑掩紋疏〔四〕。流光慣欺病酒，問楊花、過了有花無。啼鴂初聞院宇，釣船猶繫菰蒲。　林逋。樹老山孤。渾忘却、隱西湖。嘆扇底歌殘〔五〕，蕉間夢醒〔六〕，難寄中吳。秋痕尚懸鬢影，見蓴絲、依舊也思鱸〔七〕。黏壁蝸涎幾許〔八〕，清風只在樵漁〔九〕。

【校記】

①《歷代詩餘》、王刻無詞題。

【注釋】

〔一〕二分句：陸龜蒙《惜花》：「其間風雨至，旦夕旋爲塵。」蘇軾《水龍吟》：「春色三分，二分塵土，一分流水。」

〔二〕私語晴蛙：《晉書·惠帝紀》：「帝又嘗在華林園，聞蝦蟆聲。謂左右曰：『此鳴者爲官乎？私乎？』或對曰：『在官地爲官，在私地爲私。』」

〔三〕于飛晚燕：《詩·邶風·燕燕》：「燕燕于飛，差池其羽。」

〔四〕紋疏：窗户上雕有花紋的格子。《古詩十九首》：「交疏結綺窗，阿閣三重階。」李善注曰：「薛綜《西京賦》注曰：疏，刻穿之也。」

〔五〕扇底歌殘：晏幾道《鷓鴣天》：「舞低楊柳樓心月，歌盡桃花扇底風。」

〔六〕蕉間夢醒：用遺失蕉下覆鹿疑爲夢境典。

〔七〕見蓴絲二句：白居易《想東游五十韻》：「鱠縷鮮仍細，蓴絲滑且柔。」兼用張翰因見秋風起，思吴中菰菜、蓴羹、鱸魚膾典。

〔八〕黏壁蝸涎：白居易《秋霖即事聯句三十韻》：「濕泥印鶴跡，漏壁絡蝸涎。」

〔九〕清風句：用張志和奴婢漁僮鼓枻收綸、樵青薪桂煎茶典，寫隱居生活。

【集評】

單學博、許廷誥：雋。

邵淵耀：造句都雋。

高亮功：前段是引起，换頭直接歸隱，後寫寄陸。「流光」二句，不言而神自傷，勝讀劉須溪《送春》苦調。

陳蘭甫：「晚燕」上何必用「于飛」二字，此猶老杜之用致遠，恐泥矣。

【考辨】

張氏手批：歸隱湖山當在甲寅之後，年蓋七十矣，次此非也。

孫按：錢良祐《詞源跋》云：「乙卯歲，余以公事留杭數月，而玉田張君來寓錢塘縣之學舍。」乙卯，元仁宗延祐二年（一三一五），此爲玉田歸杭後寄贈陸行直的詞作，張炎此年六十八歲。

清平樂

蘭曰國香，爲哲人出，不以色香自炫，乃得天之清者也。楚子不作，蘭今安在。得見所南翁枝上數筆，斯可矣。賦此以紀情事云①〔一〕

三花一葉②。比似前時別。煙水茫茫無處説。冷却西湖風月③。　貞芳只合深山〔二〕。紅塵了不相關。留得許多清影，幽香不到人間。

【校記】

①《歷代詩餘》、王刻詞題作「題畫蘭」。　②三：底本、龔本、曹本、寶書堂本、許本、鮑本作「□」。戈選作「一」。據《歷代詩餘》、四庫本、王刻補。　③風：底本、龔本、曹本、寶書堂本、許本、鮑本作「□」，據《歷代詩餘》、戈選、王刻補。

【注釋】

〔一〕蘭曰九句：《左傳·宣公三年》：「初，鄭文公有賤妾曰燕姞，夢天使與己蘭，曰：『余爲伯鯈。余，而祖也。以是爲而子，以蘭有國香，人服媚之如是。』」黃魯直《書幽芳亭》：「士之才德蓋一國則曰國士，女之色蓋一國則曰國色，蘭之香蓋一國則曰國香。自古人知貴蘭，不待楚之逐臣而後貴之也。」得天之清，鄭思肖自題所畫蘭有「深山之中，以天爲春」之句。楚子二句，楚子指楚國三閭大夫屈原。屈原《離騷》多有涉蘭之句，如：「扈江離與辟芷兮，紉秋蘭以爲佩」，「余既滋蘭之九畹兮，又樹蕙之百畝」，「時曖曖其將罷兮，結幽蘭而延佇」，「户服艾以盈要兮，謂幽蘭其不可佩」，「蘭芷變而不芳兮，荃蕙化而爲茅」，「覽椒蘭其若茲兮，又況揭車與江離」等。得見句，《遂昌山人雜録》：「（鄭思肖）平日喜畫蘭，疏花簡葉，不求甚工。其所自賦詩以題蘭，皆險異詭特。蓋所以輸寫其憤懣云。」後人題詠可以參看：「幽花間疏葉，孤生不成叢。翛然數筆間，遺恨自無窮。」所南翁，鄭思肖，年長張玉田七歲，尊稱爲「翁」。

〔二〕貞芳句：《孔子家語》：「且芝蘭生於深林，不以無人而不芳。」《拾遺記·後漢》附蕭綺録：「蘭桂可折，而不可掩其貞芳。」

【考辨】

前述《清平樂·題處梅家藏所南翁畫蘭》詞題别本作「所南翁詩書之暇，爲屈平寫真。一片古意，照耀心目。然不然，是不是，君其問賈長沙於湘水之濱」，正此詞題「楚子不作，蘭今安在。得見所南翁枝上數筆，斯可矣」之意，則此詞亦延祐元年（一三一四）前後寫於蘇州。

又 贈雲麓道人〔一〕

□□不了。都被紅塵老①。一粒粟中休道好〔二〕。弱水竟通蓬島〔三〕。孤雲漂泊難尋。如今却在□□。莫趁清風出岫，此中方是無心〔四〕。

【校記】

①都：龔本、曹本、寶書堂本作「多」。

【注釋】

〔一〕雲麓道人：玉田道友，生平不詳。

〔二〕一粒句：《五燈會元》卷八：「一粒粟中藏世界，二升鐺内煮山川。」

〔三〕弱水句：用仙境弱水繞海中鳳麟洲典。李白《古風》（其四八）：「但求蓬島藥，豈思農扈春。」

〔四〕孤雲四句：張喬《孤雲》：「舒卷因風何所之，碧天孤影勢遲遲。莫言長是無心物，還有隨龍作雨時。」

【集評】

高亮功：結語亦是規意。

又 題平沙落雁圖〔一〕

平沙流水。葉老蘆花未。落雁無聲還有字〔二〕。一片瀟湘古意。　扁舟記得幽尋。相尋只在寒林①。莫趁春風飛去，玉關夜雪猶深〔三〕。

【校記】

①寒林：底本、龔本、曹本、寶書堂本、許本、鮑本作「□□」，據《歷代詩餘》、四庫本、戈選、王刻補。

【注釋】

〔一〕平沙落雁：宋迪有瀟湘八景圖：瀟湘夜雨、洞庭秋月、山市晴嵐、漁村落照、江天暮雪、煙寺晚鐘、遠浦歸帆、平沙落雁。

〔二〕落雁句：謂雁群有長幼前後序列。

〔三〕莫趁二句：杜牧《早雁》：「須知胡騎紛紛在，豈逐春風一一回。莫厭瀟湘少人處，水多菰米岸莓苔。」温庭筠《定西蕃》：「千里玉關春雪，雁來人不來。」

【集評】

單學博：（「葉老」三句）刻畫。　又：（「莫趁」二句）多情人語。

許廷誥：刻畫。

邵淵耀：起處刻畫，結處深情人語。

高亮功：前段題面，後段從題前、題後寫出。

臨江仙①甲寅秋，寓吴，作墨水仙爲處梅吟邊清玩。時余年六十有七，看花霧中，不過戲縱筆墨，觀者出門一笑可也②〔一〕

翦翦春冰生萬壑③，和春帶出芳叢。誰分弱水洗塵紅〔二〕。低回金叵羅④〔三〕，約略玉玲瓏〔四〕。　昨夜洞庭雲一片，朗吟飛過天風〔五〕。戲將瑶草散虛空。靈根何處覓，只在此山中。

【校記】

①戈選杜批梅溪詞：「前後起句各七字，宋元人同用之體。」②戈選無「時余年」以下數句。《歷代詩餘》、王刻詞題作「墨水仙」。③生：底本、龔本、《歷代詩餘》、曹本、寶書堂本、許本、鮑本作「出」。陳蘭甫：「起處上『出』字誤。」朱校：「『出』字與下句連用，恐誤。」吴揩光：「『出』字作『消』字。」此據戈選、王刻改。④叵羅：《歷代詩餘》、戈選、王刻作「鑿落」。音譯，意同。

【注釋】

〔一〕甲寅七句：看花霧中，杜甫《小寒食舟中作》：「春水船如天上坐，老年花似霧中看。」出門一笑，用黄庭堅《王充道送水仙花五十枝欣然會心爲之作詠》句意。

〔二〕誰分句：塵紅，紅塵之倒。陳摶《詠水仙花》：「湘君遺恨付雲來，雖墮塵埃不染埃。」徐似道《水仙花二首》（之二）「天然初不事鉛華，此是無塵有韻花。」

〔三〕金叵羅：李白《對酒》：「蒲萄酒，金叵羅，吴姬十五細馬馱。」瞿蜕園、朱金城《李白集校注》：「叵羅，胡語，酒杯也。」用水仙花朵低重如酒杯典。

〔四〕約略：大致相似。

〔五〕昨夜二句：陳與義《詠水仙花五韻》：「吹香洞庭暖，弄影清晝遲。」吕巖《絶句》：「三入岳陽人不識，朗吟飛過洞庭湖。」

【集評】

單學博：「羅」字似作去聲，疑亦秦音，如杜、白詩。

許廷誥：「羅」字似作去聲，亦秦音。

高亮功：前段寫花之態，後段取花之神。

陳廷焯《別調集》卷二：筆筆超脱。

【考辨】

江昱按曰：「甲寅，元仁宗延祐九年。」孫按，此誤。甲寅爲延祐元年（一三一四）。張炎生於理宗淳祐八年（一二四八），本年六十七歲。

思佳客 題周草窗《武林舊事》

夢裏瞢騰説夢華。鶯鶯燕燕已天涯〔一〕。蕉中覆處應無鹿，漢上重來不見花①〔二〕。今古事，古今嗟。西湖流水響琵琶〔三〕。銅駝煙雨棲芳草〔四〕，休向江南問故家〔五〕。

【校記】

①重來：底本、曹本、許本、鮑本、王刻作「從來」，據龔本、寶書堂本改。

【注釋】

〔一〕夢裏二句：周密《武林舊事·自叙》：「乾道、淳熙間，三朝授受，兩家奉親，古昔所無。一時聲名文物之盛，號『小元祐』。豐亨豫泰，至寶祐、景定，則幾於政、宣矣。予曩於故家遺老得其梗概，及客修門間，聞退璫老監談先朝舊事，輒耳諦聽，如小兒觀優，終日夕不少倦。既而曳裾貴邸，耳目益廣，朝歌暮嬉，酣玩歲月，意謂人生正復若此，初不省承平樂事爲難遇也。及時移物換，憂患飄零，追想昔游，殆如夢寐，而感慨係之矣。歲時檀欒，酒酣耳熱，時爲小兒女戲道一二，未必不反以爲誇言欺我也。每欲萃爲一編，如吕滎陽《雜記》而加詳，孟元老《夢華》而近雅，病忘慵惰，未能成書。世故紛來，懼終於不暇紀載，因摭大概，雜然書之。青燈永夜，時一展卷，恍然類昨日事，而一時朋游淪落，如晨星霜葉，而余亦老矣。噫，盛衰無常，年運既往，後之覽者，能不興愾我寤嘆之悲乎！」遺民蔣捷、徐瑞各有詩詞可以參看，《南鄉子・塘門元宵》：「舊説夢華猶未了，堪嗟。纔百餘年又夢華。」《客談西湖舊事感而賦詩》：「錢塘一枕繁華夢，回首淒涼鬢欲絲。」瞢騰，形容模模糊糊，不知是夢是真。鶯鶯燕燕，此以歌兒舞女代指當年繁華。

〔二〕漢上句：雍陶《天津橋望春》：「翠輦不來金殿閉，宮鶯銜出上陽花。」

〔三〕西湖句：暗用王維《凝碧池》句意：「秋槐葉落空宮裏，凝碧池頭奏管弦。」

〔四〕銅駝句：用洛陽宮門銅駝將在荆棘中典。

〔五〕休向句：謝翱《梅花二首》（之一）可以參看：「春過江南問故家，孤根生夢半槎牙。」周密筆記中張氏作爲南宋望族特多記載。《武林舊事》卷一〇以半卷篇幅轉録張炎曾祖張鎡《張約齋賞心樂事》《約齋桂隱百課》，記其四季勝賞及園林之勝；又有《齊東野語》卷一五轉録張鎡《玉照堂梅品》，並加按語：「昔義山《雜纂》内有『殺風景』等語，今《梅品》實權輿於此。約齋，名鎡，字功父，循王諸孫。……予嘗得其園中亭榭名，及一歲游適之目，名《賞心樂事》者，已載之《武林舊事》矣。今止書其賞牡丹及此二則云。」周密「以故國文獻自任」，張炎閱此，不免感慨萬端。

【集評】

高亮功：黍離之感深矣，却無噍殺之音，故佳。

【考辨】

夏譜考得《武林舊事》成書於至元二十八年辛卯（一二九一）之前，詞作應是此年或稍後寫於杭州。

清平樂 別苗仲通〔一〕

柳間花外。日日離人淚。憶得樓心和月醉〔二〕。落葉與愁俱碎〔三〕。　如今一笑吴中。眼青猶認衰翁〔四〕。先泛扁舟煙水，西湖多定相逢〔五〕。

【注釋】

〔一〕苗仲通：楊維禎《苗氏備急活人方序》：「餘姚醫學録苗君仲通論著《備急活人方》，會萃諸家所載、祖父所傳、江湖所聞及親所經驗者，筆成一編。世有奇疾，醫經所不備，醫流所不識，獨得於神悟理會而著爲奇中之方，此其難也。」

〔二〕柳間三句：晏幾道《鷓鴣天》：「舞低楊柳樓心月，歌盡桃花扇底風。」秦觀《送陳太初道録》：「帶雲眠酒市，和月醉漁家。」

〔三〕落葉句：取意張先《碧牡丹》：「緩板香檀，唱徹伊家新製。怨入眉頭，斂黛峰横翠。芭蕉寒，雨聲碎。」抒寫少年歌板老來悲。

〔四〕眼青句：用阮籍能爲青白眼典。黄庭堅《登快閣》：「朱弦已爲佳人絶，青眼聊因美酒横。」

〔五〕多定：多半，大概。

【集評】

單學博：（「柳間」二句）將無以眼淚洗面乎？

【考辨】

詞作回憶與苗仲通在四明餘姚的交往，此寫再聚於吴中蘇州時，玉田已爲「衰翁」。詞寫於皇慶元年壬子（一三一二）六十五歲前後。

又 過金桂軒墳園〔一〕

□□晴樹。寒食無風雨〔二〕。記得當時游冶處。桂底一身香露。　神仙只在蓬萊。不知白鶴飛來。乘興飄然歸去〔三〕，瞋人踏破蒼苔〔四〕。

【注釋】

〔一〕金桂軒：蘇州人，與袁易爲至交。袁易《八聲甘州》題序有「僕與湯師言、金桂軒、張叔夏、唐月心諸君爲至交」之句，另有《聲聲慢·壽金桂軒，時有入道之意》《解連環·與金桂軒虎丘送春》。

〔二〕寒食：寒食節多有疾風甚雨，是祭掃墳塋的日子。

〔三〕神仙三句：曹唐《小游仙詩九十八首》有句曰：「淨掃蓬萊山下路，略邀王母話長生。」「焚香獨自上天壇，桂樹風吹玉簡寒。」「好是興來騎白鶴，文妃爲伴上重天。」

〔四〕瞋人句：「香露」意亦入此。毛滂《對巖桂一首寄曹使君》：「蒼苔忽生霜月裔，仙芬淒冷真珠蕚。娟娟石畔爲誰妍，香露著人清入膜。」僧寶磨詩：「只怪高聲喚不膺，嗔人踏破蒼苔色。」

【集評】

高亮功：末句是醒「過」字，却別有致。

【考辨】

此詞應是皇慶元年壬子（一三一二）或稍後寫於蘇州。

風入松久别曾心傳，近會於竹林清話，歡未足而離歌發，情如之何，因作此解，時至大庚戌七月也〔一〕

滿頭風雪昔同游。同載月明舟〔二〕。回來又續西湖夢，繞江南、那處無愁。嬴得如今老大，依然只是漂流。　故人翦燭對花謳。不記此身浮〔三〕。征衣冷落荷衣暖，徑雖荒、也合歸休。明□□□煙水，相思却在并州〔四〕。

【注釋】

〔一〕久别六句：曾心傳，曾遇，是玉田再次北游同行者之一。歡未足二句，《世説新語·任誕》：「桓子野每聞清歌，輒唤奈何。謝公聞之，曰：『子野可謂一往有深情。』」江淹《别賦》：「送君南浦，傷如之何。」至大庚戌，江昱按曰：「至大庚戌，元武宗至大三年。」

〔二〕滿頭二句：集中《壺中天·夜渡古黄河，與沈堯道、曾子敬同賦》有「扣舷歌斷，海蟾飛上孤白」，《木蘭花慢》有「嘆敝却貂裘，驅車萬里，風雪關河」，《長亭怨·歲庚寅，會吴菊泉於燕薊》有「記横笛、玉關高處。萬里沙寒，雪深無路」。

〔三〕故人二句：翦燭所謳者，應爲自創歌詞。袁易《八聲甘州》詞序有「叔夏於酒邊喜歌自製樂府」，鄧牧《山中白雲詞序》亦曰：「至酒酣浩歌，不改王孫公子藴藉。身外窮達，誠不足動其心，餒其氣與？」

〔四〕明□□□二句：曾氏蘇州華亭人，此玉田回望曾客之地蘇州爲故鄉也。

【集評】

單學博：玉田起手多駿邁超忽，如詩家所稱轉石萬仞也，結則剡溪歸櫂矣。

邵淵耀：起手多超邁，如詩家所稱轉石萬仞。

【考辨】

詞作寫於至大三年庚戌（一三一〇）初秋在宜興時，應繫於十首《漁歌子》之後。

漁歌子〔一〕張志和與余同姓，而意趣亦不相遠。庚戌春，自陽羨牧溪放舟過罨畫溪，作漁歌子十解，述古調也①〔二〕

丁卯灣頭屋數間②〔三〕。放船收盡一溪山。聊適興，且怡顏。問天難買是真閑〔四〕。

【校記】

①龔本、寶書堂本、王刻詞調下有「十解」二字。《歷代詩餘》無詞題。②丁卯：底本、龔本、曹本、寶書堂本、許本、鮑本作「□卯」，據《歷代詩餘》、四庫本、許廷諧校、王刻補。

【注釋】

〔一〕漁歌子：劉長卿《送處士歸州因寄林山人》：「儻宿荆溪夜，相思漁者歌。」

〔二〕張志和六句：張志和，《嘉泰會稽志》卷一四：「張志和，字子同，婺州金華人。居江湖，自稱煙波釣徒。著書號《玄真子》，亦以自號。兄鶴齡，恐其遁世，爲築室越州東郭，茨以生草，椽棟不施斤斧，豹席棕屬。每垂釣不設餌，志不在魚也。觀察使陳少游往見，爲終日留。表其居曰『玄真坊』。以門隘，爲買地，大其閎，號回軒巷。志和善圖山水，或擊鼓吹笛，舐筆輒成。嘗撰《漁歌》。憲宗圖真求其歌，不能致。李文饒稱志和『隱而有名，顯而無事，不窮不達，嚴光之比』云。」《太平廣記》卷二七：「玄真子，姓張，名志和。會稽山陰人也。博學能文，擢進士第。善畫，飲酒三斗不醉。……真卿爲湖州刺史，與門客會飲，乃唱和爲《漁父詞》。其首唱即志和之詞。曰：『西塞山邊白鳥飛。桃花流水鱖魚肥。青箬笠，緑簑衣，斜風細雨不須歸。』真卿與陸鴻漸、徐士衡、李成矩共和二十五首，遞相誇賞。」與余同姓，玉田曾祖張鎡《夜坐放歌書興》亦有句曰：「古來霅水足高人，吾宗首説玄真子。都緣抱負經濟才，有口挂壁常懶開。」陽羨、罨畫溪，江昱疏證：「《宜興縣志》：宜興縣，吴荆溪地，秦置陽羨。又，東渚溪在縣東南三十六里，舊稱兩岸多藤花，春時照映水中，青緑可愛，故亦名罨畫。」《江南通志》卷一三：「東瀉溪，在荆溪縣東南三十六里。陸希聲《頤山録》謂山前百餘步，衆流合而東，故名。舊稱兩岸多藤花，春時照映水中，青緑可愛，故亦名罨畫溪，一名五雲溪。」

〔三〕丁卯灣頭：宜興有湖汊灣頭。《嘉慶增修宜興縣舊志》卷一：「湖汊渚，一名湖洑，在縣東南四十里。匯東南諸山澗，流至湖汊鎮，始通舟。又東爲罨畫溪，過蜀山，其東流入太湖，其北流入東溪。東南又有石蘭渚，即蘭山港，列諸瀆中。潼渚、張渚、湖汊渚皆載《咸淳志》。」

〔四〕問天句：杜甫《曲江三章（章五句）》：「自斷此生休問天，杜曲幸有桑麻田，故將移住南山邊。」

【集評】

單學博：不用一錢買，又萬黄金不能買也。

邵淵耀：清遠閑雅，志和有嗣音矣。不用一錢買，又萬黄金不能買也。

高亮功：「放船」句，蕭中孚云「清迥」，予亦曰奇警。

【考辨】

與以下十詞皆寫於至大三年庚戌（一三一〇）春在宜興時。

又

□□□□□溪流。緊繫籬邊一葉舟〔一〕。沽酒去，閉門休。從此清閑不屬鷗〔二〕。

【注釋】

〔一〕□□二句：皎然《喜義興權明府自君山至集陸處士羽青塘别業》：「最賞無事心，籬邊釣溪近。」

〔二〕從此句：李白《過崔八丈水亭》：「閑隨白鷗去，沙上自爲群。」黄庭堅《演雅》：「江南野水碧於天，中有白鷗閑似我。」

【集評】

單學博：鷗猜耶？妬耶？否也。

【考辨】

寫於至大三年庚戌（一三一〇）春在宜興時。

又

□□□□白雲多。童子貪眠枕緑蓑。莞爾笑〔一〕，浩然歌〔二〕。奈此蕭蕭落葉何〔三〕。

【注釋】

〔一〕莞爾笑：《楚辭·漁父》：「漁父莞爾而笑，鼓枻而去，乃歌曰：『滄浪之水清兮，可以濯吾纓。滄浪之水濁兮，可以濯吾足。』」兼用《論語·陽貨》「夫子莞爾而笑」典。亦暗用《論語·先進》：「暮春者，春服既成，冠者五六人，童子六七人，浴乎沂，風乎舞雩，詠而歸。」莞爾，微笑貌。

〔二〕浩然歌：《孟子·公孫丑下》：「夫出晝，而王不予追也，予然後浩然有歸志。」朱熹集注：「浩然，如水之流不可止也。」

〔三〕奈此句：連久道《清平樂·漁父》：「落葉亂風和細雨。撥棹不如歸去。」

【集評】

單學博：十解清遠閑雅，志和後有嗣音，豈非韻事。

【考辨】

寫於至大三年庚戌（一三一〇）春在宜興時。

又

□□□半樹梅。捲簾一色玉蓬萊〔一〕。宜嘯詠，莫徘徊①。乘興扁舟好去來〔二〕。

【校記】

①夏敬觀：「『梅』『徊』，戈入『支』。」

【注釋】

〔一〕□□二句：趙蕃《梅花十絶句》（之八）：「十里荆溪溪上梅，故人幾日寄詩來。」陸希聲《陽羨雜詠十九首》有《梅花塢》一首。林逋《梅花》：「雪後園林纔半樹，水邊籬落已横枝。」

〔二〕宜嘯詠三句：用王子猷雪夜訪戴典，見前引《世説新語·任誕》。

【考辨】

寫於至大三年庚戌（一三一〇）春在宜興時。

又

□□□□□子同。更無人識老漁翁①。來往事，有無中。却恐桃源自此通〔一〕。

【校記】

①識：曹本、許本、鮑本、王刻作「説」。

【注釋】

〔一〕却恐句：《嘉慶增修宜興縣舊志》卷一：「張渚，一名桃溪，一名章溪，一作張溪，在縣西南七十里。」陸希聲《陽羨雜詠十九首·桃花谷》：「君陽山下足春風，滿谷仙桃照水紅。何必武陵源上去，澗邊好過落花中。」

【集評】

單學博、許廷詰：（結處）翻。

邵淵耀：翻新。

【考辨】

寫於至大三年庚戌（一三一〇）春在宜興時。

又

□□□□□求魚。釣不得魚還自如〔一〕。塵事遠，世人疏。何須更寫絶交書〔二〕。

【注釋】

〔一〕□□二句：寫志和垂釣志不在魚，已見前注。兼用姜太公典。《説苑》：「吕望年七十，釣於渭渚。三日三夜，魚無食者。」

〔二〕塵事三句：嵇康有《與山巨源絶交書》，表明了與入仕新朝的山濤絶交的態度。意思是漁父不對塵世是非表達鮮明態度，其實就是一種態度。

【集評】

單學傅：身分始高，結亦透進一層法。

許廷誥：透一層。

邵淵耀：透過一層，身份絶高。

【考辨】

寫於至大三年庚戌（一三一〇）春在宜興時。

又

□□□□濯塵纓〔一〕。嚴瀨磻溪有重輕〔二〕。多少事，古今情。今人當似古人清。

【注釋】

〔一〕濯塵纓：此寫荆溪水清可以洗濯塵世俗念。

〔二〕嚴瀨句：嚴瀨，嚴陵瀨釣磯，在富春江上。磻溪，在陝西，姜太公釣處。李石《續博物志》卷八：「汲縣舊汲郡，有石夾水爲磻溪，太公釣處，有太公泉、太公廟。」《符子·方外》：「太公涓釣於隱溪，五十有六而未嘗得一魚，魯連聞而觀焉。太公涓跽而隱崖，不餌而釣，仰詠俯吟，暮則釋竿。其膝所處若背，其跗觸崖若路。魯連曰：『釣，本所以在魚，無魚何釣？』太公曰：『不見康王父之釣耶？涉蓬萊釣巨海，摧岸投綸五百年矣，未嘗得一魚。方吾猶一朝耳。』」喻鳧《夏日因懷陽羨舊游寄裴書記》：「樹及長橋盡，灘迴七里迷。」即此調第一首所引李德裕所評「嚴子陵之比」。

【集評】

單學博：慨乎其言之。

邵淵耀：慨乎言之。

【考辨】

寫於至大三年庚戌（一三一〇）春在宜興時。

又

□□□□□浮家〔一〕。篷底光陰鬢未華。停短棹，艤平沙①。流來恐是杏壇花〔二〕。

【校記】

①艤：龔本、曹本、寶書堂本、鮑本、王刻作「艨」。許本作「檥」。朱校：「原本『艤』作『艨』。從王刻。」孫按：「今見王刻亦作『艨』。」

【注釋】

〔一〕□□句：用張志和得漁舟，沿泝江湖浮家泛宅典。

〔二〕流來句：王維《田園樂》：「杏樹壇邊漁父，桃花源裏人家。」

【考辨】

寫於至大三年庚戌（一三一〇）春在宜興時。

又

□□□□□孤村。路隔塵寰水到門〔一〕。斜照散，遠雲昏。白鷺飛來老樹根〔二〕。

【注釋】

〔一〕路隔句：南唐潘佑殘句：「荆溪百里水涵空。」

〔二〕老樹根：釋文珦《荒徑》：「老樹根流髓，重崖石長膏。」

【集評】

單學博：如畫。

邵淵耀：句中有畫。

【考辨】

寫於至大三年庚戌（一三一〇）春在宜興時。

又

□□□年酒半酣。知魚知我靜中參〔一〕。峰六六，徑三三〔二〕。此懷難與俗人談〔三〕。

【注釋】

〔一〕知魚句：用《莊子·秋水》典。

〔二〕峰六六二句：《歷代詩話》卷二四：「古人多言三三美人。夫三三則六，而六六則爲三十六矣。」晁以道《聞叔易隱居被召》：「故山巖壑應惆悵，六六峰前只一家。」楊萬里《三三徑》：「東園新開九徑，江梅、海棠、桃、李、橘、杏、紅梅、碧桃、芙蓉九種花木，各植一徑，命曰三三徑。」

〔三〕此懷句：《唐才子傳》卷四：「殷堯藩，秀州人。天性簡靜，眉目如畫。工詩文，耽丘壑之趣。嘗曰：吾一日不見山水，與俗人談，便覺胸次塵土堆積，急呼濁醪澆之，聊解穢耳。」

【考辨】

寫於至大三年庚戌（一三一〇）春在宜興時。

一翦梅 季秋得杏花一枝，其色類梅，清奇標致，殊可愛也①

鬧蕊驚寒減艷痕②〔一〕。蜂也消魂。蝶也消魂③〔二〕。醉歸錯認月黃昏④〔三〕。知是花村。知是前村⑤〔四〕。留得閑枝葉半存⑥。好似桃根。不似桃根〔五〕。小樓昨夜雨聲渾〔六〕。春到三分。秋到三分〔七〕。

【校記】

①諸本無詞題。此據《天機餘錦》，然「奇」作「寄」，以形近訛，徑改。②鬧：諸本作「閟」，惟《詞譜》作「剩」，義均不通。據晏殊《臨江仙》：「風吹梅蕊鬧，雨細杏花香。」沈繼祖《杏花村》：「杏破繁枝春意鬧，牙盤堆實薦時新。」知爲「鬧」之形訛，徑改。③也：《天機餘錦》作「已」。④醉歸句：諸本作「醉歸無月傍黃昏」，此據《天機餘錦》，徑改誤字「忍」作「認」字。⑤知是二句：《天機餘錦》作「知是前村，知是後村」。劉榮平《校證》：「此是表選擇之疑問句，似以《天機餘錦》爲

是。」《詞譜》作「知是花村，不是花村」。⑥閑枝：《天機餘錦》作「枝頭」。

【注釋】

〔一〕鬧蕊句：因杏花「類梅」，又因色紅如無葉之桃，故而兼用梅花、桃花語典。

〔二〕蜂也二句：林逋《山園小梅二首》（之一）：「霜禽欲下先偷眼，粉蝶如知合斷魂。」又，《杏花》：「偎柳傍桃斜欲墜，等鶯期蝶猛成團。」

〔三〕醉歸句：李商隱《杏花》：「幾時辭碧落，誰伴過黃昏。」石延年《紅梅》：「認桃無緑葉，辨杏有青枝。」並用林逋「暗香浮動月黃昏」句意。

〔四〕知是二句：花村指杏花，前村指梅花。

〔五〕留得三句：暗用桃葉、桃根典。李商隱《杏花》：「終應催竹葉，先擬詠桃根。」

〔六〕小樓句：陸游《臨安春雨初霽》：「小樓一夜聽春雨，深巷明朝賣杏花。」

〔七〕春到二句：蘇軾《臨江仙》：「九十日春都過了，貪忙何處追遊。三分春色一分愁。」點出秋杏。

南鄉子 許芳所別業①〔一〕

野色一橋分。活水流雲直到門〔二〕。落葉堆籬從不掃②，開尊。醉裏教兒誦楚文③〔三〕。

隔斷馬蹄痕〔四〕。商鼎熏花獨自聞〔五〕。吟思更添清絕處，黃昏。月白枝寒雪滿村④〔六〕。

【校記】

①底本、《天機餘錦》、龔本、曹本、寶書堂本、汪鈔本、許本、鮑本、王刻無詞題。此據水竹居本、石村書屋本、明吴鈔。②堆：《天機餘錦》作「繞」。水竹居本、石村書屋本、明吴鈔、汪鈔本、王刻作「擁」。③誦：水竹居本、石村書屋本、明吴鈔、汪鈔本作「讀」。④枝寒：《天機餘錦》、水竹居本、明吴鈔、王刻作「寒枝」。石村書屋本作「寒林」。村：《天機餘錦》作「門」。

【注釋】

〔一〕許芳所：許應旂。生平不詳。

〔二〕野色二句：劉一止《次韻宋希仲侍郎見貽一首》：「野色分橋山帶邑，晚雲藏寺水黏天。」馮時行《雨中書事》：「山山霞没江喧枕，樹樹鳩鳴雲到門。」

〔三〕開尊二句：秦觀《秋日三首》（之二）：「月團新碾瀹花瓷，飲罷呼兒課楚詞。」楚文，此特指《楚辭》。

〔四〕隔斷句：李賀《始爲奉禮憶昌谷山居》：「掃斷馬蹄痕，衙回自閉門。」

〔五〕商鼎句：謂古雅器皿中的插枝梅花香氣襲人。

〔六〕吟思三句：用林逋《山園小梅》詩意，兼用前村深雪梅花典。

【集評】

許昂霄：名句。

單學博：世間如有此地有此人，吾願日與之游。

邵淵耀：世間有此地，吾願散晨夕。

高亮功：樂笑翁亦有此樂境耶？此種福分，恐非風塵羈旅人所有也。 起數句如畫，文韻似趁，「醉裏教兒誦楚詞」本秦淮海句。

【考辨】

郭畀《雲山日記》卷上：「二十四日晴，客杭。……是日，遇牟學甫、宗壽卿、徐君美、袁義甫、楊廷秀、丹徒宣差狄仁卿、田君美、蔡宣使、許芳所（應旂）。」宣差是皇帝派遣的使者或差役，此未知其職位尊卑。

清平樂 過吳中見屠存博遞詩，有懷其人①〔一〕

五湖一葉②。風浪何時歇③。醉裏不知花影別④。依舊空山明月。 夜深鶴怨歸遲⑤。此時那處堪歸⑥。門外一株楊柳⑦，折來多少相思〔二〕。

【校記】

①底本、龔本、曹本、寶書堂本、許本、鮑本詞題作「過吳見屠存博近詩，有懷其人」。龔本、曹本、寶書堂本、許本、鮑本注「別本『屠』作『吳』」。石村書屋本、汪鈔本、王刻同。《天機餘錦》《歷代詩餘》無題。此據水竹居本、明吳鈔。 ②夏敬觀：「『葉』，閉口韻。」 ③時：水竹居本、石村書屋本、明吳

鈔、汪鈔本、王刻作「曾」。④裏：水竹居本、石村書屋本、明吴鈔、汪鈔本、王刻作「夢」。⑤鶴怨：水竹居本、石村書屋本、明吴鈔、汪鈔本、王刻作「獨鶴」。⑥那：《天機餘錦》、水竹居本、石村書屋本、明吴鈔、汪鈔本、王刻作「何」。⑦株：《天機餘錦》作「枝」。

【注釋】

〔一〕江昱疏證：「朱存理《鐵網珊瑚·夜山圖跋》：約字存博，號月汀，杭人。嘗作教授。以詩名。戴表元《剡源集》：杭人有文者，仇遠仁近、白珽廷玉、屠約存博、張楧仲實、孫晉康侯、曹良史之才、朱棻文芳。袁桷《清容居士集·送屠存博分教溧水》：『海内文名三十年，青衫初映彩衣鮮。積薪未許論工拙，拾級那能較後先。鱣舍談經周禮樂，鷁舟臨賦晉山川。春風無限分攜意，目斷楊花緑水邊。』楊載《仲弘集·送屠存博》：『君往金陵郡，於余亦有聞。海環平野盡，山出大江分。未召元司馬，誰憐鄭廣文。自今師道立，章薦必紛紛。』『江左知名士，惟君德最淳。明經初試吏，食禄可榮親。矯矯能違世，棲棲直爲貧。朝廷求俊乂，未易捨斯人。』」遞詩，猶言「遞詩筒」，郵寄詩作。

〔二〕依舊四句：與《聲聲慢·都下與沈堯道同賦》「空教故林怨鶴，掩閑門、明月山中」同義，孔稚圭《北山移文》：「使我高霞孤映，明月獨舉。……至於還飆入幕，寫霧出楹，蕙帳空兮夜鶴怨，山人去兮曉猿驚。」駱賓王《宿仙莊》：「獨此他鄉夢，空山明月秋。」兼用張緒楊柳當家典故。

【集評】

陳蘭甫：此是自述，不似懷人。

【考辨】

戴表元《送屠存博之婺州教序》：「今之君子，其仕者既無以心服不仕之民，而不仕者至於無以自容其身，今古之不齊，與其俗之靜躁，人之治亂，如斯而已矣。杭有吾黨屠君約，字存博，學古人之道，而其材能爲今人之所難能，生於紛囂，長於豪華，而闔門哦書，耳目不亂。取所得於書之清切雄快者，發之於歌謡，布之於翰墨，有騷人貞士之趣。年四十矣，當路數授之以官，翱翔而不就。迨於今兹，又板之爲婺學正，始拜而行。」屠存博任婺州之後，還曾任溧水、徽州教授。詞云「鶴怨歸遲」，應寫於赴任教授之後。其赴溧水任在仇遠任溧陽期間，仇遠有《屠存博教授赴溧水任留飲寓舍》：「只隔山中一日程，書船暫泊溧陽城。儒冠喜見賢翁季，道眼相看老弟兄。酒量吞江涼更闊，蟬聲送客晚争鳴。青衫肯爲琵琶濕，笑向天涯看月明。」又有《寄屠存博》：「及瓜將得葵邱代，存菊須尋栗里歸。見説中山屠博士，鄉心也趁白雲飛。」仇山村年長張玉田一歲，據仇詩知與屠存博年齒相仿，仇遠任溧陽時與屠約晤面，期待任職期滿，二人同賦歸與。玉田大德九年（一三〇五）、大德十年（一三〇六）游溧陽，期間或與存博交游。其游溧陽、金陵後歸吴，直到至大元年（一三〇八）皆在蘇州，詞有「鶴怨歸遲」之語，應是至大元年前後寫於蘇州。

柳梢青 清明夜雪

一夜凝寒，忽成瓊樹，换却繁華〔一〕。因甚春深，片紅不到，緑水人家。眼驚白晝天涯。

空望斷、塵香鈿車〔二〕。獨立回風①，東闌惆悵②，莫是梨花〔三〕。

【校記】

①回：《歷代詩餘》、戈選、王刻作「東」。　②東：《歷代詩餘》、王刻作「曲」。戈選作「回」。

【注釋】

〔一〕一夜三句：岑參《白雪歌送武判官歸京》：「忽如一夜春風來，千樹萬樹梨花開。」瓊樹，此形容樹枝被白雪覆蓋。謝惠連《雪賦》：「庭列瑶階，林挺瓊樹。」繁華，此指春天繁密的花朵。

〔二〕眼驚三句：歐陽修《采桑子》：「清明上巳西湖好，滿目繁華。争道誰家。緑柳朱輪走鈿車。」謂夜雪如晴晝，但無踏青游女乘坐裝飾華美的帷車而來。

〔三〕獨立三句：反用蘇軾《東闌梨花》詩意：「惆悵東闌一株雪，人生看得幾清明。」回風，（雪花飄舞的）旋風。

【集評】

高亮功：收句有風情。

南歌子①陸義齋燕喜亭②〔一〕

窗密春聲聚③，花多水影重④〔二〕。只留一路過東風⑤。圍得生香不斷、錦熏籠〔三〕。

月地連金屋，雲樓瞰翠蓬〔四〕。惺忪笑語隔簾櫳⑥〔五〕。知是誰調鸚鵡、柳陰中〔六〕。

【校記】

①《天機餘錦》詞調作《南柯子》。自注：「即《南歌子》。」②水竹居本、石村書屋本、明吴鈔、《詞綜》、汪鈔本無詞題。《歷代詩餘》、王刻作「燕喜亭」。③窗密：水竹居本、石村書屋本、明吴鈔、汪鈔本作「密窗」。《詞綜》作「葉密」。④水：水竹居本、石村書屋本、明吴鈔、《詞綜》、汪鈔本、王刻作「瘦」。⑤過：《天機餘錦》作「著」。⑥笑語：水竹居本、石村書屋本、明吴鈔、汪鈔本作「語笑」。

【注釋】

〔一〕陸義齋燕喜亭：玉田友人陸垕園中亭榭之名。陸文圭《陸莊簡公家傳（代其子鏞作）》：「既抵家，乃營舊圃，按行松菊，建閑居堂、燕喜亭。」

〔二〕花多句：杜甫《春夜喜雨》：「曉看紅濕處，花重錦官城。」

〔三〕只留三句：王嘉《拾遺記》：「孫亮作緑琉璃屏風，甚薄而瑩澈，每於月下清夜舒之。……使（愛姬）四人坐屏風内，而外望之，了如無隔，惟香氣不通於外。」謂花木中僅留春風吹過的窄徑，如圍屏不透露香氣，又如姹紫嫣紅的熏香竹籠。

〔四〕月地二句：蘇軾《次韻楊公濟奉議梅花十首》（之四）：「月地雲階漫一樽，玉奴終不負東昏。」姜夔詠梅《疏影》：「莫似春風，不管盈盈，早與安排金屋。」

〔五〕惺忪句：晏幾道《醜奴兒》：「鶯語惺忪，似笑金屏昨夜空。」

〔六〕知是二句：竇鞏《少婦詞》：「昨來誰是伴，鸚鵡在簾櫳。」李賀《秦宮詩》：「禿襟小袖調鸚鵡，紫繡麻鞋踏哮虎。」

【集評】

單學博：起十字何減六朝人，第三句總承尤妙。

許廷誥：第三句總承尤妙。

邵淵耀：俊句不讓六朝，三語總承猶妙。

高亮功：蕭中孚云：「『窗密』二句，情景俱得。」收二句，駘蕩有致。

陳廷焯《雲韶集》卷九：起十字靜細，淺情人道不出。（結三句）婉麗。

【考辨】

據邱鳴皋《關於張炎的考索》，張炎與陸垕交游在大德六年（一三〇二），詳《清波引·橫舟是時以湖湘廉使歸》【考辨】。

青玉案 閑居①〔一〕

萬紅梅裏幽深處②。甚杖屨〔二〕③、來何暮。草帶湘香穿水樹④。塵留不住。雲留却住⑤。壺内藏今古。　獨清懶入終南去〔三〕。有忙事、修花譜〔四〕。騎省不須重作賦〔五〕。園中成趣〔六〕。琴中得趣⑥〔七〕。酒醒聽風雨〔八〕。

【校記】

①《歷代詩餘》無詞題。 ②梅：《天機餘錦》、水竹居本、石村書屋本、明吴鈔、王刻作「海」。深：王刻作「閑」。 ③杖屨：《天機餘錦》作「枝履」。《詞律》、王刻作「杖履」。 ④草帶：《天機餘錦》作「帶草」。水：《天機餘錦》、王刻作「小」。 ⑤留却：石村書屋本、明吴鈔、汪鈔本作「不留」。王刻作「留不」。 ⑥得：水竹居本、石村書屋本、明吴鈔、汪鈔本、王刻作「成」。

【注釋】

〔一〕閑居：陸垕「閑居堂」。陸文圭《陸莊簡公家傳（代其子鏞作）》：「堂後古梅數十株，苔幹槎牙，築臺其上。本心文公書其扁曰『天與清香』。」

〔二〕杖屨：蘇軾《寄題刁景純藏春塢》：「年抛造物陶甄外，春在先生杖屨中。」杜甫《詠懷二首》之二：「南爲祝融客，勉强親杖屨。結託老人星，羅浮展衰步。」

〔三〕獨清句：謂陸垕如梅高潔，無須歸隱終南山。

〔四〕有忙事二句：姜夔《側犯·詠芍藥》：「後日西園，緑陰無數。寂寞劉郎，自修花譜。」

〔五〕騎省句：潘岳《秋興賦序》中有「寓直於散騎之省」之句，騎省，官署名。此代指潘岳。潘岳有《閑居賦》。

〔六〕園中句：陶潛《歸去來兮辭》有「園日涉以成趣」。

〔七〕琴中句：《晉書·隱逸傳》：「（陶潛）性不解音，而畜素琴一張，弦徽不具。每朋酒之會，則撫而和之。曰：『但識琴中趣，何勞弦上聲。』」

〔八〕酒醒句：此謂聽取自然之音作曲。用聽風聽雨典。

【集評】

單學博、許廷誥：句法。

邵淵耀：結句法。

高亮功：蕭中孚云：「卷一《憶舊游》云『休説神仙事，便神仙縱有，即是閑人』，此又云『獨清懶入終南去，有忙事、修花譜』，知玉田生不信神仙之説。」「騎省」句，蓋翻潘岳《閑居賦》也。

陳蘭甫：「甚」，即何也。

夏敬觀：玉田詞流麗清暢，可謂能事盡矣。然終欠沈著，亦坐此病。周止庵謂其「只在字句上著功夫，不肯換意」。誠然，誠然。

闕名：案玉田有《樂府指迷》二卷，載秦敦夫太史所刻《詞學叢書》中。上卷論音律，下卷論詞，頗多精确之論。

【考辨】

據邱鳴皋《關於張炎的考索》，張炎與陸垕交游在大德六年（一三〇二），詳《清波引·橫舟是時以湖湘廉使歸》【考辨】。

山中白雲詞箋證　補遺

臺城路 歸杭

當年不信江湖老，如今歲華驚晚〔一〕。路改家迷，花空蔭落①，誰識重來劉阮。殊鄉頓遠。甚猶帶羈懷，雁淒蛩怨。夢裏忘歸，亂浦煙浪片帆轉。　閑門休嘆故苑②。杖藜游冶處，蕭艾都遍〔二〕。雨色雲西，晴光水北〔三〕，一洗悠然心眼。行行漸懶。快料理幽尋，酒瓢詩卷。賴有湖邊，舊時鷗數點〔四〕。

【校記】

①花空：吴本作「花共」。　②閑門：《全宋詞》、吴本作「閉門」。此據錢良祐《詞源跋》、王刻。

【注釋】

〔一〕歲華驚晚：蘇軾《高郵陳直躬處士畫雁二首》（之二）：「我衰寄江湖，老伴雜鵝鴨。」虞儔《除夜書懷》：「歲華驚晚暮，吾道恐蹉跎。」

〔二〕蕭艾都遍：《楚辭·離騷》：「何昔日之芳草兮，今直爲此蕭艾也。」

〔三〕雨色二句：蘇軾《飲湖上初晴後雨》：「水光瀲灧晴方好，山色空濛雨亦奇。」

〔四〕賴有二句：此指錢良祐、方子仁、張伯雨等志同道合的杭州隱者。

【考辨】

錢良祐《詞源跋》：乙卯歲，玉田張君寓錢塘縣之學舍，與方子仁、張伯雨往還，賦《臺城路》詞。此詞寫於乙卯即延祐二年（一三一五）。

菩薩蠻①曉行西湖邊

霜花鋪岸濃如雪。田間水淺冰初結。林密亂鴉啼。山深雁過稀②〔一〕。　風恬湖似鏡〔二〕。冷浸樓臺影〔三〕。梅不怕隆寒。疏葩正耐看〔四〕。

【校記】

①録自《永樂大典》卷二千二百六十五「湖」字韻。②過：吴本作「返」。

【注釋】

〔一〕霜花四句：歐陽修《歲暮書事》：「歲熟鴉聲樂，天寒雁過稀。」

〔二〕風恬句：《金樓子》卷一：「行途未遠，便波恬風息。」

〔三〕冷浸句：楊億《上元》：「天碧銀河欲下來，月華如水浸樓臺。」

〔四〕梅不怕二句：馬臻《墨梅》可以參看：「疏葩結冷光，素質凝古色。」《三國志·魏志·王昶傳》：「朝華之草，夕而零落；松柏之茂，隆寒不衰。」

【考辨】

此詞寫於延祐二年(一三一五)歸杭之後。

尾犯①

山庵有梅古甚,老僧云:此樹近百年矣。余盤礴花下,竟日忘歸,因有感於孤山,爲賦此調〔一〕

一白受春知〔二〕。獨愛老來,疏瘦偏宜〔三〕。古月黄昏,許松竹相依〔四〕。□暈蘚②、枯槎半折,影浮波、渴龍倒窺〔五〕。歲華凋謝,水邊籬落,雪後忽横枝〔六〕。百花頭上立〔七〕,且休問、向北開遲〔八〕。老了何郎,不成便無詩〔九〕。惟只有、西州倦客〔一〇〕,怕説著、西湖舊時。難忘處,放鶴山空人未歸〔一一〕。

【校記】

①録自《永樂大典》卷二千八百零八「梅」字韻。②《永樂大典》《全宋詞》無「□」,據吴本補。

【注釋】

〔一〕山庵七句:此應承載家族藝植古梅的記憶。《齊東野語》卷一五載玉田曾祖張鎡《玉照堂梅品》:「淳熙歲乙巳,予得曹氏荒圃於南湖之濱,有古梅數十,散漫弗治。爰輟地十畝,移種成列。增取西湖北山别圃江梅,合三百餘本,築堂數間以臨之。又挾以兩室,東植千葉緗梅,西植紅梅,各一二十章,前爲軒楹如堂之數,花時居宿其中,瑩潔輝映,夜如珂月。因名曰『玉照』。」古梅枝上有苔蘚,也稱苔梅。盤礴,徘徊。

〔二〕一白句：形容紅梅開放。周密《齊天樂》序曰：「紫霞翁開宴梅邊，謂客曰：梅之初綻，則輕紅未消；已放，則一白呈露。古今詩賞，不出香白，顧未及此，欠事也。」

〔三〕獨愛二句：《范村梅譜後序》：「梅以韻勝，以格高，故以横斜疏瘦與老枝怪奇者爲貴。」

〔四〕古月二句：用林逋《山園小梅》「疏影」一聯句意。元代吴澄《松友説》：「世俗亦以松竹梅爲歲寒三友。」

〔五〕□暈蘚四句：《寶慶會稽續志》（卷四）：「古梅，會稽、餘姚皆有之。老榦奇怪而緑蘚封枝，苔絲四垂。疏花點綴，極爲可愛，他處所未見也。俞亨宗詩云：『疏疏瘦蕊含清馥，矯矯虬枝綴碧苔。疑是髯龍離雪殿，蒼鱗遥駕玉妃來。』」暈蘚，苔蘚的緑痕。渴龍，謂水邊梅枝矯健如龍渴欲飲。姜夔《卜算子》：「路出古昌源，石瘦冰霜潔。折得青鬚碧蘚花，持向人間説。」自注：「越之昌源古梅妙天下。」蕭德藻《古梅二首》（之一）：「百千年蘚著枯樹，三兩點春供老枝。」

〔六〕水邊二句：林逋梅詩：「雪後園林纔半樹，水邊籬落忽横枝。」

〔七〕百花句：《宋朝事實類苑》卷三七所引《魏王語録》載王曾《早梅詩》：「雪中未論和羹事，且向百花頭上開。」

〔八〕向北開遲：用大庾嶺梅花南枝已落北枝始開典。

〔九〕老了二句：杜甫《和裴迪登蜀州東亭送客逢早梅相憶見寄》：「東閣官梅動詩興，還如何遜在揚州。」姜夔《暗香》：「何遜而今漸老，都忘却、春風詞筆。」

〔一〇〕西州：此應以揚州代指賞梅地。《至大金陵新志》卷一二（上）：「西州城，即古揚州城。漢揚州治曲阿，晉永嘉中遷於建康，王敦始爲建康，創立州城，即此城也。」

〔一一〕怕説著四句：用林逋隱居孤山植梅畜鶴典。

【考辨】

《永樂大典》張炎此詞前録張煒《芝田小集》：「泉石照幽質，冰霜締深盟。虯枝走枯健，鱗葩綴輕盈。色潔時所妒，香淡詩同清。寥寥孤山下，開謝誰關情。」詩詞意有相通，或爲張炎、張煒爲兄弟行之佐證。

祝英臺近①爲自得齋賦〔一〕

水空流，心不競〔二〕，門掩柳陰早。芸暖書薌〔三〕，聲壓四檐悄〔四〕。斷塵飛遠清風，人間醒醉，任蝶夢、何時分曉〔五〕。　古音少。素琴久已無弦，俗子未知道〔六〕。聽雨看雲，依舊靜中好。但教春氣融融，一般意思，小窗外、不除芳草〔七〕。

【校記】

①録自《永樂大典》卷二千五百三十六「齋」字韻。

【注釋】

〔一〕自得齋：疑爲林月仲齋名。

〔二〕水空二句：杜甫《江亭》：「水流心不競，雲在意俱遲。」

〔三〕芸暖書薌：芸，辟書蠹的香草。《爾雅翼》卷二：「仲冬之月，芸始生。芸，香草也。謂之芸蒿，似邪蒿而香，可食。其莖幹婀娜可愛，世人種之中庭。」《夢溪筆談》卷三：「古人藏書辟蠹用芸。芸，香草也。今人謂之『七里香』者是也。葉類豌豆，作小叢生，其葉極芬香，秋後葉間微白如粉污，辟蠹殊驗。」薌，通「香」。

〔四〕聲壓句：韓愈《送諸葛覺往隨州讀書》：「鄴侯家多書，插架三萬軸。一一懸牙籤，新若手未觸。」蘇軾《書軒》：「雨昏石硯寒雲色，風動牙籤亂葉聲。」

〔五〕斷塵四句：用莊子夢迷蝴蝶典。

〔六〕古音三句：用陶潛無弦琴典。

〔七〕但教四句：朱熹《伊洛淵源録》卷一：「周茂叔窗前草不除去。問之，云：『與自家意思一般』。」

【考辨】

黄箋：自得齋：元嘉禾葉廣居書齋名。

孫按：據徐伯齡《雨窗翁生志》《葉龍溪詩》及厲鶚《東城雜記·葉居仲》，知葉志信（字伯遜，號雨窗）生於寶祐丁巳（一二五七），其孫葉廣居（字居仲，號自得齋）生於元貞三年（一二九七）前後。至正乙酉（一三四五）「居杭新門之東里教授」時，近五十歲；「元末爲江浙儒學副提舉」時，近七十歲。交游楊鐵崖即楊維楨，生卒年爲一二九六年至一三七〇年，也可以互證活動時期。前考至治元年（一三二一）是張炎謝世時間的下限，葉廣居結識張炎只能在二十四、五歲之前。然玉田此詞顯示，贈主已經處於隱居狀態，顯然與該詞贈主的事跡不相吻合。此「自得齋」應非葉廣居。

今考宋末著名理學家林希逸的族弟也寓自得齋。林希逸有《月仲弟重九日慶七十》詩：「自得齋中得樂全，對牀白髮者希年。尚平債了閑無事，洛社交多譽獨賢。女嫁比鄰來往密，醉忘巾櫛起居便。紫薇舊伴今如夢，喜插黄花壽阿連。」又，《月仲重九生朝喜賦二首》（之一）：「自得生涯一室中，不於牛斗問窮通。」「伊昔阿奴俱養母，如今予季亦成翁。」希逸之子林泳也有《題百五叔自得齋壁》：「矮屋匡牀兩鬢皤，逍遥委順奈吾何。三千世界醉鄉大，十二時中靜坐多。疏懶對人如素隱，等閑出語似禪和。便須敕斷子平事，來伴溪翁安樂窩。」林希逸（一一九三—一二七一），同族季弟與張炎有交集的可能性很大。玉田詞中用窗草不除典，林泳詩中用安樂窩典，都是理學家專典，則林氏一門皆通理學。

華胥引① 賦松花〔一〕

碧浮春蓋，黄點秋旗，細芳泛月〔二〕。露委殘釵，煙梳高髻曾戲折〔三〕。幾度宿寄山房，□麴塵雲屑②。香入蜂鬚，蜜房風味應別〔四〕。　篘酒浮湯，愛霏霏、粉黃清絶〔五〕。嫩苞新子，凭誰香歌五粒〔六〕。只怕東風吹盡③，長蕭蕭黃髮〔七〕。獨鶴歸來，滿庭零亂金雪〔八〕。

【校記】

①江昱疏證：「汪砢玉《珊瑚網》郭天賜手鈔諸賢遺稿，張玉田《山中白雲詞・華胥引・賦松花》（詞略）。」江昱按曰：「汪本載此詞，稱玉田《山中白雲詞》此首前爲《綺羅香》（萬里飛霜）一首，後爲《一萼紅》（製荷衣）一首，俱見玉田集内，惟此詞不載，諸選亦無之，似屬玉田遺珠。但此詞之下《一萼紅》之上又雜以草窗《齊天樂》（槐熏忽送）一首，則此未便确指爲玉田之作。其或天賜手鈔時偶誤耶？未可知也，因爲附入。」孫按：《珊瑚網》載郭氏跋語：「大德十一年，歲次丁未，十月初十日，客寓燕山，奔走暮歸，黃塵滿面，挑燈讀此詞一過，想像江南，如夢中也。是夜一更畢。」據《全宋詞》録入。②□：《珊瑚網》無方空。從《全宋詞》、吴本。③只怕：《珊瑚網》作「倒只怕」。從《全宋詞》、吴本。

【注釋】

〔一〕松花：《本草綱目》卷三四：「松花，別名松黃。」《御定月令輯要》卷七引《居山雜志》：「松至三月花，以杖扣其枝，則紛紛墜落。」

〔二〕碧浮三句：劉禹錫《送蘄州李郎中赴任》：「薤葉照人呈夏簟，松花滿碗試新茶。」法珍《山居》：「積香厨内新茶熟，輕泛松花滿碗金。」春蓋，松蔭。《太平御覽》卷九五三：「《玉策記》

稱千歲松樹，四邊披起，上杪不長，望而視之，有如偃蓋。」旗，嫩茶芽。《避暑録話》：「蓋茶味雖均，其精者在嫩芽。取其初萌如雀舌者，謂之槍，稍敷而爲葉者謂之旗。」「碧」「黄」皆形容茶芽。姚合《乞新茶》：「嫩緑微黄碧澗春，采時聞道斷葷辛。」

〔三〕露委二句：姚合《採松花》：「今朝試上高枝採，不覺傾翻仙鶴巢。」《癸辛雜識·前集》：「凡松葉皆雙股，故世以爲松釵。」既喻松葉爲釵，所以引申而喻整樹松葉爲緑雲髮髻。

〔四〕幾度四句：《御定月令輯要》卷七引《居山雜誌》：「（松花）調以蜜作餅遺人，曰松花餅。」麴塵，亦作鞠塵。色淡黄如塵。此喻松花。雲屑，喻做餅的米粉。《編珠》卷三：「吴筠《餅説》：細似華山之玉屑，白如梁甫之銀泥。」

〔五〕篘酒三句：蘇軾《浣溪沙》序曰：「與程鄉令侯晉叔、歸善簿譚汲同游大雲寺。野飲松下，設松黄湯。」詞下闋曰：「玉粉輕黄千歲藥，雪花浮動萬家春。醉歸江路野梅新。」篘，濾酒用的竹具。引申爲過濾。

〔六〕嫩苞二句：化用李賀《五粒小松歌》詩意：「蛇子蛇孫鱗蜿蜿，新香幾粒洪崖飯。」《酉陽雜俎》卷一八：「松，今言兩粒、五粒。『粒』當言『鬛』。成式修行里私第，大堂前有五鬛松兩株，大財如椀。甲子年，結實。」《癸辛雜識·前集》：「獨栝松每穗三鬚，而高麗所産每穗乃五鬛焉，今所謂華山松是也。李賀有《五粒小松歌》，陸龜蒙詩云：『松齋一夜懷貞白，霜外空聞五粒風。』李義山詩：『松暄翠粒新。』劉夢得詩：『翠粒點晴露。』皆以粒言松也。」

〔七〕只怕二句：傳説松花能使白髮轉黑。劉商《寄李俌》：「年來漸覺髭鬚黑，欲寄松花君用無。」黃髮，長壽者頭髮往往由白轉黃，故代指老人。

〔八〕獨鶴二句：戴叔倫《松鶴》：「雨濕松陰涼，風落松花細。獨鶴愛清幽，飛來不飛去。」《剡録》卷一〇：「姚郃詩：玉英含石乳，黃粉落松花。」金雪，本喻桂花，此借喻松花。

甘州　題曾心傳藏温日觀墨蒲萄畫卷〔一〕

想不勞、添竹引龍鬚，斷梗忽傳芳〔二〕。記珠懸潤碧，飄摇秋影①，曾印禪窗〔三〕。詩外片雲落莫，錯認是花光〔四〕。無色空塵眼，霧老煙荒〔五〕。一翦静中生意，任相看冷淡②，真味深長。有清風如許，吹斷萬紅香。且休教夜深人見，怕誤他、看月上銀牀〔六〕。凝眸久，却愁卷去，難博西涼〔七〕。

【校記】

①摇：《蓮子居詞話》、王刻作「飖」。②相看：《蓮子居詞話》、王刻作「前看」。

【注釋】

〔一〕曾心傳：曾遇。玉田友人。温日觀：即釋子温，字仲言，號日觀。籍貫松江府華亭縣。善畫墨蒲萄，因同鄉曾遇北行，畫二幅。一贈趙孟頫，一贈曾遇。詳見《聲聲慢·都下與沈堯道同賦》注〔一〕。

〔二〕想不勞三句：韓愈《題張十一旅舍三詠·蒲萄》：「新莖未遍半猶枯，高架支離倒復扶。若欲滿盤堆馬乳，莫辭添竹引龍鬚。」

〔三〕記珠懸三句：姚合《蒲萄架》：「萄藤洞庭頭，引葉漾盈摇。皎潔鈎高挂，玲瓏影落寮。……清秋青且翠，冬到凍都凋。」唐彦謙《葡萄》：「珠帳夜不收，月明墮清影。」王十朋《葡萄》：「珠帳臨檐挂，龍鬚滿架抽。」

〔四〕詩外二句：用花光墨梅與墨葡萄比照。周密《志雅堂雜抄》：「衡州有花光山，長老仲仁能作墨梅，所謂花光梅是也。」落莫，用同「落寞」。因墨梅而用梨雲同夢典。

〔五〕無色二句：温日觀《題葡萄圖》：「修心未到無心地，萬種千般逐水流。」明代王冕《題温日觀葡萄》可以參看：「日觀大士道眼空，佯狂自唤温相公。」

〔六〕且休三句：長谷真逸《農田餘話》卷上：「古人無畫葡萄者。吴僧温日觀，夜於月下視葡萄影，有悟，出新意，似飛白書體爲之。酒酣興發，以手潑墨，然後揮墨，迅於行草。收拾散落，頃刻而就，如神，甚奇特也。」

〔七〕難博西涼：王褒《墻上難爲趨》：「夜伏擁門作常伯，自有蒲萄得涼州。」王維《送劉司直赴安西》：「苜蓿隨天馬，葡萄逐漢臣。」王十朋《葡萄》：「也知堪釀酒，不要博涼州。」胡仔《足子蒼和人詩》：「豈有葡萄博名郡，空餘苜蓿上朝盤。」

【考辨】

《六研齋筆記·三筆》卷一載曾遇題葡萄圖詩：「我初不識溫玉山，偶然邂逅湖山間。戲寫葡萄贈行色，呼酒酌別期榮還。人言此僧性絕物，法書名畫求不得。一時青眼信有緣，鄉物鄉人嘗寶惜。淋灕醉墨蛟龍蟠，磊落圓珠星斗寒。疏略之中自精絕，工與造化爭毫端。殷勤攜上金臺去，袖惹天香雜煙霧。價輕不敢博涼州，但費玉堂評品句。萬里歸來家四壁，沙鷗笑人空役役。惟餘翰墨爛生光，十年俯仰成塵跡。」又載趙孟頫題跋：「日觀老師作墨葡萄，初若不經意，而枝葉肯綮，細玩之，纖悉皆具，殆非學所能至。俗人懇懇求之，靳不與一筆。遇佳士，雖不求，索紙筆揮灑，無吝色。豈可謂道人胸中無涇渭耶？余與師僅一再面，去冬曾君自吳來燕，辱以一紙見寄。相望數千里，不遐遺乃爾。展轉把玩，因想勝風，欲相從西湖山水間而不可得。因曾君出示此卷，敬書其後而歸之。辛卯歲二月二十一日，吳興趙孟頫。」

此詞辛卯（一二九一）歲寫於大都。北游同行者沈欽、劉沆有同調次韻之詞：《甘州·心傳索詞屢矣，久以繕金字之冗，未暇填綴。玉田生乃歌白雪之章，汴沈欽就用其韻》：「有吳僧、醉倒墨池邊，西風暗吹芳。對蒼髯冷挂，龍珠萬顆，清映經窗。却似仙人黃鶴，笛裏換時光。靜處觀生意，竹老梅荒。　猶說當年分種，是枯槎遠駕，萬里途長。信留真何許，燁燁楮毫香。□前度、離宮別館，正金鋪、深掩綠苔牀。都休問，一番展卷，清晝生涼。」《甘州·余客燕山，心傳曾君攜日觀葡萄見示，輒倚玉田〈甘州〉韻，形容墨妙之萬一云》：「愛纍纍、萬顆貫驪珠，特地寫幽芳。想黃昏雲淡，夜深人靜，清影横窗。冷澹一枝兩葉，筆下老秋光。參透圓明相，日觀開荒。　最是柔髭修梗，映風姿霧質，雅趣悠長。更淋灕草聖，把玩墨猶香。珍重好、卷藏歸去，枕屏間、偏稱道人牀。江南路，後回重見，同話淒涼。」

山中白雲詞箋證　續補遺

洞仙歌①梅上苔與龔子敬賦〔一〕

清香萬斛〔二〕，更一枝竹外〔三〕。蒼雪初凝凍蛟背〔四〕。向黄昏、飛去萼緑華仙〔五〕，梳洗賴，缺處疑調獺髓〔六〕。　前村深夜，悄把玉人歸。著破荷衣尚餘翠〔七〕。誰噴曉龍寒〔八〕，幾片梨花，又却被、琅玕敲碎〔九〕。怕摇動、霜禽舞青衣，正月落參差，那人猶醉〔一〇〕。

【校記】

①從《天機餘錦》補入。

【注釋】

〔一〕梅上苔：梅枝上緑色苔鬚與松樹皮上緑衣皆稱「艾蒳」或「艾納」。《咸淳毗陵志》卷二七：「西石亭在（宜興）縣東南十五里，地産蘚梅，枝榦奇古，即蘇文忠所謂『幽香收艾納』是也。陳克有『石亭梅花落如積』之句。」《武林舊事》卷七：「宜興張公洞者，苔蘚甚厚，花極香。」《浩然齋雅談》卷中：「東坡梅詩云：『凭仗幽人收艾納，國香和雨入苺苔。』艾納，梅枝上苔也。梅至花過則苔極香。取少許細嚼之，苦而後甘，如食橄欖。坡意蓋在此也。吴興張沄聲父有苔梅詩云：老龍全身著艾納，不耐久蟄潛拏空。爪頭撥動陽春信，香在霜痕雪點中。」　龔子敬：即龔璛。玉田好友。

〔二〕清香萬斛：樓鑰《謝潘端叔惠紅梅》：「説似旁人剛不信，清香萬斛在花中。」

〔三〕一枝竹外：蘇軾《和秦太虚梅花》：「江頭千樹春欲闇，竹外一枝斜更好。」曹組《蓦山溪》：「竹外一枝斜，想佳人、天寒日暮。」

〔四〕蒼雪句：蕭德藻《古梅二首》（之一）：「湘妃危立凍蛟脊，海月冷挂珊瑚枝。」

〔五〕向黄昏二句：萼緑華，已見前注《范村梅譜》，此喻緑苔。

〔六〕梳洗二句：用白獺髓，雜玉與琥珀屑合藥，泯滅瘢痕典。蘇軾《再和楊公濟梅花十絶》（之七）：「檀心已作龍涎吐，玉頰何勞獺髓醫。」蕭立之《落梅》：「連環骨冷香猶暖，如意痕輕補未完。」

〔七〕前村三句：杜甫《佳人》：「天寒翠袖薄，日暮倚修竹。」賀鑄《減字浣溪沙》有「玉人和月摘梅花」之句。

〔八〕誰噴句：用笛曲梅花落典。笛聲又如龍吟，馬融《長笛賦》：「龍鳴水中不見已，截竹吹之聲相似。」林逋《霜天曉角·題梅》：「甚處玉龍三弄，聲摇動，枝頭月。」周邦彦《滿庭芳》：「潮聲起，高樓噴笛，五兩了無聞。」

〔九〕幾片三句：王昌齡《梅詩》：「落落寞寞路不分，夢中喚作梨花雲。」謂摇碎竹上積雪。

〔一〇〕怕摇動四句：用前引《龍城録》所載趙師雄遷羅浮遇梅花儷仙，醉眠初醒，僅見月落參横之下的大梅花樹及一雙翠鳥。

【考辨】

龔璛（一作肅），字子敬，號谷陽生，江蘇高郵人，後徙居平江（今江蘇吴縣）。與戴表元、仇遠等人交善。《姑蘇志》卷五七：「龔璛，字子敬，宋司農卿潗之子。自高郵徙鎮江，以宦游，久留平江，遂家焉。少聰敏，善屬文，刻意學問。憲使徐琰辟置幕下，又舉和靖、學道兩書院山長。當路者交薦璛宜在館閣，不報。調寧國路儒學教授，遷上饒主簿，再調宜春丞。以浙江儒學副提舉致仕，所著曰《存悔齋稿》。」

減字木蘭花①

年年秋到。分别今年涼最早。猶倚危欄。人在斜陽山外山。　小亭别浦。認得舊時離别處。無限丹青。一片傷心畫不成〔一〕。

【校記】

①從《天機餘錦》補入。

【注釋】

〔一〕無限二句：高蟾《金陵晚望》：「世間無限丹青手，一片傷心畫不成。」

又①

晚涼如水〔一〕。雪樣肌膚新浴起〔二〕。薄薄衫兒。淡拂胭脂淺畫眉〔三〕。二三分醉。

庭户無聲人已睡〔四〕。猶自嬌痴。要看荷花月上時。

【校記】

①從《天機餘錦》補入。

【注釋】

〔一〕晚涼如水：杜牧《秋夕》：「天街夜色涼如水，坐看牽牛織女星。」

〔二〕雪樣句：和凝《麥秀兩岐》：「臉蓮紅，眉柳緑，胸雪宜新浴。」

〔三〕薄薄二句：李煜《長相思》：「澹澹衫兒薄薄羅，輕顰雙黛螺。」

〔四〕庭户句：蘇軾《洞仙歌》：「起來攜素手，庭户無聲，時見疏星渡河漢。」

玉田詞總評

周密

《草窗詞話》：樂笑翁張炎詞，如「荒橋斷浦，柳蔭撑出漁舟小」，賦春水入畫。其詠《孤雁》云：「自顧影、欲下寒塘，正沙淨草枯，水平天遠。寫不成書，只寄得、相思一點。」如此等語，雖丹青難畫矣。

陸輔之

《詞旨·樂笑翁奇對》（據説郛本，已校詞調、誤字、排序）：

隨花甃石，就泉通沼。（《掃花游》）

斷碧分山，空簾剩月。（《瑣窗寒》）

沙淨草枯，水平天遠。（《解連環》）

接葉巢鶯，平波捲絮。（《高陽臺》）

晴光轉樹，曉氣分嵐。（《聲聲慢》）

鶴響天高，水流花淨。（《壺中天》）

料理琴書，夷猶今古。（《真珠簾》）

款竹門深，移花檻小。（《一萼紅》）
掃花尋徑，撥葉通池。（《一萼紅》）
亂雨敲春，深煙帶晚。（《瑣窗寒》）
開簾過雨，隔水呼燈。（《憶舊游》）
浪捲天浮，山邀雲去。（《壺中天》）
岸角衝波，籬根受葉。（《湘月》）
波蕩蘭觴，鄰分杏酪。（《慶春宫》）
雲映山輝，柳分溪影。（《法曲獻仙音》）
荷衣消翠，蕙帶餘香。（《聲聲慢》）
淺草猶霜，融泥未燕。（《慶清朝》）
香尋古字，譜掐新聲。（《甘州》）
行歌趁月，唤酒延秋。（《解語花》）
穿花覓路，傍柳尋鄰。（《聲聲慢》）
門當竹徑，路管臺城。（《聲聲慢》）
鬢絲濕霧，扇錦翻桃。（《聲聲慢》）

因花整帽，借柳維船。（《聲聲慢》）

（陳蘭甫按曰：此等對句，是從六朝人化來，而不可入諸駢體文，不容不辨）。

又，樂笑翁警句：

和雲流出空山，年年淨洗，花香不了。（《南浦·春水》）

寫不成書，只記得、相思一點。（《解連環·孤雁》）

纔放些晴意，早瘦了、梅花一半。也知不作花看，東風何事吹散。（《探春·雪霽》）

見説新愁，如今也到鷗邊。（《高陽臺·西湖》）

莫開簾、怕見飛花，怕聽啼鵑。（《高陽臺》）

醒醉一乾坤。（《真珠簾》）

茂樹石牀因坐久，又却被、清風留住。（《真珠簾》）

須待月，許多清、都付與秋。（《聲聲慢》）

幾日不來，一片蒼雲未掃。（《掃花游》）

春風不奈垂楊柳，吹却絮雲多少。（《齋天樂》）

帶天香，吹動一身秋。（《甘州·贈桂卿》）

忍不住低低問春。（《慶春宫》）

不知能聚愁多少。（《霜葉飛·老妓》）

又，詞眼：

雨今雲古。（《長亭怨》）

孔　齊

《至正直記》：（叔夏）有《山中白雲集》，首論作詞之法，備述其要旨。

陳　撰

《玉几山房聽雨録》：玉田詞如「楊花點點是春心，替風前、萬花吹淚」，驚魄蕩魂之句，惟白石老仙堪與並立。他若「老來猶似柳風流，先露看花眼」「夜沈沈。不信歸魂，不到花深」「聽雁聽風聽雨，更聽過，數聲柔櫓」「能幾番游，看花又是明年」，《孤雁》云：「寫不成書，只寄得、相思一點」，此等句豈是尋常所能几及之。（項絪群玉書堂雍正三年刻本引録，《叢書集成續編》本及國家圖書館藏《玉几山房聽雨録》不載）

吴蔚光

批《山中白雲詞》：玉田之詞，清空而不佻薄，質重而不板滯，有餐霞垂雲、遺世出塵之風格。

張氏手批

卷首批戴表元《送張叔夏西游序》：「嘗以藝北游，不遇失意，亟亟南歸，愈不遇。猶家錢塘十年。久之又去，東游山陰、四明、天台間。」舒岳祥云：上公車，入承明，一旦棄去。此云「以藝北游，不遇失意」，微言之也。案詞注：玉田以至元庚辰入都，庚寅南返，丁酉東游，己亥回杭，旋即游吴，此序之作當在己亥六月。玉田家錢塘不過七年餘，此文約略言之，曰十年耳。

又，批袁桷《送張玉田歸杭疏》：己亥歸杭也。

又，批仇遠《贈張玉田》：此亦己亥游吴時。

又，批袁桷《贈張玉田》：此在鄞時。

又，批鄭思肖《題辭》：「嘲明月以謔樂，賣落花而陪笑。能令後三十年西湖錦繡山水猶生清響，不容半點新愁飛到游人眉睫之上，自生一種歡喜痛快。」以所南觀玉田詞，固宜相爲陪哭，忘愁之物，要爲冤却玉田。

又，批仇遠《題辭》：「亦可被歌管，薦清廟。」膚皮之見。

又，批舒岳祥《贈玉田序》：「北游燕薊，上公車，登承明有日矣。一日思江南菰米蓴絲，慨然襆被而歸。」觀此言，則元人有以處玉田，而玉田不爲所羈，非不遇而歸可知矣。

又，批陸文奎《題辭》：「『詞』與『辭』字通用，《釋文》云：『意内而言外也。』意生言，言生聲，聲生律，律生調，故曲生焉。《花間》以前無雜譜，秦、周以後無雅聲，源遠而派别也。」此真知詞，真知玉田，故知宋元之間宗風未墜。（花間句）是。（秦周句）此太過。

郭　麐

《夢緑庵詞序》：白石、玉田之旨，竹垞開之，樊榭濬而深之，故浙之爲詞者，有薄而無浮，有淺而無褻，有意不逮而無塗澤叫囂之習，亦樊榭之教然也。

又，《無聲詩館詞序》：姜、張祖騷人之遺，盡洗穠艷，而清空婉約之旨深。

又，《梅邊笛譜序》：自竹垞諸人標舉清華，别裁浮艷，於是學者莫不知祧《草堂》而宗雅詞矣。樊榭從而祖述之，以清空微婉之旨，爲幼眇綿邈之音，其體厘然一歸於正。乃後之學者，仿佛其音節，刻畫其規模，浮游惝怳，貌若玄遠。試爲切而按之，性靈不存，寄託無有。若猿吟於峽，蟬嘒於柳，淒楚抑揚，疑若可聽，問其何語，卒不能明。好異自喜之士，又欲起而矯之，以北宋爲解，而集矢於白石、玉田，以是相勝則可矣。……今讀西齋《梅邊笛譜》，而暢然有以自釋也。西齋之詞，規矩繩尺，非姜、張不由也。往復自道，指事類物，讀者曉然知其性靈寄託所在，而清空婉約之旨，幼眇綿邈之音，卒無以尚焉。

周　濟

《宋四家詞選序論》：草窗鏤冰刻楮，精妙絶倫，但立意不高，取韻不遠，當與玉田抗行，未可方駕王、吴也。

譚　獻

《譚獻詞話》卷一：近時頗有人講南唐、北宋，清真、夢窗、中仙之緒既昌，玉田、石帚漸爲已陳之芻狗。

又，卷二：聖與精能，以婉約出之，以詩派律之，大曆諸家，去開寶未遠。玉田正是勁敵，但士氣則碧山勝矣。

又，卷三：浙派爲人詬病，由其以姜、張爲止境，而又不能如白石之澀、玉田之潤。

又，卷三：（項）蓮生古之傷心人也。蕩氣回腸，一波三折。有白石之幽澀，而去其俗。有玉田之秀折，而無其率。有夢窗之深細，而化其滯。殆欲前無古人。

又，卷四：（倪稻孫《長亭怨慢》）丁紹儀云：悲凉蒼秀，直合石帚、玉田二家爲一。

又，卷四：（李恩綬《百字令》）：倚新聲玉田差近。

又，卷四：（《湘春夜月》）：高秀不讓叔夏。

又，卷四：（張景祁詞）韻梅早飲香名，填詞刻意姜、張，研聲刌律，吾黨六七人奉爲導師。

又，卷四：（張鳴珂《南浦》）：今之張春水。

又，卷五：姜、張、吴、史商羽流徵之音，溯厥遺風，實在長水，蓋樂府之職志，而倚聲之林淵也。

陳廷焯

《雲韶集》卷二：於是鄱陽姜白石出，鍊骨、鍊格、鍊字、鍊句，歸於淳雅，而詞品至是乃有大宗。史、高出而和之，張、吴、趙、蔣、周、陳、王、石諸家師之。自張叔夏出，斟酌古今，詞品愈純，大致亦不外白石詞體。詞至南宋，正如詩至盛唐。嗚呼！至矣。北宋詞極其高，南宋詞極其變。兩宋作者，斷以清真、白石爲宗。

又，卷二：（《水龍吟・和章質夫楊花韻》）東坡詞純是身世流離之感，却極温厚，令讀者喜悦悲歡不能自已。（下闋）淋灕曲折，躊躇滿志，詞中能事至斯極矣。張叔夏云：後片愈出愈奇，直是壓倒古今。

又，卷四：（陳與義《臨江仙・夜登小閣，憶洛中舊游》）「長溝流月細無聲」七字警絶。（「杏花」二語）自然流出，若不關人力者。（「古今」二語）有多少感慨，情景兼到，骨韻蒼涼，下字亦警絶。張叔夏云：真是自然而然。

又，卷五：兩宋詞人，前推方回、清真，後推白石、梅溪、草窗、夢窗、玉田諸家。

又，卷六：詞至白石，而知詞人之有總萃焉。清勁似美成，風骨似方回。騷情逸志，視晏、歐如輿臺矣；高舉遠引，視秦、柳如傀儡矣。清虚中見魄力，直令蘇、辛避席；剛健中含婀娜，是又竹屋、梅溪、夢窗、草窗、竹山、玉田以及元、明諸家之先聲也。

又，卷六：（姜夔《齊天樂·蟋蟀》）此詞精工絶世，妙只一路寫去，而中間自有起伏。正如大江無風，波濤自涌，洵千古絶技也。前無古，後無今。張叔夏云：全章精粹，所詠瞭然在目，且不留滯於物。

又，卷七：陳唐卿云：竹屋、梅溪詞要是不經人道語，其妙處少游、美成亦未及也。張叔夏云：竹屋、白石、邦卿、夢窗格調不凡，句法挺異，俱能特立清新之意，删削靡曼之詞，自成一家。

又，卷九：仇仁近云：叔夏詞意度超玄，律吕協洽，當與白石老仙相鼓吹。玉田詞亦是取法白石而風度高超，襟期曠遠，不獨入白石之室，幾欲與之相頡頏。兩宋作者，前推方回、清真，後推白石、梅溪。余謂玉田詞可上繼清真，近追白石，出同時諸君之右，梅溪、竹屋似仍讓此君一步。玉田詞骨韻之高，所不待言，而一種蕭疏放蕩、幽深玄遠之懷，又可以占其人品。朱竹垞序其詞集云：「不師秦七，不師黄九，倚新聲、玉田差近。」見重於傑匠，亦非易易。

《詞則·大雅集》卷三（評周密《甘州·燈夕書寄二隱》）：筆意高遠，可與玉田相鼓吹。

又，卷四：玉田詞，感時傷事，與碧山同一機軸。沈厚微遜碧山。其高者，頗有姜白石意趣。

鄭文焯

《大鶴山人詞話續編》卷三：吴君特一四明詞客耳，端平、景定之間，以倚聲鳴於時，吴山越水時復見其高蹤，聞其逸唱，胥疏江湖，老於韋布，史傳亡稱，僅於尹梅津、沈義甫諸人品題及草窗、玉田兩詞集中，依約考見其生平。

又，今就玉田所作校此，凡夢窗詞中入作平之字，如「麴」「食」之屬，玉田並直用平聲字，少欠精細。

又，《與張孟劬書》：宋人有檃括唐詩之例，玉田謂取字當從温、李詩中來。今觀美成、白石諸家，嘉藻紛縟，靡不取材於飛卿、玉溪，而於「長爪郎」奇雋語，尤多裁製。嘗究心於此，覺玉田言不我欺。

又，若詞之大旨，伯時、叔夏固擇精語詳，不復詞費。總之體尚清空，則藻不虛綺，語必妥溜。斯文無撮囊，慧心人定引爲知言，不屏爲怪侶。

又，玉田崇四家詞，黜柳以進史，蓋以梅溪聲均鏗訇，幽約可諷，獨於律未精細。

又，聲調從律吕而生，依永和聲，聲文諧會，乃爲佳製。然詞原於燕樂，非專於樂府中求生活者。自古音譜失圖，所可見只《詞源》一書耳。故淩仲子著《燕樂考原》，苦無圖説，以闡發秘奥，至晚歲始得玉田書，研究之，頗有創獲。……曩嘗博徵唐宋樂紀，及管色八十四調，求之三年，方稍悟樂祖微眇，悉取《詞源》之言律者，鋭意箋釋，斠若畫一，豈旦夕能畢其説耶？

又，所貴清空者，曰骨氣而已。其實經史百家，悉在鎔煉中，而出以高澹，故能騷雅。淵淵乎文有其質。

又，《與陳鋭論詞書》：近之作者，思如玉田所云妥溜者，尚不易得，況語以高健邪。

又，《致朱祖謀書》：夜來改詞，深知對起、詞眼，工之至難。既須清典可諷，自成馨逸，復誡雕琢，着力便差。乃歎夢窗、石帚，屬對真好手也。……玉田謂清真諸大家取字皆從温李詩中來，此猶淺識。實以清靈之氣，發經籍之光，不特舉典新奇，遂工側艷也。

又，曩與子復老友談詞，先務盡詞表之能事，即玉田所謂字面，爲詞中起眼，必須字字敲得響也。

又，玉田亦謂方回、夢窗取材温、李，以字面爲詞中起眼處，須字字敲得響也。其隱括例尚不在此數。

又，玉田謂諸名家詞，取字多從温、李及長吉詩中來，諒哉是言，猶未盡發其奥悟爾。

又，嘗怪叔夏、草窗，皆故國王孫逸老，誦其所製，歌曲渢渢移情，獨乏蒼鬱激楚之響。蓋哀而不傷，風人之旨趣也。若南宋諸名家，調轉激於時艱，有君臣羈旅之感，因多慷慨餘哀。事有可爲，斯義無可逃。故忠愛溢於詞表，非若傷春、懷古、悼國、諷時，託寄遥遠，極命風謡，有待於後人之興起也。

又，（周邦彦）《西河》詞，前兩段意境排奡，有横空盤硬之致。「市」「裏」兩韻，終嫌窸窣，「對」字韻亦苦弱。押「市」字不如直用千金市駿骨，以玉田妥溜法寫之最妙。**朱祖謀《致鄭文焯書》**：午間奉書，發我墨守，玉田論詞，邃於律拍，疏於體骨，往往有迷誤後人處，不獨謂夢窗七寶樓臺未爲定評也。又，白石以沈憂善歌之士，意在復古，進《大樂議》，卒爲伶倫所阨；其志可悲，其學自足千古。叔夏論其詞如野雲孤飛，去留無跡，百世興感，如見其人。

《詞源斠律·謳曲旨要》：

歌曲令曲四掯匀　破近六均慢八均
官拍艷拍分輕重　七敲八掯靸中清

案：揩近於打，猶虚拍也，慢曲中亦有。玉田云：俗傳序子四片，其拍頗碎，故纏令多用之，繩以慢曲八均之拍不可。又云引近則用六均拍，蓋六均者，六字一拍，所謂前衮中衮，六字一拍也。八均者，八字一拍，慢曲字多於引近，其音悠緩。元戚輔之《佩楚軒客談》紀趙子昂説歌曲八字一拍。玉田謂法曲、大曲、慢曲之次引近，輔之皆定拍眼。蓋謂陸輔之（即著《詞旨》者）官拍惟大曲、法曲純用之，艷拍則可施之慢曲引近。所謂拍有前九後十一，内有四艷拍，蓋亦類花拍而用有别。七敲八揩乃言輕重之節耳。

大頓聲長小頓促　小頓纔斷大頓續
大頓小住當韻住　丁住無牽逢合六

案：頓，原注都昆切，即沈括所謂敦也。括云：一敦一住各當一字，大住當二字，音節有遲速，歌聲有頓挫也。合字音濁，六字音清，同配黄鍾而抗墜之音相去太遠，故須以丁住過度無牽者，蓋謂不當字也。丁抗掣拽大頓小頓大住小住打揩等字，慢曲中並用之。

慢近曲子頓不疊　歌颯連珠疊頓聲
反掣用時須急過　折拽悠悠帶漢音

案：頓必當字，疊但復其字中之聲，若疊頓並用，斯字字輕圓，古人謂之如貫珠是也。掣減一字而聲疾，所以助敦住之用，故須急過。拽宜用之曲中過片，周邦彦《片玉詞》注有雙拽頭，猶疊頭曲之類。折宜用之曲破，尾聲有一分折二分，至折七八分者，白石旁譜可辨折拽兩聲，皆取其幽邈，故云帶漢音也。

頓前頓後有敲揞　　聲拖字拽疾爲勝

抗聲特起直須高　　抗與小頓皆一揞

案：敲揞施之頓前後，猶拍之有打，前後拖拽，皆取其輕疾如蟬鳴過枝。抗聲無依附而起，故宜高，所謂上如亢也，與小頓皆一揞者，一頓當一字，抗聲壓字，而起聲出字上，故皆以一揞收本字之音也。

腔平字側莫參商　　先須道字後還腔

字少聲多難過去　　助以餘音始繞梁

案：此前二句即沈括所云字皆舉本融入聲中，後二句言字外之和聲，當使清濁高下，音如縈縷，方有飄逸之致。

忙中取氣急不亂　　停聲待拍慢不斷

好處大取氣流連　　拗則少入氣轉換

案：段安節云：善歌者必先調其氣，氤氲自臍出，至喉乃噫其詞。停聲待拍，正見調氣之功，故能緩急中節，若亂則失聲，斷則脱拍矣。好處流連者，言當曲情入妙，歌者以意領略，使聲字悠揚，有不忍絶響之意。拗則少入，在氣之吞吐，不遽令聲盡氣中，沈括所謂轉换處無磊塊，今云善過度是也。

哩字引濁囉字清　住乃哩囉頓𠺗嗊

大頭花拍居第五　疊韻艷拍在前存

案：管弦皆有纏聲，朱子所云疊字散聲，皆有聲無詞，此言哩囉頓𠺗嗊並曲中助字，所以引聲者而住頓微别其用。《夢溪筆談》論古樂和聲連屬書之，如曰賀賀賀、何何何之類，此其遺法，施之慢曲，故用聲較繁，若今之南北曲中所增益煩複矣。玉田謂慢曲有大頭曲、疊韻曲，蓋花拍用之大頭曲中，則宜後；艷拍用之疊韻曲中，則宜前。《碧鷄漫志》云：花十八前後十八拍，又四花拍，樂家所謂花拍，蓋非正也。玉田記大頭疊韻曲中諸拍云：内有四艷拍。又云：大曲降黄龍花十六當用十六拍。吴夢窗《夢行雲》詞自注一名六幺花十八，六幺本大曲，此其中之一疊，蓋大曲拍疏。白樂天詩有「曲淡節稀聲不多」之句，後加繁聲類慢曲，故有花、艷二拍之目，亦猶今之贈板，然玉田謂唱法曲、大曲、慢曲當以手拍纏令，則用拍板，嘌呤誂唱則用手調兒，可知慢曲雖繁，尚不似纏令音節之碎也。

舉本輕圓無磊塊　清濁高下縈縷比

若無含韻强抑揚　即爲叫曲念曲矣

案：此數語與沈括所紀無異，蓋唐宋時樂家相承之師説，故括曰古之善歌者有語云云。其論聲中無字，謂凡曲止是一聲，清濁高下如縈縷耳。字則有喉脣齒舌等，音不同當使字，字舉本輕圓，悉融入聲中，令轉换處無磊塊。其論字中有聲，謂如宫聲字曲合用商聲，則能轉宫爲商歌之。又云善歌者謂之肉裏聲，否則聲無抑揚，謂之念曲聲，無含韞之叫曲。玉田自述其嘗聞楊守齋、毛敏仲、徐南溪諸人商榷音律，用功踰四十年，其苦心孤詣亦云至矣。近世詞家林立，而聲文罔詣，古節陵墜，歌者靡靡，久亡善反後和之風。是編所載《謳曲旨要》，雖皆取法樂工譜訣，文以韻辭，而古歌遺音賴以考見，間爲詮釋，亦多取證唐宋諸賢論樂緒餘，其與本書下篇音譜拍眼二則有互相發明者，並采以爲佳證焉。

又，《清真詞校後録要》：玉田《詞源》言：「楊守齋有《圈法美成詞》。」蓋取其詞中字句融入聲譜，一一點定，如《白石歌曲》之旁譜，特於其拍頓加一墨圍，故云「圈法」耳。夢窗《惜黄花慢》詞叙云：「吴江夜泊惜别，邦人趙簿攜伎侑尊，連歌數闋，皆清真詞。」毛幵《樵隱筆録》云：「紹興初，都下盛行清真詠柳《蘭陵王慢》，西樓南瓦皆歌之。」玉田詞叙亦兩記杭伎沈梅嬌、吴伎車秀卿能歌美成曲，得其音旨。

又，自元以來，大晟餘韻，嗣音闃然，學者但賞其文藻，率於其舉典隸事，强作解人，雖習見者，亦多所箋釋，要之詞原於比興，體貴清空，奚取典博。美成詞切情附物，風力奇高，玉田謂其取字「皆從唐之温、李及長吉詩中來」一語，思過半矣。

又，《沈遜齋本白石道人歌曲跋一》： 末附《音樂舉要》二卷，乃得之日本故文庫者，余曾録副，取其所載字譜，足與張氏玉田《詞源》及白石旁譜有可互證樂紀者，如管尺、中尖、一尺、凡上等字，今《詞源》刊本，並誤爲小大二字，蓋即清聲之高調耳。

又，《瘦碧詞自序》： 間嘗竊取王灼、沈括論樂諸書及玉田《詞源》所紀宫譜器色，參互審訂，十得八九焉。

又，《絶妙好詞校録》： 夢窗《過秦樓》賦芙蓉「暗驚秋被紅衰」，戈選改「被」作「破」，漫無依據。據玉溪詩「西亭翠被餘香薄，一夜將愁入敗荷」，夢窗舉典本此，「被」字非「破」之譌可證。玉田《詞源》云：如方回、夢窗皆善於煉字面，多於温庭筠、李長吉詩中來。沈伯時云：要求字面當於飛卿、長吉、商隱及唐人諸家詩句好而不俗者採摘用之，所謂讀唐詩多，故語雅淡也。

又，玉田《詞源·雜論》篇云：近代詞如《陽春白雪集》《絶妙詞選》亦有可觀，但所取不精一，豈若草窗所選《絶妙好詞》之爲精粹，惜此板不存，墨本亦有好事者藏之。據此則元初已有刻本，但世士罕覯耳，樊榭謂有明三百年，樂府家未見其隻字。

況周頤

《蕙風詞話補編》卷一：東山詞極厚：張叔夏作《詞源》，於方回但許其善煉字面，詎深知方回者耶！

又，《國朝詞綜》瓣香浙派，《春融堂集·雜著》示長沙弟子唐業敬：「填詞世稱小道，此捫籥扣盤之語，非爲深知詞者。詞至碧山、玉田，傷時感事，微婉頓挫，上於《風》《騷》同指，可斥爲小道乎？」

又，《香海棠館詞話》：初學作詞，最宜讀碧山樂府，如書中歐陽信本，準繩規矩極佳。二晏如右軍父子。賀方回如李北海。白石如虞伯施，而雋上過之。公謹如褚登善。夢窗如魯公。稼軒如誠懸。玉田如趙文敏。

冒廣生

《疚齋詞論》卷上：龥，此字不可解。《集韻》：「音趿。」實即「靸」字，即《碧鷄漫志》所謂「靸」也。張玉田《詞源》有「七敲八揹靸中清」語。然今曲牌無名「靸」字者，意後來楔子之「楔」字，即從「靸」改稱，自「楔」字行而「靸」字、「龥」字並廢矣。

又，卷中：「頓前頓後有敲揹，聲拖字拽疾爲勝。抗聲特起直須高，抗與小頓皆一揹」。此四句中惟「聲拖字拽疾爲勝」句最不易通。蓋既云「拖拽」，則絲竹與肉，聲皆主緩，云何又以「疾勝」？爲此一句，尋思累日，始悟玉田所謂「疾」者，對「敲搯」而言。

又，「舉本輕圓無磊塊，清濁高下縈縷比。若無含韻强抑揚，即爲叫曲念曲矣」。芝庵《曲論》言「歌之格調」有抑揚頓挫、頂疊垛換、縈紆牽結、敦拖嗚咽、推題丸轉、摇欠遏透；「歌之節奏」有停聲、待拍、偷吹、拽棒、字真、句篤、依腔、貼調，可與玉田合參，但其中或有訛字耳。

又，《草閒詞序》：國變之後，漢珍以貧故，留滯周南。端居寡歡，則益肆力於詞。自言：「南宋詞人如玉田、草窗、碧山及篔房兄弟，皆生際承平，晚遭離亂。牢愁山谷，無補於世，一以禾黍之痛，託之歌謡。百世之下，猶想見其懷抱。」

又，《佞宋詞痕序》：（吴湖帆）而尤嗜詞，尋聲按律，規模周、吴，所次周、吴韻者最多。上自方回、子野、屯田、東坡、淮海，以迄稼軒、白石、玉田、草窗、竹山、梅溪，不名一家，顔其耑曰《佞宋詞痕》，志微尚也。

夏敬觀

《吷庵詞評》：在玉田詞中，最爲嚴整者，多在此卷（孫按：指卷一）。

又，《廣篋中詞序》：嘉、道前，詞人大抵祖禰陳維崧、朱彝尊、厲鶚、郭麐，豪者稱蘇、辛，清婉者稱白石、梅溪、玉田、碧山而已。……予嘗疑前人盛道姜、張，未嘗有姜。

又，《風雨龍吟室詞序》：乾嘉人類皆學白石、稼軒、玉田、草窗、碧山，是數家者，非不可學，學之者易之，而其實又皆學其同時人之所爲，於諸家無所得也。

王國維

《**讀詞雜記**》：東坡、稼軒，詞中之狂。白石，詞中之狷。若梅溪、夢窗、草窗、玉田、西麓、竹山之詞，則鄉願而已。

又，《**人間詞話補遺**》：賀黄公裳《皺水軒詞筌》云：張玉田《樂府指迷》，其調叶宫商，鋪張藻繪，抑亦可矣，至於風流藴藉之事，真屬茫茫。如啖官厨飯者，不知牲牢之外别有甘鮮也。此語解頤。

又，周保緒濟《詞辨》云：玉田，近人所最尊奉，才情詣力亦不後諸人，終覺積穀作米，把纜放船，無開闊手段。又云：叔夏所以不及前人處，只在字句上著功夫，不肯换意。近人喜學玉田，亦爲修飾字句易，换意難。**陳兼與**《**人間詞話述評**》：後又有胡適將詞分爲三個時期，一曰歌者之詞，二曰詞人之詞，三曰詞匠之詞，指姜夔、史達祖、吴文英、張炎諸人爲重音律而不重内容，爲詞匠，尤爲偏謬。**唐圭璋**《**評人間詞話**》：南宋諸家如夢窗、梅溪、草窗、玉田、碧山各有藝術特色，亦不應一概抹殺。王氏謂夢窗「映夢窗淩亂碧」，謂玉田「玉老田荒」，攻其一端，不及其餘，尤非實事求是之道。

蔡　楨（嵩雲）

《詞源疏證》：詞之體製，在唐、五代盛行令曲，至宋而慢曲引近漸盛，美成諸人復增演之，其曲遂繁。實則令、引、近、慢，尚不足以盡詞體，近人任二北謂：宋詞體類共有九種，純粹屬詞者五，兼合古今之曲體者四，由短以及長，則一曰令，二曰引、近，三曰慢曲，四曰三臺，五曰序子，皆純粹詞體也；六曰法曲，七曰大曲，上繼隋、唐之曲體者也；八曰纏令，九曰諸宮調，下開金、元之曲體者也。此九種名目，皆見於《詞源》論「音譜」「拍眼」兩節内。三臺與序子，自來詞人一概目之爲慢詞，不知按諸拍眼，則二者絶對與慢詞不同。又云：若執今人而叩以宋詞體類若干，必對曰：令、引、近、慢耳，他非所習矣。其實令、引、近、慢，不過是尋常散詞，乃詞中最普通之一部分，若欲得詞體之全，終必依張氏之説，有上列九種也。以上述詞體之種類，就《詞源》所載加以整理，兼及詞與曲之關係，辨析極有條理，頗能引申玉田之説。

又，美成雖長於創調之才，然其集中新曲，非盡自度，且其詞所注各宮調，亦多非大晟樂府新聲。王觀堂《清真先生遺事》云：「樓忠簡謂先生妙解音律，惟王晦叔《碧鷄漫志》謂江南某氏者，解音律，時時度曲，周美成與有瓜葛，每得一解，即爲製詞，故周集中多新聲。則集中新曲非盡自度，然「顧曲」名堂，不能自已，固非不知音者。故先生之詞，文字之外，須先味其音律。惟詞中所注宫調，不出教坊十八調之外，則其音非大晟樂府之新聲，爲隋、唐以來之燕樂，固可知也。今其聲雖亡，讀其詞者，猶覺拗怒之中，自饒和婉，曼聲促節，繁會畢宣，清濁抑揚，轆轤交往，兩宋之間，一人而已。」觀此，則美成詞雖新曲非盡自度，其音非大晟樂府新聲，究不失爲聲文並茂之作。玉田謂其於音譜間有未諧，不知何所見而云然。至謂作詞者多效其體製，失之軟媚而無所取，此則後人不善學之咎也。

又，詞之諧不諧，在用字能審音與否。江順詒《詞學集成》云：「樂以和爲貴，樂府之聲，安有不諧者。美成製作才，而間有未諧。此則余之所不解也。張氏亦第言其難，而不言其所以未諧與所以難之故。其所謂未諧者，以余揣之，非選聲之不克入律，實用字之未能審音也。至後之人於字之不協者，欲易一字，於音雖協，或於語句未妥，更無可易之字，不得已用原字，歌時讀作某音，此亦變通之一法也。」江氏論詞，力主審音之説，謂一字之中，宜嚴辨喉、舌、脣、齒、牙五音。此五音，皆可配合宫、商，以爲詞之諧不諧，當於此中討消息，故其言如此。

又，協律爲填詞正軌，尤玉田一生致力所在。戈順卿云：「詞以協音爲先。音者譜也。古人按律製譜，以詞定聲，故玉田生平好爲詞章，用功逾四十年，錘煉字句，必求協乎音律，觀《詞源》一書，可知其用功之所在。今世之人，往往視詞爲易事，酒邊興豪，引紙揮筆，不知宮調爲何物。即有知玉田爲正軌者，而所論五音之數，六律之理，又茫乎如在雲霧中。」近世以音律論詞者，首推順卿。顧千里《詞林正韻序》，稱其論律之書，略已具稿，能發前人所未發，功可與論韻埒。惜不傳耳。

又，填詞較作詩尤難。沈伯時《樂府指迷》云：「癸卯識夢窗，暇日相與唱酬，率多填詞，因講論作詞之法。然後知詞之作難於詩。蓋音律欲其協，不協則成長短之詩。下字欲其雅，不雅則近乎纏令之體。用字不可太露，露則直突而無深長之味。發意不可太高，高則狂怪而失柔婉之意。思此，則知其所以難。」蓋填詞分律學、文學二面。協律乃律學上之事，下字、用字、發意乃文學上之事。伯時所謂「不協」「不雅」「太露」「太高」即玉田所謂未能盡善全美，抑且未協音聲也。又玉田謂「詩猶旬鍛月煉，況於詞」，亦即伯時所謂詞之作難於詩之意。

又，作詞尤難於起結。沈偶僧《柳塘詞話》云：「起句言景者多，言情者少，敘事者更少。大約質實則苦生澀，清空則流寬易。換頭起句更難，又斷斷不可犯。此所以從頭起句，須照管全章及下文，換頭起句須聯合上文及下段也。」又云：「前結如奔馬收繮，要勒得住，又似住而未住。後結如泉流歸海，要收得盡，又似盡而未盡者。」此論起結，專就文學一面闡發，换頭起句聯合上文及下段，即玉田所謂「過片不要斷了曲意」，須要承上接下也。

又，詞之修改，不宜專重字句，尤須兼顧意境與結構。孫月坡《詞逕》云：「詞成，録出黏於壁，隔一二日讀之，不妥處自見，改去。仍録出黏於壁，隔一二日再讀之，不妥處又見，又改之。如是數次，淺者深之，直者曲之，鬆者煉之，實者空之。然後録呈精於此者，求其評定，審其棄取之所由，便知五百年後此作之傳不傳矣。」此論改詞，較玉田又進一層説。「淺者深之」四語，極修改之能事。惟淺、直、鬆、實四病，犯者每不自覺，且其病在骨，又甚於字面粗疏、句意重疊，或前後意不相應者。故既改之後，猶恐或有未妥，必更求精於此者評定。倚聲小道，其難如此。

又，周介存《論詞雜著》云：「論詞之人，叔夏晚出，既與碧山同時，又與夢窗别派，是以過尊白石，但主清空。後人不能細研詞中曲折深淺之故，群聚而和之，並爲一談，亦固其所也。」按碧山乃王沂孫别號，沂孫一字中仙，《山中白雲詞》有《瑣窗寒》一闋，爲悼碧山而作，有「自中仙去後，詞箋賦筆，便無清致」之語。詞前小序，並稱其「能文工詞，琢句峭拔，有白石意度」。於碧山推許備至。而《詞源》論詞，獨無一語及碧山，亦事之不可解者。至謂玉田與夢窗别派，信然。玉田論詞，揚姜而抑吴，進史而黜柳，皆緣宗派相反，蓋宗尚既别，取舍遂殊。玉田評夢窗，猶或節取其長；論耆卿，不免專揭其短。其實耆卿、夢窗，各有獨到處，學者於其中曲折深淺之故求之可耳。

又，《詞旨》云：「清空二字，亦一生受用不盡，《指迷》之妙，盡在是矣。學者必在心傳耳傳，以心會意，有悟入處，然須跳出窠臼外，時出新意，自成一家。若屋下架屋，則爲人臣僕矣。」此數語，與玉田所謂「要不蹈襲前人語意」，所謂「清空中有意趣」，如出一口。陸氏，玉田弟子，可謂耳傳其說，心傳其旨矣。

又，《古今詞話》徐士俊云：「稼軒《六么令·送玉山令陸德隆還吴中》，第四句陸雲貪食羊酪語，第六句陸龜蒙居甫里事，第八句陸績，第十句陸賈，第十二句陸遜，末句陸羽。先輩特以捃拾見長，而情致則短矣。」按稼軒詞最喜用事，其《永遇樂》「千古江山」一闋，岳珂嘗議其用事太多。《皺水軒詞筌》云：「作詞不待用事，用之妥貼，乃始有情。」斯言允矣。

又，彭駿孫《金粟詞話》云：「作詞必先選料。大約用古人之事，則取其新穎而去其陳因。用古人之語，則取其清雋而去其平實。用古人之字，則取其鮮麗而去其淺俗。不可不知也。」按用事不爲事所使，最難，去陳取新，猶其一端耳。

又，《藝概》云：「詞中用事，貴無事障。晦也，膚也，多也，板也，此類皆障也。姜白石詞用事入妙，其要訣所在，可於其《詩說》見之，曰：『僻事熟用，實事虛用。學有餘而約以用之，善用事之也。乍叙事而間以理言，得活法者也。』」按膚與多之病，即未能體認着題，晦與板之病，即未能融化不澀。蓋一墮事障，鮮不爲事所使者，「僻事熟用」「實事虚用」以下數語，持論精闢，足補玉田所未及。

又，南宋慢詞盛行，令曲已不爲詞家重視。玉田論令曲作者，五代不及二主，北宋又遺歐、晏，可以覘當時風尚矣。

又，作詞宜音律與詞章並重。仇山村云：「世謂詞者詩之餘。然詞尤難於詩，詞失腔，猶詩落韻。詩不過四、五、七言而止，詞乃有四聲、五音、均拍、輕重、清濁之别。若言順律舛，律協言謬，俱非本色。或一字未合，一句皆廢。一句未妥，一闋皆不光彩。信戛戛乎其難。腐儒村叟，每以詞爲易事，酒邊興豪，即引紙揮筆，拊几擊缶，同聲附和，如《梵唄》，如《步虚》，不知宫調爲何物，令老伶俊倡，面稱好而背竊笑，是豈足與言詞。」山村與玉田同時，其言如此，可見言順律協之詞，求之當時已覺難能。蓋詞至元初，漸成弩末，作詞者不獨罕通音律，即詞章亦不甚講求。元曲代興，其勢已成。玉田謂音律所當參究，詞章先宜精思，乃因時人視音律爲畏途，而真能指授音律之人亦絶少，故不得已而思其次。先詞章而後音律，此雖爲初學説法，然自是以降，詞遂與音律完全分離，即有工於此者，亦不過極詞章之能事而已。

又，律不協不得謂詞之至，言不雅亦不得謂詞之至。《藝概》云：「詞固必期合律，然《雅》《頌》合律，《桑間》《濮上》未嘗不合律也。律和聲，本於詩言志，可爲專講律者進一格焉。」融齋此論，殆爲律協言謬者而發，康、柳二家，即不免此病。

又，寬易與工緻相間，乃言詞之章法，不可單作語句看。《藝概》云：「詞之章法，不外相摩相盪，如奇正、空實、抑揚、開合、工易、寬緊之類是已。」又云：「詞中承接轉換，大抵不外紆徐斗健，交相爲用。所貴融會章法，按脈理節拍而出之。」又云：「元陸輔之《詞旨》云：『對句好可得，起句好難得，收拾全藉出場。』此蓋尤重起句也。余謂起、收、對三者，皆不可忽。大抵起句非漸引，即頓入，其妙在筆未到，而氣已吞。收句非繞回，即宕開，其妙在言雖止而意無盡。對句非四字六字，即五字七字，其妙在不類於賦與詩。」此論起、收、對等語句，語語不離乎章法，與前二則所謂「紆徐斗健」，所謂「相摩相盪」，息息相通，詞中關鍵，於是乎在。玉田論此，僅標出「寬、易、工、緻」四字，猶窺豹一斑耳。

又，起頭八字相對，中間八字相對，却須用功着一字眼，如詩眼亦同，是即陸輔之「詞眼」二字所本。《藝概》云：「詞眼二字，見陸輔之《詞旨》。其實輔之所謂眼者，仍不過某字工，某字警耳。余謂眼乃神光所聚，故有通體之眼，有數句之眼，前前後後，無不待眼光照映。若舍章法而專求字句，縱争奇競巧，豈能開闔變化，一動萬隨耶。」此論詞眼，亦抱定章法説，不專求之字句，可謂破的之論。

又，沈伯時云：「作大詞先須立間架，將事與意分定了。第一要起得好，中間只鋪叙，過處要清新。最緊是末句，須是有一好出場方妙。小詞只要些新意，不可太高遠，却易得古人句，然亦要煉句。」按此雖論大詞小詞作法，然可與玉田之説參看。蓋大詞篇幅長，中間既有鋪叙，去其鋪叙之處，不難斂爲小詞。小詞篇幅短，只一些新意，若將一句之意引爲兩三句，則近敷衍，或引入他意，又欠自然，展爲大詞，必無一唱三歎之致。故云大詞之料可斂爲小詞，小詞之料不可展爲大詞也。

又，西麓詞雖追步清真，效顰淮海，然僅存面貌，實不見其佳處。惟陸輔之《詞旨》載其警句，《絳都春》云：「燕子未來，東風無語又黄昏。琴心不度春雲遠，斷腸難託啼鵑。夜深猶倚，垂楊二十四闌。」《戀繡衾》云：「寄相思、偏上柳枝。待折向、樽前唱，怕東風、吹作絮飛。」輔之論詞，篤守師説。玉田謂亦有佳者，殆指此等警句耶？周介存極詆西麓，其《論詞雜著》云：「西麓疲軟凡庸，無有是處。書中有館閣體，西麓殆館閣詞也。」又云：「西麓不善學少游，少游中行，西麓鄉願。」

又，《蕙風詞話》云：「元人沈伯時作《樂府指迷》，於清真詞推許備至。唯以『天便教人，霎時厮見何妨』『夢魂凝想鴛侶』等句爲不可學，則非真能知詞者也。清真又有句云：

『多少暗愁密意，唯有天知。』『最苦夢魂，今宵不到伊行。』『拚今生、對花對酒，爲伊淚落。』此等語，愈樸愈厚，愈厚愈雅，至真之情，由性靈肺腑中流出，不妨説盡而愈無盡。誠如清真等句，唯有學之不能到耳。如曰不可學也，詎必顰眉搔首，作態幾許，然後出之，乃可學耶？」按此條，玉田與伯時論調正同，蕙風駁伯時之説，所持宜與玉田相反，古今人所見不同如此。

又，「晁無咎詞名《冠柳》，琢語平帖，此柳之所以易冠也」。按此條疑有誤，無咎詞不名「冠柳」，名「冠柳」者，王觀詞耳。觀字通叟，高郵人，嘗爲學士，應制撰詞，以媟瀆神宗罷職，時有逐客之號。無咎爲蘇門四學士之一，《四庫提要》稱其詞神姿高秀，與蘇軾實堪肩隨。劉融齋論詞，亦言無咎坦易之懷，磊落之氣，與東坡差堪驂靳。馮蒿菴則謂其所爲詩餘，無子瞻之高華，而沈咽則過之。是豈「琢語平帖」者所能望其項背。毛子晉云：「無咎雖游戲小詞，不作綺艷語。」則亦與柳家數不近。惟王觀确以「冠柳」名詞，且工爲浮艷之語。陳質齋云「逐客詞格不高，以冠柳自名」，可見殆近之矣。

又，按「二公則爲風月所使」一語，可謂調侃盡致。玉田康、柳並譏，其實康非柳比。耆卿風流俊邁，爲舉子時，喜狹邪游，既不得志於時，益縱情聲色以自遣，其批風抹月，或有激而然。伯可則以詞受知高宗，後又依附秦檜以求進，人品至爲鄙褻。即以詞而論，伯可多應制之作，諛艷粉飾，實無足觀。豈若耆卿專詣名家，不着筆墨，似古樂府，承平氣象，形容如畫，尤工於羈旅行役，乃當時競傳其俳體，後世遂大共非訾。李清照謂其「變舊聲作新聲，雖協音律，而詞語塵下」。陳質齋稱其「音律諧婉，詞意妥貼」，又謂其詞格不高。雖與玉田之一概抹煞不同，從無就柳詞之文學，作深至之批評者，惟勝清三家有之。

又，（周介存、劉融齋、馮蒿菴）三家評柳詞，均能發揮其長，而亦不諱其短，較之《詞源》品騭，平允多矣。

又，《塞翁吟》《隔浦蓮》二詞，宋人作者尚多，惟《帝臺春》《鬥百花》，作者實不多覯。江順詒云：「此擇腔，係指自度曲者，若填前人已傳之詞，則腔自韻矣。」予謂前人已傳之詞，其腔亦未必盡韻，當視製詞者是否深通音律，如耆卿、美成、白石、夢窗輩，何嘗有不韻之腔，是在作者之自擇耳。

又，推律之意義，乃謂推求此調屬某律某音，然後協某韻，方始合律，即段安節《樂府雜録》五音二十八調所説是也。《水龍吟》越調，即無射商，《二郎神》商調，即夷則商。據《樂府雜録》，入聲商七調用之，平聲則商、角同用者也，故云合用平、入聲韻。若去聲韻，則宫七調用之，只當叶宫聲之調，非商聲之調所宜矣。然宋詞往往不拘，蓋文士揮毫，不暇推求合律故耳。方成培言，嘗取柳永《樂章集》按之，其用韻與段説合者半，不合者半。

乃知宋詞協韻，比唐人較寬。以耆卿之精於音律，其用韻猶如此，他可知矣。

又，「第五要立新意。若用前人詩詞意爲之，則蹈襲無足奇者。須自作不經人道語，或翻前人意，便覺出奇。或只能鍊字，誦纔數過，便無精神，不可不知也。更須忌三重四同，始爲具美。」按此條並非謂作詞不可運用前人詩詞語句，特須另換新意，翻而用之耳。如白樂天詩「欲識愁多少，高於灩澦灘」；劉禹錫詩「蜀江春水拍天流，水流無限似儂愁」，爲李後主「問君能有幾多愁，恰似一江春水向東流」二句所本。而秦少游「便做春江都是淚，流不盡許多愁」之句，又自後主詞脱化而出，何嘗不各極其妙。昔賢名作，不乏此例，若無新意而襲用成句，決無精彩可言。《藝概》云：「詞要清新，切忌拾古人牙慧。」蓋在古人爲清新者，襲之即腐爛也。拾得珠玉，化爲灰塵，豈不重可鄙笑，亦是此意。彼美成采唐詩，融化如自己者；梅川讀唐詩多，故語雅淡。無非善於脱化，或翻前人意耳。

陳匪石

《舊時月色齋詞譚》： 汲古閣刻《宋六十家詞》，在今日頗不易得。子晉刻詞，得一集即以一集付梓，故如子野、石湖、東澤，固多未備，即人人傳誦之草窗、碧山、玉田，亦付闕如。

又， 若律以讀詞之眼光，清真包括一切，絶後空前，實奄有南宋各家之長。姜、史、吴、王、張諸人，固皆得清真之一體，自名其家。

又，清代之詞派，浙西、常州而已。浙西倡自竹垞，實衍玉田之緒；常州起於茗柯，實宗碧山之作。迭相流衍，垂三百年。世之學者，非朱即張，實則玉田、碧山兩家而已。

又，玉田《樂府指迷》於詞中用事之法，標題「緊著題融化不澀」七字。予謂「融化」固難，「不澀」則尤難。蓋詞之運用故實，無直用者，無明用者。且地名、人名隨意砌入，則生硬而不圓熟，淩雜而不純粹。故「融化」之法最重。取其意者不妨變其面目，仍不能失其本真。使造作太過，令人不解其所隷何事，則晦澀矣。欲免此弊，須有一番研煉功夫。

又，張玉田論夢窗詞，謂「如七寳樓臺，炫人眼目，拆碎則不成片斷」，是美其奇思異彩，而以其過於典實，意尤不知足也。玉田論詞取清空，不取質實。夫質實之流弊，晦澀與堆砌易蹈其一。玉田之説，未可厚非。但細讀夢窗各詞，雖不着一虚字，而潛氣内轉，蕩氣回腸，均在無虚字句中，亦絢爛，亦奥折，絶無堆垛餖飣之弊。後人腹笥太空，讀之不能了解，輒襲取樂笑翁語，亦爲質實而不疏快，不亦謬乎！

又，張玉田爲人詬病，不曰律不精，即曰韻太雜。余謂玉田之病，在《山中白雲詞》共三百首，爲數太多，不無瑕瑜之互見耳。使於三百首中，僅精選數十首傳之後世，亦何至供人指摘耶？

又，玉田以「春水」詞得名，人呼之曰「張春水」，即《南浦》「波暖碧粼粼」一首也。余昔以其平淡無異人處，心甚疑之，漚尹先生曰：「此詞雖無新奇可喜之處，然吾嘗試爲之，終不能及。玉田之安詳合度，是即其可傳處也」。夫詞之平淡無奇，而他人爲之輒不能及，則其境深遠矣。玉田《詞源》標「妥溜」二字爲入門途徑。漚尹教人，亦常舉此語，以爲入渾之基。予嘗思之，填詞一道，不必有驚人語，但通首之中，用意應有盡有，層次秩然不紊，遣詞命筆，無不達之意，安章宅句，磬折鈴圓，自然純熟，而饒有餘味，即爐火純青時候，可以當「妥溜」二字。

又，填詞必明五音，始能合拍，非僅辨四聲，即謂能事畢具也。觀玉田《詞源》所載，同一平聲，而「深」字不叶，「幽」字不叶，「明」字乃叶，即可知四聲不誤，未必即能付紅兒也。

又，《宋詞舉輯論》：選南宋詞者，戈順卿取史、姜、吴、周、王、張六家，周稚圭取姜、史、吴、王、蔣、張六家，周止庵則以辛、王、吴爲領袖。夫張炎之妥溜；王沂孫之沈鬱；吴文英極沈博絶麗之觀，擅潛氣内轉之妙；姜夔野雲孤飛，語淡意遠；辛棄疾氣魄雄大，意味深厚，皆於南宋自樹一幟，流風所被，與之化者各若干人。

又，初學爲詞者，先於張、王求雅正之音、意内言外之旨，然後以吴煉其氣意，以姜拓其胸襟，以辛健其筆力，而旁參之史，藉探清真之門徑，即可望北宋之堂室：猶是周止庵教人之法也。

陳能群

《詞源箋釋·謳曲旨要》：

歌曲令曲四掯匀　　破近六均慢八均

官拍艷拍分輕重　　七敲八掯靸中清

叔問曰：掯近於打，猶言虚拍也。六均者，六字一拍；八均者，八字一拍。大曲法曲用官拍，慢曲引近則用艷拍。

能群按：「歌曲令曲四掯匀」云者，「歌曲」二字讀作一頓，蓋謂凡歌曲則令曲須用四掯，方見停匀，至掯則用於抗與小頓。時觀後文可知，破近中調故用六字一拍，慢曲長調故用八字一拍，官拍定有節奏，艷拍須加和聲，靸與吸通爲曲之中衮，須用七敲八掯，敲掯須於頓前頓後用之，參看後文。

大頓聲長小頓促（原註：頓，都昆切）　　小頓纔斷大頓續

大頓小住當韻住　　丁住無牽逢合六

叔問曰：「頓」讀作敦。合字音濁，六字音清，同配黄鍾，而抗墜之音相去太遠，故須以丁住過度無牽者，蓋謂不當字也。

能群按：丁住猶停聲之謂也，叔夏自言：「慢曲不過百餘字，中間抑揚高下，丁抗掣拽，有大頓、小頓、大住、小住，打掯等字。」（見後「音譜」）

慢近曲子頓不疊　歌颯連珠疊頓聲

反掣用時須急過　折拽悠悠帶漢音

叔問曰：頓必當字，疊但復其字中之聲。

能群按：反掣折拽，白石旁譜均有拍號可考。

頓前頓後有敲掯　聲拖字拽疾爲勝

抗聲特起直須高　抗與小頓皆一掯

叔問曰：拽宜用之曲中過片，一掯乃收回本字之音。

腔平字側莫參商　先須道字後還腔

字少聲多難過去　助以餘音始繞梁

能群按：側與仄通，此言腔平字側及字少聲多補救之法。

忙中取氣急不亂　停聲待拍慢不斷

好處大取氣留連　拗則少入氣轉換

叔問曰：亂則失聲，斷則脱拍，「大取」使聲字悠揚，有不忍絶響之意，「少入」言氣須吞吐，不遽令聲盡氣中也。

哩字引濁囉字清　住乃哩囉頓唛喻

大頭花拍居第五　疊韻艷拍在前存

叔問曰：此言住頓之别，花拍用大頭曲，宜後；艷拍用疊韻曲，宜前。

能群按：慢曲有大頭曲、疊韻曲之分，花拍非曲拍之正也，故宜居後，艷拍適於引子，故宜在前。

舉本輕圓無磊塊　清濁高下縈縷比

若無含韻强抑揚　即爲叫曲念曲矣

叔問曰：聲無含韞謂之叫曲，聲無抑揚謂之念曲。戈本舊刻「本」誤作「末」，改之。

又，《詞源箋釋·概論》：能群按：古者詩三百篇皆以合樂，是爲樂章。自《詩》亡而後《離騷》作。《楚辭》「東皇太一」等篇，歌以侑樂與樂章同。及至漢武定郊祀之禮，乃立樂府，以李延年爲協律都尉，並舉司馬相如等數十人造爲詩賦，略論律吕以合八音之調，作十九章之歌歷傳弗替。然自魏晉六朝以來，朝野臣工喜翻新調，播爲歌詠，而樂府已失其傳。於是樂歌樂曲與時變遷，但稽其陳辭，雅正二字往往有之，蓋雅不傷俗，正則戒褻，此爲填詞要訣。故叔夏開宗明義，首言及之。考《尊前集》二卷所録皆唐人詞，不著編輯者名氏。《花間集》十卷所録爲唐末諸名家詞，後蜀趙崇祚編此二集皆採輯令曲，爲填詞家學北宋者之祖。宋徽宗崇寧時，周邦彦美成提舉大晟府，万俟雅言爲大晟府製撰，經討論古音，審定古調之結果，雖七宫十二調中徵角無調，但知十二律各有五聲七音則還相爲宫，而八十四調之聲亦於是乎稍傳矣。所謂移宫換羽者，即宫逐羽聲，而羽轉爲宫，其宫位則宫當商，商當角，角當徵，徵當羽也。職此之故，乃有三曲四曲之犯而曰三犯四犯。其依前篇律爲十二子之説，乃律不應月則不美，故又言按月律爲之。美成有《片玉集》，爲晉陽强焕所輯，搜羅最富，其渾厚處本於筆氣之沈鬱，如《尉遲杯》云「無情畫舸，都不管煙波前浦，等行人、醉擁重衾，載將離恨歸去」；又《浪淘沙慢》云「恨春去、不與人期，弄夜色，空餘滿地梨花雪」；《六醜·薔薇謝後作》云「漂流處、莫趁潮汐。恐斷鴻、尚有相思字，何由見得」；《瑞龍吟》云「東城閑步，事與孤鴻去。探春盡是、傷離意緒。官柳低金縷」。其和雅處音節諧暢，如《秋蕊香》云「午妝粉指印窗眼，曲裏長眉翠淺」；《蝶戀花》云「喚起兩眸清炯炯，淚花落枕紅綿冷」；《華胥引》云「點檢從前恩愛，有鳳箋盈篋。愁剪燈花，夜來和淚雙疊」；《芳草渡》云「滿懷淚粉，瘦馬衝泥尋去路」。其融化詩句處語若己出，如《應天長·寒食》云「又見漢宫傳燭，飛煙五侯宅」；《綺寮怨》云「樽前故人如在，想念我、最關情。何須渭城。歌聲未盡處，先淚零」；《西河·金陵懷古》云「想依稀、王謝鄰里。燕子不知何世。向尋常、巷陌人家，相對如説興亡，斜陽裏」，是皆自我融會，琅然可誦。所填《滿紅紅》一首末有「最苦是、蝴蝶滿園飛，無心撲」。白石謂詞用仄韻不協，「無心撲」三字，歌者將「心」字融入去聲，方諧音律。叔夏言「間有未諧者」，蓋指此也。總之，美成詞視若平易，而用意下字極有工夫，自非淺學者所能仿效，若但取其字句之類似，有或失之軟媚者。兩宋有名詞家，秦觀少游以婉約勝，高觀國竹屋以悱惻勝，姜夔白石以清空勝，史達祖邦卿以警策勝，吴文英夢窗以綿麗勝，皆六十家中之翹楚，盡可參看。叔夏乃張功甫名鎡之孫（孫按：此誤，已見前考），斗南名樞之子，而楊纘守齋等與斗南同時，當在南宋理宗年代。

又，《詞源箋釋・音譜》：能群按：古之樂曲率多有譜有詞，然亦有虚譜無詞者，後人能以詞寫之，其音始傳。其或妄詡聰明作自度腔，竟與譜不合者，失之武斷，毋寧不作。考《唐書・禮樂志》，初隋有法曲，其音清雅，玄宗愛之，選樂部子弟數百教於梨園，謂之法部。其曲之妙者有《破陣樂》《一戎衣大定樂》《長生樂》《赤白桃李花》，餘若《堂堂》《望瀛》《霓裳羽衣》《獻仙音》《（獻）天花》之類，總名法曲。叔夏後篇言：法曲散序無拍，至歌頭始拍，是其聲音之近古，亦可概見。乃若大曲，係一曲多遍，如《六么》則花十八，《降黄龍》則花十六，宋時始有此曲。考宋《樂書》，大曲前緩疊不舞，至入破則羯鼓、襄鼓、大鼓與絲竹合作，句拍益急。舞者入場，投節制容，變態百出，是知大曲乃稱曲破之所自也。又聞王僧虔之言曰：大曲有艷有趨有亂，艷在曲之前，趨與亂在曲之後。按：艷，楚聲也；趨，越聲也。亂則如騷辭之亂是已。唐人長短句多小令，是爲短調，其演爲中調者，曰引、近；演爲長調者，曰慢曲。慢者，調長聲緩之謂也。然按諸字數亦不過百餘字，名曰小唱而已。人有恒言，絲不如竹，曰倍四頭管，曰倍六頭管，管長短巨細本無定形，至用啞篳篥則以聲字清圓，斯求其正之故。

詞曲先有其律，乃有其譜，律有自來，譜非强作，是以詞家填詞易，改詞難。填者句法妥溜，猶非能事；改者音譜適合，乃爲上乘。觀古詞亦有不可歌者，是在填詞之人自知選調而已。叔夏父樞，號斗南，又號雲窗，又號寄閑，故所著詞亦曰《寄閑集》。周草窗與寄閑交頗密，所填《一枝春》自註：「寄閑飲客春窗，促坐款密，命清吭度曲，予因爲之霑醉，且調新弄以謝之。」詞云：「碧淡春姿，柳眠醒、似怯朝來酥雨。芳程乍數。唤起探花情緒。東風尚淺，甚先有、翠嬌紅嫵。應自把、羅綺圍春，占得畫屏春聚。留連繡叢深處。動歌雲裊裊，低隨香縷。瓊窗夜暖，試與細評新譜。妝眉媚粉，料無奈、弄䊀佯妒。還怕是，簾外籠鸚，笑人醉語。」又前調一首自註：「寄閑和余前韻，寓去燕楊姓事以寄意，余遂戲用張氏故實，次韻代答。」詞云：「簾影移陰，杏薌寒、乍濕西園絲雨。芳期暗數，又是去年心緒。金花漫剪，倩誰畫、舊時眉嫵。空自想、楊柳風流，淚滴軟綃紅聚。羅窗那回歌處。嘆庭花倦舞，香消冰縷。樓空燕冷，碎錦懶尋底（塵）譜。么弦漫賦，記曾是、倚嬌成妒。深院悄，門掩梨花，倩鶯寄語。」此二首唱和之詞，氣求聲應，亦爲佳構。寄閑《瑞鶴仙》詞馨逸可誦，「粉蝶兒、撲定花心不去」句，「撲」是入聲，改「守」字乃爲上聲，故用入與用上不同。至《惜花春起早》之作「瑣窗深」一句，「深」改爲「幽」依然不協，因「深」與「幽」皆陰平聲，惟改「明」字乃爲陽平聲，故用陰平與用陽平不同。黄九煙論曲有言，「「三仄應須分上去，兩平還要辨陰陽」，此理此法由來久矣。陰平如「深」字，入十二侵韻，係閉口，「收」「幽」字入十一尤韻，係斂脣，「收」其聲較清。陽平如「明」字入八庚韻，係穿鼻，「收」則聲濁矣。若夫脣齒喉鼻舌，五音亦有宮商之分配。脣，羽音也，宜屬陰平聲，字其陰清；齒，徵音也，宜屬陽平聲，字其音次清；喉，宮音也，宜屬去聲，字其音濁；鼻，商音也，宜屬入聲，字其音次濁；舌，角音也，宜屬上聲，字其音半清半濁。如以入聲字作爲平聲則音濁，俱屬陽平（見《中原音韻》）。上聲字作爲平聲則音清，當可不拘平聲之陰陽，抑且上聲字本無陰陽，與平去入不同。宋詞如姜白石《暗香》調「舊時月色」句，「月」字以入作平，此類甚多。若上聲字，則與平聲字相連，故以上作平，亦能適合。李笠翁論曲中拗句曰：上聲字去平聲未遠。古人造字審音，使居平仄之介，明明是一過文，由平至仄，從此始也。譬之四方鄉音隨地各别，吴有吴音，越有越語，相去不啻河漢。而一到接壤之處，則吴越之音相半，吴人聽之覺其同，越人聽之亦不覺其異。九洲八極，無一不然，此即聲音之過文，猶上聲介乎平去入之間也，詞家當明是理。凡遇一句之中，當連用數仄者須以上聲字間之，則似可以上代平，拗而不覺其拗矣。旨哉斯言，深得製曲三昧。但詞與曲異，非經古人有以上代平者，亦不便輕於移易。萬紅友曰：三聲之中，上入二者可以作平，去則獨異。又曰：以入以上作平處，不可用去聲字，其選万俟雅言《翠華引》一首如「向晚驟寶馬雕鞍，醉襟惹亂花飛絮」二句，「晚」字、「寶」字、「惹」字皆上聲，均注作平，此以上作平，在讀者細心體認耳。

又，《詞源箋釋·拍眼》：能群按：樂有音調之停頓處，用手或板節之，名之曰拍。前《謳曲旨要》所謂唱者「停聲待拍慢而不斷」是也。拍板制法係以堅木三片，長約五六寸，闊約六寸，束其二片，以一片拍之用以節樂，所謂「樂棚前用歌板色」，二者簡言之也。拍板之用，每一擊板謂之一板，每一板中之小段落則謂之眼。例如，現今俗樂正板爲一板三眼，即一板可用頭、中、末三眼分之爲四段也。原板爲一板一眼，即一板中可用一眼分之爲二段也。所謂舞者以指尖應節俟拍，拍之云者如此而已。無論唱法曲、大曲、慢曲、纏令或前衮、中衮，用六字一拍，煞衮用三字一拍，或大頭曲、疊韻曲分用花拍、艷拍或用序子，與散序、中序不同，其合於節奏一也。蓋音有長短强弱、疾徐高下種種分別，即其所用之節奏亦隨之而異，歌者不容疏忽。考《三臺》爲羽調曲，宋李濟翁《資暇録》載《三臺》三十拍。昔鄴中有三臺，石季龍常爲宴游之所，而造此曲以促飲云。

又，《詞源箋釋·製曲》：能群按：小令字少，平仄時或移易，作者尚可不甚究意，至作慢詞，自應遵守宫調，一字不苟，而且布局用意尤應周密。獨是詞家詞成之後纔有題目，猶之詩三百篇本皆無題之作。翻閲詞集，其有秋感、春日、即事等題目，多係選家添之，非自作也。叔夏言：「看是甚題目。」即言詞旨何若，如游覽、酬贈、詠物等作，其作詞之動念便是題目，至於曲名之選擇必與題目相合。徐靈胎有言：遇富貴纏綿之事用黄鍾宫，遇感嘆悲傷之事用南吕宫，否則使唱者從事而與調違，從調而與事違，此作詞者之過也。後人填詞有以《千秋歲》《壽樓春》爲壽詞，而不知其爲悼亡之作，貽譏大雅，不可不慎。夫擇曲既定，一曲有一曲之風度，一調有一調之音聲，一命意、二布局、三選韻、四述曲，是作者有必循之步驟。姜白石《齊天樂》賦促織，詞全首見在詠物，後篇兹且不録。宋虞廷謂：「白石此詞係傷徽欽二帝北狩之作。」信屬不誣。觀前遍言：「哀音似訴，正思婦無眠，起尋機杼，曲曲屏山，夜涼獨自甚情緒。」後遍接言：「西窗又吹暗雨，爲誰頻斷續，相和砧杵。候館吟秋，離宫吊月，别有傷心無數。」氣脈連貫，感喟遥深。候館離宫正與思婦相應，語有寄慨又不淺露，深得詩人比興之旨。古人作詞幾經修改方始脱稿，句安字穩又恐失協，此中甘苦非深歷其境者，不能道也。韓幹畫馬，身作馬形，學問之道須下苦功，大都如此。

又，《詞源箋釋・句法》：能群按：詞句平妥精粹便是好詞，故言平易中有句法；至用工處不易放過，是研究有得之言。東坡《水龍吟》和章質夫楊花詞，起句即言「似花還似非花，也無人惜從教墜」，極寫楊花飄泊可憐狀態，便爲神來之語，至後遍「春色三分」云云，亦復妙語環生。相傳美成官溧水時，有主簿妻款洽尊席，乃作《風流子》寓意，此好事者誣之也。「鳳閣」云云、「深幾許」三字，殊耐玩味。邦卿《綺羅香》上三字下四字句法不易恰好，「臨斷岸」云云，却極切合春雨題目。《喜遷鶯・燈夜》「自憐」云云，「瘦」字尤妙。夢窗《八聲甘州・登靈巖》句「秋與雲平」，超脱之至。此人生平多作重九詞，閏重九言「人在小樓」，有閏字意義。其重九一首「秋娘淚濕黄昏，又滿城、雨輕風小」，又一首「小樓寒、睡起無聊，半簾夕照」，又一首「半壺秋水薦黄花，香噀西風雨」，又一首「霜飽花腴，燭銷人瘦，秋光做也都難」，句中字面諸多鍛煉。白石《揚州慢》「二十四橋」云云，縹緲入神，「蕩」，水也，讀如黄天蕩之「蕩」字。

又，《詞源箋釋・字面》：能群按：字不鍛煉便患生硬，讀之不響。美成、白石、邦卿諸人亦多採用唐人詩句。字有來歷，自然嫻雅，觀方回《薄倖》云「向睡鴨爐邊，翔鴛屏裏，羞把香羅偷解」，《青玉案》云「試問閑愁知幾許，一川煙草，滿城風絮，梅子黄時雨」，《望湘人》云「厭鶯聲到枕，花氣動簾，醉魂愁夢相伴」，《柳色黄》云「煙横水際，映帶幾點歸鴻，東風消盡龍沙雪」；又夢窗《高陽臺》云「南樓不恨吹横笛，恨曉風、千里關山」，《踏莎行》云「午夢千山，窗陰一箭，香瘢新褪紅絲腕」，《風入松》云「黄蜂頻撲鞦韆索，有當時纖手香凝」，《西子妝》云「流水麴塵，艷陽醅酒，畫舸游情如霧」，皆本色語，是從鍛煉得來。温庭筠，字飛卿，詩多艷體，並著有《握蘭》《金荃》兩集。李賀，字長吉，所作詩驚才絶艷，如《美人梳頭歌》等，能熟讀之，增益藻采，故叔夏謂賀、吴二家字面多從温、李取來。近人論詞見裁對工整之處謂之詞眼，猶言詞中之起眼也。

又，《詞源箋釋·虚字》：能群按：詞患堆疊，堆疊近縟，縟則傷意，故虚字尚焉。至作詞，句法有一字至十三字者，舉例言之。一字句平仄不易。如周晴川《十六字令》起句之「眠」字，東坡《哨遍》換頭之「嘻」字，皆平聲字。二字句平仄不易。用疊字如東坡《南鄉子》之「颼颼」及「休休」句係皆平平。用平行，如朱敦儒《楊柳枝》之「柳枝」句，美成《瑣窗寒》之「遲暮」句，少游《滿庭芳》之「多情」句，白石《惜紅衣》之「故國」句，或仄平，或平仄，或平平，或仄仄。三字句上二下一，上一下二，平仄不易。用上二下一者，如放翁

《釵頭鳳》之「紅酥手，黃藤酒」係平平仄，方回《梅花引》之「縛虎手」，美成《芳草渡》之「昨夜裏」係仄仄仄，蛻巖《多麗》之「曉山青」係仄平平。用上一下二者，如少游《鷓鴣天》之「無一語、對芳樽」係平仄仄、仄平平，邦卿《壽樓春》之「今無裳」及「愁爲鄉」係平平平。皇甫松《摘得新》之「酌一巵」係仄仄平，白居易長短句之「霧非霧」係仄平仄，惟《長相思》《滿江紅》《金縷曲》三字句，作者或有移易。四字句有兩字平行者，普通句法如仄仄平平，第一字平仄可易；如平平仄仄，第一字及第三字平仄可易；特別句法，如平平平仄，第一字平仄可易；拗體句法平仄不易。又有上一下三者，平仄皆須遵守不易。普通平行，如少游《踏莎行》之「霧失樓臺，月迷津渡」。特別平行，如方回《青玉案》之「一川芳草，滿城風絮」。拗體平行，如劉潛夫《醉太平》之「情高意真，眉長眼青」。上一下三如夢窗《愁春未醒》之「臺最高層」係平仄平平。稼軒《水龍吟》之「揾英雄淚」係仄平平仄，惟夢窗《鶯啼序》之「傍柳繫馬」，用去上去上四仄字。五字句有用詩句者，普通句法第一字平仄可易，拗體句法，拗字以下平仄不易，有上三下二或上一下四者，平仄視下四字而定。普通詩句如東坡《南歌子》之「山與歌眉斂」，拗體詩句如蔣子雲《好事近》之「酒病煞如昨」係仄仄仄仄平仄。少游《阮郎歸》之「落花無可飛」係仄平平仄平。上三下二如唐玄宗《帝臺春》之「又還問鱗鴻，試重尋消息」，上一下四如張子野《師師令》「拂菱花如水」及「縱亂霞垂地」，惟邦卿《壽樓春》之「裁春衣尋芳」用陽平陰平陰平陽平陰平五平字。六字句有兩句平行者，平起平收句法，一三五平仄可易。仄起仄收句法，一三五平仄可易。平起仄收或仄起平收句法，平仄視上四字而定。拗體句法，拗字以下平仄不易。有上一下五者，平仄視下五字而定，上三下三者，平仄不易。首句仄起仄收，次句平起平收，如東坡《西江月》之「照野瀰瀰波浪，横空暖暖微霄」，放翁《江月晃重山》之「芳草洲前道路，夕陽樓上闌干」。平起仄收如夢窗《畫屏秋色》之「燈前無夢到得」，仄起平收如柳耆卿《彩雲歸》之「夜永怎不思量」。拗體句法如周紫芝《瀟湘夜雨》之「似我華顛雪頽」，白石《百宜嬌》之「娉婷人妙飛燕」。上一下五如白石《暗香》之「又片片吹盡也」。上三下三如劉改之《唐多令》之「終不似、少年游」。七字句有用詩句者，仄起平收句法，一五平仄可易，平起仄收或仄起仄收或平起平收句法，一三平仄可易。拗體句法，拗字以下平仄不易。有上一下六者，平仄視下六字而定，有上三下四者，平仄視下四字而定。仄起平收如汪藻《小重山》之「月下潮生紅蓼汀」。平起仄收如子野《一斛珠》之「生香真色人難學」。仄起仄收如高憲《梅花引》之「須信人家貧也樂」。平起平收如少游《鵲橋仙》之「兩情若是久長時」，拗體如高深甫《惜分釵》之「乍見魂驚幾回顧」。上三下四如少游《金明池》之「雲日淡、天低晝永」，上一下六如下句接用「過三點兩點細雨」。惟《金縷曲》，仄起仄收七字句，一三五平仄皆可易。八字句拆爲兩句，讀之或作一逗，如東坡《乳燕飛》之「枉教人、夢斷瑶臺月」，「枉教人」三字可作一逗。九字句讀法同上，如馮偉壽《春雲怨》之「試紅鸞小扇丁香雙結」，當以五字一句、四字一句成爲九字句法。十字句讀法同上，如稼軒《摸魚兒》之「君不見、玉環飛燕皆塵土」，「君不見」三字可作一逗。十一字句拆爲三句讀之，如程正伯《閨怨無悶》之「不合更與，殢柳尋花，情分甚」，當以四字二句、三字一句成爲十一字句法。十二字句讀法同上，如放翁《洞庭春色》之「便須更，覓封侯定遠，圖像麒麟」，當以四字三句成爲十二字句法。十三字句拆爲四句讀之，如東坡《水調歌頭》之「轉朱閣，低綺户，照無眠，不應有恨」，當以三字三句，四字一句成爲十三字句法。句至七字，體格備矣，故叔夏只言至七八字而止，所舉虚字呼喚等字不過舉一反三，其他可用者尚屬甚多，兹特就其已述者引之。單字如「正」字，美成《六醜》有「正單衣試酒，恨客裏，光陰虚擲」句；「但」字，白石《玲瓏四犯》有「但贏得天涯羈旅」句；「甚」字，草窗《聲聲慢》有「甚長安亂葉，都是閑愁」句；「任」字，美成《掃花游》有「任占地持杯，掃花尋路，淚珠濺俎」句。兩字如「莫是」云者，叔夏《疏影》有「莫是花光，描取春痕，不怕麗譙吹徹」句；「還又」云者，邦卿《秋霽》有「還又歲晚」；「那堪」云者，屯田《雨淋鈴》有「况那堪冷落清秋節」句。三字如「更能消」云者，稼軒《摸魚兒》有「更能消、幾番風雨。匆匆春又歸去」句；「最無端」云者，叔夏《瑞鶴仙》有「最無端，做了霎時嬌夢，不道風流僝苦」句；又《洞仙歌》有「最無端，小院寂歷春空，門自掩，柳髮離離如此」句；「又却是」云者，東坡《乳燕飛》有「又却是、風吹竹」句。用虚字固不質實，但盡用虚字清極而薄，空極而泛，致使句語入俗，受人譏誚，又不能不預戒之也。

又，《詞源箋釋·清空》：能群按：白石詞野雲孤飛，去留無跡，則清空之形容也。夢窗詞七寶樓臺，眩人眼目，碎折下來，不成片段，則質實之形容也。但夢窗工於鍛煉，乍看似多晦澀，及細心尋繹，亦覺其靈活之氣流露楮端。叔夏所舉白石《暗香》《疏影》《琵琶仙》三詞已見後篇，兹可不録，他如《揚州慢》各首未見者録之。《揚州慢》自注：「淳熙丙申至日，余過維揚，夜雪初霽，薺麥彌望，入其城，則四顧蕭條，寒水自碧，暮色漸起，戍角悲吟。予懷愴然，感慨今昔，因自度此曲，千巖老人以爲有黍離之悲也。」詞云：「淮左名都，竹西佳處，解鞍少駐初程。過春風十里，盡薺麥青青。自胡馬、窺江去後，廢池喬木，猶厭言兵。漸黄昏、清角吹寒，都在空城。　杜郎俊賞，算而今，重到須驚。縱豆蔻詞工，青樓夢好，難賦深情。二十四橋仍在，波心蕩、冷月無聲。念橋邊紅藥，年年知爲誰生。」此詞白石自製，係中吕宫，用下一結聲，旁譜注云：六凡工尺，六凡五六，一尺凡一上一（小大一）。此末尾「一」字係詞之起調尺工尺上合，一（反）上尺（掣）一（折）尺（小大尺）。一工尺六凡（折）工六（反），凡六五六，尺上一合。一工尺（小住），六凡（折）六尺，上一（小大一）上一（小大一）。此末尾「一」字係詞之畢曲合（拽）上（反）工尺（拽），一工尺凡合上一（小大一）。此末尾「一」字又是過遍之起調工凡（折）六五六，凡（拽）尺合一（折），上尺（折）工（折）尺（小大尺）。一尺凡六五六（反），凡六一尺上工勾（反）。一工尺（反），六凡（折）六（拽）尺，上一（小大一）上一（小大一）。此末尾「一」字又是過遍之畢曲。《一萼紅》自注：「丙午人日，予客長沙別駕之觀政堂，堂下曲沼，沼西負古垣，有盧橘幽篁，一徑深曲，穿徑而南，官梅數十株，如椒如菽，或紅破白露，枝影扶疏。著屐蒼苔細石間，野興横生，亟命駕定王臺，亂湘流入麓山，湘雲低昂，湘波容與，興盡悲來，醉吟成調。」詞云：「古城陰。有官梅幾許，紅萼未宜簪。池面冰膠，墻腰雪老，雲意還又沈沈。翠藤共、閑穿徑竹，漸笑語、驚起卧沙禽。野老林泉，故王臺榭，呼喚登臨。南去北來何事，蕩湘雲楚水，目極傷心。朱户黏鷄，金盤簇燕，空嘆時序侵尋。記曾共、西樓雅集，想垂楊、還裊萬絲金。待得歸鞍到時，只怕春深。」按：定王臺爲漢長沙定王築成者，臺在潭州，此詞因非自製，故無旁譜。《探春慢》自注：「予自孩幼，從先人官於古沔，女嬃因嫁焉。中去復來幾二十年，豈惟姊弟之愛，沔之父老兒女子亦莫不予愛也。丙午冬，千巖老人約予過苕霅，歲晚乘濤載雪而下，顧念依依，殆不能去。作此曲別鄭次皋、辛克清、姚剛中諸君。」詞云：「衰草愁煙，亂鴉送日，風沙回旋平野。拂雪金鞭，欺寒茸帽，還記章臺走馬。誰念漂零久，漫贏得、幽懷難寫。故人清沔相逢，小窗閑共情話。　長恨離多會少，重訪問竹西，珠淚盈把。雁磧波平，漁汀人散，老去不堪游冶。無奈苕溪月，又照我、扁舟東下。甚日歸來，梅花零亂春夜。」此詞與下録《八歸》一首，均非自製，故無旁譜。《八歸·湘中送胡德華》詞云：「芳蓮墜粉，疏桐吹緑，庭院暗雨乍歇。無端抱影銷魂處，還見篠墻螢暗，蘚階蛩切。送客重尋西去路，問水面、琵琶誰撥。最可惜、一片江山，總付與啼鴂。　長恨相從未款，而今何事，又對西風離別。渚寒煙淡，棹移人遠，縹緲行舟如葉。想文君望久，倚竹愁生步羅襪。歸來後、翠尊雙飲，下了珠簾，玲瓏閑看月。」《淡黃柳》自注：「客居合肥南城赤闌橋之西，巷陌淒涼，與江左異。唯柳色夾道依依可憐。因度此闋，以紓客懷。」詞云：「空城曉角，吹入垂楊陌。馬上單衣寒惻惻。看盡鵝黃嫩緑，都是江南舊相識。　正岑寂，明朝又寒食。强攜酒，小橋宅。怕梨花落盡成秋色。燕燕飛來，問春何在，唯有池塘自碧。」此詞白石自製，係正平調，用四字結聲，旁譜注云：工尺上工（反），凡六上一四。此末尾「四」字係詞之起調上工工（小住）六五六（拽）工（小大工）。合四勾（拽）四上工，凡六一四（反）合上四（小大四）。此末尾「四」字係詞之畢曲：四（小住）上四（小大四）。此末尾「四」字又是過遍之起調：工（反）尺上凡工。上五六，五六(拽)工。尺工尺上(拽)四(反)六尺(反)上(反)。凡六五(拽)六(拽),上凡凡尺(反),凡六上四勾四(小大四)。此末尾「四」字又是過遍之畢曲(孫按:以上工尺譜皆爲原文標點)。

又,《詞源箋釋·意趣》:能群按:詞有意趣則語不猶人,有筆力則深入顯出,語無不達,東坡詞豪放中亦自婉約,「我欲乘風歸去,又恐瓊樓玉宇,高處不勝寒」,此等句法委婉盡致,無惑乎神宗謂其有愛君之思也。「但屈指西風幾時來,又不道、流年暗中偷換」,神韻亦佳。荆公「六朝舊事如流水,但寒煙、衰草凝緑。至今商女,時時猶唱,後庭遺曲」,平叙中有曲折。白石「長記曾攜手處,千樹壓、西湖寒碧。又片片吹盡也,幾時見得」,又云「莫似春風,不管盈盈,早與安排金屋。還教一片隨波去,又却怨、玉龍哀曲」,純用活筆,入妙入神。

又,《詞源箋釋·用事》:能群按:張建封事,即唐張尚書建封歿,其妾關盼盼獨居張氏舊第燕子樓,歷十餘年不嫁。白居易贈詩諷其不死,盼盼得詩,泣曰:「妾非不能死,恐後世以我公重色,有從死之妾,玷清範耳。」乃和白詩,旬日不食而卒。壽陽事,即南朝宋武帝女壽陽公主,人日卧含章殿檐下,梅花飄著其額,成五出之花,因仿之爲梅花妝。少陵詩即「畫圖省識春風面,環佩空歸夜月魂」,詠昭君之作。

又，《詞源箋釋·詠物》：能群按：邦卿云「恐鳳靴，挑菜歸來，萬一灞橋相見」，又云「記當日、門掩梨花，剪燈深夜語」，皆結句妙處。凡命題如「燕」及「蟋蟀」等易於借題發揮，覺有寓意存乎其間。至指甲、小脚，題量過小，雖工麗亦屬纖巧。劉改之詞學稼軒，本極豪放，而所作《沁園春》二首却極精細。嗣此體者，邵清溪有眉、目二首，吴穀人有額、鼻、耳、齒、肩、臂、掌、乳、膽、腸、背、膝、愁、夢、立、睡十六首，王竹所有髮、唇、舌、頸、胸、腰、心、淚、唾、汗、氣、香、聲、影十四首，要皆細膩刻畫，工爲綺語而已。

又，《詞源箋釋·節序》：能群按：「坼桐花爛漫，乍疏雨、過清明」，此柳耆卿《木蘭花慢》起句也。「炎光謝。過暮雨、芳塵灑灑」，亦耆卿《二郎神·七夕》之起句。耆卿上元詞有「樂府兩籍神仙，梨園四部管弦」，人多稱之，至傳入禁苑之中，實亦平平。若美成、邦卿諸作，意境清妙，惜無有歌之者，故叔夏有擊缶韶外之嘆。

又，《詞源箋釋·賦情》：能群按：詞爲詩餘，當知比興。然賦情之作亦必寫景，如「堂深晝永。燕交飛、風簾露井」，如「殘燈朱幌，淡月紗窗」，如「煙柳暗南浦，怕上層樓，十日九風雨」，如「羅帳燈昏」，皆景中帶情，斯爲本色。陸雪溪名淞，所言「恨無人、説與相思，近日帶圍寬盡」，猶稼軒之言「斷腸片片飛紅，都無人管」，苦語也。又言「待歸來、先指花梢教看，却把心期細問」，猶稼軒之言「試把花卜歸期，纔簪又重數」，痴語也。《貴耳集》言「吕婆女侍稼軒，因事見忤，逐之，作《祝英臺近》一首」，此詞狎昵温柔，視稼軒他作激揚奮厲，迥乎不同。

又，《詞源箋釋・離情》：能群按：白石「春漸遠，汀州自緑，更添了、幾聲啼鴂」，少游「正銷凝，黄鸝又啼數聲」，皆調感愴於融會之中而得弦外音響。王維詩「渭城朝雨裛輕塵，客舍青青柳色新。勸君更盡一杯酒，西出陽關無故人」，後歌入樂府，以爲送别之曲，至陽關句反復歌之，謂之陽關三疊。東坡云：「舊傳陽關三疊，然今世歌者，每句再疊而已，若通一首言之，又是四疊，皆非是。或每句三唱以應三疊之説，則叢然無復節奏。余在密州，文勛長官以事至密，自云得古本陽關，每句皆再唱，而第一句不疊，乃知古本三疊蓋如此。樂天《對酒》詩云：『相逢且莫推辭醉，聽唱陽關第四聲。』注云：第四聲『勸君更盡一杯酒』，以此驗之，若一句再疊，則此句爲第五聲，今爲第四聲，則第一句不疊審矣。」

又，《詞源箋釋・令曲》：能群按：宋初沿襲李唐五代之遺風，如晏元獻父子等多工小令，若慢曲至南宋而始盛行。然小令不過十數句，一句一字閑不得，末句尤須含蓄不盡，則命意措辭亦頗不易，此令曲所爲專門之學，而學之者所爲射雕之手也。温飛卿《菩薩蠻》十四首代令狐綯作，其第一、第二兩首尤爲瑰麗，詞云：「小山重疊金明滅，鬢雲欲度香腮雪。懶起畫蛾眉，弄妝梳洗遲。照花前後鏡，花面交相映。新帖繡羅襦，雙雙金鷓鴣。」又云：「水精簾底珊瑚枕，暖香惹夢鴛鴦錦。江上柳如煙，雁飛殘月天。藕絲秋色淺，人勝參差剪。雙鬢隔香紅，玉釵頭上風。」他作如《歸國遥》《定西番》《南歌子》《河瀆神》《遐方怨》《訴衷情》《思帝鄉》《河傳》《蕃女怨》《荷葉杯》《更漏子》等亦皆詞意並茂，雕繪滿目。韋莊，字端己，詞與飛卿齊名，《思帝鄉》云：「雲髻墜，鳳釵垂。髻墜釵垂無力，枕函欹。翡翠屏深月落，漏依依。説盡人間天上，兩心知。」語亦流麗有致。其他如馮延巳《謁金門》云：「風乍起，吹皺一池春水。閑引鴛鴦香徑裏，手挼紅杏蕊。鬥鴨闌干遍倚，碧玉搔頭斜墜。終日望君君不至，舉頭聞鵲喜。」賀方回《燭影摇紅》云：「波影翻簾，淚痕凝蠟青山館。離魂千里念佳期，襟佩如相款。　惆悵更長夢短。但衾枕、餘香剩暖。半窗斜月，照人腸斷，啼鳥不管。」吴夢窗《如夢令》云：「鞦韆争鬧粉墻。閑看燕紫鶯黄。啼到緑陰處，唤回浪子閑忙。春光。春光。正是拾翠尋芳。」此數詞神味雋永，耐人尋味。陳與義，字去非，一號簡齋，工詩，又著有《無住詞》，所作「杏花」云云，彷佛似范石湖「花影吹笙，滿地淡黄月」之句，情中有景，确是佳作。

又，《詞源箋釋·雜論》：能群按：詞首嚴宫調，次及音聲，次及字句，但詞家製曲則又先求語句妥溜，而後乃正之音譜。蓋語句易成，音譜難協，先易後難，循序而進，不但不覺其用功之苦，抑亦登作者之堂矣。

白石「枕簟邀涼，琴書換日」，邦卿「做冷欺花，將煙困柳」，所用活字不涉俗氣，皆詞中起眼之處，與詩眼同；詞句容易不得，苦澀不得，且須疏密相間，一氣到底，方成片段。

章質夫名楶，《水龍吟》詠楊花云「燕忙鶯懶芳殘，正堤上、柳花飄墜。輕飛亂舞，點畫青林，全無才思。閑趁游絲，靜臨深院，日長門閉。傍珠簾散漫，垂垂欲下，依前被、風扶起。蘭帳玉人睡覺，怪春衣、雪沾瓊綴。繡牀漸滿，香毬無數，纔圓却碎。時見蜂兒，仰粘輕粉，魚吞池水。望章臺路杳，金鞍游蕩，有盈盈淚。」東坡和韻，起句「似花還似飛花，也無人、惜從教墜」，此押「墜」字，比質夫響。後片「不恨此花飛盡，恨西園、落紅難綴。曉來雨過，遺踪何在，一池萍碎。春色三分，二分塵土，一分流水。細看來，不是楊花，點點是離人淚」，「綴」字、「碎」字、「水」字、「淚」字均是和韻，較原作爲有筆力。

東坡謂少游《水龍吟》起句「小樓連苑横空，下窺繡轂雕鞍驟」，這十三個字只說得一個人騎馬樓前過，蓋大詞貴有氣格，不僅以詞藻鋪張而已也。草窗所選《絶妙好詞》始於張孝祥，終於仇遠，凡一百三十二家。

近刻《樂府指迷》「陳西麓所作」云云，刊入後段，且將「本製」二字删去，與叔夏原謂西麓工作壽詞之意大相徑庭（孫按：此《樂府指迷》爲《詞源》代稱。《歷代詩餘·詞話》

此條作：「詞欲雅而正，志之所至，詞亦至焉。一爲物所役，則失其雅正之音。近日惟陳西麓《日湖漁唱》，頗有佳者。」前引江昱疏證同。今傳《詞源》此條作：「難莫難於壽詞……却要融化字面，語意新奇，近代陳西麓所作，本製平正，亦有佳者。」下條則作「詞欲雅而正，志之所之，一爲情所役，則失其雅正之音。」）實屬可笑。陳允平，字君衡，一號西麓，所作壽詞如《渡江雲》一首抄列於後。「桐花寒食近，青門紫陌，不禁緑楊煙。正長眉仙客，來向人間，聽鶴語溪泉。清和天氣，爲我栽培、種玉心田。鶯晝長，一尊芳酒，容與看芝山。　庭閑。東風榆莢，夜雨苔痕，滿地欲流錢。愛墻陰、成蹊桃李，春自無言。殷勤曉鵲凭檐喜，丹鳳下、紅藥階前。蘭砌繞，香飄舞袖斑斕」。

叔夏崇姜、史而黜耆卿、伯可，實則北宋慢詞創自耆卿，有氣魄，有聲情，蔚爲大家。即伯可，詞亦典贍，但此二人喜寫艷情，纖細畢露。如耆卿《晝夜樂》云「一日不思量，也攢眉千度」，《十二時》云「怎得伊來，重諧連理」，《征部樂》云「待這回、好好憐伊，更不輕離拆」。伯可《女冠子》云「去年今夜，扇兒扇我，情人何處」，《金菊對芙蓉》云「誰知別後相思苦，悄爲伊、瘦損香肌」，令人見之，恍似千篇一律，無甚意味。所謂美成有爲情所役者，依照上述分列於後。《解連環》「水驛春回，望寄我、江南梅萼。拚今生，對花對酒，爲伊淚落」。《風流子》「遥知新妝了，開朱户，應自待月西厢，最苦夢魂，今宵不到伊行」。前調

「問甚時説與，佳音密耗，寄將秦鏡，偷换韓香。天便教人，霎時厮見何妨」。《意難忘》「些箇事，惱人腸。試説與何妨。又恐伊、尋消問息，瘦減容光」。《慶春宫》「眼波傳意，恨密約、匆匆未成。許多煩惱，只爲當時，一晌留情」。

和靖一聯，即「疏影横斜水清淺，暗香浮動月黄昏」二句，宋虞廷曰「白石《暗香》《疏影》傷偏安也，其感慨處，虚空無跡，故爲傑作。東坡詠梅有『玉奴終不負東昏』，而白石則不言玉奴，而言昭君，其欲描寫梅之清高爲同一旨趣。」

美成詞正在不求高遠，所以貴人學士、市儈（儇）妓女皆知其爲可愛者，若以詞家律之，苟益以白石之騷雅，更有可觀。

東坡《哨遍》云：「爲米折腰，因酒棄家，口體交相累。歸去來，誰不遣君歸。覺從前、皆非今是。露未晞。征夫指余歸路，門前笑語喧童稚。嗟舊菊都荒，新松暗老，吾年今已如此。但小窗、容膝閉柴扉。策杖看、孤雲暮鴻飛。雲出無心，鳥倦知還，本非有意。噫。歸去來兮。我今忘我兼忘世。親戚無浪語，琴書中、有真味。步翠麓崎嶇，清溪窈窕，涓涓暗谷流春水。觀草木欣榮，幽人自感，吾生行且休矣。念寓形宇内復幾時。不自覺、皇皇欲何之。委吾心、去留難計。神仙知在何處，富貴非吾志。但知登山臨水嘯詠，自引壺觴自醉。此生天命更何疑。且乘流、遇坎還止。」計長二百三字，平仄通叶。

少游《滿庭芳》云「斜陽外，寒鴉數點，流水繞孤村」，《踏莎行》云「郴江幸自繞郴山，爲誰流下瀟湘去」，《鵲橋仙》云「兩情若是久長時，又豈在朝朝暮暮」，皆措語工致，寄情遥遠。

學問之道，相得益彰，守齋因與草窗諸人分題賦曲，持律甚嚴，而其詞之協音，亦益精進，有《八六子》詠牡丹云：「怨殘紅。夜來無賴，雨催春去匆匆。但暗水、新流芳恨，蝶淒蜂慘，千林嫩緑迷空。　那知國色還逢。柔弱華清扶倦，輕盈洛浦臨風。細認得凝妝，點脂匀粉，露蟬聳翠，蕊金團玉成叢。　幾許愁隨笑解，一聲歌轉春融。眼朦朧。凭闌干、半醒醉中。」

晁無咎《鬥百草》云：「正喜花開，又愁花謝，春也似人易老。」《鳳凰臺上憶吹簫》云：「千里相思，況無百里，何妨暮往朝還。」語皆平貼。又王觀通叟有《冠柳詞》，如《慶清朝》云：「調雨爲酥，催冰做水，東君分付春還。何人便將輕暖，點破殘寒。　結伴踏青去好，平頭鞋子小雙鸞。煙柳外，望中秀色，如有無間。　晴則箇，陰則箇，餖飣得天氣，有許多般。須教撩花撥柳，争要先看。不道吴綾繡襪，香泥斜沁幾行斑。　東風巧，盡收翠緑，吹在眉山。」通體詞意穩愜。

遺山立意高遠，試舉《雁邱》一首，可概其餘。《邁陂塘·雁邱》云：「問世間，情是何物，直教生死相許。天南地北雙飛客，老翅幾回寒暑。歡樂趣，離别苦，就中更有痴兒女。

君應有語，渺萬里層雲，千山暮雪，隻影向誰去。　橫汾路，寂寞當年簫鼓，荒煙依舊平楚。招魂楚些何嗟及，山鬼暗啼風雨。天也妒，未信與、鶯兒燕子俱黄土。千秋萬古。爲留待騷人，狂歌痛飲，來訪雁邱處。」

康、柳詞見眼中之景，即寫意中之人，直截了當，純任自然。叔夏謂二公爲風月所使者，職此故也。

夢窗有《塞翁吟》一首詞云「有約西湖去，移棹曉折芙蓉。算終是，稱心紅。染不盡薰風。千桃過眼春如夢，還認錦疊雲重。弄晚色，舊香中。旋撑入深叢。　從容。情猶賦、冰車健筆，人未老、南屏翠峰。轉河影、浮槎信早，素妃叫、海月歸來，太液池東。紅衣卸了，結子成蓮，天勁秋濃」。李景元有《帝臺春》一首詞云「芳草碧色。萋萋遍南陌。飛絮亂紅，也似知人，春愁無力。憶得盈盈拾翠侶，共攜賞、鳳城寒食。到今來，海角逢春，天涯行客。　愁旋釋。還似織。淚暗拭。又偷滴。謾遍倚危闌，盡黄昏，也只是、暮雲凝碧。拚則而今已拚了，忘則怎生便忘得。又還問鱗鴻，試重尋消息。」美成有《隔浦蓮》一首詞云「新篁摇動翠葆。曲徑通深窈。夏果收新脆，金丸落、驚飛鳥。濃靄迷岸草。蛙聲鬧。驟雨鳴池沼。　水亭小。浮萍破處，檐花簾影顛倒。綸巾羽扇，困卧北窗清曉。屏裏吴山夢自到。驚覺。依前身在江表。」晁無咎有《鬥百花》一首詞云「臉色朝霞紅膩。

眼色秋波明媚。雲度小釵濃鬢。雪透輕綃香臂。不語凝情，教人喚得回頭，斜盼未知何意。百態生珠翠。　低問石上，鑿井何由及底。微向耳邊，同心有緣千里。飲散西池，涼蟾正滿紗窗，一語繫人心裏。」此數調惟《隔浦蓮》作者尚多，其餘因當時不以爲佳亦不數見。

十一月律中黄鍾，故用正宫。元宵以暮夜得申之氣，故用仙吕宫。周德清言：正宫惆悵雄壯，仙吕宫清新綿遠。此雖論曲詞，可類推詞調，如《端正好》《醉太平》《菩薩蠻》《破陣子》《醉垂鞭》《齊天樂》《瑞鶴仙》《喜遷鶯》等皆屬正宫。如《點絳唇》《八聲甘州》《蝶戀花》《憶王孫》《憶帝京》《六幺令》《太常引》《桂枝香》《暗香》《疏影》《聲聲慢》《卜算子》《好事近》《鵲橋仙》《唐多令》《鷓鴣天》《梅子黄時雨》等皆屬仙吕宫。

古無不可歌之詞曲，而有不入調之腔韻，矯其弊者，惟有按譜填詞，不苟且自便而已。《水龍吟》如少游、白石、東坡、稼軒、放翁、趙仙源諸作俱押上去聲，《二郎神》如徐幹臣、楊補之、耆卿、夢窗、草窗、斗南、碧山、叔夏諸作亦俱押上去聲，唯吕聖求《二郎神》一首有押入聲者。

詞有無情之情，無理之理，乃能出奇制勝，唯立意忌晦，用字忌生，須運以靈活之筆，有曲折有神味方佳。

附録一

存目詞

芭蕉雨 梅

角聲高吹夢斷，月痕尚挂林梢。萬葉千花似掃。緑避紅遁，讓與寒梅獨殿還，狀元宰相當消。恁了却殘年，教人愧殺離騷。　富貴等鴻毛。紛紛傷春，穠李妖桃。自是冰魂欲解，謾倩并刀。只道乾坤閑氣，怎知他、雪虐風饕。睡起望、北斗闌干，人間翠羽嘈嘈。

【勘誤】

此爲明人晏壁詞，見《歷代詩餘》卷五十九。《天機餘錦》誤入。

清平樂 題沈旻所藏雪夜泛舟圖

故人何處。雪壓溪橋路。一葉扁舟乘興去。滿眼暮雲春樹。　行行意思闌珊。歸時漏盡更殘。笑殺風流老子，愛他一夜嚴寒。

【勘誤】

沈旻爲明代正德時期人，《天機餘錦》誤入。

附録二

題識傳述、序跋校録及論詞絶句

（一）題識傳述

馬臻《集句題張玉田畫水仙》

賞月吟風不要論，曳裾何處覓王門。誰人得似張公子，粉蝶如知合斷魂。

袁桷《送張玉田歸杭疏》

采藥神山，悟朱顔之今昨；呼猿靈鷲，勞清夢之去來。要當青鞋布襪，徒步徑歸；誰信黄絹色絲，空言何補。弄笛恨邊雲慘淡，坐窗惜江月淒涼。落葉孤尊，無復金貂之慷慨；古梅千檻，空懷玉照之風流。食肉之相已非，解牛之技焉用？焦桐未遇，斷木自慚。風月江湖，肯後當時之置驛？交游金石，定先桑子之裹糧。鄙騎驢灞上之寒，遂跨鶴揚州之願。膝行而謝，稇載以歸。燈火話平生，慰老弟兄之白髪；詩書娱晚歲，還名祖父之青毡。恩極無言，情陳有靦。

又,《贈張玉田詩》

將軍金甲明如日,勒馬橋邊清警蹕。淮揚徹衛羽書沈,置酒行宫功第一。蟬冠熊軾填高門,英英玉照稱聞孫(張鎡號約齋,堂名玉照)。百年文物意未盡,玉田公子尤超群。紫簫吹殘江水立,野雉驚塵暗原隰。夜攀雪柳蹈河冰,竟上燕臺論得失。丈夫未遇空遠游,秋風淅瀝銷征裘。翩然騎鶴歸海上,一笑相問詩綢繆。兩曜奔飛互朝夕,璇府森芒蠡莫測。要須畫紙爲君聽,落筆雌黄期破的。壺中白日常高懸,道逢落魄呼醉眠。清歌停雲意慘淡,倚聲更度《飛龍篇》(玉田爲循王五世孫,時來鄞設卜肆)。

袁易《木蘭花慢·喜玉田至》

渺仙游倦跡,乍玄圃,又蒼梧。甚海闊天長,月梁有夢,雁足無書。泠然御風萬里,喜□袍,還對紫霞裾。一自黄樓賦後,百年此樂應無。　蕭閑,吾愛吾廬。花淡淡,竹疏疏。更歲晚生涯,薄田二頃,甘橘千株。諸君便須小住,比桑麻、杜曲我何如?不用南山射虎,相從濠上觀魚。

又,《八聲甘州·僕與湯師言、金桂軒、張叔夏、唐月心諸君爲至交。師言以一官在千里之外,僕又驅馳南北。九月望後,夜泊吴江長橋,有懷諸友。在吴下時,得相周旋。今各一方,意緒惻愴,爲賦〈八聲甘州〉一闋,以寫惓惓之意。叔夏於酒邊喜歌自製樂府,故

末章及之，以資他日一笑云》

正丹楓亂葉舞詩情，驚鴻起汀洲。對蒼茫獨立，江山如此，羈思悠悠。尚憶幽坊小檻，笑語月侵樓。誰遣樓心月，來照行舟。波影□雲如鏡，向滄浪喚酒，空闊呼鷗。縱并刀堪翦，還解翦離愁？待歸來，輕謳淺醉，想舊時，張緒轉風流。却説與、虹橋今夕，一片清秋。

仇遠《送張叔夏游金陵》

肯向金淵暫泊舟，相逢衮衮别方休。移宫换羽周郎顧，詠月吟風太白游（自注：吟風詠月，出太白墓銘，范傳正作）。牀上無金猶好客，尊中有酒可消愁。明朝又作臺城客，細看青山似洛州。

戴表元《送張叔夏西游序》

玉田張叔夏與余初相逢錢塘西湖上，翩翩然飄阿錫之衣，乘纖離之馬。於時風神散朗，自以爲承平故家貴游少年不翅也。垂及强仕，喪其行資，則既牢落偃蹇。嘗以藝北游，不遇，失意，亟亟南歸，愈不遇，猶家錢塘十年。久之又去，東游山陰、四明、天台間，若少遇者，既又棄之西歸。於是予周流授徒，適與相值，問叔夏何以去來道塗，若是不憚煩耶？叔夏曰：「不然，吾之來，本投所賢，賢者貧；依所知，知者死。雖少有遇，無以寧吾居，吾不得已違之，吾豈樂爲此哉！」語竟，意色不能無沮然。少焉，飲酣氣張，取平生所自爲樂府詞自歌之，噫嗚宛抑，流麗清暢。不惟高情曠度不可褻企，而一時聽之，亦能令人忘去窮達得喪所在。蓋錢塘故多大人長者，叔夏之先世高、曾祖父，皆鐘鳴鼎食，江湖高才詞客，姜夔堯章、孫季蕃花翁之徒，往往出入館穀其門。千金之裝，列駟之聘，談笑得之，不以爲異。迨其途窮境變，則亦以望於他人，而不知正復堯章、花翁尚存，今誰知之，而誰暇能念之者？嗟乎！士固復有家世才華如叔夏，而窮甚於此者乎？六月初吉，輕行過門，云將改游吴公子季札、春申君之鄉，而求其人焉。予曰：「唯唯。」因次第其辭以爲別。

陸輔之《詞旨》

夫詞亦難言矣，正取近雅而又不遠俗。予從樂笑翁游，深得奥旨制度之法。因從其言，命韶暫作《詞旨》，語近而明，法簡而要，俾初學易於入室云。

蘄王孫韓鑄，字亦顏，雅有才思。嘗學詞於樂笑翁。一日，與周公謹父買舟西湖，泊荷花而飲酒。杯半，公謹父舉似亦顏學詞之意，翁指花云：蓮子結成花自落。

孔齊《至正直記》

（錢唐張叔夏）有《山中白雲集》，首論作詞之法，備述其要旨。

王昶《山中白雲詞逸事》

龔蘅圃刊《山中白雲詞》，最爲精審，蓋竹垞分虎諸君校定本。然頗恨其不附《樂府指迷》。數十年來，此版轉鬻趙谷林家，而樊榭諸君復搜軼事附之，殆無遺義。戊申四月，過禄豐大慈寺，借閲《天日中峰和尚廣録》，中《大覺寺無盡燈記》云：「大圓覺場開蓮華峰，有栴檀林、龍象圍繞，梅野居士張公叔夏施財造無盡燈一座，復舍腴田若干畝，用充膏油，持以供養。工師出巧，珠轉玉回，浮幢王刹，殆不是過。位置十面，面各一鏡，鏡各一佛，中燃一燈，交光相攝。居士印之而興無盡之施，匠氏因之而獻無盡之巧，蓮峰得之而作無盡之莊嚴，大衆觀之而爲無盡之佛事，是謂無上功用，解脱法門，超然於名相之表。居士求余作記，故引是説以告之」云云。是又厲、趙諸君屐齒所未及者，喜而録之。益知海底珊瑚鐵網有所不盡，世有嗜奇愛博君子，續獲叔夏軼事，庶尚有以助我邪？孫按：此梅野居士張叔夏是兩浙都轉運鹽使瞿霆發（或作「翟廷發」）的門客，此張叔夏籍貫松江府華亭下砂，非錢唐玉田生也。

又，《書張叔夏年譜後》

按：先生年齒事實可考於詞者止此。六十七歲後，無所表見，然必登耆艾無疑。其來往江湖，幅巾拄杖，留連於詩酒翰墨之場，與遺民野老采薇餐菊，或歌或泣，志節可想見也。又按元世祖至元十四年，伯顔入臨安，以帝㬎及后妃宗室去，及己卯，宋亡。其時王公大臣子孫，必挾以北行。且是時議遷宋臣於内地，又訪江南人才，故叔夏以庚辰九月往北，迄庚寅始歸，在燕已歷十年。叔夏自以勳臣世裔，不屑屈志新朝，慬而後免，有不可備述於文詞者，故殷孝思序云：「幾經兵燹，猶自璧全。」幸之也。舒岳祥謂「登承明有日」，乃爲叔夏解嘲，殊非實録。讀其詞小序，自《夜飛鵲》書大德外，其餘僅紀甲子，並未紀元，是乃師法柴桑，豈肯以承明爲志耶？孫按：《風入松·久别曾心傳（略）時至大庚戌七月也》亦爲紀元。生平蹤跡，自燕而歸，居於杭，游於山陰、台州，往來於江陰、義興，在吴中最久。存詞始庚辰，止甲寅，蓋三十餘年之作，則其遺佚者多矣。朋好亦皆東南逃名遁世之士，如王碧山、周草窗、陳西麓、鄧牧心、吴夢窗、李商隱、仇山村、李篔房、白廷玉、韓竹間、鄭所南、錢舜舉、李仲賓、趙子昂、張伯雨，可考者十五人，孫按：李商隱、李篔房實爲一人，吴夢窗或未曾奉手。餘悉聲沈響寂。余以弇陋，不復能稽其出處，尚冀復有樊榭、意林、功千者出，相與搜考而續記之。

江藩《詞源跋附記》

叔夏乃循王之裔，《宋史·循王傳》：子五人：琦、厚、顔、正、仁，其後不可考。淳熙間，最著者爲張鎡功甫。史浩《廣壽慧雲寺記》稱鎡爲循王曾孫，石刻碑文後，有鎡曾孫樫跋，蓋以五行相生爲世次之名者，始於功甫。功甫之子，《賞心樂事》稱爲「小庵主人」而佚其名。功甫之名從金，金生水，水生木，小庵主人之子所以名樫也。《詞源》下卷云：「先人曉暢音律，有《寄閑集》，旁綴音譜，刊行於世，曾賦《瑞鶴仙》一詞『卷簾人睡起』云云。此詞乃張樞所作。樞字斗南，號雲窗，一號寄閑老人，樞與樫名皆從木，是爲弟兄行。木生火，故玉田名炎也。以張氏世系計之，叔夏乃循王之六世孫，袁清容贈玉田詩，稱爲循王五世孫，誤矣。考當日清和坊賜第甚隘，功甫移居南湖。而循王之子有居南園者，有居新市者，見《南湖集》中，皆緣賜第近市湫隘，而徙居他所耳。斗南有《壺中天》一闋，自注「月夕登繪幅樓，與篔房各賦一解」，繪幅樓在南湖之北園，乃功甫所居，或者斗南爲功甫之孫亦未可知也。江藩又記。

施國祁《張玉田詞又説》

樊榭厲氏以五行相生推玉田世次。功甫鎡後得斗南樞，因作論詞詩以志快。第中缺水旁一世，尚未審。故友楊秋室，每與余談樂府，必及循王五世孫事，率以無書可檢，傳疑者數十年矣。比友人范白舫自蜀中回，出其所著《攬茝山房漫記》，中引奚減《秋崖津言》一則，載張濡子含擩染家學，別出機杼，獨自成家。有湖上松窗別墅。絶句一首（弱柳舒眉學遠山，四山斜𦢊緑雲鬟。平湖如鑒一回照，西子明妝濃淡間）。父功甫，楊誠齋賞其詩，所謂「新拜南湖爲上將」是也。子樞斗南工長短句，李篔房每稱之。自注云：「樊榭未審，録此以證。」讀之如獲拱璧，不禁狂喜。既喜濡爲鎡子，尤喜濡即樞父。玉照、松窗、寄閑、春水，嫡派四傳，風流繼起。白雲詞中又添一佳話矣。白舫何久秘此説，不行續刊，而使秋室終不得見耶？

（二）序跋校録

舒岳祥《山中白雲詞序》

宋南渡勳王之裔子玉田張君，自社稷變置，淩煙廢墮，落魄縱飲，北游燕薊，上公車，登承明有日矣。一日，思江南菰米蓴絲，慨然襆被而歸。不入古杭，扁舟浙水東西，爲漫浪游。散囊中千金，裝吴江楚岸，楓丹葦白，一奚童負錦囊自隨。詩有姜堯章深婉之風，詞有周清真雅麗之思，畫有趙子固瀟灑之意，未脱承平公子故態，笑語歌哭，騷姿雅骨，不以夷險變遷也。其楚狂歟？其阮籍歟？其賈生歟？其蘇門嘯者歟？歲丁酉三月，客我寧海，將登台峰。於其行也，舉觴贈言。是月既望，閬風舒岳祥八十歲書。

鄭思肖《玉田詞題辭》

吾識張循王孫玉田先輩，喜其三十年汗漫南北數千里，一片空狂懷抱，日日化雨爲醉。自仰扳姜堯章、史邦卿、盧蒲江、吳夢窗諸名勝，互相鼓吹春聲於繁華世界，飄飄徵情，節節弄拍，嘲明月以謔樂，賣落花而陪笑。能令後三十年西湖錦繡山水，猶生清響，不容半點新愁飛到游人眉睫之上，自生一種歡喜痛快。豈無柔劣少年，於萬花叢中，喚取新鶯稚蝶，群然飛舞下來，爲之賞聽？三外野人所南鄭思肖書於無何有之鄉。江昱按鄭思肖，詳見卷五《清平樂》詞後。張氏手批：「以所南觀玉田詞，固宜相爲陪哭，忘愁之物，要爲冤却玉田。」單學博批：筆氣累墜不振，南翁人雖奇，文不奇也。

鄧牧《張叔夏詞集序》

古所謂歌者，《詩》三百止爾。唐宋間始爲長短句，法非古，意古。然數百年來，工者幾人。美成、白石，逮今膾炙人口。知者謂麗莫若周，賦情或近俚；騷莫若姜，放意或近率。今玉田張君，無二家所短，而兼所長。「春水」一詞，絶唱今古，人以「張春水」目之。蓋其父寄閑先生，善詞名世，君又得之家庭所傳者。中間落落不偶，北上燕南，留宿海上，憔悴見顏色。至酒酣浩歌，不改王孫公子藴藉。身外窮達，誠不足動其心、餒其氣與？歲庚子，相遇東吳，示予詞若干首，使爲序云。錢唐鄧牧。

仇遠《玉田詞題辭》

讀《山中白雲詞》，意度超玄，律吕協洽，不特可寫音檀口，亦可被歌管、薦清廟，方之古人，當與白石老仙相鼓吹。世謂詞者詩之餘，然詞尤難於詩，詞失腔猶詩落韻，詩不過四五七言而止，詞乃有四聲五音均拍重輕清濁之别，若言順律舛，律協言謬，俱非本色。或一字未合，一句皆廢；一句未妥，一闋皆不光采，信戛戛乎其難。又怪陋邦腐儒，窮鄉村叟，每以詞爲易事，酒邊興豪，即引紙揮筆，動以東坡、稼軒、龍洲自況，極其至四字《沁園春》，五字《水調》，七字《鷓鴣天》《步蟾宫》，拊几擊缶，同聲附和，如梵唄，如步虚，不知宫調爲何物，令老伶俊倡面稱好而背竊笑，是豈足與言詞哉！予幼有此癖，老頗知難，然已有三數曲流傳朋友間，山歌村謡，是豈足與叔夏詞比哉！古人有言曰：「鉛汞交煉而丹成，情景交煉而詞成。」《指迷》妙訣，吾將從叔夏北面而求之。山村居士仇遠序。江昱按：仇遠，詳見卷三《徵招》詞後。又按玉田所著《樂府指迷》議論精到，誠度世之金針，但止二十餘則，爲卷十數翻而已，且有訛闕，無善本可校，惜哉。單學博批：宋元間人已推許如此。

陸文圭《山中白雲詞序》（一作《詞源跋》）

「詞」與「辭」字通用，《釋文》云：「意内而言外也。」意生言，言生聲，聲生律，律生調，故曲生焉。《花間》以前無雜譜，秦、周以後無雅聲，源遠而派别也。西秦玉田張君著《詞源》上下卷，推五音之數，演六六之譜。按月紀節，賦情詠物，自稱得聲律之學於守齋楊公、南溪徐公。淳祐、景定間，王邸侯館歌舞昇平，君王處樂郊，不知老之將至下有缺文。梨園白髮，漘宫蛾眉，餘情哀思，聽者淚落。君亦因是棄家，客游無方三十年矣。昔柳河東銘姜秘書，閔王孫之故態；銘馬淑婦，感謳者之新聲，言外之意，異世誰復知者。覽君詞卷，撫几三嘆。江陰陸文奎序。朱彊村校記：陸文圭，按《墻東類稿》是篇題爲《玉田詞源稿序》：「君生處樂郊，原本『生』作『土』，『郊』字脱，並從《類稿》。文圭，原本『圭』作『奎』，從江疏。」

錢良祐《詞源跋》

乙卯歲，余以公事留杭數月，而玉田張君來寓錢塘縣之學舍。時主席方子仁始與余交，道玉田來所自，且憐其才，而不知余與玉田交且舊也，因相從歡甚。玉田爲況落寞似余，其故友張伯雨方爲西湖福真費修主，聞之，遂挽去。子仁與余買小舟泛湖，同爲道客，伯雨爲設茗具饌，盤旋日入而歸。玉田嘗賦《臺城路》詠歸杭一詞，録此卷後，其詞云（略）。丁巳正月江村民錢良祐書。

井時《玉田詞題辭》

成化丙午春二月朔，偶見是帙鶴城東門藥肆中，即購得之，南村先生手鈔者，蓋百餘年矣。凡三百首，惜無録目。五月初九日輯録以便檢閱。或笑余衰遲目眩，何不求諸善書者？曰：身健在，飽食終日，豈不勝博弈乎？何計字之工拙？使得時時展玩，恍惚坐春風中，聽玉田子慷慨灑落之言笑焉。並録以記歲月。井時年六十有五。單學博批：明人又愛護如此。

殷重《玉田詞題辭》

聲音之道久廢，玉田張君獨振戛乎喪亂之餘，豈特藉以怡適性情，殆將以繼其傳也。後之君子，得是帙而遡之，則去希微不遠矣。況幾經兵燹，猶自璧全，非天有以寶之，能至此乎？尚德君子幸共表章，庶於好古之懷無憾焉耳。吴門孝思殷重識。

毛扆《石村書屋本校勘跋語》

叔夏詞源出堯章，元人一代當以□□，此公詞中光影慷慨，獨無諛語套語，自是所南一流者，所以元人厚之，當附宋詞後。

李符《山中白雲詞序》

予曩客都亭，從宋員外牧仲借鈔《玉田詞》，僅一百五十三闋。越數年，復睹《山中白雲》全卷，則吾鄉朱檢討竹垞録錢編修庸亭所藏本也。累楮百翻，多至三百首，始識向購特半豹耳。參殷孝思「璧全」一語，更閲陸輔之《詞旨》載樂笑翁警句、奇對，無有出於是編之外者，知爲完書無疑。竹垞釐卷爲八，與諸同志辨正魚魯，緘寄白門。余復與龔主事蘅圃取他本校對，或字句互異，題目迥別，則增入兩存之，鋟棗以傳，可稱善本。繼又從戴帥初、袁清容集内得送贈序疏與詩，因附刻於後，而其生平約略可見。余布袍落魄，放浪形骸，自謂頗類玉田子，年來亦以倚聲自遣，愛讀其詞。今得是帙，日與古賢爲友，移我情矣。嘉興李符。單學博批：國朝名公又珍惜如此，玉田生其可不死矣。

龔翔麟《山中白雲詞序》

玉田生系出朱邸，遭逢不偶，遺行不少概見。今讀詞集，觀其紀地紀時，而出處歲月，宛然在目。如末卷所賦《風入松》，自識爲至大庚戌作，賦《臨江仙》又云「甲寅秋寓吳，時年六十有七」，則此甲寅實元仁宗延祐元年也。由此知宋理宗淳祐戊申爲玉田生始生之歲。第《宋史》載張循王有五子琦、厚、顔、正、仁，玉田生出誰後，惜無考耳。若舒序所稱北游燕薊，蓋在少壯時，迨至元庚寅始返江南，而年已四十餘矣。其先雖出鳳翔，然居臨安久，故游天台、明州、山陰、平江、義興諸地，皆稱寓，稱客，而於吾杭必言歸，感嘆故國荒蕪之作，凡三四見，又安得謂之秦人乎？單學博批：竊聞兩地之民猶争之。吾鄉詞人自周清真知名北宋，其後與玉田生同時者，惟仇山村爲工；他若避俗翁、句曲外史亦有足觀，惜皆流傳無幾；獨《山中白雲》得陶、井兩君後先藏護，竹垞、庸亭傳寫於今，幸而不至散佚，予得借以鏤板。嗚呼，豈偶然哉！錢塘龔翔麟。

曹炳曾《山中白雲詞序》

曩者余友簡兮陸先生相契甚篤，朝夕過從，討論古今樂府詩餘，必推玉田張叔夏。一日出《山中白雲詞》見示，乃先生手録批閲者，曰：「世無善本，子盍鋟棗以傳。」余曰：

「唯唯。」時猶習舉子業，未嘗專讀古書，不知叔夏爲何時人也。未幾，先生與子源渟相繼謝世，欲求所謂玉田詞者，杳不可得。間嘗披閱《詞選》，得見數闋，覺慷慨灑落於周待制、柳屯田諸名家外，別出蹊徑，而律吕調諧，一一應聲叶節。追憶簡兮之語，爲太息自悔者久之。去年秋有客以殘編數種求售，翻閲未竟，忽睹此卷，正疇昔先生所手編者，不禁狂喜，亟購得之，以付廉兒。於是復歎四十年間，人之存亡，書之離合，莫不有數存乎其間。而《白雲》一帙，若終有待於余也。會余刻《海叟詩集》，因將此編重加參訂，附以《樂府指迷》、名賢詩序贈别之作，精書鏤版，以酬宿諾。嗟呼！聞笛山陽，猶深惻愴，況我良友，手跡如新。余深幸是編之流布，而惜先生已不及見矣。流連吟諷，重增太息云。張叔夏名炎，號玉田，又稱樂笑翁，西秦人，或云臨安人。康熙六十一年壬寅三月望上海曹炳曾巢南書於城書室。

曹一士《山中白雲詞後序》

余素不諳詞學，聞之焦丈廣期云：「駢體之推任昉，詩餘之首周邦彦，其道逾小，其故亦逾難言。」又云：「柳永之詞妙處不減於周，謂柳不如周，非知言者也。」余茫然不識其故。時時思按譜問津，又復罷去，恐强作解事，貽笑顧曲名家耳。後見朋輩摇筆作詞，率爾便成。私甚訝之，詞故如此易爲耶？宋玉田生詞，朱竹垞先生極推之，世卒未睹全集；

余叔購得舊本，將授梓以公同好，命余志其後，余不識玉田詞在前人中頡頏誰氏，今觀《樂府指迷》，於聲律之學研究至深，其授受皆有師友，苦余非知音者也。然余詞輒不敢妄作。姑記所聞也。壬寅春，曹一士書於四焉齋。

樓儼《白雲詞韻考略》

曩在都下，邂逅吴門友人，論《白雲詞》用韻最雜，亦嘗疑之，固未暇置辨也。暨而入詞館校勘唐宋元詞，見有用韻極寬如《夢窗甲乙丙丁稿》《日湖漁唱》詞，輒出諸見行韻本之外者。因而考索群書，始知詞韻悉遵古韻，與詩、騷、漢魏六朝、唐人無不吻合，其似寬而實嚴也。樂笑翁知音律，必不苟作，擬著一書以發明之。迨捧檄蠻鄉，而鹿鹿簿書堆中，又六年於兹矣。《白雲詞》但塵封行篋，亦奈之何。庚子三冬，以交代事留桂林，飢驅無賴，暫詣兩江舟中悶坐，乃取《白雲詞》讀之。凡平聲韻之真、文、元與庚、青、蒸通用者，真、文、元、庚、青、蒸之與十四侵通用者，寒、删、先與覃、鹽通用者，其轉上聲去聲各韻，悉爲討論。入聲韻陌、錫、職、緝通用者，陌、錫、職、緝與質、物通用者，月、曷、屑之與十六葉通用者，物、月、屑之與十一陌通用者，月、曷之與合、洽通用者，以及江之通陽，覺之通藥，條分縷晰，無不詳注。其紛紛沄沄者，略爲部署，而援引風、騷及漢魏六朝、唐人詩文，並兩宋詞以證之，由是韻學稍有窺見，而樂笑翁韻雜之謗，亦可以少雪。惜乎向之友人迢遞江東，竟不及與之樽酒細論也。

杜詔《山中白雲詞序》

詞盛於北宋，至南宋乃極其工。姜夔堯章最爲傑出，宗之者史達祖、高觀國、盧祖皋、吴文英、蔣捷、周密、陳允平諸名家，皆具夔之一體，而張炎叔夏庶幾全體具矣。仇仁近謂：「叔夏詞意度超玄，律吕協洽，當與白石老仙相鼓吹。」顧白石風骨清勁，誠如沈伯時所云「未免有生硬處」；叔夏則和雅而精粹，讀其《樂府指迷》一書，爲古今填詞準則，夫豈斤斤墨守堯章者？秀水朱先生竹垞采入《詞綜》三十九闋，數已倍於他氏。乃猶云：「吴門錢進士宫聲家有藏本，爲陶南村手書。多至三百闋，所見猶未及半，不免漏萬之譏。故世甚貴重叔夏之詞，而欲購得其完書不可得。」康熙乙酉冬，余奉命分纂《御選歷代詞》，始得竹垞所寄玉田詞鈔本，時亦未知有《山中白雲》名目也。迨己丑春，復命修《欽定詞譜》，同館樓敬思示余《山中白雲詞》，蓋錢塘龔氏所刊，當是陶南村手書本子，爲完書無疑。既而失之，嘆恨不能已。比上海曹子巢南氏重加校刊，惠余一帙，余驚喜出望外。往時余友周緯蒼謂余云：「上海某氏有《白石詞》三百餘闋，亦出自陶南村手書。」若巢南並購得之，並爲刊布，則是兩家足以概南宋，從此溯源北宋，研味乎淮海、清真，一歸諸和雅，則詞之能事畢矣。其有功於詞學豈淺哉！雍正四年春二月，浣花詞客杜詔書於吴江舟次。

趙昱《山中白雲詞題辭》

詞源於詩，未有詞工而不能詩者。玉田生詞清空秀遠，絶出宋季諸名家上，意其詩必有可觀。朱竹垞太史《静志居詩話》云：「曾過金陵張錦衣瑶星松風閣，見几上有玉田生詩一册，偶忘借鈔，爾後錦衣殁，便不可得。」是玉田生詩已失傳，不如詞三百首之完好無恙也。近閲《延祐四明志》有張玉田《題腰帶水》一絶云：「犀繞魚懸事已非，水光猶自濕雲衣。山中幾日渾無雨，一夜溪痕又减圍。」不獨語意佳絶，且有承平故家之感。《四明志》爲袁待制桷所纂。玉田生與待制友善，曾至鄞設卜肆。此其紀游之什僅存者爾。予購得龔侍御所刻《山中白雲》版，藏弆小山堂間，摹印以貽同好，因並論玉田生之詩，倘亦好古君子所亟欲聞者乎？侍御名翔麟，字蘅圃，晚節以清約著聞，學者稱田居先生。仁和趙昱。

趙信《山中白雲詞序》

明汪珂玉輯《珊瑚網》載：元姑蘇汾湖居士陸行直輔之有家妓名卿卿，以才色見稱，友人張叔夏爲作《清平樂》贈之云：「候蛩淒斷，人語西風岸。月落沙平流水漫，驚見蘆花來雁。　可憐瘦損蘭成，多情應爲卿卿。只有一枝梧葉，不知多少秋聲。」後二十一載，行直以翰林典籍致政歸，則叔夏、卿卿皆下世矣。行直作《碧梧蒼石圖》，並書張詞於卷端。且和之云：「楚天雲斷，人隔瀟湘岸。往事悠悠江水漫，怕聽樓前新雁。深閨舊夢還成，夢中獨記憐卿。依約相思碎語，夜涼桐葉聲聲。」按輔之即作《詞旨》者，今《山中白雲》此詞小有異同，且不記本事，因書之，爲玉田生詞話之一則。仁和趙信。孫按：此條江昱疏證有引録。

厲鶚《山中白雲詞題辭》

元張炎叔夏《山中白雲》八卷，吾鄉龔侍御蘅圃得鈔本於秀水朱檢討竹垞，因鏤版以傳。侍御晚節家居食貧，物故後，琴書散落，是版幾入庸販手，吾友趙君谷林幸購得之。谷林好畜僻書，必留其真，力於校勘，復弗吝流布人間，可謂得所歸矣。侍御序考叔夏生於宋理宗淳祐戊申，循王五子，叔夏未知出誰後，《宋史》不載，固無從考索。第袁伯長《送叔夏歸杭疏》云：「古梅千檻，空懷玉照風流。」玉照，張鎡功甫堂名，功甫是循王諸孫，叔夏出功甫後無疑也。叔夏父名樞，字斗南，號寄閑，鄧牧心《伯牙琴》中有《張寄閑詞序》云「子炎能世其學者」是也。孫按：許增《山中白雲詞綴言》：「宋鄧牧心所著《伯牙琴》有《張叔夏詞集序》，但云：『其父寄閑先生善詞名世，君又得之家庭所傳者。』並未載張寄閑詞序，與厲序所引不同。」今見《伯牙琴》與許説相符。功甫名偏旁從金，以五行相生之次推之，叔夏於功甫爲三世，於循王爲五世，與袁伯長贈詩注云「爲循王五世孫」者相符矣。特功甫、斗南之父均未審耳。功甫生自朱門，儒雅好事，楊誠齋以「佳公子」「窮詩客」目之，有《玉照堂詞》一卷。斗南所作六首，見弁陽翁《絶妙好詞》。陸輔之《詞旨・屬對》又載其「金谷移春，玉壺貯暖」「擁石池臺，約花闌檻」之句，今逸其全。叔夏聲律之學，師承有自蓋如此。鄧牧心又云：「叔夏《春水》一詞，絶唱今古，人號之曰張春水。」孔行素《至正直記》云：「錢塘張叔夏嘗賦孤雁詞，有『寫不成書，只記得相思一點』，人皆稱之曰張孤雁。」二詞今俱見集中，亦唐人「劉夜坐」「鄭鷓鴣」之比也。附識於首，俟後之讀《山中白雲》者考焉。乾隆元年中春花朝後一日錢塘厲鶚。

江昱《山中白雲詞疏證序》

詞自白石後，惟玉田不愧大宗，而用意之密，適肖題分，尤稱極詣。率爾讀之，雖擊節嘆賞，而作者苦心或未出也。夫集中之題但云某人某地，讀者亦僅就其詞臆爲人如是，地如是，是人與地因詞而見，而不知詞實有以确洽其人與地，何啻目眩珊瑚木難而不能名耶？其或實有所指而本題未能注明，則又往往忽略，甚且以爲寬泛之語，而曾不經意，可勝三嘆。間與弟蔗畦涉獵之餘，遇可相發明者，輒筆之簡端。垂二十年，繙書不下萬卷。蓋已得十之七八，即如「賦高疏寮東墅園」，不讀《四朝聞見録》，則「甃石」「通沼」「長嘯」「虚籟」徑屬浮華；「送陳行之歸吴」，不讀《安雅堂集》，則「荏苒孤旅」「背潮歸去」未免矛盾；不知横舟之即爲陸屋，則「弭節澄江」「肯被留住」語難豁然；不知遷居乃復返故第，則「玄觀桃花」「青門瓜圃」辭多瞀若。他如野翁、東巖同處雪竇，《春水》《孤雁》並著時名；吴菊泉故被召寫經之侶，韓竹澗乃從游學詞之人；「小玉（梅）」「闗闗」爲一家眷屬；壺天□□□□□□□，《清平樂》之無題有爲而作。「漁隱」「靜春」之兩字，實有其人。袁伯長琴，徵之清容自述；墨水仙畫，見於《霞外》集唐。至於「元叟」之非「允叟」，「慶春」之爲「慶樂」，「葺隱」之爲「蕺隱」，「太初」之即「復初」，「庚寅歲」之宜從「辛卯歲」，「子昂卷」之可並「溪山堂」，一句之訛，一字之誤，凡此之類，不可枚舉。率從卷籍不相涉之處，參考互證，觸類旁通而出。既矜創獲，覆繹詞意，愈覺神觀飛越。親歷其時，身入其境，聆其談笑，而罄其曲折，向之平淡無奇者，今皆見其切事愜心，分刌合度，而非隨手填寫，僅求好句成篇可比。爰加節葺，列於各詞之左。鄙見則以「昱按」二字别之。至其詞之取摭宏富，藴釀深純，則所謂無一字無來處者，讀者當自得之。不待鰓鰓爲之銓釋爾。乾隆十八年歲次癸酉九日廣陵江昱。

陳撰《山中白雲詞疏證序》

吾友濟陽賓谷君承其家學，稚節嗜古，擅淹通之聲，既與其弟蔗畦鏃羽括礪，自爲師友，光華才氣，昭灼近遠。談藝之外，工爲倚聲，每謂詞莫尚於南宋，景、淳、德祐間，要以白石爲宗主，其嗣白石起者，無逾於玉田《白雲》一集，可按而知也。顧其間有不可以臆測者，蓋玉田之先忠烈王以功開國，家世蘭錡，遭時不偶。流落播遷，客游無方，彳亍南北。所與交率遺民退士，境會遘適，等諸落葉之聚散，其詞一往而深，隱約結嗇，使非熟悉諸人之生平與其情事之曲折，則紀其鏗鏘而不説其義，猶然襲於音者已。今得濟陽兄弟疏通證明之，搜羅旁魄，甄檢精審，寤疑而辨惑，並乏一句之訛，一字之誤，讀之恍恍與諸君子屐齒相躡，撫塵拂几於一室之中，逆使詞之精藴，挹之而逾以出，是豈特玉田數百年身後之桓譚，抑亦吾儕後來讀之者之厚幸也。昔張華讀書遍三十車，其後所作《博物志》僅十卷；左思討論之力，遨游逾十稔，其所爲文不過三賦。夫俗學之相蒙也久矣，試訊是編諸所考證，是豈尋條步屈，聊爾稗販之所得者哉！乾隆癸酉古重陽錢塘陳撰書於韓江寓館之琴牧軒。

又，跋《山中白雲詞疏證》

此江賓谷先生稿也。先生廣陵人，樊榭老人嘗主其家，與馬氏秋玉並稱。此稿殆先生清本而復加訂補者。讀之稱快累日。戊辰重陽後四旁洲展讀一過，添於玉峰官廨。朱康壽補跋：陳先生字玉几，又稱玉几山人，以畫名海内，識者置之於逸品，至今每幀值千餘金焉。詩詞亦清逸絶倫，有集行世。

江藩《詞源跋》

《詞源》二卷，宋遺民張玉田撰。玉田生詞與白石齊名，詞之有姜張，如詩之有李杜也。姜張二君，皆能按譜製曲，是以《詞源》論五音均拍，最爲詳贍。竊謂樂府一變而爲詞，詞一變而爲令，令一變而爲北曲，北曲一變而爲南曲。今以北曲之宫譜，考詞之聲律，十得八九焉。《詞源》所論之樂色管色，即今笛色之六五上四合一凡也。管色應指字譜，七調之外若勾、尖一、小大、上小、大凡、大住、小住、掣折、大凡、打，乃吹頭管者换調之指法也。宫調應指譜者，七宫指法起字及指法十二調之起字也。論拍眼云，以指尖應節候拍，即今之三眼一板也。花十六前衮、中衮、打前拍、打後拍者，乃今之起板、收板、正板、贈板之類也。樂色拍眼，雖樂工之事，然填詞家亦當究心，若捨此不論，豈能合律哉。細繹是書，律之最嚴者結聲字，如商調結聲是凡字，若用六字，則犯越調。學者以此類推，可免走腔落調之病矣。蓋聲律之學，在南宋時知之者已鮮。故仇山村曰，腐儒村叟，酒邊豪興，引紙揮筆，動以東坡、稼軒、龍洲自況。極其至四字《沁園春》，五字《水調》，七字《鷓鴣天》《步蟾宫》，拊几擊缶，同聲附和，如梵唄，如步虚，不知宫調爲何物。令老伶俊倡，面稱好而背竊笑，是豈足與言詞哉。近日大江南北，盲詞啞曲，塞破世界，人人以姜張自命者，幸無老伶俊倡竊笑之耳。竹西詞客江藩跋。

紀昀《四庫全書·山中白雲詞提要》

《山中白雲詞》八卷（江蘇巡撫採進本），宋張炎撰。炎字叔夏，號玉田，又號樂笑翁，循王張俊之五世孫。家於臨安，宋亡後，潛跡不仕，縱游浙東西，落拓以終。平生工爲長短句，以《春水》詞得名，人因號曰「張春水」，其後編次詞集者，即以此首壓卷，倚聲家傳誦至今。然集中他調似此者尚多，殆如賀鑄之稱「梅子」，偶遇品題，便爲佳話耳，所長實不止此也。炎生於淳祐戊申，當宋邦淪覆，年已三十有三，猶及見臨安全盛之日，故所作往往蒼涼激楚，即景抒情，備寫其身世盛衰之感，非徒以翦紅刻翠爲工。至其研究聲律，尤得神解，以之接武姜夔，居然後勁。宋元之間，亦可謂江東獨秀矣。炎詞世鮮完帙，此本乃錢中諧所藏，猶明初陶宗儀手書，康熙中，錢塘龔翔麟始爲傳寫授梓，後上海曹炳曾又爲重刊。舊附《樂府指迷》一卷，今析出，别著於録。其仇遠原序、鄭思肖原跋及戴表元送炎序則仍並録之，以存其舊焉。

阮元《四庫未收書目·詞源提要》

《詞源》二卷。宋張炎撰。炎有《山中白雲詞》，《四庫全書》已著録。是編依元人舊鈔影寫，上卷詳論五音十二律、律吕相生以及宫調管色諸事，釐析精允。間繫以圖，與姜白石歌詞《九歌》《琴曲》所記用字紀聲之法大略相同。下卷歷論音譜、拍眼、製曲、句法、字面、虚字、清空、意趣、用事、詠物、節序、賦情、離情、令曲、雜論、五要十六篇，並足以考見宋代樂府之制。自明陳仲醇改竄炎書，刊入《續秘笈》中，而又襲用沈伯時《樂府指迷》之名，遂失其真，微此，幾無以辨其非。蓋前明著録之家，自陶九成《説郛》廣録僞書，自後多踵其弊也。

汪炳炎《山中白雲詞序》

《山中白雲詞》八卷，經朱竹垞、錢庸亭諸前輩傳抄搜討，方成完本。復得吾鄉龔田居侍御、當湖曹巢南處士後先鏤板，始稍稍流播。未幾，曹板已漂没無存，而龔刻亦漸就零落，誠可惜也。余門人汪中也，喜填詞，詞亦工，尤愛誦玉田生之詞。因重爲開雕，俾倚聲之家户有斯集，匹諸覓飲逢河、索照獲炬，不大愉快哉？若夫品題評泊，前人言之已悉，余何敢贅。特記此集之緣起如此。乾隆辛未秋中八月汪炳炎記於揚州之雲藻堂。

許廷詰《山中白雲詞跋尾》附許元愷識

嘉慶壬戌二月，孫孝座子瀹公車之都，余時館内城，張氏朗即之會館，相與夜譚，孝座案置《山中白雲》一編，撫節苦吟，徹夜不倦。余粗閲一過，未甚領會。是爲讀玉田詞之始。癸亥秋冬間，袁蘭村參軍左都需次，映諸名公作詞。會余思爲東家之效顰，蘭村曰：「必讀玉田生《山中白雲》百過，方論是詞。」遍覓琉璃廠肆，不可得。蘭村因以篋中所攜珍本見借，袖回藤花閣翻閲數十過。成熟者十之四五。甲子三月，蘭村持太夫人服，甫遂索去。乙丑夏四月，小謝自南中得此本，倩官程封寄，時余下榻七條胡同海户部家，燈下按萬紅友《詞律》細別句讀，並借楊浣香讀本校讎誤字。自後花晨月夕，耳熱酒酣時，無不以玉田詞作消遣矣。丙寅七月初六，夜雨，與陶玉禾同全讀一過。中秋夜，二鼓餘，飲微醉，與石渠盡讀長調一過。八月二十六，燈下又將三卷内所選諸調細讀兩過，存四十二首。八月二十七日，午刻，又加選一過，下册四卷内得五十三首。二十八上燈，下本墨選十八首，二十九、三十計讀過選調五遍。上本墨選三十二首。嘉慶戊寅三月，鎮洋周儔借讀百過。己卯，正月小建晦，山樵來夜談，去後，誦六、七、八三卷。次朝日。傍晚，吴壽芝、山樵同來，去後，燈下自一卷誦至五卷，選一過，得七十六首。七月十四日，點定上選三十八首。庚辰八月二十，暇悶，讀一過。二十一、二十二兩日温五過，選定上之二十六首，此有藍圈記，俟手抄。道光戊申五月一二日臨素修師閲本，時謹年八十四矣。孫按：此處鈐「許白堅印」。

咸豐丁巳春仲，攜帶梅塘館中重加裝訂，細讀兩過是編。先君子時置案頭翻閲，即宦游客居，亦常攜帶，頻加圈點評語並記瞻讀，告曰子孫，應世世永保藏之。元愷謹識。

戈載《宋七家詞選·玉田詞跋》

《山中白雲》八卷，陶南村鈔本，錢庸亭藏之，朱竹垞録之，龔蘅圃刻之。詞多至三百首，洵爲完璧。字句各異者或並存或分注，可謂精詳矣。予讀是集，手校五過，又將顧丈澗蘋、李丈子仙批本互勘。近寓秦陲，復與王君寬甫商榷，一一皆識於簡端。茲所録者，就其異同，更將各選家參訂，折衷於至當不易，似無遺憾。惟原本有闕而未補，誤而未改，及別本謬處，特指出之。如《清平樂》「一花一葉，冷却西湖風月」二句，「一花」，「一」字、「風」字原闕；又《柳梢青》「獨立東風，回闌惆悵」二句，「東」「回」二字倒誤；又《數花風》「煙水去程應遠」句，「去」誤作「此」；又《祝英臺近》「曾否被生香輕誤」句，「否」字原闕；又《惜紅衣》「爲語杜郎重到」句，「爲語」二字原闕；又《探芳信》「蔓羅荒甃」句，《詞律》「羅」作「蘿」，「老却江潭漢柳」，「漢」原作「深」，此字須去聲；又《淒涼犯》「蘆花深見游獵」句，「深」字下原多「還」字，注曰「一無『還』字」，而未删，《詞潔》遂沿其訛；又《滿江紅》「看小隊東塗西抹」，原闕「小隊」二字；又「離別怨」句，闕「怨」字；又《甘州》「弄影中洲」句，「洲」原作「州」，複韻；又《聲聲慢》「一笑寫入秋聲」句，「秋聲」原作「瑶琴」；又《暗香》「動倒影取次窺妝」句，原闕「取次」二字；又「清興淩風更爽」句，「淩」原作「後」；又《瑣窗寒》「料也孤吟山鬼」句，「料」字下原多「應」字，《詞綜》同；又「想如今醉魂未醒」句，《詞綜》「未醒」誤作「正遠」；又「那知人彈折素弦」句，「人」字下誤多「是」字；又《壺中天》「揚舲萬里」句，《詞綜》「舲」作「舸」；又「行行且止」一首，原作「湘月」，以其詞仍是《壺中天》，故未易名，末句「翦來一半煙水」句，「來」原作「取」；又《木蘭花慢》「垂鬟至今在否」句，「鬟」原作「髻」，此字爲暗韻，與上「寒」字對；又《齊天樂》「一色無尋秋處」句，《詞綜》落「一色」二字；又《憶舊游》「故鄉幾回飛夢」句，《詞綜》《詞律》

「鄉」作「舊」;又「怕逢舊時歸燕」句,「逢」原作「有」,此字宜平;又「飄蕭又成夢」句,「蕭」原作「零」,失韻;又「清聲慢憶何處簫」句,「簫」上原多「鸞」字;又《探春慢》「摇落似成秋苑,甚釀得春來」句,《詞潔》落「苑」、「得」二字;又《南浦》「翻笑東風難掃」「前度劉郎歸去後」二句,《詞綜》「笑」作「唤」,「歸」作「從」;又《霜葉飛》「待唤醒清魂起」句,原作「待唤起清魂」,少一字,而於「起」字下注「一作『醒』」,予故臆斷其爲「醒起」,二字俱不可少,方合句法耳。其《長亭怨》,白石一六、一五兩句,玉田作一七、一四。《淒涼犯》末句七仄,玉田首二字用平,是當别爲一體。又《數花風》即《鳳皇閣》,《瀟瀟雨》即《甘州》,《鬥嬋娟》即《霜葉飛》,《紅情》《緑意》即《暗香》《疏影》,其句法平仄稍有不同,亦爲同調異名之體可也。玉田之詞,鄭所南稱其「飄飄徵情,節節弄拍」,仇山村稱其「意度超玄,律吕協洽」,是真詞家之正宗。填詞者必由此入手,方爲雅音。玉田云:「詞欲雅而正。」「雅正」二字,示後人之津梁,即寫自家之面目。知此二字者始可與論詞,始可與論玉田之詞。蓋世之詞家,動曰能學玉田,此易視乎玉田而云然者,不知玉田易學而實難學。玉田以空靈爲主,但學其空靈而筆不轉深,則其意淺,非入於滑,即入於粗矣。玉田以婉麗爲宗,但學其婉麗而句不鍊精,則其音卑,非近於弱,即近於靡矣。故善學之,則得門而入,升其堂造其室,即可與清真、白石、夢窗諸公互相鼓吹,否則浮光掠影,貌合神離,仍是門外漢而已。抑更有進焉者，善學古人，當取古人之是者學之；玉田誠不可不學，而有不可學之一端，則其用平、上、去三聲之韻也。凡詞各有宫調，宫調者，六律六宫皆有五音演而爲宫爲調。宫者，正宫、道宫、黄鐘宫、仙吕宫之類；調者，越調、商調、大石調、正平調之類，其起調畢曲，當用何字，有一定不易之則。起者始韻，畢者末韻，而又有住字以别之。白石所謂「住字」，即玉田所謂「結聲」，收足本音，方能融入本調，詞之合律與否，全在乎韻。韻有四呼、七音、三十一等，而其要則穿鼻、展輔、斂唇、抵齶、直喉、閉口六條，予《詞林正韻·例言》中已詳言之。玉田則真、文、庚、青、侵雜用，真、文爲抵齶韻，庚、青爲穿鼻韻，侵爲閉口韻，亦有寒、删間雜覃、鹽，寒、删亦抵齶，覃、鹽亦閉口，皆斷不能通者。南宋詞人多不經意之作，取其便易，玉田亦未能免俗，此其不可學者也。至入聲韻，則屋、沃不混覺、藥，質、陌不混月、屑，極見謹嚴。今人用韻，自喜泛濫，每以玉田藉口，而入聲韻則又不肯從之，豈非不學古人之是，而反學古人之非乎？况玉田三百首中，不合韻者僅三十七首，此亦偶然之誤耳。奈何借古人之小疵，以爲藏身之固，文過之端，吾甚爲玉田冤已。戈載識。

項鴻祚《跋山中白雲詞》

玉田詞精警不及梅溪，雄俊不及稼軒，生峭不及白石，奇麗不及夢窗，整潔不及蘋洲，幽窅不及花外，而能掇諸家之長，加之以騈宕，芊芊綿綿，「山中白雲」四字盡之矣。　近世學玉田者，小長蘆差近，有時或失之甜，安論餘子。

吴搢光《山中白雲詞跋》

范丈白舫與金君桐孫有《三家詞》合刻之舉，白石、碧山二集已各訂校，而玉田詞較多數倍，不以檮昧，屬與校勘。　余按：玉田於祥興宋亡時，年僅三十有二，以勳臣之裔，不願仕進，然喬木摧穨，布袍淪落，幾無以寧居，故不得已往來南北之途，甚至賣卜於鄞肆，銅槃之泣，桑海之嗟，時寓意於長短句中，低徊不置。　讀《山中白雲》，當悲其志而憫其窮也。周丈止庵稱中仙能自尊其體，獨不及玉田，豈有愛憎之偏耶？惟龔氏原本或沿鈔本之訛，故有落字。　如卷五《甘州》之「翠袖」上落去三字，已補三空格，注明於後矣。　又有誤字，丈爲摘出，如卷四《南樓令》之「桃雲泛遠波」，「桃」字當作「披」字，《淡黄柳》之「柔枝未堪折」，「未」字作「那」字；卷八《臨江仙》之「翦翦春冰出萬壑」，「出」字作「消」字。　而卷中空格甚多，間有一二亦可以意揣無疑者。　如卷六《南鄉子》「晴野事春游」之「游」字、《木蘭花慢》「幾分春到柳」之「幾」字、卷七《摸魚子》「拚醉裏忘歸」之「裏」字，酌爲填補，餘則一仍其舊。　至卷四《憶舊游》後半結句、卷六《洞仙歌》前半結句均多一字，卷七《一枝春》「暮寒消盡」句，「消」字上多一空格，未敢擅爲損益，以刊工峻事，未克注明，屬歷舉於此，以待正焉。道光辛丑季冬全椒吴揞光識。

伍崇曜《詞源跋》

右《詞源》二卷，宋張炎撰。案炎字叔夏，玉田，又號樂笑翁，臨安人，張循王五世孫。宋亡後，縱游浙東西，落拓而卒。工長短句，鄧牧心《伯牙琴》稱其以《春水》詞得名，人稱「張春水」。孔行素《至正直記》稱其《孤雁》詞得名，人稱「張孤雁」。厲樊榭《山中白雲詞跋》並引之。其實玉田詞三百首，幾於無一不工，所長原不止此也。樊榭論詞絶句第七首自注云：玉田詞本其父寄閑翁。翁名樞，字斗南，有詞在周草窗《絶妙好詞》中。然玉田實有跨竈之興，前無古人，後無來者，惟白石老仙，足與抗衡耳。研究聲律，尤得神解，故所著書，類足爲詞家圭臬。是編爲秦澹生太史所刻，跋稱元明收藏家均未著録，從元人舊鈔謄寫云。又《絶妙好詞箋》附録厲樊榭跋，有引張玉田《樂府指迷》語，則樊榭與查蓮坡所見，均非完本也。然錢遵王《讀書敏求記》實已著録，稱上卷詳考律吕，下卷泛論樂章。淩廷堪《燕樂考原》亦曾引是書，顧樊榭與蓮坡均未得見耶？惟彭甘亭《小謨觴館集》徵刻宋人詞學四書啓，紀其原委最詳。稱究律吕之微，窮分寸之要，大晟樂府，遺規可稽，則《白石道人歌曲》、晦叔《碧鷄漫志》而外，惟《詞源》一書爲之總統。原本上下分編，世傳《樂府指迷》即其下卷。明陳仲醇續刊秘籍，妄析全書之半，删改總序一篇，襲用沈伯時

《樂府指迷》之稱，移甲就乙。由是《詞源》之名，訛爲子目，傎孰甚焉，則洞見癥矣，何勝國諸賢之輕於竄亂故籍也。咸豐癸丑竹醉日，南海伍崇曜跋。

許增《山中白雲詞綴言》

《白雲詞》世無傳本，惟明初天台陶南村（宗儀）手鈔本，爲吴縣錢庸亭（中諧）所藏。秀水朱錫鬯（彝尊）釐爲八卷，錢塘龔蘅圃（翔麟）始爲刊行，後爲上海曹巢南（炳曽）重刊，所謂城書室本是也。蘅圃先生殁後，琴書散佚，《白雲詞》版爲仁和趙谷林（昱）所得，流布未廣。劫後，龔刻、曹刻皆不易得，兹就弊篋舊藏龔刻初印本重加校勘，有疑似者悉仍其舊。曹刻訛文脱簡，觸目紛然。或當時不暇詳校，序中謂「精書鏤版，以酬宿願」，亦言之過情耳。龔刻本與《欽定歷代詩餘》、《欽定詞譜》、周密《絶妙好詞（箋）》、陳耀文《花草粹編》、朱彝尊《詞綜》、萬樹《詞律》、先著《詞潔》、許昂霄《晴雪雅詞》、戈氏《詞譜》、丁氏八千卷樓鈔本及予所藏舊鈔本有互異者，加注本字之下，以墨圍别之。叔夏爲循王六世孫，其父則斗南先生也。斗南名樞，號雲窗，所著《寄閑集》，近不可得見。《絶妙好詞（箋）》僅載詞六闋，《續鈔》又得詞三闋，並宫詞十首。兹附刻於《白雲詞》之前，不敢引《伐檀集》之例，列父作於子集之後也。宋鄧牧心所著《伯牙琴》有《張叔夏詞集序》，但云：「其父寄閑先生善詞名世，君又得之家庭所傳者。」並未載張寄閑詞序，與厲序所引不同。兹刻鄧序於舒序之前，以補龔本之闕。牧心與叔夏訂交在大德四年庚子，舒序於丁酉三月。略次後先，以存交際。叔夏所著《詞源》二卷，窮聲律之高妙，啟來學之準範，爲填詞家不可少之書。陳眉公《續秘笈》僅載下卷，以《樂府指迷》標題。《四庫存目》仍其名，中間帝虎陶陰，指不勝屈。曹南巢附刻於《白雲詞》之後，復加删乙，所存纔什之二三。阮文達采進《四庫》未收古書，始著録焉。江都秦敦甫（恩復）從元人舊鈔定本刊行，近亦僅有存者。兹照秦本重刊，以公同好，或庶幾焉。敦甫刻《詞源》在嘉慶庚午。閲十九年，得吴縣戈順卿（載）校定本，知前刻謬訛尚多，復加釐刻。兹從敦甫道光戊子重刻本，益無遺憾矣。所南翁言玉田詞能令後三十年西湖錦繡山水猶生清響，今相去七百年，臣里詞客寥落如晨星，白雲無聲，載淪灰劫矣。亟爲是刻，將使徵情弄拍者，覓遺響於山中，若云繼龔、曹諸君而作，則吾豈敢。光緒壬午十月刻竟，仁和許增邁孫識。

又，《山中白雲詞跋》

《叔夏年譜》未見前人著録，述庵先生亦不詳撰書姓氏，不諗從何得見而書其後。跡其所論，有涉疑似者，謂「先生年齒事實可考於詞者止此，六十七歲後無所表見」云云。按江陰錢良祐《詞源後跋》載「乙卯歲，玉田張君寓錢塘縣之學舍，與方子仁、張伯雨往還，賦《臺城路》詞。」則叔夏時年已六十八歲矣。又謂「至元十四年，伯顔入臨安，以帝㬎及后妃宗室去，其時王公大臣子孫必挾以北行」云云。按《元史》至元十三年五月乙未，巴延以宋主㬎至上都，别無王公子孫挾以北行之文，且非十四年事。又謂「叔夏以庚辰九月往北，訖庚寅始歸，在燕已歷十年」云云。按《白雲詞》卷一《臺城路》詞題庚寅，誤刊庚辰，述庵因而誤之。蓋叔夏於庚寅九月偕曾心傳、沈堯道諸人以寫經之役，自杭起驛入京，甫得官，輒爲人所阻。辛卯春即南旋，是留燕京首尾纔一年，若謂在燕十年，則戊子冬不應客山陰也。集中庚寅北歸凡兩見，别本皆作辛卯，當遵别本爲是。在海雲寺觀千葉本是辛卯春間事，《元史》至元二十七年六月繕寫金字藏經，凡縻金三千二百四十四兩，此可證也。又謂「叔夏自以勳臣世裔，不屑屈志新朝，慬而後免」，此亦臆斷之詞；至殷孝思「幾經兵燹，猶自璧全」，此特論其詞，非謂其出處也。殷《序》具存，可復按耳。又謂「讀其詞小序，自《夜飛鵲》書大德外，其餘僅紀甲子，並未紀元，是乃師法柴桑」云云。無論大德是元成宗紀年，距宋亡已二十年，況卷八《風入松》詞題云：「至大庚戌七月」，似大德之外不盡無紀年者，述庵豈未之見歟？至所與游處者，就述庵所舉十五人中，亦非盡逃名遁世之士。予嘗輯《山中白雲詞考證》兩卷，於叔夏之往還交誼，詮次事實，搜討略盡。初擬附刊於詞集之後，恐多脱訛，不敢遽以問世，因述庵此書，遂泚筆論之，非敢自異名賢，亦冀傳信於後來耳。顧千里云：「天下有訛書，而後天下無訛書。」其即予之意也夫。丙戌四月，邁孫記。祝廷錫：《叔夏年譜》雖未見前人著録，玩司寇書後始末，語氣似即司寇所撰輯，更括其大概書諸後。媮園未饜其説，遂並疑其書，殆未暇平心一讀歟？庚申首夏識。

丁丙《山中白雲詞跋》

宋奚溅《秋崖津言》載：「張濡《湖上别墅》一詩云：『弱柳舒眉學遠山，四山斜髀緑雲鬟。平湖如鑒一回照，西子明妝濃淡間。』濡字子含，别墅在北新路第二橋，顔曰『松窗』。中構水亭，四面檉柳數百株，圍繞若玦環，下臨菡萏一二十頃，三伏銷暑，不減禁中翠寒堂也。父功甫，即與史衛王謀誅韓侂胄者，楊誠齋賞其詩，所謂『新拜南湖爲上將』也。子含濡染家學，别出機杼，獨自成家。子樞字斗南，工長短句，李篔房每稱之」云云。則叔夏爲功甫曾孫，斑斑可考矣。功甫爲循王曾孫，見史浩《廣壽慧雲禪寺記》，叔夏之爲循王六世孫，益可徵矣。袁清容贈玉田詩注誤謂爲五世孫，樊榭從而因之，江子屏（藩）《詞源後跋》力正其訛，初亦不知斗南之父爲何名也。偶得所據，走告邁孫，同爲撫掌。時邁孫重刊《山中白雲詞》甫竟，並録斗南詩詞弁諸首，其表章先哲之心，自不可及。子含詩不多見，《别墅》一絶之外，復從元道士孟集虚（宗寶）所輯《洞霄詩集》中見子含《游大滌山》一詩云：「危樓拱翠出層空，畫棟朱簾縹緲中。客散月明風露下，一奩天棘伴絲桐。」樊榭《宋詩紀事》曾引之，亦不諗其爲斗南之父也。斗南亦有《游大滌山》詩云：「一曲朱闌百尺餘，仙人自是愛樓居。松風不動千山靜，月滿天壇人步虚。」爲邁孫所未見者，因補録之。暇當搜求子含、斗南遺集並而刊之，與《南湖集》並行於世，則更快也。邁孫其有意乎？光緒八年九月錢塘丁丙跋。

按《宋史》德祐元年三月壬申朔，命浙西安撫司參議官張濡戍獨松關。辛卯，張濡部曲害大元行人嚴忠範，執廉希賢至臨安，重創死。噫！此何時邪？子含以勳臣之裔，扼險以拒元兵，當風靡草偃之際，猶能戕執行人，爲趙宋吐一日之氣，謂之循王不死可矣。按辛卯爲三月二十日，《元史》至元十二年三月遣禮部尚書廉希賢、工部侍郎嚴忠範持國書使宋，丙戌至獨松關，爲守關者張濡襲而殺之。據此，則爲三月十五日矣。兩史所紀，略有異同，要之，希賢、忠範爲濡所殺，則确然無疑義耳。因論其世次，而並及之。丙又識。

張預《重刻山中白雲詞跋》

西湖故多沈憂善歌之士。自南渡之季，故家遺老，愴懷禾黍，山殘水剩之感，風儔月侶之思，流連紆鬱，忍俊不禁，往往託興聲律，借抒襟抱。其尤工者，比物儷事，言促意長，後之人推尚其作，至比於草堂詩史，謂興亡之跡，於是乎繫焉，此玉田生《山中白雲詞》所繇傳也。玉田以故王之裔，丁百六之阨，放廢江海，流浪絲竹，亦曰「以寫我憂」而已。而摭「春水」之一闋，拾「孤雁」之單調，萬口同傳，千年寡和，七百年來垂聲西湖，配享髯姜，並祖而不祧。詞人後起繙刻，流播之本，雲屬波接，何其盛歟！屬以兵塵之更，傳本淪佚，娛園許丈，搜諸篋衍，滌煤剔蠹，字讎句勘，寫定而後授之梓人，以視龔、曹舊刻，精審倍蓰。於是湖山之間，善歌之士，復知有玉田之詞，抗墜以赴聲，進退以合律者，舉帙一終，頑艷均感，蓋許丈之爲功如此也。聞之，詞之爲體，幽深繚曲，主於言情，至於憂思鬱怫，別存懷抱，其旨遠者，其風彌正，非夫淫靡浮窳之響所得羼矣。嗟夫！嗟夫！世安得疊山水雲之琴，皋羽之如意，摻縵擊節，取玉田之詞而按闋歌之。吾將與許丈釃酒西湖之湄，酹白雲以爲招也。光緒癸未正月錢塘張預跋。

張大昌《重刻山中白雲詞序》

聞之黄華導源，靈響斯衍，紅豆貽種，馨荄並萌，故夫幽深窈眇之思，婉曲清微之旨，必合前修以設軌，綿墜響以嗣音。庶幾樂府摹聲，洗湊泊妃豨之恥；詞人協律，雪蔓流焰段之譏者也。許丈邁孫先生，篋家探勝，琴旨闡微，每坐石而論音，自畫苔而訂譜。靈芬扇雅，則私淑頻伽，納蘭振馨，則夙契容若。亦既緗襲頻發，琬鎸遞新。取玖傾昆，截肪飣席矣。壬午秋，又以《山中白雲詞》付梓，掞張好音，詒惠來哲，捃摭傳本，勘始麻沙；流連古宗，推諸汧渭。夫《春水》《孤雁》，織零星之玉縑，西風候蟲，耀撐月之珊網。而茲則全袟入槧，善本羅珍。丹墨勤劬，綿竹垞之標韻；湖山雅故，踵樊榭之靈因，將見有井水處而能歌，付鞠部頭而競唱，凡販錦於九張機上，擷珠於一絡索中者，類皆悟齏臼之大凡，識花間之誤曲，不深賴先生之斯舉，得大雅之真詮哉。大昌方奉手而趨隅，迺題眉而命序，蠹枯何食，黿咬自暗，每展卷而襲蘭，但艷眸而流采。感承盛意，勉贅蕪言。緬吾家「三影」風流，未免浸淫汗下，容我輩萬花聽賞，亦復旖旎情深也已。光緒九年正月人日仁和張大昌謹序。

王鵬運《雙白詞三跋》

樂笑翁淵源家學，究心律吕，且值銅駝荆棘之時，吊古傷今，長歌當哭。《山中白雲詞》直與白石老仙方駕，論者謂詞之姜張，詩之李杜，不誣也。嘗欲合白石、白雲爲「雙白詞」之刻，顧《白石道人詞集》傳本尚多，《山中白雲》雖一刻於龔翔麟，再刻於曹炳曾，皆迄未之見。客臘端木子疇年丈從金陵故人家覓得抄本二卷，與《四庫全書總目》及《三朝詞綜》所云卷數皆不合，雖首尾完善，而序跋缺如，不知據何本迻抄。中間字句以近今選本校之，亦多歧異，或亦舊傳之别本也。抄本爲詞一百五十首，復廣爲搜輯，又得詞一百七首，爲補録二卷附後，不知於足本何如？然視《白石詞》則三倍之矣。至訂訛補缺，當再覓全集校讎，特欲爲倚聲家先睹之快，故不辭疏漏，遽付剞劂云。辛巳寒食日臨桂王鵬運吟皋識。

自余《雙白詞》刻出，仁和許君邁孫以此詞尚非足本，爲重翻龔刻。南中書賈復得曹氏舊板，整比印行。余刻最劣下，藉以訂訛補缺，復爲完書，特顛倒淩雜，殊失舊觀耳。原本八卷，詞二百九十六闋。《雙白詞》所刻少四十闋，爲續補附後。編次既失龔氏之舊，鉛槧復遜許氏之精。然二本之出，實余刻爲之嚆矢。雖率爾操觚，未始無功於樂笑翁也。陸氏《詞旨》淵源具在，龔氏集序考證爲詳，並爲附入，以資觀覽云。光緒丁亥冬日臨桂王鵬運誌。

海寧吴子律衡照《蓮子居詞話》云：「張叔夏《題曾心傳藏温日觀墨蒲萄畫卷》詞，《山中白雲》失載，曾與叔夏交最深，集中故多寄贈之作。温號知歸子，宋末僧也，詞云（略），係《甘州》調。叔夏亦工水仙，當時謂得趙子固瀟灑之致。」按，子律此則雖未詳詞所自出，然細審意境，實非叔夏莫辦。余曩編《白雲詞補》，曾於《詞源》錢良祐跋得《齊天樂》一闋，附刊卷末。今復録此，以殿續補，亦墨緣快事也。戊子首夏半塘老人王鵬運再識。

許賡颺《四印齋合刊雙白詞序》

自群雅音淪，《花間》實倚聲之祖；大晟論定，《片玉》以協律爲工。建炎而還，作者尤盛：竹齋、竹屋、梅溪、梅津。公謹以《漁笛》按腔，君特以《夢窗》名集。花庵有選，蘋雲競歌。然好爲纖穠者，不出乎秦、柳；力矯靡曼者，自比於蘇、辛。求其並有中原，後先特立，堯章、叔夏，實爲正宗。此仇氏山村、鄭氏所南所由揚彼前旌，推爲極軌也。幼霞同年得光禄之筆，乘馬當之風，茹書取腴，餐秀在渌。洎來都下，跌宕琴尊，刻畫宫徵，時有新意，輒發奇弄。以吾鄉戈順卿先生《詞林正韻》分别部居，最爲精審。舊刻既燬，搜訪爲難，從賡颺乞得抄本付刊，嘉惠同志。又以毛氏叢刻暨諸家總集，繁簡失均，折衷罕當，乃取堯章所著《白石道人歌曲》、叔夏《山中白雲詞》合刻成書，命曰《雙白詞》，屬爲弁首。竊謂堯章淮左停驂，越中作客，其時天水未碧，晚霞正紅，奏進鐃歌，發明琴旨。從若士而語，嶽雲可披；載小紅而歸，夜雪猶泛。雖在逆旅，不啻飛仙。叔夏則舊日王孫，天涯殘客。夢斗北去，耻逐乎鷺飛；水雲南歸，淒同乎鶴化。雅有袁唐之舊侣，苦無張范之可依。悴羽易沈，幺弦多感。豈知意内言外，惟言清新；宣戚導愉，必歸深婉。彼以「石帚」自號，肖其堅潔；此以「春水」流譽，合乎清空。正不獨《疏影》《暗香》《紅情》《緑意》屬以同調，遂足方軌。譬之璧月，秋皎而春華；例彼幽葩，蕙纕而蘭佩。而且元珠在握，古尺自操。循是以求，導源之美成，分鑣之達祖，亦可識矣。賡颺一隅自囿，四上未諳，敢抒荒言，謬附餘論，亦謂九塗騁軌。或多泛交，萬錢治庖，不如專嗜，辱承諈諉，聊以此爲喤引云爾。吴縣許賡颺。

朱祖謀《重刻山中白雲詞疏證跋》

《山中白雲》八卷，廣陵江賓谷疏證本。《山中白雲》爲陶南村手鈔流傳，晚出著録罕及。朱竹垞録自錢庸亭，釐卷爲八。龔蘅圃始刊之，曹巢南重刻，標曰《山中白雲詞》，恐非舊稱。賓谷以龔本裁綴成帙，其詞後所附別本全章，概未之載。孫按：今查江昱稿本，別本皆移之八卷詞作後，朱説非是。今於夾注一作某某，而疏所不及者一律芟去。猶是江氏志也。疏校諸條既據更訂，其所未及，兼取他刻參録記之。疏證尚缺五十餘事，今舉所知者條寫如左（略）。甲寅冬十有一月日長至歸安朱孝臧記。

祝廷錫《山中白雲詞跋》

此冊購藏有年，庚申春，爵兒自日本寄來榆園叢刻十二冊，内有《山中白雲詞》八卷，《詞源》二卷，因據以校勘一過，並著其互異處於眉端，遂更録其序跋之關係考據者。其康熙壬寅曹炳曾序、光緒癸未張大昌序、雍正四年杜詔序未録。庚申立夏後十日小雅氏識。

陳能群《詞源箋釋》

叔夏《詞源》上下二卷，清代《四庫全書》未收，乾隆時阮元芸臺依元人鈔本寫之，後秦恩復敦夫從舊鈔中誤者塗乙之，錯者刊正之，其不能臆改者姑仍之，刻於嘉慶年間。嗣得戈載順卿所校本，勘訂譌謬，精嚴不苟，乃於道光時重付梓人，以公同好。及至清季鄭文焯叔問著有《詞源斠律》出世，釐正舊刻，尤爲精晰。但叔夏所言音律原理，間有疑義，而鄭氏仍闕焉未詳者，兹特一一補箋之，冀與海内詞家共同探討，庶幾闡揚風雅，爲談中國文化之一助云。

叔夏《詞源》下編有概論、音譜、拍眼、製曲、句法、字面、虚字、清空、意趣、用事、詠物、節序、賦情、離合（情）、令曲、雜論、作詞五要，凡十七篇。明陳繼儒眉公刊入《續秘笈》中，誤以爲《樂府指迷》，又以陸輔之《詞旨》爲《樂府指迷》之下卷；至清代雲間姚氏又誤以《樂府指迷》爲沈伯時所著，而遂愈失其真。余見《山中白雲詞》及戈氏《七家詞選》均載有玉田先生《樂府指迷》，而各篇均無標題，且字句多有删易者，本來面目已失其半。兹篇仍就《詞源》原著逐加注解以存真面，蓋亦有取於闡微揚幽之意也。附識。

饒宗頤《詞集考·宋代詞集解題》：

《山中白雲》，張炎撰。炎，字叔夏，號玉田生，又號樂笑翁。居臨安，勳臣張循王裔孫，故署其祖籍爲西秦。生於淳祐八年戊申（西元一二四八），宋亡時，年二十九。故國王孫，落漠以終。其友錢良祐（黄溍撰《錢翼之（良祐）墓誌》，見《文集》卷三三）跋《詞源》，稱玉田於乙卯歲來寓錢塘縣之學舍，跋撰於丁巳即元延祐四年（西元一三一七），玉田年七十矣。著《詞源》二卷，詞集名《山中白雲》。（馮氏撰《玉田年譜》，似頗簡略。）鄧牧心序叔夏詞集云：「《春水》一詞，絶唱今古，人以張春水目之。」當時傳其衣缽者，有陸行直之《詞旨》。清初朱竹垞自題詞集云：「倚新聲玉田差近。」爾後浙派盛行，有「家白石而户玉田」之風。然流波披靡，《提要》推爲蒼涼激楚，即景抒情者，或未易得。嘉、道間周止庵《宋四家詞選》出，謂「春水詞逐韻湊成，毫無脈絡」，又謂「玉田惟換筆不換意」，自此多循其「問途碧山」之軌，偏重於碧山者爲莊中白，偏重於蘇、辛者爲王半塘，偏重於夢窗者爲朱彊村，蓋自蔣鹿潭外，其他仍習玉田蹊徑者，多被目爲餖飣矣。《千頃堂書目》載《山中白雲》八卷，而《唐宋百家》本作《玉田詞》，明水竹居鈔本作《張玉田詞》二卷，所謂舊鈔一百五十首者也。迨陶南村手鈔本三百首出，玉田真貌，始傳於世。

清初錢庸亭藏《山中白雲》凡二百九十六首，乃成化間井時轉録陶南村手鈔本，朱竹垞釐爲八卷，龔翔麟與李符校刻於康熙間。

清雍正四年上海曹炳曾重刻龔本，題曰《山中白雲詞》，非舊稱也。《四庫》著録此本，乾隆元年有趙昱重印。

江昱《疏證》本《山中白雲》八卷，序刊於乾隆十八年，以龔本裁綴成帙，詞後所附別本全章，概未之載。然如玉田北行之年，昱已知應從別本作庚寅矣，他如《渡江雲》「江山居未定」一首，江本題作「懷歸」，而詞乃賦歸後之事，是亦應從別本作「寫興」，其他類此者不少，今概從删，亦欠事也。至其參考互證，則具疏鑿之功。有《四部備要》聚珍本。乾隆辛未（十六年）汪中刻於揚州，以龔本、曹本互斠。道光間范鍇刻《三家詞》本，頗有校正龔本處。《榆園叢刻》本《山中白雲詞》八卷，低格附載别本全文，易資比較。（光緒八年重刊龔本。其時南中書賈復得曹氏舊板，整比印行。）四印齋所刻詞《雙白詞》本《山中白雲》二卷，補録二卷，續補一卷。蓋光緒七年始得鈔本二卷開刊，至十四年一再録補，自跋謂得詞二百九十六闋，特顛倒淩雜，殊失舊觀。《彊村叢書·山中白雲（八卷）》，覆刊江氏《疏證》，彊村撰校記，並補疏五十餘事。《全宋詞》二六三至二七〇張炎詞八卷（孫按：今本《全宋詞》在三四六三至三五二三），收朱本。又補《疏證》大觀録《甘州》一首，四印齋引《詞源》跋《臺城路》一首外，再補輯《大典》二首，實共詩詞三百首。（案《大典》尚有玉田遺詞數首，見周泳先所輯。孫按：周泳先《唐宋金元詞鉤沈》僅輯張炎《菩薩蠻·曉行西湖邊》一首）。吴則虞校點《山中白雲》，輯録最善。

馬興榮輯録《皋文手批山中白雲詞·附記》

張皋文爲清代常州詞派領袖，對嘉慶後詞壇有很大影響。但他在詞學方面的著述，除《茗柯詞》和《詞選》外，幾無所見。因此，他手批的這部《山中白雲詞》的批語就頗值得注意了。

張批《山中白雲詞》的版本是乾隆初年仁和趙昱重刊龔翔麟本。每卷第一頁一二行下方，均鈐白文印「張皋文閲過」，風格頗似鄧石如篆刻。張與鄧有深交，傳世的好幾種鄧石如印譜中，都有鄧爲皋文、翰風兄弟刻印，則此「閲過」印極有可能也是出於鄧手。

全書批點都用朱筆，詞中警句或值得注意處，有工整不苟的密圈或密點。一部分詞只點句讀，少數詞句讀也未點。全書有眉批六十二條，旁批十一條，共七十三條。其中有四條批語中，有用黄色塗抹處，覆蓋嚴密，可見其下筆矜慎。字作行書，秀雅精熟，與神州國光社影印《張皋文手寫墨子經説解》《國學論衡》季刊插頁《張皋文儀禮圖手稿》相較，筆跡完全符合。

書中卷六《緑意》的眉批，對詞作了一番解説後，空一字批云：「刻《詞選》時未見此集，從《詞綜》作無名氏，所解未當。」《詞選》刻於嘉慶二年（一七九七），皋文卒於嘉慶七年（一八〇二），由此可以推知，他手批此書，必在去世前的四五年中。

全書批語，少數是校勘方面的，多數是對玉田詞内容的探討和藝術的品評，注重詞人的行跡與詞的聯繫。批語所表現的觀點、方法，正可與《詞選》相互發明。

重慶西南師範大學徐無聞教授尊大人益生先生，六十年前得此書於成都舊書肆，書中無收藏印記和題跋，也不見於前人著録，其流傳過程不可考。據無聞教授云：一九五五年，吴則虞先生校輯《山中白雲詞》時，益生先生曾移録全部張批以贈，吴先生校輯本曾引用了數條（見一九八三年十月中華書局版《山中白雲詞》）。

二十餘年前，我在研讀張炎《山中白雲詞》時，承無聞兄録贈張批，後又將此書賜借，使我得親見皋文手跡。原書奉還前又親録下全部張批。今無聞兄墓木早拱，特將全部張批發表，供詞家參閲，並志不忘。是爲記。

（三）論詞絶句

陳聶恒：宫調當年已不傳，只今章節見天然。夢窗度曲玉田和，舊譜零落絶可憐。

張子論詞先所志，不爲物役正且平。乃知道也進乎技，書之座右箴諸生。

汪　筠：鼻祖鄱陽竟不祧，玉田未信後塵銷。蛻巖賴有清聲在，一爲鶯花破寂寥。

吴孟鍔：落魄江湖載酒行，首低心下玉田生。洞仙歌冷平生夢，綺語尤工字字清。

沈　初：後來都愛玉田詞，似水洮洮意態隨。難得夢窗才調富，又教脂粉污天姿。

尤維熊：玉田最善倚新聲，漁笛蘋洲兩擅名。争似花橋詞客好，冰蠶小字按銀筝。

宋翔鳳：垂虹亭畔老詞人，縫月裁雲意總真。賴得詞原三（二）卷在，異時法曲識傳新。

自注：揚州陸氏重刻宋本《白石詞集》，旁注譜，近人罕解。後秦編修張叔夏《詞原》足本，其說皆在。

王僧保：詩從杜曲波逾闊，詞到鄱陽音太稀。縱有玉田相鼓吹，還當無縫遜天衣。　前輩風流玉照堂，翩翩公子妙詞章。千金散盡身漂泊，對酒當歌不是狂。徐

朱依真：蓮子結成花自落，清虚從此悟宗門。西湖山水生清響，鼓吹堯章豈妄言。

孫爾準：七寶樓臺隸事駢，雪獅兒句詠銜蟬。清空婉約詞家旨，未必新聲近玉田。

譚　瑩：悲涼激楚不勝情，秀冠江東擅倚聲。詞格若將詩格例，玉溪生讓玉田生。

陳　澧：超元誰似玉田生，愛取唐詩翦裁成。無限滄桑身世感，新詞多半說淵明。

自注：玉田詞多用唐人詩句。

穆按曰：今之陳其年，其流亞也。

高　旭：白蓮孤雁斷腸時，往復低徊欲語誰。彈出一聲聲入破，令儂醉煞玉田詞。

玉田清新可愛，筆端有淚盈盈。真堪同調白石，宋代此其尾聲。

夏承燾：吟成孤雁人亡國，技盡雕蟲句到家。持比須溪送春什，憐君通體最無瑕。

彩筆傳家羨玉田，峻嶒風雪走幽燕。晚年樂笑緣何事，醉夢聽鵑二十年。

金經學寫淚偷彈，春雪詞成寄恨難。墮地無香更誰怨，自家原不作花看。

吴熊和：西子湖頭柳作薪，滿城胡騎日揚塵。王孫乞食渡江去，且作四明賣卜人。

自注：宋亡後文士淪落，往往爲日者星士，寫神賣卜度日。張炎因祖産籍没，四處乞食，嘗在四明設肆賣卜。袁桷《贈張玉田》詩注：「時來鄞上設卜肆。」

供奉大都金字經，南歸古渡夜揚舲。時人唤作張孤雁，月黑雲深落蓼汀。

自注：至元二十七年，張炎北行爲元世祖寫金字《藏經》。夜渡古黄河，游大都長春宫，有北游詞多首。其《解連環》詠孤雁，或謂乃懷北地故人。若引作自喻，亦無不可。

新刊八卷得真傳，浙派始知重玉田。竹垞豈無英氣在，後生不覺勝前賢。

自注：張炎詞集有二卷本與八卷本，見《千頃堂書目》。二卷本以調編排，八卷本猶存編年意味。八卷本出陶宗儀手鈔，有明成化時井某題辭，爲清初朱彝尊所得。李符《山中白雲詞序》謂「竹垞釐卷爲八」。其實八卷爲陶鈔之舊，非由朱彝尊重編也。朱彝尊爲舊抄辨正魚魯，龔翔麟刻於白門，其傳始廣。或謂清初浙派「家白石而户玉田」。然朱彝尊才高氣廣，曝書亭詞取徑甚寬，所造蓋非張炎所能牢籠。

《静志居詩話》卷二二「張鹿徵」條，謂張氏晚年隱居攝山，山居鈔書頗多。「曩造其山居，見案頭有手鈔宋季張炎叔夏詩集一卷，今其遺書不可復問。」惜當時朱彝尊未向張瑶星借鈔付刻，張炎詩詞可成合璧矣。張炎詩今僅存詠奉化腰帶水一首，見《延祐四明志》七。

怕見啼鵑與落花，湖山歷劫走天涯。集中十九無家别，舉目蒼茫散暮鴉。

自注：宋亡後，元人殺張炎祖張濡，籍没其家財。此後張炎客游落拓，無可棲止。《長亭怨》等「過舊居有感」所謂「恨西風、不庇寒蟬」也。曾流寓四明、台州、越州、吴中、江陰、義興、溧陽諸地。今讀其詞，如讀老杜《垂老别》《無家别》。周密《蘋洲漁笛譜》無宋亡後作，張炎《山中白雲詞》則無宋亡前作。

繆鉞：江湖流落舊王孫，卅載華堂一夢存。剩水殘山凭吊盡，萬花吹淚掩閑門。夜渡黄河記壯游，玉關踏雪脆貂裘。南人詞有幽并氣，未許人間第二流。美成以下論妍媸，兩卷詞源見卓思。騷雅清空尊白石，無妨轉益更多師。淒愴纏綿是所長，田荒玉老語堪傷。中仙去後無詞筆，此意人間費較量。

附録三

張炎詞編年一覽表

序號	調名	首句	地點	編年
一	戀繡衾	一枝涼玉歁路塵	臨安	咸淳十年（一二七四）
二	甘州	隔花窺半面	臨安	咸淳十年（一二七四）
三	瑞鶴仙	楚雲分斷雨	臨安	咸淳十年（一二七四）
四	解連環	楚江空晚	大都	德祐二年（一二七六）或景炎二年（一二七七）
五	綺羅香	萬里飛霜	大都	德祐二年（一二七六）或景炎二年（一二七七）
六	探芳信	坐清晝	大都	景炎二年（一二七七）或景炎三年（一二七八）
七	高陽臺	古木迷鴉	臨安	祥興元年（一二七八）
八	慶春宫	蟾窟研霜	臨安	祥興元年（一二七八）
九	水龍吟	幾番問竹平安	／	祥興元年（一二七八）
一〇	祝英臺近	水西船	臨安	祥興二年（一二七九）
一一	高陽臺	接葉巢鶯	臨安	祥興二年（一二七九）

續表

序號	調名	首句	地點	編年
一二	水龍吟	仙人掌上芙蓉	山陰	祥興二年（一二七九）
一三	憶舊游	問蓬萊何處	山陰	祥興二年（一二七九）
一四	疏影	黄昏片月	山陰	祥興二年（一二七九）
一五	南浦	波暖緑粼粼	山陰	祥興二年（一二七九）—至元二十六年（一二八九）
一六	露華	亂紅自雨	山陰	祥興二年（一二七九）—至元二十六年（一二八九）
一七	臺城路	春風不暖垂楊樹	山陰	祥興二年（一二七九）—至元二十六年（一二八九）
一八	甘州	過千巖萬壑古蓬萊	山陰	祥興二年（一二七九）—至元二十六年（一二八九）
一九	掃花游	煙霞萬壑	山陰	祥興二年（一二七九）—至元二十六年（一二八九）
二〇	渡江雲	山空天入海	山陰	祥興二年（一二七九）—至元二十六年（一二八九）
二一	瑣窗寒	亂雨敲春	山陰	祥興二年（一二七九）—至元二十六年（一二八九）
二二	摸魚子	愛吾廬	山陰	祥興二年（一二七九）—至元二十六年（一二八九）
二三	一萼紅	倚闌干	山陰	祥興二年（一二七九）—至元二十六年（一二八九）
二四	徵招	可憐張緒門前柳	山陰或四明	祥興二年（一二七九）—至元二十六年（一二八九）
二五	江神子	奇峰相對接殊庭	四明	祥興二年（一二七九）—至元二十六年（一二八九）
二六	塞翁吟	交到無心處	四明	祥興二年（一二七九）—至元二十六年（一二八九）

續表

序號	調名	首句	地點	編年
二七	祝英臺近	占寬閑	四明	祥興二年(一二七九)—至元二十六年(一二八九)
二八	風入松	卷舒無意入虚玄	四明	祥興二年(一二七九)—至元二十六年(一二八九)
二九	解連環	句章城郭	四明	祥興二年(一二七九)—至元二十六年(一二八九)
三〇	鳳凰臺上憶吹簫	水國浮家	四明	祥興二年(一二七九)—至元二十六年(一二八九)
三一	聲聲慢	荷衣消翠	四明	祥興二年(一二七九)—至元二十六年(一二八九)
三二	水龍吟	亂紅飛已無多	四明	祥興二年(一二七九)—至元二十六年(一二八九)
三三	臺城路	薛濤箋上相思字	四明	祥興二年(一二七九)—至元二十六年(一二八九)
三四	聲聲慢	寒花清事	山陰	祥興二年(一二七九)—至元二十六年(一二八九)
三五	聲聲慢	晴光轉樹	山陰	祥興二年(一二七九)—至元二十六年(一二八九)
三六	甘州	看涓涓	杭州	至元二十一年(一二八四)
三七	慶清朝	淺草猶霜	杭州	至元二十一年(一二八四)
三八	甘州	見梅花	杭州	至元二十一年(一二八四)
三九	風入松	一春不是不尋春	杭州	至元二十一年(一二八四)
四〇	桂枝香	晴江迥闊	杭州	至元二十三年(一二八六)或稍後

續表

序號	調名	首句	地點	編年
四一	甘州	記當年	杭州	至元二十三年（一二八六）或至元二十四年（一二八七）
四二	長亭怨	望花外	杭州	至元二十三年（一二八六）或至元二十四年（一二八七）
四三	清平樂	百花開後	杭州	至元二十三年（一二八六）或至元二十八年（一二九一）
四四	點絳唇	獨殿春光	杭州	至元二十三年（一二八六）或至元二十八年（一二九一）
四五	卜算子	雅淡淺深黄	杭州	至元二十三年（一二八六）或至元二十八年（一二九一）
四六	蝶戀花	花占枝頭攲日焙	杭州	至元二十三年（一二八六）或至元二十八年（一二九一）
四七	暗香	猗蘭聲歇	杭州	至元二十四年（一二八七）
四八	臺城路	朗吟未了西湖酒	杭州	至元二十五年（一二八八）之前
四九	湘月	行行且止	山陰	至元二十五年（一二八八）
五〇	渡江雲	錦香繚繞地	杭州	至元二十六年（一二八九）
五一	綺羅香	候館深燈	杭州	至元二十七年（一二九〇）
五二	壺中天	揚舲萬里	北行途中	至元二十七年（一二九〇）
五三	淒涼犯	蕭疏野柳嘶寒馬	北行途中	至元二十七年（一二九〇）
五四	臺城路	十年前事翻疑夢	大都	至元二十七年（一二九〇）
五五	聲聲慢	平沙催曉	大都	至元二十七年（一二九〇）

續表

序號	調名	首句	地點	編年
五六	滿庭芳	晴皎霜花	大都	至元二十七年(一二九〇)
五七	憶舊游	看方壺擁翠	大都	至元二十七年(一二九〇)
五八	甘州	想不勞	大都	至元二十八年(一二九一)
五九	三姝媚	芙蓉城伴侶	大都	至元二十八年(一二九一)
六〇	國香	鶯柳煙堤	大都	至元二十八年(一二九一)
六一	慶春宫	波蕩蘭觴	大都	至元二十八年(一二九一)
六二	渡江雲	江山居未定	杭州	至元二十八年(一二九一)
六三	疏影	柳黄未結	杭州	至元二十八年(一二九一)
六四	鬥嬋娟	舊家池沼	杭州	至元二十八年(一二九一)
六五	思佳客	夢裏瞢騰説夢華	杭州	至元二十八年(一二九一)或稍後
六六	甘州	記玉關	杭州	至元二十九年(一二九二)
六七	憶舊游	記開簾過酒	山陰	至元二十九年(一二九二)
六八	憶舊游	嘆江潭樹老	杭州	至元三十年(一二九三)或稍後
六九	暗香	羽音遼邈	四明	至元三十一年(一二九四)
七〇	西子妝慢	白浪摇天	四明	至元三十一年(一二九四)

續表

序號	調名	首句	地點	編年
七一	梅子黄時雨	流水孤村	四明	至元三十一年(一二九四)
七二	風入松	小窗晴碧颭簾波	四明	至元三十一年(一二九四)
七三	還京樂	醉吟處	四明	至元三十一年(一二九四)
七四	三姝媚	蒼潭枯海樹	四明	元貞二年(一二九六)之前
七五	浪淘沙	玉立水雲鄉	四明	元貞二年(一二九六)
七六	徵招	秋風吹碎江南樹	四明	元貞二年(一二九六)
七七	南樓令	一片赤城霞	台州	大德元年(一二九七)
七八	木蘭花慢	龜峰深處隱	衢州	大德元年(一二九七)
七九	壺中天	瘦筇訪隱	衢州	大德元年(一二九七)
八〇	臺城路	雲多不記山深淺	四明	大德二年(一二九八)
八一	玉漏遲	竹多塵自掃	四明	大德二年(一二九八)
八二	長亭怨	記横笛	四明	大德二年(一二九八)
八三	西河	花最盛	四明	大德二年(一二九八)
八四	月下笛	萬里孤雲	四明	大德二年(一二九八)
八五	疏影	雪空四野	四明	大德二年(一二九八)

續表

序號	調名	首句	地點	編年
八六	玲瓏四犯	流水人家	四明	大德二年（一二九八）
八七	聲聲慢	山風古道	四明	大德二年（一二九八）
八八	壺中天	西秦倦旅	四明	大德二年（一二九八）
八九	木蘭花慢	采芳洲薜荔	杭州	大德二年（一二九八）
九〇	淒涼犯	西風暗翦荷衣碎	杭州	大德二年（一二九八）
九一	甘州	記天風	杭州	大德二年（一二九八）
九二	杏花天	湘羅幾翦黏新巧	杭州	大德三年（一二九九）或稍前
九三	燭影摇紅	隔水呼舟	杭州	大德三年（一二九九）
九四	燭影摇紅	舟艤鷗波	杭州	大德三年（一二九九）
九五	憶舊游	記凝妝倚扇	杭州	大德三年（一二九九）
九六	春從天上來	海上回槎	杭州	大德三年（一二九九）
九七	臺城路	桃花零落玄都觀	杭州	大德三年（一二九九）
九八	聲聲慢	穿花省路	杭州	大德三年（一二九九）
九九	探春慢	列屋烘爐	蘇州	大德三年（一二九九）
一〇〇	壺中天	海山縹緲	蘇州	大德四年（一三〇〇）

續表

序號	調名	首句	地點	編年
一〇一	臺城路	扁舟忽過蘆花浦	蘇州	大德四年(一三〇〇)
一〇二	祝英臺近	帶飄飄	蘇州	大德四年(一三〇〇)
一〇三	小重山	清氣飛來望似空	蘇州	大德四年(一三〇〇)
一〇四	長亭怨	跨匹馬	蘇州	大德四年(一三〇〇)
一〇五	木蘭花慢	幽棲身懶動	蘇州	大德四年(一三〇〇)
一〇六	臺城路	老枝無著秋聲處	蘇州	大德四年(一三〇〇)
一〇七	清平樂	候蛩淒斷	蘇州	大德四年(一三〇〇)
一〇八	一萼紅	艤孤篷	蘇州	大德四年(一三〇〇)或稍後
一〇九	意難忘	風月吴娃	蘇州	大德四年(一三〇〇)或稍後
一一〇	甘州	俯長江	江陰	大德五年(一三〇一)或稍後
一一一	瑶臺聚八仙	屋上青山	江陰	大德五年(一三〇一)或稍後
一一二	壺中天	長流萬里	江陰	大德五年(一三〇一)或稍後
一一三	臺城路	翠屏缺處添奇觀	江陰	大德五年(一三〇一)或稍後
一一四	滿江紅	江上相逢	江陰	大德五年(一三〇一)或大德六年(一三〇二)
一一五	壺中天	奚囊謝屐	江陰	大德五年(一三〇一)或大德六年(一三〇二)

續表

序號	調名	首句	地點	編年
一一六	摸魚子	想西湖	江陰	大德五年(一三〇一)或大德六年(一三〇二)
一一七	風入松	危樓古鏡影猶寒	江陰	大德五年(一三〇一)或大德六年(一三〇二)
一一八	清波引	江濤如許	江陰	大德六年(一三〇二)
一一九	壺中天	穿幽透密	江陰	大德六年(一三〇二)
一二〇	南歌子	窗密春聲聚	江陰	大德六年(一三〇二)
一二一	青玉案	萬紅梅裏幽深處	江陰	大德六年(一三〇二)
一二二	臺城路	清時樂事中園賦	江陰	大德六年(一三〇二)
一二三	鷓鴣天	樓上誰將玉笛吹	江陰	大德六年(一三〇二)
一二四	蝶戀花	仙子鋤雲親手種	江陰	大德七年(一三〇三)
一二五	漁家傲	門掩新陰孤館靜	無錫	大德七年(一三〇三)
一二六	漁家傲	辛苦移家聊處靜	無錫	大德七年(一三〇三)
一二七	風入松	一瓢飲水曲肱眠	無錫	大德七年(一三〇三)
一二八	一萼紅	製荷衣	吴興	大德七年(一三〇三)
一二九	祝英臺近	水痕深	吴興	大德七年(一三〇三)
一三〇	華胥引	温泉浴罷	吴興	大德七年(一三〇三)

續表

序號	調名	首句	地點	編年
一三一	踏莎行	清氣崖深	吴興	大德七年(一三〇三)
一三二	小重山	淡色分山曉氣浮	吴興	大德七年(一三〇三)
一三三	如夢令	苔徑獨行清晝	吴興	大德七年(一三〇三)
一三四	木蘭花慢	錦街穿戲鼓	常州	大德七年(一三〇三)
一三五	憶舊游	笑銘崖筆倦	常州	大德八年(一三〇四)
一三六	霜葉飛	繡屏開了	常州	大德八年(一三〇四)
一三七	壺中天	苔根抱石	常州	大德八年(一三〇四)
一三八	壺中天	異鄉倦旅	常州	大德八年(一三〇四)
一三九	瑶臺聚八仙	楚竹閑挑	宜興	大德八年(一三〇四)
一四〇	水調歌頭	白髮已如此	宜興	大德八年(一三〇四)
一四一	摸魚子	又孤吟	宜興	大德八年(一三〇四)
一四二	木蘭花慢	江南無賀老	宜興	大德八年(一三〇四)
一四三	數花風	好游人老	宜興	大德八年(一三〇四)
一四四	甘州	望涓涓	常州或宜興	大德八年(一三〇四)或稍後
一四五	甘州	聽江湖	宜興或溧陽	大德九年(一三〇五)

續表

序號	調名	首句	地點	編年
一四六	夜飛鵲	林霏散浮暝	溧陽	大德九年（一三〇五）
一四七	新雁過妝樓	遍插茱萸	溧陽	大德九年（一三〇五）
一四八	聲聲慢	門當竹徑	溧陽	大德九年（一三〇五）
一四九	摸魚子	溯空明	溧陽	大德九年（一三〇五）
一五〇	南樓令	天淨雨初晴	溧陽	大德九年（一三〇五）
一五一	壺中天	波明晝錦	溧陽	大德九年（一三〇五）
一五二	湘月	隨風萬里	溧陽	大德九年（一三〇五）
一五三	風入松	晴嵐暖翠護煙霞	溧陽	大德九年（一三〇五）
一五四	虞美人	黄金誰解教歌舞	溧陽	大德九年（一三〇五）
一五五	法曲獻仙音	梅失黄昏	溧陽	大德九年（一三〇五）
一五六	風入松	向人圓月轉分明	金陵	大德十年（一三〇六）
一五七	掃花游	嫩寒禁暖	金陵	大德十年（一三〇六）
一五八	木蘭花慢	水痕吹杏雨	金陵	大德十年（一三〇六）
一五九	憶舊游	記瓊筵卜夜	金陵	大德十年（一三〇六）
一六〇	瀟瀟雨	空山彈古瑟	金陵	大德十年（一三〇六）

續表

序號	調名	首句	地點	編年
一六一	洞仙歌	中峰壁立	金陵	大德十年(一三〇六)
一六二	瑶臺聚八仙	老圃堪嗟	/	大德十年(一三〇六)
一六三	石州慢	野色驚秋	/	大德十年(一三〇六)或稍後
一六四	瑣窗寒	斷碧分山	山陰	大德十年(一三〇六)或稍後
一六五	洞仙歌	野鵑啼月	山陰	大德十年(一三〇六)之後
一六六	聲聲慢	因風整帽	蘇州	大德十一年(一三〇七)
一六七	聲聲慢	□聲短棹	蘇州	大德十一年(一三〇七)
一六八	月下笛	千里行秋	蘇州	大德十年(一三〇六)—至大元年(一三〇八)
一六九	清平樂	五湖一葉	蘇州	至大元年(一三〇八)前後
一七〇	西江月	花氣烘人尚暖	杭州	至大元年(一三〇八)或稍後
一七一	滿江紅	老子今年	蘇州	至大二年(一三〇九)
一七二	臺城路	分明柳上春風眼	蘇州	至大二年(一三〇九)
一七三	滿江紅	傅粉何郎	蘇州	至大二年(一三〇九)
一七四	祝英臺近	路重尋	蘇州	至大二年(一三〇九)
一七五	霜葉飛	故園空杳	江陰	至大二年(一三〇九)

續表

序號	調名	首句	地點	編年
一七六	摸魚子	步高寒	江陰	至大二年（一三〇九）
一七七	漁歌子	丁卯灣頭屋數間	宜興	至大三年（一三一〇）
一七八	漁歌子	□□□□溪流	宜興	至大三年（一三一〇）
一七九	漁歌子	□□□□白雲多	宜興	至大三年（一三一〇）
一八〇	漁歌子	□□□□半樹梅	宜興	至大三年（一三一〇）
一八一	漁歌子	□□□□□子同	宜興	至大三年（一三一〇）
一八二	漁歌子	□□□□□求魚	宜興	至大三年（一三一〇）
一八三	漁歌子	□□□□濯塵纓	宜興	至大三年（一三一〇）
一八四	漁歌子	□□□□□浮家	宜興	至大三年（一三一〇）
一八五	漁歌子	□□□□□孤村	宜興	至大三年（一三一〇）
一八六	漁歌子	□□□年酒半酣	宜興	至大三年（一三一〇）
一八七	風入松	滿頭風雪昔同游	宜興	至大三年（一三一〇）
一八八	木蘭花慢	風雷開萬象	宜興	至大三年（一三一〇）
一八九	風入松	愛閑能有幾人來	宜興	至大三年（一三一〇）
一九〇	阮郎歸	鈿車驕馬錦相連	蘇州	至大四年（一三一一）前後

續表

序號	調名	首句	地點	編年
一九一	清平樂	柳間花外	蘇州	皇慶元年（一三一二）前後
一九二	南樓令	一見又天涯	蘇州	皇慶元年（一三一二）前後
一九三	聲聲慢	鬢絲濕霧	蘇州	皇慶元年（一三一二）前後
一九四	清平樂	□□晴樹	蘇州	皇慶元年（一三一二）或稍後
一九五	臺城路	幾年槐市槐花冷	蘇州	延祐元年（一三一四）
一九六	南鄉子	愛此碧相依	蘇州	延祐元年（一三一四）
一九七	木蘭花慢	目光牛背上	蘇州	延祐元年（一三一四）
一九八	臨江仙	翦翦春冰生萬壑	蘇州	延祐元年（一三一四）
一九九	南鄉子	風月似孤山	蘇州	延祐元年（一三一四）
二〇〇	清平樂	黑雲飛起	蘇州	延祐元年（一三一四）
二〇一	如夢令	隱隱煙痕輕注	蘇州	延祐元年（一三一四）
二〇二	清平樂	三花一葉	蘇州	延祐元年（一三一四）前後
二〇三	清平樂	暗香千樹	蘇州	延祐元年（一三一四）或稍後
二〇四	木蘭花慢	二分春是雨	杭州	延祐二年（一三一五）
二〇五	臺城路	當年不信江湖老	杭州	延祐二年（一三一五）

續表

序號	調名	首句	地點	編年
二〇六	摸魚子	向天涯	杭州	延祐二年(一三一五)
二〇七	菩薩蠻	霜花鋪岸濃如雪	杭州	延祐二年(一三一五)
二〇八	浪淘沙	香霧濕雲鬟	杭州	延祐二年(一三一五)前後
二〇九	西江月	落落奇花未吐	杭州	延祐二年(一三一五)前後
二一〇	南樓令	重整舊漁蓑	杭州	延祐二年(一三一五)或稍後

附録四

引用書目

（一）張炎詞集詞論及研究專著

張玉田詞　［宋］張炎撰　［明］水竹居本　未署出版年月　今藏國家圖書館

玉田詞　［宋］張炎撰　［明］石村書屋本　未署出版年月　今藏國家圖書館

玉田詞　［宋］張炎撰　［明］吴訥輯　百家詞本　天津古籍書店　一九九一年

山中白雲詞　［宋］張炎撰　［清］龔翔麟等校刻　清康熙中玉玲瓏閣刻本　今藏南京圖書館

山中白雲詞　［宋］張炎撰　［清］曹炳曾等校刻　清康熙六十一年城書室刻本

山中白雲詞疏證　［宋］張炎撰　［清］江昱疏證　稿本今藏國家圖書館

山中白雲詞　［宋］張炎撰　［清］趙昱翻刻　清乾隆元年寶書堂刻本

玉田集　［宋］張炎撰　［清］汪憲藏　未署出版年月　今藏南京圖書館

山中白雲詞　[宋]張炎 撰　[清]許增 校刻　清康熙八年榆園叢刻本
山中白雲詞　[宋]張炎 撰　[清]鮑廷爵校刻　清光緒九年後知不足齋叢書本
宋七家詞選·玉田詞　[宋]張炎 撰　[清]戈載 輯　杜文瀾校注　清光緒乙酉曼陀羅華閣重刊本
山中白雲詞　[宋]張炎 撰　[清]王鵬運 校刻　四印齋所刻詞　上海古籍出版社　二〇一二年
山中白雲詞　[宋]張炎 撰　朱祖謀 校刻　彊村叢書本　上海古籍出版社　一九八九年
山中白雲詞　[宋]張炎 撰　吴則虞 校輯　中華書局　一九八三年
山中白雲詞　[宋]張炎撰　葛渭君、王曉紅校輯　遼寧教育出版社　二〇〇一年
詞源　[宋]張炎 撰　中華書局據粤雅堂叢書影印　一九九一年
詞源斠律　[宋]張炎 撰　鄭文焯 斠律　書帶草堂叢書　未署出版年月　今藏國家圖書館
詞源疏證　[宋]張炎 撰　蔡楨 疏證　中國書店　一九八五年
詞源箋釋　[宋]張炎 撰　陳能群 箋釋　未署出版年月　今藏國家圖書館
詞源注　[宋]張炎 撰　夏承燾 校注　人民文學出版社　一九九四年

山中白雲詞校訂箋注　［宋］張炎 撰　李周龍 校訂箋注　臺灣師範大學國文研究所集刊第十七號　一九七三年
山中白雲詞箋　［宋］張炎 撰　黄畬 箋　浙江古籍出版社　一九九四年
張炎詞及其詞學之研究　黄瑞枝 著　臺灣宏仁出版社　一九八六年
張炎詞研究　楊海明 著　齊魯書社　一九八九年
詞源解箋　鄭孟津 吴平山 著　浙江古籍出版社　一九九〇年
張炎詞學研究　蒯伯象 著　中南大學出版社　二〇〇六年
中國歷代著名文學家評傳·張炎　邱鳴皋 著　山東教育出版社　二〇〇九年

（二）經子之屬

孔子家語　［魏］王肅 注　上海古籍出版社　一九九〇年
鬼谷子　［戰國］鬼谷子 著　方向東 評注　江蘇古籍出版社　二〇〇一年
周禮注疏　［漢］鄭玄 注　［唐］賈公彦 疏　中華書局　一九八五年
禮記正義　［漢］鄭玄 注　［唐］孔穎達 疏　中華書局　一九八五年
春秋左傳正義　［晉］杜預 注　［唐］孔穎達等 正義　黄侃 經文句讀　上海古籍出版社

一九九〇年
論語注疏　［魏］何晏注　［宋］邢昺疏　中華書局　一九八五年
周易正義　［魏］王弼［晉］韓康伯注　［唐］孔穎達疏　中華書局　一九八五年
列子　［晉］張湛注　上海書店　一九八六年
莊子注疏　［戰國］莊周撰　［晉］郭象注　［唐］成玄英疏　曹礎基　黄蘭發整理　中華書局　一九八九年
孟子注疏　［戰國］孟軻撰　［漢］趙岐注　［宋］孫奭疏　黄侃經文句讀　上海古籍出版社　一九九〇年
孟子章句集注　［戰國］孟軻撰　［宋］朱熹注　中國書店　一九八四年
韓非子　［戰國］韓非撰　陳秉才譯注　中華書局　二〇〇七年
淮南子　［漢］劉安編　［漢］高誘注　上海古籍出版社　一九八九年
淮南鴻烈解　［漢］劉安撰　中華書局　一九八五年
法言　［漢］揚雄著　中華書局　一九八五年
陸氏詩疏廣要　［吴］陸璣撰　［明］毛晉廣要　文淵閣四庫全書本　臺北商務印書館　一九八六年

師涚禽經　[春秋]師涚 撰　[晉]張華 注　中華書局　一九九一年
南方草木狀　[晉]嵇含 撰　中華書局　一九八五年
竹譜　[晉]戴凱之 撰　中華書局　一九八五年
茶經　[唐]陸羽 撰　沈冬梅 校注　中國農業出版社　二〇〇六年
唐朝名畫録　[唐]朱景玄 撰　温肇桐 注　四川美術出版社　一九八五年
小名録　[唐]陸龜蒙 撰　中華書局　一九八五年
雲溪友議　[唐]范攄 撰　古典文學出版社　一九五七年
法書要録　[唐]張彦遠 撰　劉石 校點　遼寧教育出版社　一九九八年
續博物志　[後晉]李石 撰　[明]吴琯 校　中華書局　一九八五年
雲笈七籤　[宋]張君房 撰　齊魯書社影印涵芬樓翻明正統道藏本　一九八八年
華光梅譜　[宋]釋華光 撰　黄賓虹 鄧實 編　浙江人民美術出版社　二〇一三年
二程遺書　[宋]程顥 程頤 撰　潘富恩 導讀　上海古籍出版社　二〇〇〇年
揚州芍藥譜　[宋]王觀 撰　中華書局　一九八五年
禮書　[宋]陳祥道 撰　北京圖書館古籍出版編輯組 編　書目文獻出版社　一九九〇年
畫史　[宋]米芾 撰　[明]毛晉 訂　中華書局　一九八五年

香譜　[宋]洪芻 撰　中華書局　一九八五年
陳氏香譜　[宋]陳敬 撰　中國書店　二〇一四年
宣和北苑貢茶録　[宋]熊蕃 撰　中華書局　一九九一年
宣和畫譜　[宋]不著撰人　俞劍華 注譯　江蘇美術出版社　二〇〇七年
范村梅譜　[宋]范成大 撰　劉向培 整理校點　上海書店出版社　二〇一七年
范村菊譜　[宋]范成大 撰　劉向培 整理校點　上海書店出版社　二〇一七年
四書章句集注　[宋]朱熹 撰　陳立 校點　遼寧教育出版社　一九九八年
詩經集傳　[宋]朱熹 注　上海古籍出版社　一九八七年
爾雅翼　[宋]羅願 撰　石雲孫 點校　黄山書社　一九九一年
洞天清録　[宋]趙希鵠 著　尹意 點校　浙江人民美術出版社　二〇一六年
直齋書録解題　[宋]陳振孫 撰　徐小蠻 顧美華 點校　上海古籍出版社　一九八七年
史氏菊譜　[宋]史正志 撰　劉向培 整理校點　上海書店出版社　二〇一七年
性理群書句解　[宋]熊節 編　熊剛大 注　文淵閣四庫全書本　臺北商務印書館　一九八六年
百菊集譜　[宋]史鑄 撰　上海古籍出版社　一九八七年

黄氏日抄　[宋]黄震 撰　文淵閣四庫全書本　臺北商務印書館　一九八六年
海棠譜　[宋]陳思 撰　中華書局　一九八五年
竹譜詳録　[元]李衎 撰　中華書局　一九八五年
畫鑒　[元]湯垕 著　馬采 標點注釋　鄧以蟄 校閲　人民美術出版社　一九五九年
文淵閣書目　[明]楊士奇 等編　中華書局　一九八五年
神奇秘譜　[明]朱權 編　中國書店　二〇一六年
菉竹堂書目　[明]葉盛 撰　商務印書館　一九三五年
珊瑚木難　[明]朱存理 纂輯　王允亮 點校　浙江人民美術出版社　二〇一二年
西麓堂琴統　[明]汪芝 輯　中國書店　二〇〇七年
稗編　[明]唐順之 編　文淵閣四庫全書本　臺北商務印書館　一九八六年
本草綱目校注　[明]李時珍 著　李經緯 李振吉 主編　張志斌等 校注　遼海出版社　二〇〇一年
圖書編　[明]章潢 編　江蘇廣陵古籍刻印社　一九八八年
茶疏　[明]許次紓 著　中華書局　一九八五年
六家詩名物疏　[明]馮復京 撰　文淵閣四庫全書本　臺北商務印書館　一九八六年

清河書畫舫　［明］張丑 撰　上海古籍出版社　一九九一年
珊瑚網　［明］汪砢玉 撰　商務印書館　一九三六年
佩文齋書畫譜　［清］王原祁等 纂輯　中國書店　一九八四年
式古堂書畫彙考　［清］卞永譽 纂輯　浙江人民美術出版社　二〇一二年
誠一堂琴談　［清］程允基 撰　齊魯書社　一九九五年
廣群芳譜　［清］汪灝等 著　上海書店　一九八五年
佩文齋廣群芳譜　［清］汪灝 張逸少等 編　上海古籍出版社　一九九一年
宋元學案　［清］黄宗羲 原著　［清］全祖望 補修　陳金生 梁運華 點校　中華書局　一九八六年
樂律表微　［清］胡彦昇 撰　文淵閣四庫全書本　臺北商務印書館　一九八六年

（三）史地之屬

國語　［春秋］左丘明 撰　鮑思陶 點校　齊魯書社　二〇〇五年
戰國策　［漢］劉向 集録　［漢］高誘 注　上海書店出版社　一九八七年
史記　［漢］司馬遷 撰　［南朝宋］裴駰 集解　［唐］司馬貞 索隱　［唐］張守節 正義　中

華書局　一九五九年
漢書　［漢］班固 撰　［唐］顔師古 注　中華書局　一九九七年
後漢書　［南朝宋］范曄 撰　［唐］李賢等 注　中華書局　一九九七年
三國志　［晉］陳壽 撰　［南朝宋］裴松之 注　中華書局　一九八二年
晉書　［唐］房玄齡等 撰　中華書局　一九七四年
宋書　［南朝梁］沈約 撰　中華書局　一九七四年
南齊書　［南朝梁］蕭子顯 撰　中華書局　一九七二年
魏書　［北齊］魏收 撰　中華書局　一九七四年
梁書　［唐］姚思廉 撰　中華書局　一九七三年
陳書　［唐］姚思廉 撰　中華書局　一九七二年
北齊書　［唐］李百藥 撰　中華書局　一九七二年
南史　［唐］李延壽 撰　中華書局　一九七五年
北史　［唐］李延壽 撰　中華書局　一九七四年
隋書　［唐］魏徵 令狐德棻 撰　中華書局　一九七三年
舊唐書　［後晉］劉昫等 撰　中華書局　一九七五年

新唐書　[宋]歐陽修 宋祁 撰　中華書局　一九七五年
舊五代史　[宋]薛居正等 撰　中華書局　一九七六年
宋史　[元]脱脱等 撰　中華書局　一九七七年
元史　[明]宋濂 撰　中華書局　一九七六年
東觀漢記校注　[漢]劉珍等 撰　吴樹平 校注　中州古籍出版社　一九八七年
史通箋注　[唐]劉知幾 著　張振珮 箋注　貴州人民出版社　一九八五年
宋朝事實類苑　[宋]江少虞 撰　上海古籍出版社　一九八一年
雍録　[宋]程大昌 撰　黄永年 點校　中華書局　二〇〇二年
三輔黄圖校注　[漢]不著撰人　何清谷 校注　三秦出版社　二〇〇六年
陽羡風土記　[晉]周處 撰　廣陵書社　二〇〇三年
山海經校注　[晉]郭璞 撰　袁珂 校注　巴蜀書社　一九九三年
水經注　[北魏]酈道元 撰　陳橋驛 點校　上海古籍出版社　一九九〇年
荆楚歲時記　[南朝梁]宗懔 撰　宋金龍 校注　山西人民出版社　一九八七年
玉燭寶典　[隋]杜臺卿 撰　中華書局　一九八五年
吴地記　[唐]陸廣微 撰　中華書局　一九八五年

太平寰宇記　[宋]樂史 撰　中華書局　一九八五年
廬山記　[宋]陳舜俞 撰　中華書局　一九八五年
吴郡圖經續記　[宋]朱長文 撰　中華書局　一九八五年
吴郡志　[宋]范成大 撰　中華書局　一九八五年
嘉泰吴興志　[宋]談鑰 纂修　南林劉氏嘉業堂刻本
剡録　[宋]高似孫 撰　[清]徐幹 校刊　臺灣成文出版社　一九七〇年
錢塘先賢傳贊　[宋]袁韶 撰　周膺 吴晶 點校　當代中國出版社　二〇一四年
嘉泰會稽志　[宋]施宿 撰　臺灣成文出版社　一九八三年
嘉定赤城志　[宋]陳耆卿 纂　中國文史出版社　二〇〇八年
宋本方輿勝覽　[宋]祝穆 編　上海古籍出版社　一九八六年
景定建康志　[宋]周應合 撰　臺灣成文出版社　一九八三年
咸淳臨安志　[宋]潛説友 纂修　北京圖書館出版社　二〇〇六年
寶慶四明志　[宋]羅濬等 撰　臺灣成文出版社　一九八三年
寶慶會稽續志　[宋]張淏 纂　中國國家數字圖書館數字方志　嘉慶十三年采鞠軒刻本
歲時廣記　[宋]陳元靚 編　中華書局　一九八五年

咸淳毗陵志　[宋]史能之撰　朱玉林 張平生點校　廣陵書社　二〇〇五年
蘭亭考　[宋]桑世昌集　中華書局　一九八五年
延祐四明志　[元]袁桷撰　臺灣成文出版社　一九八三年
至大金陵新志　[元]張鉉撰　文淵閣四庫全書本　臺北商務印書館　一九八六年
洪武無錫縣志　[明]佚名撰　文淵閣四庫全書本　臺北商務印書館　一九八六年
姑蘇志　[明]王鏊撰　臺灣學生書局　一九八六年
嘉靖寧波府志　[明]周希哲 曾鎰修　張時徹等纂　鳳凰出版社　二〇一四年
嘉靖江陰縣志　[明]趙錦修　張衮纂　劉徐昌點校　上海古籍出版社　二〇一一年
浙江通志　[明]薛應旂撰　臺灣成文出版社　一九八三年
西湖游覽志　[明]田汝成撰　浙江人民出版社　一九八〇年
西湖游覽志餘　[明]田汝成撰　上海古籍出版社　一九五八年
蜀中廣記　[明]曹學佺撰　文淵閣四庫全書本　臺北商務印書館　一九八六年
弘治休寧志　[明]程敏政纂修　歐陽旦增修　明弘治四年刻本
萬曆龍游縣志　[明]萬廷謙纂修　鍾相業校　曹聞禮訂　萬曆四十年修　一九二三年重排印本

崇禎吴興備志　［明］董斯張 撰　南林劉氏嘉業堂刻本
武林梵志　［明］吴之鯨 撰　魏得良 標點　顧志興 審訂　杭州出版社　二〇〇六年
武林靈隱寺志　［清］孫治 初輯　徐增 重修　臺灣成文出版社　一九八三年
御定月令輯要　［清］李光地等 撰　文淵閣四庫全書本　臺北商務印書館　一九八六年
江南通志　［清］黄之雋等 撰　臺灣京華書局　一九六七年
西湖志纂　［清］沈德潛 輯　臺灣文海出版社　一九七一年
河南通志　［清］王士俊 纂修　河南教育司長史寶安督工重印　一九一四年
雍正揚州府志　［清］尹會一 程夢星等 纂修　清雍正十一年刊本
東城雜記　［清］厲鶚 撰　中華書局　一九八五年
陝西通志 續通志　［清］沈青崖等 撰　臺灣華文書局　一九六九年
震澤縣志　［清］陳和志 修　倪師孟等 纂　臺灣成文出版社　一九七〇年
康熙鄞縣志　［清］汪源澤 修　聞性道 纂　清康熙二十五年刻本
乾隆鄞縣志　［清］錢維喬 錢大昕 修纂　浙江古籍出版社　二〇一五年
乾隆紹興府志校記　［清］李慈銘 撰　臺灣成文出版社　一九八三年
嘉慶增修宜興縣舊志　［清］李先榮 原本　阮升基 增修　寧楷等 增纂　江蘇古籍出版社

一九九一年
嘉慶峽川續志　［清］王德浩纂　曹宗載編　清嘉慶十七年刻本
歷代名人年譜　［清］吴榮光編　上海書店出版社　一九八九年
道光休寧縣志　［清］何應松修　方崇鼎纂　清道光三年刻本
道光江陰縣志　［清］陳延恩修　李兆洛纂　清道光二十年刻本
大清一統志　［清］穆彰阿　潘錫恩等纂修　上海古籍出版社　二〇〇八年
同治蘇州府志　［清］李銘皖　譚鈞培修　馮桂芬纂　江蘇古籍出版社　一九九一年
光緒江陰縣志　［清］盧思誠等修　季念詒等纂　清光緒四年刻本
江西通志　［清］趙之謙等撰　臺灣京華書局　一九六七年
明清蕭山縣志　杭州市蕭山區人民政府地方志辦公室編　上海遠東出版社　二〇一二年
民國蕭山縣志　張宗海等修　楊士龍等纂　一九三五年鉛印本
民國平陽縣志　符璋　劉紹寬撰　一九二五年鉛印本
民國吴縣志　曹允源等纂　鳳凰出版社　二〇〇八年
中國歷史地圖集　譚其驤主編　中國地圖出版社　一九八二年

（四）詩文集、詩話及箋評

宋玉集　［戰國］宋玉著　吴廣平編注　岳麓書社　二〇〇一年
詩經直解　陳子展撰述　范祥雍　杜月村校閲　復旦大學出版社　一九八三年
楚辭　［漢］劉向編集　王逸章句　［宋］洪興祖補注　中華書局　一九八五年
楚辭新注　聶石樵注　上海古籍出版社　一九八〇年
琴操　［漢］蔡邕撰　中華書局　一九八五年
曹植集校注　［魏］曹植著　趙幼文校注　人民文學出版社　一九八四年
嵇康集校注　［魏］嵇康著　戴明揚點校　中華書局　二〇一四年
陸士衡文集校注　［晉］陸機撰　劉運好校注　鳳凰出版社　二〇〇〇年
陶淵明集　［晉］陶潛著　龔斌校箋　上海古籍出版社　一九九六年
謝靈運集　［南朝宋］謝靈運著　李運富編注　岳麓書社　一九九九年
鮑參軍集注　［南朝宋］鮑照著　錢振倫注　錢仲聯校　中華書局　一九五九年
江文通集彙注　［南朝梁］江淹著　［明］胡之驥注　李長路　趙威點校　中華書局　一

九八四年
謝宣城詩集　［南朝齊］謝朓 著　中華書局　一九八五年
何遜集校注　［南朝梁］何遜 著　李伯齊 校注　齊魯書社　一九八九年
文選　［南朝梁］蕭統 選編　［唐］李善 注　中華書局　一九九七年
六臣注文選　［南朝梁］蕭統 選編　［唐］呂延濟等 注　人民文學出版社　二〇〇七年
玉臺新詠箋注　［南朝陳］徐陵 編　［清］吴兆宜 注　程琰 删補　穆克宏 點校　中華書局　一九八五年
庾子山集注　［北周］庾信 撰　［清］倪璠 注　許逸民 校點　中華書局　一九八〇年
駱丞集　［唐］駱賓王 撰　［明］顔文選 注　文淵閣四庫全書本　臺北商務印書館　一九八六年
王子安集　［唐］王勃 著　［清］蔣清翊 注　上海古籍出版社　一九九五年
樂府古題要解　［唐］吴兢 撰　中華書局　一九九一年
孟浩然詩集箋注　［唐］孟浩然 著　佟培基 箋注　湖北教育出版社　二〇一七年
王右丞集箋注　［唐］王維 著　［清］趙殿成 箋注　中華書局上海編輯所　一九六一年
李太白文集　［唐］李白 著　［宋］宋敏求 曾鞏等 編　巴蜀書社　一九八六年

李太白集分類補注　［唐］李白 著　［宋］楊齊賢 集注　［元］蕭士贇 補注　吉林出版集團有限責任公司　二〇〇五年
李太白全集　［唐］李白 著　［清］王琦 注　中華書局　一九七七年
李白集校注　［唐］李白 著　瞿蜕園 朱金城 校注　上海古籍出版社　一九八〇年
顔魯公集　［唐］顔真卿 撰　上海古籍出版社　一九九二年
劉隋州集　［唐］劉長卿 撰　上海古籍出版社　一九九三年
九家集注杜詩　［唐］杜甫 撰　［宋］郭知達 編注　上海古籍出版社　一九九五年
補注杜詩　［唐］杜甫 撰　［宋］黄希 原注　黄鶴 補注　上海古籍出版社　一九九五年
集千家注杜工部詩集　［唐］杜甫 撰　不著編輯人名氏　文淵閣四庫全書本　臺北商務印書館　一九八六年
杜詩詳注　［唐］杜甫 著　［清］仇兆鼇 注　中華書局　一九七九年
岑參集校注　［唐］岑參 著　陳鐵民 侯忠義 校注　上海古籍出版社　一九八一年
次山集　［唐］元結 著　上海古籍出版社　一九九二年
韋應物集校注　［唐］韋應物 著　陶敏 王友勝 校注　上海古籍出版社　二〇一一年
張籍集注　［唐］張籍 著　李冬生 注　黄山書社　一九八九年

五百家注昌黎文集 [唐]韓愈 著 [宋]魏仲舉 編 文淵閣四庫全書本 臺北商務印書館 一九八六年
韓昌黎全集 [唐]韓愈 著 中國書店據一九三五年世界書局本影印 一九九一年
劉禹錫詩編年校注 [唐]劉禹錫 撰 高志忠 校注 黑龍江人民出版社 二〇〇五年
唐四僧詩 [唐]不著撰人 臺灣明文書局 一九八一年
白氏長慶集 [唐]白居易 撰 文學古籍刊行社 一九五五年
柳宗元集 [唐]柳宗元 著 中華書局 一九七九年
元氏長慶集 [唐]元稹 著 上海古籍出版社 一九九五年
長江集新校 [唐]賈島 著 李嘉言 新校 河南大學出版社 二〇〇八年
李德裕文集校箋 [唐]李德裕 著 傅璇琮 周建國 校箋 河北教育出版社 二〇〇〇年
箋注評點李長吉歌詩 [唐]李賀 著 [宋]吴正子 注 劉辰翁 評 文淵閣四庫全書本 臺北商務印書館 一九八六年
李長吉歌詩 [唐]李賀 著 [清]王琦等 評注 上海古籍出版社 一九八五年
樊川詩集注 [唐]杜牧 著 [清]馮集梧 注 上海古籍出版社 一九六二年

温飛卿詩集箋注 ［唐］温庭筠 著 ［清］曾益等 箋注 王國安 標點 上海古籍出版社 一九九八年

李義山詩集注 ［唐］李商隱 撰 ［清］朱鶴齡 注 上海古籍出版社 一九九四年

玉溪生詩集箋注 ［唐］李商隱 著 ［清］馮浩 箋注 蔣凡 標點 上海古籍出版社 一九九八年

李商隱詩歌集解 ［唐］李商隱 撰 劉學鍇 余恕誠 集解 中華書局 二〇〇四年

松陵集 ［唐］皮日休 陸龜蒙 撰 中國書店 二〇〇八年

甫里先生文集 ［唐］陸龜蒙 著 宋景昌 王立群 點校 河南大學出版社 一九九六年

禪月集校注 ［唐］貫休 撰 陸永峰 校注 巴蜀書社 二〇〇六年

韓偓詩注 ［唐］韓偓 著 陳繼龍 注 學林出版社 二〇〇〇年

鑒戒録 ［後蜀］何光遠 著 文明書局 一九一五年

小畜集 ［宋］王禹偁 撰 商務印書館 一九三七年

歐陽文忠公文集 ［宋］歐陽修 著 四部叢刊初編 上海涵芬樓景印元刊本

歐陽修詩文集校箋 ［宋］歐陽修 著 洪本健 校箋 上海古籍出版社 二〇〇九年

安陽集編年箋注 ［宋］韓琦 撰 李之亮 徐正英 箋注 巴蜀書社 二〇〇〇年

蘇學士集　［宋］蘇舜欽 撰　四部備要本　上海中華書局據宋氏校刻本校刊
會稽掇英總集點校　［宋］孔延之 撰　鄒志方 點校　人民出版社　二〇〇六年
司馬温公集編年箋注　［宋］司馬光 著　李之亮 箋注　巴蜀書社　二〇〇九年
王荆公唐百家詩選　［宋］王安石 編集　黄永年 陳楓 校點　遼寧教育出版社　二〇〇〇年
王荆公詩注補箋　［宋］王安石 撰　［宋］李壁 注　李之亮 校點補箋　巴蜀書社　二〇〇二年
臨川先生文集　［宋］王安石 著　中華書局上海編輯所編輯　中華書局　一九五九年
施注蘇詩　［宋］蘇軾 撰　［宋］施元之 原注　［清］邵長蘅等 删補　文淵閣四庫全書本　臺北商務印書館　一九八六年
王狀元集百家注分類東坡先生詩　［宋］蘇軾 撰　［宋］王十朋 纂集　［宋］劉辰翁 批點　北京圖書館出版社　二〇〇五年
蘇詩補注　［宋］蘇軾 撰　［清］翁方綱 注　中華書局　一九八五年
蘇軾詩集　［宋］蘇軾 撰　［清］王文誥 輯注　孔凡禮 點校　中華書局　二〇〇七年
蘇軾文集　［宋］蘇軾 撰　［明］茅維 編　孔凡禮 點校　中華書局　一九八六年

蘇東坡全集　［宋］蘇軾 撰　中國書店　一九八六年
蘇轍集　［宋］蘇轍 著　陳宏天 高秀芳 點校　中華書局　二〇〇四年
同文館唱和詩　［宋］鄧忠臣等 撰　商務印書館　一九三五年
樂府詩集　［宋］郭茂倩 編　中華書局　一九七九年
山谷詩集注　［宋］黄庭堅 著　［宋］任淵等 注　黄寶華 點校　上海古籍出版社　二〇〇三年
山谷外集詩注　［宋］黄庭堅 撰　［宋］史容 注　四部叢刊續編集部　上海涵芬樓景印本
黄庭堅全集　［宋］黄庭堅 著　劉琳等 校點　四川大學出版社　二〇〇〇年
倚松詩集　［宋］饒節 撰　文淵閣四庫全書本　臺北商務印書館　一九八六年
詩話總龜　［宋］阮閱 編　周本淳 校點　人民文學出版社　一九七八年
雪溪集　［宋］王銍 撰　文淵閣四庫全書本　臺北商務印書館　一九八六年
石林詩話　［宋］葉夢得 撰　中華書局　一九九一年
簡齋集　［宋］陳與義 撰　中華書局　一九八五年
苕溪漁隱叢話　［宋］胡仔 纂集　廖德明 校點　人民文學出版社　一九六二年

會稽三賦　［宋］王十朋 撰　［宋］周世則 注　［宋］史鑄 增注　中華書局　一九九一年

王十朋全集　［宋］王十朋 著　梅溪集重刊委員會編　上海古籍出版社　一九九八年

陸游集　［宋］陸游 撰　中華書局　一九七六年

全唐詩話　［宋］尤袤 撰　中華書局　一九八五年

誠齋詩集箋證　［宋］楊萬里 著　薛瑞生 校箋　三秦出版社　二〇一一年

楊萬里集箋校　［宋］楊萬里 撰　辛更儒 箋校　中華書局　二〇〇七年

朱熹集　［宋］朱熹 撰　郭齊 尹波 點校　四川教育出版社　一九九六年

攻媿集　［宋］樓鑰 撰　中華書局　一九八五年

南湖集　［宋］張鎡 撰　吴晶 周膺 點校　當代中國出版社　二〇一四年

白石詩詞集　［宋］姜夔 著　夏承燾 校輯　人民文學出版社　一九五九年

葦航漫游稿　［宋］胡仲弓 撰　四庫全書珍本初集　臺灣商務印書館　一九三五年

清獻集　［宋］杜範 撰　文淵閣四庫全書本　臺北商務印書館　一九八六年

江西詩派小序　［宋］劉克莊 撰　中華書局　一九八五年

後村先生大全集　［宋］劉克莊 撰　王蓉貴 向以鮮 校點　刁忠民 審訂　四川大學出版社　二〇〇七年

竹溪鬳齋十一稿續集　［宋］林希逸撰　文淵閣四庫全書本　臺北商務印書館　一九八六年
秋崖詩詞校注　［宋］方岳撰　秦效成校注　祖保泉　何慶善審訂　黄山書社　一九九八年
詩人玉屑　［宋］魏慶之編　上海古籍出版社　一九七八年
中州集　［金］元好問編　中華書局上海編輯所編輯　中華書局　一九五九年
本堂集　［宋］陳著撰　上海古籍出版社　一九八七年
西湖百詠　［宋］董嗣杲撰　［明］陳贄和韻　廣陵書社　二〇〇三年
鄭思肖集　［宋］鄭思肖著　陳福康校點　上海古籍出版社　一九九一年
霽山集　［宋］林景熙撰　中華書局　一九八五年
伯牙琴　［宋］鄧牧撰　中華書局　一九八五年
月泉吟社詩　［宋］吴渭編　中華書局　一九八五年
陵陽先生集　［宋］牟巘撰　吴興劉氏嘉業堂刊本
秋澗先生大全文集　［元］王惲撰　四部叢刊本　上海涵芬樓影印
桐江集　［元］方回撰　［清］阮元輯　江蘇古籍出版社　一九八八年

野趣有聲畫　[元]楊公遠撰　文淵閣四庫全書本　臺北商務印書館　一九八六年
養蒙集　[元]張伯淳撰　文淵閣四庫全書本　臺北商務印書館　一九八六年
戴表元集　[元]戴表元著　李軍　辛夢霞校點　吉林文史出版社　二〇〇八年
金淵集　[元]仇遠撰　中華書局　一九八五年
墻東類稿　[元]陸文圭著　文淵閣四庫全書本　臺北商務印書館　一九八六年
吳文正集　[元]吴澄撰　文淵閣四庫全書本　臺北商務印書館　一九八六年
松鄉集　[元]任士林撰　文淵閣四庫全書本　臺北商務印書館　一九八六年
霞外詩集　[元]馬臻撰　臺灣學生書局　一九七三年
靜春堂詩集　[元]袁易撰　中華書局　一九八五年
清容居士集　[元]袁桷撰　中華書局　一九八五年
楊仲弘集　[元]楊載撰　福建人民出版社　二〇〇七年
竹素山房詩集　[元]吾丘衍撰　文淵閣四庫全書本　臺北商務印書館　一九八六年
黄文獻公集　[元]黄溍撰　中華書局　一九八五年
張雨集　[元]張雨撰　彭萬隆點校　浙江古籍出版社　二〇一五年
安雅堂集　[元]陳旅撰　文淵閣四庫全書本　臺北商務印書館　一九八六年

鄭元祐集　[元]鄭元祐 著　徐永明 校點　浙江大學出版社　二〇一〇年
遂昌山人雜録　[元]鄭元祐 撰　中華書局　一九九一年
東維子文集　[元]楊維楨 撰　上海書店據商務印書館一九二六年版重印　一九八九年
唐音評注　[元]楊士弘 編選　[明]張震 輯注　[明]顧璘 評點　陶文鵬 魏祖欽 整理
校點　河北大學出版社　二〇一〇年
宋濂全集　[明]宋濂 撰　浙江古籍出版社　二〇一四年
誠意伯文集　[明]劉基 撰　何鏜 編校　商務印書館　一九三六年
瀛奎律髓　[元]方回 選評　李慶甲 集評校點　上海古籍出版社　一九八六年
梧溪集　[元]王逢 撰　中華書局　一九八五年
唐詩品彙　[明]高棅 編選　上海古籍出版社　一九八八年
泊庵集　[明]梁潛 撰　文淵閣四庫全書本　臺北商務印書館　一九八六年
元詩體要　[明]宋緒 編　文淵閣四庫全書本　臺北商務印書館　一九八六年
蟫精雋　[明]徐伯齡 撰　文淵閣四庫全書本　臺北商務印書館　一九八六年
頤山詩話　[明]安磐 撰　文淵閣四庫全書本　臺北商務印書館　一九八六年
古詩紀　[明]王鳳洲 馮北海 彙訂　聚錦堂本

石倉歷代詩選 [明]曹學佺編 文淵閣四庫全書本 臺北商務印書館 一九八六年
夜航船 [明]張岱撰 劉耀林校注 浙江古籍出版社 一九八七年
御選唐詩 [清]陳廷敬等編 文淵閣四庫全書本 臺北商務印書館 一九八六年
宋詩鈔 [清]吴之振等選 [清]管庭芬等補 中華書局 一九八六年
全唐詩 [清]彭定求等編 中華書局 一九七九年
古文觀止 [清]吴楚材 吴調侯選評 中華書局 二〇一〇年
御選宋金元明四朝詩 [清]張豫章等輯 文淵閣四庫全書本 臺北商務印書館 一九八六年
御定歷代賦彙 [清]陳元龍編 文淵閣四庫全書本 臺北商務印書館 一九八六年
元詩選 [清]顧嗣立編 中華書局 一九八七年
歷代詩話 [清]吴景旭撰 中華書局 一九五八年
全上古三代秦漢三國六朝文 [清]嚴可均校輯 中華書局 一九五八年
全漢三國晉南北朝詩 [清]丁福保編 中華書局 一九五九年
全唐文 [清]董誥等編 中華書局 一九六六年
宋詩紀事 [清]厲鶚輯撰 上海古籍出版社 一九八三年

禮耕堂叢説　［清］施國祁 撰　出版信息不詳　今藏國家圖書館
先秦漢魏晉南北朝詩　逯欽立 輯校　中華書局　一九八三年
全宋詩　傅璇琮等 編　北京大學出版社　一九九八年
全宋文　曾棗莊 劉琳 主編　上海辭書出版社　安徽教育出版社　二〇〇六年
全元文　李修生 主編　鳳凰出版社　二〇〇四年
清詩彙　徐世昌 輯　北京出版社　一九六六年

（五）詞籍叢刻、别集、詞選及考評

花間集校　［後蜀］趙崇祚 編　［明］湯顯祖 評　劉崇德 點校　河北大學出版社　二〇〇六年
樂章集校注　［宋］柳永 著　薛瑞生 校注　中華書局　一九九四年
張子野詞　［宋］張先 著　中華書局　一九八五年
二晏詞箋注　［宋］晏殊 晏幾道 著　張草紉 箋注　上海古籍出版社　二〇〇八年
小山詞　［宋］晏幾道 撰　王根林 校點　上海古籍出版社　一九八九年
東坡詞編年箋證　［宋］蘇軾 撰　薛瑞生 箋證　三秦出版社　一九九八年

東山詞　[宋]賀鑄 著　鍾振振 校注　上海古籍出版社　一九八九年
片玉集　[宋]周邦彦 撰　[宋]陳元龍 集注　江蘇廣陵古籍刻印社　一九八〇年
清真集附校録　[宋]周邦彦 撰　[清]大鶴山人 校刻　浙江平湖葛渭君私藏
清真集箋注　[宋]周邦彦 撰　羅忼烈 箋注　上海古籍出版社　二〇〇八年
清真集校注　[宋]周邦彦 撰　孫虹 校注　薛瑞生 訂補　中華書局　二〇〇二年
張孝祥詞校箋　[宋]張孝祥 撰　宛敏灝 校箋　中華書局　二〇一〇年
白石道人歌曲　[宋]姜夔 著　中華書局　一九八五年
梅溪詞校注　[宋]史達祖 撰　王步高 校注　天津人民出版社　一九九四年
履齋遺稿　[宋]吴潛 撰　文淵閣四庫全書本　臺北商務印書館　一九八六年
吴夢窗詞箋釋　[宋]吴文英 著　楊鐵夫 箋釋　陳邦炎等 校點　廣東人民出版社　一九九二年
夢窗詞集校箋　[宋]吴文英 著　孫虹 譚學純 校箋　中華書局　二〇一四年
日湖漁唱　[宋]陳允平 撰　中華書局　一九八五年
草窗詞校注　[宋]周密 撰　史克振 校注　齊魯書社　一九九三年
蘋洲漁笛譜　[宋]周密 著　中華書局　一九八五年

蘋洲漁笛譜疏證　[宋]周密 著　[清]江昱 疏證　乾隆四年新安郡齋刊本
草窗韻語　[宋]周密 著　烏程蔣氏密韻樓叢書　一九二三年刻本　今藏國家圖書館
絶妙好詞　[宋]周密 選編　廖承良 校注　岳麓書社　二〇〇七年
絶妙好詞箋　[宋]周密 選編　[清]項絪 箋　[清]戴熙 校　清雍正三年群玉書堂精刻本　今藏南京圖書館
絶妙好詞箋　[宋]周密 輯　[清]查爲仁 厲鶚 箋　上海古籍出版社　二〇〇四年
絶妙好詞箋　[宋]周密 輯　[清]查爲仁 厲鶚 箋　[清]沈世良 批　清同治十一年會稽章壽康翻刻本　今藏上海圖書館
絶妙好詞箋　[宋]周密 輯　[清]查爲仁 厲鶚 箋　汪兆鏞過録陳澧點評　會稽章壽康翻刻本　今藏新加坡國立大學圖書館
花外集箋注　[宋]王沂孫 撰　詹安泰 箋注　廣東人民出版社　一九九五年
王沂孫詞箋注　[宋]王沂孫 撰　史克振 箋注　南海出版社　二〇一一年
詞旨　[元]陸輔之 著　中華書局　一九九一年
天機餘錦　[明]程敏政 編　王兆鵬等 校點　遼寧教育出版社　二〇〇〇年
花草粹編　[明]陳耀文 輯　龍建國 楊有山 校點　河北大學出版社　二〇〇七年

宋六十名家詞 ［明］毛晉 輯 上海古籍出版社 一九八九年
詞綜 ［清］朱彝尊 汪森 編 李慶甲 校點 上海古籍出版社 一九七八年
詞苑叢談 ［清］徐釚 撰 唐圭璋 校注 上海古籍出版社 一九八一年
歷代詩餘 ［清］沈辰垣等 編 上海書店 一九八五年
靈芬館詞話 ［清］郭麐 撰 續修四庫全書本 上海古籍出版社 二〇〇二年
雙硯齋筆記 ［清］鄧廷楨 著 馮惠民 點校 中華書局 一九八七年
宋四家詞選 ［清］周濟 輯 中華書局 一九八五年
介存齋論詞雜著 ［清］周濟 著 顧學頡 校點 人民文學出版社 一九五九年
白雨齋詞話 ［清］陳廷焯 撰 上海古籍出版社 一九八三年
白雨齋詞話全編 ［清］陳廷焯 撰 孫克强等 輯校 中華書局 二〇一三年
大鶴山人詞話 ［清］鄭文焯 著 孫克强 楊傳慶 輯校 南開大學出版社 二〇〇九年
瘦碧詞 ［清］鄭文焯 撰 光緒十四年大鶴山房刻本
絶妙好詞校録 ［清］鄭文焯 撰 羅濟平 校點 遼寧教育出版社 二〇〇一年
唐五代兩宋詞選釋 俞陛雲 撰 上海古籍出版社 一九八五年
冒鶴亭詞曲論文集 冒廣生 著 冒懷辛 整理 上海古籍出版社 一九九二年

夏敬觀詞學文集　夏敬觀 著　蘭石洪 陳誼 整理　河南文藝出版社　二〇一六年
人間詞話　王國維 原著　彭玉平 編著　中華書局　二〇一〇年
詞論　劉永濟 著　上海古籍出版社　一九八一年
唐五代兩宋詞簡析　劉永濟 著　上海古籍出版社　一九八一年
微睇室説詞　劉永濟 著　中華書局　二〇〇七年
藝蘅館詞選　梁令嫻 著　中華書局　一九八五年
夏承燾集　夏承燾 著　浙江古籍出版社　浙江教育出版社　一九九七年
唐宋人選唐宋詞　唐圭璋等 校點　上海古籍出版社　二〇〇四年
唐宋詞簡釋　唐圭璋 選釋　上海古籍出版社　一九八一年
詞話叢編　唐圭璋 編　中華書局　一九八六年
詞集考　饒宗頤 撰　香港大學出版社　一九六三年
詞話叢編補編　葛渭君 編　中華書局　二〇一三年
論詞絶句二千首　孫克强 裴喆 編著　南開大學出版社　二〇一四年

（六）筆記小説、戲曲及雜考

韓詩外傳　［漢］韓嬰 撰　周廷寀 校注　中華書局　一九八五年
十洲記　［漢］東方朔 集　上海古籍出版社　一九九〇年
列仙傳　［漢］劉向 撰　王叔岷 校箋　中華書局　二〇〇七年
説苑校證　［漢］劉向 撰　向宗魯 校證　中華書局　一九八七年
趙飛燕外傳　［漢］伶玄 撰　中華書局　一九九一年
洞冥記　［漢］郭憲 撰　中華書局　一九九一年
漢武故事　［漢］班固 撰　中華書局　一九九一年
高士傳　［漢］皇甫謐 撰　中華書局　一九八五年
博物志校證　［晉］張華 撰　范寧 校證　中華書局　一九八〇年
古今注　［晉］崔豹 撰　中華書局　一九八五年
西京雜記　［晉］葛洪 撰　中華書局　一九八五年
神仙傳　［晉］葛洪 撰　中華書局　一九九一年
搜神記　［晉］干寶 撰　上海古籍出版社　一九九八年

拾遺記　［晉］王嘉 撰　［南朝梁］蕭綺 録　齊治平 校注　中華書局　一九八一年
搜神後記　［晉］陶潛 撰　浙江古籍出版社　一九八七年
世説新語校箋　［南朝宋］劉義慶 撰　［南朝梁］劉孝標 注　徐震堮 校箋　中華書局
一九八四年
幽明録　［南朝宋］劉義慶 撰　鄭晚晴 輯注　文化藝術出版社　一九八八年
述異記　［南朝梁］任昉 撰　中華書局　一九九一年
金樓子　［南朝梁］梁元帝 撰　中華書局　一九八五年
隋遺録　［唐］顔師古 撰　中華書局　一九九一年
歲華紀麗　［唐］韓鄂 撰　中華書局　一九八五年
博異志　［唐］谷神子　中華書局　一九八〇年
離魂記　［唐］陳玄祐 撰　中華書局　一九九一年
龍城録　［唐］柳宗元 撰　中華書局　一九九一年
唐國史補　［唐］李肇 撰　上海古籍出版社　一九七九年
酉陽雜俎　［唐］段成式 撰　中華書局　一九八五年
本事詩　［唐］孟棨 撰　古典文學出版社　一九五七年

樂府雜録　［唐］段安節 撰　中華書局　一九八五年
蒙求集注　［唐］李瀚 撰　［宋］徐子光 補注　中華書局　一九八五年
摭言　［五代］何晦 撰　小説叢書本　上海掃葉山房發行
唐摭言　［五代］王定保 撰　中華書局　一九八五年
開元天寶遺事十種　［五代］王仁裕等 撰　丁如明 輯校　上海古籍出版社　一九八五年
北夢瑣言　［五代］孫光憲 纂集　中華書局　一九八五年
五朝小説大觀　佚名輯　中州古籍出版社　一九九一年
南部新書　［宋］錢易 撰　中華書局　一九八五年
太平廣記　［宋］李昉等 編　中華書局　一九六一年
楊文公談苑　［宋］楊億 口述　黄鑒 筆録　宋庠 整理　上海古籍出版社　一九九三年
江鄰幾雜志　［宋］江休復 撰　中華書局　一九九一年
青瑣高議　［宋］劉斧 撰輯　王友懷 王曉勇 注　上海古籍出版社　一九八三年
夢溪筆談校證　［宋］沈括 著　胡道靜 校注　古典文學出版社　一九五七年
續世説　［宋］孔平仲 原著　吴平 譯注　東方出版中心　一九九六年
東坡志林　［宋］蘇軾 撰　王松齡 點校　中華書局　一九八一年

邵氏聞見録 [宋]邵伯温 撰 李劍雄 劉德權 點校 中華書局 一九八五年
唐詩紀事 [宋]計有功 撰 王仲鏞 校箋 中華書局 二〇〇七年
冷齋夜話 [宋]惠洪 撰 中華書局 一九八八年
醉翁談録 [宋]金盈之 撰 古典文學出版社 一九五八年
避暑録話 [宋]葉夢得 撰 中華書局 一九八五年
石林燕語 [宋]葉夢得 撰 [宋]宇文紹奕 考異 侯忠義 點校 中華書局 一九八四年
東京夢華録箋注 [宋]孟元老 撰 伊永文 箋注 中華書局 二〇〇六年
捫虱新話 [宋]陳善 撰 中華書局 一九八五年
碧鷄漫志校正 [宋]王灼 撰 岳珍 校正 巴蜀書社 二〇〇〇年
中吴紀聞 [宋]龔明之 撰 孫菊園 校點 上海古籍出版社 一九八六年
韻語陽秋 [宋]葛立方 撰 上海古籍出版社 一九八四年
能改齋漫録 [宋]吴曾 撰 中華書局 一九八五年
夷堅志 [宋]洪邁 撰 何卓 點校 中華書局 一九八五年
容齋隨筆 [宋]洪邁 著 上海古籍出版社 一九九六年
雲麓漫抄 [宋]趙彦衛 撰 文淵閣四庫全書本 臺北商務印書館 一九八六年

清波雜志　［宋］周煇 撰　中華書局　一九九四年
伊洛淵源録　［宋］朱熹 撰　中華書局　一九八五年
野客叢書　［宋］王楙 撰　王文錦 點校　中華書局　一九八七年
老學庵筆記　［宋］陸游 撰　李劍雄 劉德權 點校　中華書局　一九七九年
四朝聞見録　［宋］葉紹翁 撰　沈錫麟 馮惠民 點校　中華書局　一九八九年
貴耳集　［宋］張端義 著　［明］毛晉 訂　中華書局　一九八五年
藏一話腴　［宋］陳郁 撰　文淵閣四庫全書本　臺北商務印書館　一九八六年
鶴林玉露　［宋］羅大經 撰　王瑞來 點校　中華書局　一九八三年
都城紀勝　［宋］耐得翁 撰　中國商業出版社　一九八二年
西湖老人繁勝録　［宋］西湖老人 撰　中國商業出版社　一九八二年
武林舊事　［宋］周密 輯　中華書局　一九九一年
癸辛雜識　［宋］周密 撰　吴企明 點校　中華書局　一九八八年
齊東野語　［宋］周密 撰　張茂鵬 點校　中華書局　二〇〇四年
志雅堂雜抄　［宋］周密 纂　江蘇廣陵古籍刻印社　一九九五年
浩然齋雅談　［宋］周密 撰　中華書局　一九八五年

夢粱録　［宋］吴自牧 著　符均 張社國 校注　三秦出版社　二〇〇四年
隱居通議　［元］劉壎 著　中華書局　一九八五年
宦門子弟錯立身　［元］古杭書會才人 編撰　古本戲曲叢刊編刊委員會景印　今藏國家圖書館
快雪齋集附雲山日記　［元］郭畀 撰　臺灣學生書局　一九七三年
研北雜志　［元］陸友仁 撰　中華書局　一九九一年
唐才子傳校箋　［元］辛文房 著　傅璇琮 主編　中華書局　一九八七年
錢塘遺事　［元］劉一清 撰　上海古籍出版社　一九八五年
遂昌山人雜録　［元］鄭元祐 著　中華書局　一九九一年
至正直記　［元］孔齊 撰　中華書局　一九九一年
農田餘話　［元］長谷真逸 撰　中華書局　一九九一年
輟耕録　［元］陶宗儀 撰　中華書局　一九八五年
説郛三種　［元］陶宗儀 編　上海古籍出版社　二〇一二年
吴興掌故集　［明］徐獻忠 撰　吴興劉氏嘉業堂刊本
丹鉛餘録附續録、摘録、總録　［明］楊慎 撰　上海古籍出版社　一九九二年

竹嶼山房雜部　［明］宋詡 撰　文淵閣四庫全書本　臺北商務印書館　一九八六年
遵生八箋　［明］高濂 著　甘肅文化出版社　二〇〇三年
説郛續　［明］陶珽 輯　［清］李際期 重定　委宛山堂清順治三年刻本　今藏國家圖書館
畫禪室隨筆　［明］董其昌 著　中國書店　一九八三年
六研齋筆記　［明］李日華 撰　郁震宏 李保陽 點校　鳳凰出版社　二〇一〇年
五雜組　［明］謝肇淛 撰　中華書局　一九五九年
庚子銷夏記　［清］孫承澤 撰　白雲波 古玉清 點校　浙江人民美術出版社　二〇一二年
大觀録　［清］吴升 撰　全國圖書館文獻縮微複製中心　二〇〇一年
樗園銷夏録　［清］郭麐 撰　上海古籍出版社　一九九六年
本事詞　［清］葉申薌 著　古典文學出版社　一九五七年
唐宋傳奇集　魯迅 校録　文學古籍刊行社　一九五六年
欽定石渠寶笈三編　故宫博物院 編　海南出版社　二〇〇〇年

（七）類書及小學

方言　［漢］揚雄 著　中華書局　一九八五年

編珠　［隋］杜公瞻撰　［清］高士奇續撰　上海古籍出版社　一九八七年
藝文類聚　［唐］歐陽詢撰　汪紹楹校　上海古籍出版社　一九六五年
初學記　［唐］徐堅等著　中華書局　一九六二年
白孔六帖　［唐］白居易原本　［宋］孔傳續撰　上海古籍出版社　一九九二年
太平御覽　［宋］李昉等編　中華書局　一九六〇年
文苑英華　［宋］李昉等編　中華書局　一九六六年
紺珠集　［宋］闕名纂　臺北商務印書館　一九七〇年
海録碎事　［宋］葉廷珪撰　李之亮校點　中華書局　二〇〇二年
類説校注　［宋］曾慥編纂　王汝濤校注　福建人民出版社　一九九六年
古今合璧事類備要　［宋］謝維新編　文淵閣四庫全書本　臺北商務印書館　一九八六年
玉海　［宋］王應麟輯　江蘇古籍出版社　上海書店　一九八七年
新編古今事文類聚　［宋］祝穆撰　日本中文出版社　一九八九年
全芳備祖集　［宋］陳景沂編　程傑　王三毛點校　浙江古籍出版社　二〇一四年
永樂大典　［明］解縉等纂　中華書局　一九八六年
天中記　［明］陳耀文撰　廣陵書社　二〇〇七年

山堂肆考　[明]彭大翼 撰　上海古籍出版社　一九九二年
萬姓統譜　[明]淩迪知 撰　上海古籍出版社　一九九四年
廣博物志　[明]董斯張 纂　江蘇廣陵古籍刻印社　一九八七年
汪氏珊瑚網法書題跋　[明]汪砢玉 撰　商務印書館　一九三六年
通雅　[明]方以智 撰　中國書店　一九九〇年
淵鑒類函　[清]張英 王士禎等 輯　中國書店　一九八五年
格致鏡原　[清]陳元龍 著　江蘇廣陵古籍刻印社　一九八九年
古文觀止　[清]吴楚材 吴調侯 選評　中華書局　二〇一〇年
御定駢字類編　[清]沈宗敬等 纂修　文淵閣四庫全書本　臺北商務印書館　一九八六年
六藝之一録　[清]倪濤 撰　文淵閣四庫全書本　臺北商務印書館　一九八六年
四庫全書總目　[清]永瑢等 撰　中華書局　一九六五年
通俗編　[清]翟灝 撰　商務印書館　一九五八年
詩詞曲語辭匯釋　張相 著　中華書局　一九七九年
詩詞曲語辭例釋　王鍈 著　中華書局　一九八六年

*書目先按内容定位年代，再按注疏者、細類排序。

*「子」部中筆記、志怪、雜瑣事等歸入「筆記小説」，其餘如經書考證、農家、譜録等門類不變。

*「史」部中正史、别史、方志各歸其類，分别按年代先後排列，通考排於正史之後。

後記

我與張炎《山中白雲詞》結緣遠遠早於吴文英夢窗詞。一九八八年，負笈西秦，投師薛瑞生先生門下，薛先生爲我選定的碩士論文選題就是張炎詞集。恍然記得曾通讀《山中白雲詞》數遍，但爽然若失，無以自處，忍而放棄。當時由於宋人陳元龍有周邦彦《片玉集》舊注，因而決定選擇周邦彦爲研究對象。一九九六年拙文《吴文英詞朦朧化現象的思考》與《文學遺産》失之交臂。陶文鵬先生援引後進，敦促我撰寫了《拒絶俗艷：張炎詞的美學風格》，發表於《文學遺産》一九九八年第三期。這是初次怡悦於山中白雲詞卷。二〇〇〇年，投師楊海明先生門下，楊先生《張炎詞研究》是這一領域的扛鼎之作，細讀之餘，忽忽有所縈懷。

終於在完成了吴夢窗研究的相關課題後，重新回歸到張炎詞集整理，並開始涉足其詞論《詞源》的理論研究。二〇一五年，「張炎詞編年箋證」获得教育部人文社會科學研究規劃基金項目立項；同年，获得「江南大學重大項目培育課題」立項，學校給予了充裕的經費支持，使我在張炎研究過程中，能够多次前往各地訪學訪書、在各大圖書館查閲資料、參加學術交流等，研究也得以深入進行，本書即爲結項成果。

收集版本時，仍是半宋樓主人葛渭君先生惠借十餘種詞集，鄧子勉先生過録近萬字單學博詞評惠我，嘉興圖書館沈秋燕女士熱情提供了祝廷錫批校的海内孤本。另外，臺灣成功大學的王偉勇教授，爲我全文複印並惠寄了臺灣學者李周龍的《山中白雲詞校訂箋注》（《臺灣師範大學國文研究所集刊》一九七三年第六期）、臺灣輔仁大學朱靜如碩士論文手鈔稿《山中白雲箋注》（一九六九年），這些都使我獲得了資料方面的先機，增强了本書的學術含量。謝桃坊先生有以教我：箋注整理可以不再録入《唐宋詞匯評》的相關部分，成爲本書集評體例的定準。

這本書也是師生集體智慧「碰撞」的精神花朵。張炎研究自始至終得到楊海明師的精心指點。我最近指導的幾届研究生，基本上圍繞晚宋詞人進行研究，孫龍飛、何揚、陳蓉、胡慧聰等同學都在助研團隊。如胡慧聰研究周密詞，陳蓉研究王沂孫詞。其中孫龍飛是教育部項目課題組核心成員，他自本科以來就一直研究張炎，二〇一三年，我指導他完成畢業論文《張炎遺民詞忠愛思想及其「對話」語境》获江蘇省教育廳優秀畢業論文二等獎；現已在南京師範大學高峰教授門下攻讀博士學位的何揚也出色地完成了碩士論文《張炎及其詞作詞學接受研究》。已經畢業多年的關飛也加入團隊。關飛、何揚對於我在各大圖書館查詢張炎詞批藏本多有與焉，關飛還爲我鈔録了各家《絶妙好詞》中關於張炎詞的批語，孫龍飛、孔燕君則有校核之功。正如我曾經所説，在指導學生相關選題時，研究視野藉此得以延伸，思考也得以透澈，因此，我很享受這個過程：既能获得教學相長的快樂，也加深了對張炎創作生態和詞學理論的深度理解。本書第二作者譚學純教授是本項目排名第一的課題組成員，福建師範大學語言學方向的教授，他在版本校勘及資料搜集方面出力頗多，並參與整理及寫作。

研究過程中發表的十餘篇長篇論文，得到朱惠國、梁臨川、劉京臣、劉淑麗、劉蔚、高峰、高利華諸位先生的鼎力相助，其中《上海大學學報》發表的《晚宋「清空」説與詞學法度》被《高等學校文科學術文摘·專題論文》轉載。另外，本人受所學外語爲日語限制，所有論文的英文摘要都由學生朱文文、胡慧聰、孔燕君代勞。

本書出版得到中華書局學術中心主任俞國林、文學室主任朱兆虎先生的全力支持與幫助。出於對我的體諒，他們勞神費力，加快了排印、出書的節奏。責編聶麗娟老師，四次校對，孜孜不已，爲我捃拾匡益，糾誤補闕。本書還获得江南大學文科繁榮計劃中最有力度的專著出版資助。在此一并深致謝意。

箋證《山中白雲詞》仍然是與夫君趙國强的攜手追夢之旅。我們到圖書館校對孤本，過録、查對毛扆、單學博、邵淵耀、祝廷錫、吴揩光等人批校。趙君一如既往地承擔了部分版本的前期校注、手批本疑難行草的辨認、引用書目的整理，並代勞紙質校稿的增損涂乙。於此也略表謝忱與衷情！

孫虹　寫於江南大學蠡湖家園